HEYNE

Das Buch

Die ferne Zukunft: Die Menschheit hat sich über den Spiralarm der Galaxis ausgebreitet und eine riesige Konföderation, bestehend aus über hundert Planeten, geschaffen. Doch nun steht diese Konföderation vor ihrer größten Herausforderung: Die Scaythen – skrupellose Wesen, die mit der Kraft ihrer Gedanken töten können – haben eine der Herrscherfamilien unterwandert und stehen kurz davor, die Macht über das gesamte Sternenreich an sich zu reißen.

Aber es gibt eine alte Legende: von den »Kriegern der Stille«, die das Talent besitzen, sich gegen tödliche Gedankenkraft zu schützen. Nur wenige Menschen beherrschen diese Kunst. Als der junge Tixu Oty eines Tages die mysteriöse Reisende Aphykrit vor einem Scaythen-Kommando rettet, begreift er, dass er einer dieser Auserwählten ist – und dass er vor dem größten Abenteuer steht, das das Universum je gesehen hat ...

»Grandios! Wer endlich mal wieder in ein farbenprächtiges, actionreiches, fesselndes Abenteuer zwischen fernen Sternen und auf fremden Planeten eintauchen will, sollte Pierre Bordages Debüt in Deutschland nicht verpassen.«

Andreas Eschbach

Pierre Bordages großes SF-Epos im Heyne Verlag:
Die Krieger der Stille
Terra Mater
Die Sternenzitadelle

Der Autor

Pierre Bordage, 1955 in der Vendée geboren, studierte Literaturwissenschaft in Nantes. Mit seinem ersten Roman *Die Krieger der Stille* landete er auf Anhieb einen riesigen Publikumserfolg. Das Buch wurde mehrfach preisgekrönt, unter anderem mit dem renommierten Grand Prix de l'Imaginaire. Bordage lebt mit seiner Familie in Boussay an der Atlantikküste.

PIERRE BORDAGE

DIE KRIEGER DER STILLE

Roman

WILHELM HEYNE VERLAG
MÜNCHEN

Titel der französischen Originalausgabe
LES GUERRIERS DU SILENCE
Deutsche Übersetzung von Ingeborg Ebel

Verlagsgruppe Random House FSC-DEU-0100
Das für dieses Buch verwendete FSC®-zertifizierte Papier
Holmen Book Cream
liefert Holmen Paper, Hallstavik, Schweden.

Taschenbuchausgabe 3/2012

Printed in Germany 2012
Umschlaggestaltung: Nele Schütz Design, München
Satz: Buch-Werkstatt GmbH, Bad Aibling
Druck und Bindung: GGP Media GMBH, Pößneck

ISBN: 978-3-453-52897-0

www.heyne-magische-bestseller.de

ERSTES KAPITEL

Niemand weiß, wie es den Scaythen vom Planeten Hyponeros gelang, eine so umfassende und wichtige Rolle auf Bella Syracusa, der Königin der Künste, zu spielen.
... wie sie sich in die Umgebung der Herrscherfamilie Ang einschleichen konnten, eine Dynastie, die seit fünfzehn Jahrhunderten ununterbrochen die Macht innehatte
... wie sie nach und nach alle Schlüsselpositionen der Verwaltung besetzten
... wie sie sich unentbehrlich machten, weil sie Gedanken lesen und schützen konnten
... wie sie – dank ihrer außergewöhnlichen mentalen Fähigkeiten – langsam ein Terrorregime etablierten.
Wer waren die Scaythen?
Niemand kannte Hyponeros, noch hatte jemand jemals von dieser fernen Welt gehört – eine Welt, die so fern war, dass sie vielleicht nur in der Vorstellungskraft der Syracuser existierte. Trotzdem geschah es, dass einem ihrer Nachkommen namens Pamynx die hohe Ehre erwiesen wurde, zum Konnetabel ausgebildet zu werden; eine Auszeichnung, die bisher allein den Söhnen adeliger syracusischer Familien vorbehalten war.
Dies geschah unter der Regentschaft Seiner Exzellenz Arghetti Ang.
Diese Entscheidung Arghetti Angs missfiel nur wenigen Syracusern. Was war aus ihm geworden, diesem Volk, das zur Zeit der Eroberung als so stolz

und unnahbar galt? Nichts als hohle Gebilde, Schatten oder gar Trugbilder?
Unheil über jenen, der einen Skandal auslöst und die öffentliche Ruhe stört.

Auszug eines mentalen apokryphen Textes, der während seines Umherirrens von dem syracusischen Dichter Messaodyne Jhû-Piet in der ersten Periode des post-Ang'schen Reichs eingefangen wurde. Einige Gelehrte vermuten, dass es sich dabei um verirrte und verwirrte Gedanken der Syracuserin Naïa Phykit handelt.

Der Konnetabel Pamynx trat – in seinen blauen Kapuzenmantel gehüllt – aus dem Dunkel. Der Seigneur Ranti Ang und der junge Spergus hatten ihn in Begleitung ihrer Gedankenhüter bereits auf der gravitationsstabilen Plattform erwartet.

»Wenn Monseigneur mir bitte folgen möchte«, sagte Pamynx und verneigte sich.

»Sieh an! Ihr seid nicht zu früh!«, rügte Ranti Ang Pamynx. »Kommt Ihr, Spergus?«

Die Männer gingen einen schmalen, dunklen Gang entlang, von ihren Gedankenhütern wie Schatten begleitet. Bald standen sie vor einer massiven Holztür, die mit schweren Querstreben aus Metall gesichert war. Nach einer Weile, die Spergus unendlich schien, glitten die Querstreben auf Rollen ins Innere der Mauer. Der junge Osgorit hatte Mühe, in der feuchten Luft zu atmen und ihn beschlich das unangenehme Gefühl, seine Haut würde sich mit Schimmelpilz überziehen.

Die Tür öffnete sich und führte auf einen geräumigen Balkon, der von zwei schwebenden Lichtkugeln beleuchtet wurde. Auf dem Balkon standen ein paar Männer. Sie trugen weiße Masken, graue Uniformen und auf ihrer Brust glänzten drei ineinander verschlungene silberne Dreiecke. Ranti Ang warf seinem obersten Strategen einen bösen Blick zu.

»Dank Eurer Position seid Ihr auch der Oberste Hüter des Gesetzes, Pamynx, und wisst genau, dass die Anwesenheit der Pritiv-Söldner auf syracusischem Boden illegal ist«, sagte er mit mühsam unterdrücktem Zorn, nahe daran, die Kontrolle zu verlieren. »Antwortet mir! War es im öffentlichen Interesse wirklich nötig, diese ruchlosen Abenteurer anzuheuern?«

»Ihr werdet später begreifen, warum diese Männer hier sind«, antwortete Pamynx gelassen.

Der Balkon ragte in einen riesigen, kreisrunden und leeren Saal hinein. In dessen Mitte stand unbeweglich eine in einen schwarzen Kapuzenmantel gehüllte Gestalt.

»Dieser Ort ist zum Fürchten, Monseigneur«, sagte Spergus und unterdrückte ein Schaudern.

Der Anblick dieses unbeweglichen Phantoms auf dem gekachelten Boden vor ihnen, das vom schwachen Licht der Unterwasserlampen erhellt wurde, vergiftete den Geist des sensiblen Osgoriten mit Angst. Der Geruch des Todes schwebte in der stickigen Luft.

»Ist das einer Eurer berühmten Schüler, Konnetabel?«, fragte Ranti Ang.

Pamynx nickte.

»Kann ich sein Gesicht sehen?«

»Noch nicht, Monseigneur. Doch nicht aus mangelndem Respekt vor Euch. Während des Experiments muss sein Haupt bedeckt bleiben, damit sich unsere Gedanken nicht auf sein Aussehen konzentrieren. Sonst bestünde die Gefahr, dass sein psychisches Potenzial geschwächt wird.«

»Gütige Götter! Und dieser Mann verfügt wirklich über ... über diese Kräfte, von denen Ihr gesprochen habt?«, fragte Ranti Ang in spöttisch ungläubigem Ton.

Pamynx ging nicht darauf ein, sondern entnahm einer

seiner Manteltaschen einen winzigen Ring aus goldfarbenem Optalium, und brachte ihn mit einer Stimmgabel aus Kristall zum Klingen. Als der Ton verhallte, glitt ein Stück Mauer zur Seite, und helles Licht ergoss sich in das Rund der Halle.

Die Umrisse dreier neu angekommener Gestalten zeichneten sich vor dem gleißenden Hintergrund ab: zwei Pritiv-Söldner und ein Mann, dessen einfache Kleidung aus grobem braunen Leinen einen pestilenzartigen, fast animalischen Gestank verbreitete. Sein affenähnliches Gesicht war schreckensbleich.

»Wenn das kein Mikat ist«, sagte Ranti Ang und verzog das Gesicht vor Ekel.

»Ein Mikat vom Satelliten Julius, Monseigneur«, bestätigte Pamynx. »Seine Rasse steht auf dem Index, und sie wurde als Raskatta deklariert. Doch ich dachte ... für unser Experiment ...«

»Wie ich sehe, oder vielmehr wie ich höre, rechtfertigt Ihr Euch noch immer, Konnetabel«, spottete Ranti Ang. »Verbringt Ihr nicht die meiste Zeit damit, Euch zu rechtfertigen? Alles ... und vor allem nichts zu rechtfertigen?«

Spergus' helles Lachen unterstrich noch die Worte des Herrschers Syracusas.

»Die Kirche des Kreuzes behauptet, dass auch die Mikaten eine Seele haben«, wandte der Konnetabel ein. »Außerdem ...«

»Leider bin ich nicht Arghetti Ang, Konnetabel, sondern sein ältester Sohn«, unterbrach Ranti Ang Pamynx mit schneidender Stimme. »Mein Vater hielt es für richtig, Euch mit diesem überaus verantwortungsvollen Amt zu betrauen. Aber wenn er mir schon das Versprechen abgenötigt hat, seine Wahl zu respektieren, so fühle ich mich keineswegs verpflichtet, dem Träger des Amtes Respekt zu zollen. Und verschont mich damit, die Kirche des Kreuzes in Euer finsteres Intrigennetz einzubeziehen. Ist dieser Mikat nicht einer meiner Untertanen? Und steht es nicht mir allein zu, darüber zu entscheiden, ob sein Leben im öffentlichen Interesse wert ist, geopfert zu werden?«

Pamynx verbarg seinen Groll über diese Worte hinter einem starren, maskenhaften Gesichtausdruck und verneigte sich steif. Der Tag der Rache nahte. Allein dieser Gedanke machte ihn geduldig und half ihm, die täglichen Demütigungen und Erniedrigungen zu ertragen.

Inzwischen hatten die beiden Pritiv-Söldner den von Entsetzen ergriffenen Mikaten vor die bewegungslos verharrende, schwarz gekleidete Gestalt gezerrt.

»Spergus?«, sagte Ranti Ang mit sanfter Stimme. »Möchtet Ihr gern wissen, was dieser Mikat jetzt denkt?«

»Das ... das würde mir ge... gefallen, Monseigneur«, stammelte der junge Osgorit.

Ein klägliches Lächeln umspielte seinen geschminkten Mund. Er gab sich alle Mühe, die Furcht zu verbergen, die dieser scheußliche Ort ihm einflößte.

Spergus' Anwesenheit kam Pamynx sehr ungelegen. Er fürchtete, dass die Anwesenheit dieses gefühlsbetonten jungen Höflings des Seigneurs diese erste öffentliche Demonstration beeinträchtigen könne, da sie eine Atmosphäre strikter psychischer Neutralität benötigte.

»Worauf wartet Ihr noch, Konnetabel? Unser lieber Spergus möchte wissen, was in dem Kopf dieses Mikaten vor sich geht. Falls er überhaupt so etwas wie ein Denkvermögen besitzt. Oder stinkt er etwa vor Angst so unerträglich?«

Pamynx starrte den Mikaten an. Die schwarzen fettigen

Haare des Mannes waren auf die traditionelle Weise seines Volkes vom Planeten Julius geschnitten: sehr lang im Nacken und an den Schläfen ausrasiert. Seine hervorquellenden Augen unter buschigen, gewölbten Brauen und der niedrigen Stirn wanderten mit einem Ausdruck des Entsetzens unstet zwischen den Männern auf dem Balkon, der schwarzen bedrohlichen Gestalt und den zwei Söldnern mit ihren weißen Masken hin und her.

»Seine Haut ist ja ganz schwarz!«, murmelte Spergus.

»Ja, weil er jeden Tag draußen im Licht des Feuersteins Ahkit arbeitet, den Kreuz uns in seiner Güte gewährt«, erklärte Ranti Ang.

Spergus' Ekel vor dieser Kreatur aus einer anderen Welt war so groß, dass ihm davon übel wurde. Trotzdem konnte er den Blick nicht von dem kräftigen Hals, den muskulösen Armen und den großen Händen mit den schmutzigen Nägeln des Mannes abwenden.

Die verrückten, unkontrollierten Gedanken des jungen Osgoriten störten Pamynx' Konzentration und die mentale Erforschung seines Objekts. Spergus' zwei Gedankenhüter, die gleichzeitig für seine Sicherheit verantwortlich waren, schienen ihrer Aufgabe nicht gewachsen. Pamynx beschloss, sich davon nichts anmerken zu lassen. Sonst hätte womöglich Zweifel über die Effizienz der Scaythen entstehen können.

Denn Pamynx gehörte – wie die Gedankenhüter – zum Volk der Scaythen vom Planeten Hyponeros. Er war ein Fremder – ein *Paritole,* wie die Syracuser Bewohner anderer Planeten abfällig nannten – und konnte allein wegen seiner Herkunft seine Immunität verlieren, die ihm sein Rang verlieh. Der große Arghetti Ang hatte seinerzeit einen Aufstand der syracusischen Würdenträger niederschlagen müssen, um ihn in dieses Amt einsetzen zu können. Doch Pamynx' Machtposition wurde mit der Zeit immer prekärer, weil die Erinnerung an den Vater des jetzigen Herrschers verblasste.

Und im Moment war Pamynx noch auf die Unterstützung Ranti Angs angewiesen: Allein die Bürgschaft des Seigneurs garantierte ihm die nötigen finanziellen Mittel, um das GROSSE PROJEKT zu realisieren; eine gewaltige Aufgabe, mit der Pamynx von seinen Herren, den Meister-Creatoren des Hyponeriarkats beauftragt worden war. Bald würde die Zeit gekommen sein, dem Herrscher Syracusas seine unerträgliche Überheblichkeit mit gleicher Münze heimzuzahlen.

»Wir warten noch immer, Konnetabel. Solltet Ihr vielleicht Eure angeblichen Kräfte in dem Boudoir eines Bordells in Salaün eingebüßt haben? Zwar seid Ihr kein geschlechtliches Wesen, trotzdem ...«

Zum zweiten Mal lachte Spergus hellauf.

»Angst lähmt die geistigen Fähigkeiten des Mikaten«, erklärte Pamynx schließlich. »Er ist unfähig, einen einzigen zusammenhängenden Gedanken zu produzieren. Ich kann Euch nur mitteilen, dass er versucht, sich das Gesicht und den Körper einer Frau aus dem Volk der Mikaten in Erinnerung zu rufen. Wahrscheinlich seine eigene Frau ...«

»Was für eine grandiose Entdeckung!«, sagte Ranti Ang und lachte schallend. »Um zu dieser Erkenntnis zu gelangen, muss man sich wirklich nicht mit dem Studium des Gehirns beschäftigt haben.«

»Warum sagt Ihr das?«, fragte Spergus naiv.

Der Herrscher von Syracusa lachte sarkastisch, bevor er antwortete.

»Ehe der Planet Julius von uns annektiert wurde, heirateten diese Mikat-Tiere nicht, die Frauen gehörten allen Männern, die in den ländlichen Gemeinschaften lebten. Doch seit zwei Jahrhunderten sind die Männer gesetzlich und kirchlich mit nur einer Frau verheiratet. So verlangt es das erste Gesetz des genetisch-moralischen Kodex, der für alle Satellitenstaaten gilt. Und deshalb, mein guter Konnetabel, enthüllt Ihr uns nichts Besonderes, wenn Ihr berichtet, dass dieser Untermensch an seine Frau denkt.«

Trotz Ranti Angs Spott fuhr Pamynx in unerschütterlicher Ruhe fort: »Ich sehe ebenfalls Kinder, drei Jungen und zwei Mädchen ...«

Der Mikat konnte die Anwesenheit dieser hochgestellten Persönlichkeiten nicht länger ertragen. Und als der Konnetabel die wenigen Bilder beschrieb, die ihm durch den Kopf gingen, stieß er den Schrei eines gequälten Tiers aus und warf sich auf die Knie.

»Sein Gehirn ist eher als rudimentär zu bezeichnen«, fügte Pamynx unnötigerweise hinzu.

»Wenn dem wirklich so ist, Konnetabel, welchen Nutzen haben wir dann vor Eurem Experiment, da doch wir selbst über eine weitaus höhere Intelligenz verfügen? Es kommt mir vor, als wäre das nichts als böse Hexerei, allein, um diesen Mikaten zu quälen. Schon unsere Vorfahren haben derartige Versuche unternommen, ohne jedoch gegen die Gebote der Heiligen Kirche zu verstoßen.«

Ganz plötzlich wurde Pamynx seine extrem prekäre Lage bewusst. Da er außerordentlich beschäftigt gewesen war, hatte er den Gerüchten, er sei in Ungnade gefallen, kein Gehör geschenkt. Er hatte es nicht nötig, in Ranti Angs Gehirn einzudringen – ein Vergehen, das mit der Todesstrafe geahndet wurde –, allein an den leichten Schwankungen im Ton seiner Stimme konnte er dessen mörderische Absichten erkennen.

Der Konnetabel hatte das Komplott gegen ihn, das unter maßgeblicher Mitwirkung des höfischen Sängers Tist d'Argolon geschmiedet worden war, unterschätzt. Obwohl er einige Gedanken jener Personen, die der Untergrundbewegung angehörten, aufgeschnappt hatte, waren sie ihm relativ bedeutungslos erschienen, denn er glaubte noch immer, dank seiner ehemaligen Beziehung zu dem mächtigen Arghetti Ang und seiner eigenen Position über den Intrigen des Palastes zu stehen. Doch nun stellte sich heraus, dass er für einen Scaythen mit seinen Fähigkeiten viel zu leichtsinnig gehandelt hatte. Denn durch seine Fahrlässigkeit geriet das GROSSE PROJEKT in Gefahr – dieser universelle Plan, der seit Jahrhunderten von den Meister-Creatoren des Hyponeriarkats vorbereitet wurde. Und jetzt war das Gelingen dieses gigantischen Unterfangens allein vom Erfolg dieses Experiments abhängig.

»Konnetabel, träumt Ihr etwa?«

»Meine Schüler sind momentan nicht einsatzbereit, Monseigneur«, rechtfertigte sich Pamynx. »Diese Demonstration dient nur dazu, Euch ihre Fortschritte vorzuführen. So könnt Ihr Euch selbst davon überzeugen, dass das Budget zur Erforschung mentaler Fähigkeiten nicht verschwendet wurde, obwohl einige Eurer Ratgeber strikt gegen solche Forschungen sind. Später werden wir unsere Arbeiten auf komplexere Gehirne ausdehnen und das so lange, bis wir die Technik perfekt beherrschen.«

»Was hat dieser Mikat denn verbrochen, dass er auf dem Index steht und als Raskatta eingestuft wurde?«, fragte Spergus mit seiner hellen Stimme, die einen scharfen

Kontrast zu dem metallisch vibrierendem Timbre des Konnetabels bildete.

»Ich befehle Euch, antwortet! Aber schnell!«

Die wachsende Verärgerung Ranti Angs war ein sicheres Zeichen, dass er sich nur noch mühsam unter Kontrolle hatte und dem strengen, am Hof von Syracusa gültigen Emotions-Kodex gerade noch folgen konnte. Pamynx hingegen bewahrte Ruhe und ergriff die Gelegenheit, erneut den Zorn seines erhabenen Gesprächspartners zu schüren.

»Dürfte ich Euch untertänigst noch um etwas Geduld bitten, Monseigneur? Die auf Eurem Territorium als Raskatta klassifizierten Individuen werden von dem Scaythen Markyat, dem Archivar der Gerichtsbarkeit, registriert. Ich müsste mit ihm Verbindung aufnehmen ...«

»Dann beeilt Euch! Uns drängt es, wieder ans Tageslicht zurückzukehren. Hier kommen wir uns wie Ratten in einem stinkenden Abwasserkanal vor.«

Als Pamynx die Augen schloss, senkten sich seine schweren grünlichen, von dunklen Adern durchzogenen Lider über die pupillenlosen gelben Augen. Die Kapuze seines Mantels fiel auf seine Schultern und enthüllte ein unförmiges Gesicht, einen länglichen, kahlen Schädel und eine raue, rissige Haut.

Er sah wie eines jener Monster in den Legenden der Osgoriten aus, jedenfalls stellte sich Spergus sie so vor. Mit einem Schaudern erinnerte er sich an die Scheibe des Roten Purpurmondes und katapultierte sich schnell auf den Planeten Osgor, den größten und am höchsten entwickelten Satelliten Syracusas. Nackt und frei lief er zwischen den trockenen Gräsern und glühenden Steinen der üppigen Gärten seiner Heimat umher und ließ sich von fröhlich lärmenden braunen Gestalten jagen, die wie er in der Hitze tanzten. Er konnte die schweren Düfte der Blumen riechen und vom berauschenden Saft der Brunnen trinken.

Plötzlich fühlte er sich von seinem Colancor – dem traditionellen Trikot der Syracuser – eingeengt, wie in eine zweite Haut gepresst, weil er seinen Körper von Kopf bis Fuß bedeckte. Kopf, Stirn, Wangen und das Kinn waren in ein blasslila Gewebe eingeschnürt, das von einem leuchtenden Band gesäumt war. Seine effeminierten Gesichtszüge wurden von zwei blonden Zöpfen eingerahmt – die einzige Extravaganz, die der Hof gestattete.

Spergus sehnte sich mit jeder Pore seiner Haut nach den glühenden Liebkosungen des Roten Purpurmondes. Doch er unterdrückte schnell seine nostalgischen Anwandlungen. Als Sohn einfacher osgoritischer Kaufleute hatte er kein Recht, sich nach der Vergangenheit zu sehnen. Denn jetzt wurde er mit demselben Respekt wie alle einflussreichen Höflinge behandelt, ein Privileg, das sonst nur hochgestellte Familien auf Syracusa genossen. Auch wenn sich diese Gunst manchmal als schwere Last erwies, auch wenn er die anzüglichen Blicke und die verletzenden Worte der Gattin Ranti Angs, Sibrit, ertragen musste, auch wenn er sich kaum inmitten der ständigen, niederträchtigen Intrigen des Hofs wohlfühlte, auch wenn es ihm nicht gestattet war, sich ohne die Gedankenhüter in ihren roten und weißen Kapuzenmänteln frei zu bewegen, diesen omnipräsenten, stummen, Ränke schmiedenden Schatten, die den Herrscher schützen sollten, gab er sich Mühe, jegliche Erinnerung an seine Kindheit aus seinem Kopf zu verbannen. Er beugte sich den höfischen Regeln und den damit verbundenen Pflichten und Unannehmlichkeiten aus Liebe zu seinem Seigneur. Aus Liebe für den Obersten Herrscher des renommiertesten Planeten der Konföderation Naflin, aus Liebe für diesen Hundertjährigen mit den edlen Gesichtszügen, den klaren blauen Augen und dem gelockten blaugrauen Haar. Aus Liebe für einen Mann, der alle syracusischen Tugenden verkörperte: Adel, Großmut und Anmut verbunden mit einem erlesenen Geschmack; den Kardinaltugenden, die von jeher auf Syracusa gepflegt wurden.

Der Mikat wurde von Krämpfen geschüttelt. Allein das rhythmische Trommeln seiner Knie auf den kalten Fliesen unterbrach eine immer bedrückender werdende Stille.

»Er ist Adept einer verbotenen Religion«, sagte Pamynx plötzlich, an Spergus gewandt.

Der junge Osgorite zuckte zusammen. Er konnte den durchdringenden und dabei unergründlichen Blick des Konnetabels nicht ertragen. Die telepathischen Fähigkeiten der Scaythen und vor allem die von Pamynx machten ihm Angst. Instinktiv drehte er sich um und suchte die beruhigende Nähe seiner Gedankenhüter.

»Diese grässlichen Irrlehren! Sie erfüllen mich mit Abscheu«, schimpfte Ranti Ang. »Sie müssen ein für alle Mal ausgemerzt werden.«

Der Seigneur von Syracusa bewegte nervös seine schlanken, ringgeschmückten Finger und strich sich dann eine Strähne seines silbernen Haars aus dem Gesicht. Ein Tick, der einen unmittelbar bevorstehenden Kontrollverlust ankündigte.

»Dieser Mikat ist Anhänger der ketzerischen Lehre der Kirche von Goudour, die diesen falschen Propheten, der vor dreihundert Jahren am Kreuz verbrannt wurde, noch immer wie einen Märtyrer verehrt. Das ist Häresie!«

»Sie sind nichts als Tiere, fanatische Idioten, die sich erdreisten, auf menschliche Symbole zurückzugreifen!«

»Und wo verstecken sie sich?«, fragte Spergus, den dieses Thema zu faszinieren schien.

Allein diese Frage löste in Ranti Ang ungezügelte Wut aus.

»Stellt Euch nur vor, mein Freund, sie halten sich sogar auf Syracusa auf! Sie verstecken sich in den Bergen von Teheu'ingh und in Mesgomien, in jenen schwer zugänglichen Landstrichen, wo wir sie nur mühsam aufspüren können. Aber auf dem Planeten Julius ist diese Irrlehre weitverbreitet, obwohl wir ihre Anhänger durch verstärkte Repressalien und eine größere Anzahl von Verbrennungen am Kreuz beträchtlich reduziert haben.«

»Wenn Ihr gestattet, Monseigneur, möchte ich noch zwei Dinge hinzufügen. Als Erstes die Tatsache, dass die Eltern dieses Mikaten bereits während eines Aufenthalts Eures Vaters, des Seigneurs Arghetti Ang, am Kreuz verbrannt wurden. Und zweitens, dass die Person, die ihn denunziert hat, keine andere als seine Frau ist – eben jene Person, an die er sich jetzt erinnert. Und das für den kläglichen Lohn von hundert julischen Keulis, was nur einer geringen Summe unserer Standardwährung entspricht. Es ist doch seltsam, dass dieser geringe Obolus für sie attraktiver als die Liebe ihres Mannes war.«

Ranti Ang erlaubte sich den Anflug eines Lächelns.

Doch da Pamynx' Worte wie Peitschenhiebe auf den Mikaten niedergeprasselt waren, hatte er jetzt aufgehört zu zittern und lag ausgestreckt auf dem Boden. Große Tränen liefen ihm über die Wangen.

»Aber... aber er weint! Habt Ihr das gesehen? Er weint, Monseigneur!«

»Ja, mein Freund. Er weint«, sagte Ranti Ang spöttisch. »Denn er verfügt nicht über Mechanismen, wie wir sie besitzen, die seinen Verstand kontrollieren können. Deshalb gibt es Wesen, die ihren Emotionen Ausdruck verleihen, so unwahrscheinlich uns das auch anmutet.«

Spergus hatte sich über die massive Brüstung des Balkons gebeugt. Mit großen Augen betrachtete er die glänzenden Tränen, die über die rauen Wangen des Mikaten liefen.

Auf ein diskretes Zeichen des Konnetabels näherte sich der Scaythe im schwarzen Kapuzenmantel der zusammengesunkenen Gestalt. Flüchtig konnte Spergus zwei glühend rote Lichter sehen, die eine große Energie ausstrahlten. Zwei unheilbringende Sterne in einem tintenschwarzen Himmel.

»Wir sind bereit, Monseigneur.«

»Bereit? Aber zu was, gütige Götter?«

Beunruhigt hob der Mikat den Kopf. Als er den schwarzen Stoff der Kutte so nah vor sich sah, weiteten sich seine Augen vor Entsetzen. Er schlug wild mit Armen und Beinen um sich.

»Wenn das kein Wunderwerk ist!«, spottete Ranti Ang. »Macht mir ja nicht weis, Ihr habt dieses grandiose Schauspiel nur inszeniert, um einen dieser Erd-Hinteren zu terrorisieren!«

»Habt die Güte, Euch noch etwas zu gedulden, Monseigneur ...«

Ein unangenehmes Gefühl des Zweifels beschlich den Konnetabel, ein schleichendes Gift, dem er nicht Einhalt gebieten konnte, obwohl er für seine Demonstration mit größter Sorgfalt den Scaythen Harkot als Experimentator ausgewählt hatte – und das unter hundert Bewerbern, die alle über bemerkenswerte mentale Fähigkeiten verfügten. Er selbst hatte die Ausbildung dieses Schülers überwacht, die Anzahl der Tierversuche erhöht, sowie die der Versuche mit den Halbmenschen des Planeten Getablan. Deshalb hatten sie nicht genug Zeit gehabt, ihre Experimente auf kompliziertere, höherentwickelte Gehirne auszudehnen. Also ging er ein Risiko ein: Dieses wichtige Experiment konnte misslingen. Doch ein Scheitern konnte sich Pamynx nicht leisten. Da er aber von vielen Feinden umgeben war und nur wenige Mitstreiter hatte, war er zu schnellem Handeln gezwungen gewesen, was sonst nicht in seiner Natur lag.

Klagelaute kamen aus dem Mund des Mikaten. Graue Speichelfäden liefen aus seinen Mundwinkeln und tropften auf sein leicht fliehendes Kinn.

»Ich bitte jetzt um völlige Ruhe«, flüsterte der Konnetabel. Erleichtert stellte er fest, dass der scaythische Experimentator durch seine mentale Kraft erste Reaktionen bei dem Probanden hervorrief.

Der Mikat bewegte sich jetzt weniger heftig und atmete schwer. Mit einem verzweifelten letzten Aufbäumen versuchte er, die schwarze Kutte des Experimentators zu ergreifen, fasste aber ins Leere. Ein Keuchen, ein Zucken: Er sackte leblos zu Boden.

Tödliche Stille herrschte im Raum. Spergus, der sich immer noch über die Brüstung beugte, brach sie als Erster.

»Was ... was ist mit diesem Mikat geschehen? Er rührt sich nicht mehr.«

»Er ist tot«, antwortete Pamynx und betonte jedes Wort, um der furchtbaren Wahrheit Nachdruck zu verleihen.

»Tot?«

»Ja. Tot, Monseigneur.«

»Wie war das möglich?«

Jetzt nahezu heiter gestimmt, fand der Konnetabel ein perverses Vergnügen darin, die Neugier der beiden Männer noch anzuheizen und antwortete erst nach geraumer Zeit.

»Dieser Mikat wurde allein durch die Willenskraft Harkots, unseres scaythischen Experimentators, getötet. Ihr wart Zeuge der ersten mentalen Exekution, Seigneur«, sagte er mit gleichgültiger Stimme, so als handele es sich um einen ganz banalen Vorgang.

Der Scaythe im schwarzen Kapuzenmantel verneigte sich devot. Ranti Ang reagierte mit einem leichten Nicken.

»Hofft Ihr etwa, dass wir Euch etwas derart Absurdes glauben, Konnetabel?«

»Der Glaube hat in meinen Laboratorien nichts zu suchen, Monseigneur. Den überlasse ich unserer Heiligen Kirche. Ich bin Wissenschaftler, und da zählt allein die Gewissheit. Harkot hat nichts anderes getan, als das Gehirn unseres Versuchskaninchens zur Implosion zu bringen.«

»Wollt Ihr damit sagen, dass dieser Mann allein durch Gedanken töten kann?«, fragte Spergus entsetzt.

»Ja. Aber unter der Voraussetzung, dass die Entfernung nicht zu groß ist. Denn andere Gedanken könnten die mentale Kraft des Experimentators überlagern oder gar auslöschen. Doch Harkot hat diesen Mann ohne Zuhilfenahme einer Waffe aus kurzer Distanz getötet. Momentan lässt sich diese Technik jedoch nur auf relativ primitive Gehirne anwenden. Wie das jenes Mikaten. Wir hoffen jedoch, sie bald auch bei höher entwickelten Gehirnen anwenden zu können. Sogar bei sehr hoch entwickelten.«

Der Konnetabel hatte seine gelassene Selbstsicherheit

wiedergefunden. Trotz der Gedankenhüter, dieser weißen und roten Gespenster, deren Aufgabe es war, die psychische Ausgeglichenheit ihrer Schutzbefohlenen zu bewahren, konnte der Scaythe bei Ranti Ang gewisse Gefühle feststellen, jedoch keinen Groll mehr. Der Geist des Seigneurs von Syracusa beschäftigte sich im Moment einzig und allein mit den außerordentlichen Perspektiven, die dieses gerade vor seinen Augen gelungene Experiment bot.

»Besitzen alle Scaythen diese Fähigkeit?«

»Nur jene, die über eine größere als die normale Auffassungsgabe verfügen.«

»Das ist ... Zauberei!«, stieß Ranti Ang hervor.

Doch seinem Vorwurf fehlte die Überzeugungskraft, so als ahne er bereits die Antwort.

»Vom Muffi der Kirche des Kreuzes habt Ihr nichts zu befürchten, Monseigneur. Es handelt sich hier – ich wiederhole – um eine rein wissenschaftliche Technik, die von Physikern, deren Spezialgebiet die Erforschung der Wellen ist, entwickelt wurde, und nicht von irgendeinem dahergelaufenen Hexer. Die Zauberei ist gleichzusetzen mit obskuren, subjektiven, empirischen Praktiken, das exakte Gegenteil unserer Technologie, die objektiv, überprüfbar und beweisbar ist. Und falls Ihr es wünscht, Monseigneur, erklären Euch unsere Forscher gern in allen Einzelheiten jene mentalen Prozesse, derer sich unsere Schüler bedienen. Es kommt also nicht infrage ...«, und jetzt wurde Pamynx' Ton sehr bestimmt, »... dass unsere Heilige Kirche die künftigen mentalen Exekutoren auf den Index setzt. Ich brauche wohl nicht zu betonen, dass wir Euch nicht mit diesem Prozedere vertraut gemacht hätten, wenn es den Regeln der Kirche des Kreuzes widerspräche.«

Indem Pamynx von vornherein mit der Unterstützung

der Geistlichkeit rechnete, ging er kein großes Risiko ein. Barrofill XXIV., der Muffi der Kirche des Kreuzes, wusste seit Langem, was für widerwärtige Experimente in dem Geheimlabor des Konnetabel stattfanden.

»Ich möchte gern, dass Ihr uns ausführlicher über diese Technik berichtet«, schlug Spergus vor.

»Allein ich fürchte, Euch mit den Einzelheiten zu langweilen«, entgegnete Pamynx geschmeidig. Denn nur zu gern ließ er sich jetzt bitten.

»Was ziert Ihr Euch? Erfüllt die Bitte unseres teuren Spergus«, sagte Ranti Ang in einem Ton falscher Jovialität. Er hatte seine Krallen eingefahren.

Pamynx frohlockte innerlich, ließ sich aber nichts anmerken. Die Folgen seiner Sorglosigkeit wären für das GROSSE PROJEKT fatal gewesen. Doch es war ihm gelungen, die Situation zu seinen Gunsten zu wenden. Das bewies der veränderte Ton Ranti Angs. Gerade hatte er das Wichtigste gewonnen: Zeit. Außerdem hatte er fortan den Hofsänger Tist d'Argolon und dessen Anhänger in der Hand. Und das war eine grenzenlose Genugtuung.

»Diese Technik basiert auf einem längst vergessenen Wissen, das ein paar tausend Jahre vor Naflin praktiziert wurde. Unserer Kenntnis nach war dies die einzige antike Wissenschaft, die sich mit dem Potenzial des Gehirns beschäftigt hat: die Inddikische Wissenschaft. Zeugnisse von ihr haben wir auf dem kleinen Planeten Terra Mater gefunden. Er gehört zu einem Sonnensystem am Rande der Milchstraße. Kurzum, zwei scaythische Ethnologen erfuhren rein zufällig, dass die Ameurynen – ein Volk auf Terra Mater – noch immer ihre religiösen Lieder auf Inddikisch sangen, obwohl diese einheimische Sprache schon seit sechstausend Jahren nicht mehr gesprochen wird. Als sich unsere Ethnologen auf diesen Planeten begaben, stellten sie Folgendes fest: Diese Hymnen schienen in der Umgebung klimatische Veränderungen zu bewirken, wie zum Beispiel plötzliche Schneefälle im Sommer. Als sie dieses Phänomen näher untersuchten, kamen sie zu dem Schluss, dass gewisse inddikische Töne – Uctras oder Antras genannt – verblüffende Eigenschaften haben.«

»Um Himmels willen, kommt zur Sache!«, befahl Ranti Ang. Ihm war aufgefallen, dass Spergus überhaupt nicht zuhörte.

»Sofort, Monseigneur. Ich habe nur so weit ausgeholt, um Sieur Spergus das Verständnis zu erleichtern. Wir fanden heraus, dass die Ameurynen diese besonderen Töne sangen, wenn sie bei ihren Riten Tiere opferten oder Gesetzesbrecher bestraften. Zum Beispiel, wenn es um Ehebruch ging. Der oder die Schuldige oder beide wurden in einen heiligen Kreis gebracht und dort festgebunden. Vier Amphanen, die Priester der Ameurynen, die außerhalb des Kreises an den Punkten der vier Himmelsrichtungen saßen, sangen das Todeslied – eine Folge von Uctras –, das im Gehirn zu irreparablen Läsionen und innerhalb weniger Minuten zum Tode führte. Doch einer unserer Physiker hat vor Kurzem herausgefunden, dass sich die Kraft der Uctras unter gewissen Bedingungen beträchtlich steigern lässt.«

Spergus war inzwischen wieder ganz bei der Sache und hörte aufmerksam zu.

»Als Basis unserer weiteren Arbeit diente folgendes Theorem: Die Zerstörungskraft der Uctras steht in direktem Zusammenhang mit dem Geräuschpegel, der sie in ihrer unmittelbaren Nähe umgibt. Je intesiver die Stille, umso größer die Kraft. Die Ameurynen hatten dieses wesentliche Prinzip im Lauf der Jahrhunderte vergessen. Anstatt die Uctras zu verinnerlichen, veräußerlichten sie sie durch den Gesang und schwächten somit deren Kraft.

Doch eine der Hauptbegabungen der Scaythen besteht darin, in die Tiefen des inneren Schweigens hinabzusteigen und somit für andere Lebewesen des Universums unerreichbar zu werden. Deshalb können oberflächliche Geister die Uctras nicht korrekt beherrschen und anwenden. Und nur weil unsere Schüler in größter Abgeschiedenheit und unter dem lästigen, aber notwendigen Schutz der Pritiv-Söldner ihren Studien nachgehen und einen stabilen Zustand des Bewusstseins erreicht haben, sind sie in der Lage, die Uctras zu beherrschen. Sie begannen ihre Versuche mit embryonalen Gehirnen, dehnten sie dann auf die der Säugetiere aus bis hin zu denen der Tiermenschen von Getablan und schließlich auf das Gehirn dieses Mikaten. Übrigens, ich bitte Euch untertänigst, die Bedenken einiger Missionare der Kirche des Kreuzes zu zerstreuen. Wir mussten ...«

»Habt Ihr bereits Probleme mit unserer Kirche, Konnetabel?«, unterbrach Ranti Ang Pamynx. »Ich dachte, diese Experimente würden unter größter Geheimhaltung stattfinden? Das hoffe ich zumindest. Denn sollten die anderen Staaten der Konföderation erfahren, dass Ihr Euch von den Pritiv-Söldnern helfen lasst, haben wir bei der nächsten Asma auf Issigor jede Glaubwürdigkeit verloren.«

»Die alle fünf Jahre einberufene Versammlung wird nicht, wie geplant, auf dem Planeten Issigor stattfinden.«

»Was höre ich da? Und warum?«

»Das erkläre ich Euch später, Monseigneur. Privat. Unter vier Augen«, antwortete der Konnetabel, starrte dabei aber Spergus mit seinen gelben Augen an. »Damit wir genügend Versuchsobjekte zur Verfügung hatten, mussten wir den Missionaren versprechen, diese Tiermenschen gesund zu ihnen zurückkehren zu lassen. Indessen sind leider ...«

»Nichts als eine fromme Lüge, Konnetabel! Aber trotzdem eine Lüge«, schalt Ranti Ang und verspottete damit die moralischen Ansprüche der Kirchenmänner.

»Ich dachte, dass zum Wohl der ...«

»Tut mir den Gefallen, und hört auf zu denken! Diese Experimente haben ein nobles Ziel. Sie dienen der Wissenschaft, nicht wahr? Und die Tatsache, dass dabei ein paar Tiermenschen auf der Strecke bleiben, tangiert in keiner Weise unseren Glauben. Ich regele das mit Muffi Barrofill. Steht er nicht unter meinem persönlichen Schutz, und bin ich nicht sein Freund? Aber seid Ihr auch absolut sicher, dass niemand von Euren Experimenten weiß?«

»Ich bin mir absolut sicher. Die einzige Person, die uns hätte in die Quere kommen können, wurde von Syrycusa verbannt. Von Euch selbst, Seigneur.«

»Von mir selbst?«

»Sicher erinnert Ihr Euch noch an den Prozess gegen den Smella, Sri Mitsu?«

»Sri Mitsu? Was hat er mit all dem zu tun?«, fragte Ranti Ang widerwillig. Es widerstrebte ihm, sich daran zu erinnern, und er tat alles, um dieses peinliche Empfinden nicht sichtbar werden zu lassen.

»Er ist einer von ihnen, Monseigneur«, antwortete Pamynx, dem das Widerstreben Ranti Angs, dessen Grund er kannte und das für ihn fast fühlbar war, nicht entging. »Die Inddikische Wissenschaft hat Raum und Zeit überdauert. Und es gibt nur noch drei lebende Großmeister. Sri Mitsu ist einer von ihnen.«

»Das hätten wir gewusst!«, protestierte Ranti Ang. »Sri Mitsu hat immer den Schutz der Gedanken abgelehnt. Unsere Inquisitoren konnten in ihm wie in einem Licht-Buch lesen.«

»Dank seiner außergewöhnlichen psychischen Fähigkeiten, die er durch das Studium der Inddikischen Wissenschaft erworben hatte, war er vom Schutz der Gedanken befreit, Monseigneur. Da er außerdem Mitglied der Kongregation der Smellas war, wären seine Fähigkeiten sicherlich unseren Projekten nicht förderlich gewesen. Aus diesem Grund und allein deswegen habe ich bei Euch und Seiner Heiligkeit, dem Muffi, dafür plädiert, dass ihm öffentlich der Prozess gemacht wird. Die Anklage – widernatürliche sexuelle Praktiken – war nichts als ein Vorwand, wie Ihr sicherlich schon vermutet habt. Denn wir mussten ihn ein für alle Mal beseitigen. Zum Glück ist dann alles wie geplant verlaufen: Seine Aura als Smella, sein Einfluss auf die Vertreter anderer Staaten, die Wertschätzung, die er genoss – das alles hat sich während des Prozesses gegen ihn gekehrt, und er wurde für immer in die Verbannung geschickt.«

»Warum habt Ihr mir die wahren Gründe nicht mitgeteilt, Konnetabel? Achtet Ihr mich so wenig?«, fragte Ranti Ang leicht verbittert.

Pamynx hütete sich, die Verachtung erkennen zu lassen, die er dem Seigneur von Syracusa entgegenbrachte. Er hielt den Herrscher für einen oberflächlichen, leichtfertigen und labilen Mann, der unfähig war, das Erbe, das ihm sein Vater, der große Arghetti Ang, hinterlassen hatte, zu verwalten. Und hinter den Kulissen zog der Konnetabel seine Fäden, um die syracusische Thronfolge außer Kraft zu setzen.

»Ich wollte Euch mit derlei Dingen nicht belasten, Monseigneur«, antwortete Pamynx mit einem servilen Unterton in der Stimme.

»Und wer sind die beiden anderen Großmeister dieser … dieser Inddikischen Wissenschaft?«, fragte Spergus. »Ihr habt gesagt, dass es drei gibt. Bisher kennen wir nur einen.«

»Der Zweite ist ein anderer Syracuser, Sri Alexu. Ein diskreter Mann, der sich nicht um Staatsgeschäfte kümmert. Er lebt hier, in Venicia, und hat außer der Wissenschaft nur zwei Leidenschaften: seine Tochter Aphykit, eine junge Schönheit, und die Blumen. Wir überwachen ihn ständig.«

»Und der Dritte?«, fragte Spergus drängend.

Die Beharrlichkeit des jungen Osgoriten gab Pamynx zu denken. Habe ich etwa die Rolle des Günstlings Ranti Angs unterschätzt? Steckt hinter seiner entwaffnenden Naivität mehr? Ist sie nur eine Maske, hinter der sich berechnendes Kalkül versteckt? Verfolgt er womöglich präzise Ziele?

»Der Mahdi Seqoram.«

Ganz gegen höfische Gepflogenheiten stieß Ranti Ang einen ziemlich unpassenden Laut der Überraschung aus.

»Große Götter! Seid Ihr Euch eigentlich bewusst, von wem Ihr da redet, Konnetabel?«

»Warum? Wer ist dieser Mann? Was hat er getan?«

»Der Großmeister des Ordens der Absolution. Aber macht Euch keine Sorgen, Sieur Spergus. Wir lenken die Ritter des Ordens auf eine falsche Fährte. Und wir überwachen sie ständig.«

»Und wenn schon! Falls Ihr jedoch die Mitglieder des Ordens der Absolution angreift, so greift Ihr die Grundfesten der Konföderation von Naflin an«, wandte Ranti Ang ein. »Die Ritterschaft widmet sich seit Jahrhunderten der Kriegskunst. Kein noch so mächtiger Herrscher würde es wagen, sie herauszufordern. Habt Ihr den Verstand verloren, Konnetabel?«

»Der Orden weiß nichts von der Waffe, die wir schmieden, Monseigneur.«

Dann nahm er plötzlich eine feierliche Haltung ein und fuhr fort: »Monseigneur, die Zeit ist gekommen, den visionären Traum Eures Vaters zu verwirklichen. Die Lage ist günstig, denn die Armee und die Polizeikräfte der Konföderierten stehen bis zur nächsten Asma unter dem Kommando Eures Bruders Menati, und die Versammlung wird dank unseres Einflusses nicht auf Issigor, sondern auf Syracusa stattfinden. Menati ist unserem Rat gefolgt und hat die leitenden Offiziere dazu bewegen können, unsere Sache zu vertreten, natürlich mit dem Versprechen, sie später auszuzeichnen und ihnen territoriale Zugeständnisse zu machen. Die Pritiv-Söldner sind bedingungslos bereit, uns zu unterstützen; sie brennen geradezu, gegen den Orden der Absolution zu kämpfen, weil ihre Gründer, die abtrünnigen Ritter, vor langer Zeit Mitglieder des Ordens waren. Die Kirche des Kreuzes wiederum breitet sich dank des unermüdlichen Eifers ihrer Missionare bis in die hintersten Winkel der Konföderation aus. Und mit ihren Verbrennungen am Kreuz und ihren mentalen Inquisitoren haben sie bereits äußerst effiziente Mittel der Unterdrückung geschaffen. Es fehlte uns nur noch ein einziges Element, Monseigneur. Und dieses Element, das heißt dessen Wirkungsweise, habt Ihr gerade mit eigenen Augen gesehen.«

Pamynx schwieg und beobachtete, wie seine Zuhörer

auf seine Worte reagierten. Spergus stand mit offenem Mund da. Er sah wie eine holografische Gliederpuppe in einem prä-naflinischen Museum aus. Allein seine beiden blonden Zöpfe bewegten sich im kaum wahrnehmbaren Lufthauch. Dieser junge Osgorite, der in seinem überschwänglichen Temperament sowohl ein Opfer seiner Neugier als auch der Gefühle Ranti Angs war, wusste viel zu viel. Ob er nun eine Doppelrolle spielte oder nicht, er stellte eine Gefahr dar. Das Rad seines Schicksals – die *rota individua* der Kirche – würde sich bald nicht mehr drehen.

Der Seigneur von Syracusa hingegen fuhr sich zerstreut mit dem Zeigefinger seiner rechten Hand über den Mund. Sein Blick wanderte vom Leichnam des Mikaten zu der schwarzen verhüllten Gestalt seines Henkers. Dutzende Edelsteine, mit denen die Bordüre seines langen Capes besetzt war, blitzten kurz auf.

»Jetzt müssen wir sehr schnell handeln«, fuhr der Konnetabel fort. »Zuerst muss Sri Mitsu eliminiert werden. Obwohl er im Exil auf dem Planeten Roter-Punkt lebt, ist er noch immer gefährlich. Sri Alexu und seine Tochter müssen ebenfalls eliminiert werden, auch wenn sie momentan ganz ungefährlich wirken. Aber das ist sicher nur eine Tarnung, um uns zu täuschen. Und dann, Monseigneur, haben wir unsere Technologie der mentalen Exekution zu verfeinern. Schließlich müssen wir den Orden der Absolution besiegen und auflösen. Er ist nichts als ein Überbleibsel der Konföderation, eine überholte Institution, wie alles, was an die Inddikische Zivilisation erinnert. Und um wirklich sicher zu gehen, wäre es ratsam, auch die Ameurynen auf Terra Mater für immer zum Schweigen zu bringen.«

»Habt Ihr nur einmal daran gedacht, Konnetabel, dass sich dieser Genozid – denn es handelt sich um einen Genozid – herumsprechen könnte?«, schrie Ranti Ang. »Habt Ihr an die Reaktion der Ordensritter gedacht? Und das wird sich herumsprechen, denn die wichtigsten Mitgliedsstaaten haben ihre Augen und Ohren überall!«

»Wir müssen lernen, den Orden nicht als ein unüberwindbares Hindernis zu betrachten. Unsere Vorteile bestehen in unserer Schnelligkeit, Präzision und dem Überraschungseffekt. Jetzt brauchen wir nichts weiter als Euer formelles Einverständnis, Monseigneur ... Allein Ihr habt es in der Hand, der erste unumschränkte Herrscher eines post-Naflinischen Reichs zu werden.«

Natürlich dachte Pamynx nicht eine Sekunde daran, Ranti Ang zu inthronisieren. In der fünften Phase des GROSSEN PROJEKTS hatten die Meister-Creatoren von Hyponeros die Zerstörung der gesamten Konföderation und die Institution eines aufgeklärten Tyrannen vorgesehen – eines Einigers –, also eines Mannes von ganz anderem Format, als der momentane Herrscher von Syracusa war.

Inzwischen hatten die vier scaythischen Gedankenhüter in ihrer Wachsamkeit nachgelassen, denn das Licht, das aus ihren halb geschlossenen Augen unter ihren roten und weißen Kapuzen drang, strahlte nicht mehr die gewohnte Intensität aus. Somit verstießen sie gegen das oberste Gesetz der Ehrenwerten Ethik des Gedankenschutzes: *Tag und Nacht werde ich der eifrige Hüter der Gedanken meines Herrn sein, denn er allein hat das Recht, dem innersten Fluss seiner Gedanken zu folgen.*

Natürlich war Pamynx diese Nachlässigkeit nicht entgangen, und es wäre ihm ein Leichtes gewesen, sich in Ranti Angs momentan ungeschützte Gedankenwelt zu schleichen. Doch er zog es vor, dass sich seine Mitplanetarier selbst ihrer unverzeihlichen Fahrlässigkeit bewusst wurden. Heute wollte der Konnetabel keine Köpfe mehr rollen sehen. Denn die Wichtigsten würden schon sehr bald zu seinen Füßen liegen, und diese Aussicht stellte ihn aufs Höchste zufrieden.

»Monseigneur, ich möchte Euch gern noch mehr über unsere Pläne berichten«, sagte er sanft, weil er Ranti Ang nicht zu abrupt aus dessen Wachtraum reißen wollte. »Ich rate Euch, Sieur Spergus von dieser lästigen Pflicht zu entbinden. Schickt ihn an einen Ort, an dem er besser seinen jugendlichen Neigungen nachgehen kann.«

Und ohne die Antwort seines Seigneurs abzuwarten, noch auf den hassvollen Blick Spergus' zu reagieren, drehte er sich um und verschwand in dem dunklen unterirdischen Gang.

ZWEITES KAPITEL

Von heute an bin ich Angestellter des Intergalaktischen Transportunternehmens und widme ihm im Bewusstsein des mir gewährten Privilegs mein ganzes Leben.
Ich komme meinen Aufgaben zum Wohle der Kunden, die mit dem Intergalaktischen Transportunternehmen reisen, mit größtem Eifer nach.
Ich bin im Voraus mit jeder Versetzung auf einen anderen Planeten einverstanden, sollte das Entscheidungskollegium eine solche Maßnahme zum Gedeihen des Intergalaktischen Transportunternehmens für notwendig erachten.
Ich bin ein Mitglied der großen Familie Galaktischer Transportunternehmen und als solches respektiere ich …

Auszug aus der Airain-Charta, der ethischen Pflichtenlehre des In-Tra-Amtseid, der vor der Einstellung vor dem Entscheidungskollegium auf dem Planten Oursse abgelegt werden muss.

Auf dem Planeten Zwei-Jahreszeiten kursierte hartnäckig ein Gerücht: Es hieß, der Dauerregen werde bald aufhören, und somit sei bald das Ende der Regenzeit gekommen.

Tixu Oty, der Oranger, fläzte in seinem abgenutzten, verstaubten Sessel in einer Dependance der Reiseagentur InTra und starrte mit dem stumpfen Blick einer himmlischen Kuh auf den strömenden Regen draußen vor dem Fenster.

Während der fünf oder sechs Standardjahre, die Tixu Oty auf den Zwei-Jahreszeiten lebte, hatte er sich in eine zottelige, träge, von Alkohol und Langeweile getränkte Masse verwandelt. Seiner zerknitterten, ehemals hellgrünen Uniform entströmte ein widerwärtiger Geruch, der an diese riesigen Echsen erinnerte, die Bewohner der Flüsse während der Regenzeit.

Wenn sich – was selten genug vorkam – ein Kunde in die vergammelte Agentur verirrte, wurde er von Tixu Oty mit einem derart scheelen Blick bedacht, dass er schnell eine Entschuldigung stammelte und wieder abzog. Welchen Eindruck mussten die unglücklichen Reisenden nur von dieser Firma haben, dem »wichtigsten Reiseveranstalter des bekannten und des unbekannten Universums«?! Von dem InTra, mit seinen Abertausenden Niederlassungen auf Hunderten Planeten der Naflin-Konföderation, inbegriffen die auf den entlegenen Welten der Marken. Das allmächtige InTra, das mithilfe einprägsamer Slogans und Mauscheleien zwischen Politik und Finanzwelt zum Quasi-Monopolisten innerhalb des galaktischen Transportsektors geworden war.

Gefangen in seiner Lethargie wusste Tixu jedoch, dass früher oder später ein Inspobot – ein Inspektor-Roboter – im Auftrag des Entscheidungskollegiums bei ihm erscheinen und seine Arbeit überprüfen würde. Die Direktion kümmerte sich um jede Agentur, auch wenn sie an den Grenzen des registrierten Universums lag. Wenn er viel Glück hatte, würde man ihn einfach nur rausschmeißen, wie man jeden anderen Faulenzer aus einer verantwortungsvollen Stellung entlassen hätte. Allein, diese Vorstellung entsprach seinem Wunschdenken. Viel wahrscheinlicher war, dass er vor dem Ethiktribunal des InTtra erscheinen musste, wo sein gesamtes Versagen in beruflicher Hinsicht offenkundig werden würde. Und da das InTra äußerst empfindlich war, wenn es um das Renommee seines Unternehmens ging, würde man ein Exempel an ihm statutieren, was bedeutete, dass er zu zehn bis fünfzehn Jahren Dienst in einer der Recyclingwerkstätten auf dem Planeten Oursse verurteilt werden würde. Dort würde er dann die Wahl haben, als Versuchspilot – Mortalitätsrate: 30,3 Prozent – zu arbeiten, oder im Strahlenlabor – Mortalitätsrate: 26,7 Prozent –, um Anomalien jedweder Art aufzudecken.

Doch Tixu war es dank seines bewundernswerten Phlegmas gelungen, diese Gedanken aus seinem Kopf zu verbannen: den Eid, den er auf die Airain-Charta geleistet hatte; die Inspobots; die Maxime: der Kunde ist König; und das deprimierende Schicksal, das ihn erwartete ... Ihn interessierte nur eins: der Augenblick, an dem die Computerstimme der Hostess des internen Senders die Schließung aller Reiseagenturen in der Zone 1098-A der Marken verkündete.

Reflexartig tippte Tixu dann auf der veralteten Tastatur den Geheimcode ein, drückte auf den Knopf, der die magnetische Schutzvorrichtung aktivierte, hievte seine immense Körpermasse aus dem Sessel und vergaß jedes Mal die altmodische holografische Leuchtschrift auszuschalten, bei der seit Ewigkeiten die Hälfte der Buchstaben fehlte. Dieses Reisebüro war wahrscheinlich das heruntergekommenste des bekannten und unbekannten Universums.

Dann machte sich Tixu träge auf den Weg und schlurfte durch die dunklen und verschlungenen Gassen der Innenstadt. Bald musste er auf schmale Stege ausweichen, die zur Regenzeit kleine Seen, Bäche und Flüsse überbrückten. Die Wassermassen reflektierten, zerbrochenem Spiegelglas gleich, den fahlen Schein der Lichtblasen, die vom Wind geschüttelt wurden. Manchmal tauchte plötzlich in der Gischt eine der Flussechsen auf, ein etwa zehn Meter langes, fleischfressendes Reptil. Sein gelb geschuppter Leib und seine kleinen rubinroten Augen leuchteten im grauen Zwielicht und wenn es sein Maul öffnete, glänzte eine Dreierreihe spitzer Zähne, während sein kräftiger Schwanz wütend die Wasseroberfläche peitschte.

Schon oft hatte eine Windbö einen betrunkenen oder vom Fieber geschwächten Passanten von einem der Stege geworfen. Der Mann hatte keine Chance, mit dem Leben davonzukommen. Immer lauerte eine Echse in der Nähe, und sie verschlang ohne Zögern ihre unverhoffte Beute (Todesrate: 100 Prozent).

Manchmal beobachtete Tixu diese Wassermonster eine Weile. Dann hielt er sich immer an den an den Stegen angebrachten Seilen fest. Nicht, dass er übermäßig am Leben hing, aber immerhin hielt er sich an dem fest, was sich ihm bot, und in dem Fall war es eben ein Seil.

Die Ureinwohner der Zwei-Jahreszeiten, die Sadumbas, glaubten, dass die Flussechsen Wassergottheiten seien. Vor der Ankunft der Kolonisten aus der Konföderation auf ihrem Planeten hatten sie den Echsen einige ihrer Neugeborenen in einem Ritual geopfert. Und obwohl das Konföderierte Recht einheimische kulturelle und ethische Gebräuche schützte, waren diese jahrhundertealten Praktiken verboten worden, weil man sie für barbarisch und einer aufgeklärten Gesellschaft nicht würdig hielt.

Tixu schritt auf schwankenden Stegen über die unter ihm lauernden Geschöpfe, die aufmerksam jede seiner Bewegungen über die rutschigen Planken verfolgten. Auch wenn der Regen ihm nun ins Gesicht peitschte, lies er sich davon nicht aus seiner gleichgültigen Haltung bringen. Jetzt strebte er dem einzigen Ort der Siedlung zu, wo Alkohol ausgeschenkt wurde: eine Baracke, auf morschen Pfählen errichtet; kein sehr vertrauenerweckendes Etablissement. Unter einem verwitterten Wirtshausschild neigte sich eine baufällige Terrasse in bedrohlichem Winkel auf den unter ihr gurgelnden Bach zu. Wahrscheinlich war dies die heruntergekommenste Kneipe des bekannten und unbekannten Universums.

Tixu gesellte sich jeden Abend zu den zahlreichen Liebhabern einer einheimischen Spezialität, eines alkoholischen Getränks namens Mumbë, eine zweifelhafte Mixtur aus Säure und Gift, die jedem normalen Individuum die Gedärme zerfressen hätte. Tixu jedoch leerte schweigsam Glas um Glas, ohne den Blick zu heben. Die anderen Säufer standen an der Bar oder flegelten sich an roh zubehauenen Tischen, auch sie tranken schweigend. Ihre glänzenden, rot geäderten Augen starrten ins Leere. Die Kellner, drei Brüder vom Planeten Roter-Punkt, füllten schweigend die Becher und Gläser nach. Nur ihre Hände grabschten gierig nach den auf die Theke geworfenen Münzen.

Die Taverne der Drei Brüder – so wurde sie genannt, weil niemand das Wirtshausschild entziffern konnte – diente vor allem als Umschlagplatz für geschmuggelten Tabak aus den Skoj-Welten und künstlichem Alkohol. Beides war bereits per Gesetz der Konföderation seit mehr als einhundertsechzig Standardjahren verboten.

Von Zeit zu Zeit tauchten ein paar schrille Frauen in der verräucherten Kaschemme auf. Sie hatten bunt gefärbte Haare, und ihre hauchdünnen Negligés enthüllten schlaffes Fleisch, hängende Brüste, fette Beine und kahle Venushügel – heruntergekommene Prostituierte, die nicht die Mittel hatten, sich einer Verjüngungskur zu unterziehen. Sie verkauften sich an die Optalium-Sucher, an korrupte Beamte oder an dubiose Geschäftsleute.

Auch Tixu war in Momenten tiefster Verzweiflung schon ihren zweifelhaften Angeboten erlegen. Diese flüchtigen Begegnungen fanden in einem im ersten Stock gelegenen Zimmer statt, mitten in einem Schwarm aggressiver schwarzer Moskitos. Da diese Frauen äußerst professionell vorgingen, dauerte der gesamte Akt, von der Geldübergabe bis zur Ejakulation, nie länger als dreißig Sekunden. Und jedes Mal hatte Tixu nichts anderes in Erinnerung behalten als den widerlichen Geruch des Desinfektionsmittels auf der fleckigen Matratze.

Manchmal schnappte er Fetzen einer Unterhaltung oder eines Gedankens auf.

»Scheißregen! Das dauert jetzt schon länger als zwanzig Jahre. Eine-Jahreszeit, so müsste dieses Loch heißen!«

»Ja. Und der arme Morteen Olligrain ... Dass er so enden musste. Hat sich einfach von einer dreckigen Echse fressen lassen ...«

»Dabei habe ich ihm gesagt, nicht so nahe am Wasser zu graben. Erst mal, weil es in der Nähe des Wassers überhaupt kein Optalium gibt. Und dann, weil ich ja gesehen habe, dass das alles zusammenbrechen würde ...«

»Er war eben stur ... Aber so sind sie alle, diese Dickschädel von Artilex. Immer müssen sie recht haben.«

»He, du Oranger, da drüben! Wenn ich einen guten Fund mache, komme ich sofort zu dir. Und dann steckst du mich in deine beschissene Maschine und ich bin sofort zu Hause. Und dazu noch verjüngt!«

»Rede keinen Quatsch, Amigoët! So eine Deremat-Reise kostet mindestens zehntausend Eier. Und diese Verjüngungsgeschichte, das ist ein Märchen ... Es wirkt vielleicht ein paar Monate lang, aber weil deine Körperzellen dein biologisches Alter gespeichert haben, ist die Wirkung bald vorbei. Das ist der korrigierte Gloson-Effekt ... Stimmt doch, oder, Tixu?«

Tixu verzog nur das Gesicht, was man notfalls als Zustimmung deuten konnte.

»Du brauchst dich gar nicht über mich lustig zu machen«, beharrte der andere Mann. »Ich bin überzeugt, dass ich auf eine Ader gestoßen bin. Eine richtige.«

Bei dem Optalium handelte es sich um ein seltenes Edelmetall, das von den Goldschmieden und anderen bildenden Künstlern auf Bella Syracusa und den Mitgliedern des Heiligen Kunsthandwerks des Marquisats sehr geschätzt wurde. Deshalb hatte es eine Menge Abenteurer angelockt, Männer, die unter der Zenoïba litten, einem Fieber, das während der Regenzeit grassierte und unheilbar war. Die Erkrankten hatten Schweißausbrüche, ihnen fielen die Zähne aus, und sie halluzinierten. Sie kamen aus allen Gegenden des Universums und waren an ihrer Kleidung erkennbar, einem Overall aus dickem braunem Stoff, dem Tibou'ch. Und sie alle hatten nur eine Hoffnung: genug Geld zusammenzukratzen, um in ihre Heimat-Welten zurückkehren zu können und dort in Frieden zu sterben. Mit normalen Raumschiffen würden sie Jahre brauchen und die Reise nicht überleben. Diese Relikte aus der Eroberungszeit brauchten sechs Monate und manchmal sogar ein Jahr, um die Verbindungen zwischen den Hauptplaneten der Konföderation aufrechtzuerhalten, die Risiken der Piraterie und der Havarie nicht eingerechnet.

»Laut Expertise der Geodriller ist der Planet Zwei-Jahreszeiten reich an weißem Optalium ...«

Diese lapidare Mitteilung, die von irgendeinem obskuren Bullovisionsender verbreitet wurde, hatte einen Ansturm auf den Planeten ausgelöst. Glückssucher hatten sich erbitterte Kämpfe geliefert und waren auch vor Mord nicht zurückgeschreckt, um die besten Claims zu ergattern ... Doch durch den unablässigen Regen und das damit einhergehende tödliche Fieber sowie die Flussechsen hatte sich die Gewinnung des kostbaren Metalls äußerst schwierig gestaltet.

Gegen die von Insekten übertragene Zenoïba hatten sich sowohl die Medikamente der renommiertesten Mediziner des Gesundheitskonvents der Konföderation, des

GDK, als auch die Zaubertränke der Imas der Sadumbas, der einheimischen Schamanen, als wenig wirkungsvoll erwiesen. Auch unter den Sadumbas wütete das Fieber und forderte viele Todesopfer, was vielleicht auch auf die mangelnde Hygiene der Einheimischen und auf deren exzessiven Konsum von Mumbë zurückzuführen war. Denn die Sadumbas vom Planeten Zwei-Jahreszeiten kannten keine Kleidung. Sie blieben trotz des strikten Verbots der Kirche des Kreuzes weiterhin nackt, obwohl sie eine transparente und völlig haarlose Haut von einem krankhaften Weiß hatten, durch die ihre dunklen Venen schimmerten. Doch alte oder neue Dekrete waren ihnen völlig egal. Auf Nichteinheimische wirkten sie melancholisch, fast finster, was einen seltsamen Kontrast zu ihren runden Köpfen und ihren eher üppigen Formen bildete.

Die ältesten und sehr kranken Optalium-Sucher versicherten jedoch, dass sich die Sadumbas bei Anbruch der Trockenzeit vollkommen veränderten. Dann werde ihre Haut so trocken wie Baumrinde, und sie bekäme einen schönen Braunton, und vor allem würde sich ihr Charakter vollständig ändern: Sie seien großzügig, gastfreundlich und voller Lebensfreude, würden gerne singen und tanzen und rauschende Feste feiern.

Doch in Erwartung dieser glorreichen Tage – die wahrscheinlich nur in den von Fieber zerfressenen Hirnen der Optalium-Gräber existierten – saßen ein paar männliche und weibliche Sadumbas brav in einer Ecke; mit ihren Bechern voller Mumbë in der Hand schienen sie finstere Gedanken über das bekannte und unbekannte Universum zu spinnen.

Da betrat pünktlich wie auf den Glockenschlag einer prä-naflinischen Standuhr, wie jeden Abend um dieselbe

Zeit, ein seltsamer Mann die Schenke. Er war groß und bleich. Sein struppiges rotes Haar schaute unter der Kappe seines safranfarbenen, schmutzigen und löchrigen Colancors hervor. Sein kantiges Gesicht war zerfurcht, und seine Augen unter den buschigen Brauen funkelten wütend. Sein Hals war so dürr wie der eines Geiers. Jetzt streckte er seinen skelettartigen Arm aus dem purpurfarbenen Umhang hervor und deutete anklagend auf die Zecher.

»Gesetzesbrecher!«, rief er so laut, dass seine kräftige Stimme das Prasseln des Regens auf dem Blechdach übertönte. »Der Alkohol hat aus euch Raskattas gemacht, Ungesetzliche, Tiere, die auf den Stufen der Evolution noch niedriger als die Flussechsen stehen! Ihr seid nichts als ein Haufen widerwärtiger Kreaturen, Sklaven des Alkohols. Früher oder später werdet ihr vor dem Tribunal der Kirche stehen, die euch durch das Feuer von euren Sünden reinigt! Bald ist die Zeit gekommen. Fürchtet die Qualen der Kreuze des Heils! Sie werden euch für eure Schamlosigkeit bestrafen!«

Die Gäste konnte der Sermon seiner Rede nicht beeindrucken. Die Huren provozierten ihn sogar, indem sie ihre Schenkel spreizten, mit der Zunge ihre geschminkten Lippen befeuchteten oder ihre Brüste streichelten. Zornentbrannt wandte sich der Missionar der Kirche des Kreuzes ihnen zu.

»Bedeckt euch, Satansweiber! Euer Benehmen ist eine Beleidigung für die göttliche Laïssa, die Mutter unserer Kirche. Und euch ist bereits ein Platz am Feuerkreuz gewiss!«

Mit brennendem Blick musterte er eine Weile die schattenhaften Gestalten in dem verräucherten Gastraum, schluckte heftig, sodass sein Adamsapfel in seinem dürren Hals auf und ab tanzte und verließ dann wie ein Schlafwandler unter den höhnischen Bemerkungen der etwas verunsicherten Huren das Lokal.

»Der tickt nicht richtig, der Kreuzler! Das kommt sicher von der Zenoïba!«

»Wenn der glaubt, dass er uns mit seinen Feuerkreuzen Angst einjagen kann, hat er sich geschnitten«, höhnte einer der Männer.

»An deiner Stelle würde ich nicht darüber lachen«, sagte ein alter Mann. »Ich habe sie gesehen, diese Scheißkreuze. Es gibt sie.«

Alle sahen den Optalium-Sucher an. Der vorzeitig gealterte Mann klammerte sich schwankend an die Theke. Die Huren erschraken, ließen ihre potenziellen Freier im Stich und scharten sich um ihn.

»Ich habe sie auf dem Planeten Julius gesehen, einem Satellitenstaat von Syracusa. Ich hatte dort damals einen Claim. Und dort ist die Kirche des Kreuzes Staatsreligion, und jeder, der nicht konvertiert, wird am Kreuz verbrannt ... Ich habe gesehen, wie ganze Familien verbrannt wurden, Mann, Frau und die Kinder, ganz langsam. Ein entsetzlicher Anblick ...«

»Dann gehörst du also auch zu diesen verdammten Kreuzlern!«, schrie ein Kerl, den der Mumbë aggressiv gemacht hatte. »Sonst hätten sie dich ja auch angezündet.«

Diese logische Folgerung wurde mit beifälligem Gemurmel gutgeheißen.

»Das war ich mal«, korrigierte der Alte. »Auf Julius war ich Kreuzler. Entweder oder. Sonst hätten sie mich umgebracht. Doch ich wollte leben. Wer will das nicht? Aber jetzt bin ich genauso Kreuzler wie du ein reicher Mann bist.«

Alle lachten. Wieder beruhigt ließen sich die Huren aufs Neue neben ihren Freiern nieder – wie ein gieriger Bienenschwarm auf einem üppig blühenden Blumenbeet.

Nach und nach kehrte Schweigen ein. Alle Köpfe waren vom Alkohol benebelt. Vielleicht wäre jetzt die Zeit gekommen zu gehen? Ein gefährliches Unterfangen, da draußen in der Regennacht herumzustolpern, ohne auf einem der glitschigen Stege auszurutschen und den Flussechsen als unverhoffte Mahlzeit zu dienen ...

Wie Tixu den Weg in sein armseliges Domizil, eine völlig heruntergekommene Pension, gefunden hatte, daran konnte er sich nicht erinnern. Meistens hatte er nicht einmal mehr die Kraft, seinen Fuß auf den Gravitationssockel zu stellen und schlief gleich unten am Treppenabsatz ein. Deshalb schleppte ihn immer der Nachtwächter – ein Sadumba, bekleidet mit einer viel zu kleinen Uniformjacke und einem rein symbolischen Cachesexe – die Treppe hoch, bugsierte ihn in sein Zimmer, das einer Müllhalde glich, und stieß ihn auf seine stinkende Matratze. Nachdem der Nachtwächter diese schwierige Aufgabe erledigt hatte, fluchte er in seiner Muttersprache und ging. Dabei stolperte er jedes Mal über die vielen leeren Flaschen, fluchte wieder und machte die Tür hinter sich zu.

Tixu öffnete ein Auge und konnte im Türspalt gerade noch einen ausladenden weißen Hintern und darüber das lächerliche schwarze Jäckchen sehen, ehe er in einen komaähnlichen Schlaf sank.

An jenem Morgen verkündete die honigsüße Stimme einer Hostess für alle Angestellten der Zone 1098-A der Marken, dass es Zeit zum Aufstehen sei. Tixu fand diese Stimme unerträglich. Er hatte das Gefühl, dass jedes Wort aus dem Resonator des firmeneigenen Senders ihm wie mit einem Mikroskalpell die Nerven durchtrennte.

Der Tagwächter – ein stummer, schlecht bezahlter Troblosser, der aber anständig gekleidet war – brachte ihm das Frühstück: scharf gewürzte einheimische Süßigkeiten und ein heißes, dickflüssiges Gebräu, das man weder als Kaffee noch als Tee bezeichnen konnte. Der Troblosser gähnte, dass er sich fast den Kiefer ausgerenkt hätte; das war seine Art, freundlich einen Guten Morgen zu wünschen.

Tixu setzte sich auf die Bettkante und erwiderte den Gruß nur mit einem leichten Kopfnicken. Diese nicht sehr höfliche Geste missfiel dem Tagwächter. Er stellte das Tablett achtlos auf den Haufen dreckiger Kleidungsstücke, die auf dem Tisch lagen, und verschwand.

Wie jeden Morgen rührte Tixu weder das Frühstück an, noch wusch er sich oder putzte sich wenigstens die Zähne. Er hievte sich mühsam aus dem Bett und verließ seine dreckige Bude. Auf dem Weg am Empfang vorbei murmelte er eine unhörbare Entschuldigung in Richtung des beleidigten Troblossers und betrat die Straße. Vom ewigen Regen, dem Wind und dem ständigen Halbdunkel genervt, ging er direkt zum Reisebüro.

Selbst die wenigen Male, die Tixu morgens noch halbwegs nüchtern zum Dienst erschien, strengte er sich kaum an. Sein einziges Bestreben bestand darin, nicht die automatische globale Kontrolle auszulösen und somit die unverhoffte Inspektion eines Inspobots zu provozieren. Deshalb war pünktliches Erscheinen sein oberstes Gebot. Sonst wäre er fällig gewesen.

Er drückte auf den Knopf seines persönlichen Vibroaktivators, den er aus einer Jackentasche hervorgekramt hatte und das knisternde bläuliche Magnetfeld verschwand. Er setzte sich an seinen Schreibtisch und gab den Geheimcode für die Öffnung des Deremats ein – ein altmodisches, ja veraltetes Gerät –, das dem Reisenden als Zugabe ein paar Unannehmlichkeiten bescherte, die das Intergalaktische Transportunternehmen bei seinen Werbesendungen in der Bullovision nie erwähnte.

Dann platzierte Tixu seinen massigen Körper in die bequemste Lage, verfiel in seine gewohnte Apathie und vertiefte sich in die Betrachtung der Regentropfen, die auf der schmierigen Schaufensterscheibe herabrannen. Schließlich schlief er ein.

»Hallo! Wachen Sie auf! Bitte!«

Tixu hob den Kopf. Er hatte die automatische Türklingel nicht gehört. Doch er dachte sofort: Eine Syracuserin! Was macht eine Syracuserin hier in diesem verlassen Ort?

Sie sah ihn mit ihren türkisfarbenen, mit Grün und Gold gesprenkelten Augen an. Ihre Augen erinnerten ihn an die der Musikvögel aus dem Land Organ, einer Provinz auf dem Planeten Orange – seiner Heimat –, die für ihre Vielfalt an Tieren berühmt war. Mit ihren feingliedrigen Händen drückte sie das Wasser aus ihren golden schimmernden Zöpfen, die unter der purpurroten Borte ihrer weißen Kopfbedeckung hervorschauten. Sie trug ein weites Cape aus changierendem Stoff, das auf der Brust von einer einfachen Brosche aus rosa Optalium zusammengehalten wurde. Ihr Teint war von unwirklicher Blässe, ihre Gesichtszüge waren von auserlesener Schönheit, und ihr sinnlicher Mund war weiß geschminkt. Ihre ganze Haltung und ebenso der leicht arrogante Blick verrieten die Syracuserin.

Tixu war einen Moment wie erstarrt. Dann erwachte

er abrupt zum Leben. Er richtete sich in seinem Sessel auf, zupfte an seinem Hemdkragen, fuhr sich durch sein wirres Haar, glättete seine Uniformjacke, zog seinen Gürtel hoch und versuchte, wenn auch vergeblich, etwas Ordnung in das Chaos auf seinem Schreibtisch zu bringen ...

Dann übte er sich in einem Lächeln, hatte aber das unangenehme Gefühl, dass er eher einem Weißen Olphel glich, einem jener gezähmten Affen, die die Leute wegen ihrer Grimassen liebten.

»Hm, eh ... guten Tag. Was wünschen Sie?«

»Ich möchte eine Reise buchen, was sonst?«, entgegnete die schöne Kundin ironisch. »Sie verkaufen doch Reisen, nicht wahr? Oder habe ich mich geirrt ...«, sagte sie mit einem derart warmen und melodischen Timbre in der Stimme, dass Tixu ihre Worte wie Stöße in den Solarplexus empfand.

Wie die meisten Syracuser konnte sie ihre Stimme präzise auf eine bestimmte Stelle lenken.

»Hm ... ja ... natürlich. Ja ... Reisen ...«, stammelte er verwirrt und kurzatmig. »Hm... vielleicht möchten Sie sich setzen?«

»Sehr gern. Aber wo?«

»Entschuldigen Sie ... Ich bestelle sofort einen Stuhl ...«

Schon wieder hatte Tixu eine der Grundregeln der Airain-Charta ignoriert (*Kein Kunde darf im Stehen beraten werden.)* Er hatte sogar vergessen, dass die Sessel mit Auotriebkraft überhaupt existierten.

Mit hochrotem Gesicht drückte er auf eine Taste des Leuchtpults. Ein unbeschreiblich hässlicher Lichtsessel rollte knirschend aus einem Wandschrank in Richtung der Kundin. Sie musterte die Staubschicht auf dem Luftkissen.

»Vielen Dank, aber ich bleibe lieber stehen. Wenn ich richtig informiert bin, bieten Sie auch Reisen durch De- und Rematerialisation an.«

»Ach, Reisen mittels des Deremats? Hm ... ja ... natürlich tun wir das. Denn wie Sie wissen, oder vielleicht wissen Sie es auch nicht, befinden Sie sich in einem Reisebüro des InTra, des bedeutendsten Transportunternehmes des bekannten und unbekannten Universums. Also frage ich Sie: Wo würden Sie eine Deremat-Maschine finden, wenn nicht hier?«

Tixus war über diesen Wortschwall, der aus seinem Munde kam, sehr überrascht. Normalerweise stieß er nichts als ein paar drohende Knurrlaute hervor, um die Charakterstärke und die Hartnäckigkeit seiner Kunden zu testen. Worauf dann die meisten entmutigt den Rückzug antraten und sich damit begnügten, drei Wochen ihres Lebens zu opfern und mit einer der regelmäßig zwischen den Zwei-Jahreszeiten und den anderen Planeten der Marken verkehrenden Raumfähren zu reisen.

»Perfekt. Dann möchte ich also ein ... eine Deremat-Reise – so heißt sie doch, nicht wahr? – zum Planeten Roter-Punkt. Haben Sie eine solche Reise im Programm?«

»Zum Planeten Roter-Punkt?«, wiederholte Tixu.

Wieder umspielte den opalfarbenen Mund seiner Kundin ein leises Lächeln. Sie wirkte ruhig, fast abwesend. Die Kontrolle der Emotionen war ein wesentlicher Bestandteil im Bildungsprogramm der Syracuser. Mimik und Gesten durften niemals Gefühle verraten, vor allem nicht Fremden. Die vor Verblüffung weit aufgerissenen Augen Tixus offenbarten im Gegensatz dazu einen tiefen Einblick in die Wüste seiner Seele.

»Warum antworten Sie mir nicht? Ist eine solche Reise

nun möglich oder nicht möglich?«, fragte die schöne Syracuserin mit etwas Angst in der Stimme. Was Tixu nicht entging. Er sah ebenfalls, dass ihr Bein unter dem leichten Stoff ihres Capes leicht zitterte.

»Natürlich ist sie möglich. Wir ermöglichen unseren Kunden Reisen in alle registrierten Welten. Es ist nur so ... Entschuldigen Sie, wenn ich mich in etwas einmische, das mich nichts angeht, aber was hat eine junge Frau wie Sie auf einem Planeten wie Roter-Punkt zu suchen? Sehen Sie, ich stehe heute zum ersten Mal einer Syracuserin aus den Marken gegenüber und ...«

»Warum halten Sie mich für eine Syracuserin?«, unterbrach die junge Frau Tixu ungehalten.

»Bitte, seien Sie mir nicht böse«, entschuldigte sich Tixu mit einer hilflosen Geste. »Ich will Sie nicht ausspionieren. Aber ich bin in meinem Leben schon weit gereist und kenne die Syracuser. Das ist alles ... Wissen Sie denn nicht, in welchem Ruf der Planet Roter-Punkt steht?«

»Ja, ich habe davon gehört. Wie alle. Aber das ändert nichts an meinem Entschluss.«

»Nun, das ist Ihre Sache. Haben Sie Verwandte dort? Jemanden, der Sie aufnimmt? In Anbetracht der dortigen Umstände wäre es besser, wenn Sie ...«

»Was kostet die Reise?«, fragte die junge Frau mit schneidender Stimme. Sofort schlüpfte Tixu wieder in die Rolle des servilen Angestellten.

»Sie sind die Kundin, und der Kunde ist König. Ich wollte Ihnen nur einen Gefallen tun ...«

Mit einem Finger fuhr er leicht über die Tasten des Leuchtpults. Doch es gelang ihm nicht, die herumwirbelnden Gedanken in seinem Kopf unter Kontrolle zu bringen, die mit einem Mal seine Mauer aus Gleichgültigkeit und Desinteresse durchbrochen hatten. Er schämte sich zutiefst seines desolaten Aussehens. Er war nicht rasiert, seine Nägel hatten Trauerränder, seine Zähne waren gelb vom roten Tabak der Skoj-Welten und dem Mumbë. Und er schämte sich, weil sein Reisebüro so heruntergekommen war. Plötzlich wurde ihm in Gegenwart dieser anmutigen und herablassenden Syracuserin das ganze Ausmaß seines seelischen und körperlichen Verfalls bewusst.

Auf dem Bildschirm nahmen fluoreszierende Ziffern Gestalt an.

»Der Transfer zum Planeten Roter-Punkt kostet fünfzehntausend Standardeinheiten.«

»Fünfzehntausend? Das ist zu teuer.«

»Ich ... ich glaube nicht, dass Sie diese Reise zu einem günstigeren Preis bekommen«, entgegnete Tixu. Er war irritiert, weil eine Syracuserin sich so weit erniedrigte, den Preis herunterhandeln zu wollen. »Das InTra hat die günstigsten Tarife des Universums ... ich meine, des bekannten und unbekannten Universums. Im Übrigen gibt es keine andere De- und Rematerialisations-Reise von Zwei-Jahreszeiten aus ...«

Die Syracuserin sah den Oranger plötzlich mit einer derartigen Intensität an, dass ihn ihr feuriger Blick beinahe zum Taumeln gebracht hätte.

»Leider bin ich momentan nicht im Besitz einer solchen Summe«, sagte sie langsam. Es klang, als würde sie jedes Wort wie einen Pfeil abschießen. »Aber es ist unumgänglich, dass ich mich auf diesen Planeten begebe. Es ist von existenzieller Bedeutung. Begreifen Sie das?«

»Ich verstehe ... ich verstehe«, log Tixu. Unbeholfen versuchte er, sich von dem schrecklichen Druck zu befreien, den seine Kundin auf ihn ausübte. »In dem Fall reisen Sie eben mit dem Temporal-Raumschiff.«

»Das kommt überhaupt nicht infrage! Dann brauche ich mindestens drei Standardwochen und riskiere eventuell noch einen Überfall von Piraten. Fünfzehntausend sagten Sie ...«

Sie suchte offensichtlich nach einer Lösung ihres Problems und biss sich mit ihren perlmuttfarbenen, bläulich schimmernden Zähnen auf die Unterlippe. Ihr Bein zitterte heftiger. Also konnte sie kaum ihre Emotionen kontrollieren, was darauf hindeutete, dass sie ein wirklich schwerwiegendes Problem hatte.

»Ich kann Ihnen achttausend Einheiten zahlen«, sagte sie beschämt, ein solches Angebot machen zu müssen. »Den Rest später. Selbstverständlich hinterlege ich meinen persönlichen Abdruck als Schuldanerkenntnis.«

»Es tut mir leid, aber das kann ich nicht akzeptieren«, erklärte Tixu mit einem freundlichen Lächeln, aber ohne den nötigen Nachdruck. Um sich zu rechtfertigen, fügte er schnell hinzu: »Welches auch immer die Gründe sein mögen, mir diesen Zahlungsmodus vorzuschlagen ... und Sie haben sicher gute Gründe ... ich kann den Geschäftsbedingungen unseres Unternehmens nicht zuwiderhandeln.«

Kaum hatte er die Worte ausgesprochen, hörte er eine kleine, längst vergessene Stimme aus seiner Seele flüstern, warum sich plötzlich der Angestellte Tixu Oty, Codenummer MSÖ 12A2 um die Geschäftsbedingungen des Unternehmens Sorgen mache? Ob es sich dabei um einen Rest Professionalität handele, oder ob er sich nur interessant machen wolle?

Tixu sagte sich, dass die junge Frau sowieso gleich gehen werde – was er bereits bedauerte –, aber sie war so ganz anders als seine gewöhnlichen Kunden, die sich sonst sofort durch sein rüdes Benehmen abschrecken ließen.

Jetzt legte sie ihre schmalen, langen Hände – die Hände einer Künstlerin – auf seinen Schreibtisch, und ihr Gesicht kam gefährlich nahe an seines. Er atmete den Duft ihres Parfüms ein und war davon schon ganz berauscht.

»Ich weiß, dass Sie die Regeln einhalten müssen, weil Sie von dem Unternehmen, das Sie beschäftigt, abhängig sind. Jeder ist von irgendjemandem oder irgendetwas abhängig. Aber diese Reise ist unbedingt notwendig! *Unerlässlich!* Bitte, geben Sie Ihrem Herzen einen Stoß, und verschanzen Sie sich nicht hinter Ihren Vorschriften.«

Die schöne junge Frau schwieg und sah Tixu an, der sich immer tiefer in seinen Sessel verkroch.

»Nicht für mich ist diese Reise unerlässlich, sondern für das Universum. *Für das Universum!* Die Konföderation von Naflin ist in großer Gefahr. Und das hat nichts mit irgendwelchen Regeln oder Vorschriften zu tun ... Ich muss unbedingt sofort abreisen!«

Ihre silbernen und nach syracusischer Mode spitz gefeilten Fingernägel krallten sich fest in das Holzimitat des Schreibtischs. Tixu fühlte sich in seiner Haut nicht wohl, und er ließ seinen Drehsessel kreisen. Funken sprühten aus den Rohrleuchten. Er spürte ein Kribbeln in den Handgelenken und Unterarmen.

»Das Universum! Sie reisen doch nicht mit leichtem Gepäck durchs Universum. Und dann die Versicherung. In einem solchen Fall sind nicht alle Ansprüche gedeckt ... Vor allem nicht für diesen Preis ... einen lächerlich niedrigen Preis ...«

Und während Tixu derartige Banalitäten wie ein Papagei dahinplapperte, überlegte er, welche Konsequenzen ein solcher Rabatt haben würde. Wenn er das Programm mit falschen Angaben fütterte, würde der Deremat nicht funktionieren. Denn alle Angaben – die Zahl der Passagiere, der genaue Bestimmungsort, der Preis, die Art und Weise der Bezahlung – würden in der Zentrale der Zone 1098-A gespeichert. Der nötige Betrag musste also dem Bankkonto des Unternehmens vorher gutgeschrieben werden. Das gab ihm einen Spielraum von zwei bis drei Minuten, ehe die Computer eine Unregelmäßigkeit feststellten und die Geschäftsleitung sich der Sache annahm. Nach einem oder zwei Tagen spätestens würde dann der Inspobot in seiner Filiale auftauchen.

Tixu sagte sich auch, dass das absurde Katz- und -Maus-Spiel mit der Direktion lange genug gedauert hatte. Diese junge Frau bot ihm die lange ersehnte Gelegenheit, seinem Aufenthalt auf diesem sintflutartigen Planeten endlich ein Ende zu machen.

Also verkündete er fast fröhlich: »Achttausend, das sagten Sie doch, oder?«

»Ja. So ungefähr ... Heißt das, Sie sind einverstanden?«

Tixu gab sich Mühe, dem Blick der jungen Frau standzuhalten. Weil schließlich schon alles den Bach hinuntergegangen war, konnte er sich auch den Luxus erlauben, einer schönen Syracuserin einen Dienst zu erweisen, selbst wenn sie ihn ärgerlicherweise für einen Idioten hielt. Und dann war diese Geschichte vom Universum-retten-müssen – vor wem?, von wem? – wesentlich interessanter als alle Hirngespinste der Optalium-Sucher.

»Sie wissen es hoffentlich zu schätzen, dass ich ein großes Risiko eingehe, wenn ich eine Deremat-Reise so billig verkaufe ...«

Tixu war besiegt, aber als schlechter Verlierer wollte

er, dass seine Geste gewürdigt wurde, die heroische Geste eines zwielichtigen Angestellten, der beherzt seine ganze Karriere für das Lächeln einer schönen Frau aufs Spiel setzt.

Da die Syracuserin jedoch nicht das geringste Zeichen der Bewunderung erkennen ließ, senkte er den Blick.

»Also haben wir für achttausend Eier das Vergnügen einer doppelten Expedition: Sie zum Planeten Roter-Punkt und ich geradewegs in die Schei... in eine scheußliche Situation. Ich kann Ihnen Ihre Abdrücke abnehmen, aber das ist eigentlich egal ...«

Die blau-grün-goldenen Augen der Syracuserin strahlten. Ein bezauberndes Lächeln umspielte ihren Mund. Tixu musste an eine sich öffnende Blüte denken und fragte sich flüchtig, wie lange es her war, dass er zum letzten Mal eine Frau geküsst hatte. Denn die schlaffen Münder der Kneipenhuren luden nicht zu leidenschaftlichen Küssen ein.

»Wann kann ich reisen?«

»Sobald Sie die notwendigen medizinischen Formalitäten erledigt haben. Sehen Sie die Kabine da drüben? Befolgen Sie nur die Anweisungen auf dem Monitor. Sollte das automatische Prüfgerät nicht positiv reagieren, kann die zellulare Wiedergeburt nicht stattfinden. Welche Bedeutung auch immer Ihre Reise für unsere hochgeschätzte Konföderation haben mag ...«

Doch die Syracuserin hörte nicht mehr zu und begab sich leichtfüßig zur Kabine. Der Oranger gab den Code für das Prüfgerät ein, und die verglaste Tür der Kabine öffnete sich.

Tixu hatte das Gefühl, einen Riesenfehler gemacht zu haben. Nicht nur, weil Unregelmäßigkeiten bei Deremat-

Reisen intern als schwere Verstöße betrachtet und geahndet wurden, sondern auch, weil er strafrechtlich belangt, als Raskatta klassifiziert und auf den Index gesetzt werden konnte. Er verfluchte seine Dämlichkeit: Er hatte sich wie der letzte *Paritole* – mit diesem verächtlichen Namen bezeichneten alle Syracuser die Bewohner der übrigen registrierten Welten – an der Nase herumführen lassen.

Gleichzeitig war er so glücklich wie ein kleiner Junge. Glücklich, mit dem ganzen Mist aufhören und alle Regeln über Bord werfen zu können. Und glücklich, dass endlich sein Denken und Handeln wieder übereinstimmten.

Die roten Lämpchen des Prüfgeräts erloschen eines nach dem anderen. Ein grünrotes Dreieck blinkte rechts auf dem Bildschirm: Die Reisende war physisch in der Lage, die Dematerialisation und Rematerialisation ihrer Zellen und ihrer DNA unbeschadet zu überstehen. Das Resultat enttäuschte Tixu, denn jetzt konnte er seine Zusage nicht mehr rückgängig machen. Doch diese junge, für ihn unerreichbare Frau hatte seltsamerweise ein Gefühl wiedererwachender Vitalität in ihm ausgelöst. Sie erinnerte ihn an jene Feen aus den alten Märchen der Oranger, die Wüsten in fruchtbare Landschaften verwandeln. Auch wenn sie aus einer fernen Welt kam, so fern, wie die Welten des Zentrums von den Marken waren, hatte sie den ersten Sonnenstrahl in seine immerwährende Nacht gebracht.

Kurz darauf stand sie wieder vor seinem Schreibtisch. Eine kaum sichtbare graublaue Aura umgab sie: Sie hatte die Kabine zu früh verlassen, noch ehe das Prüfgerät seine Lichtfelder ausgeschaltet hatte. Sie musste wirklich in Eile sein.

»Ist alles bereit?«

»Fast«, antwortete Tixu widerwillig. »Wir müssen nur

noch … die … Zahlungsmodalitäten regeln … Ja, sprechen wir von regeln. Denn so ist es einfacher.«

Der schwarze Humor dieses verzweifelten Mannes, der gerade dabei war, alles zu verlieren, ließ die schöne Syracuserin kalt. Aus einer Innentasche ihres Capes holte sie ein mit Rubinen besetztes Täschchen hervor.

»Ich gebe Ihnen alles. Das ist syracusisches Geld. Ich hatte leider keine Zeit, es in die Standardwährung zu wechseln. Bitte, zählen Sie nach. Es müssen achttausend Einheiten sein.«

»Das ist nicht nötig. Ich vertraue Ihnen«, sagte der Oranger.

Auf etwas mehr oder weniger kam es jetzt auch nicht mehr an. Im Gegenteil, es gefiel ihm, denn er hatte schon immer auf Kriegsfuß mit den interplanetarischen Wechselkursen gestanden.

»Ach ja, fast hätte ich es vergessen … Unsere Deremat-Maschine ist ein sehr altes Modell, kaum noch zu gebrauchen …«

»Aber sie funktioniert doch, oder?«

»Ja, ja. Das ist nicht das Problem. Aber man muss leider ein paar Nachteile in Kauf nehmen, die es bei den neuen Modellen natürlich nicht mehr gibt … Doch weil der Planet Zwei-Jahreszeiten so weit entfernt von allen anderen …«

»Was sind das für Nachteile?«, fragte sie, und wieder spürte er die Macht ihres Blicks.

Tixu errötete bis unter die Haarwurzeln. Schweißtropfen rannen ihm über die Stirn und den Hals. Warme Bäche bildeten sich unter seinen Achseln und liefen unter dem feuchten Hemd an seinem Körper hinunter.

»Der Apparat wurde für den Transfer menschlicher Zellen konstruiert. Allein für den menschlicher Zellen. Was bedeutet, dass er nur Ihren Körper transferiert, nicht Ihre Kleidung oder irgendwelche Gegenstände ... Alles andere, das man normalerweise für eine Reise braucht, bleibt hier. Deshalb habe ich Sie vorhin gefragt, ob Sie jemanden kennen, bei dem ich Ihre Rematerialisation programmieren könnte.«

Sie schwieg und kämpfte innerlich, was eine steile Falte zwischen ihren Augenbrauen und erneutes Zittern ihres Beins verriet. Die schamhaften Syracuser zogen sich nie vor anderen aus. Vor allem ihren Colancor legten sie nie ab. Eine weiße Haut gehörte zum Kanon der Kirche des Kreuzes und wurde aus ästhetischen Gründen gefordert. Deshalb setzten die Syracuser ihre edlen Körper nie solaren Strahlungen aus. Von der wahnwitzigen Hoffnung ergriffen, sie noch etwas aufhalten zu können, streute Tixu Salz in ihre Wunde.

»Sie werden vollkommen nackt auf Roter-Punkt landen, Madame. Weil es sich dabei um einen Planeten handelt, auf dem man sich lieber nicht aufhalten sollte ...«

Doch sie warf ihm einen derart verächtlichen Blick zu, dass er sofort schwieg.

»Ich kenne dort niemanden«, murmelte sie schließlich. »Genau gesagt, weiß ich nicht, wo die Person wohnt, mit der ich mich in Verbindung setzen muss ...«

»Das ist natürlich schei... scheußlich.«

»Ich nehme an, dass es für dieses Problem keine Lösung gibt ...«

»Doch! Sie verzichten auf diese Reise. Oder Sie verschieben sie. Wenn Sie es wünschen, helfe ich Ihnen ...«

»Das kommt überhaupt nicht in Frage!«

Da begriff Tixu, dass seine Kundin ihren Entschluss nicht ändern würde. Er tippte den Code für die 3-D-Filmkarte der Hauptstadt auf Roter-Punkt ein. In rotes Licht gebadete Straßen und zerstörte Gebäude erschienen auf dem Bildschirm.

»Ich war noch nie auf Roter-Punkt«, sagte Tixu. »Aber ich weiß, dass es außerhalb der Hauptstadt nur Wüsten gibt. Also nehme ich an, dass Sie sich nicht nackt und ohne Wasser in einer Steppe oder Wüstenei bei einer Temperatur von fünfundsechzig Zentigraden wiederfinden möchten ... Auf dieser Filmkarte kann man im Südteil der Stadt Ruinen erkennen ...«

Er drehte den Schirm so, dass sie alles sehen konnte.

»Die Ruinen werden nur von Clochards bewohnt. Diese Leute nehmen eine Droge namens Freudenpulver, und das macht sie manchmal aggressiv. Dort könnten Sie vielleicht alte Kleidungsstücke finden, bis jemand Ihnen hilft. Außerdem gilt Roter-Punkt als Drehscheibe des Schwarzhandels, Drogenhandels, Waffenhandels und vor allem des Menschenhandels. Sollten Sie in Schwierigkeiten kommen, können Sie sich auf die Hilfe der Gendarmen der Konföderation nicht verlassen. Denn diese Leute stehen alle auf der Gehaltsliste der Schmuggler und Sklavenhändler. Deshalb glaube ich, dass es am besten ist, wenn ich Sie hier programmiere.«

Tixu hielt die Filmkarte an und deutete auf eine dreistöckige Ruine, die isoliert auf einem verwüsteten Gelände stand.

»Was halten Sie davon?«

»Gar nichts«, antwortete sie bissig. »Aber ich habe keine andere Wahl. Wenn ich mich Ihrem Unternehmen als Kundin anvertraue, bin ich also gezwungen, nackt zu reisen und ohne Mittel im Ankunftsland. Ist das richtig?«

Tixu entschlüpfte ein trauriges Lachen. Seit Ewigkeiten hatte er nicht mehr gelacht.

»Nein, Madame. Das wäre nicht so, wenn Sie elementare Vorsichtsmaßnahmen ergriffen hätten, wie zum Beispiel zu einer Bank zu gehen und den nötigen Betrag auf eine Zweigstelle Ihres Reisezielortes zu überweisen. Das ist übrigens eine Dienstleistung, die wir normalerweise und bei ... bei vorschriftsmäßigen Buchungen allen unseren Kunden empfehlen ...«

»Was macht das schon! Ich muss jetzt reisen. Und was diesen Schuldschein angeht ...«

»Bah! Vergessen Sie ihn! Auf jeden Fall werde ich nicht mehr hier sein, sollten Sie eines Tages auf die hirnrissige Idee kommen, Ihre Schulden bezahlen zu wollen ... Aber Sie können Ihre Kleidungsstücke abholen. Das InTra verpflichtet sich, sie zwei Jahre aufzubewahren, und sollten Sie wieder einmal diesem wunderschönen Planeten einen Besuch abstatten ...«

Die Syracuserin musterte ihn von oben bis unten.

»Machen Sie damit, was Sie wollen. Aber ich habe meine Zweifel, ob meine Kleidung Ihnen passt.«

Tixu hatte vollständig vergessen, wie widerwärtig er aussah und welchen Gestank er verbreitete. Und noch einmal schämte er sich abgrundtief.

»Folgen Sie mir!«, befahl er barsch.

Mit einer brutalen Geste entriegelte er die Schleuse und öffnete die gepanzerte Tür. Er betrat vor seiner Kundin den Flur, der zur Deremat-Kammer führte. Die Schleuse schloss sich automatisch hinter den beiden. Die Bildschirme zur Überwachung schalteten sich einer nach dem anderen ein. Sie waren in eine Metallwand integriert und dienten theoretisch dem Reisebüroangestellten dazu, einen Transfer zu kontrollieren oder sich im Fall eines auftretenden Problems an die Techniker des Unternehmens zu wenden.

Tixu spürte eine ohnmächtige Wut in sich aufsteigen. Er hätte alles getan, um diese arrogante Person an ihrer Reise zu hindern. Sie verachtete ihn, sie betrachtete ihn zweifellos als einen Irrtum der Natur. Aber sie hatte ihn wieder zum Leben erweckt, und deshalb klammerte er sich an den völlig absurden Gedanken, dass dieses wundervolle Geschöpf nicht rein zufällig seinen Weg gekreuzt hatte. Dieser Gedanke beherrschte ihn, obwohl er wusste, dass sie nun für immer aus seinem Leben verschwinden würde. Und diese Tatsache stürzte ihn in einen Zustand tiefster Traurigkeit und unendlichen Schmerzes.

Die Maschine thronte auf einem Podium in der Mitte der gewölbeartigen Kammer. Sie hatte die Form einer Halbkugel mit gebogenen schwarzen Flanken. Sie ähnelte einem riesigen umgestülpten Kochkessel aus prähistorischer Zeit. Auf den ersten Blick schien es unwahrscheinlich, dass dieses Ding auch nur jemanden auf die andere Straßenseite expedieren könnte.

Tixu betätigte einen Hebel, der links vom Eingang in die Wand eingelassen war. Sofort war die Kuppel der Maschine in gleißendes Licht getaucht, und das runde schwarz verglaste Einstiegsloch öffnete sich.

»Steigen Sie ein!«, murmelte der Oranger. Plötzlich hatte er es eilig, die ganze Prozedur zu beenden. »Legen Sie sich auf die Liege, und befolgen Sie die Instruktionen, die auf dem Monitor an der Decke zu lesen sind. Beachten Sie Folgendes: Sie dürfen sich nicht an den Wänden festklammern. Wahrscheinlich werden Sie nach der Rematerialisation zwei oder drei Stunden lang Kopfschmerzen haben.

Aber das wissen Sie sicher bereits ... Sie sind doch schon auf diese Weise gereist, oder nicht? Das war für Sie unerlässlich, weil der normale Transport hierher nur alle vierzehn Tage stattfindet.«

Ehe sich die Syracuserin durch den engen Einstieg gleiten ließ, drehte sie sich noch einmal um und sah Tixu an.

»Sie sind zu neugierig. Auch wenn die Neugier manchmal die Evolution in großen Schritten vorantreibt ...«

»Ganz recht, ganz recht ... Dürfte ich Ihnen eine letzte Frage stellen? Ein Verurteilter brennt immer darauf zu wissen, welches der eigentliche Grund für seine Verurteilung ist. Diese Geschichte, die Sie mir da erzählt haben, nämlich dass die Konföderation ernsthaft bedroht wird ... das ist doch nichts weiter als ein Witz, nicht wahr? Jetzt können Sie es zugeben, denn Sie haben ja erreicht, was Sie wollten ...«

»Nein, das ist kein Witz, das ist mein voller Ernst! Aber mehr darf ich Ihnen darüber nicht sagen. Je weniger Sie darüber wissen, umso besser für Sie. Wie dem auch sei, ich bin Ihnen unendlich dankbar für das, was Sie für mich getan haben.«

Sie hatte mit derart viel Wärme gesprochen und Tixu ein so strahlendes Lächeln geschenkt, dass er völlig durcheinander war. Dann stieg sie mit den Beinen zuerst in die Kapsel. Von unerklärlichen Gefühlen überwältigt, beugte sich Tixu über das Außenmikrofon und machte automatisch die nötigen technischen Angaben.

»Ankunft auf dem Planeten Roter-Punkt in voraussichtlich zwei Standardminuten. Atmosphäre: atemtauglich. Lokalzeit: dreizehn Uhr. Temperatur: neunundvierzig Zentigrade. Himmel: rötlich. Das Intergalaktische Transportunternehmen ... ich wünsche Ihnen eine gute Reise.«

Er progammierte die Daten ein: Roter-Punkt, Hauptstadt, Koordinaten 456, 54. Breitengrad, 321. Längengrad. Relaispunkt X2 T3, liegende Position, Stunde und Ort der Abreise: 7 Uhr 57, Zwei-Jahreszeiten. Preis: fünfzehntausend Standardeinheiten, bezahlt und hinterlegt.

Die letzte Eingabe musste er zweimal wiederholen, bis sie korrekt war.

Die Maschine fing leise zu summen an, während das Licht immer schwächer wurde, bis es schließlich ganz erlosch.

Drei Minuten später leuchtete eine rote Kontrolllampe über dem Einstieg auf. Tixu öffnete die Schleuse. Die Kleidung der Syracuserin lag verstreut auf der Liege im Transferraum. Die heiße, stickige Luft roch nach Blumen. Mit einer hilflosen Geste griff Tixu nach dem Cape. Es war weich bei der Berührung und änderte seine Farbe, je nachdem, wie das Licht darauffiel, von kräftigen zu gedämpften Farbtönen. Zutiefst frustriert atmete er ihren herrlichen Duft ein. Nichts als die Wahrnehmung dieses Geruchs verband ihn jetzt noch mit ihr. Er kauerte sich auf den Boden und vergrub sein Gesicht in dem weißen federleichten Colancor und atmete in tiefen Zügen ein, genoss den feinen Duft ihres Körpers und ihres Parfüms.

Mit unendlichem Bedauern ging er dann aus der Kabine. Denn nun musste er sich seiner katastrophalen Lage stellen und konnte nur noch resigniert auf den Besuch des Inspobots warten.

Und das war ohne Zweifel die düsterste Perspektive im bekannten und unbekannten Universum.

DRITTES KAPITEL

Erster Morgen, Rubinrote Sonne.
Erster Stern, rosafarbene Wonne.

Erste Nacht, Weißer Stein.
Erster Mond, silberner Schein.

Zweiter Morgen, Saphirblaue Sonne.
Zweiter Stern, hellblaue Wonne.

Zweite Nacht, Hand ganz bleich.
Zweiter Mond, im Totenreich.

Syracusa, o Syracusa,
Ich beweine deine Pracht.

Syracusa, o Syracusa,
Ich lebe, fern der Heimat, in der Nacht.

Volkslied aus der Naflin-Periode

Die zweite Sonne, die Saphir-Sonne, verließ das Himmelszelt inmitten hell funkelnder blauvioletter Farbtöne.

Die Lichtkugeln entzündeten sich und flogen wie kleine Feuerfackeln über die breiten Avenuen und die engen Gassen Venicias, der herrschaftlichen Stadt.

»Seht nur, mein Onkel!«, rief List Wortling, der junge Herr des Marquisats.

Der Regent, Stry Wortling, nickte und begnügte sich mit einem Lächeln.

Einige der kleinen schwebenden Leuchtkugeln blieben an den Ästen der Büsche und Bäume hängen und ergossen ihr weißes Licht über die durchsichtigen Blätter und Früchte. Jetzt sahen sie wie prächtige, in Gold getauchte Gebilde aus, die sich leicht in der nächtlichen Brise wiegten.

»Das ist fantastisch!«, rief List begeistert und beugte sich über das fein ziselierte Geländer des Balkons.

Die Syracuser genossen die Frische der zweiten großen Dämmerung und bevölkerten die schnurgeraden Hauptverkehrsstraßen Venicias. Die meisten strebten auf den kreisrunden Platz inmitten der Stadt zu, in dessen Zentrum sich ein Brunnen aus rosafarbenem Optalium befand. Die grünen Münder einiger Fabelwesen – Skulpturen, die dem Bestiarium der Kirche des Kreuzes entlehnt waren, wie

Drachen, Greife, Teufel und Schlangen – spien irisierende Wasserfontänen in das ovale Becken. Um den Brunnen herum unterhielten alle möglichen Gaukler, Tänzer und Jongleure die Müßiggänger. Doch so sehr sie sich auch anstrengten, die Syracuser reagierten selbst auf die ausgefallensten Darbietungen nur mit blasierter Gleichgültigkeit.

Doch der Regent des Marquisats und sein Neffe List bewunderten das Spektakel, das sich anläßlich der Asma ihren Augen darbot und viele Artisten aus den Welten des Zentrums in die syracusische Hauptstadt gelockt hatte.

Sie standen auf einem Balkon des Palastes Ferkti Ang, den die Herrscherfamilie auf einem Hügel im Stadtviertel Romantigua, dem ältesten Teil der Stadt, errichtet hatte. Durch Romantigua schlängelte sich träge der Fluss Tiber Augustus, den elegante Brücken aus Turcomarmor überspannten. Auch auf dem Fluss herrschte reges Treiben: Galeassen mit Heißluftsegeln und teilweise verglasten Böden, die den Blick auf den Flussgrund freigaben, tummelten sich auf dem Wasser. Über ihre mobilen Anlegepontons ergossen sich Ströme lärmender und begeisterter Touristen.

»Man kann die Leute, die nicht hier geboren sind, sofort erkennen«, sagte List Wortling und seufzte.

»Ihr seid noch immer sehr naiv, List«, erklärte der Regent, obwohl ihn die Verärgerung seines Neffens insgeheim freute. »Was habt Ihr Euch denn glauben gemacht, als Ihr hierherkamt? Für die Syracuser sind und bleiben *wir* immer *Paritolen,* was in den kostbaren Mündern der Syracuser stets etwas Abschätziges hat. Also ist es ein Fehler, das nachahmen zu wollen, was sich nicht nachahmen lässt. Ihr seid Marquisatiner, also grundverschieden von diesen Leuten. Deshalb solltet Ihr besser Eure Begabungen vervollkommnen, anstatt andere nachzuahmen, denkt Ihr nicht?«

»Aber sogar die Halbtiermenschen vom Planeten Getablan wollen die Syracuser imitieren«, erwiderte List gekränkt, denn er hatte die Anspielung seines Onkels verstanden.

»Sie sind so grazil und elegant. Alles an ihnen ist harmonisch. Ihr ganzes Leben dreht sich um die Ästhetik. Aus dem Ideal der Schönheit haben sie einen wahren Kult gemacht ...«

Stry Wortling trat ein paar Schritte zurück und musterte seinen sechzehnjährigen Neffen. Der junge Seigneur List verschlang die unter ihm liegende Stadt mit Blicken. Wie die meisten Jugendlichen seines Alters hatte er sich von der syracusischen Krankheit anstecken lassen, eine endemische Seuche, die sich schnell auf allen Hauptplaneten der Konföderation von Naflin ausbreitete. Unter seinem traditionellen Gewand des Marquisats – einem Überwurf aus schwarzem Wollstoff, der mit weißen Optalium- und Goldfäden bestickt und auf dessen Saum Diamanten genäht waren – trug er einen purpurfarbenen, mit einer grauen Borte gesäumten Colancor. Dieses überflüssige und unbequeme Trikot fand der Regent abscheulich, vor allem diese Kopfbedeckung, weil sie das üppig gelockte Haar Lists verbarg und ihn wie eine Statue oder Mumie aussehen lies. Und in dem Maße, in dem der Colancor an einem Syracuser relativ elegant und natürlich aussah, wirkte er an einem Paritolen deplatziert und völlig lächerlich. Aber Stry Wortling wusste, dass er seinen Neffen davon nicht abbringen konnte. Der Hof des Marquisats hatte sich der syracusischen Kultur verschrieben; und niemand anders als Lists Mutter, Dame Armina, hatte diese

Mode eingeführt. Um ihren Sohn auf den Geschmack zu bringen, hatte sie ihn nach Syracusa geschickt. Doch der künftige Seigneur des Marquisats spürte bereits jetzt, welcher Abgrund ihn von seinen Gastgebern und Vorbildern trennte.

Aber dieser erbittert geführte Kampf zwischen dem Regenten und seiner Schwägerin um die Einflussnahme auf List war eher nebensächlich. Weitaus wichtigere Angelegenheiten belasteten Stry Wortling. Vor einem Monat hatte er eine verschlüsselte Botschaft auf seinem Tabernakel empfangen: Die Kongregation der Smellas teilte ihm mit, dass ein Brand das Kongressgebäude auf Issigor verwüstet habe. Wegen des Feuers und aus Gründen der Sicherheit habe die Kongregation beschlossen, die alle fünf Jahre stattfindende Asma auf Syracusa – der Königin der schönen Künste – abzuhalten. Anfänglich hatte der Regent diesen Beschluss mit einer gewissen Erleichterung aufgenommen, auch weil er wegen seines fortgeschrittenen Alters nur schwer die Nebel, den Eisregen und die Schneestürme auf Issigor ertrug. Auch wenn der Klan von Mo Qulaquin, dem Seigneur auf Issigor, kaum darüber erfreut gewesen sein dürfte, war die Entscheidung für die anderen Staatsoberhäupter der Konföderation wohl eher eine angenehme Überraschung gewesen. Das Unglück des Einen ...

Doch je mehr Zeit verstrich, umso mehr hatte den von Natur aus argwöhnischen Stry Wortling eine finstere Vorahnung beschlichen. Denn normalerweise neigten die Smellas – diese weisen und eifrigen Hüter des Gleichgewichts der Mächte – weder zu voreiligen noch zu autoritären Entscheidungen. Doch bei diesem Beschluss hatten die Staatsoberhäupter nicht einmal ihr Veto einlegen können, stattdessen hatte man sie vor vollendete Tatsachen gestellt. Und der Regent das Marquisats fürchtete das unverhüllte Machtstreben der Dynastie Ang auf Syracusa und das ihrer Gefolgsleute, der Scaythen von Hyponeros. Also hatte er sich seinen Beratern anvertraut, seine Botschafter angehört und sich mit zwei Smellas beraten, die er persönlich kannte. Außerdem hatte er mit den Herrschern von Camalot und Grit Britën gesprochen, den dem seinen am nächsten gelegenen Planeten. Doch seine Bemühungen hatten nichts Konkretes ergeben. Aber in allen Rapporten wurde von dem enormen Einfluss der Scaythen am syracusischen Hof, der trotz des geheimen Widerstands der Traditionalisten weiter zunahm, und von den häufigen Kontakten des derzeitigen Oberbefehlshabers der Armee, Menati Ang, zu den Pritiv-Söldnern, berichtet. Aber es wurde nichts gefunden, was auf geheime Ränke schließen ließ. Denn es war allgemein bekannt, dass die Mächtigen der verschiedenen Welten diese Renegaten als berufsmäßige Mörder anheuerten, wenn sie sich selbst die Hände nicht schmutzig machen wollten.

»Seht nur, Onkel! Was für seltsame Gestalten!«, rief List und riss den Regenten aus seinen Gedanken.

Sein Neffe deutete auf eine Allee am Fuße des Hügels. Dort ging ein in eine prächtige, mitternachtsblaue und mit glitzernden Applikationen verzierte Dschellaba gehüllter Syracuser in Begleitung zweier in lange weiße Kapuzenmäntel gekleidete Gestalten. Aus der Ferne wirkten diese Personen, als würden sie ein perfekt choreografiertes Ballett aufführen.

»Wenn Ihr tatsächich wie ein Einheimischer wirken wollt, lieber Neffe, solltet Ihr wissen, dass es von außerordentlich schlechtem Geschmack zeugt, laut zu sprechen, sich zu törichten Begeisterungsstürmen hinreißen zu lassen und mit dem Finger auf etwas zu zeigen«, sagte Stry Wortling ironisch. »Im Gegenteil, die Kontrolle aller Emotionen ist angezeigt. Ich habe naiverweise angenommen, dass Euch Euer Lehrer, Jahal von Rawalpundi, in den Grundregeln dieses Verhaltens unterrichtet hat ... Eure teure Mutter hat doch eine astronomische Summe bezahlt, um ihn kommen zu lassen. Ich weiß nicht, ob sie mit dem Ergebnis zufrieden wäre ...«

Lists noch kindliches Gesicht sah verwirrt aus. Wütend auf sich, biss er auf seine Unterlippe.

»Die beiden mysteriösen Gestalten, die hinter diesem Würdenträger hergehen, sind Scaythen von Hyponeros«, fuhr der Regent in belehrendem Tonfall fort.

»Und ihre weißen Kutten nennt man Kapuzenmäntel. Sie gehören einer besonderen Rasse an und verfügen über telepathische Kräfte. Niemand weiß, woher die Scaythen eigentlich stammen. Einige behaupten, sie kamen aus einem uns unbekannten Universum, andere wiederum halten sie für Geschöpfe dunkler Mächte, Geschöpfe des Teufels, wenn Ihr wollt. Sie sind in der Verwaltung tätig. Und ein Scaythe namens Pamynx wurde sogar von Arghetti Ang, dem Vater des jetzigen Seigneurs von Syracusa, zum Großkonnetabel ernannt. Das ist eine sehr bedeutende Position, der unseres Dayt-Generals vergleichbar. Und die beiden Kapuzenmänner sind offensichtlich nichts anderes als Gedankenhüter.«

Obwohl List noch immer beleidigt war und sich geschworen hatte, zu schweigen, siegte seine Neugierde.

»Gedankenhüter?«

»Dieser Scharlatan Jahal hat Euch wohl gar nichts beigebracht!«, sagte der Regent empört. »Auch wenn diese arroganten Syracuser sich für etwas Besonderes halten, so müssen sie doch ständig ihre eigenen Gedanken schützen. Und diese scaythischen Wächter richten eine Art mentale Sperre auf, die dazu dient, dem Handeln der Gedankenleser zuvorzukommen.«

»Gedankenleser?«

»Das sind andere Scaythen, ebenfalls Söldner oder auch Inquisitoren genannt. Man zahlt ihnen viel Geld, um an vertrauliche Informationen zu kommen, das heißt direkt aus den Gehirnen der Beobachteten. Ich muss gestehen, dass mir diese Leute etwas Angst einflößen, denn es ist ihnen gelungen, sich unentbehrlich zu machen. Einerseits, weil sie Gedanken stehlen, und andererseits, weil sie vor Gedankendiebstahl schützen.«

»Ihr habt Angst, mein Onkel?«, fragte List ungläubig und lachte. Von der hohen Warte seiner sechzehn Jahre war es ihm unvorstellbar, dass der Regent des Marquisats, der jüngere Bruder seines verstorbenen Vaters, sich vor etwas fürchten könnte.

»Nicht in dem Sinne, wie Ihr es jetzt auffasst, List. Diese Leute sind Intriganten. Wir müssen aufpassen, dass sie ihre telepathischen Kräfte nicht dazu benutzen, das Gleichgewicht der Mächte innerhalb der Konföderation zu zerstören. Meiner Meinung nach spielen die Scaythen eine zu große Rolle bei den syracusischen Staatsgeschäften, und die Syracuser wiederum nehmen innerhalb der Konföderation eine zu bedeutende Stellung ein ... Stellt Euch nur einmal vor, dass die Inquisitoren in Euch oder in mir so deutlich lesen würden wie in einem der alten Lichtbücher.«

Noch während der Regent diese Worte aussprach, wurde ihm bewusst, dass er eine solche Möglichkeit bisher noch nie in Betracht gezogen hatte. Niemals hatte er sich gefragt, ob die Scaythen – Gedankenschützer oder Gedankenleser – sich an dem von den Smellas vorgegebenen strengen Ehrenkodex hielten und ihre Aktivitäten nur auf den Planeten Syracusa und dessen Kolonial-Planeten beschränkten. Denn das strikte Befolgen dieser Regel war ihm stets als gegeben erschienen. Doch plötzlich hatte er auf diesem von dunklen Schatten umgebenen Balkon ein unheimliches Gefühl, so, als würden sich unsichtbare Tentakel unter seiner Schädeldecke in sein Gehirn vortasten.

Es drängte ihn, seinen Plan in die Tat umzusetzen. Noch in dieser Nacht hoffte er, Antworten auf Fragen zu finden, die ihn quälten und ihm den Schlaf raubten. Und deshalb musste er um jeden Preis allein mit seinem alten Freund, dem Syracuser Sri Alexu, sprechen. Als Erstes musste er eine Möglichkeit finden, den von den konföderierten Sicherheitskräften streng bewachten Palast Ferkti Ang ungesehen zu verlassen.

»Und der Mann da!«, rief List, aufs Neue begeistert und voll unbändiger Neugier. »Wisst Ihr, was er repräsentiert?«

»Ihr meint den Mann mit dem purpurfarbenen Chorhemd über dem safranfarbenen Colancor? Er trägt das Priestergewand der Missionare der Kirche des Kreuzes.«

»Ach ja! Hier wird der Religion viel Bedeutung beigemessen«, murmelte der junge Mann enttäuscht.

»Wie ich höre, habt Ihr nicht alles aus Eurem Unterricht vergessen. Der Kreuzianismus ist tatsächlich die ... die offizielle Religion auf Syracusa.«

»Ihr scheint sie nicht besonders zu schätzen«, bemerkte List, dem der verächtliche Ton seines Onkels nicht entgangen war.

»Der Terminus ›offiziell‹ ist eigentlich nicht zutreffend. Es müsste vielmehr ›obligatorisch‹ heißen. Denn ich bin der Überzeugung, dass jedes Wesen das Recht hat, frei seinen Glauben zu wählen. Aber kommt ... wir wollen im Park spazieren gehen. Es wäre schade, sich diesen herrlichen Anblick entgehen zu lassen.«

Doch List beugte sich noch immer über den Balkon. Er war derart fasziniert von dem Geschehen dort unten, dass er den Blick nicht abwenden konnte. Der Regent hingegen betrat seine luxuriöse Suite und setzte sich an den Tisch aus parfümiertem Holz, der ihm als Schreibtisch diente. Er drückte auf ein kleines schwarzes Kästchen, das einen kurzen Moment von einer blauen Aureole umgeben war: ein zellularer Transmitter, der mit den Okular-Rezeptoren seiner Dayts in Verbindung stand.

Nur widerwillig folgte List seinem Onkel in den großen Salon. Er betrachtete den alternden Mann. Seit dem Tod seines ältesten Bruders, Abasky Wortling, dem einhundertsiebenundzwanzigsten Seigneur der Dynastie Wort-Mahort, führte er die Regierungsgeschäfte, weil List noch zu jung war, und er hatte sich als äußerst fähiger, ja gerissener Regent erwiesen, der geschickt die territorialen und kommerziellen Ansprüche seines Planeten anderen Staaten gegenüber vertreten hatte. Deshalb wurde er allgemein geachtet, und es gab viele Herrscher, die ihn um Rat angingen.

List musterte amüsiert und gleichzeitig beschämt über sich die unmodische Kleidung seines Onkels. Welchen Kontrast sie doch zu den glänzenden und schillernden Stoffen der Einheimischen bildete! Er brannte vor Verlangen, zum ersten Mal am Hof von Ranti Ang zu erscheinen, weil er mit eigenen Augen all den Luxus sehen wollte, den ihm die wenigen Notabeln des Marquisats, die bisher das Privileg genossen hatten, dort erscheinen zu dürfen, geschildert hatten. Für ihn bedeutete eine solche Einladung nicht nur das Betreten des Allerheiligsten – den Tempel der Anmut und der Eleganz selbst –, er könnte bei seiner Rückkehr auch vor seinen Freunden groß damit prahlen. Aber je mehr Zeit verging, umso ferner schien dieser ersehnte Augenblick. Denn er musste seine Ungeduld noch bis zum Ende der Asma zähmen, und unzählige langweilige Reden über sich ergehen lassen, die so nervtötende Themen wie Währungsparitäten, Handelsbilanzen, ethische Gesichtspunkte hinsichtlich dem Status der Nichtmenschen und der Forschung mit ihnen, kurzum die ganz gewöhnliche Agenda einer Asma behandelten.

Und trotz des Respekts und der aufrichtigen Zuneigung, die List seinem Onkel entgegenbrachte, hielt er ihn für ein Relikt aus einer längst vergangenen Zeit. Zwar war der Regent zu einem der einflussreichsten Männer der Konföderation aufgestiegen, doch seine lange braune Kutte aus Wolle, sein wirres graues Haar, das ihm in üppigen Locken bis auf die gekrümmten Schultern fiel, und seine hohen, abgetragenen Lederstiefel ließen kaum auf einen Mann seines Rangs schließen.

Wenn der Himmel es eines Tages zuließ, dass er, List Wortling, der einzige Sohn von Abasky Wortling, Seigneur der Welten des Wort-Mahort würde, dann würde er an seinem Hof eine von Kunst und Schönheit geprägte Etikette etablieren.

Die unsichtbaren Luftlifte setzten die Delegation des Marquisats samt ihrer imposanten Eskorte auf einem kleinen kreisförmigen Platz ab, von dem strahlenförmig geradlinige, hell erleuchtete Alleen abgingen. Die Umrisse des Parks verschwanden in der zweiten Nacht, der Nacht der Ruhe und der Erholung und der unterschiedlichsten Vergnügungen.

»Wie angenehm es ist, hier spazieren zu gehen«, erklärte Jasp Harnet, der Dayt-General. »Und wie schade, dass wir nicht dasselbe Klima auf unserem Planeten haben.«

»Unser Marquisat hat andere Annehmlichkeiten zu bieten, auch wenn das Klima, wie ich zugebe, etwas rauer ist«, entgegnete Stry Wortling. »Aber wir haben sechs Jahreszeiten, und jede besitzt ihren ganz eigenen Zauber.«

List ging hinter der Gruppe der Dayts und Botschafter, die sich um den Regenten scharten, her. Der Dayt-General, ein kleiner kahlköpfiger Mann, der immer mit einer grauen Kutte bekleidet war, langweilte ihn unsäglich. Eine sanfte Brise, »Liebkosung« genannt, durchzog die laue Luft mit ihren feinen Düften. Am dunkelblauen Himmel glänzten ferne Sterne. Drei der fünf nächtlichen Satelliten mit ihren orangeroten Schweifen waren am Horizont sichtbar geworden. Ein Schwarm von Lichtkugeln schwebte über dem Park und beleuchtete flüchtig die Alleen, deren Belag aus Steinsalz für einen kurzen Augenblick funkelnd aufblitzte, bis sie weiterschweiften und ihr Licht über die weitläufigen Weiden ergossen.

An einer Wegkreuzung traf die Delegation des Marquisats auf eine andere. Stry Wortling erkannte den Seigneur Dons Asmussa, den Herrscher von Sbarao und den Elf Ringen, sofort an seiner charakteristischen Gestalt.

Die beiden Eskorten und die Garden stellten sich am Rand der Alleen auf, während sich der Seigneur von Sbarao und der Regent des Marquisats auf traditionelle Weise begrüßten: Sie legten ihre Hände auf Augenhöhe aneinander und verneigten sich dreimal, wie es das Protokoll vorschrieb.

Auf Dons Asmussas weit geschnittenem schwarzen Cape funkelten kostbare Edelsteine: Rubine, Smaragde und Saphire. Eine fein ziselierte Krone aus Altgold schmückte sein Haupt. Sein üppiges braunes Haar war in der Mitte gescheitelt, eingeölt und zu zwei Zöpfen geflochten.

Für List war dieser Mann ein Paradebeispiel schlechten Geschmacks.

»Regent Stry Wortling! Es ist mir immer eine Ehre und ein Vergnügen, Euch zu sehen!«, erklärte Dons Asmussa mit Donnerstimme. »Wenn ich mich recht erinnere, haben wir uns zum letzten Mal vor fünf Jahren anlässlich der Asma auf Dalomip getroffen. Damals hat es derart geregnet, dass wir alle froh waren, als wir wieder in unsere eigenen Welten zurückkehren konnten.«

Seine launigen Worte wurden von seiner Delegation pflichtschuldig mit einem Lachen quittiert.

»In der Tat, Seigneur Asmussa, weder Ihr noch ich sind für ein feuchtkaltes Klima geschaffen, nicht wahr?«, entgegnete Stry Wortling. »Aber lassen wir die Erinnerungen ruhen. Ich bin sehr froh, mit Euch ein wenig vor dem offiziellen Beginn der Asma plaudern zu können. Es gibt da gewisse ... Zufälle, die mir zu denken geben und über die ich mit Euch sprechen möchte.«

Der Regent wusste, dass Dons Asmussa trotz seines bizarren, ja nahezu vulgären Aussehens – das alle Bewohner des Planeten Elf Ringe kennzeichnete – ein sehr erfahrener Staatsmann war. Denn es war ihm gelungen, seine Dynastie, die ihren Aufstieg einer Verschwörung verdankte, fest zu etablieren, ohne mit den Gesetzen der Konföderation in Konflikt zu geraten. Die ehemaligen Sklaven des

Ersten Rings, jene, die einst seinen Urahn auf den Thron von Sbarao gesetzt hatten, waren bei sieben Putschversuchen erfolglos geblieben. Außerdem hatte er viele Attentate überlebt; und beim letzten hatte er durch eine Leuchtbombe einen Arm verloren. Doch an allen Kämpfen war er gewachsen und hatte weiter an Autorität gewonnen.

Jetzt bildeten die Garden einen Kreis um die beiden Herrscher. Stry Wortling warf einen Blick in die Runde und fragte sich, ob darunter nicht vielleicht Leute waren, die geheime Lautverstärker in den Ohrmuscheln trugen oder von den Lippen ablesen konnten.

»Wenn Ihr nichts dagegen habt, unterhalten wir uns mittels unseres Codeurs«, sagte Stry Wortling leise.

»Verdächtig Ihr jemanden aus Eurer Entourage?«, fragte Dons Asmussa.

»Ach, man kann nie wissen«, antwortete der Regent vage.

Aus einer Tasche seiner Kutte nahm er einen kleinen Codeur und befestigte ihn an seiner Unterlippe. Sein Mund war nun in einen milchig trüben Nebel gehüllt. Der Seigneur von Sbarao zuckte mit den Schultern und tat es ihm nach. Jetzt konnte niemand ihre Unterhaltung belauschen.

List entdeckte einen Pfau, der unter dem warmen Schein einer Lichtkugel paradierte und seine bunt schillernden Federn spreizte.

»Das so plötzliche Verlegen der Asma hierher wird von einer ganzen Reihe besorgniserregender Ereignisse begleitet«, fuhr Stry Wortling fort, »die mir nicht mehr als bloße Zufälle erscheinen.«

Der Codeur verzerrte seine Stimme. Er hatte das Gefühl, durch einen Wasserfall hindurch zu sprechen.

»Erster Zufall: Der Brand im Palast der Asma auf Issigor. Es ist doch sehr merkwürdig, dass ein Feuer ein Gebäude dieser Größe innerhalb von zwei Tagen zerstören konnte und das genau einen Monat vor unserer dort geplanten Zusammenkunft. Zweiter Zufall: der Prozess gegen Sri Mitsu, einen der fünf großen Smellas der Kongregation. Er wurde auf Lebenszeit verbannt; und das wohl eher, weil er durch seine Fähigkeiten die Machenschaften gewisser Elemente hätte durchkreuzen können und nicht, wie vorgegeben, weil man ihn wegen angeblicher religiöser Verfehlungen verurteilt hat ...«

»Das ist doch eine ganz banale und traurige Geschichte!«, wandte Dons Asmussa ein. »Euch ist doch wohl die Unnachgiebigkeit dieser fanatischen Kreuzler bekannt!«

»Genau. Aber wie erklärt Ihr Euch, dass diese Unnachgiebigkeit nicht für gewisse hochgestellte Persönlichkeiten gilt, deren Sitten ebenfalls gegen den Kodex der Kirche verstoßen?«

»Das hat politische Gründe«, antwortete Dons Asmussa. Er wusste, worauf sein Gesprächspartner anspielte. »Indem der Muffi eine bedeutende Persönlichkeit verurteilte, stärkte er seine Autorität gegenüber den Syracusern. Und Ihr wisst genauso gut wie ich, dass ein Smella aus der Kongregation ausgeschlossen wird, sobald er gegen die Gesetze seines Heimatstaates verstoßen hat. Die Gesetzestexte sind in diesem Punkt eindeutig.«

»Die Gesetzestexte beinhalten nichts weiter als strikte Vorgaben; sie sind völlig sinnentleert. Was ist ein Gesetzestext ohne geistigen Inhalt? Und ich bin der festen Überzeugung, dass Sri Mitsu nicht wegen einer Gesetzesübertretung verurteilt wurde, sondern wegen seiner Geisteshaltung.«

»Verflucht noch mal, Regent Stry Wortling! Es ist doch nicht das erste Mal in der Geschichte der Konföderation, dass eine Asma in letzter Minute auf einem anderen Planeten stattfindet. Dafür gibt es einige Beispiele. Und unter uns gesagt«, fügte Dons Asmussa verschmitzt hinzu, »wärmt Ihr nicht lieber Eure alten Knochen in diesem herrlichen Klima als sie den eiskalten Winden auf Issigor auszusetzen? Auf Syracusa wird diese lästige Pflicht doch zu einem Vergnügen.«

Er schwieg und deutete mit einer Kinnbewegung auf List, der in der Nähe des Pfaus auf dem lilafarbenen Rasen kauerte.

»Ich hoffe doch, dass Ihr alles tut, um Eurem Neffen, dem künftigen Herrscher des Marquisats, den Aufenthalt in Venicia so angenehm wie möglich zu machen. Denn hinter der unterkühlten Art der Syracuserinnen verbirgt sich ihr ausgesprochen feuriges Temperament. Und wenn er die Damen so gut wie Pfaue zu zähmen weiß ...«

Er brach in ein so dröhnendes Gelächter aus, dass Stry Wortling die Ohren wehtaten. Doch der Regent ließ sich von der Fröhlichkeit seines Gegenübers nicht anstecken, sondern nahm seine Überlegungen wieder auf.

»Dritter Zufall: Der jüngere Bruder des Seigneurs von Syracusa, Menati Ang, ist momentan der Oberbefehlshaber der Armee. In letzter Zeit ist er viel gereist und hat Kontakte zu hohen Offizieren geknüpft, auch zu den Pritiv-Söldnern ...«

»Wer hat denn nicht schon diese Mörder für sich arbeiten lassen. Sie sind zwar teuer, aber effizient und diskret. Und wenn Menati Ang die Pritiv-Söldner zu Hilfe gerufen hat, geschah es, um eifersüchtige Ehemänner aus dem Weg räumen zu lassen, damit er deren Frauen nach Belieben ficken kann. Dieser Mann denkt mit seinem Schwanz. Außerdem wird nach Beendigung der Asma ein neuer Oberbefehlshaber ernannt. Aber in einem Punkt stimme ich mit Euch überein, Regent Wortling: Mir gehen diese Syracuser mit ihrem Getue und ihre Affen, diese Gedankenwächter, auch entsetzlich auf die Nerven. Doch glaubt mir, sollte es jemandem einfallen, die Grundfesten der Konföderation erschüttern zu wollen, braucht er dazu mehr als die Unterstützung der Armee und der Pritiv-Söldner. Denn diese Leute würden sich bald mit den Mitgliedern des Ordens der Absolution konfrontiert sehen. Schließlich ist der Ritterorden das letzte Bollwerk, das seinerzeit von der Konföderation Naflin installiert wurde.«

»Für mich ist dieser Orden völlig undurchschaubar. Ein Mysterium. Seit dem Bestehen der Konföderation hat er nicht ein einziges Mal interveniert. Wären die Ritter überhaupt in der Lage, sie im Fall einer Bedrohung zu verteidigen?«

Strahlend weiße Zähne blitzten in Dons Asmussas dunkelbraunem Gesicht auf, als er lächelte. »Ich versichere Euch, sie sind gewappnet.«

»Woher nehmt Ihr diese Gewissheit, Seigneur Asmussa?«

»Ich weiß es von einer Person, die mir sehr nahesteht: meinem dritten Sohn, Filp. Vor drei Jahren trat er in den Ritterorden ein und lebt seitdem im Kloster Selp Dik. Vor kurzem wurde er in den Rang eines Kriegers erhoben. Der Unterricht im Kloster ist streng geheim. Doch das Wenige, das er mir darüber erzählt hat, reicht mir, um von der Schlagkraft der Ritter überzeugt zu sein. Ich weiß, dass Ihr ein misstrauischer und vorsichtiger Mann seid, Regent Wortling, aber ich beschwöre Euch zum zweiten

Mal: Genießt vorbehaltslos Euren Aufenthalt auf diesem herrlichen Planeten!«

»Ich danke Euch, mir ein paar Minuten Eurer Zeit geschenkt zu haben, Seigneur Asmussa. Wir sehen uns dann morgen, bei der Eröffnung der Asma. Mögen die Götter Euch recht geben, und mögen meine Vorahnungen nichts als die Hirngespinste eines alten Mannes sein.«

Der Regent nahm seinen Codeur ab, ließ ihn in eine Tasche seiner Kutte gleiten und verneigte sich dreimal.

»Regent Wortling, Ihr seid munterer und vitaler denn je. Mögt Ihr eine angenehme Nacht verbringen, aber treibt es nicht zu toll mit den Frauen. Diese Kreaturen des Teufels sind gefährlich, denn sie können einem die letzte Kraft rauben.«

Die Eskorten und Garden formierten sich aufs Neue. Mit großem Bedauern schloss sich List wieder seiner Gruppe an. Der Pfau stolzierte ein Stück des Wegs hinter ihm her, drehte sich schließlich um und hüpfte unter einer Lichtkugel davon.

Dann entfernten sich die beiden Männer samt ihrem Gefolge in entgegengesetzte Richtungen.

»Der Seigneur Asmussa schien guter Laune«, bemerkte Jasp Harnet, der Dayt-General. »Obwohl Sbarao und die Elf Ringe nicht einfach zu regieren sind.«

»Ich nehme an, dass er vor allem froh ist, noch immer am Leben zu sein«, antwortete der Regent zerstreut.

Bei dieser zufälligen Begegnung hatte er nichts Neues erfahren, doch sie hatte ihn in seinem Wunsch bestärkt, mit Sri Alexu zu sprechen. Die Scharfsichtigkeit des Syracusers half ihm vielleicht, etwas Ordnung in seine wirren Gedanken zu bringen.

Jasp Harnet trat in das Konversationszimmer, dessen Wände aus grünen Wasserteppichen bestanden, in denen sich winzige Fisch-Schmetterlinge tummelten.

»Jasp, ich vertraue Euch heute Abend List an«, sagte Stry Wortling. Er saß in einem Luftsessel, dessen Konturen man nur erahnen konnte, sodass der Dayt-General den Eindruck hatte, die Beine und der Rücken des Regenten würden von dem Nichts gestützt.

»Unser Sire Regent begleitet uns nicht?«

»Nein. Ich möchte allein sein, weil ich nachdenken muss. Aber List soll sich heute Abend amüsieren, also bitte ich Euch, ihn zu begleiten, wohin er will: ins Deremat-Theater, zum Fliegende-Steine-Rennen, den Ekstatischen Gesängen ...«

»Seigneur List schätzt meine Gesellschaft nicht besonders«, wandte der kleine Mann ein.

»Ein Grund mehr, ihm nichts abzuschlagen! Ehm ... Jasp ... wir sind weit von unserer Heimat entfernt, und wenn es auch meiner Schwägerin missfällt, so ist es doch höchste Zeit, List mit ... mit gewissen Aspekten des Lebens vertraut zu machen ... Mir wurde gesagt, dass die syracusischen Kokotten die besten Lehrerinnen für ... na ja, Ihr wisst schon, was ich meine. Aber seid vor allem diskret! Ach, und vergesst nicht, ihn mit der lokalen Küche bekannt zu machen: Sie ist wirklich vorzüglich.«

»Seigneur List wird Eure Abwesenheit bedauern, Sire Regent«, protestierte Jasp Harnet lahm, aber insgeheim hocherfreut, mit einer solchen ehrenvollen Aufgabe betraut zu werden.

»Im Gegenteil, er wird sich unbändig darüber freuen«, sagte der Regent und lachte schallend. »Als ich jung war, hasste ich es, mit alten Männern auszugehen. Ich gebe

Euch eine Eskorte mit, bitte Euch aber trotzdem, über Lists Sicherheit zu wachen. Eine Asma zieht immer eine Menge Betrüger an: professionelle Spieler, Magier, Illusionisten, Drogenhändler ... Ich möchte auf keinen Fall, dass er auf irgendeine Weise in eine Intrige verwickelt wird ... Zwar ist hier alles extrem teuer, aber macht Euch keine Sorgen um die Kosten. Gebt aus, was nötig ist. Und List sagt Ihr, dass ich mich nicht wohlfühle. Geht jetzt, sofort. Dank Euch, Jasp.«

»Euer Wunsch sei mir Befehl, Sire Regent.«

Die schwarzen Augen des Dayt-Generals glühten wie Kohlen. Er legte die Hände in Augenhöhe zusammen, verneigte sich und ging.

Sofort hing Stry Wortling wieder seinen betrüblichen Gedanken nach, doch die Umstände zwangen ihn, sich ganz und gar auf seine Berater zu verlassen. Während seiner fünfunddreißig Jahre im Dienst der Dynastie der Wort-Mahort hatte Jasp Harnet nie das Vertrauen seiner Herren enttäuscht. Doch da der Regent im Augenblick von großen Zweifeln geplagt wurde, misstraute er manchmal sogar seinem Dayt-General, dem Treuesten unter seinen Getreuen.

Etwas später erhob sich Stry Wortling und ging in sein Schlafzimmer, ein geräumiges Gemach, ganz in grünen, blauen und violetten Farbtönen gehalten, und aktivierte sein persönliches Holofon, das auf einem schwebenden Regal stand. Der Kopf von Licius, dem Diener, der für diese Suite des Palastes verantwortlich war, erschien auf dem wabenförmigen Bildschirm.

»Monseigneur?«

»Könnten Sie mir unauffällig ein Cape oder etwas ... Ähnliches besorgen?«

Licius verzog den Mund zu einem komplizenhaften Lächeln.

»Monseigneur möchten vielleicht anonym einen ganz bestimmten Ort in Venicia aufsuchen?«

»Ja ... in gewisser Weise schon«, antwortete Stry Wortling.

»Dann möge Monseigneur sein Holofon deaktivieren. Die Mauern des Palastes haben manchmal Ohren, die ...«

Zwei Minuten später betrat der Diener, in grauem Colancor und roter Weste, das Gemach. Über dem Arm drapiert trug er ein schwarzes Tuch.

»Gibt es irgendwelche unauffällige Ausgänge im Palast?«, fragte Stry Wortling.

»Es existieren vielleicht einige verborgene Türen«, antwortete Licius ausweichend.

»Aber Sie wissen doch sicher, wie man diese Suite verlassen kann, ohne die Aufmerksamkeit der Garde zu erregen?«

Es war ziemlich wahrscheinlich, dass der Diener gleichzeitig ein Agent des syracusischen Sicherheitsdienstes war. Also ging Stry Wortling ein großes Risiko ein, wenn er sich von ihm helfen ließ. Aber er hatte keine andere Wahl.

»Alles ist möglich, wenn man es wirklich will«, murmelte der Diener.

Der Regent entnahm einer Tasche seiner Kutte eine kleine silberfarbene Platte, das Äquivalent von zehntausend Standardeinheiten, und reichte sie Licius.

»Das Glück wollte es, dass ich in diesem Palast bereits seit acht Jahren arbeite«, sagte der Diener mit plötzlich strahlenden blauen Augen. »Und deshalb kenne ich die Örtlichkeiten wie meinen Dienstcolancor. Jede Suite besitzt einen geheimen Eingang, der auch als Notausgang im Falle irgendeiner Gefahr dient. Und dieser Eingang wird nur von einem einzigen Mann bewacht, mit dem man sich immer irgendwie arrangieren kann. Monseigneur möge mir folgen und vorher das Cape anlegen, damit ihn niemand erkennen kann! Auch ich muss diese Vorsichtsmaßnahme treffen, denn ich gehe ein sehr großes Risiko ein.«

»Das war nur eine Anzahlung. Der Rest der Belohnung wird sich nach der Höhe des Risikos richten«, sagte Stry Wortling.

Licius reichte dem Regenten das schwarze Cape. Das silberfarbene Plättchen steckte er in eine Tasche seiner Weste, dann verbeugte er sich und ging in das Konversationszimmer. Der Regent legte das schwarze Cape mit der weiten Kapuze an und folgte ihm. Der Diener griff nach dem Saum eines der grünen Wasservorhänge und schob ihn beiseite, als handele es sich um einen ganz gewöhnlichen Vorhang aus Stoff. Die Fische-Schmetterlinge flohen erschreckt und versteckten sich in Mikroalgen.

Auf der dahinter liegenden kahlen Wand aus weißem Marmor zeichnete sich eine gepanzerte runde Schleusenkammer ab. Licius kratzte mit einem seiner spitzen Fingernägel an dem nassen Stahl. Ein ähnliches, aber gedämpftes Geräusch war von der anderen Seite zu hören. Dann knirschte es laut, so als würde ein Metallriegel zurückgeschoben. Die Schleusenkammer öffnete sich, und Stry Wortling konnte einen Kopf mit einem grauen Helm und weißem Federbusch erkennen.

Der Wächter und der Diener begannen eine lebhafte Diskussion in einer Mischung aus interplanetarischem Nafle und altem Syracusisch. Stry Wortling konnte das Gespräch nur bruchstückhaft verstehen.

Später, in dem unterirdischen Gang, berichtete Licius ihm, dass er die Hälfte seiner Belohnung dem Wächter versprochen habe. Der Regent glaubt ihm kein Wort, doch er äußerte sich nicht dazu. Aus langjähriger Erfahrung wusste er, dass Bestechung der einzige Schlüssel war, der alle Türen dieses Universums öffnete.

Sie durchschritten ein Labyrinth aus finsteren Gängen, die durch verwinkelte Treppen und Gravitationsplattformen miteinander verbunden waren. Der Diener musste mit weiteren Wächtern verhandeln und verkündete anschließend, dass ihm kaum noch etwas von seiner Belohnung übrig bleiben würde. Schließlich erreichten sie die Basis des Hügels, auf dem der Palast stand, und gelangten bald darauf in eine kleine dunkle Nebenstraße. Stry Wortling zog sich die Kapuze seines Capes über den Kopf und gab Licius das zweite silberfarbene Plättchen.

»Sollte jemand nach mir verlangen, sagen Sie, dass ich auf keinen Fall gestört werden dürfe. Wenn Sie den Mund halten, gibt es noch einmal dieselbe Summe. Doch wenn Sie schwatzen, ergeht es Ihnen schlecht.«

»Monseigneur brauchen sich keine Sorgen zu machen, ich habe bereits alles vergessen.«

Der Diener steckte das Plättchen ein und verschwand. In der Ferne konnte Stry Wortling die hohen weißen Mauern des Palastes erkennen. Er ging die schmale Gasse entlang und stand bald auf einer großen, hell erleuchteten Avenue. Jugendliche auf fliegenden Stühlen lieferten sich ein Rennen über die breiten Trottoirs. Stry Wortling ging zu einem Stand der Taxikugeln, die regungslos in der Luft verharrten. Er nahm auf dem Rücksitz einer Taxikugel Platz.

»Wohin soll ich Sie bringen, mein Herr?«, fragte der Chauffeur, der trotz seiner Bemühungen als Syracuser zu erscheinen, offensichtlich keiner war.

»In die Nähe des alten Museums, in den Norden der Stadt, dort, wo der Tiber Augustus fließt.«

»Ich weiß, wo das Museum ist. Ich kenne mich gut in Venicia aus.«

»Worauf warten Sie dann noch? Ich habe es eilig!«

»Sie sind der Kunde, mein Herr!«, knurrte der Chauffeur.

Die Taxikugel stieg geräuschlos in den Himmel empor, bis sie in einen Geschwindigkeitskorridor einbog, der von Sicherheitspflöcken markiert war. Sie entfernten sich schnell vom belebten Stadtzentrum und tauchten in die Nacht ein, bis sie einen riesigen schwarzen Graben überflogen, in dem sich unzählige weiße Lichter, nicht größer als Leuchtkäfer, bewegten.

Der Chauffeur hätte gerne ein Schwätzchen gehalten und ergriff die Gelegenheit, als er den überraschten Blick seines Fahrgasts bemerkte.

»Niemand weiß, was das da unten ist. Wahrscheinlich wird ein neuer Palast gebaut. Als ob es in Venicia nicht schon genug davon gäbe! Und die Lichter, das sind Arbeiter in Lichtoveralls. Damit können sie auch nachts arbeiten. Sie kommen von Satellitenstaaten, vor allem vom Planeten Julius, und glauben, dass sie hier ihr Glück machen ...«

»So wie Sie vielleicht?«, unterbrach ihn der Regent.

Die Taxikugel begann ihren rasanten Steilflug über den Fluss, auf dem noch ein paar schwach erleuchtete Galeoten kreuzten. Auf dem gegenüberliegenden Flussufer wurde das imposante Gebäude des Museums immer größer, ein beeindruckendes Zeugnis der Baukunst aus prä-naflinischer Zeit.

»Soll ich Sie wirklich auf dieser Seite des Tiber Augustus absetzen, mein Herr? Hier gibt es nichts zu sehen … Ich kenne viel interessantere …«

»Ich will hier aussteigen! Das ist alles, was ich verlange!«, unterbrach Stry Wortling den Chauffeur mit schneidender Stimme.

»Sehr wohl, mein Herr. Sie sind der Kunde …«

Die Taxikugel flog dicht über dem Fluss und landete sanft auf einem Kai, nahe einiger verlassener Lagerhäuser. Stry Wortling bezahlte den Flug und stieg aus. In der nächtlichen Stille waren nur das leise Rauschen des Flusses und ein diffuses Raunen der Stadt zu hören.

Die Taxikugel erhob sich in die Lüfte und verschwand in Richtung des hell erleuchteten Zentrums. Der Regent zögerte. Er hatte Sri Alexu nicht über sein Kommen informiert, da der holografische Kanal auf Syracusa wahrscheinlich abgehört wurde. Leider hatte er nur eine vage Erinnerung daran, wo sein alter Freund wohnte, außer dass sich sein Anwesen in der Nähe des Tiber Augustus und des Museums befand. Denn beides konnte man von seinem Garten aus sehen.

Schließlich entschloss sich Stry Wortling, den Kai in Richtung Museum entlangzugehen. Die beiden letzten Satelliten der zweiten Nacht schmückten den Horizont mit grünen und mauvefarbenen Streifen. Der Regent gelangte auf einen Platz, der von Zwergbäumen und hohen Häusern mit grauen Fassaden gesäumt war. Der Platz kam ihm vage bekannt vor. Er überquerte ihn, und als er an den Grünanlagen vorbeiging, hörte er furchterregende Schreie. Sein Blut gefror, und er umklammerte den Griff seiner alten

Pistole. Mit gespreizten Federn stürzte ein Pfau aus den Büschen hervor und trippelte, so schnell er konnte, unter die schützenden Äste eines Dornenstrauchs.

»Große Götter! Jetzt habe ich schon Angst vor einem Federball«, murmelte der Regent.

Er wartete, bis sein Herz wieder normal schlug. Obwohl die Nacht so friedlich wirkte, schien sie eine Menge unsichtbare Gefahren zu bergen.

Endlich stand er vor Sri Alexus Haus. Er erkannte es sofort an den harmonischen Proportionen, den Mauern aus Elfenbein und dem pyramidenförmigen Dach wieder. Kein Licht schimmerte hinter den großen spitzbogigen Glasfenstern. Sie sahen wie leere schwarze Augenhöhlen aus. Der Regent ging zum Portal, das zu den im Erdgeschoss gelegenen Gärten führte. Die weißen, von braunen Adern durchzogenen Luftstufen wiegten sich leicht in der Brise. Zwischen ihnen verströmten Blumen in Rabatten betörende Düfte. In der Mitte des hexagonalen Brunnens sang die Fontäne in Form eines Dreizacks nicht ihr übliches Willkommenslied.

Im Garten herrschte eine seltsame Stimmung, finster und bedrückend, ja eisig. Stry Wortling hatte das Gefühl, als ob jegliche Wärme aus diesem Ort entwichen wäre. Ihn schauderte, und er zögerte, seinen Weg fortzusetzen. Denn Sri Alexu schien nicht zu Hause zu sein, was dem Regenten merkwürdig vorkam, weil sein Freund Witwer war und nur eine Tochter hatte. Er verließ praktisch nie Venicia.

Doch seine Neugier überwog die Angst. Er warf einen schnellen Blick auf die Straße und stieß das Portal auf. Dann betrat er den Garten. Das war reiner Wahnsinn, denn höchstwahrscheinlich würde jetzt jemand – ein

Nachbar, ein Passant, ein Sicherheitsbeamter oder ein Spion – Alarm schlagen. Wie sollte er dann seine Anwesenheit erklären? Und mit seinem schwarzen Cape sah er eher wie ein gewöhnlicher Dieb als wie ein bedeutendes Mitglied der Konföderation von Naflin aus.

Stry Wortling hatte das Gefühl, jeder seiner Schritte auf dem rosafarbenen Steinsalz der Allee würde die Stille schrill durchschneiden. Vor sieben Jahren hatte er Sri Alexu das letzte Mal besucht, das war anlässlich eines Empfangs, den sein alter Freund zum fünfzehnten Geburtstag seiner Tochter Aphykit gegeben hatte. Er erinnerte sich noch an die Pracht der Gärten und die unvergleichbare Schönheit der Heranwachsenden mit ihren grünblauen, goldgesprenkelten Augen. Dieses Mädchen war zweifelsohne das Kleinod in der Residenz des Syracuser gewesen.

Da sich die schwere Haustür aus parfümiertem Holz nicht öffnen ließ, ging er um die Villa herum. Ihm war eingefallen, dass es noch eine versteckte Hintertür gab. Plötzlich glaubte er, Geräusche gehört zu haben und blieb stehen. Lauschte. Nichts. Er bahnte sich weiter seinen Weg durch dichtes Gebüsch, dessen stachelige Äste ihm die Hände und Unterarme zerkratzten.

Schließlich stand er vor der niedrigen Tür. Sie ließ sich mühelos öffnen, nur die Türangeln knirschten leise. Dann betrat er einen schmalen Gang, über den sich eine nicht enden wollende Fontäne aus schwarzer zähflüssiger Tinte ergoss.

Er inspizierte flüchtig die beiden ersten Etagen: den großen, mit sternenförmigen Luftskulpturen geschmückten Salon; das ordentliche Arbeitszimmer, in dem es nach Weihrauch und parfümiertem Holz roch; die Schlafzimmer, deren Balkone auf den Tiber Augustus hinausgingen; die Küche, voller Kräuterdüfte; die Empfangsräume und das Sprechzimmer für private Konsultationen ...

Das diffuse Licht der beiden Satelliten, das durch die Spitzbogenfenster fiel, wies ihm den Weg.

Und wieder überkam ihn dieses beklemmende Gefühl. Die Atmosphäre im Haus war so unheimlich, dass ihm fast übel wurde.

Dann betrat er das kleine Deremat-Zimmer und überprüfte das weiße längliche Gerät, über dem eine leuchtende holografische Karte angebracht war – ein kleines Meisterwerk der Technik, das Sri Alexu nicht oft benutzte, weil er das Reisen verabscheute.

Stry Wortling öffnete automatisch die Einstiegsluke. Phosphoreszierende Chiffren glänzten auf dem Monitor über der Liege. Der letzte Benutzer hatte sich nicht die Zeit genommen, seine Reisedaten zu löschen.

Phy-Kontrolle: genehmigt. Datum: 13. Syracusischer Frascius. Bestimmungsort: Zwei-Jahreszeiten. Abreise: 17 Uhr Ortszeit. Lokale Ankunftszeit: 7 Uhr 42. Anzahl der Passagiere: 1.

Der Regent rechnete das syracusische Datum in das Standarddatum um. Die Reise hatte bereits stattgefunden! Die holografische Karte zeigte nur einen kleinen Ausschnitt des Universums zwischen den Welten des Zentrums und den Planeten der Marken. Er gab den Namen des Reiseziels in den Rechner ein. Ein roter Punkt blinkte inmitten Hunderter Sternensysteme auf: Zwei-Jahreszeiten war vierzig Lichtjahre von Syracusa und sieben Lichtjahre von dem Planeten Roter-Punkt, dem Planeten der Verbannten und Raskattas, entfernt. Vierzig Lichtjahre galt auch als die maximale Reichweite dieses Deremats, was dennoch für ein privates Gerät eine außerordentliche Leistung war.

Ein Name tauchte plötzlich in Stry Wortlings Erinnerung auf: Sri Mitsu! Der Smella der Kongregation, den die Kirche des Kreuzes zum Exil auf Lebenszeit auf den Planeten Roter-Punkt verbannt hatte. Wahrscheinlich hatte Sri Alexu diese lange Reise unternommen, um Sri Mitsu, dem zweiten der drei Großmeister der Inddikischen Wissenschaft einen Besuch abzustatten. Doch da Zwei-Jahreszeiten ein Planet am Ende des Aktionsradius' des Deremats war, hatte er sicher nur als Zwischenstation für die Fortsetzung der Reise gedient. Und weil der häusliche Gelehrte offensichtlich so überstürzt sein Domizil und seine Tochter verlassen hatte, musste die Lage ernst sein. Der Regent fühlte seine dunklen Vorahnungen bestätigt und spürte eine leichte Panik in sich aufsteigen.

In dem Moment hörte er Schritte und Stimmen. Er hatte gerade noch Zeit, auf den Balkon in der ersten Etage zu flüchten und sich unter der Brüstung zu verstecken. Von dort aus konnte er in den großen Salon im Erdgeschoss blicken, dessen Wasserlampen an den Wänden eine nach der anderen aufleuchteten.

Zwei weiß maskierte Pritiv-Söldner in grauen Uniformen mit silbern glänzenden Dreiecken auf der Brust betraten den Raum und inspizierten ihn. Andere Gestalten tauchten aus dem Halbdunkel auf – lautlos wie Gespenster.

Stry Wortling hielt den Atem an: Einer der Neuankömmlinge war niemand anders als Pamynx, der Konnetabel Syracusas. Er trug seinen traditionellen blauen Kapuzenmantel. Da er seine Kapuze zurückgeschlagen hatte, konnte der Regent seinen kahlen unförmigen Schädel, sein hässliches grünliches Gesicht und seine gelben pupillenlosen hervorquellenden Augen deutlich erkennen. Er wurde von zwei Gedankenlesern in ihren lindgrünen Kapuzenmänteln begleitet, sowie von einem Kardinal der Kirche des Kreuzes, erkennbar an dem violetten Chorhemd, das er über seinem purpurroten Colancor trug, und der Ordensspange hoher kirchlicher Würdenträger. Ihn begleiteten seine eigenen beiden Gedankenschützer in ihren weißen und roten Kapuzenmänteln. Drei weitere Pritiv-Söldner gehörten ebenfalls zu der Gruppe. Einer von ihnen trug eine schwarze Uniform und Maske.

»Dieser Mann hat viel mehr gewusst als wir vermutet haben«, erklärte der Konnetabel mit seiner metallischen, kalten Stimme. »Und seine Tochter?«

»Leider sind wir zu spät gekommen, Exzellenz«, antwortete der Söldner in Schwarz. »Sie konnte per Deremat fliehen, ehe wir ...«

»Haben Sie die Koordinaten ihres Transfers?«

»Ihre Rematerialisation hat auf Zwei-Jahreszeiten stattgefunden, einem Planeten des Systems Drei Feuer.«

»Wahrscheinlich wird sie versuchen, auf Roter-Punkt mit dem Raskatta Sri Mitsu Kontakt aufzunehmen. Auch er ist ein Großmeister der Inddikischen Wissenschaft, wie ihr ketzerischer Vater.«

»Zwei unserer besten Leute sowie ein Scaythe, der Gedankenleser ist, verfolgen sie schon. Außerdem haben wir auf Roter-Punkt bereits eine Falle für sie aufgestellt.«

»Vorsicht! Sri Alexu hat seine Tochter sicher die Grundelemente der Inddikischen Wissenschaft gelehrt. Dann ist es dem Gedankenleser nicht möglich, sie zu lokalisieren.«

»Wir brauchen Euren Gedankenleser nicht. Dieses Mal versagen wir nicht, Exzellenz!«

»Was ich nur zu hoffen wage. Verwandelt diesen Körper jetzt zu Asche!«

Zwei Söldner gingen zu einer Stelle, wo eine Menge Decken und Kissen auf einem Haufen lagen. Dieses Durcheinander passte so gar nicht in das sonst sehr ordentliche Haus, und es war Stry Wortling bei seiner flüchtigen Inspektion der Räume völlig entgangen. Die Söldner zerrten einen leblosen Körper darunter hervor, den der Regent sofort erkannte; es war der Körper seines alten Freundes. Sri Alexu schien zu schlafen. Der Kardinal – ein dicker Mann mit rotem Gesicht – warf ständig nervöse Blicke auf seine Gedankenhüter, die wie Statuen hinter ihm standen.

Die Söldner trugen den Leichnam in die Eingangshalle. Und einer der Männer entnahm einem Beutel, den er am Gürtel trug, ein Gerät, das wie eine Birne aussah. Dann richtete er den Desintegrator auf das bleiche Gesicht Sri Alexus, worauf der runde Lauf der Waffe einen grell leuchtenden grünen Lichtstrahl ausspie.

Gesicht, Glieder und Kleidung des Syracusers verbogen sich und schrumpften zusammen, wie ein Blatt Papier, das von Flammen verzehrt wird. Von Sri Alexus Körper war bald nichts mehr übrig als eine amorphe graue Masse, die schnell zu einem Häufchen dunklen Staubs zerfiel. Der beißende Geruch verbrannten Fleisches verbreitete sich in der Luft.

Währenddessen durchsuchten die anderen Söldner das gesamte Erdgeschoss. Sie stapelten alte Bücher und Schriften von unschätzbarem Wert, 4-D-Filme aus der prä-naflinischen Periode und holografische Dokumente auf einem niedrigen Tisch.

»Sollen wir auch die Räume im ersten Stock überprüfen, Exzellenz?«, fragte der Söldner in Schwarz.

Stry Wortling krümmte sich in Todesangst zusammen, und ein klebriger Film aus kaltem Schweiß bedeckte seinen Körper wie ein Leichentuch.

»Das ist nicht nötig«, antwortete Pamynx nach einer Weile, die dem Regenten wie eine Ewigkeit erschienen war. »Da oben befinden sich nur die Schlafzimmer und der Deremat-Raum. Und es gehört nicht zu den Angewohnheiten der Syracuser, Arbeit und Muße miteinander zu verbinden, nicht wahr, Eure Eminenz?«

»Gewiss, gewiss«, stammelte der Kardinal, dem die Anwesenheit der Söldner sichtlich unangenehm war und den der bestialische Gestank störte.

»Gut. Dann zerstört auch diese Überbleibsel des Aberglaubens, damit sie dasselbe Schicksal wie ihren Besitzer ereilt. Diese Dinge müssen für immer vernichtet werden, nicht wahr, Eure Eminenz?«

Der Kardinal wurde aschfahl vor Wut und Empörung darüber, wie Pamynx ihn ständig zum Zeugen machte und ihm einen Teil der Verantwortung für diesen abscheulichen Mord aufbürdete. Er hatte das Gefühl, dass der Konnetabel ein perverses Vergnügen daran fand, doch er aktivierte seine mentale Kontrolle bis zum Maximum, um sich seine Aversion gegen diese Leute nicht anmerken zu lassen. Denn der Muffi Barrofill XXIV., Seine Unfehlbarkeit, hatte ihn mit einer geheimen Mission betraut, die, wenn sie auch unangenehme – um nicht zu sagen widerwärtige – Aspekte beinhaltete, erfüllt werden musste. Und das zum Ruhme der Kirche des Kreuzes. Und natürlich vor allem in Hinblick auf seine eigene Karriere innerhalb der Geistlichkeit.

»Natürlich, natürlich«, murmelte der Kardinal. »Möge das Kreuz immer seine heilige schützende Hand über uns halten ...«

Einer der Gedankenleser setzte sich mental mit dem Konnetabel in Verbindung.

»Exzellenz, ich habe eine Person in der ersten Etage aufgespürt.«

»Idiot! Glauben Sie, ich brauche Sie, um das zu wissen? Warum habe ich den Söldnern wohl verboten, den ersten Stock zu durchsuchen? Stry Wortling, der Regent des Marquisats hält sich dort versteckt. Ich habe ihn beinahe erwartet, denn ich wusste, dass er heimlich den Palast verlassen hat. Ich wusste auch, dass er sich mit Sri Alexu treffen wollte. Jemand aus seiner Entourage hat mir mitgeteilt, dass der Regent argwöhnisch ist.«

»Aber warum habt Ihr ihn dann nicht schon vor Beginn der Asma eliminiert, Exzellenz?«

»Noch so ein dämlicher Vorschlag, und ich schicke Sie in die Matrizen-Tanks auf Hyponeros zurück. Der gewaltsame Tod einer der Herrscher wird sofort von der Kongregation untersucht. Dieses Risiko wäre viel zu groß gewesen.«

»Und was unternehmen wir jetzt?«

»Im Moment gar nichts. Sie können inzwischen in sein Denken eindringen, damit wir erfahren, was er wirklich über unser Projekt weiß. Unterdessen rede ich weiter mit dem Kardinal.«

»Sehr wohl, Exzellenz.«

»Ehm ... Exzellenz«, begann der Kardinal vorsichtig und wählte mit Bedacht seine Worte, um auf das Problem hinzuweisen, das dem Muffi am Herzen lag. »Ihr wisst sicher, dass in der Folge von Sri Mitsus Prozess, den Ihr vorhin erwähntet ... Ihr wisst sicher, wie ich schon sagte, dass gewisse ... gewisse hochgestellte Persönlichkeiten unseres Planeten sich Ausschweifungen hingeben, die, sagen wir einmal, öffentlich bekannt werden und auf das syracusische Volk negative Auswirkungen haben könnten und, ehm ... ebenso in Hinblick auf Eure Projekte sowie auf andere Völker der Konföderation ...«

»Ihr sprecht sicher von diesen widernatürlichen sexuellen Praktiken«, unterbrach Pamynx den Kardinal, weil er wusste, worauf der Geistliche hinauswollte.

»Genau, Exzellenz. Genau. Wenn Euer Projekt gelingen soll; und es gelingt, weil auch die Kirche dafür ist, wäre es äußerst schädlich, dem Universum ein derart marodes Bild der syracusischen Zivilisation zu präsentieren ...«

»Exzellenz, er weiß nicht mehr über unser Projekt als das, was bisher publik geworden ist.«

»Setzen Sie trotzdem Ihre Nachforschungen fort, und versuchen Sie herauszufinden, welche weiteren Pläne er hat. Währenddessen überlege ich, wie dieses Problem am besten zu lösen ist.«

»Seine Heiligkeit, Barrofill XXIV., brennt darauf, die Schar seiner Missionare ins Universum zu schicken. Diese Leute warten ungeduldig darauf, ihre in der Unwissenheit lebenden Brüder mit dem Feuer der Erlösung zu erleuchten. Jedoch hätte er gewisse Garantien ...«

»Die Sorgen seiner Heiligkeit sind mir bekannt«, entgegnete Pamynx. Da er gerade auf telepathische Weise kommuniziert hatte, entglitt ihm kurz die Kontrolle über seine voluminöse Stimme. Der Kardinal zuckte erschrocken zusammen.

»Wir haben ebenso wenig wie die Kirche ein Interesse daran, dem Rest des Universums ein falsches Bild Syracusas zu vermitteln ... Deshalb erscheint uns Menati Ang, der jüngere Bruder des jetzigen Seigneurs, der richtige Mann zu sein, die Nachfolge seines Vaters, des großen Arghetti Ang anzutreten. Menati Ang ist ein aufrechter

Kreuzler von untadeligem Lebenswandel. Außerdem habe ich festgestellt, dass er in gewissen Situationen über ein bemerkenswertes politisches Geschick verfügt. Als Beispiel möchte ich nur erwähnen, dass es ihm gelungen ist, die militärischen Führungskräfte für unsere Sache zu gewinnen. Sollte uns Seine Heiligkeit in unseren Bemühungen unterstützen, entthronen wir Ranti Ang, damit Menati die Macht übernehmen kann.«

»Das ist auch der Wunsch Seiner Heiligkeit. Exzellenz ...«

Der Kardinal verneigte sich steif, doch höchst erleichtert.

»Hier meine Anweisungen: Wir verlassen das Haus, als hätten wir von der Anwesenheit des Regenten nichts bemerkt, denn wir dürfen nicht vorzeitig sein Misstrauen erwecken. Die anderen Seigneurs wird er von hier aus nicht informieren, weil er weiß, dass der Sender in Sri Alexus Haus nicht sicher ist. Also muss er das Haus verlassen. Sobald er im Garten ist, sollen die Pritiv-Söldner seine Synapsen mit einem speziellen Strahl stören und ihn dann unauffällig nach Salaün, dem Dirnenviertel der Stadt, bringen und es so einrichten, dass er in der Morgendämmerung vor einem der berüchtigsten Bordelle aufgefunden wird. Dann wird es so aussehen, als hätte er sich heimlich aus dem Palast davongestohlen, um sich mit einer Dirne zu vergnügen, und man wird denken, dass er wegen seiner Ausschweifungen verrückt geworden ist.«

»Aber Exzellenz, ein solches Vorgehen wird zu einer Untersuchung führen und wahrscheinlich zu einem Aufschieben der Asma.«

»Nein, denn die Herrscherfamilie des Marquisats wird von dem legitimen Thronerben, List Wortling, repräsen-

tiert. Glücklicherweise hat dieser alte Narr ihn mit hierher gebracht. Und da er anwesend ist und ebenfalls der Dayt-General, Jasp Harnet, wird List Wortling sofort die Regierungsgeschäfte übernehmen. Außerdem bleibt der Familie nichts anderes übrig, weil einer der ihren im Dirnenviertel aufgefunden wurde. Die Asma wird also eröffnet. Geben Sie meine Anweisungen an die Söldner weiter und überwachen Sie die gesamte Operation. Ich muss andere wichtige Dinge erledigen, die keinen Aufschub dulden. Solltet ihr scheitern, mache ich Sie persönlich dafür verantwortlich.«

»Sehr wohl, Exzellenz.«

»Noch etwas anderes: Unterziehen Sie alle Diener und Wächter des Palastes Ferkti Ang einer mentalen Überprüfung. Und bringen Sie mir jene Individuen, die dem Regenten geholfen haben. Diese Leute werden ihre Pflichtvergessenheit schwer bereuen. Gehen Sie, und vergessen Sie nicht: Ich dulde kein Versagen.«

Durch das lange Schweigen des Konnetabels ziemlich aus der Fassung gebracht, hüstelte der Kardinal zweimal und sagte: »Ist es wirklich nötig, Exzellenz, dass wir noch länger hierbleiben? Ich muss so schnell wie möglich Bericht erstatten ...«

»Ich empfinde dieses Haus als ebenso unangenehm wie Ihr, Eminenz, und habe nur im Geist ein paar Dinge überprüft. Bitte, entschuldigt.«

Dann wandte sich Pamynx an die Söldner.

»Macht Ordnung. Überall!«

Nach und nach sah der Salon wieder wie vorher aus, elegant und aufgeräumt.

Von den Geschehnissen völlig niedergeschlagen und gleichzeitig erleichtert, unentdeckt geblieben zu sein, konnte Stry Wortling nicht umhin, die Geschicklichkeit der Pritiv-Söldner zu bestaunen, mit der sie ihre Aufgaben erledigten.

Diese Allianz zwischen dem Herrscherhaus der Ang von Syracusa, den Scaythen von Hyponeros, der Kirche des Kreuzes und den konföderierten Streitkräften stellte eine enorme Bedrohung für die Konföderation von Naflin dar.

Das, was der Regent des Marquisats dunkel geahnt hatte, war jetzt durch die Ereignisse im Hause Sri Alexus bestätigt worden. Und Stry Wortling hatte nur sehr wenig Zeit, um die anderen Herrscher der Welten des Zentrums und den Mahdi Seqoram, den Großmeister des Ordens der Absolution, zu informieren. Und er bedauerte zutiefst den Tod seines alten Freundes Sri Alexu. Er war das erste Opfer der Verschwörer geworden. Aber seine Tochter Aphykit hatte entkommen können. Nur für wie lange noch?

Die Wasserlampen erloschen eine nach der anderen und tauchten den Salon wieder in ein rußfarbenes Halbdunkel. Die Männer gingen, und ihre knirschenden Schritte auf den mit Steinsalz bestreuten Wegen des Gartens wurden immer leiser, bis sie einer fast greifbaren Stille wichen. Die Lichthöfe der Satelliten der zweiten Nacht sahen wie Narben am dunklen Himmel aus.

Ein alter Abzählreim kam dem Regenten in den Sinn:

Die schönsten Frauen streicheln die Augen.
Die schönsten Frauen brechen das Herz ...

Er stand auf, lief die Lufttreppe hinunter und verließ das Haus. Draußen blieb er lauschend stehen und versuchte, die Dunkelheit mit seinen Blicken zu durchdringen. Doch er konnte nichts Verdächtiges hören oder sehen. Dann durchquerte er hastig und mit nervösen Schritten den Garten und ging auf die fernen Lichter Venicias zu, ohne auch nur eine einzige Sekunde daran zu denken, dass ihm jemand folgen könne.

VIERTES KAPITEL

Eines Tages stattete der Wassergott Mehom dem Göttervater Aum Tinam einen Besuch ab. Der freute sich, seinen geliebten Sohn zu sehen, so wie sich ein Vater eben freut, wenn ihn seine Kinder besuchen.
»Was willst du von mir, mein Sohn?«
»O Vater, ich bin voller Zorn über die Menschen. Sie machen nichts anderes, als sich meiner zu bedienen und Böses zu tun. Sie bauen Schiffe, fahren mit ihnen über meine Ströme, und bringen den Tod. In meinen Flüssen und Teichen ertränken sie ihre Kinder oder Vorfahren, ihre Freunde oder Feinde. Sie fangen meine Fische. Sie respektieren nichts.«
»Dann hindere sie, das zu tun, o mein Sohn.«
»O Vater, das kann ich nicht. Ich habe zu viel zu tun. Ich überwache Ebbe und Flut meiner Ozeane und die Stärke meiner Wasserfälle. Ich sammele das Wasser der Wolken. Ich speise meine Grundwasservorräte. Deshalb kann ich meine Zeit nicht damit verschwenden, den Zerstörungen der Menschen Einhalt zu gebieten. Und deshalb bitte ich dich um Hilfe.«
Aum Tinam blies in seine Hände, und sie füllten sich mit Kaulquappen.
»Die sind für dich, mein Sohn.«
»O Vater, sie sind so klein.«
»Ich habe sie klein gemacht, damit sie dich während deiner Reise nicht behindern. Adieu, geliebter Sohn.«
Und Aum Tinam schenkte Mehom die Kaulquappen und kehrte in seinen Palast aus Licht zurück. Der Wassergott jedoch reiste auf dem Regen in sein

Reich und trug die Kaulquappen in den Fluss Agripam. Dort wuchsen sie zu Riesenechsen heran. Seit jenem Tag wachen sie als gerechte, aber erbarmungslose Hüter des göttlichen Gesetzes über die Gewässer Mehoms.

Mündlich überlieferte Legende der Imas aus dem Volk der Sadumbas auf dem Planeten Zwei-Jahreszeiten.

Essen, Oranger! Du musst essen! Nahrung auf dem Teller übrig lassen ist nicht gut. Du brauchst Kraft, und deine Traurigkeit bringt dich nicht weiter.«

Moao Ambas raue Stimme übertönte das dumpfe Trommeln des Regens auf dem Dach der Kaschemme. Der sadumbische Küchenchef machte sich vor den Kochplatten zu schaffen, auf denen Töpfe mit Cuivralü brodelten. Während des Redens griff er mit der Virtuosität eines Jongleurs nach bunten Gewürzgläschen, nahm sie ohne Hinzusehen von den schmalen Regalen an der Holzwand und stellte sie anschließend wieder hin.

Moao Amba war eine lokale Berühmtheit - die Ausnahme, die die Regel bestätigt -, weil er im Gegensatz zu den anderen Sadumbas jovial und heiterer Natur war. Sein mächtiger weißer Bauch hing über einer fleckigen Schürze - sein einziges Kleidungsstück. Ansonsten war er nackt. Sein öliges schwarzes Haar hatte er zu kleinen Knoten gewickelt, die sich wie eine Art Rosenkranz entlang seines Scheitels türmten.

»Essen! Essen! Was Moao Amba kocht, ist immer gut. Findest du nicht?«

Mit seiner riesigen Hand schob er den Teller vor Tixu Oty, der auf einem rustikalen Hocker an der Theke saß.

»Das hat nichts mit deinen Kochkünsten zu tun, Moao«, sagte Tixu träge. »Ich habe heute einfach keinen Hunger.«

Wie jeden Tag nahm er sein Mittagessen in dem Restaurant *Einheimische Köstlichkeiten* ein, einem einfachen Schuppen aus unbehauenen Brettern, der auf Pfählen am Rande des Urwalds stand. Man durfte sich glücklich schätzen, zum kleinen Kreis von Moao Ambas Gästen zu zählen, denn dafür musste man den Fluss Agripam auf einer Hängebrücke an seiner breitesten Stelle überqueren. Und diese Hängebrücke war derartig unsicher und glitschig, dass sich die Liebhaber lokaler Spezialitäten nur extrem vorsichtig und langsam darauf fortbewegen konnten und infolgedessen stets bis auf die Haut durchnässt wurden. Aber alles in allem war es immer noch besser nass, aber lebendig in dem Lokal anzukommen, als bei den Echsen zu landen, die unten in der sanften Strömung unbeweglich wie Baumstämme auf ihre Opfer lauerten.

»Moao weiß, was du hast! Mumbë, wie? Viel zu viel Alkohol, das ist schlecht für den Schädel. Es sei denn ... hast dich verliebt in die alte Hure aus der Taverne«, sagte der Koch und lachte.

Sein Lachen hörte sich wie ein Donnergrollen an. Sehr zufrieden mit sich, schlug er klatschend auf seine fetten Schenkel.

Die anderen Gäste, Stammgäste, die Tixu fast alle vom Sehen kannte – aber konnte es überhaupt Stammgäste in dieser Kneipe geben? –, hoben den Kopf und hielten mit Kauen inne. Ein lachender Sadumba war ein so seltener Anblick, dass sich niemand dieses Spektakel entgehen lassen wollte, und das, obwohl Moao für seinen Humor bekannt war.

Auf einem Transportband standen leerte Tabletts. Das Band blieb in der Nähe der Kochstellen stehen. Moao Amba füllte die Teller mit dampfenden Speisen, füllte die

Becher mit billigem Wein und legte Messer und Gabeln dazu, ehe er auf die Tasten einer archaischen Fernbedienung drückte. Dann schwebten die Teller davon, schwebten durch die feuchte Luft und stellten sich auf die Tische im Speisesaal oder auf die unter der überdachten Terrasse – wenn man sie denn überdacht nennen konnte, weil sie ebenso viel Schutz vor dem Regen bot wie ein kahler Baum. Waren die Teller und Becher leer, kehrten sie auf dieselbe Weise zurück, entweder mit einer neuen Bestellung oder der Zahlkarte versehen. Um diesen Kreislauf zu koordinieren oder zu überwachen, brauchte der Wirt keine Hilfe. Seinen mannigfachen Aufgaben kam er mit der Souveränität und der Effizienz eines Dirigenten nach, der ein 3-D-Symphonieorchester aus dem Land Organ leitet.

Um dem Koch eine Freude zu machen, zwang sich Tixu, ein paar Bissen zu essen. Sein Filet von Grünem Lachs kam ihm heute trotz des pikant-bitteren Cardian-Gewürzes – einem Import vom Planeten Roter-Punkt – unerträglich fade vor.

Seine seltsame Besucherin von heute Morgen ging ihm nicht mehr aus dem Kopf. Er versuchte, sie aus seinen Gedanken zu vertreiben, so wie man eine lästige Fliege verjagt, weil sie einem durch ihr ständiges Summen auf die Nerven geht. Aber die Syracuserin blieb ihm im Kopf. Jeder Winkel seiner inneren Wüste wurde vom Bild dieses schönen, rätselhaften Gesichts und den unergründlichen blau-grün-goldenen Augen beherrscht, die sowohl Sensibilität als auch Verachtung widerspiegelten ... Und dann dieser sinnlich geschwungene Mund mit den bläulich schimmernden Perlmuttzähnen, der doch so verletzende Worte sagen konnte ... Und diese zartgliedrigen Hände, deren spitze silberne Fingernägel sich in gefährliche Krallen verwandeln konnten.

Diese anmutige und arrogante junge Frau hatte in Tixu Gefühle geweckt, die er für immer in sich begraben geglaubt hatte. Sie, eine ihm völlig Fremde, hatte den Schlüssel zu jener Tür gefunden, deren Schloss vom Rost schon ganz zerfressen war. Tixus Verstand – oder das, was davon noch übrig war – sagte ihm, dass er sie nie wieder sehen werde und dass es völlig idiotisch sei, das Gegenteil zu hoffen. Er konnte sich einfach nicht von ihr lösen; es war, als hätten ihre Gesten, ihre Stimme, ihr Duft ihn verzaubert, betört.

Er stellte sich eine Unmenge Fragen und fand nicht eine einzige Antwort. Und diese unbeantworteten Fragen führten zu weiteren unbeantworteten Fragen, und schließlich wirbelten sie alle in teuflischem Tanz in seinem übermüdeten Gehirn herum. Um diesem Durcheinander zu entkommen und seinem Denken Einhalt zu gebieten, hatte er versucht, in den gewohnt apathischen Zustand zu flüchten. Vergebens.

Was hatte diese wunderschöne Syracuserin auf dem Planeten Roter-Punkt zu suchen? Dem Planeten der Raskattas, der Müllhalde der Konföderation, der Drehscheibe aller Arten des Schmuggels, des Drogen- und Menschenhandels, dem Treffpunkt allen Abschaums, dem Hauptquartier aller Kriminellen, Gesetzlosen und Abenteurer der bekannten Welten. Das war eine gefährliche und anrüchige Welt, wo selbst die Präsenz der konföderierten Polizei nur symbolischen Charakter hatte, und die von Adeligen und reichen Spießern von den Planeten des Zentrums nur besucht wurde, um sich dort bizarren Vergnügungen hinzugeben. Vor allem in Matana, der alten Stadt und

Hochburg der einheimischen Prougen, in deren Labyrinth sich kein Fremder ohne eine Eskorte wagen konnte.

Der Inspobot war noch nicht gekommen. Obwohl Tixu wusste, dass man kurzen Prozess mit ihm machen würde, kostete er seine letzten Stunden in Freiheit – war er jemals frei gewesen? – nicht aus, denn die quälenden Gedanken in seinem Kopf ließen ihm keine Ruhe.

»Du weigerst dich also zu essen!«, schimpfte Moao Amba. »Und wenn du mein Essen ablehnst, behältst du auch dein Geld!«

»Du kannst nichts dafür, Moao«, murmelte Tixu geistesabwesend. »Warum sollte ich dich dann also nicht bezahlen?«

»Wirklich! Du machst mir Kummer«, seufzte der Sadumba. Er schnitt solche Grimassen und rollte mit den Augen, dass der Oranger wider Willen lächeln musste.

»Endlich!«, jubelte Moao Amba. »Endlich ein Lächeln auf deinem Gesicht zu sehen, macht mir große Freude. Das ist das erste Mal, seit du heute bei mir bist.«

»Moao Amba, warum glaubst du, laufe ich jeden Tag durch den Regen und werde klatschnass und krank von deinem Fraß?«, sagte Tixu und ging auf das Spiel des Wirts ein. »Meinst du etwa, ich würde deine Launen ertragen, wenn ich dich nicht gut leiden könnte?«

Kaum hatte er die Worte ausgesprochen, überkam ihn eine Vorahnung: Nie im Leben würde er Moao Amba, diesen elenden und nackten König einer miserablen Kaschemme wieder sehen. Das flüchtige Bild einer Gestalt, die in dem Reisebüro auf ihn wartete, tauchte vor seinem inneren Augen auf. Wahrscheinlich der Inspobot.

»Ich muss jetzt gehen. Adieu, Moao.«

Tixus Stimme brach, seine grauen Augen füllten sich

mit Tränen. Dieses Gefühl erschien ihm deplatziert, seit Ewigkeiten hatte er nicht mehr geweint.

»Adieu? Adieu? Das sagt man doch, wenn man die Freunde nicht wiedersieht«, protestierte der Koch. »Also denkst du, mich nicht wiederzusehen. Also heißt das ... was ich koche, das magst du nicht mehr essen.«

»Ich habe dein Essen noch nie gemocht!«, zwang sich Tixu zu scherzen. »Aber du weißt schon, es genügt, dass ich von dieser verfluchten Hängebrücke falle und hopp! Adieu, Tixu Oty! Die Echsen werden nicht viel von mir übrig lassen.«

»Nein! Nichts riskierst du! Weil du, du auch nicht gut schmeckst!«

Moaos ohrenbetäubendes Lachen breitete sich im Raum aus. Zuerst fing sein fetter Körper zu wabbeln an, dann erzitterten die dünnen Wände seiner Küche und schließlich begannen die Stühle, Tische und Tabletts mit ihren Gedecken im Restaurant und auf der Terrasse zu beben und zu schwanken. Es war ein Lachen, über das noch tagelang gesprochen wurde.

Tixu schenkte dem fröhlichen Sadumba einen letzten liebevollen Blick, stand auf, ging durch die Gaststube und grüßte im Vorbeigehen einige Gäste.

Der mit dicken glitschigen Tauen versehene Steg schwankte bedenklich unter seinem Gewicht. Unter ihm tummelten sich fünf oder sechs Echsen. Sie peitschten das träge dahinfließende Wasser mit ihren kräftigen Schwänzen, dass es aufschäumte. Da das Restaurant *Einheimische Köstlichkeiten* weitab von jeder Wohngegend gelegen war, konnte man hier häufig die größten Monster dieser Spezies sehen. Erwachsene Tiere erreichten manchmal eine Länge von fünfzehn Metern.

Tixu richtete sich innerlich mit der Resignation eines zum Tode Verurteilten auf sein unentrinnbares Schicksal ein. Als er den magnetischen Rollladen des Reisebüros hochließ, wurde seine Vorahnung zur Gewissheit.

Er wurde tatsächlich bereits erwartet. Hinter seinem Schreibtisch erkannte er im Halbdunkel drei Gestalten, doch es waren keine Inspobots. Allmählich verbreiteten die Wasserlampen helles Licht.

Dort standen zwei Männer in grauen Overalls, mit drei ineinander verschlungenen silbern glänzenden Dreiecken auf der Brust. Ihre Gesichter waren von hautartigen weißen Masken mit schmalen Augenschlitzen bedeckt. Die dritte Gestalt saß auf Tixus Sessel. Ihr Gesicht war ganz und gar von einer tief sitzenden hellgrünen Kapuze verborgen, sodass Tixu nur ein bräunliches fliehendes Kinn und einen rasiermesserscharfen Mund mit schwarzen Rändern erkennen konnte.

»Hm ... meine Herren ...«, stammelte Tixu. »Sie hätten warten können, bis das Reisebüro geöffnet ist ... Wer hat Ihnen erlaubt, hier einzutreten?«

Die drei Eindringlinge antworteten nicht und rührten sich auch nicht. Tixu wurde von ohnmächtiger Angst ergriffen und hatte plötzlich eine dunkle Ahnung, dass ihr Erscheinen etwas mit seiner Kundin vom Vormittag zu tun haben müsse. Er bedauerte, nicht vor einem Inspobot zu stehen.

Er ging auf seinen Schreibtisch zu und versuchte, seiner Stimme einen festen Klang zu geben.

»Wer sind Sie, und was wollen Sie?«

Entsetzen stieg in ihm auf, denn diese Gespenster verbreiteten den Geruch des Todes. Sein in Panik geratenes Gehirn war außerstande, einen einzigen vernünftigen

Gedanken zu fassen. Das dumpfe Schlagen seines Herzens dröhnte ihm in den Ohren.

Er trat direkt vor seinen Schreibtisch.

»Ich bitte Sie, sofort ...«

Der Arm des Mannes zu seiner Linken schnellte wie eine Sprungfeder hervor und schlug den Oranger mit der Wucht eines Wurfgeschosses gegen die Schulter.

Tixu fiel auf die Knie. Er war völlig kraftlos und spürte den Geschmack von Blut in seinem Mund. Ein Tritt traf ihn im Unterleib und raubte ihm den Atem. Er sackte in sich zusammen und krümmte sich auf den kalten, feuchten Fliesen wie ein Fetus. Er hatte jedes Körpergefühl verloren und spürte nur noch Schmerz, einen unerträglichen Schmerz, der ihn durchbohrte. Er fühlte sich wie ein aufgespießtes Insekt. Mit Galle vermischter Speichel rann aus seinem Mundwinkel und tropfte auf sein Kinn. Aus der Entfernung von Lichtjahren drangen Sprachfetzen zu ihm durch.

»Reicht das?«, fragte einer der Männer. Seine Stimme unter der Maske klang verzerrt.

»Es müsste reichen. Ihr habt mir versprochen, mir meine mentale Inquisition zu erleichtern, nicht wahr? Hättet ihr härter zugeschlagen, wäre er nicht mehr in der Lage gewesen zu denken, was uns überhaupt nicht genützt hätte«, sagte die zweite Stimme. Sie hatte einen gutturalen, metallisch vibrierenden Ton.

»Ja, aber die junge Frau hat Euch eine Niederlage bereitet«, sagte die erste Stimme. »Unsere Methoden sind vielleicht gröber als die Euren, aber sie sind immer wirksam.«

»Ich habe keine Zeit, über die Vor- oder Nachteile unserer respektiven Methoden zu diskutieren.«

»Jedenfalls hat sie sich mit der Deremat-Maschine aus dem Staub gemacht. Und das hat sie nur von hier aus tun können. Auf diesem scheußlichen Planeten gibt es nur noch ein Reisebüro, und dessen Deremat funktioniert seit drei Wochen nicht mehr. Das normale Raumschiff hat schon vor zwei Tagen abgelegt ...«

»Wir überprüfen das sofort.«

Der scaythische Gedankenleser stand auf und kniete neben Tixu nieder. Trotz des unerträglichen Schmerzes stellte der Oranger mit Entsetzen fest, dass sich in sein Gehirn etwas nicht Greifbares, Kaltes gleich einem sich schlängelnden Tentakel vortastete und, gierig nach Informationen, unter seiner Schädeldecke herumschnüffelte. Instinktiv und reflexartig lehnte er sich gegen das abscheuliche Eindringen in seine Intimsphäre auf. Er versuchte, seine Muskeln anzuspannen und aufzustehen – aber vergebens. Sein Versuch, sich zu wehren, löste nur noch größere Schmerzen aus. Eine weiß glühende Nadel drang in seinen Körper ein. Er wimmerte und blieb zusammengekrümmt auf den Fliesen liegen, ein wehrloser Zeuge der Schändung seines eigenen Schweigens. Er ahnte, dass der unsichtbare Eindringling nach Informationen über seine Besucherin am Morgen forschte, und er hatte das Gefühl, sie gegen seinen Willen zu verraten. Aber seine Wahrnehmungen waren derart vage, dass er nicht mehr Traum und Wirklichkeit voneinander unterscheiden konnte. Fern von ihm öffnete sich ein dunkler, von blauem Licht umgebener Mund und summte ein Wiegenlied.

Der scaythische Gedankenleser erhob sich.

»Die Lage wird komplizierter. Die junge Frau ist heute Morgen auf den Planeten Roter-Punkt gereist. Zwar hatte sie nicht genug Geld, die Reise zu bezahlen, aber dieser Dummkopf hat ihr nicht widerstehen können – wohl weil sie sich gewisser Techniken der Inddikischen Wissenschaft bedient hat – und ihr einen Rabatt gewährt.«

»Verdammte Scheiße, sie ist uns nur knapp entwischt! Aber unsere Brüder auf Roter-Punkt wurden bereits benachrichtigt. Sie werden sich um die junge Frau kümmern.«

»Darüber müssen wir uns Gewissheit verschaffen«, sagte die metallische Stimme leicht verärgert. »Es genügt, ihre Reisekoordinaten in diese Deremat-Maschine einzugeben.«

»Wenn Ihr das für nötig haltet ... Und was machen wir mit diesem Jammerlappen?«

»Wir beseitigen ihn. Er weiß zu viel, auch wenn es nur wenig ist. Doch selbst das Wenige könnte unsere Pläne gefährden. Aber zuerst muss ich das Codewort für diese Maschine erfahren.«

Um jegliche Piraterie unmöglich zu machen, kannte nur der jeweilige Reisebüroangestellte den Geheimcode. Der kalte, nicht greifbare Tentakel tastete sich wieder in Tixus Gehirn. Er lag noch immer fast ohnmächtig vor Schmerzen auf dem Boden vor seinem Schreibtisch und spürte, wie seine Schultern, seine Arme und sein Rücken langsam taub wurden.

»Gut! Ich habe den Code«, verkündete die metallische Stimme.

»Wie soll ich ihn töten? Soll ich ihn erwürgen oder ihm den Hals brechen?«

»Weder noch. Es muss aussehen, als sei er eines natürlichen Todes gestorben. Solange wir unser PROJEKT noch nicht vollständig realisiert haben, müssen wir vermeiden, dass sich irgendjemand Fragen stellt. Das ist zwar nicht sehr wahrscheinlich, aber trotzdem in Betracht zu ziehen. Einer von euch beiden wirft ihn in den Fluss Agripam. Da der Mann säuft, wird man glauben, er sei betrunken gewesen und habe das Gleichgewicht verloren. Die Reptilien erledigen den Rest. Solche Unfälle passieren hier häufig.«

»Woher wisst Ihr das alles?«, fragte die gedämpft klingende Stimme des einen Maskierten voller Bewunderung.

»Das habe ich alles in ihm gelesen. Sie sehen also, dass unsere Methoden auch ihr Gutes haben«, antwortete der Scaythe, zufrieden über diese kleine Revanche. »Gehen wir!«

»Wollen wir nicht auf denjenigen von uns beiden warten, der ...«

»Dazu haben wir keine Zeit. Halten Sie sich an meine Instruktionen.«

Tixu spürte Hände unter seinen Achseln, die ihm halfen aufzustehen. Das Gehörte hatte Panik in ihm ausgelöst, aber er war unfähig sich zu wehren. Der Schlag auf seine Schulter hatte sowohl seinen Willen als auch seine Bewegungsfähigkeit gelähmt. Er musste sterben – und das bei vollem Bewusstsein.

Er konnte noch das charakteristische Zuschlagen der Schleuse hören, als der scaythische Gedankenleser und der zweite Söldner in den Deremat-Raum gingen.

Der Regen und die frische Luft draußen belebten ihn etwas, aber nicht genug, um sich wehren zu können. Er wollte rufen, schreien, doch kein Laut kam aus seiner Kehle. Der Maskierte drängte ihn unbarmherzig vorwärts. In seinem vernebelten Gehirn tauchte das Bild der schönen Syracuserin auf. Ihm schien, als würde ihr Mund Worte des Vorwurfs murmeln. Und er hatte nicht einmal die Kraft, sich zu rechtfertigen.

Dann sah er wie in einem Albtraum die hohen Baumwipfel des Waldes und begriff, dass sie auf eine der Hängebrücken zugingen. Als er nach dem obersten Seil griff, rammte ihm der Söldner brutal ein Knie in die Nieren, er sackte ein und ließ das Seil los.

Die gelb geschuppten Leiber und die roten Augen der Echsen tauchten im schlammtrüben Wasser des Flusses auf. Der Söldner blieb mitten auf dem Steg stehen und lockerte seinen Griff. Obwohl Tixu wusste, dass es zwecklos war, stemmte er sich gegen das schlingernde Seil. Zusammenhangslose Bilder der Erinnerung spielten sich vor seinem inneren Auge ab: die Syracuserin, ein Inspobot, eine graue Uniform, eine grüne Kapuze, ein grausamer Mund, Wolken am Himmel seines Heimatplaneten Orange, der Sägebaum im Garten seines Onkels, seine Mutter ... Noch nie hatte er so deutlich das schmerzverzerrte Gesicht seiner Mutter wieder gesehen ... Sie ist gegangen, er bleibt, ein trauriges Kind. Sie hatten keine Zeit, sich kennenzulernen.

Der Söldner packte Tixu an der Taille und zerrte ihn hoch. Geistesgegenwärtig hielt sich der Oranger mit beiden Händen an dem Seil fest und hing zwischen Himmel und Wasser, wobei er sich mit einem Knacken die Schulter verrenkte. Der Maskierte verlor das Gleichgewicht auf dem schwankenden Steg, der unter der plötzlichen heftigen Bewegung Schlagseite bekam. Er fiel mit voller Wucht auf Tixu, und beide stürzten hinab. Der Söldner stieß einen verzweifelten Schrei aus.

Ehe Tixu ins eiskalte Wasser fiel, hatte er ein letztes Bild vor Augen: gelbe Schuppen, rote Augen und aufgerissene Rachen, bewehrt mit Dreierreihen spitzer Zähne.

Er tauchte in die dunklen Tiefen des Flusses ein und schoss dann wie eine Holzkugel an die Oberfläche. Er war kurz vor dem Ersticken und versuchte verzweifelt, wieder zu Atem zu kommen und über Wasser zu bleiben. Aber Arme und Beine verweigerten ihm den Dienst. Ein paar Meter von ihm entfernt schwamm die weiße Maske. Und er sah die gekrümmten zackigen Schwänze und die riesigen Rachen der Echsen, die sich aus allen Richtungen auf ihre Beute, den Söldner, stürzten. Mit dem ersten Biss wurde ihm ein Bein ausgerissen, mit dem zweiten ein Arm. Der dritte zermalmte seinen Kopf. Die anderen Amphibien stritten sich um seinen Torso. Eine purpurrote Blütenkrone breitete sich auf dem schlammig-trüben Wasser aus.

Erschöpft, besiegt gab Tixu auf und ließ sich auf den Grund des Flusses sinken.

Mutter, warum bist du gestorben? Auch ich werde sterben ... Aber ich möchte leben ... Leben ... Nicht sterben. Dich habe ich nicht gekannt, aber sie, sie hätte ich so gerne kennengelernt ...

Jetzt lehnte er sich nicht mehr auf, er war bloß traurig und resigniert und von Bedauern erfüllt. Er hatte das Gefühl, alles im Leben vergeudet zu haben. Sein Dasein kam ihm absurd vor.

Über ihm führten die fahlweißen Bäuche der Echsen ein seltsames Wasserballett auf. Dann wurde er von einem mächtigen Strudel erfasst, und zwei scharlachrote Flecken breiteten sich im trüben Fluss aus.

Er glaubte, eine riesige Echse würde ihm zu Hilfe kommen. Das war ein idiotischer Gedanke. Ein unerfüllbarer Wunsch, ein letzter Traum vom Leben ...

Er verlor das Bewusstsein und glitt in einen Abgrund,

dessen Wände aus Wasser bestanden. Seine Mutter erschien ihm. Er flehte sie um Hilfe an, aber sie musterte ihren Sohn nur betrübt und bot ihm etwas zu trinken an. Er wollte nichts trinken, denn seine Lunge und sein aufgeblähter Bauch waren bereits voll Wasser. Eine nackte Frau erwartete ihn am Boden des Abgrunds. Er erkannte die Syracuserin, und sein Herz machte einen Freudensprung. Doch jedes Mal, wenn er sich ihr näherte, wenn er sie berühren wollte, wich sie mit entsetzlichem Hohngelächter zurück. Nie würde er zu ihr gelangen können. Dieser Gedanke machte ihn traurig. Am liebsten hätte er wie ein Kind geweint. Dann erbarmte sich die Syracuserin seiner und verwandelte sich in eine Sadumba-Frau, deren üppige Brüste über die Speckfalten ihres mächtigen Bauchs hingen. Ihre kleinen schwarzen und schlitzförmigen Augen waren voller Liebe. Ihre starken molligen Arme hoben ihn hoch als wäre er ein dürrer Ast. Sie drückte ihn an ihren Busen, streichelte ihn und summte ein Kinderlied. Aber der Geruch ihrer Haut war widerlich, unerträglich. Er strampelte wild, um sich aus ihrem schraubstockartigen Griff zu befreien. Da ihm das nicht gelang, trommelte er mit Füßen und Fäusten auf sie ein und stieß empörte Schreie aus.

Er öffnete die Augen. Sein ganzer Körper war mit eiskaltem Schweiß bedeckt. Seine Umgebung wirkte friedlich und war in ein angenehmes Halbdunkel getaucht. Er merkte, dass er lag und versuchte aufzustehen. Doch ein brennender Schmerz durchfuhr seine Schulter, und er gab auf. Wirre Bilder schwirrten durch seinen schmerzenden Kopf: der schwankende Steg, seine um das Seil gekrallten Hände, die Echsen, der blutige Torso des Maskierten, der Abgrund, das Wasser ... das Wasser. Wasser! Atmen! Er musste atmen! Von Panik ergriffen, fing er an zu keuchen und bekam keine Luft mehr. Als er aber begriffen hatte, dass es wieder Luft zum Atmen gab, beruhigte er sich, und wurde von einer großen Müdigkeit erfasst, die in jede einzelne seiner Körperzellen drang, dass er sich flüchtig fragte, ob er überhaupt noch am Leben sei.

Eine unermesslich lange Zeit lag er so da: In tiefem Schlaf, von Fieberträumen heimgesucht, aus denen er, oft schreiend, emporschreckte. Doch nach und nach erlangte er sein Bewusstsein wieder, und seine Augen gewöhnten sich an das Halbdunkel. Er befand sich in einer Art Hütte, die aus weißen runden Bohlen gezimmert war, und deren Zwischenwände aus einem ihm unbekannten Material bestanden. Er lag auf einer porösen, schwammartigen Matratze, die gleichzeitig hart und bequem war. Eine schuppige Lederhaut diente ihm als Zudecke. Im Raum herrschte ein übler Geruch, der ihm zwar bekannt vorkam, den er aber nicht einordnen konnte. Ein einfallender Lichtstreifen verriet, dass es an der gegenüberliegenden Wand eine Tür gab.

Wieder wollte er sich aufrichten, doch der Schmerz warf ihn erneut auf sein Lager zurück. Mit zitternder Hand fuhr er über sein Gesicht, über Stirn, Nase, Lippen und stellte fest, dass seine Haut jetzt warm war.

Die Tür wurde geöffnet, und eine Sadumba-Frau trat ein. In einer Hand hielt sie eine altmodische Nyctronlampe, die flackerndes Licht verbreitete, in der anderen eine Schale mit dampfendem Inhalt. Ihr glattes Haar fiel ihr wie schwarzer Regen über die Schultern und ihre breiten Hüften – das war ihr einziges Kleidungsstück. Ihr dichtes Schamhaar und ihre braunen Brustwarzen bildeten dunkle Punkte auf ihrem milchweißen Körper. Als sie sah, dass Tixu das Bewusstsein wiedererlangt hatte, erleuchtete ein strahlendes Lächeln ihr rundes Gesicht.

Sie beugte sich über ihn und bedeutete ihm, die Schale leer zu trinken. Sie strömte einen Geruch aus, der Tixus Nase beleidigte. Einen herben Geruch nach ranzigem Fett, wie er überall in der Hütte herrschte, nur sehr viel stärker. Fast hätte er sich übergeben.

»Da, da, da ... gut für dich«, summte sie in gebrochenem Naflin. »Da, da, da ... gibt dir Leben zurück. Da, da, da, Kräfte wiedergewinnen ...«

Gebieterisch presste sie den Rand des Gefäßes zwischen Tixus Lippen. Das kochend heiße Getränk lief in seinen Mund und seine Kehle. Es trieb ihm Tränen in die Augen. Seine Speiseröhre brannte, und die brennende Flüssigkeit erreichte seinen Magen. Er schluckte, wandte den Kopf ab und spuckte alles aus.

Die Frau stellte die Lampe auf den Boden, kauerte sich zu ihm hin und zwang ihn, alles zu trinken.

»Da, da, sehr heiß trinken. Da, da, am besten für Gesundheit. Da, da, ganze Kraft von Echse darin. Da, da, trinken Kraft von Echse. Da, da, trinken ihre Unbesiegbarkeit ...«

Als Tixu das Wort »Echse« hörte, stellte er sofort den Zusammenhang zwischen dem Körpergeruch der Frau und den großen Reptilien her. Denn eines Tages hatte Moao Amba ihm am Ufer des Flusses Agripam unter überhängenden Zweigen versteckt eine junge Echse gezeigt. Und was ihn damals – außer seiner Angst – am meisten beeindruckt hatte, war dieser penetrante Gestank nach ranzigem Fett, derselbe, der diesen Raum erfüllte.

Nachdem er die Schale leer getrunken hatte – seltsamerweise war die kochend heiße Flüssigkeit nahezu geschmacklos –, nahm die Frau von einem niedrigen Regal einen Flakon, aus dem sie vorsichtig den Stöpsel zog. Das Regal, die Schale und der Stöpsel waren aus demselben Material gefertigt, den Knorpeln oder Knochen der Riesenechsen. Sie tauchte ihre Fingerspitzen in das Gefäß und begann, mit dem nach Ambra duftenden Öl seine Schulter zu massieren. Sofort breitete sich an dieser Stelle eine wohltuende Wärme aus. Wie durch Magie schwanden Schmerzen und Müdigkeit, und Tixu wurde von einer sanften Euphorie ergriffen.

»Da, da, sehr gut für Verletzungen. Da, da, kommt von Großer Echse. Da, da, jetzt heilen ...«

Während sie massierte, berührte sie mit ihren Brüsten ganz zart seinen Oberkörper und seinen Bauch.

»Arm können bewegen. Wie vorher. Gebrochene Schulter jetzt repariert ...«

Eine Tür wurde geschlossen. Sie hielt inne und lauschte kurz. Ein breites Lächeln entblößte ihre weißen regelmäßigen Zähne.

»Kacho Marum!«, rief sie. »Ima Sadumba des Tiefen Waldes. Ich Malinoë. Er Kacho Marum, Ehemann. Vater meiner Kinder. Er tauchen in Fluss, dich retten ...«

Kacho Marum betrat den Raum. Er ähnelte nicht den Sadumbas, die Tixu kannte. Er war größer und nicht fettleibig, sondern muskulös. Und er strahlte eine unglaubliche Würde aus, trotz seiner Nacktheit. Er war Respekt einflößend. Er hatte einen klaren, stolzen Blick. Das Haar trug er wie alle sadumbischen Imas: nach hinten gekämmt und auf dem Kopf zu einem Kegel aufgetürmt, dem mittels eines Knochens Halt verliehen wurde.

Er wechselte mit Malinoë ein paar Worte auf Sadumbisch, während durch den Türspalt ein Kind spähte. Seine runden Augen musterten Tixu mit unverhohlener Neugier.

Kacho Marum begrüßte den Oranger mit der traditionellen Geste der nach außen gewandten Handflächen. Das taten die Sadumbas, die am Rand der Stadt lebten, ebenfalls. Doch bei ihnen war diese Art der Begrüßung zu einer bloßen Formalität verkommen, während sie für Kacho Marum noch die traditionelle Lebensweise des Waldvolks verkörperte.

»Wie fühlst du dich, junger Gast?«, fragte er in ernstem und gleichzeitig liebenswürdigem Ton.

»Hm ... es geht ...«, sagte Tixu.

Seine eigene Stimme kam ihm fremd vor, so als würde er sich über ein Holofon hören. Noch konnte er die Wirklichkeit nicht ganz begreifen, weder die Dinge, die ihn umgaben, noch dieses beeindruckende Paar in seiner paradiesischen Nacktheit.

»Wo ... wo bin ich?«

Der Sadumba schlug sich mit der Hand klatschend auf die Brust.

»Bei Kacho Marum, dem Ima des Tiefen Waldes.«

»Und ... Sie haben mich aus ... aus dem Fluss gezogen?«

Kacho Marum lachte wie ein Kind, so als ob ihn Tixus Frage außerordentlich erheitern würde.

»Ja. Ja, das habe ich. Aber nicht allein.«

»Das ist unmöglich«, wandte Tixu ein. »Unmöglich ... Niemand kann den Echsen entkommen.«

»Die Echsen sind Kacho Marums Freunde«, antwortete der Sadumba einfach.

Malinoë stellte den kostbaren Flakon ins Regal zurück und ging aus dem Raum. Zur großen Enttäuschung des Kindes schloss sie sorgfältig die Tür hinter sich.

Kacho Marum setzte sich mit gekreuzten Beinen auf den Boden. Ehe er eine bequeme Position eingenommen hatte, nahm er sein Glied zwischen Daumen und Zeigefinger und legte es vorsichtig zwischen beide Hoden. Diese Geste, die bei jedem anderen Mann schamlos ausgesehen hätte, wirkte bei ihm völlig natürlich. Noch rannen Regentropfen über seine weiße und glatte Haut, die an manchen Stellen mit kleinen geometrischen Tätowierungen verziert war. Seine volle und tiefe Stimme wirkte gütig und gelassen.

»Danken wir Aum Tinam für die Segnungen des Lebens«, sagte er, nun in eindringlichem Tonfall. »Wie jeden Tag wollte ich meine Freundschaft mit den Flussechsen – den Inkarnationen der Götter bei uns – pflegen. Als ich zum Agripam kam, sah ich, dass sich zwei Männer aus anderen Welten auf einer Hängebrücke prügelten. Die beiden Männer fielen in den Fluss, in die Wasser des Gottes Mehom. Da kam mir ein Gedanke: Diese Leute verdienen das Geschenk Aum Tinams nicht; und meine Freunde, die Echsen, werden die ihnen anvertraute Aufgabe erfüllen. Sie werden den Männern das unschätzbare Gut des Lebens nehmen.«

Er schwieg und beugte sich vor, wie um Tixu ein kostbares Geheimnis anzuvertrauen. Auch er roch wie die Riesenechsen.

»Dieses kostbare Geschenk wurde dem einen Mann sofort genommen. Aber dann geschah etwas ganz Außergewöhnliches! Die Große Echse, deren Kräfte für uns Wesen auf zwei Beinen unvorstellbar ist, warf sich auf ihre Brüder und Schwestern und untersagte ihnen, den zweiten Mann anzurühren. Mit ihrem Körper formte sie einen unüberwindbaren Wall, damit der Mann aus den anderen

Welten gerettet wurde. Gegen ihre Brüder und Schwestern der Wasser! Es ist das erste Mal, dass so etwas je geschah!«, sagte Kacho Marum voller Erstaunen und Bewunderung.

»Aus Legenden wissen wir«, fuhr er mit sonorer Stimme fort, »dass derjenige, der dem Zorn der Echsen entkommt, einem außergewöhnlichen Schicksal entgegengeht. Dass die Götter ihm Unsterblichkeit verleihen. Ja, Unsterblichkeit! Und deshalb habe ich nicht gezögert. Ich bin in Mehoms Reich gesprungen und habe der Großen Echse geholfen, den zweiten Mann zu retten. Der war schon halb ertrunken, halb bewusstlos und beinahe tot ...«

Kacho Marum schwieg und wartete auf Tixus Reaktion.

Die Worte des Imas erschienen ihm wie ein Traum, und er zweifelte plötzlich an seinem Verstand, an der Wirklichkeit und an seiner und an seines Gastgebers geistigen Gesundheit.

»Das ist unmöglich! Das sind doch prähistorische Monster! Sie greifen alles an, was sich bewegt. Sie haben mich nicht aus dem Wasser retten können, sonst wären Sie zerfleischt worden ...«

»Wie hätten sie es wagen können, Kacho Marum anzugreifen, während er einen Mann aus dem Fluss fischte, der unter dem Schutz der Großen Echse stand?«, antwortete der sadumbische Schamane ruhig. »Glaube mir, junger Gast, es ist ein außergewöhnliches Zeichen, eine Begegnung mit den Echsen zu überleben. Du musst ein großer Mann sein oder ein großer Mann werden ... Während meines Lebens als Diener der Götter habe ich nie jemanden aus den anderen Welten gesehen, der diese Prüfung bestanden hätte. Die Echsen sind die gerechten Wächter des Gottes Mehom: Jene, die von ihren Zähnen zermalmt wurden, verdienten das kostbare Gut des Lebens nicht. Aber du, du musst leben und deine Gaben kultivieren. Leben und deine Bestimmung vollenden ...«

»Was soll ich vollenden, gütiger Himmel?«

Die Bedeutung dieses Sermons entging Tixu. Bislang war er der Meinung gewesen, ein Nichts zu sein, ein von seinen sinnlichen Wahrnehmungen getäuschtes Subjekt mit beschränktem Intellekt, das Ziele verfolgte, die nirgendwohin führten. Allein die Tatsache, noch am Leben zu sein und mit einem nackten Mann über die Göttlichkeit widerlicher Bestien zu reden, kam ihm völlig absurd vor.

»Du sollst dein Schicksal vollenden«, sprach Kacho Marum ungerührt weiter. »Denn dein Schicksal ist größer als dein Begriffsvermögen. Du hast das innere Wasser der Echsen getrunken, du bist mit ihrem Fett gesalbt: Sie haben die Zauberkraft unseres Freundes, des Todes, gebrochen. Trotz der Wasser Mehoms in deiner Lunge, trotz deiner schweren Verletzung an Kopf und Schulter. Danke den Echsen! Denn allein sie haben dir geholfen, das kostbare Geschenk des Lebens zu bewahren! Nur wenige Wesen auf zwei Beinen wurde diese Gunst zuteil.«

»Warum haben sie mich erwählt? Wer entscheidet so etwas?«, fragte Tixu. Langsam begriff er, warum hier alles nach den riesigen Reptilien stank.

»Allein ein Ima des Tiefen Waldes vom Volk der Sadumbas wie Kacho Marum, der heilige Hüter und Freund der Echsen, das letzte Glied einer langen Kette Imas, auch sie Freunde der Echsen, kann entscheiden, ob er die Medizin der Echsen verabreichen darf. Du, junger Gast, bist der einzige Mensch der anderen Welten, den ich mit Erlaubnis der Götter heilen durfte. Das geschah nach dem Willen der Großen Echse!«

Traurigkeit verdunkelte die Gesichtszüge des Sadumbas.

»Nur wenige verdienen das. Die allermeisten Männer aus den anderen Welten, die Schatzgräber, leiden unter einer unheilbaren Krankheit: dem Optalium-Fieber. Viele meines Volkes trinken Alkohol; er macht aus der Seele eine leere Wüste. Sie ehren die Götter nicht mehr und werden bestraft, wenn sie in den Fluss Agripam fallen. Obwohl, junger Gast, das Fett und das Wasser der Echsen allmächtig gegen Krankheiten sind! Sie heilen sogar die Zenoïba, das tückische Fieber, gegen die alle Mittel der Mediziner-Menschen machtlos sind.«

»Wie ... wie stellen Sie es an, das Fett der Echsen und ihr ... inneres Wasser zu gewinnen? Fangen Sie die Tiere?«

Kacho Marum bekam einen Lachanfall und schlug sich zwischen zwei Heiterkeitsausbrüchen kräftig auf die Schenkel.

»Die Echsen fangen? Niemand hat jemals einen Gott gefangen. Es würde auch niemandem gelingen. Sie sind viel zu stark und viel zu klug ... Vor langer Zeit, Kacho Marum war damals noch ein Kind, sind Jäger aus den anderen Welten gekommen, weil sie stehlen und die Häute der Echsen verkaufen wollten. Doch alle haben das kostbare Gut des Lebens verloren. Die Echsen vertrauen ihre Geheimnisse nur ihren treu ergebenen Dienern an, den Imas des Tiefen Waldes. Wenn sie ihre Aufgaben erfüllt haben und kurz davor sind, die Welt Mehoms zu verlassen, begeben sie sich an einen Ort, der nur den Imas bekannt ist. Dann verschenken sie ihre Körper, noch ehe das Leben sie verlassen hat. Sie gehen ans Ufer, legen sich auf den Rücken und lassen sich öffnen, damit wir ihnen ihr inneres Wasser und ihr Körperfett entnehmen können. Schmuggler haben versucht, den geheimen Echsenfriedhof aufzuspüren. Sie alle haben ihr Leben verloren. Kacho Marum wird dieses Geheimnis nur seinem ältesten Sohn mitteilen, der wiederum sadumbischer Ima und Heiler wird. Deine Lebenskräfte sind zurückgekehrt. Du hast keine Schmerzen mehr, nicht wahr?«

Tixu hob seinen Arm und bewegte ihn kreisend.

»Ich spüre nichts mehr ... Das ist seltsam ... Es kommt mir vor, als wäre ich nie verletzt worden ...«

»Sehr gut. Jetzt weißt du, wie stark die Medizin der Götter ist. Das darfst du nie vergessen.«

»Ich muss noch einmal fragen: Warum ich?«

»Das musst du selbst herausfinden, junger Gast. Die Große Echse irrt sich nie. Da du das Geschenk des Lebens verdient hast, musst du es nun für einen guten Zweck einsetzen. Kannst du aufstehen?«

»Ich weiß nicht ... Ich glaube, ja ...«

Tixu richtete sich vorsichtig auf. Nichts tat ihm mehr weh. Ermutigt stand er auf und machte ein paar zögernde Schritte. Seine nackten Füße gingen über große plattgeschliffene Knochen, die mit Bändern zusammengehalten wurden. Er hatte das Gefühl, über eine weiche und warme Erdschicht zu gehen.

»Wie schön! Wie schön!«, freute sich Kacho Marum. »Du bist wieder in Form. Die Echsen haben dir viel Gutes getan!«

Allmählich hatte sich Tixu an den strengen Geruch gewöhnt. Er störte ihn nicht mehr. Auf den einfachen Regalen an den Wänden standen Gefäße unterschiedlicher

Größe, die bernsteinfarbene Flüssigkeiten in den verschiedensten Stadien der Mazeration enthielten. Mit einem dieser Öle hatte Malinoë ihn behandelt.

»Siehst du: Die Mauern meines Hauses, der Boden meines Hauses, das Dach meines Hauses, das alles wurde aus den Körpern der Echsen gebaut«, sagte der Ima voller Stolz. »So leben Malinoë, meine Kinder und ich ständig im Leib der Echsen, und sie beschützen uns Tag und Nacht, sowohl während der Regenzeit als auch während der Trockenzeit. Die Matratze, auf der du gelegen hast, ist aus der Blase der Echse gefertigt, die Zudecke aus ihrer Haut. Was können uns die Dämonen des Waldes und die Dämonen anderer Welten da noch anhaben?«

Tixu lächelte, ein zugleich ungläubiges wie zustimmendes Lächeln. Neue Energie pulsierte durch seine Venen und breitete sich in seinem ganzen Körper aus. Eine Energie, so frisch und klar wie eine sprudelnde Quelle aus Felsengestein. Das Leben nahm wieder von ihm Besitz. Jetzt wollte er endlich ein Land erobern, das lange brachgelegen hatte. Der Tod hatte ihn berührt; und er schuldete dem Schamanen sein Überleben, einem Mann, den der Zufall gerade in diesem Moment an den Fluss geführt hatte. Ein Zufall? Oder die Vorsehung? War das wichtig?

Zum ersten Mal seit Tixu in dieser seltsamen Behausung die Augen geöffnet hatte, war er sich bewusst, dass er lebte und dass das Leben ihm wundervolle, einzigartige Chancen bot. Und ein Geschenk war, wie Kacho Marum gesagt hatte.

»Und jetzt gehen wir essen! Du wirst sehen, wie schön der Wald von meinem Haus aus gesehen ist.«

Die Freude des Imas war wohl damit verbunden, dass

er an Tixus Wiedergeburt teilnahm. Er stand mit einer geschmeidigen Bewegung auf und verließ den Raum, der Oranger folgte ihm. In dem anderen Zimmer rührte Malinoë in einem großen elfenbeinfarbenen Topf, der über einer offenen Feuerstelle hing.

Drei Kinder spielten in der Nähe. Jetzt liefen sie zu Tixu, berührten und kitzelten ihn. Ihr Vater rief sie zur Ordnung. Der Älteste, ein etwa zehnjähriger Junge, und seine Geschwister setzten sich brav in eine Ecke, doch in ihren Augen war alles andere als Gehorsam zu lesen.

Malinoë drehte sich um, schob ihr dichtes schwarzes Haar beiseite und sagte lächelnd zu Tixu: »Du geheilt? Gut, gut!«.

»Ja ... ehm ... ich möchte mich bedanken für ...«, entgegnete der Oranger, ebenfalls lächelnd.

»Kein Dank!«, unterbrach Kacho Marum ihn. »Malinoë und ich haben nur unsere heilige Pflicht erfüllt, die darin besteht, den Göttern zu gehorchen. Und einer heiligen Pflicht gebührt kein Dank.«

Das Zimmer war ähnlich wie der Raum ausgestattet, in dem Tixu gelegen hatte. Dieselben Materialien, dieselbe Einfachheit. Mit einem Unterschied: anstelle der Matratze lagen braune Kissen auf dem Boden – Sitzgelegenheiten? Sie waren um ein Viereck aus durchsichtigem Material gruppiert. Aus einer schmalen Öffnung im Dach fiel Licht in den Raum, und die belaubten Zweige eines Asts ragten ins Innere.

Kacho Marum öffnete die Tür. Durch sie gelangte man auf eine Terrasse ohne Geländer. Der Boden war so uneben, dass sich an manchen Stellen Pfützen gebildet hatten. Als Tixu dort stand, Wind und Regen ausgesetzt, wurde ihm zum ersten Mal bewusst, dass er, genau wie seine Gastgeber, völlig nackt war. Bis jetzt hatte er diesen Zustand nicht einmal wahrgenommen, vielleicht weil die Nacktheit bei den Sadumbas ein gesunder natürlicher Zustand ohne jede Zweideutigkeit war. Ihn fröstelte und er verschränkte die Arme vor der Brust, um sich etwas zu wärmen.

Kacho Marum hatte seine Hütte mitten im Wald auf den Ästen eines Riesenbaums errichtet. Sie war von allen Seiten von dichtem Laubwerk umgeben, das ein verworrenes grünbraunes Geflecht bildete. Von der Terrasse aus konnte man über eine Hängebrücke zum nächsten, etwa dreißig Meter entfernten Riesenbaum gelangen. Dann verlor sich die Brücke im dichten Grün. Die mächtigen Baumstämme unter ihm standen im Wasser, das sich, so weit er auch blickte, in alle Richtungen ausdehnte. Auf dem Wasser fuhren kleine Boote und Einbäume und auch aus Knochen und Häuten der Echsen gefertigte Kajaks. Zwischen ihnen schwammen die Reptilien ruhig dahin, ohne sich um die Sadumbas in ihren zerbrechlichen Nussschalen zu kümmern.

Tixu deutete auf die Echsen. »Sie ... sie greifen nicht an?«

»Du hast nichts begriffen!«, antwortete Kacho Marum. »Die Hüter des Flusses greifen nur jene an, die es nicht verdient haben zu leben. Wenn jemand aus meinem Volk ins Wasser fällt, weiß er, dass allein die Echsen darüber entscheiden, ob er das kostbare Gut des Lebens behält. – Der Wald ist schön, nicht wahr?«

»Wunderschön!«, stimmte Tixu aufrichtig zu.

Die mächtigen, gerade gewachsenen Baumstämme spiegelten sich auf dem glatten grauen Wasser wider, wie majestätische Säulen eines Tempels im Glanz eines Marmorbodens. Und unter dem gewölbten grünen Laubdach mit seinen viel verzweigten Hängebrücken herrschte eine geradezu magische Atmosphäre.

Tixus Seele verschmolz mit diesem himmlischen Licht, einem Licht, das das harmonische Gleichgewicht uralter Zeiten ausstrahlte. Und so ließ er sich rückhaltlos von der betörenden, friedlichen Stille des Tiefen Waldes verzaubern.

In diesem Moment erschien ihm das Gesicht der Syracuserin. Ganz deutlich konnte er ihr Antlitz sehen, wie von innen erleuchtet. Kein Laut kam über ihre weiß umrandeten sinnlichen Lippen, aber er wusste, dass sie ihn rief. Sie sprach direkt zu seiner Seele. Und er spürte, dass sie verzweifelt war und ihn anflehte. Er vernahm ihre Hilferufe, dann Rufe und Schreie von anderen. Und bald hatte er das Gefühl, dass die ganzen Schreie seinen Körper wie ein hohles Gefäß erfüllten. Er versteifte sich und wollte diesem Ansturm Einhalt gebieten. Er schüttelte den Kopf und presste seine Hände auf die Ohren, um diesen unerträglichen Lärm zum Schweigen zu bringen. Völlig umsonst. Das ganze Universum schien sich gegen ihn verschworen zu haben. Und das wütende Geschrei verwandelte sich in verletzende Beleidigungen, die ebenso schmerzten, wie die Stiche blutsaugender Insekten.

Dann hörte er über dem ganzen Stimmenwirrwarr eine tiefe Stimme, die in einem monotonen Sprechgesang ständig wiederholte: *»Dein Schicksal ... Du musst dein Schicksal erfüllen ... Dein Schicksal ... Du musst dein Schicksal erfüllen ... Dein Schicksal ...«*

Ganz plötzlich trat wieder Stille ein. Und wieder herrschte nichts als Frieden in dem wie verzauberten Wald. Tixu drehte sich nach Kacho Marum um, der seinen Gast mit unverhohlener Neugier betrachtete.

»Ich muss euch verlassen«, sagte der Oranger ruhig, aber bestimmt. »Ich muss euch sofort verlassen.«

»Der Wald hat dir eine Botschaft geschickt«, erklärte der Ima. »Luhaïm, der Gott des Waldes, wird dir helfen. Die Welten da draußen stehen am Rand des Abgrunds. Wenn du dein Schicksal nicht erfüllst, wird bald nie wieder ein zweibeiniges Geschöpf das Geschenk des Lebens erhalten.«

»Kann ich meine Kleidung haben?«

»Sie liegt für dich bereit. Aber vorher musst du noch vom inneren Wasser der Echse trinken, um deine Gesundheit zu stärken. Du bist doppelt gesegnet, junger Gast. Denn du stehst nicht nur unter dem Schutz der Großen Echse, sondern auch unter dem des Waldgottes.«

»Wie ... wie kann ich euch nur eines Tages danken?«, stotterte Tixu, denn in diesem Augenblick war ihm bewusst geworden, welche Würde und Seelengröße sein Gastgeber besaß. Und er liebte und achtete ihn dafür rückhaltlos.

»Schon wieder? Du scheinst einfach nicht zu verstehen!«, sagte Kacho Marum. »Aber wenn du mir schon danken willst, dann tue, was du tun musst; und ich weiß es zu schätzen. Doch diesen Dank reiche ich an jene weiter, denen er gebührt. An meine Freunde, die Echsen des Flusses Agripam.«

Dann ging der sadumbische Ima in sein Baumhaus zurück, wo er von seinen Kindern mit einem fröhlichen Lachen begrüßt wurde. Tixu folgte ihm schnell. Er hatte es eilig. Denn die Syracuserin schwebte in Lebensgefahr auf dem Planeten Roter-Punkt. Sie war die letzte Hoffnung eines Universums, das dem Untergang geweiht war. Er durfte keine Zeit verlieren und hoffte inständig, nicht zu spät zu kommen.

Vorausgesetzt natürlich, dass die Deremat-Maschine in seinem Reisebüro noch funktionierte und dass der Inspobot-Schnüffler noch nicht hinter ihm her war.

FÜNFTES KAPITEL

Steht Rotes Feuer im Zenit am Himmelszelt
Arbeitet kein Prouge auf dem Feld.
Der Mann dort draußen muss ein Godappi sein,
Weil ihn nicht schreckt des heißen Gestirnes Schein.

Der Prouge ruht
Bei dieser mörderischen Glut.

Prougische Volksweisheit

Auch im Schatten der Rotweide konnte der alte Mann keinen Schlaf finden. Aus dem kleinen, halb von einem zartgrünen Gebüsch mit roten Blüten verborgenen Springbrunnen schossen Wasserstrahlen in die glühend heiße Luft empor, die wie Myriaden funkelnder Diamanten auf das lilafarbene Gras des Rasens fielen.

Die drei Tagesgestirne des Planeten Roter-Punkt verwandelten die Stadt in einen Backofen. Sie wurde die Drei Feuer genannt: Grünes Feuer, das größte, ging als Erstes auf und als Letztes unter und verlieh der Morgen- sowie Abenddämmerung ein kaltes, fahles Licht. Orangenes Feuer, das kleinste, ging als Zweites auf und leckte wie mit Feuerzungen über den Himmel. Rotes Feuer ging mittags auf und ließ die Temperaturen bis ins Unerträgliche steigen. Es überzog Gebäude, Straßen und die spärliche Vegetation mit einem rostroten Schleier.

Die alte, von Mauern umgebene prougische Stadt Matana mit ihren Plätzen, Häusern und verbotenen Vierteln wirkte unter dieser Gluthitze wie ausgestorben. Zu dieser Tagesstunde rührte sich praktisch nichts. Das Geschrei der Händler im großen Basar war verstummt. Man hörte nur das feine Summen der Hochöfen, die Tag und Nacht arbeiteten, um Energie zu produzieren. Von der Stadt aus konnte man ihre Silhouetten sehen, die in der heißen flimmernden Luft ganz verzerrt wirkten.

Ein Pfau stolzierte über den lila Rasen. Aus halb geschlossenen Augen beobachtete ihn der alte Mann und stellte fest, dass sich sein kleiner Exilgefährte perfekt an das Klima auf Roter-Punkt angepasst hatte. Sein schillernd buntes Gefieder war ein Zeichen seiner Vitalität.

Der alte Mann drehte sich mühsam in seiner schwebenden Hängematte um. Umsonst. Auch jetzt wollte der Schlaf nicht kommen. Wie gerne hätte er wenigstens einen Moment lang alles vergessen! Aber hatte er darauf noch ein Recht? Denn nicht die Hitze hinderte ihn am Einschlafen, sondern eine unablässige innere Stimme voller Bitterkeit und Reue.

Er hatte die dunklen Wolken über der Konföderation von Naflin heraufziehen sehen und trotz seiner Mitgliedschaft in der Kongregation der Smellas nichts getan, um die hereinbrechende Katastrophe zu verhindern. Jetzt war es zu spät. Nichts und niemand konnte dieses verhängnisvolle Räderwerk noch aufhalten, und das bekannte Universum war nahe daran, wieder zu einem Schattenreich wie zu Zeiten der legendären Zivilisation auf Terra Mater zu werden.

Noch hatte er sich nicht zum Handeln entschlossen, eher aus Feigheit, denn aus mangelnder Klarsicht. Noch hatte er seinen Teil der Verantwortung für die bevorstehende Katastrophe nicht übernommen, obwohl er wusste, dass er daran einen nicht unerheblichen Anteil hatte.

Schritte knirschten auf dem Gartenweg. Der alte Mann zuckte zusammen. Als er im Morgengrauen des Grünen Feuers erwacht war, hatte er gesehen, wie sich Schattengestalten hinter seiner steinernen Gartenmauer versteckten. Er hatte ihr Vorhaben erkannt, noch ehe er versuchte, ihre Gedanken zu lesen. Diese gespenstig lautlosen Gestalten waren nichts anderes als die Vorboten des Todes. Sie belauerten ihn wie eine Meute Hyänen, die die sterbende Wildkatze nicht aus den Augen lässt. Sie waren Mörder der übelsten Sorte, von der Sekte der Pritiv. Im Moment beobachteten sie nur sein Haus. Der alte Mann ahnte, warum sie ihn nicht sofort töteten: Weil sie der jungen Frau, die seit ein paar Stunden versuchte, mental mit ihm in Kontakt zu treten, eine Falle stellen wollten. Auf diese Weise benutzten sie ihn als Köder.

Der alte Mann wusste ebenfalls, dass sein Denken ständig von einem Scaythen überwacht wurde und dass die junge Frau – Sri Alexus Tochter Aphykit – die Kommunikation der Stille kaum beherrschte. Hätte er ihr geantwortet, hätte sie sich wahrscheinlich verraten. Sie hielt sich in seiner Nähe auf, nur zwei oder drei Straßen von seinem Haus entfernt, und die Pritiv-Söldner hätten ihr sofort die Kehle durchgeschnitten. Also hatte er seinen Gedankenschutzmechanismus aktiviert und einen undurchdringlichen Wall um sein Denken errichtet – und seinen Geist damit in eine uneinnehmbare Festung der Stille verwandelt. Jetzt hoffte er, dass Aphykit sein Verhalten begriffen habe und nach einem anderen Mittel der Kontaktaufnahme suche.

Die Schritte näherten sich. Der alte Mann erkannte den luftleichten Gang Maranas', diese typische Art und Weise den Boden nur zu streifen, ohne den Fuß daraufzusetzen. Der junge Mann war in eine weiße Tunika gekleidet, die nur mit einer Spange an der Schulter gehalten wurde und seinen dunklen Teint betonte. Er brachte Erfrischungen, die auf einem Tablett aus weißem Optalium standen. Er war nicht sehr groß, besaß aber einen perfekt geformten Körper. Die Strahlen des Gestirns Drei Feuer schienen sein

Haar in Brand gesetzt zu haben. Wie alle Prougen färbte er seine Haare mit einer roten Substanz, die aus einem Wüstenkaktus gewonnen wurde.

Mit halb ausgebreiteten Flügeln eilte der Pfau über den Rasen, um den Neuankömmling zu begrüßen. Maranas kauerte sich hin und streichelte den Vogel, der sofort vor lauter Wohlbehagen zu gurren begann. Die Schönheit des Pfaus – eine unbekannte Tierart auf seinem Planeten – faszinierte den junge Prougen jedes Mal aufs Neue.

»Solltest du eines Tages Syracusa besuchen«, murmelte der alte Mann, »wirst du dort Tausende genauso schöne Vögel sehen.«

Maranas schrak zusammen und hätte fast das Tablett fallen gelassen. Immer wieder war er erstaunt, dass der alte Mann so leicht seine Gedanken lesen konnte, so als würde er in einem Lichtbuch lesen. Diese Fähigkeit ängstigte ihn auch ein wenig, obwohl er ihn nun schon länger als ein Standardjahr kannte.

Ohne dem Prougen einen Blick zu gönnen, fuhr der alte Mann geistesabwesend fort: »In Venicia gibt es Riesenbäume aus Isphuhan. Sie säumen Avenuen und Boulevards. Mit ihren transparenten Blättern sehen sie im Licht wie verzaubert aus.« Er schwieg kurz und sprach mit trauriger Stimme weiter. »Dann wirst du erleben, wie schön es ist, am Ende des zweiten Tages, wenn die Saphyr-Sonne am Horizont versinkt, und die leichte Brise zu einer Liebkosung wird, in den Gärten herumzuspazieren. Hier gibt es nichts als Dürre und Hitze, ein wahres Inferno! Wegen dieser verfluchten Drei Feuer sind hier bloß Felsen, Steine und Wüsten zu finden ... Sogar Bäume haben hier die Farbe und die Härte von Gestein! Aber deine Wüstenwelt ist eigentlich nichts anderes als das Spiegelbild meiner Seele.«

Maranas war fassungslos und stellte das Tablett neben der schwebende Hängematte zu Boden. Klagen gehörte nicht zu den Angewohnheiten seines Gefährten. Normalerweise lebte er das Leben als wäre es ein einziges Fest. Dieser Anfall von Melancholie verhieß nichts Gutes. Der junge Prouge setzte sich auf den lila Rasen in den Schatten eines Buschs und suchte nach einem Lächeln in dem faltigen, von langem weißen Haar umrahmten Gesicht. Dann atmete er die köstlichen Düfte der Blumen des Gartens ein, zog seine Tunika aus und streckte sich genüsslich. Das frische Gras streichelte seinen Oberkörper, seinen Bauch und seine Schenkel. Lustvolle Schauder überliefen seinen Körper vom Kopf bis zu den Füßen.

Als Maranas diesen Garten zum ersten Mal betrat, hatte er seinen Augen nicht trauen können. Der alte Mann hatte aus den Welten des Zentrums alle möglichen Pflanzen kommen und ein kompliziertes unterirdisches Bewässerungssystem installieren lassen, das durch ausgeklügelte Apparaturen gespeist wurde, die in der Lage waren, auch geringste Feuchtigkeitsmengen wie den Frühtau zu sammeln, damit dieses Wunderwerk entstehen konnte. Ebenso gab es unterirdische Wasserreservoire für den Springbrunnen und für ein ovales Schwimmbecken.

Für Prougen war Wasser ein Luxus. Dieses Übermaß an kostbarem Nass empfanden sie als etwas Magisches, das aber gleichzeitig ihren Argwohn erregte. Der alte Mann aber hatte sein ganzes Vermögen in die Errichtung seines kleinen Paradieses gesteckt; um die Verzweiflung über sein lebenslanges Exil zu lindern, hatte er diesen üppigen Garten geschaffen – das war die einzige Weise, auf die er mit seinem Heimatplaneten noch eine Verbindung aufrechterhalten konnte.

»Was ist los, Doppel-Haut?«, fragte Maranas nach einer ganzen Weile und richtete sich auf. »Bist du heute nicht glücklich?«

»Nenn mich nicht so«, maulte der alte Mann. »Du weißt doch, dass es mir nicht gefällt, wenn du mich Doppel-Haut nennst. Es ist schon lange her, seit ich zwei Häute hatte. Vielleicht hättest du mich bei meiner Ankunft so nennen können, aber jetzt ...«

Schon seit langem zog er den Colancor nicht mehr an, dieses eng anliegende Trikot, das Maranas zu dem Spitznamen verleitet hatte. Zuerst hatte ihm die Missachtung der strikten syracusischen Kleidungsvorschriften zu schaffen gemacht. Aber jetzt fühlte er sich in den weit geschnittenen prougischen Tuniken sehr wohl. Vor allem genoss er das Gefühl des Windes, wenn er über seine Haut strich. Darauf wollte er nicht mehr verzichten.

»Und wie soll ich dich nennen?«, fragte der junge Mann.

»Ich kenne deinen richtigen Namen nicht. Es ist auch ohne Bedeutung, denn ich mag dich. Auch wenn du anonym bleiben willst, Doppel-Haut.«

Maranas lachte, erhob sich mit katzenhafter Geschmeidigkeit und küsste den alten Mann flüchtig auf den Mund. Dann lief er zu dem ovalen Schwimmbecken und tauchte mit einem Kopfsprung ins lauwarme Wasser.

Der alte Mann stützte sich in seiner Hängematte auf einen Ellbogen und betrachtete den nackten braunen Körper seines jungen Geliebten. Solche Körper hatten ihn ins Verderben geführt. Junge, glatthäutige, kräftige Epheben, gerade der Kindheit entwachsen, lösten in ihm unwiderstehliche Gelüste aus, die er befriedigen musste. Eine übermächtige Begierde zwang ihn, diese Körper zu berühren, zu streicheln, den Nektar von diesen sinnlichen Lippen zu sammeln, seine Zunge in diese Münder voller Honig zu stoßen, um dort das Leben einzusaugen.

Und wegen dieser Körper hatte er als Großmeister der Inddikischen Wissenschaften jahrtausendealte Traditionen verraten. Er lebte noch, ja! Aber um welchen Preis? Immer, wenn er an seinen Prozess zurückdachte, spürte er noch deutlich die brennende Erniedrigung, als das Oberste Inquisitionsgericht der Kirche des Kreuzes ihn zum Raskatta erklärt und zu lebenslanger Verbannung auf den Planeten Roter-Punkt verurteilt hatte – auf jenen Planeten, auf dem alle Kriminellen der Welten des Zentrums lebten.

Und seitdem verbrachte er seine Tage in seinem Garten und in der Gesellschaft junger Prougen aus Matana, die seinen Wünschen gegenüber sehr entgegenkommend waren, weil er sie großzügig entlohnte. Nach und nach hatte er zu seinem Bedauern seine letzte Würde und Willenskraft verloren.

Sri Alexu hatte unter Aufbietung aller seiner Kräfte versucht, die Verbindung der drei Großmeister über Zeit und Raum aufrechtzuerhalten. Vergebens! Der alte Mann hatte auf diese Appelle nicht reagiert, so als wollte er sich jede Möglichkeit zur Umkehr versperren. Niemand durfte ihn daran hindern, sich weiter zu ruinieren. Und jetzt interessierte ihn nur noch eins: für immer und ewig zu verschwinden, in den großen Fluss des Vergessens einzutauchen. Es drängte ihn, dem Todesboten zu begegnen, damit er endlich von seinen Qualen befreit wurde.

Der Kontakt zu Sri Alexu war definitiv abgebrochen. Jetzt spürte er nur noch die Anwesenheit des dritten Großmeisters, eine vage Präsenz, gleich einem feinen, schwach leuchtenden Gestirn.

Plötzlich überfiel den alten Mann der dringende Wunsch, sich ein letztes Mal nützlich zu machen: Er musste Sri Alexus Tochter vor der Falle warnen, die ihr die Pritiv-Mörder und die Scaythen von Hyponeros gestellt hatten. Wenigstens das war er seinem alten Freund schuldig, auch wenn ihn ein solches Handeln in keiner Weise von seiner Schuld freisprach.

Maranas kauerte am Rand des Schwimmbeckens und schüttelte seine rote Mähne. Jähe Lust überfiel den alten Mann, und sein Mund wurde trocken. Nur mit großer Willensanstrengung widerstand er dieser letzten Versuchung.

»Komm her, Maranas! Ich muss dir etwas Wichtiges sagen«, verkündete der alte Mann in ungewohnt ernstem, strengen Ton.

»Komm schon! Es ist nicht nur wichtig, es eilt auch.«

Der Greis ließ sich aus seiner Hängematte fallen, die sich sofort aufrollte und in eine faustgroße Kugel verwandelte. Dann stieg er die Lufttreppe zur Terrasse empor. Maranas zuckte mit den Schultern, warf sich seine Tunika lässig über die Schultern und folgte Doppel-Haut in den Salon, einen großen, luftigen, in Blautönen gehaltenen Raum, der angenehm kühl wirkte.

Der alte Mann setzte sich in ein kleines weißgoldenes Boot, das am Deckenbalken befestigt war. Sein langes weißes Haar umgab sein Gesicht mit hellem Glanz.

»Zieh dich an, und setz dich mir gegenüber.«

Maranas seufzte, schlüpfte widerwillig in seine Tunika und setzte sich auf einen von innen beleuchteten Schemel. Er hatte ein merkwürdiges Gefühl: Dieser Mann war nicht mehr der Mann, den er kannte. Das war nicht mehr Doppel-Haut, der kultivierte und geduldige Gastgeber und Liebhaber, dessen helle Augen vor Begehren manchmal dunkel wurden. Jetzt wirkte er ganz in sich versunken, abwesend. Der junge Prouge fühlte sich nicht wohl in seiner Haut und wollte das bedrückende Schweigen brechen, doch der alte Mann befahl ihm mit herrischer Geste zu schweigen.

»Hör mir jetzt genau zu, Maranas!«, sagte er mit kräftiger Stimme. Sie klang, als würde sie mitten aus der Erde kommen.

»Ich habe öfter festgestellt, dass deine geistigen Fähigkeiten weit über dem Durchschnitt liegen. Ich sage dir jetzt, was du tun sollst: Zuerst, schließe die Augen. Dann lässt du deine Gedanken frei schweifen, so wie Kohlensäurebläschen zur Wasseroberfläche steigen und dort aufplatzen. Du darfst sie nicht vertreiben. Es genügt, sie zuzulassen, dann verschwinden sie von selbst. Schließlich erlaubst du der Stille, von deinem ganzen Wesen Besitz zu ergreifen. Um die Festung der Stille zu erreichen, müsste ich dir eigentlich ein Antra singen. Aber dazu haben wir keine Zeit. Wahrscheinlich verstehst du nicht, was das alles bedeutet, aber das ist nicht nötig. Befolge einfach meine Anweisungen. Ich helfe dir. Willst du das versuchen?«

»Aber es ist so, dass ... Warum bittest du mich ...«, stammelte der junge Prouge.

»Ich habe keine Zeit für Erklärungen. Tu es aus Liebe zu mir. Habe ich dich jemals schlecht behandelt oder hintergangen? Ich bitte dich, vertrau mir. Schließ jetzt die Augen, lass deine Gedanken an die Oberfläche steigen, und erlaube der Stille, Besitz von dir zu ergreifen.«

Maranas fand diese neue Marotte seines Geliebten viel weniger amüsant als die üblichen erotischen Spiele. Aber da sich die Höhe seiner Belohnung nach der Zufriedenheit seines Partners richtete, tat er, wie ihm geheißen, obwohl er das alles lächerlich fand. Er musste sich zusammenreißen, um nicht zu kichern.

Er zwinkerte mehrmals, weil er auf ein Signal hoffte, dass dieses Spiel zu Ende sei, aber jedes Mal sah er den alten Kauz völlig bewegungslos dasitzen.

Dann wurden die Lider des jungen Prougen immer schwerer, und er hatte weder die Kraft noch den Willen, sie zu öffnen. Ziellos irrte er durch sein inneres Dunkel, bis ihn ein mächtiger Strom ergriff und am heiteren Gestade der Stille absetzte. Das war ein derart angenehmer und friedlicher Ort, dass er sich ohne Gegenwehr in die tiefen Abgründe des angrenzenden Ozeans treiben ließ. Nur fern und flüchtig sah er seine Gedanken wie Bläschen dahintreiben, bis sie an der Wasseroberfläche aufplatzten.

»Sehr gut, Maranas! Versuche jetzt, diesen Grad der Stille beizubehalten!«

Sofort brach im Kopf des jungen Mannes ein Sturm los. Woher kam diese Stimme? Erschrocken öffnete er die Augen, sah aber nur den alten Mann, der noch immer so unbeweglich wie eine Statue vor ihm saß.

Er hatte das Gefühl, schweißgebadet aus einem Albtraum erwacht zu sein und schloss die Augen wieder. Wie durch Zauber legte sich der Sturm, und der mächtige Strom trug ihn in den Ozean der Stille zurück.

»Du darfst deine Reaktionen nicht unterdrücken. Begleite sie und lass sie bewusst gehen. Sehr gut. Du bist ein begabter Schüler. Antworte mir nicht, denn dann würde dich die Stille verlassen, und ich könnte nichts dagegen tun. Die

Stille ist unser höchstes Gut, denn in ihr ruhen alle unsere Fähigkeiten. Aber wie alle kostbaren Dinge, ist auch sie zerbrechlich. Ich habe dir diese Botschaft auf diesem Weg übermittelt, weil ich ständig überwacht werde, nicht nur ich selbst, sondern auch meine Gedanken …«

Wieder herrschte Aufruhr im Kopf des jungen Prougen. Und der alte Mann unterbrach die Übermittlung. Er konzentrierte seine gesamte mentale Energie darauf, die Stille wiederherzustellen.

»Sehr gut. Du hast es begriffen. Diese Art der Kommunikation basiert auf einer vergessenen Wissenschaft, der Inddikischen Wissenschaft. Auf diese Weise kann der Gedankenleser, der mich kontrolliert, an unserer Konversation nicht teilhaben. Wie das geschieht, kann ich dir jetzt nicht erklären, dafür ist die Zeit zu knapp. Pass nur auf, dass dir die Stille nicht entgleitet. Was immer ich auch sage, du darfst dich darüber nicht wundern und musst deinen Emotionen Raum zum Entweichen geben.«

Er machte absichtlich eine Pause und fuhr fort: *»Ich werde sterben.«*

Obwohl der alte Mann Maranas gewarnt hatte, wurde der junge Prouge von Entsetzen ergriffen. Das Entsetzen stieg in ihm auf wie die hochzüngelnden Flammen eines plötzlich auflodernden Feuers. Das war wahrhaftig kein amüsantes Spiel. So wenig amüsant, dass er Doppel-Haut nie wieder besuchen würde, auch wenn er dann auf das Geld für seine Dienste verzichten musste.

Der Greis merkte, dass die Todesschatten, die Pritiv-Mörder, aus ihren Verstecken gekrochen waren und sich seinem Haus näherten. Der scaythische Gedankenleser hatte den Kontakt zu ihm verloren und befohlen, ihn zu töten.

Jetzt sammelte er sein ganzes Wissen, um die emotionale Reaktion des jungen Prougen abzuschätzen. Die Gewissheit um seinen nahen Tod verlieh ihm die nötige Kraft.

»Lass deine Gedanken fliehen! Sie richten mehr Unheil als Raubkatzen in Käfigen an! Ich befehle dir, die Stille in dir zu entfalten! Ich befehle dir, die Stille in dir zu entfalten! Befreie dich von deinen Emotionen!«

Maranas gelang es nach und nach, sich zu entspannen, und seine Angst wich.

»Um Himmels willen, kontrolliere deine Emotionen!«

Die Mörder hatten das Haus umkreist.

Der alte Mann beschloss, Maranas auf direktem Weg seine Gedanken mitzuteilen: *»Ich werde sterben, weil meine Stunde gekommen ist. Der Tod ist etwas Natürliches, du brauchst ihn nicht zu fürchten. Aber vorher beauftrage ich dich mit einer Mission. Und du wirst sie erfüllen, um der Liebe deiner Götter willen, des Himmels, der Menschen oder was dir sonst wichtig ist. Und wenn nicht darum, dann wenigstens wegen der angenehmen Stunden, die wir miteinander verbracht haben. Mein richtiger Name ist Lakti Mitsu, aber ich bin bekannter unter dem Namen Sri Mitsu. Ich war einer der fünf großen Smellas der Kongregation, deren Aufgabe es ist, darüber zu wachen, dass die Beschlüsse, die während der alle fünf Jahre stattfindenden Asmas gefasst werden, den Gesetzen der Konföderation von Naflin entsprechen. Das bedeutet, über ausgeglichene Machtverhältnisse zu wachen. Doch wegen meiner sexuellen Neigungen haben mich die Gerichtsbarkeit und die Kirche meines Heimatplaneten Syracusa auf Lebenszeit hierher verbannt. Natürlich wusste ich, dass dieser Prozess schon seit langem von der Herrscherfamilie Ang, dem Muffi der Kirche des Kreuzes und dem Konnetabel Pamynx,* *einem Scaythen von Hyponeros, geplant worden war, mit dem Ziel, mich meines Amtes zu entheben, damit die Konföderation gestürzt werden kann. Doch leider weiß ich so gut wie nichts über die Eroberungsstrategien der Scaythen. Die bemannten Satelliten, die wir in Richtung Hyponeros geschickt haben – eine Welt im unbekannten Universum –, sind nie zurückgekehrt. Wie auch immer, jedenfalls waren diese Leute geschickt genug, meine Schwäche gegen mich zu verwenden. Ich habe bei der Erfüllung meiner Mission versagt und war dumm genug, meinen Kopf selbst auf den Richtblock zu legen.«*

Maranas hatte einen derartigen Bewusstseinszustand erreicht, dass er den Sinn der Worte verstand, noch ehe Sri Mitsu sie ausgesprochen hatte. Und er konnte die Gefühle des alten Mannes mühelos nachvollziehen.

»Doch vor allem bin ich ein Nachfahre in einer langen Reihe von Meistern: die Meister der Inddikischen Wissenschaft. Davon gibt es im Universum wie eh und je drei. Genauer gesagt, es gab drei. Einer von uns ist vor kurzem gestorben. Ich habe den Kontakt zu ihm verloren. Obwohl er versucht hat, mich vor dem Untergang zu retten, habe ich nicht auf ihn gehört. Ich habe mein Denken aufgegeben und allein für die Befriedigung meiner körperlichen Gelüste gelebt und überlebt. Eine Inddikische Regel lautet, dass jeder der drei Meister seinen Nachfolger ausbildet, damit die Union für alle Zeit Bestand hat. Doch ich hinterlasse nur Leere, eine Leere, in die sich bereits die Scaythen von Hyponeros eingenistet haben. Schließlich hat Sri Alexu mir seine Tochter geschickt, die er zu seiner Nachfolgerin bestimmte. Sie ist hier, nur ein paar Straßen von meinem Haus entfernt. Sie hat versucht, Kontakt mit mir aufzunehmen. Doch aus Angst, abgehört zu werden, muss-

te ich mich ihr verschließen. Sie darf mein Haus auf keinen Fall betreten, denn ihre Mörder warten hier auf sie. Sie können sie nicht orten, aber sie wissen, dass sie auf Roter-Punkt ist. Sie benutzen mich als Köder und wollen uns beide gleichzeitig eliminieren.«

Der alte Mann schwieg kurz, und Maranas spürte die unendliche Traurigkeit und Erschöpfung seines Freundes.

»Ich bin am Ende. Ich stehe vor dem Nichts. Die Tradition hat mich verstoßen, weil ich sie verraten habe. Wer weiß schon, warum solche Dinge geschehen? Warum das Schicksalsrad sich eher in die eine als in die andere Richtung dreht? – Aber in Aphykit liegt unsere ganze Hoffnung. Die letzte Hoffnung. Aphykit ist ein schöner Name. Im Altsyracusischen bedeutet er ›unter der Asche schwelendes Feuer‹ oder ›wiedererwachtes Feuer‹. Sobald du das Haus verlassen hast, suchst du sie so unauffällig wie möglich. Die Pritiv-Mörder werden dich nicht beachten, du interessierst sie nicht. Solltest du Aphykit nicht erkennen, sei unbesorgt, sie wird dich erkennen. Sie wird wissen, dass du mein Bote bist. Du musst sie unbedingt vor den Mördern finden, Maranas! Von deiner Schnelligkeit und deiner Geschicklichkeit hängt das Schicksal von Milliarden Menschen ab. Du sagst ihr …«

Das Geräusch schneller Schritte und zuschlagender Türen unterbrach die Instruktionen des Meisters. Maranas öffnete automatisch die Augen und sah drohend wirkende Gestalten im weißen Rahmen der Terrassentür stehen.

Der Pfau stieß Angstschreie aus, während er mit schlagenden Flügeln auf das schützende Gebüsch zulief. Sein hübscher Kopf war plötzlich von seinem Körper getrennt und rollte über den Gartenweg. Beim Anblick der Blutfontänen, die stoßweise aus dem kopflosen Körper austraten, zogen sich die Bauchmuskeln des jungen Prougen krampfartig zusammen. Er geriet in Panik und stand keuchend auf.

»Setz dich!«, befahl Sri Mitsu mit seiner ganzen ihm verbliebenen Energie. »Schließ die Augen!«

Trotz seines Entsetzens gehorchte der junge Mann.

»Schnell! Du sagst Aphykit, dass sie unbedingt den dritten Meister aufsuchen muss! Nur er kann ihre Ausbildung vollenden. Und er wird wissen, wie mein Versagen kompensiert und die Lage verbessert werden kann. Doch sie muss aufpassen: der Mahdi Seqoram ist nicht ... Der Orden hat kein ... mehr ...«

Maranas hörte ein Sirren und dann ein schreckliches gurgelndes Geräusch. Ihn überkam eine Eiseskälte, und er hatte das fürchterliche Gefühl, als würde der Tod in ihn gleiten. Er öffnete ein Auge: Doppel-Haut war in seinem kleinen Boot zusammengesackt. Das Weiß färbte sich langsam rot. In seiner Kehle steckte eine runde, scharf geschliffene Scheibe, die sich noch immer drehte und Fleisch und Knochen zerfetzte. Ein scharlachroter Strom ergoss sich aus der klaffenden Wunde, und der bleiche Kopf des alten Mannes fiel in einem bizarren Winkel auf seine Schulter.

Vor Entsetzen gelähmt brauchte der junge Mann ein paar Sekunden, bis er begriff: Fröhlich und unbeschwert hatte er seinen Geliebten besucht, und plötzlich fand er sich in einem Albtraum wieder ...

Ein Befehl, der aus dem Garten zu ihm drang, riss ihn aus seiner Starre. Wieder hörte er dieses Sirren und duckte sich instinktiv. Eine funkelnde Scheibe flog über seinen Kopf und blieb in einem Möbel stecken.

Jetzt sprang er mit der Geschmeidigkeit einer Wildkatze auf und flüchtete über die Lufttreppe in den ersten Stock. Schon hatten die grauweißen Gestalten den Salon erreicht. Die nächste Scheibe bohrte sich in das Geländer, nur wenige Zentimeter von seiner Hand entfernt. Er rannte die Treppe hoch und warf sich mit seinem ganzen Körpergewicht auf den Hebel, der die Treppe sofort in einer Mauernische verschwinden ließ. Die plötzlich ihrer Luft beraubten Stufen formten eine hermetisch schließende Klappe auf dem Treppenabsatz. Doppel-Haut hatte diesen Mechanismus installieren lassen, weil er nicht gestört werden wollte, wenn er sich mit seinen jungen Liebhabern in einem seiner Schlafzimmer vergnügte.

Maranas hörte dumpfe Geräusche von unten. Seine Verfolger schoben Möbel unter die Falltür. Kalter Schweiß rann über seine Stirn. Er versuchte, sich zu beruhigen und seine Gedanken zu ordnen.

Grünes Licht drang kreisförmig durch die Falltür. Der beißende Geruch verbrannten Holzes breitete sich aus.

Maranas lief ins blaue Schlafzimmer, weil der Balkon dort auf die Straße hinausging. Glücklicherweise stand die Tür offen.

Inzwischen hatten die Mörder ein Loch in die Falltür geschnitten und hievten sich hoch.

Maranas schwang sich über die schwarze Optalium-Brüstung des Balkons und sprang. Er landete vier Meter tiefer auf einer staubigen glutheißen Straße und hatte sich den Knöchel verstaucht. Trotz des stechenden Schmerzes lief er in Richtung der nächsten Kreuzung, wobei er sich immer wieder umsah. Schon kletterte eine der grau gekleideten und weiß maskierten Gestalten über die Brüstung, sprang, landete mühelos und nahm die Verfolgung auf.

Die Kreuzung war nur noch zehn Meter entfernt. War Maranas erst einmal um die Ecke des großen weißen Hauses gebogen, konnte er im Gewirr der Gässchen zwischen dem alten Viertel und der Stadtmauer Matanas die Mörder abhängen.

Ein zweiter Pritiv-Söldner erschien auf dem Balkon, blieb stehen, holte weit aus, und aus dem Ärmel seiner grauen Uniform schoss ein Blitz hervor. Maranas bog gerade um die Ecke. In diesem Moment bohrte sich die glänzende Scheibe mit einem Sirren in sein rechtes Schulterblatt. Ein brennender Schmerz breitete sich über seinem ganzen Rücken aus. Sein Blut spritzte auf die weiße Hauswand hinter ihm und rann zu Boden. Die Schneide des sich noch immer drehenden Projektils schnitt ihm die Rippen auf.

Schon fast ohnmächtig schleppte sich Maranas in die Seitenstraße. Ganz vage hörte er, wie sich seine Verfolger gegenseitig anfeuerten – es klang wie das Gebrüll der Treiber auf einer Hetzjagd.

Die dürstende Erde, die er mit purpurnen Blumen bedeckte, nahm gierig sein Blut auf. Ein schwarzer Schleier trübte seine Sicht, Mut und Willenskraft verließen ihn, verrieten ihn, und seinen plötzlich nutzlos gewordenen Körper. Die Scheibe steckte zwischen zwei Rippen, die sie nicht hatte durchtrennen können. Sie drehte sich nicht mehr.

Maranas Beine versagten ihm den Dienst. Er hatte nur noch einen Wunsch: sich im Staub auszustrecken und zu sterben, damit dieser unerträgliche Schmerz aufhörte.

»Stützen Sie sich auf meinen Arm! Schnell!«

Wie durch einen Nebel sah der junge Prouge vor sich eine dunkle Gestalt, einen Bettler. Die Schritte seiner Verfolger kamen immer näher.

Maranas Wille zum Überleben siegte. Er biss die Zähne zusammen, mobilisierte seine letzten Energiereserven und stützte sich auf den Arm des Bettlers, dessen Gesicht unter einer Kapuze verborgen war und dessen zerlumpter Mantel einen widerwärtigen Geruch ausströmte.

»Nach ... Matana ... die Pforte ...«, wimmerte Maranas.

»Das weiß ich«, flüsterte der Bettler und lenkte seine Schritte sofort in Richtung der mit Schießscharten versehenen Stadtmauer, deren Brüstung die Flachdächer der umstehenden Häuser überragte. Der junge Mann stützte sich mit seinem ganzen Gewicht auf seinen schmächtigen Helfer, und so kamen die beiden nur langsam und schwankend voran. Schließlich erreichten sie ein schattiges Gässchen, das sich zwischen zwei eng gebauten Häuserreihen hindurchwand. Es führte zu einer der Esplanaden, die an einem der hundertsiebzehn monumentalen Stadttore Matanas endete.

Die beiden hatten das Gässchen beinahe durchquert, als der Bettler sich umdrehte und etwa hundert Meter hinter ihnen im Gegenlicht einen der Verfolger sah.

»Ich flehe Sie an, nur noch ein kleines Stück! Wir haben es fast geschafft.«

Maranas richtete sich auf und versuchte, seinen Schritt zu beschleunigen. Er spürte seinen Körper nicht mehr. Alles war taub. In der Hand des Mörders blitzte das tödliche Wurfgeschoss. Er kam schnellen Schrittes immer näher. Die beiden konnten fast seinen Atem im Nacken fühlen, als sie einen in rostfarbenes Licht getauchten Platz erreichten.

»Lassen Sie mich ... Fliehen Sie ...«, flüsterte der Verwundete.

Doch plötzlich stürmte eine Horde halb nackter Kinder unter dem Torbogen der Stadtmauer hervor. Sie liefen über die Esplanade in alle Richtungen, so als würden sie sich zu einem Spiel formieren. Einige neckten sich und verteilten sich lachend zwischen dem Mörder und seinen Opfern. Mit einem Mal wirbelte eine Staubwolke über den Platz und tauchte ihn in dichten gelben Nebel. Man konnte nichts mehr erkennen. Nicht nur, dass der feine Staub die Sicht raubte, er griff auch Augen und Nasen an, als wäre eine ätzende Substanz in ihm enthalten.

Kleinste Partikel drangen durch die Sehschlitze und die Mundöffnung in der Maske des Pritiv-Söldners. Er hatte das Gefühl, Tausende winziger Stacheln attackierten Nase und Augen. Innerhalb weniger Sekunden konnte er nichts mehr sehen und war gezwungen, stehen zu bleiben. Er ließ sein Wurfgeschoss fallen und rieb sich die brennenden Augen.

Als er etwas später das Gefühl hatte, wieder besser atmen zu können, weil sich die Staubwolke langsam legte und dabei alles mit einem ockerfarbenen Schleier überzog, musste er feststellen, dass seine Beute und die Kinder verschwunden waren.

»Wo ist dieser dreckige Prouge? Was ist hier los?«, schrie einer der Männer.

Der Söldner hob seine Waffe auf, drehte sich um und erkannte seine Kumpane, die gerade aus dem Gässchen liefen.

»Ein Bettler ist ihm zu Hilfe gekommen. Ich hatte sie schon fast erwischt, als diese Bengel eine Staubwolke aufgewirbelt haben.«

Ein ganz in Schwarz gekleideter und maskierter Söldner trat aus der Gruppe und sagte zu ihm: »Der scaythische Gedankenleser hat uns geraten, nicht zu scheitern. Ein Scheitern bedeutet Verrat!«

»Er kann vielleicht die Gedanken anderer lesen, aber er rennt nicht hinter ihnen her. Der Prouge hat sich dorthin geflüchtet«, sagte der Söldner und deutete auf das Stadttor. »Er ist verletzt und kommt nicht weit. Wir brauchen nur seiner Spur zu folgen.«

»Wir hätte nicht so früh eingreifen dürfen, Offizier!«, schimpfte ein anderer Söldner. »Überstürztes Handeln hat noch nie etwas Gutes gebracht. Sie haben keinen Posten auf der Straße aufgestellt. Matana ist ein richtiges Labyrinth, und wir haben hier keine Geruchssonden. Außerdem wissen wir immer noch nicht, wo sich dieses verdammte Mädchen aufhält.«

»Der Scaythe hatte den mentalen Kontakt zu dem alten Hexenmeister verloren«, antwortete der schwarz gekleidete Offizier ärgerlich. »Er konnte die Botschaft nicht lesen, die der Alte dem jungen Prougen übermittelt hat und beschloss deshalb, die beiden sofort zu eliminieren.«

»Mit dem Resultat, dass wir nur den Alten erledigt haben.«

»Halten Sie jetzt die Schnauze!«, knurrte der Offizier. »Und ihr bringt mir den Prougen und diesen Bettler. Stellt ganz Matana auf den Kopf, wenn es sein muss! Falls ihr noch einmal versagt, hänge ich euch an euren Eingeweiden auf. Ich gehe jetzt ins Haus des Alten zurück und beseitige alle Hinweise. Vielleicht taucht das Mädchen dort noch auf. Eine gemeinsame Abreise findet nicht statt. Jeder kümmert sich persönlich um seine Rückkehr.«

Maranas lag auf einem Mäuerchen. Er war totenblass und versuchte, wieder zu Atem zu kommen. Der Schmerz hatte nachgelassen, aber er hatte keine Kraft mehr. Kalter Schweiß bedeckte seinen ganzen Körper.

Nachdem die Kinder ihre Aufgabe erfüllt hatten, waren sie verschwunden. Sie hatten die Flüchtenden aus der Staubwolke durch das Stadttor geleitet und sie dann über endlose ineinander verschachtelte Treppen über Terrassen geführt. Danach war die kleine Horde wie durch einen Zauber verschwunden.

Der Bettler hatte die blutbefleckte Metallscheibe aus Maranas klaffender Wunde gezogen und sie aufs Pflaster geschleudert, wo sie wie ein bösartiges Raubtier glänzte. Dann hatte er den Saum von der Tunika des jungen Mannes abgerissen und einen provisorischen Verband angelegt. Die Verletzung sah böse aus: Knochensplitter waren an mehreren Stellen in die Pleura und die Bronchien gedrungen. Trotzdem hatte er die Blutung stillen können.

»Kennen Sie die Altstadt gut?«, fragte der Bettler. Er hatte eine erstaunlich helle Stimme.

Maranas nickte.

»Gibt es einen Ort, wo man Sie pflegen kann?«

Maranas nickte wieder.

»Wir müssen dort hingehen. Sie können in diesem Zustand nicht hier bleiben. Wissen Sie, wo wir sind?«

»Helfen Sie mir auf ... Ich führe Sie ...«, murmelte der junge Prouge.

Er legte den Arm um die Schultern des Bettlers und stand dann sehr vorsichtig auf.

»Da ... diese Gasse entlang ...«

Die beiden umgingen das Mäuerchen und gelangten in ein schier unübersichtliches Gewirr alter Straßen, Gassen und Wege, die derart ineinander verschachtelt waren, dass man nicht mehr wusste, wo sie anfingen oder endeten.

Ein paar Minuten später tauchten die Söldner auf einer der Terrassen auf und entdeckten sofort die blutbeschmierte Scheibe am Fuß des Mäuerchens.

Sie suchten den Boden ab, konnten aber keine weiteren Spuren entdecken. Sechs Gässchen zweigten von einer Terrasse ab und wanden sich zwischen weißen Mauern. Der Boden war so festgetreten, dass er die Konistenz von Stein hatte.

»Wenn wir doch nur die Sonde hätten«, klagte einer der Söldner.

»Lamentieren nützt nichts«, entgegnete ein anderer.

Sie beschlossen sich zu trennen, damit jeder eine Gasse durchsuchen konnte, auch wenn sich dieses Vorgehen wahrscheinlich als das ineffizienteste erweisen sollte.

Das Gehen fiel Maranas immer schwerer. Der Weg über den Steilhang mit seinen vielen Biegungen schien kein Ende zu nehmen, und die Hitze lastete schwer auf ihm. Auch der Bettler war erschöpft und konnte den jungen Mann nur noch mit Mühe stützen, aber er versuchte dennoch, ihn aufzumuntern.

»Sie müssen durchhalten! Nur noch ein kleines Stück! Und noch ein Stück!«

Endlich begriff Maranas in seinem geschwächten Zustand, was eigentlich offensichtlich war. Dieser quasi aus dem Nichts aufgetauchte Bettler mit der sanften Stimme und der gewählten Ausdrucksweise war kein gewöhnlicher Landstreicher, sondern eine Frau! Daher auch die zarte Gestalt, die feingliedrigen Hände ... Er blieb stehen und lehnte sich an eine Mauer.

»Wer ... wer sind Sie?«, fragte er mit tonloser Stimme.

»Ich bitte Sie! Für korrekte Umgangsformen haben wir jetzt keine Zeit. Sparen Sie sich Ihre Kräfte.«

»Sie heißen nicht zufällig ... Aphykit?«

»Später! Das muss warten! Ist es noch weit bis zu jenem Ort, von dem Sie gesprochen haben?«

Der Widerhall von Schritten war in dem Gässchen zu hören.

»Sie sind immer noch hinter uns her ...«, wimmerte Maranas, von Schmerzen und Angst überwältigt. »Wir sind verloren ... Alles ist verloren ...«

Er schluchzte voller Verzweiflung. Jeder Mut hatte ihn verlassen. Er ließ sich an der Wand zu Boden gleiten und blieb dem Flehen der jungen Frau gegenüber taub. Er hatte nur noch einen Wunsch: dem beschwörenden Murmeln des Todes zu folgen und ihm nachzugeben.

Das rötliche Licht des Gestirns Rotes Feuer schwand allmählich und machte dem kalten und grünlichen Licht des Gestirns Grünes Feuer Platz, das jetzt hoch am Himmel stand. Matana erwachte in der ersten Dämmerung. Vom Basar im Zentrum der Stadt tönten die Schreie der Händler.

Das wilde Getrappel wurde lauter. Aphykit spürte, wie der Boden unter ihr vibrierte. Der Mörder war nicht mehr weit. Sie zögerte. Was sollte sie tun? Ihr Mitgefühl verbot ihr, den Verwundeten zu verlassen. Aber diese Entscheidung konnte sich als fatal erweisen. Denn es stand mehr auf dem Spiel als das Leben eines Einzelnen, selbst wenn allein er Kenntnis von Sri Mitsus Testament hatte, dessen Inhalt sie bereits erraten hatte.

Da fiel ihr eine Maxime von Spol Barneth ein, einem pränaflinischen Philosophen: »Menschliche Gefühle sind gut, außer sie arten in Überempfindsamkeit aus. Dann wirf sie bedenkenlos über Bord, denn sie hindern dich am Handeln.«

Neben Maranas wurde plötzlich eine niedrige Tür geöffnet. Ein mürrisches, zerfurchtes Gesicht, das vom Schein roten Haars umgeben war, lugte durch den Türspalt. Auf Stirn und Kinn hatte die alte Frau dunkelblaue Tätowierungen. Sie krächzte ein paar unverständliche Worte, und als Aphykit nicht reagierte, gab sie ihr mit ihrem knochigen Zeigefinger zu verstehen, dass sie eintreten solle.

Die junge Frau ließ sich nicht lange bitten. Sie ergriff Maranas' Handgelenk und schleifte ihn zur Tür. Die Alte half ihr, den Verwundeten ins Haus zu bringen, wobei sie ständig vor sich hin schimpfte, schloss dann die Tür und legte einen schweren Riegel vor.

Aphykit lehnte sich gegen die Holztür, schöpfte Atem und versuchte, wieder klar denken zu können. Ihr Herz schlug wild, und sie schwitzte derart, dass ihr ganzer Körper nass war. Seit sie nicht mehr ihren Colancor trug, der jede Feuchtigkeit absorbiert hatte, kam sie sich schmutzig vor.

Als sie die Schritte des Mörders vor dem Haus hörte, erstarrte sie und hielt den Atem an.

Maranas lag mit angezogenen Beinen auf dem gefliesten Boden und wimmerte leise. Aus seinem bläulich verfärbten Mund lief mit Blut vermischter Speichel.

Die Alte musterte die Bettlergestalt misstrauisch und schimpfte vor sich hin, weil sie das Gesicht des Neuankömmlings nicht erkennen konnte. Als einziges Kleidungsstück diente ihr ein Tuch aus grobem Stoff, das sie um ihre mageren Hüften geschlungen hatte. Ihre Haut war kupferfarben und schlaff und ihre Brüste hingen wie leere Hautsäcke herunter.

Aphykit begriff, dass sich die Alte vor ihrem Aufzug

fürchtete. Nur zu gern zog sie die schmutzige Kapuze herunter. Als die alte Prougin das volle goldene Haar der Syracuserin sah, das ihr in Wellen bis auf die Schultern fiel, ihre feinen Gesichtszüge und ihre Alabasterhaut, stieß sie vor Verblüffung einen Schrei aus. Die Alte glaubte, vor ihr stehe eine der Zauberinnen aus den uralten Legenden ihrer Heimat, weil diese Godappi, diese Fremde aus den Welten des Zentrums, sich ebenso verkleidet hatte wie die Zauberinnen es taten, damit sie den Sterblichen einen Streich spielen konnten.

»Schnell! Der Junge ist schwer verletzt. Er muss versorgt werden.«

Obwohl die Alte die Worte der Fremden nicht verstand, erkannte sie an dem eindringlichen Ton, dass etwas geschehen musste. Wieder vor sich hin brabbelnd, verließ sie durch die Hintertür das Zimmer und betrat einen kleinen, lichtdurchfluteten Innenhof.

Aphykit beugte sich über den leise stöhnenden jungen Mann. Das Leben wich langsam aus ihm. Seine Augen glichen zerbrochenen Spiegeln. Sie fühlte sich ohnmächtig und bedauerte zutiefst, keine medizinischen Kenntnisse zu haben.

Die Alte kam in Begleitung eines etwa zehnjährigen Jungen zurück, der auf einem Tablett aus Kupfer Verbandmaterial und einen rosafarbenen Flakon mitbrachte. Aphykit erkannte ihn sofort an seinem kurzen orangefarbenen Lendenschurz, der nahezu schwarzen Haut und dem runden Kopf mit dem flammend roten Haar. Er hatte große, intelligente Augen.

Eben diesem Jungen war sie auf der Esplanade vor dem Stadttor begegnet und hatte ihn gebeten, die Pritiv-Mörder aufzuhalten. Er hatte zwei Finger in den Mund gesteckt und einen gellenden Pfiff ausgestoßen, worauf sofort aus allen Ecken Kinder herbeigelaufen waren. Nachdem er sie kurz angewiesen hatte, hatten sich die Kinder im Schatten des Stadttors versteckt. Sie waren sehr diszipliniert und offensichtich daran gewöhnt, Flüchtenden, die im Labyrinth Matanas Schutz suchten, zu helfen. Dann hatte sich Aphykit auf die Suche nach Maranas gemacht.

Der Junge war von der Schönheit der Syracuserin derart fasziniert, dass er sie mit Blicken geradezu verschlang. Er hatte geglaubt, es mit einem elenden Bettler zu tun zu haben, und jetzt hatte sich der Bettler in eine Zauberfee verwandelt!

Die Alte beugte sich inzwischen über Maranas und reinigte, ständig vor sich hin murmelnd, seine Wunde. Als sie die rosa Flüssigkeit hineinträufelte, wurde sein Körper von Krämpfen geschüttelt.

Der Junge ging langsam zu Aphykit und sagte: »Du warst vorhin verkleidet, aber ich erkenne dich wieder. Selbst wenn du dich von einem armen Mann in eine schöne Frau verwandelt hast.«

Er hatte einen rauen, gutturalen Akzent, als er das Interplanetarische Nafle sprach, die offizielle Sprache der Konföderation.

»Hast du gesehen, wie wir das gemacht haben?«, sagte er stolz. »Die anderen, diese dummen Pritiv-Mörder konnten uns nicht folgen. In Matana sind sogar sie gegen uns machtlos. Und während du hier, bei Inonii, Zuflucht gefunden hast, haben wir sie auf falsche Fährten gesetzt. Inzwischen haben sie sich wahrscheinlich vollständig verirrt und können sich glücklich schätzen, wenn sie mit dem Leben davonkommen. Sie sind vielleicht Pritiv-Mörder, sie sind aber auch Godappis! Wie du ...«

Er lächelte, und perlweiße Zähne blitzten in seinem dunklen Gesicht auf.

»Wie habt ihr es geschafft, diese Staubmengen aufzuwirbeln?«, fragte Aphykit freundlich. »Wohl kaum allein mit euren Füßen …«

»Wenn du Götter hast, danke ihnen, fremde Dame!«, antwortete der Junge. »Sie haben dich gut beraten, als sie dir empfahlen, dich an mich zu wenden. Denn ich bin der beste Staubleger in Matana. Schau mal!«

Er fummelte auf so schamlose Weise unter seinem Lendenschurz herum, dass die Syracuserin leicht schockiert war. Dann zog er einen faustgroßen durchsichtigen Beutel hervor, der ein ockerfarbenes Pulver enthielt.

»Das ist eine Staubbombe«, erklärte der Junge in schulmeisterlichem Ton. »Wenn ich sie loslasse und sie den Boden berührt, platzt das Papier, und der Staub fliegt davon. Dann müssten wir Inoniis Haus sehr schnell verlassen. Sonst würden wir in zwei Minuten ersticken …«

Die Alte drehte sich um und fing an zu schimpfen, als sie den Beutel in der Hand des Jungen sah.

»Du brauchst keine Angst zu haben, Godappi-Dame. Inonii ist eine nette Frau, aber sie schreit, sobald sie den Mund aufmacht. Sie spricht kein Nafle. Sie ist nie zur Schule gegangen. Ich auch nicht. Aber ich habe ihr gesagt, dass sie ihre Tür öffnen soll, falls du und dein Begleiter an ihrem Haus vorbeikommt.«

»Und wenn wir in eine andere Richtung gegangen wären?«

»Dann hätten sich andere Türen geöffnet. Ganz Matana wusste Bescheid. Ich bin euch gefolgt, seit ihr das Stadttor durchschritten habt. Als du noch ein Bettler warst, schöne Dame. Niemand kennt die Stadt besser als ich. Ohne mich und meine kleinen Treiber wärst du jetzt tot. Aber vor allem hätten sie einen Prougen getötet, einen jungen Mann aus meinem Volk ...«

»Wenn ich richtig verstehe«, murmelte Aphykit, »geschah das alles seinetwegen ...«

»Anfangs nicht!«, unterbrach der Junge sie. »Als du mich um Hilfe gebeten hast, hatte ich ursprünglich vor, dich und die Person, die du retten wolltest, direkt zu dem höchstbietenden Händler zu bringen. Denn normalerweise enden Flüchtlinge in Matana auf dem Sklavenmarkt. Dort werden sie versteigert. Aber als ich sah, dass dein Schützling ein Prouge ist, habe ich ganz Matana mobilisiert, damit ihr gerettet werden konntet. Und du, Godappi-Dame, was machst du als Bettler verkleidet auf Roter-Punkt?«

»Es gibt da gewisse Gründe, doch es würde zu lange dauern, das zu erklären ...«

Inzwischen hatte die Alte Maranas einen Verband angelegt.

Das Haus war spartanisch eingerichtet: ein niedriger Holztisch, ein Wollteppich mit geometrischen Mustern – auf dem Maranas jetzt lag –, ein paar Stoffkissen und eine altmodische Luftbank. Doch in dem Raum herrschten angenehmes Dämmerlicht und eine erträgliche Temperatur.

Die vage Antwort der Syracuserin machte den Jungen noch neugieriger, und er fragte: »Wie hast du erfahren, dass die Pritiv-Mörder einen der unseren töten wollten?«

»Man muss nicht unbedingt neben jemandem stehen, um zu hören, was er sagt«, antwortete Aphykit langsam. Und weil sie das Thema wechseln wollte, fügte sie hinzu: »Wie heißen Sie?«

»Kirah. Aber ich habe den Spitznamen ›der Schlaue‹. Leute mit schlechtem Gewissen, die gewisse Verfehlungen begangen haben, wenden sich oft an mich. Ich stehe in dem Ruf, sie in Sicherheit bringen zu können.«

»Und dann liefern Sie diese Leute direkt den Menschenhändlern aus!«

»Ich muss schließlich leben!«, entgegnete der Junge achselzuckend. »Vor allem auf Roter-Punkt ist das eine Kunst. Zwischen all den verschiedenen Interessen der konföderalen Polizei, der Françao-Camorre, den Profikillern, den Bürgern und Adeligen mit ihren Privatarmeen ... Hier geschieht nichts unabsichtlich. Wenn du eines Tages deine Welt wiedersehen willst, Godappi-Dame, musst du schlauer als alle anderen sein.«

»Ich danke den Göttern, Sie als Lehrer zu haben, Kirah der Schlaue!«, ahmte Aphykit die hochtrabende Ausdrucksweise des Jungen nach. »Das Glück ist mit mir.«

Kirah blieb jedoch ernst. Er deutete mit einer Kinnbewegung auf Maranas und sagte: »Du bist noch in Freiheit oder am Leben, weil dieser junge Mann ein Prouge ist. Auch wenn dieser Prouge zu ... zu ... enge Beziehungen zu diesem alten Godappi im Haus mit dem Garten voller Wasser unterhielt. Das war dein einziges Glück!«

Dann sagte er ein paar Worte auf Prougisch zu der Alten, und die beiden hoben Maranas so vorsichtig wie möglich hoch und legten ihn auf die Luftbank.

Aphykit litt unter ständiger Übelkeit. Sie wusste nicht, ob dieses Gefühl von dem Gestank ihrer Kleider herrührte oder von dem Geruch des Blutes an ihren Händen, den Ausdünstungen Inoniis, dem strengen pfefferartigen Geruch der Haare der Prougen – oder auch von der Erinnerung an jene aggressiven Vagabunden, die sie nach ihrer Rematerialisation in der Ruine angegriffen hatten.

Nackt, am ganzen Körper zitternd, mit einer schrecklichen Migräne und von der Deremat-Reise noch völlig desorientiert, war sie inmitten eines Grundstücks umgeben von Trümmern aufgewacht, und schon hatten sich diese zerlumpte Gestalten mit ihren ekelhaften Visagen auf sie gestürzt. Die Angst hatte ihr ungeahnte Energie gegeben, und sie war aufgesprungen und geflohen. Sie war über halb verfallene Treppen gestolpert, hatte sich die Füße an Holzsplittern und rostigen Nägeln aufgerissen und hatte das vulgäre Grölen und Fluchen ihrer Verfolger gehört. Schließlich hatte sie in eine Kammer fliehen können, deren Tür durch einen Haufen Bauschutt verdeckt war, und sich ausruhen können. Die Ruhe hatte sie bitter nötig gehabt, denn nach der ermüdenden Zellen-Transfer-Reise und der dramatischen Flucht war sie völlig erschöpft gewesen.

Nach und nach hatte sich Aphykit körperlich und geistig erholt. In die Ruine war wieder Ruhe eingekehrt. Vorsichtig hatte sie ihr Versteck verlassen und schließlich ein paar Lumpen in einem kaputten Mülleimer entdeckt. Hastig hatte sie diese widerlich stinkenden Fetzen übergestreift und dabei gegen einen heftigen Brechreiz ankämpfen müssen.

Der Verlust ihres Colancors – ihrer zweiten Haut – war am schlimmsten, denn ohne ihn hatte sie das beängstigende Gefühl, verletzbar zu sein. Und als sie durch die fast verlassenen Straßen ging, hatte sie den Eindruck gehabt, dass die wenigen Passanten sie mit Blicken durchbohrten, ihr Innerstes erkennen konnten und ihre Seele raubten – ein Zustand, der ihr psychisches Potenzial beträchtlich schwächte.

Denn als sie schließlich Sri Mitsus Haus lokalisiert hatte, war es ihr nur unter größter Anstrengung gelungen, mentalen Kontakt zu dem alten Freund ihres Vaters herzustellen. Doch der ehemalige Smella hatte sofort jede Kommunikation unterbrochen. Daraufhin hatte sie die Gedanken des jungen Prougen und die der Pritiv-Mörder abgefangen und begriffen, dass der alte Mann ständig von einem scaythischen Gedankenleser überwacht wurde.

Da Aphykit die Techniken des Gedankenschutzes nur schlecht beherrschte, hatte sie keinen Weg gefunden, nochmals mit Sri Mitsu in Kontakt zu treten und nur erraten können, dass der alte Mann in seiner an Maranas übermittelten Botschaft von dem dritten Großmeister gesprochen hatte.

»Bleib da, Godappi-Dame!«, unterbrach Kirah Aphykits Gedanken. »Hier bist du in Sicherheit. Ich hole jetzt Maranas' Mutter, Panapii.«

Der Junge ging, und die junge Frau ließ sich auf eins der Kissen sinken. Das psychische Band, das sie mit ihrem Vater verbunden hatte, war durchtrennt, und sie wusste – auch wenn sie es sich noch nicht eingestand –, dass es für immer abgeschnitten war. Sri Alexu war in seinem Haus geblieben, um die Scaythen abzulenken und seiner Tochter die Flucht zu ermöglichen. Er hatte sich für sie geopfert.

Von nun an würde sie allein sein, allein mit ihrem Kummer; allein mit ihren Tränen, die sie nur mühsam unterdrückte; allein mit ihren lächerlichen Bemühungen, ihre Gefühle zu kontrollieren; allein mit ihrem Wunsch, wieder die kleine geliebte Tochter zu sein.

Eine Reihe unzusammenhängender Bilder tauchte vor ihrem inneren Auge auf: Syracusa, die bläulichen Strahlen der Saphyr-Sonne, das edle Gesicht ihres Vaters, der Planet Zwei-Jahreszeiten, der Regen, das verblüffte und gleichzeitig betroffene Gesicht des Reisebüroangestellten, die Ruine, die widerlichen Gesichter der Vagabunde, ihr nackter Körper, Maranas' Wunde, die Kinder, die Staubwolke, ihre Flucht in Matana, die Hitze, das Blut ..., die Hitze ...

Um sie herum begann alles zu schwanken, sich zu drehen, die Gesichter, die Formen, die Farben, schneller, immer schneller ...

Aphykit verlor das Bewusstsein.

Eine knarrende Stimme weckte Aphykit. Sie lag auf einer Baumwollmatratze in einem Zimmer mit leuchtend bunten Wandbehängen. Die alte Inonii beugte sich über sie und hielt ihr einen irdenen Teller hin, von dem ein würziger Duft aufstieg. Kirah der Schlaue lehnte mit verschränkten Armen an einer Wand. Sein rundes Gesicht wirkte ernst.

»Iss jetzt, Godappi-Dame!«, sagte der kleine Prouge. »Du bist am Ende deiner Kräfte.«

Inonii stellte den Teller neben die Matratze.

»Maranas stirbt«, fuhr Kirah mit monotoner Stimme fort. »Das Leben fließt mit seinem Blut aus ihm. Die Tötungsscheiben dieser Pritiv-Dreckskerle haben ganze Arbeit geleistet.«

Zu Aphyktis Erleichterung ging die Alte aus dem Zimmer. Der Anblick des ausgezehrten, knochigen Körpers der Prougin löste einen ständigen Brechreiz in ihr aus.

»Iss!«, befahl Kirah. »Das ist das traditionelle Gericht der Prougen, es besteht aus Schafskutteln mit Kräutern und scharfen Gewürzen. Ein Gericht vom Fleisch unseres heiligen Tiers. Die ideale Speise, um neue Kraft zu gewinnen.«

Erst jetzt merkte Aphykit, dass sie seit zwei Standardtagen nichts mehr gegessen hatte und dass ihr leerer Magen sich nachdrücklich bemerkbar machte. Weil sie keinerlei Besteck neben dem Teller entdeckte, nicht einmal eine altmodische Gabel oder einen Löffel, warf sie dem Jungen einen fragenden Blick zu.

»Wir essen mit den Fingern«, beantwortete Kirah ihre unausgesprochene Frage.

Also richtete sich Aphykit auf und tauchte ihre Finger in den undefinierbaren Brei. Allein die Berührung mit dieser öligen heißen Substanz löste Ekel in ihr aus.

Jetzt bin ich eine Paritole geworden, dachte sie erbittert. Jetzt bin ich genauso gewöhnlich und animalisch wie einer der Halbmenschen vom Planeten Getablan geworden. Ich trage Lumpen und esse mit den Händen. Vater, werde ich Euch nie wiedersehen?

Zum ersten Mal gestand sie sich den Tod ihres Vaters ein. Bis dahin war sein Ableben eher ein flüchtiger Gedanke gewesen, ein Ereignis, dessen Realität sie nicht akzeptiert hatte. Doch nun, als sie sich mit der Wirklichkeit abfand, überkam sie eine wohltuende Erleichterung, trotz der großen Trauer, die sie empfand.

Sie nahm ein Stück Fleisch und steckte es in ihren Mund, der sofort wie Feuer brannte. Tränen, die sie zu lange zurückgehalten hatte, schossen ihr in die Augen. Seit ihrem zehnten Lebensjahr hatte sie nicht mehr geweint. Und die warmen Tränen, die nun über ihre Wangen rannen, weckten längst vergessen geglaubte Erinnerungen in ihr.

»Das ist scharf, nicht?«, sagte Kirah. »An Inoniis Küche müssen sich verwöhnte Münder erst gewöhnen. Du ... stammst du nicht vielleicht aus einer der Welten des Zentrums, Godappi-Dame?«

Das Brennen breitete sich in Aphykits gesamten Verdauungstrakt aus, aber weil sie wieder zu Kräften kommen musste, zwang sie sich zu essen.

Nichts hatte so wie vorgesehen geklappt. Der brutale Mord an Sri Mitsu, dem ehemaligen Smella und dem einzigen Mann, der ihr hätte helfen können, verunsicherte Aphykit. Und mit dem Tod ihres Vaters lebte nur noch einer der Großmeister der Inddikischen Wissenschaft. Die beiden anderen hatten keine Zeit mehr gehabt, ihre – Aphykits – Ausbildung zu vollenden. Und jetzt war sie allein, mittellos und wurde verfolgt, und sie wusste nicht, wie sie zum Kloster Selp Dik reisen sollte, wo sich der letzte Großmeister aufhielt, der Mahdi Seqoram.

Die scharfen Gewürze schienen alle Flüssigkeit aus ihrem Körper zu treiben. Sie schwitzte entsetzlich, und ihre alten Lumpen stanken noch unerträglicher.

»Wenn du aufgegessen hast, bringt dich Inonii ins öffentliche Bad. Dort findest du saubere Kleider, die ... die deiner Schönheit angemessen sind«, murmelte Kirah verwirrt, so als hätte ihn seine Kühnheit erschreckt.

Plötzlich wurde die Stille des Hauses von einem entsetzlichen, durchdringenden Schrei unterbrochen.

»Hm, Maranas' Mutter ist gekommen«, sagte Kirah beunruhigt. »Ich weiß nicht, ob das gut für dich ist, Godappi-Dame. Mütter haben hier, in Matana, viel zu sagen ... Ich sehe mal nach.«

Schweiß klebte Aphykits Haare an Schläfen und Stirn. Ihre Haut fühlte sich klebrig an, überall, an ihrem Bauch, ihrem Rücken, und zwischen ihren Brüsten bildeten sich kleine Schweißperlen. Diese neue Erfahrung verunsicherte sie, sie schwankte zwischen Wohlbefinden und Abscheu. Seit ihrer Kindheit hatte sie noch nie so lange ohne ihren Colancor gelebt, den sie nur während des abendlichen Bades in den Reinigungswellen abzulegen pflegte. Doch ihr Vater hatte sie schon früh vor dem exzessiven Gebrauch dieses Trikots gewarnt: Die Gewöhnung kann Traumata auslösen, hatte er gesagt. Solltest du eines Tages in anderen Welten leben müssen, kannst du dich dort nicht anpassen. Jetzt begriff sie, was er damit gemeint hatte. Und sie fragte sich, ob die emotionale Kontrolle, diese Art, immer die Fassung zu bewahren, nicht noch größere Traumata als der Colancor verursachte.

So in ihre Gedanken versunken, hatte sie nicht gemerkt, dass Kirah aus dem Zimmer gegangen war.

Ein paar Minuten später erschien der kleine Prouge wieder und rief: »Maranas will dich sehen! Komm schnell. Er hat nicht mehr lange zu leben. Aber seine Mutter macht dir kein Geschenk. Der Schmerz macht sie wahnsinnig.«

Aphykit stellte den Teller hin und sah den Jungen an. »Was soll das heißen: ›kein Geschenk‹?«

»Ich habe keine Zeit, dir alle unsere Sitten und Gebräuche zu erklären. Komm jetzt, Godappi-Dame!«

Der kleine Prouge lief bereits die Treppe hinunter. Aphykit stand auf und versuchte, ihre Kleidung glatt zu streichen. Sie war unendlich müde, jeder ihrer Muskeln schmerzte. Ihre Beine waren wie Watte und trugen sie kaum. Auf der engen Treppe wäre sie fast gestolpert.

Die alte Inonii umarmte eine jüngere, dickleibige Frau, die grell geschminkt war. Selbst unter ihrer langen, weit geschnittenen Tunika, deren türkisfarbener Stoff mit Gold- und Silberfäden durchwirkt war, zeichneten sich ihre Spreckringe ab. Schwarzer Kajal hatte sich mit ihren Tränen vermischt und lief in dunklen Schlieren über ihre speckigen Wangen. Ihre rote ungekämmte Mähne fiel bis auf ihren ausladenden Hintern herab.

Als sie Aphykit entdeckte, löste sie sich aus Inoniis Umarmung, zog die Nase hoch, ballte die Faust und stieß wüste Verwünschungen aus.

Kirah ignorierte die fette Frau mit der Souveränität eines Raumschiffkommandanten, dessen Fahrzeug in einen interstellaren Sturm geraten ist. Er gab Aphykit ein Zeichen, an das Lager des Sterbenden zu treten.

Als sich die Syracuserin über Maranas beugte, fand der Junge die Kraft, ihr sein Gesicht zuzuwenden. Er flüsterte mit blutleeren Lippen: »Dop ... Doppel-Haut ... hat mir gesagt ... du suchst den dritten ... Meister ... den Mahdi Seqoram ... Er ... ist nicht ...«

Seine Züge erschlafften, sein Blick brach, und sein Kopf fiel schwer auf das Kissen zurück. Ein letztes Zucken durchlief seinen Körper, dann ergriff der Tod von ihm Besitz.

Die fette Frau heulte auf, lief zu der Bank und warf sich über den leblosen Körper ihres Sohnes.

Kirah ergriff Aphykits Arm und zog sie beiseite.

»Du darfst hier nicht länger bleiben, Godappi-Dame«, sagte er leise. »Panapii wird dir allein die Schuld am Tod ihres Sohns geben.«

»Warum? Was habe ich ...«

»Ich weiß. Du hast sogar versucht, ihn zu retten. Aber du vergisst, dass du in Matana eine Godappi bist. Und Panapii ist der Meinung, dass die Godappis ihren Sohn getötet haben. Und wie es bei uns Brauch ist, verlangt sie nach Rache. Das heißt, sie will Blutrache üben, denn du bist eine Godappi – und von jetzt an in Lebensgefahr. Kein einziger Prouge wird dir noch helfen. Selbst ich nicht, schöne Godappi-Dame! Denn ich muss mich dem Schmerz einer Mutter über den Tod ihres Sohns beugen. So will es unser

Gesetz. Und dieses Gesetz muss ich respektieren, wenn ich überleben will.«

»Damit Maranas nicht umsonst gestorben ist, muss ich so schnell wie möglich Roter-Punkt verlassen«, entgegnete Aphykit. Der Meinungsumschwung des kleinen Prougen traf sie völlig unvorbereitet. »Und das schaffe ich nicht allein. Wollen Sie mir noch einmal helfen, Professor Kirah?«

Sie hatte versucht, möglichst viel Überzeugungskraft in ihre Stimme zu legen, obwohl sie wusste, dass sie den Entschluss eines Jungen, der seiner Tradition verpflichtet war, nicht ändern konnte.

»Deine einzige Chance besteht darin, schnell zu handeln«, sagte er, ohne auf ihre Frage einzugehen. »Und zwar bevor die Prougen wissen, dass sich in ihrer Stadt eine schöne Godappi-Dame aufhält. Denn sonst töten sie dich, wie das Gebot der Blutrache es ihnen befiehlt. Außerdem gibt es da noch die Menschenhändler, für die eine Frau aus den Welten des Zentrums ein seltener und unverhoffter Schatz ist, der ihnen eine Menge Geld einbringt. Misstraue jeder und jedem! Und jetzt geh! Ich kann nichts mehr für dich tun.«

»Zeigen Sie mir bitte einen Weg aus diesem Labyrinth.«

»Wenn du wirklich fähig bist, die Gespräche der Menschen zu belauschen, ohne dich ihnen zu nähern, wie du vorhin behauptet hast, solltest du auch fähig sein, ganz allein einen Weg aus Matana zu finden. Glaube an dein Glück, und bitte deine Götter um Hilfe, solltest du welche haben ... Geh jetzt, ehe mich Panapii bittet, ihren Sohn zu rächen, was ich ihr nicht abschlagen könnte. Umso weniger, weil sie reich ist und mich sicher großzügig belohnen würde. Eins will ich dir noch sagen: Sollte es dir gelingen zu überleben, geh in die verbotenen Viertel und versuche, mit einem Mitglied der Françao-Camorre Kontakt aufzunehmen. Es gibt Leute unter ihnen, die Transfermaschinen besitzen. Versuch dein Glück. Deine Schönheit macht vieles möglich ... Adieu!«

Kirahs Ton war schneidend geworden. Er öffnete die niedrige Haustür zur Gasse hin, die jetzt in grünlich fahles Licht getaucht war. Die smaragdfarbene Scheibe des Gestirns Grünes Feuer beherrschte nun allein den Himmel.

Eine bunt gemischte, lärmende Menge bevölkerte die Straßen. Aphykit trat aus Inoniis Haus und mischte sich unter den Strom der Rotschöpfe. Sie hatte das Gefühl, in einem Meer aus Feindseligkeit zu versinken.

Nach ein paar Schritten drehte sie sich noch einmal nach Kirah um und rief: »Ich danke Ihnen für alles, Kirah der Schlaue! Mögen Ihre Götter Sie beschützen!«

Der kleine Prouge folgte ihr mit den Augen, bis sie in der Menge untergetaucht war. Dann schloss er die Tür, und lief schnell wie ein Blitz durch das Zimmer, wo die fette Panapii voller Verzweiflung ihren Sohn beweinte, auf den Innenhof und über die Treppe aufs Dach.

Dort beugte er sich über die Brüstung, steckte seine Zeigefinger in den Mund und pfiff, um seine Bande herbeizurufen. Die schöne Godappi war eine zu große Beute für seine kleinen Soldaten, aber er wollte sich nicht das Geld entgehen lassen, das sie ihm einbringen konnte.

Wenn er als Erster den Händler Glaktus informierte – und seine Chancen standen nicht schlecht –, würde er immerhin eine Prämie erhalten.

Und in Matana war das Überleben eine Kunst.

SECHSTES KAPITEL

Jener Tag – oder jene Nacht, je nach den Welten –, als die Syracuser und ihre Verbündeten die Herrschaft über die Planeten der Konföderation von Naflin antraten, hat sich in das kollektive Bewusstsein als die Große Umwälzung eingeschrieben oder wird auch mehr oder weniger populistisch als Mentaler Staatsstreich, der Beginn der Schreckensherrschaft, der Terror der Inquisition, die Öffnung der Gehirne bezeichnet … Es gibt unendlich viele aufschlussreiche Bezeichnungen. Allen gemeinsam ist die Benennung des ungeheuren Drucks, den die Scaythen von Hyponeros auf den Zeitgeist ausgeübt haben …

Der Umsturz war mit größter Sorgfalt vorbereitet worden. Von Syracusa aus waren die die scaythischen Inquisitoren, die Mörder der Pritiv-Sekte, die Offiziere der konföderalen Polizei und die Kardinäle der Kirche des Kreuzes mittels der Deremats der InTra, der größten Transportgesellschaft des bekannten und unbekannten Universums, an alle neuralgischen Punkte der Mitgliedsstaaten entsandt worden …

In jeder Hauptstadt, in jedem Palast hatte man zuvor einen Einheimischen – oft ein Mitglied der Herrscherfamilie – damit beauftragt, die Invasion vorzubereiten, die Wachen kampfunfähig zu machen, die Pforten zu öffnen …

Das Erfolgsgeheimnis lag in der Präzision und der Schnelligkeit ihrer Operationen …

Die Zelebranten der lokalen Kulte, die Priester des Neunten Siegels, die Druiden, die Imas, die Kleriker, die Seher, die Feen und viele andere wurden auf

öffentlichen Plätzen an Kreuze gebunden und bei lebendigem Leib langsam verbrannt.
Das Große Angreich wurde vom Großkonnetabel Pamynx, der durch ein in allen Welten verbreitetes Netzwerk in ständigem mentalen Kontakt mit seinen Untergebenen stand, von Venicia, der Hauptstadt Syracusas, aus geleitet, und von Seiner Heiligkeit, dem Muffi der Kirche des Kreuzes, der das Oberhaupt einer ungeheuer fanatischen Armee von Missionaren war.
Sie hatten alles bedacht und waren auf alles vorbereitet … Auf alles?

Geschichte des Großen Ang-Reichs,
Unimentale Enzyklopädie

Dame Armina Wortling betrachtete vom Fenster des herrschaftlichen Schlafgemachs aus den fernen Horizont, an dem sich das fahle Licht der frühen Morgendämmerung abzeichnete. Darunter erhob sich die unendliche Gebirgskette des Planeten Marquisat, der die beiden Pole miteinander verband.

Die Hauptstadt Duptinat, ein rieser Ballungsraum mit zwanzig Millionen Einwohnern, war noch nicht erwacht. Noch schliefen sie alle in ihren um unzählige achteckige Plätze gruppierten Kuppelbauten, die ein monotones blaugraues Meer bildeten, aus dem nur die barocken vielfarbigen Turmspitzen der marquisatischen Tempel hervorragten.

»Madame, wenn Ihr Euch nicht erkälten wollt, kommt wieder zu mir ins Bett«, sagte Ariav Mohing plötzlich, und Dame Armina zuckte erschrocken zusammen. Sie drehte sich beschämt um.

Der Kommandant der mahortischen Phalanx, Ariav Mohing, saß aufrecht in dem antiken, aus Holz geschnitzten Himmelbett. Sein Lächeln entblößte lange weiße Zähne. Das mauvefarbene seidene Laken hatte er über seinen muskulösen, behaarten Oberkörper gezogen. Gegen die allgemein herrschende Mode trug er sein Haar lang. Schwarze Locken umrahmten sein fein geschnittenes, schönes Gesicht mit den haselnussbraunen Augen.

»Ich glaubte Euch schlafend«, flüsterte Armina ängstlich, als fürchte sie, den ganzen Palast zu wecken.

»Die Wärme Eures Körpers ist so beruhigend, dass ich nicht darauf verzichten möchte. Und Ihr habt nicht das Recht, mir diese Gunst zu verwehren.«

Er streckte die Arme einladend aus und das Bettlaken rutschte über seinen Bauch bis auf seine Oberschenkel.

»Wie mir scheint, Ariav, betrachtet Ihr bereits das als Geschenk, was für mich eine Ausnahme ist und auch eine bleiben soll«, murmelte Armina bedrückt.

»O nein. Das habe ich nicht vergessen. Gerade deswegen bitte ich Euch, mich zu wärmen. Denn diese Augenblicke sind zu selten und zu kostbar, um eine Sekunde davon zu vergeuden. Ich weiß, dass Ihr Euch um Euren Sohn Sorgen macht, aber er wird nicht schneller von Syracusa zurückkehren, wenn Ihr ihn am Fenster erwartet.«

Doch Dame Armina rührte sich nicht, obwohl die frühen Morgenstunden zu Beginn des Herbstes frisch waren und die Witwe des Seigneurs Abasky Wortling unter ihrem purpurfarbenen, mit goldenen Bordüren besetzten Morgenmantel fror. Sie hatte bereits den Knopf gedrückt, um die Atomkugelheizung in Gang zu setzen. Winzige Reproduktionen leuchtender Sterne sausten summend unter der goldverzierten Zimmerdecke umher und verbreiteten im Raum eine konstante, angenehme Wärme. Ein endloses Sternenballett, das während der ersten Minuten nervtötend war, an das man sich aber schnell gewöhnte.

Doch das Strahlen der Kügelchen wärmte Dame Armina nicht, denn sie fror innerlich. Dieses Frieren konnte keine äußere Wärmequelle lindern. Trotzdem zog sie mit einer automatischen Geste ihren Morgenmantel enger um sich.

»Wenn Ihr Euch entschieden habt, Madame, seid Ihr

willkommen«, brummte Ariav Mohing und legte sich wieder hin. »Die Wärme hier bei mir unter der Decke ist viel angenehmer als die Wärme dieser schrecklichen Atomkügelchen.«

Dame Armina stellte sich wieder vor die Luftglasscheibe des Spitzbogenfensters ihres Schlafgemachs. Es befand sich unter der Kuppel des Krisit-Wortling-Turms. Er war der höchste der neun Türme des Runden Hauses der Herren des Marquisats. Und von dort aus konnte man die ganze Stadt überblicken. Duptinat war eine homogene Stadt. Wie ein ruhiger See lag sie da. Am Horizont leuchteten die beiden nächtlichen Gestirne nur noch schwach. Blauer Traum und Wind der Nacht versuchten ein letztes Mal den Morgennebel zu durchdringen, ehe sie hinter dem gezackten Kamm des Gebirges verschwanden.

Sie hörte an Ariav Mohings regelmäßigen, tiefen Atemzügen, dass ihr Geliebter wieder eingeschlafen war. Trotz ihrer geheimen Ängste war sie das Risiko eingegangen. Seit dem plötzlichen Tod ihres edlen Gatten, Abasky Wortling, einhundertsiebenundzwanzigster Herrscher der Dynastie der Wort-Mahor, hatte sie zum ersten Mal mit einem Mann ihr Bett geteilt. Ein Wahnsinn, denn der Brauch auf Marquisat verurteilte die Witwen der Herrscher zu lebenslanger Keuschheit. Diese Tradition war derart tief verwurzelt, dass sie mittlerweile als ein ungeschriebenes Gesetz galt.

Also riskierte Dame Armina nicht nur ihre Ächtung, sondern auch Verbannung oder gar Folter, je nach Richterspruch.

Doch sie hatte davon profitiert, dass sie durch ihren Schwager und Sohn im Augenblick nicht überwacht werden konnte, da die beiden sowie der Dayt-General verreist waren. Eine persönliche Revanche, ein Drahtseilakt zwischen Provokation und Leichtsinn. Sie wollte beweisen, dass sie noch frei war, dass sie – wenn auch nur vorübergehend – ausbrechen, aus diesem Gefängnis der Witwenschaft fliehen konnte.

Ihre Liaison mit dem jungen und attraktiven Kommandanten der mahortischen Phalanx dauerte jetzt seit zwei Standardjahren. Das Geheimnis wurde streng gehütet: Nur ihre Gesellschafterin hatte davon Kenntnis. Doch nun hatte Armina wagemutig damit begonnen, ihren Geliebten im ehelichen Schlafgemach zu empfangen, in demselben Zimmer, wo der Seigneur Abasky sie geliebt hatte. Obwohl sie wusste, dass das Runde Haus – die Hochburg der Wortlings – voller geheimer Gänge und Türen war, aus denen jederzeit unerwartet ein Wächter, ein Diener oder eine Kammerzofe auftauchen konnte. Das Personal des Palastes war ihr nicht besonders zugetan, einige Dienstboten waren ihr sogar feindlich gesinnt; und der erste, der sie in den Armen Ariav Mohings überraschte, würde nicht zögern, sie zu denunzieren.

Deshalb hielt sie bei jeden Schritt und jedem Türschlagen den Atem an. Doch dieses amouröse Abenteuer und ihre ausschließliche Liebe zu ihrem Sohn List waren das Einzige, das ihr noch das Gefühl gab, lebendig zu sein.

Als Armina nach der Befriedigung ihrer sinnlichen Bedürfnisse nicht hatte einschlafen können, hatte eine wachsende Angst sie aus dem Bett getrieben. Sie hatte sich vor das Fenster gestellt, als ob der Anblick der nächtlichen, wie in Tinte getauchten Hauptstadt ihre finsteren Gedanken etwas aufhellen könnte.

Denn sie ängstigte sich nicht nur über ihre eigene maßlose Kühnheit, sondern ebenso schwer wogen die Sorgen der Mutter um ihren Sohn. Seit drei Standardtagen hatte sie keine Nachricht vom Planeten Syracusa mehr erhalten – keine Nachricht von List. Obwohl sie einen ihr ergebenen Dayt damit beauftragt hatte, ihr täglich über den Verlauf der Asma und das Betragen ihres Sohnes zu berichten.

Da die marquisatische Delegation in großer Zahl vertreten war, hatte der Regent aus Zeitgründen entschieden, dass die Mitglieder die Dienste der InTra in Anspruch nehmen, der größten Gesellschaft für intergalaktische und zellulare Transporte, und nicht wie gewöhnlich mit einem der privaten Deremats reisten.

Als sie den ersten Bericht auf dem Empfangs-Tabernakel las, hatte sie lachen müssen. Der Dayt-General Jasp Harnet war durch den Fehler eines Angestellten falsch programmiert worden und hatte sich allein auf einem unzivilisierten, barbarischen Planeten wiedergefunden. Nur unter Aufbietung ihres gesamten Einfallsreichtums war es der InTra gelungen, den armen Mann an seinen Bestimmungsort zu bringen.

Am zweiten Tag hatte sie erfahren, wie beeindruckt List vom strahlenden Glanz Venicias und dem Prunk der Syracuser war. Sie war gerührt gewesen, weil ihr Sohn seine Emotionen so schnell kontrolliert hatte. Auch von der gedrückten Stimmung des Regenten hatte man sie in Kenntnis gesetzt – in ihren Augen ein schweigsamer, undurchsichtiger Mann, dessen Gesellschaft sie wie die nukleare Pest floh. Vor allem deswegen, weil sich Stry Wortling allen ihren Bemühungen widersetzte, dem marquisatischen Hof etwas Raffinement zu verleihen.

Doch seit drei Tagen blieb der Bildschirm des Empfangs-Tabernakels auf der Konsole neben dem Fenster leer. Grau, leer und stumm. Sie hatte mehrmals das Funktionieren der Parabolantennen auf dem Dach überprüfen lassen. Die Ingenieure hatten ihr jedoch versichert, dass sie intakt seien.

Da Armina jetzt noch immer ohne Nachrichten war, hatte sie angefangen sich das Schlimmste auszumalen. Und die Angst, dieser immer gegenwärtige, stumm über ihr kreisende erbarmungslose Raubvogel, war zu ihrem ständigen Begleiter geworden. Sie war verspannt und reagierte auf Ariavs Zärtlichkeiten mit einer fieberhaften, fast brutalen Hektik, so als wollte sie ihre Ängste durch diese kurzen, heftigen Umarmungen beschwichtigen. Doch der Raubvogel ließ nicht von seiner Beute ab: Armina spürte weiterhin seine eisigen Klauen in ihrem Leib, ihrer Brust und ihrer Kehle.

Ihr Blick wanderte wieder zum ruhig flimmernden Bildschirm des Tabernakels. Sie flehte innerlich, er möge sich beleben und ihr jene kleinen codierten Zeichen senden, die sie mit List verbanden. Jetzt bedauerte sie bitterlich, ihrem Sohn diese Reise erlaubt zu haben. Aus dummem mütterlichem Ehrgeiz!

Denn sie hatte den Plan, List für einen kurzen Aufenthalt nach Venicia zu schicken, mit Begeisterung aufgenommen. Jetzt konnte er seine Bildung in der Hochburg der Anmut und des guten Geschmacks vervollkommnen. Auch der Regent hatte trotz ihrer Befürchtungen nichts dagegen gehabt, seinen jungen Neffen mitzunehmen. Im Gegenteil, er hatte fast zufrieden gewirkt. Aber seine Reaktion war ihr nach wie vor ein Rätsel. Was wollte ihr Schwager? Wollte er sie jetzt bestrafen, indem er die Kommunikation unterbrach?

»Madame, es führt zu nichts, wenn Ihr weiterhin vor

dem Tabernakel grübelt«, sagte Ariav Mohing plötzlich. »In den Welten des Zentrums kommt es nicht zum ersten Mal zu Kommunikationsstörungen. Meteorenregen, Sternengewitter, Magnetturbulenzen, es gibt genug Gründe für solche Pannen. Kommt zu mir ...«

Armina war müde. Und den Argumenten des Kommandanten der Phalanx hatte sie nichts entgegenzusetzen.

»Ihr habt recht. Ich bin dumm. Schließlich werden anlässlich einer Asma immer derart viele Sicherheitskräfte zusammengezogen, dass ich mich frage, ob es überhaupt zu einem gravierenden Zwischenfall kommen kann«, entgegnete Armina in dem Versuch, sich selbst zu beruhigen. Doch sie glaubte nicht eine Sekunde an ihre Worte.

»Kommt schnell! Habt Erbarmen mit mir«, flehte Ariav Mohing. »Der Tag bricht bald an, und dann muss ich gehen.«

»Nein!«, rief Armina. Und das Wort klang eher wie ein Verzweiflungsschrei als wie ein Befehl.

Ariav Mohing richtete sich auf, die Augen groß vor Verwunderung.

»Heute Morgen möchte ich, dass Ihr bei mir bleibt«, fügte sie sanft hinzu. »Ich weiß, dass Ihr keinen Dienst habt.«

»Das ist riskant!«, wandte er ein. »Eine Eurer Kammerzofen könnte Euch überraschen ...«

»Sie betreten mein Schlafgemach erst, nachdem ich es verlassen habe. Meine Gesellschaftsdame zeigt Euch später eine Geheimtür.«

Kommandant Mohing war wegen des kühnen Liebesbeweises seiner Herzensdame derart geschmeichelt – oder vielmehr aus männlicher Eitelkeit –, dass er sofort die Waffen streckte.

Armina ging langsam auf das Bett zu und löste den Gürtel ihres Morgenmantels. Er glitt mit leisem Rascheln auf den Marmorboden. Ariav betrachtete ihren Körper; das lange, volle schwarze Haar, die üppigen reifen Formen, die breiten, runden Hüften, die makellose weiße Haut. Einen Körper, den er bis ins Letzte erforscht hatte, aber dessen er noch lange nicht überdrüssig war.

Armina glitt zwischen die Laken, legte die Hände um den Hals ihres Geliebten und presste seinen Kopf fest an ihre Brust, so als würde sie ein Kind trösten. Doch sie war es, die Trost brauchte. Heiße, salzige, bittere Tränen flossen aus ihren grünen Augen und liefen über ihre von Müdigkeit gezeichneten Wangen. Und Ariav spürte die abgrundtiefe Traurigkeit dieser Umarmung ebenso stark, als hätte sie ihn selbst ergriffen. Jetzt begriff er, dass Arminas Sorgen nicht einer krankhaften Vorstellungskraft entsprangen, und ihn fröstelte.

Draußen begrüßten die Vögel den beginnenden Tag mit ihrem Gesang, und die Liebenden schliefen eng umschlungen ein.

Ein Strahl des Tagesgestirns Silberkönig weckte Armina zwei Stunden später.

Eine ungewöhnliche Stille lastete über dem Runden Haus der Wortling-Dynastie. Schwer und drückend. Kein Ruf, kein Schrei, kein Lachen war vom Hof in der Mitte des Palastes zu hören, wo zu dieser Stunde gewöhnlich Lieferanten und Händler ihre Waren brachten. Sogar die Singvögel unter den Kuppeln waren verstummt. Armina hörte auch die Kammerzofen nicht schwatzen und über die anzüglichen Bemerkungen der Wachen, die in regelmäßigen Abständen auf den Fluren postiert waren, lachen, wie sie es normalerweise taten.

Nur das sonore Hupen der Ovalibusse – der automatischen Pendelflieger in Duptinat – unterbrach die Stille. Das Runde Haus schien wie ausgestorben.

Irritiert rüttelte Armina ihren Geliebten an der Schulter. Ariav brummte und öffnete ein Auge.

»Ariav! Ariav! Wacht auf!«

Sie hatte das Gefühl, dass sich in der Stille verbergende Schatten jeder ihrer Worte und jeder ihrer Gedanken bemächtigten und dass sich etwas eiskaltes, eckelerregendes in ihren Mund, in ihre Ohren und in ihr Gehirn schlängelte.

»Hört ...«

»Was soll ich denn hören?«, murrte Mohing verschlafen. »Ich höre nichts.«

»Das ist es ja gerade! Silberkönig steht schon ziemlich hoch am Himmel, und alles ist still ... Nicht einmal die Vögel singen ... Man könnte meinen ... das Ende der Welt sei gekommen ... Ich habe Angst, Ariav ...«

Er richtete sich im Bett auf, legte den Arm um Arminas Taille und lauschte.

Plötzliche sprangen die Riegel aus den codierten Schlössern der Tür und fielen auf den Marmorboden. Dame Arminas Herzschlag setzte aus. Eine Flügeltür aus massivem Holz wurde mit brutalem Krachen aufgestoßen. Sechs in graue Uniformen gekleidete und weiß maskierte Männer mit drei ineinander verschlungenen glänzenden Dreiecken auf der Brust stürmten in das Schlafgemach und postierten sich zu beiden Seiten des Himmelbetts. Dann deuteten sie mit ihren ausgestreckten rechten Armen auf das wie erstarrt daliegende Liebespaar. Aus ihren Ärmeln blitzten die Metallschienen der Wurfgeräte für die runden Scheiben hervor.

Kommandant Mohing tastete unter der Matratze nach seiner Dienstwaffe. Die scharf geschliffenen Scheiben glitten über die Metallschienen.

»Keine Bewegung!«, schrie einer der Pritiv-Söldner mit einer näselnd klingenden Stimme. »Sonst bist du tot. Und du, Frau, ich rate dir, dich ebenfalls nicht zu rühren!«

Armina war so verwirrt, dass sie keinen anderen Gedanken fassen konnte, als das Laken über ihrer Brust zusammenzuraffen und zu stammeln: »Sie ... Sie haben hier nichts zu suchen ... Verlassen Sie augenblicklich mein Schlafgemach ... oder ... oder Sie bekommen es mit der mahortinischen Phalanx zu tun ...«

Zynisches Gelächter war die einzige Reaktion auf ihre Worte. Sie suchte fieberhaft nach einer Erklärung für das Eindringen dieser Uniformierten. Hatte ihr Schwager, der Regent, sie geschickt, um ihrer skandalösen Affäre mit dem Kommandanten Mohing ein Ende zu bereiten? Wohl kaum. Stry Wortling bediente sich nicht solcher Methoden. Hatten diese Männer etwas mit der fehlenden Nachrichtenübermittlung zu tun? Und herrschte ihretwegen diese bedrückende Stille über dem Runden Haus?

Sie wurde von einem derartigen Entsetzen ergriffen, dass ihr übel wurde. Sie hatte das Gefühl, sich gleich übergeben zu müssen.

Ariav Mohing hatte die Maskierten sofort als Pritiv-Söldner, als professionelle Mörder erkannt. Sie standen bewegungslos da, wie in Erwartung eines Befehls. Der Kommandant beobachtete sie, er hoffte auf ein Nachlassen ihrer Wachsamkeit, aber die Söldner gaben sich keine Blöße.

Ein anderer Mann betrat den Raum. Als Armina ihn erkannte, wuchs ihr Entsetzen so sehr, dass sie fast die Kontrolle über ihre Körperfunktionen verloren hätte.

Dieser Mann war kein anderer als Pultry Wortling, der Drittgeborene der Herrscherfamilie, ein Wahnsinniger, den ihr verstorbener Gemahl auf den Planeten Comptat, einen Satelliten des Marquisats verbannt hatte.

Er war klein, hatte scharf geschnittene Gesichtszüge, und sein graues Haar war militärisch kurz geschnitten. Er trug eine viel zu enge pompöse Uniform in Marineblau mit lächerlichen Pumphosen. Jetzt trat er ans Fußende des Betts und musterte seine Schwägerin mit bösen Blicken.

»Ich hätte mir gleich denken können, dass Ihr für diese Maskerade verantwortlich seid, Pultry Wortling!«, fauchte Armina.

»Zügelt Eure Zunge, teure Schwägerin!«, konterte der kleine Mann in hohem Falsett, aber eisig im Ton. »Wie ich sehe, sind die Gerüchte einiger auf der Durchreise befindlicher Kurtisanen also wahr. Nur mein idiotischer Bruder war nicht informiert.«

»Dann hat Euch also nicht der Regent mit dieser widerwärtigen Aufgabe betraut? Im Übrigen ist dies die einzige Arbeit, für die Ihr ein gewisses Talent besitzt.«

»Ausgerechnet dieser Mann?«, entgegnete Pultry Wortling und lachte hämisch. »Glaubt Ihr im Ernst, dass sich der tugendhafte Stry Wortling mit den Pritiv-Söldnern verbünden würde? Da kennt Ihr ihn aber schlecht. Und Ihr, meine teure Armina, seid nichts anderes als eine billige Hure. Ihr, die allen Leuten mit diesem syracusischen Bildungsmodell auf den Geist geht, benehmt Euch gleichzeitig wie eine Schlampe. Und das in dem Bett, in dem Euch der große Abasky geschwängert hat!«

»Das nehmt Ihr sofort zurück, Pultry Wortling!«, brüllte Ariav Mohing. »Befehlt diesen Dämonen den Raum zu verlassen, dann stopfe ich Euch das Maul.«

»O nein, Kommandant Mohing! Euer ritterliches Geschwafel interessiert mich keinen Deut, diese Überreste der einstigen dämlichen Kultur Naflins. Behaltet also Euren Blödsinn für Euch. Und es interessiert mich ebenfalls nicht im Geringsten, ob Ihr den Hengst spielt und meine Schwägerin, diese Stute, besteigt. Gott sei Dank verfolge ich einen Plan, der weitaus bedeutender ist.«

»Was wollt Ihr dann?«, flüsterte Armina, zu Tode erschrocken. »Geld?«

Pultry Wortling verzog den schmalen Mund zu einem verächtlichen Lächeln. Mit einer Hand umklammerte er eine der geschnitzten Säulen des Himmelbetts, während sein ruheloser Blick duch den Raum schweifte. Schließlich ließ er sich zu einer Antwort herab.

»Ihr begreift überhaupt nichts, teure Schwägerin«, begann er gelassen, und mit leiser Stimme, die indessen immer lauter wurde, so als schöpfe er aus seinen Worten Energie. »Denn Ihr seid nicht mehr in der Lage, mir irgendwelche Angebote zu machen. Heute Nacht, als Ihr Euch Eurer Lust hingegeben habt, wurden die Machtverhältnisse des Universums geändert. Doch weil Ihr keuchend unter diesem Mann lagt, der wie Ihr nur an sinnliche Vergnügungen zu denken vermag, habt Ihr nichts davon gemerkt. Und allein jene, die diesen Umsturz vorbereitet haben, können jetzt eine Machtposition in der neuen Organisation einnehmen. Ihr seid jetzt ein Nichts, Dame Armina. Euer Name wird aus dem Buch der Geschichte gelöscht, wie schon die Namen meiner Brüder Abasky und Stry. Ach, übrigens: Wusstet Ihr schon, dass der Letztere – dieser Tugendhafteste unter den Tugendhaften – nackt und von Sinnen im Dirnenviertel Venicias aufgegriffen wurde? Ganz offensichtlich ist sein desolater Zustand ein Resultat seiner exzessiven sexuellen Ausschweifungen. Wer hätte das gedacht, nicht wahr? Jetzt ruht also auf Eurem über alles geliebten Sohn List die schwere Verantwortung, das Marquisat während der Asma zu vertreten. Wie er das mit der erbärmlichen Unterstützung Jasp Harnets schaffen soll, ist mir ein Rätsel. Deshalb fürchte ich, dass ...«

»Was ist mit List geschehen?«, fragte Armina, leichenblass geworden. »Sprecht, ich flehe Euch an.«

»Ach, wie rührend doch mütterliche Sorge ist. Wirklich. Eure Fürsorglichkeit für meinen Neffen, diesen charmanten jungen Mann, berührt mich zutiefst, teure Schwägerin.«

Pultry Wortling schwieg lange, um seine Revanche bis zum Letzten auszukosten. Seine eigene Familie hatte ihn verachtet, ausgestoßen und ihn schließlich mit Hilfe korrupter Mediziner als unzurechnungsfähig erklären lassen und ihn dann auf den Satelliten Comptat – ein unbedeutendes Agrar-Gestirn, wo nichts los war –, verbannt. Der Wortling-Clan hatte ihn enterbt und ihn vom Spiel um Liebe und Macht ausgeschlossen, während er sich insgeheim am Umsturz der Herrschenden beteiligt hatte. Jetzt war die Stunde gekommen, seinen Verwandten die erlittene Schmach mit tausendfacher Münze heimzuzahlen. Und der Anblick seiner gedemütigten Schwägerin, die nur mühsam ihre Blöße mit einem Zipfel des Bettlakens bedecken konnte, bereitete ihm nun ein nahezu ekstatisches Vergnügen.

»Ich bin der Meinung, dass die Liebe, ganz gleich, in welcher Form sie sich manifestiert, nichts als ein Hemmnis für die Evolution bedeutet«, fuhr er mit hämischem Grinsen fort. »Die Liebe stört nur, wenn man sein Leben in den Dienst des Gemeinwohls stellen will. Und was

Euch betrifft, Kommandant Mohing, Ihr seid nur noch das Phantom eines Offiziers. Denn unsere Freunde, die Pritiv-Söldner, haben gerade die mahortische Phalanx zu Staub reduziert, im wörtlichen und nicht im übertragenen Sinn. Wärt Ihr ein gewissenhafter Befehlshaber und nicht ein erbärmlicher Versager, hättet Ihr bereits das Schicksal Eurer Männer geteilt.«

»Ist ... ist List ... ist er ...?«

Armina hatte nicht mehr die Kraft, ihren Satz zu beenden. Sie schluchzte und barg ihr Gesicht in den zitternden Händen über die ihr üppiges schwarzes Haar fiel.

»Ist das etwa ein Benehmen, wie es am Hofe Syracusas gepflegt wird?«, sagte Pultry Wortling ironisch. »Solltet Ihr Eure Emotionen nicht besser unter Kontrolle haben?«

In diesem Augenblick betraten weitere Personen das Schlafgemach. Angeführt wurden sie von einem geheimnisvollen Individuum, das in einen weit geschnittenen schwarzen Kapuzenmantel gekleidet war, und einem Kardinal der Kreuzler, der über seinem purpurfarbenen Colancor ein violettes Chorhemd trug. Seine weichen Gesichtszüge wirkten durch das vierkantige Birett auf seinem Kopf noch schwammiger. Seine kleinen, eng stehenden grauen Augen funkelten feindselig. Ein paar Schritte hinter ihm ging ein Polizist der Konföderation, ein Mann von immenser Größe mit einem eckigem Kinn, der eine beigefarbene Uniform mit Hologrammen an den Ärmeln trug. Ein Offizier der Pritiv-Söldner, erkenntlich an seiner Maske und seinem mattschwarzen Overall, bildete das Schlusslicht der kleinen Prozession.

Sofort verwandelte sich Pultry Wortlings höhnisches Grinsen in ein breites serviles Lächeln.

Er verneigte sich vor der Gestalt im schwarzen Kapuzenmantel und sagte: »Ist nicht alles so verlaufen, wie ich vorhergesagt habe, Sieur Assistent?«

»Ihr habt gute Arbeit geleistet, Sieur Wortling«, antwortete der Scaythe mit metallischer, unpersönlich klingender Stimme.

Wie immer bekam Pultry Wortling beim schneidenden Klang der Stimme eine Gänsehaut.

»Wurde die Armee der Wort-Mahort ausgeschaltet?«, fragte der Scaythe.

»Ihre Magnetschilder konnten unseren Desintegrationsstrahlen keinerlei Widerstand bieten«, antwortete der Pritiv-Offizier. »Wir allein beherrschen zur Stunde das Runde Haus. Jetzt müssen wir nur noch jene Phalangisten eliminieren, die dienstfrei hatten.«

»Dann können Sie gleich bei ihrem Kommandanten anfangen«, sagte Pultry Wortling und deutete auf Ariav Mohing.

»Meine Männer haben bereits die Kontrollzentren in Duptinat besetzt«, verkündete der grauhaarige Riese. »Sie sind also darauf vorbereitet, einen eventuellen Aufstand der einheimischen Bevölkerung sofort niederzuschlagen.«

»Sehr gut«, entgegnete der Scaythe. »Schweigt jetzt, damit ich mental mit dem Oberkommando in Verbindung treten und es über unsere gelungene Operation informieren kann.«

Während dieses Wortwechsels hatte Ariav Mohing berechnet, wie viel Zeit er brauchen würde, um zum Erker zu laufen, auf den Schalter zu drücken, der die Luftfensterscheibe versenkte und auf den zehn Meter tiefer liegenden Rundweg, der den Turm umgab, zu springen. Die Luftfensterscheibe war zu kompakt, als dass er sich einfach hätte dagegen werfen können. Was ihn eine Sekunde mehr kosten würde.

Er beobachtete die Söldner. Seit die vier Neuankömmlinge den Raum betreten hatten, waren sie weniger wachsam. Seine Chance, fliehen zu können, war minimal. Trotzdem musste er einen Versuch wagen und das, ohne das Leben Dame Arminas zu gefährden.

Zentimeter für Zentimeter schob er sich an den Bettrand. Das Laken klebte an seinen schweißnassen Beinen, aber es gelang ihm, die Füße auf den Boden zu stellen.

In dem Augenblick, als alle in respektvollem Schweigen verharrten, weil sie dem Befehl des Scaythen gehorchten, stürzte er aus dem Bett und sprang mit drei raubtierhaften Sätzen zum Erker. Er drückte hektisch auf den Schalter. Die Luft entwich mit einem leisen Zischen aus dem Fenster.

Er rannte weiter. Und hörte ein Sirren. Zwei Wurfgeräte spien gleichzeitig ihre Projektile aus. Eins traf den Nacken des Kommandanten, das andere bohrte sich in seine Seite. Blut spritzte bis zur stuckverzierten Decke, an die Wände, ergoss sich auf den Marmorboden. Die noch immer kreisenden Bewegungen der runden Metallscheibe, die weiter Haut und Knochen durchschnitt, waren als einziges in dieser jetzt tödlichen Stille zu hören.

Ariavs Kopf wurde vom Torso getrennt und fiel ins Leere. Gedärm quoll aus der großen Schnittwunde an seiner Seite. Sein enthaupteter Körper schwankte, ehe er schwer zu Boden stürzte.

»Was für ein Idiot! So eine Sauerei! Hier muss sofort geputzt werden«, sagte Pultry Wortling empört.

Und das waren die einzigen Worte, die über Ariav Mohings Tod fielen, die Grabrede für einen Mann, der oberster Kommandant der ruhmreichen mahortinischen Phalanx gewesen war.

Außer sich vor Entsetzen stieß Armina einen markerschütternden Schrei aus und stürzte rücklings quer über das Bett. Ihr nur unzureichend bedeckter Körper wurde von krampfartigen Zuckungen geschüttelt.

Einer der Pritiv-Söldner ging zu der Leiche und entnahm einer Tasche seines Overalls einen Desintegrator. Der Lauf des Geräts spie einen grünen Feuerstrahl aus, der sofort den Leichnam umzüngelte. Der Gestank nach verbranntem Fleisch vermischte sich mit dem faden Geruch des Bluts.

»Beweint nicht die Seele eines Mannes, der der Verdammnis anheimfällt«, tönte der Kardinal. »Sie zu beweinen, bedeutet, um sie zu trauern, und sie zu betrauern, bedeutet, wie sie im Fegefeuer zu schmoren. So lauten die Gebote der Kreuz-Kirche. Doch Eurer Kleidung nach zu urteilen ... vielmehr Eurer Nacktheit nach, bezweifle ich zutiefst, dass Euch solche Regeln bedeutsam erscheinen, meine Dame.«

Hinter der sanften Stimme des Kirchenfürsten verbarg sich die Entschlossenheit eines erbarmungslosen Fanatikers – eine rasiermesserscharfe Klinge, in Honig getaucht.

»Jetzt erst wird mir bewusst, mit welchen Schwierigkeiten unsere armen Missionare in jenen heidnischen Welten zu kämpfen haben werden. Wenn sich schon Angehörige der Herrscherhäuser wie Freudenmädchen aufführen, wie mögen sich dann die Frauen des einfachen Volkes benehmen? Es ist höchste Zeit, dass wir unsere Heilsbotschaft bis in die entferntesten Winkel des Universums tragen ...«

Der schwarz gekleidete Kapuzenmann bewegte sich

kaum merklich und unterbrach den Kardinal mit schneidender Stimme.

»Ihr seid ziemlich geschwätzig, Euer Eminenz! Geduldet Euch noch etwas. Die zweite Phase unserer Operation steht unmittelbar bevor. In wenigen Stunden werden die Missionare der Kreuz-Kirche in Begleitung der Scaythen der heiligen Inquisition sowie der Scaythen der Administration transferiert.«

»Und welche Rolle habt Ihr für mich während dieser zweiten Phase vorgesehen, Sieur Assistent?«, fragte Pultry Wortling. »Vergesst nicht, Ihr habt mir bereits den Posten des Generalgouverneurs des Marquisats und seiner Satelliten versprochen.«

Mit einer betont langsamen und feierlichen Geste schob der Scaythe seine Kapuze zurück und enthüllte sein grünliches Gesicht und einen länglichen, mit Schorf bedeckten Schädel. Sein Mund war ein schwarz umrandeter Schlitz, seine Nase ein unförmiges, mit zwei unterschiedlich großen Löchern versehenes Gebilde: ein Antlitz von grotesker Hässlichkeit, die Karikatur eines menschlichen Gesichts.

Jetzt richtete er seine pupillenlosen gelben hervorquellenden Augen auf Pultry Wortling.

Ganz plötzlich fröstelte der Marquisaner. Und er hatte das Gefühl, in ein unsichtbares Netz eingeschnürt zu sein. Dann spürte er, wie ein schleimiger, kalter Tentakel in sein Gehirn kroch. Von einer schrecklichen Vorahnung ergriffen, öffnete er den Mund. Er wollte erklären, dass es ein Missverständnis gegeben haben müsse und dass er seinen neuen Herren treu gedient habe.

So viel Zeit blieb ihm jedoch nicht: Ein schwarzer Schleier raubte ihm die Sicht, ein entsetzlicher Schmerz zerriss ihm das Gehirn, seine Beine knickten ein. Er prallte gegen eine Säule des Himmelbetts. Nase und Mund rissen durch den Aufprall auf. Dann sank er zu Boden und blieb dort nach einem letzten Aufbäumen mit gekreuzten Armen und Beinen regungslos liegen.

»Er hat bereits einmal Verrat geübt, also wird er wieder Verrat üben«, erklärte der Scaythe emotionslos.

»Ihr ... Ihr habt zweifellos recht«, stimmte ihm der Kardinal zu, wobei er es möglichst vermied, das Entsetzen zu verbergen, das diese mentale Exekution in ihm ausgelöst hatte.

Zwar hatte er von dieser neuen Fähigkeit der Scaythen gehört, jedoch noch nie eine Demonstration erlebt.

»In ... in der Tat, es ist alles andere als wünschenswert, eine neue Welt auf Hinterlist, Falschheit und Verweichlichung aufzubauen«, blökte er und versuchte vergebens, seine Emotionen zu kontrollieren. »Die Kirche billigt Euer Vorgehen, denn wir brauchten diesen ... dieses Individuum, um größeres Blutvergießen zu vermeiden. Er musste diese Rolle dem göttlichen Plan gemäß spielen, doch er hätte sich sicher eines Tages gegen die heilige Kirche aufgelehnt ... hm ... hätte er uns nicht noch im Hinblick auf die Strukturen seines Planeten nützlich sein können?«

»Verzeiht, Eminenz, aber der Konnetabel und seine Wissenschaftler, vor allem die Ethnologen, erforschen seit langem alle Strukturen anderer Welten, aus denen sich das uns bekannte Universum zusammensetzt. Auf diese Weise können wir auf jedem Planeten und den ihm zugehörigen Satelliten eine jeweils perfekt angepasste Regierung errichten. Wir haben uns dieses Marquisaners bedient, um unnötiges Blutvergießen zu vermeiden, wie Ihr bereits richtig bemerkt habt. Dabei haben wir uns seines Hasses und seines Rachedurstes bedient. Und in Zukunft wäre er uns eher lästig geworden als nützlich zu sein.«

Nach diesen Worten bedeutete der Scaythe den beiden Söldnern, den Leichnam in schwarze Asche zu verwandeln.

Voller Unbehagen ging der Kardinal zum blutbespritzten Erker. Er vermied es sorgfältig, in einen der purpurfarbenen Flecke auf dem Marmorboden zu treten. Dann ließ er den Blick über die runden Kuppeln und spitzen Türme der Metropole Duptinat schweifen und weiter über die gezackte Gebirgskette des Marquisats, deren verschneite Gipfel etwas aus dem Morgennebel emporragten. Sie glitzerten unter den Strahlen des Silberkönigs. Schließlich betrachtete er die barocken Säulen der Tempel, die in ihrer Farbigkeit eine willkommene Abwechslung zum überwiegend monotonen Graublau des Panoramas bildeten.

Verängstigt versuchte er, seine Befürchtungen zurückzudrängen. Trotz inständiger Bitten war es ihm nicht gelungen, seine Gedankenhüter in die Vorhut der Besatzungsmacht zu integrieren. Alle Deremats seien ausgebucht. Es gebe Dringenderes zu erledigen, hatte man ihm beschieden. Später, Eminenz. Und dieser Bescheid bedeutete, dass er gegenüber dem Scaythen eine untergeordnete Stellung einnahm. Zwar verbot der Ehrencode den Scaythen, in den Köpfen syracusischer Würdenträger zu lesen, aber dennoch hätte er sich mit seinen gewohnten Gedankenschützern viel wohlergefühlt.

Da das unablässige Weinen Arminas ihn daran hinderte, sich zu konzentrieren, damit er seine mentale Kontrolle wiederherstellen konnte, schimpfte er: »Kann denn niemand diese Schlampe zum Schweigen bringen?«

Der Scaythe ging zum Bett, packte Armina brutal an

den Haaren, riss sie hoch und schlug ihr mehrmals auf die Brüste und den Hals. Als er sie losließ, fiel sie keuchend aufs Bett zurück.

Der Kardinal bedankte sich mürrisch. Er hatte das entsetzliche Gefühl, dass seine Gedanken jederzeit zugänglich waren, dass sie sozusagen öffentlich geworden waren. Und die Rolle, die er in diesem Stück spielte, war eher beklagenswert.

Diese barbarische mentale Exekution vorhin verstärkte seine Befürchtungen. Und das Schlimmste war jene heimtückische, beunruhigende Frage, die er sich selbst stellte, wie eine blasphemische Schlange schlich sie sich immer öfter in den Sumpfs seines Gewissens. Überprüfte der Muffi Barrofill nicht gerade jetzt die Vertrauenswürdigkeit und Loyalität seiner Kardinäle, wo die Kirche des Kreuzes kurz davorstand, sich auf wunderbare Weise im gesamten Universum ausbreiten zu können und ihre Macht immens zu vergrößern? Hatte etwa der Muffi den Befehl erteilt, dass die Gedankenschützer auf Syracusa bleiben sollten?

Ein Schauder überlief den Kardinal, denn er vermutete, dass der Unfehlbare Hirte ein falsches Spiel spielte, den Klerus täuschte, und allein dieser gotteslästerliche Gedanke genügte, ihn am Kreuz den Feuertod erleiden zu lassen. Auch wenn er vor dieser Mörderbande von Pritiv-Söldnern und der interplanetarischen Polizei – eine stupide Soldateska, die leicht zu manipulieren war – nur wenig Angst hatte, fürchtete er umso mehr die Scaythen vom Planeten Hyponeros. Sie waren unergründliche Wesen, deren psychisches Potenzial dazu geführt hatte, dass die früher gültigen Spielregeln um die Macht nun keine Gültigkeit mehr hatten. Und niemand wusste, welche Pläne die Scaythen verfolgten.

Nach und nach gewann er die Kontrolle über seine Gedanken zurück und konzentrierte sich darauf, sich mit rein oberflächlichen Themen zu beschäftigen, in der Hoffnung, seine ketzerischen Überlegungen seien unentdeckt geblieben.

»Macht Euch die Bauweise dieser Tempel so viel Sorgen, Eminenz?«, ertönte in diesem Moment die metallisch klingende Stimme des Scaythen in seinem Rücken.

Der Kardinal fing an zu zittern. »Hm ... ja. Auf gewisse Weise«, stammelte er. »Weil diese spitzen Türme Symbole der Häresie sind ... Ich dachte an die schier nicht zu bewältigende Arbeit, die vor unseren Missionaren liegt ... Die Marquisaner sind unverbesserliche Polytheisten, und wir werden große Schwierigkeiten haben, sie zum Monotheismus der Kirche des Kreuzes zu bekehren ...«

»Darüber braucht Ihr Euch keine Sorgen zu machen, Eminenz. Sollten sich diese Ketzer als unbelehrbar erweisen, werden sie sicher beim Anblick der ersten Verbrennungen ihre Meinung ändern. Außerdem werdet Ihr Euch von der Glaubenstreue der Konvertierten sofort überzeugen können, weil sie alle einer Prüfung unserer mentalen Inquisitoren unterzogen werden.«

Die unpersönliche metallische Stimme nahm plötzlich einen leicht ironischen Ton an, als der Scaythe fortfuhr: »Könnte es sein, dass Ihr zu dem Schluss gekommen seid, Eminenz, die Scaythen nähmen eine überproportional wichtige Stellung in der neuen Ordnung des Universums ein? Doch auch Ihr werdet schnell zu der Überzeugung gelangen, dass Ihr davon nur profitiert, denn die Scaythen ersparen der Kirche eine Menge Unannehmlichkeiten: Rebellionen, Schismen, Apostasien ...«

Scheinheilig stimmte der Kardinal zu: »Daran besteht kein Zweifel, Sieur Assistent.«

»Seine Heiligkeit, der Muffi, hat Euch damit beauftragt, auf diesem Planeten samt seiner Satelliten den Grundstein für die Kirche zu legen. Das ist ein großer Vertrauensbeweis. Und ich bin fest davon überzeugt, Eminenz, dass diese glorreiche Mission nur von Erfolg gekrönt sein wird, wenn zwischen Euch und den Scaythen eine aufrichtige und herzliche Beziehung besteht. Also, wenn wir völlig rückhaltlos miteinander verkehren. Und solltet Ihr Fragen hinsichtlich des weiteren Vorgehens haben oder irgendwelche Zweifel, werde ich sie jederzeit im Rahmen meiner bescheidenen Möglichkeiten beantworten.«

»Ausgezeichnet, ganz ausgezeichnet. Ich teile voll und ganz Euren Standpunkt«, entgegnete der Kardinal betont enthusiastisch.

»In der Tat, da gibt es etwas, das mir große Sorgen macht. Haben wir den Ritterorden der Absolution nicht unterschätzt? Müssen wir uns nicht mit ihm auseinandersetzen oder vielmehr ihn besiegen, ehe wir unser neues Regime errichten können?«

»Kümmert Euch nicht um den Orden!«, sagte der Scaythe mit einer Überzeugungskraft, die den Geistlichen verunsicherte. »Die Frage der Existenz dieser Ritter wird in naher Zukunft geregelt. Kümmert Euch vielmehr um Eure Aufgabe, den religiösen Bereich.«

Diese Impertinenz verletzte den Stolz des Kardinals. Bildete sich dieser Scaythe etwa ein, ihm, dem Mitglied einer der nobelsten Familien Syracusas, Befehle erteilen zu können?

»Man soll die Flinte nicht ins Korn werfen, so lautet ein altes Sprichwort, nicht wahr?«, sagte der Kapuzenmann. »Im Moment gewinnen wir nichts, wenn wir gegen den Ritterorden opponieren, Eminenz. Habt etwas Geduld.

Schon bald wird Euch wieder die Unterstützung Eurer Gedankenhüter zuteil. Es ist in unser aller Interesse, Euren jungen Missionaren und den Scaythen der heiligen Inquisition Geschlossenheit zu demonstrieren. Jetzt müssen wir als Erstes mit der Requisition der Gebäude beginnen, damit wir alle diese Leute angemessen unterbringen können.«

»Ich möchte, dass die Polizei der Konföderation sofort die Priester der verschiedenen Kulte auf diesem Planeten interniert«, sagte der Kardinal.

Langsam begriff er, dass er kein Interesse daran haben konnte, seinen Gesprächspartner zu provozieren, sondern es besser war, den Rat des Scaythen zu befolgen und auf die Ankunft seiner Gedankenschützer zu warten.

»Ich möchte diese Leute sofort mit der neuen Situation konfrontieren und ihnen die Chance geben, sich der wahren und einzigen Lehre der Kirche des Kreuzes zuzuwenden, damit sie wiederum ihre Anhänger zu diesem Schritt bewegen können. Das allein würde viele Leben retten. Ist das Leben nicht die höchste Gabe unserer Kirche?«

»Diesen Wunsch erfülle ich Euch gern, Eminenz. Und was machen wir mit dieser Frau? Was habt Ihr beschlossen?«, fragte der Scaythe und deutete mit ausgestrecktem Arm auf das Bett, wo Armina jetzt leise weinte.

»Mit dieser Frau?«

Nachdenklich ließ der Kardinal wieder den Blick über das Panorama der langsam erwachenden Stadt schweifen, deren Bewohner noch nichts von den Ereignissen der Nacht ahnten. Der Silberkönig stieg langsam am Horizont empor und vertrieb den Morgennebel. Schon wurde es in dem Schlafgemach wärmer.

Der Kardinal drehte sich abrupt um und durchbohrte Armina mit seinen kleinen grausamen Augen. Verachtung und Hass drangen aus jeder Pore seines Körpers. Diese Frau bot ihm eine ausgezeichnete Gelegenheit, seine angekratzte Autorität wiederherzustellen und sich an dem impertinenten Scaythen zu rächen.

»Nieder mit deinem Kopf, Hure!«, schrie der Kardinal. »Deine Schamlosigkeit ist eine Beleidigung der heiligen Mutter unserer Kirche. Als Erstes werde ich dich diesen Männern ausliefern, damit sie dich dort bestrafen, wo du deine Sünden begangen hast.«

Die Worte dieses Geistlichen berührten Dame Armina nur noch wie ein schwacher Windhauch. Denn in ihrem Inneren war sie bereits tot. Ihre Vorahnungen in der vergangenen Nacht waren zur Gewissheit geworden: Niemals würde sie ihren Sohn wiedersehen, den einzigen Menschen, den sie liebte. Diese Verbrecher hatten List getötet. List ... List ...

Kraft zum Widerstand hatte sie nicht mehr.

Die Verwünschungen dieses vor Arroganz aufgeblähten Pfaffen bewiesen ihr, wie sehr sie sich geirrt hatte. List ... o Götter, nicht mein Sohn, nicht List ...

Ihre Illusionen zerbrachen an diesem violetten Chorhemd, diesem roten Colancor und diesem lächerlichen Birett. Blind vor Stolz, dem Stolz einer Mutter, hatte sie die Warnungen Stry Wortlings in den Wind geschlagen und ebenso die ihrer Berater, die sie vor den eitlen Trugbildern Syracusas gewarnt hatten.

»Wenn diese Männer mit dir fertig sind, wirst du dem Volk auf dieselbe Weise präsentiert, die du so liebst: nämlich nackt. Und das in einem Käfig. Ein paar Tage später wird dir dann die Ehre zuteil, als Erste am Kreuz verbrennen zu dürfen. Ganz langsam. Auf diese Weise hast du

Zeit genug, dein schändliches Tun zu bereuen und somit als Vorbild für dein Volk zu dienen.«

Dann wandte sich der Kardinal an den Scaythen und sagte: »Findet Ihr nicht, dass die öffentliche Bestrafung einer ranghohen Person eine ausgezeichnete Demonstration der Lehren unserer heiligen Kirche darstellt?«

»Gewiss, Eminenz«, stimmte der Kapuzenmann zu.

Mit emotionsloser Grausamkeit betrachtete der Kardinal den zitternden Körper Arminas auf dem Bett. Ihre Schönheit löste keinerlei Begehren in ihm aus. Allein die zarten Körper unschuldiger Kinder – o Kirche, sei dieser armen Seele, der Seele deines treuen Dieners gnädig! – erregten ihn derart, dass er seine strengen, selbst auferlegten Prinzipien vergaß. Ein solches Tun sei nicht verwerflich, rechtfertigte er sich, nur eine Belohnung für die schwere Bürde eines Mannes der Kirche, eine Linderung seiner bedrückenden Einsamkeit.

Er spürte die Präsenz des Scaythen in seinem Rücken und verdrängte schnell, wenn auch mühsam, diese flüchtigen, so angenehmen Gedanken.

»Meine Herren Pritiv-Söldner, ich autorisiere Sie, eine Standardstunde lang mit dieser Schlampe zu machen, was Sie wollen. Machen Sie mit ihr, was Ihnen gefällt. Aber dabei zu Tode kommen darf sie nicht.«

Dann schritt er betont würdevoll aus dem Schlafgemach, gefolgt von dem Scaythen.

Zwei Stunden später trieben die Pritiv-Söldner und die interplanetarischen Polizisten alle tausend Bediensteten des Runden Hauses im Ehrenhof zusammen. In einem Käfig auf einem Podest saß eine an Händen und Füßen gefesselte Frau. Ihre weiße Haut war mit blauen Flecken übersät; ihr Bauch und ihre Oberschenkel waren mit Blut, Urin und Exkrementen verschmiert.

Als die Diener erkannten, dass diese Frau Dame Armina war, reagierten sie mit Entsetzen. Sie waren schockiert. Zwar hatten sie die Witwe ihres verstorbenen Herrschers nie besonders geliebt, doch diese Zurschaustellung empörte sie zutiefst.

Es gab Bedienstete, die ihrer Empörung wütend Ausdruck verliehen. Diese Leute wurden sofort eliminiert. Die rotierenden Scheiben der Pritiv-Söldner schnitten ihnen die Köpfe ab, und die weißen Bodenplatten des Ehrenhofs färbten sich blutrot.

In der ersten Reihe stand der fünfzehnjährige Fracist Bogh, der Sohn einer der Wäscherinnen des Palasts. Er liebte Dame Armina, ja, er betete sie geradezu an, weil er ihr als einer der Spielgefährten Lists oft begegnet war. Deshalb wollte er seinem unmäßigen Hass gegen diese Fremden mit ihren Masken spontan Ausdruck verleihen. Er wurde jedoch von dem rüden Stoß eines neben ihm stehenden alten Dieners in die Rippen davon abgehalten.

Da überfiel ihn ein eiskaltes Rieseln. Vom Nacken aus breitete es sich über seine Wirbelsäule aus. Er drehte sich um. Eine seltsame Gestalt stand auf dem Balkon, von dem aus man den Ehrenhof überblicken konnte.

Obwohl Fracist die Augen des Kapuzenmanns nicht sehen konnte, wusste er, dass dieser Mann ihn im Visier hatte, mehr noch, mit seinem Blick durchdrang und erforschte. Er wusste, dass dieser schwarze Unheimliche auch ohne Augen in sein tiefstes Inneres eindrang, in das Geheimnis seiner Persönlichkeit, das des Schweigens. Dieser Mann entweihte seine Seele. Da überkam ihn eine entsetzliche Angst, und er weinte.

Ein in Purpur und Violett gekleideter Kreuzler betrat den gegenüberliegenden Balkon, der sich direkt über dem Käfig befand. Mit tönender Stimme hielt er eine hohle Rede, von der Fracist kein einziges Wort verstand, weil das Grauen ihn taub gemacht hatte.

SIEBTES KAPITEL

DIE FRANÇAOS DER CAMORRE

Die auf den Planeten Roter-Punkt verbannten Raskattas waren bald so zahlreich, dass allein ihnen vorbehaltene Stadtviertel entstanden. Um sich gegen die einheimischen Prougen zu verteidigen – die Herrscher Matanas, der Stadt mit den siebzehn monumentalen Toren –, schlossen sie sich zu Banden zusammen.

Die Anführer dieser Banden wurden Françaos genannt, nach dem berüchtigten Françao Spilaggi, dem ersten Raskatta, der einen Aufstand gegen die Prougen organisiert hatte.

Nachdem die mörderischen Kämpfe mehrere Hundert Jahre angedauert hatten, beschlossen die Françaos, Frieden zu schließen. Sie reorganisierten sich und nannten sich fortan Camorre.*

Seitdem mutierte die Camorre zu einer Art Schattenregierung mit eigenen Gesetzen, eigener Rechtsprechung und eigenen Sitten und Gebräuchen.

---

* Das Wort »Camorre« stammt ursprünglich wohl aus der legendären Zivilisation auf dem Planeten Terra Mater. Die Camorre oder *Camorra* oder auch *Mafiha* sei eine Geheimorganistation gewesen, die alle Regierungen auf Terra Mater (ungefähr 5000 Standardjahre vor Naflin) unterwandert habe. Ihre Mitglieder waren hauptsächlich Ritalen (Einwohner Ritaliens), die es durch eine weitverzweigte Strukturierung ihrer Organisation und ausgeklügelte Machenschaften zu beträchtlicher Macht und Einfluss gebracht hatten. Es ist heute schwer, in dieser Geschichte der Kriminalität die Realität von der Fiktion zu unterscheiden, deren Held ein gewisser Alcapone gewesen sein soll.

Françao wurde man entweder durch Nomination oder wenn man als Sieger in einem dieser »Nachfolgekriege« genannten Kämpfe hervorging.
Durch ihre straffe Organisation gelang es der Camorre, Roter-Punkt zur Drehscheibe der Kriminalität zu machen: Drogenhandel, Sklavenhandel, Organhandel, Waffenhandel, Prostitution, Deremat-Handel …
Sif Kérouiq, der vom Planeten Selp Dik stammte, war einer der berühmtesten Françaos der Camorre. Der Legende nach schlief er aus Vorsicht nie. Weiterhin heißt es, dass sein Nachfolger, Bilo Métarelly, den Tod fand, als er Sri Lumpa (den Herrn der Echsen, wie ihn die Sadumbas nennen) dabei half, Naïa Phykit aus den Klauen der Sklavenhändler zu befreien.
Die Vormachtstellung der Françaos ging zur selben Zeit wie die Konföderation von Naflin zu Ende, weil es der Kirche des Kreuzes mit der Unterstützung der Scaythen der heiligen Inquisition und den Pritiv-Mördern gelang, sie einen nach dem anderen festzunehmen und sie zu verbrennen.

Geschichte des Großen Ang-Reichs, Unimentale Enzyklopädie

Tixu Oty öffnete langsam die Augen.

Er lag völlig nackt auf dem Boden, und dieser Boden war so kühl, dass ihn fröstelte. Sein Kopf schmerzte höllisch, eine unangenehme Nebenwirkung des Deremat-Transfers. Noch nahm er die Umrisse der Häuserruinen nur verschwommen wahr, aber der Himmel leuchtete grün. Am Horizont versank Grünes Feuer – eine große runde Scheibe – in einer Symphonie aus Grüntönen, von Aquamarin über Smaragdgrün bis Olivgrün. Das Himmelslicht schickte seine letzten, immer schwächer werdenden Strahlen auf den Planeten, die die Wände der zerstörten Häuser noch kurze Zeit in schwaches Grün tauchten.

In Tixus wirrem Kopf tauchten traumgleich Bilder jener Ereignisse auf, die ihn in diese erbärmliche Lage gebracht hatten. Wie im Delirium sah er die Gesichter der Syracuserin und Kacho Marums vor sich.

Auch die aufkommende leichte Brise konnte nicht den Gestank vertreiben, der schwer wie Blei in dem Raum lag. Die ätzende Kälte des Bodens und die feuchte Schwüle der Luft ließen ihn gleichzeitig frieren und schwitzen.

Mühsam richtete er sich in eine sitzende Position auf, verschränkte die Beine und versuchte, Klarheit über seine Lage zu gewinnen. Allein von dieser Anstrengung wurde ihm so übel, dass er sich am liebsten übergeben hätte. Die planetarische Zeitverschiebung und das damit verbundene Gefühl, noch nicht wieder völlig in seinen Körper zurückgekehrt zu sein, schränkte sein Denkvermögen ein. Er schätzte, dass er noch eine gute Stunde brauchen würde, um geistig und körperlich wieder völlig hergestellt zu sein.

Da hörte Tixu ein Lachen, vielmehr Krächzen, hinter seinem Rücken. Vorsichtig drehte er sich um. Ein paar Schritte von ihm entfernt saß an einen großen Stein gelehnt eine alterslose Frau mit zerzaustem Haar. Ihr fahles Gesicht wirkte verwüstet; ihre kleinen, tief in den Höhlen liegenden Augen waren von bläulichen Schatten umgeben. Zwischen ihren rissigen Lippen steckte der abgekaute Stiel einer Pfeife. Sie sog gierig daran und stieß durch ihre Nasenlöcher dicke Rauchwolken aus, die sie durch das spärliche Licht der Dritten Dämmerung wie grünliche Nebelschwaden umwallten. Ihre Kleidung bestand aus Fetzen, die vage an ein Kleid erinnerten und kaum ihren schlaffen und schmutzigen Körper verhüllten.

»Sieh mal an! Was für'n schöner Mann, der da gerade für mich vom Himmel gefallen ist!«, sagte sie, ohne die Pfeife aus dem Mund zu nehmen. Als sie einen Strahl braunen Speichel ausspie, konnte Tixu ihre paar gelben Zahnstummel sehen.

»Du bist ja ganz nackt, mein Süßer! Da brauch ich dich nich mal ausziehen. Komm her, mein Schöner! Komm, schau dir die schöne Isabusa genau an. Du wirst auf deine Kosten kommen ... Isabusa hat es schon lange nicht mehr getrieben. Es ist ewig her, seit sie einen schönen Mann ganz für sich allein gehabt hat ...«, sagte sie und lachte hysterisch, wobei ihr Gesicht noch abstoßender wurde.

»Was ist denn? Gefalle ich dir nicht, oder bist du schüchtern? Willst du nicht reden? Das ist aber nicht nett. Wenn Isabusa dir nicht gefällt, sagt sie es dem großen Haschuitt ... Der wird dir schon klarmachen, dass du Isa zu antworten hast. Vielleicht musst du ihn dann auch besteigen. Du weißt gar nicht, wozu der fähig ist, der große Haschuitt!«

Sie hatte kaum diesen Namen ausgesprochen, als hinter einem Haufen Schutt eine verschlafene, tiefe Stimme zu hören war.

»Was redest du da, Isa? Du weckst uns, wir können nicht mehr schlafen. Oder streunt da etwa ein Godappi rum, der dir was antun will?«

Die Frau antwortete nicht. Sie starrte nur Tixu mit dem glasigen Blick einer Verrückten an und sog noch heftiger an ihrer Pfeife, bis die rot aufglühte.

Jetzt erst wurde Tixu bewusst, dass diese Ruinen sich in eine tödliche Falle verwandeln konnten. Diese Frau war offensichtlich drogenabhängig, sie konsumierte wohl das euphorisierende Freudenpulver und hatte jetzt alle Symptome, die auf einen Entzug hinwiesen. Außerdem war der Mann, der mit ihr geredet hatte, sicher nicht der einzige hier.

Die hereinbrechende Nacht wurde immer bedrohlicher, und es schien, dass sich in ihren Schatten eine Menge unsichtbarer Gefahren verborgen hielten.

Doch der Oranger war noch nicht in der Lage, auf diese Bedrohung adäquat zu reagieren. Seine mühsamen Versuche aufzustehen, scheiterten kläglich. Panik ergriff ihn, und wieder wurde ihm übel.

»He, Isa! Rede ich mit dir, oder was?«, ließ sich die männliche Stimme wieder vernehmen. Dieses Mal klang sie deutlich verärgert. »Vielleicht willst du mir nicht antworten, aber ich will eine Antwort, wenn ich mit jemandem rede. He, der große Haschuitt redet mit dir! Also, wenn du weiter nichts sagst, verprügele ich dich. Ich werde dir so den Arsch versohlen, dass du nicht mehr sitzen kannst, meine Schöne. Dann wirst du es dir zweimal überlegen, ehe du mich noch mal ohne Grund weckst.«

Über dem Trümmerhaufen tauchte das bärtige Gesicht eines Mannes mit zotteligen Haaren auf. Inmitten des abstoßenden Gesichts dieses Trinkers prangte ein schwarzes Auge. Das andere war mit einem auf die Haut genähten Monokel bedeckt.

Der große Haschuitt starrte Tixu böse an und deutete mit ausgestrecktem Arm auf ihn.

»Wer ist das? Wo kommt der Kerl her?«

Die Frau hockte regungslos in sich zusammengesunken da und spie weiterhin Rauchwolken aus. Aber sie antwortete nicht. Andere missgestaltete Köpfe erschienen plötzlich in Fensteröffnungen, hinter Mauervorsprüngen und Schuttbergen. Die Männer und Frauen schwiegen.

Mit einem Mal war Tixu von einer Grimassen schneidenden Horde Dämonen umgeben, die geradewegs aus der Hölle zu kommen schienen. Eine eisige Hand umklammerte seine Brust und schnitt ihm die Luft ab. Sein Blut gefror, sein Magen zog sich zusammen. Trotzdem nahm er seine ganze Kraft zusammen und versuchte sich aufzurichten. Vergebens. Seine Beine und Arme waren wie aus Watte, unfähig, der Schwerkraft auf Roter-Punkt zu trotzen.

Ein paar dieser hexenähnlichen Frauen kicherten, pfiffen, stießen sich mit den Ellbogen an und warfen ihm anzügliche Blicke zu.

»He, Godappi, ich blas dir einen, und dann besteige ich dich.«

»Nein, nimm mich! Schau mich an, mein Süßer! Sieh mal, wie schön ich bin!«

»Habt ihr beiden euch schon mal im Spiegel betrachtet? Ihr würdet selbst den letzten Penner in die Flucht schlagen.«

»Haltet die Schnauze, ihr blöden Weiber!«, dröhnte der große Haschuitt. »Der Typ da darf uns nicht entwischen. Sieht ganz so aus, als hätte er ein kleines Problem mit der planetarischen Zeitverschiebung. Aber sonst scheint er gut in Form zu sein ... Der bringt uns eine Menge Kohle auf dem Sklavenmarkt ein. Das Mädchen heute früh hätte uns noch mehr eingebracht, aber mit dem da machen wir auch kein schlechtes Geschäft.«

Die in dreckige Lumpen gehüllten Männer kletterten über Mauern und Steinhaufen und bildeten schnell einen Kreis um Tixu. Von Angst getrieben, gelang es ihm endlich aufzustehen und ein paar unsichere Schritte zu machen. Ihm kam ein flüchtiger Gedanke: Dieses Mädchen, von dem der Einäugige gesprochen hatte, musste die Syracuserin sein, seine letzte Kundin.

Krachend rollten Steine zu Boden, als der große Haschuitt sie mit seinen Stiefeln lostrat und wie ein wild gewordener Stier auf seine Leute zustürmte.

»Worauf wartet ihr noch, ihr kastrierten Affen?«, schimpfte der Einäugige. »Greift ihn euch!«

Ein Mann packte Tixus Knöchel und brachte ihn damit aus dem Gleichgewicht. Der Oranger fiel auf den Rücken und rang nach Atem. Die anderen stürzten sich wie Heuschrecken auf ihn und hielten ihn an Armen und Beinen fest. Ihre verwahrlosten Körper stanken derart, dass ihm schlecht wurde.

»Gut gemacht, Jungs! Den da, den lassen wir nicht entkommen!«, triumphierte der große Haschuitt. »Ihr scheint Fortschritte zu machen, meine kleinen Affen. Fesselt ihn!

Nachher verkaufen wir ihn an einen Françao der Camorre.«

Tixu wurde an Händen und Füßen zusammengebunden und dann brutal auf den Bauch gedreht. Mit dem Gesicht lag er auf einem verdorrten Grasbüschel, sodass er nur mühsam atmen konnte. Wegen der Fesseln konnte er sich kaum rühren und seine angespannten Muskeln verkrampften sich schmerzhaft.

In der plötzlichen Stille um ihn herum ertönte Isabusas krächzende Stimme: »He, Godappi, hätte ich dir erzählt, dass du deine Angebetete hier hättest treffen können, wärst du trotzdem zu spät gekommen. Die war heute morgen so scharf, dass sie kaum auf dich gewartet hätte. Wenn du gesehen hättest, wie schnell die abgehauen ist, würdest du nicht mehr hinter ihr her sein.«

»Hey, Isa, reiß dein großes Maul nicht so weit auf«, murrte der große Haschuitt. »Du gehst uns auf die Nerven.«

Isabusa schwieg, presste ihren Rücken gegen den großen Stein und paffte ihre Pfeife. Jetzt näherten sich die anderen heruntergekommenen Weiber Tixu. Gierig starrten sie ihn an und begannen, ihn mit ihren verdreckten Händen zu betasten, wobei sie ein kehliges Lachen ausstießen. Unter der Berührung ihrer schwieligen, rissigen Hände überliefen Tixu eisige Schauder. Es war die Hölle.

Isabusa warf ihren Rivalinnen böse Blicke zu.

»He, großer Haschuitt. Warum dürfen sich diese Schlampen mit dem Godappi vergnügen, und ich nicht? Ich hab doch diesen Süßen gefunden, oder nicht?«

Und ohne auf eine Antwort zu warten, legte sie ihre Pfeife auf einen flachen Stein und stürzte sich mit ausgestreckten Krallen wie ein Raubtier auf ihre Konkurrentinnen. Die verteidigten sich wie die Furien, und sofort entbrannte ein wilder Kampf: Die Weiber kratzten, bissen, spuckten, rissen sich gegenseitig die Haare aus und bluteten aus unzähligen Wunden.

»Hört sofort damit auf, oder ihr bekommt es mit mir zu tun!«, rief der große Haschuitt inmitten des Tumults.

Sie gehorchten sofort und starrten ihren Anführer an.

»Niemand rührt den Godappi an! Sonst ruiniert ihr ihn. Und wenn ihr schon so scharf auf einen Mann seid, hier gibt es doch genug, oder nicht?«

Unisono stimmten die zerlumpten Kerle dem großen Haschuitt zu. Seine Kumpane waren immer seiner Meinung, schließlich überragte er sie um Haupteslänge, und da seine Schultern doppelt so breit und seine Fäuste doppelt so groß wie die ihren waren, blieb ihnen nichts anderes übrig, als ihn als ihren Führer anzuerkennen. Hätte sich ihm jemand widersetzt, er hätte wahrscheinlich seine letzten Zahnstummel oder einen Finger oder Zeh verloren. Oder auch einen Arm.

»Ja, ja, ich hab's kapiert. Aber der da, er hat so ne schöne weiche Haut«, seufzte eine Megäre mit zerkratztem Gesicht.

»Ganz anders als ihr mit eurer dreckigen Krokodilshaut«, murmelte eine andere mit aufgeplatzten Lippen.

Nur widerstrebend ließen die Frauen von Tixu ab. Doch es war immer noch besser, auf ein bisschen Spaß zu verzichten, als sich einer der Prügelorgien des großen Haschuitt auszusetzen.

Die Bande wartete, bis die Nacht anbrach, ehe sie sich auf den Weg machte. Vorher hatten sie ein armseliges Mahl hinuntergeschlungen, das aus in Tüten verpackter Trockennahrung bestand, die sie gestohlen hatten.

Nachdem sie Tixu von seinen Fesseln befreit hatten, brauchte er lange, bis er sich aus seiner Erstarrung lösen und wieder einigermaßen normal bewegen konnte. Dann wurde ihm ein magnetisches Halsband angelegt, eine altertümliche Fessel, die wahrscheinlich von einem Müllhaufen stammte. Die Überwachung des Gefangenen vertraute der große Haschuitt seinem Leutnant Carnegill an, einem zahnlosen Einarmigen.

»Mit der Kohle für diesen Godappi können wir uns mit Freudenpulver für drei Monate eindecken. Das wird ein einziges Fest, hört ihr mich?«, verkündete der große Haschuitt.

Seine Rede wurde mit beifälligen Rufen belohnt. Danach brachen sie auf und nahmen einen schmalen Pfad, der sich zwischen den mit Gestrüpp bewachsenen Hügeln und den Ruinen bis in die Vororte von Roter-Punkt-Stadt schlängelte. Auch das fahle Licht des Nachtgestirns Traumauge sorgte kaum für Helligkeit. Nur in der Ferne konnte man die runden Kuppen der Sanddünen erkennen, die den Beginn der Wüste anzeigten. Die Schwüle der Nacht machte allmählich einer prickelnden Kälte Platz.

Die Bande marschierte schweigend. Sie fürchtete wohl, von einer rivalisierenden Gang überfallen und ihres Schatzes beraubt zu werden.

Tixu zitterte vor Kälte. Gleichzeitig musste er aufpassen, mit seinen nackten Füßen nicht in Disteln und Dornen zu treten. Er hatte auch entsetzlichen Hunger, denn sie hatten ihm nichts zu essen gegeben. Sofort, wenn er stolperte oder etwas langsamer ging, lachte Carnegill hämisch, drückte auf einen Knopf der Fernbedienung und schnürte das Halsband enger. Die eisernen Zähne gruben sich immer tiefer in das Fleisch des Gefangenen ein.

Trotz seiner misslichen Lage hatte Tixu inzwischen den planetarischen Zeitunterschied überwunden und war im Wesentlichen wieder Herr über seine geistigen und körperlichen Funktionen geworden. Doch innerlich war er außer sich vor Wut, weil er sich wie ein Idiot von diesen Drogenabhängigen hatte übertölpeln lassen. Jetzt lauerte er auf einen günstigen Moment der Flucht, einen Augenblick, wo Carnegills Wachsamkeit nachließ, damit er sich außer Reichweite der magnetischen Wellen begeben könnte. Aber der Einarmige war auf der Hut. Er überwachte ihn so aufmerksam wie eine Katze, die eine Maus im Visier hat.

Sie waren vor einem mit Dornengestrüpp bewachsenen großen Hügel angekommen.

»Gehen wir drum herum?«, fragte Carnegill.

»Kommt nicht infrage«, antwortete der große Haschuitt. »Wir haben keine Zeit mehr. Wir müssen da durch.«

Also drangen sie in das Dickicht ein und machten sich an den Aufstieg. Mit Dornen bewehrte Äste peitschten auf Tixu ein. Bald war sein ganzer Körper von brennenden Wunden übersät.

»Wir hätten ihm lieber was anziehen sollen«, murrte Carnegill. »Wenn er so zerkratzt ist, kriegen wir nicht mehr viel für ihn. Gute Menschenware, das heißt noch immer, intakte geschmeidige Haut. Jedenfalls ist das meine Überzeugung, und davon lasse ich mich auch jetzt nicht abbringen …«

»Halt's Maul!«

Auf der Kuppe des Hügels konnte sie die Lichter von Roter-Punkt-Stadt sehen. Sie liefen den Hügel hinunter, bis sie an dessen Fuß, schon nahe der ersten, von Raskattas bewohnten Häuser, auf eine Allee stießen. In diesem Vorort herrschte kein einheitlicher Baustil: Es gab runde Dächer, spitze Dächer, flache Dächer. Die Fassaden der Häuser waren ebenso bunt und zusammengewürfelt wie deren Architektur, denn jeder Verbannte legte Wert darauf, im Exil seiner bescheidenen Behausung die Kultur seines Heimatplaneten aufzuprägen. Die einheimischen Prougen hingegen hatten nur eine verächtliche Bezeichnung für diese Siedlungen, die ihre ganz in Ocker und Weiß gehaltene Stadt Matana umgaben: die verbotenen Viertel.

Ein paar Lufttaxis flogen geräuschlos über die kleine Gruppe hinweg und verschwanden alsbald in der Dunkelheit.

Wenig später tauchten sie in den hell erleuchteten Straßen im Gewühl der Massen unter. Zu Tixus großer Enttäuschung schenkte niemand einem nackten und mit Blut besudelten Mann Beachtung. Nicht einmal die Polizisten in ihren marineblauen Uniformen, die zu viert inmitten dieser bunt zusammengewürfelten Menge auf Streife gingen. Nur ein paar Bettler musterten ihn flüchtig im Vorbeigehen, wenn sie den großen Haschuitt und seine Kumpane grüßten.

»Lass ihn nicht aus den Augen, Carnegill!«, befahl der einäugige Riese seinem Leutnant. »Wir dürfen ihn jetzt nicht entwischen lassen. Er ist drei Monate Freudenpulver wert. Pass gut auf. Ich sehe hier überall Neider.«

Je weiter sie ins Zentrum der verbotenen Vorstadt eindrangen, umso schwieriger wurde ihr Fortkommen. Überall boten fliegende Händler ihre Waren an, Falschspieler hatten Klapptische aufgestellt und warben mit lauter Stimme um Kunden, ebenso die Türsteher vor den Bordellen.

Der arme Carnegill wusste kaum, wohin er zuerst glotzen sollte, die Augen quollen ihm vor Gier fast aus seiner hässlichen Visage. Die vor den Häusern stehenden Huren vergrößerten seine Qualen, indem sie ihn provozierten: Sie entblößten eine Brust oder streckten ihm verführerisch ein Bein entgegen; sie warfen ihm anzügliche Bemerkungen zu und lachten höhnisch. Und so fiel der Leutnant des großen Haschuitt immer weiter hinter der kleinen Gruppe zurück. Inzwischen war er krank vor Verlangen nach einer dieser grell geschminkten Prostituierten. Auch der Einäugige und Tixu, der wie ein Stück Vieh zur Schlachtbank geführt wurde, entgingen nicht ihren schamlosen Bemerkungen.

»He, großer Haschuitt! Willst du heute abkassieren? Wo hast du den da aufgegabelt?«

»Der ist aber süß, dein Sklave! Aber du bist gemein, du hättest ihn wenigstens vorher waschen können. Komm, mein Schöner! Ich bade dich. Und wenn du willst, besorge ich es dir danach umsonst.«

»Du träumst wohl! Glaubst du etwa, du kannst dir ein bisschen was leisten, wenn du einen dieser Ratten-Godappis verkaufst? Das lassen die Françaos niemals zu.«

»Verdammt noch mal, Carnegill! Geh weiter!«, befahl Haschuitt. »Du kannst zu den Nutten gehen, wenn du die Kohle hast. Hast du mich verstanden, du kastrierter Affe? Los komm, sonst reiße ich dir auch noch den anderen Arm ab.«

Tixu hatte das Gefühl, einen nicht enden wollenden Albtraum zu erleben. Er fragte sich, was er in diesem desolaten Zustand – nackt, blutend und halb erdrosselt – in dieser gewalttätigen und verkommenen Welt zu schaffen habe. Die grellen Lichtkegel der nuklearen Straßenlaternen betonten noch das bedrohende Aussehen dieser Vorstadtbewohner; die Beleuchtung unterstrich ihre brutalen

Gesichtszüge, das fiebrige Glänzen ihrer Augen, ihre verkniffenen Münder, und ließ nur zu deutlich die Griffe ihrer Waffen erkennen ... Hingegen schien das wunderschöne Gesicht der unbekannten Syracuserin, deretwegen er diese verrückte Reise unternommen hatte – und deren Koordinaten er sorgfältig gelöscht hatte, um keine Spuren zu hinterlassen – langsam zu verblassen. Ihr Bild verschwamm allmählich, so als hätte sie nie existiert und wäre nichts als ein Hirngespinst gewesen, eine Sternschnuppe am dunklen Himmel seines Lebens. Ihm schien, als sei er in einem Grenzland zwischen Traum und Wirklichkeit angekommen und könnte nur noch als Zuschauer diesem absurden Theaterstück beiwohnen, in dem er eigentlich die Hauptrolle spielen sollte. Allein der Schmerz durch das zu enge Halsband brachte ihn von Zeit zu Zeit in die Wirklichkeit zurück.

Prächtig gekleidete und von Leibgarden geschützte Bürger schritten erhobenen Hauptes durch diesen Pöbel, der sie mit neidischen und hasserfüllten Blicken anstarrte. Niemand interessierte sich für die Bande des großen Haschuitt, und wenn jemand einmal Tixu einen Blick gönnte, dann nur, um schnell abzuschätzen, wie viel er auf dem Sklavenmarkt wert sei.

Schließlich kamen sie zu einem rechteckigen, leicht erhöhten Platz, dessen Überdachung aus schwarzem Beton so rissig wie die Haut eines Reptils war. Schnurgerade, von Lichtkegeln gesäumte Alleen strebten auf das Zentrum der Esplanade zu. Sie waren mit phosphoreszierenden Glasplatten gepflastert.

»Na endlich! Das Dach des Fleischmarkts!«, rief eine der Frauen mit dem schönen Namen Kampfhenne. »Ich hab es satt, mir auf den Füßen rumlatschen zu lassen.«

»Du hast es doch gern, wenn du im Gedränge rumgestupst wirst«, lachte Carnegill.

Die Kampfhenne zuckte nur mit den Schultern und fing mit rauer Stimme an zu singen:

Hallo! Gute Menschenware für 'ne Menge Zaster.
Hallo! 'Ne Menge Zaster für mein Laster.
Hallo! Freudenpulver für rauschende Nächte,
Und ich verwöhne dein Gemächte!

Seit der große Haschuitt seinen Leutnant zurechtgewiesen hatte, war Carnegills noch nervöser geworden. Unablässig spielte er mit der Fernbedienung, sodass sich die Zähne des Magnethalsbands ständig tiefer in Tixus Fleisch eingruben. Der Oranger konnte kaum noch atmen.

Sie gingen jetzt auf die Mitte des Platzes zu. Unter den Glasplatten sah der Oranger einen riesengroßen Raum. In dessen Mitte befand sich eine runde Bühne, auf der leere Käfige standen, die von oben mit Scheinwerfern in ein grelles Licht getaucht waren.

Am Scheitelpunkt der Alleen führte eine Treppe in den Untergrund zum Sklavenmarkt. Haschuitt stieg ohne Zögern hinab, doch seine Kumpane schienen ihm nicht in diese dunklen Gefilde folgen zu wollen. Der Einäugige drehte sich um und sah sie böse an.

»Auf was wartet ihr noch, ihr kastrierten Affen? Habt ihr vielleicht Angst?«

»Du meinst doch wohl nicht uns?«, giftete die Kampfhenne. »Wie können wir kastriert sein? Wir sind doch Frauen!«

»Wo gehen wir denn hin?«, fragte Carnegill.

»Zu dem Françao Métarelly«, antwortete der Einäugige. »Er zahlt am besten für diese Godappis.«

»Das gefällt mir gar nicht!«, protestierte Carnegill wütend. »Ich habe gehört, dass er vor allem damit bezahlt, dass er einem die Gedärme verbrennt. Ein Bauchbrenner, das ist er.«

»Du willst dich also meinen Befehlen widersetzen?«, sagte der große Haschuitt und drohte seinem Leutnant mit erhobenen Fäusten. Seine blutunterlaufenen Augen blitzten hasserfüllt auf, sogar seine Barthaare sträubten sich.

Die Männer und die Frauen wichen instinktiv zurück, sodass Carnegill plötzlich allein in einer Art Arena dastand. Die Strafen ihres Anführers waren oft spektakulär. Und jetzt warteten sie auf die Bestrafung des Rebellen, die vielleicht sogar mit seinem Tod enden würde.

Carnegill war bleich geworden. Er hatte begriffen, dass er seine letzten Zähne, seinen Arm, eventuell sein Leben verlieren könnte.

»Ich wollte dich nicht verärgern, Haschuitt«, sagte er besänftigend. »Es war dumm von mir ...«

Die Umstehenden seufzten erleichtert und waren gleichzeitig enttäuscht. Nur die Kampfhenne stimmte mit kreischender Stimme erneut ihr Lied an:

Hallo! Gute Menschenware für 'ne Menge Zaster.
Hallo! 'Ne Menge Zaster für mein Laster ...

Am Fuß der Treppe erreichte die kleine Gruppe einen sechseckigen Treppenabsatz, der schwach von an den Wänden hängenden Wasserlampen beleuchtet war. In jede Wand war eine gepanzerte Tür eingelassen, über der ein Leuchtschild angebracht war, eine Holografie, in Prougisch und Interplanetarischem Naflinisch beschriftet. Jede dieser Türen wurde von drei oder vier Gestalten bewacht, die etwa so harmlos wie die tödlichen Skorpione der inneren Wüste auf Roter-Punkt wirkten. Die unter der gewölbten Decke umherschwirrenden atomaren Heizkugeln wärmten den völlig durchgefrorenen Tixu etwas.

Als Chef der Bande stand es Haschuitt zu, sich an einen der gelb uniformierten Wächter zu wenden, der unter einem ebenfalls gelben Leuchtschild stand. Er packte den Arm seines Gefangenen und schob ihn vor sich her. Die Selbstsicherheit des einäugigen Riesen schmolz wie Butter in der Sonne. Seine dröhnende Stimme verwandelte sich in ein kaum hörbares Flüstern.

»Hmm ... ist der Françao Métarelly zu sprechen?«

»Was willst du von ihm, du Drecksack?«, entgegnete der Wächter. »Glaubst du etwa, dass sich ein Françao der Camorre mit einem Penner wie dir abgibt?«

Haschuitt verneigte sich unbeholfen. »Ich möchte ihm ein Geschäft vorschlagen. Sehen Sie mal! Gutes Männerfleisch.«

»Wem hast du diesen Sklaven gestohlen?«

»Ich habe ihn nicht gestohlen, sondern gefangen genommen«, antwortete der große Haschuitt, richtete sich auf und verschränkte stolz die Arme vor der Brust. »Der gehört mir und meiner Bande. Heute Abend ist Versteigerung. Fassen Sie ihn mal an. Was für eine schöne Haut, und stramme Muskeln. Der ist kräftig. Die Reichen werden sich um ihn reißen.«

»Rühr dich nicht vom Fleck. Ich sehe mal nach. Du kannst dich glücklich schätzen, wenn der Françao Métarelly heute guter Laune ist. Drecksack. Normalerweise kümmert er sich nicht um so kleine Geschäfte.«

Haschuitts schmieriges Lächeln verzerrte sich zu einem frechen Grinsen, als er entgegnete: »Aber wenn er den hier sieht, wird er nicht bedauern, dass ich ihn gestört habe …«

Der Wächter tippte einen Code auf die in der Betonwand eingelassene Tastatur ein. Sofort öffnete sich ein kleines Fenster in der gepanzerten Tür.

Das feindselige Benehmen hatte den Enthusiasmus der Bande inzwischen merklich gedämpft. Mit gesenktem Kopf standen sie da, die glorreichen Gefährten des großen Haschuitt, und hätten am liebsten auf der Stelle kehrtgemacht.

In dem Fenster erschien ein Gesicht: dunkelbrauner Teint, dichte rötliche Haarlocken und kleine, stechende schwarze Augen, die fast unter den schweren Lidern verschwanden. Ein altersloser Prouge.

»Was gibt's?«, fragte er mit rauer Stimme.

»Ein paar Junkies, die dem Françao ein Geschäft vorschlagen. Sie wollen ihm einen Sklaven verkaufen«, flüsterte der Wächter.

Der Blick des Prougen wanderte über den Treppenabsatz und musterte Tixu.

»Lass diesen jämmerlichen Haufen rein!«

Der Oranger saß in der Falle. Er hatte keine Hoffnung mehr, unbeschadet aus diesem unterirdischen Gefängnis entkommen zu können, es sei denn, es geschähe ein Wunder. In der Taverne der *Drei Brüder* auf Zwei-Jahreszeiten hatte er gehört, dass die Camorre ihre Gefangenen, die für den Sklavenmarkt bestimmt waren, mit einem Virus, einem sogenannten »Gefügigmacher«, impfte, und dass dieses Serum, regelmäßig verabreicht, das Gedächtnis des Geimpften auslösche und seinen Willen breche.

Um sich etwas Mut zu machen, rief er sich die Worte Kacho Marums ins Gedächtnis zurück: »Du hast vom inneren Wasser der Echsen getrunken, ihre Kraft wird dich beschützen, von nun an wirst du für immer vom Gott der Unbesiegbarkeit begleitet werden ...«

Doch so plausibel diese Worte im Wald auf Zwei-Jahreszeiten geklungen hatten, so hohl erschienen sie ihm hier vor dieser Tür mit den brutalen Wächtern. Sie waren nichts als eine törichte Anrufung nicht existierender Götter, die ihn weder Hunger noch Kälte noch das unerträgliche Halsband vergessen ließen und vor allem nicht seine zunehmende Verzweiflung, die ihm langsam den Verstand raubte. Er sehnte sich nach einem Becher Mumbë, nach dem Gefühl, wie der Alkohol in seinem Mund brannte und wie er sich langsam in seinem Körper ausbreitete und ihn wärmte.

Der kleine fette Prouge, dessen dicker Bauch über seinem weißen Lendenschurz hing, führte Haschuitt und seine Bande durch ein Labyrinth gewundener und schlecht beleuchteter Gänge, bis sie endlich einen großen Raum betraten, der in grelles Licht getaucht war.

Ganz hinten, vor einer graugrünen Wasserwand stand ein Schreibtisch, den Tixu sofort an dem gelben Holz, den geschnitzten Verzierungen und der ovalen Form als ein Möbelstück aus seiner Heimat – genauer gesagt, aus der Provinz Vieulinn auf Orange – erkannte. Der Anblick dieses barocken Schreibtischs, der so gar nicht in den ansonsten unmöblierten Raum passte, weckte sofort alte Erinnerungen in ihm, denn er sah genau wie der seines Onkels auf Orange aus.

Jetzt betraten gelb uniformierte Wächter, die Garde Métarellys, den Raum und durchsuchten die Mitglieder der Bande mit peinlicher Genauigkeit. Vor allem die Frauen tasteten sie auch an den intimsten Körperstellen ab, was denen aber zu gefallen schien, denn sie kicherten und stießen kleine lustvolle Schreie aus.

»Zorthias, du weißt doch, dass in ein paar Minuten die Konferenz der Camorre beginnt!«, sagte ein Mann mit schneidendem Unterton in der Stimme. Er sprach perfekt Naflinisch, hatte aber einen starken Akzent, der ihn als gebürtigen Oranger auswies. »Ich hoffe, dass du mich nicht wegen einer Bagatelle belästigst.«

Der mittelgroße Mann drehte der kleinen Gruppe den Rücken zu. Er stand vor einer seitlichen, bernsteinfarbenen Wasserwand und verfolgte aufmerksam die Flucht eines Topasfisches vor einem Schwarm rotschwänziger Zitteraale, deren schlanke leuchtende Körper im Wasser flüchtige Arabesken vollführten. Zu seinem zweireihigen dunkelblauen Jackett trug er weiße Puffhosen: den klassischen Anzug der Bewohner der Provinz Vieulinn. Sein großer nackter Schädel glänzte im Schein der Lichtkugel, die über ihm schwebte.

»Diese Penner hier wollen Ihnen etwas verkaufen, Françao Métarelly«, erklärte der Prouge.

»Mal sehen.«

Der Françao drehte sich um und musterte Tixu mit seinen hellblauen Augen. Sein etwas fleischiges Gesicht wurde von einer Adlernase dominiert, und sein Mund war voll und sinnlich. Nachdem er schließlich aufgehört hatte, ihn zu mustern, ließ er keinerlei Gemütsregung erkennen.

»Wo habt ihr diesen Mann gefangen genommen?«

»Hm ... da, wo wir wohnen, Françao. In den Ruinen, am Rand der Wüste«, stammelte der große Haschuitt unterwürfig.

»Wo kommt er her?«

»Das weiß ich nicht, Françao. Er ist vor den Augen der alten Isabusa einfach vom Himmel gefallen. Wahrscheinlich hat er eine Deremat-Reise gemacht.«

»Der Mann ist in einem jämmerlichen Zustand!«, rügte der Françao. »Seine Haut ist völlig zerkratzt. Habt ihr Drecksäcke noch nicht kapiert, dass man Sklaven mit äußerster Sorgfalt behandelt?«

Der Einäugige und seine Kumpane wurden immer unsicherer. Sie grinsten dümmlich vor sich hin. Carnegill bedauerte, dass das Halsband nicht den Hals seines Chefs schmückte. Dann hätte er es so fest wie möglich angezogen, um den großen Haschuitt für seine Dummheit zu bestrafen.

Métarelly ging zu Tixu und starrte ihn mit eiskaltem Blick an. Der Oranger musste seine Augen zusammenkneifen, damit er die blendende Helligkeit der Leuchtkugel über dem Françao, die jeden seiner Schritte begleitete, ertragen konnte.

»Da diese Idioten mir keine Auskunft geben können, wende ich mich an dich. Wo kommst du her?«

»Ich stamme vom ... Planeten Orange.«

»Orange? Aus welcher Region?«

»Aus einer Provinz auf der südlichen Halbkugel ... Vieulinn ...«

»Vieulinn!«

Den Namen hatte Métarelly wie einen Seufzer ausgestoßen. Eine Weile schwieg er gedankenversunken. Diese Zeitspanne kam dem großen Haschuitt und seiner Bande wie eine Ewigkeit vor, und sie fühlten sich immer unwohler.

»Mein Gott, wie lange das her ist, das grüne Vieulinn«, murmelte der Françao schließlich. »Wie heißt du?«

»Tixu ... Tixu Oty.«

Carnegill war so nervös, dass er, ohne es zu merken, auf den Knopf der Fernbedienung drückte, woraufhin die letzten Worte des Gefangenen nur noch als pfeifendes Keuchen herauskamen.

Métarelly drehte sich um und ging wieder zu der bernsteinfarbenen Wasserwand, wo der Topasfisch noch immer seinen Feinden zu entkommen versuchte.

»Einäugiger, du bist doch der Chef dieser Bande, nicht wahr?«

»Hm ... ja«, gab der große Haschuitt zu und fragte sich, worauf der Françao hinauswollte.

»Also solltest du wissen, dass Oranger auf dem Sklavenmarkt nicht sonderlich begehrt sind. Ihr Verkaufswert wird vor der Versteigerung nicht einmal geschätzt. Und in seinem jetzigen Zustand ist dein Gefangener nur ungefähr einen Fingerhut voll Puder wert.«

»Aber, Françao, der Mann ist jung! Und fit«, antwortete Haschuitt bitter enttäuscht. »Man muss ihn nur mit Öl einreiben, dann glänzt seine Haut wieder wie die eines Babys ...«

»Halt's Maul, Drecksack!«, sagte Métarelly mit schneidender Stimme. »Wenn du schon die Unverschämtheit besessen hast, zu mir zu kommen, rate ich dir, meine Bedingungen zu akzeptieren. Hier treffe allein ich die Entscheidungen. Und weil ich dich eigentlich ganz gern mag, habe ich beschlossen, dir für diesen Oranger einen Fingerhut voll Pulver anzubieten. Sollte dir das nicht gefallen, verbrenne ich dir deine Gedärme! In diesem Fall bin ich sehr großzügig mit der Bezahlung.«

Der große Haschuitt wollte gerade den Mund aufreißen und protestieren, doch er wurde noch rechtzeitig von der

Kampfhenne mit einem kräftigen Stoß in die Rippen daran gehindert. Sie hatte begriffen, dass sie sich nicht mit dem Françao anlegen durften, wenn ihnen ihr Leben lieb war.

»Nehmt dem Einarmigen die Fernbedienung ab!«, befahl Métarelly den Gardisten.

Carnegill wartete nicht, bis sie den Befehl ausführten, sondern schleuderte das Gerät in den Raum, drehte sich um und floh.

»Zorthias, gib diesen Jammerlappen einen Fingerhut voll Pulver und schmeiß sie raus! Sie stinken!«

Die Bande des großen Haschuitt trat den ungeordneten Rückzug an. Sie waren heilfroh, noch einmal der Bestrafung entkommen zu sein. Doch ein Fingerhut voll Pulver würde gerade einmal für fünf oder sechs Leute reichen, also würden sie sich darum prügeln müssen. Der große Haschuitt kochte vor Wut: Er war in der Öffentlichkeit gedemütigt worden und musste schnellstens seine abhanden gekommene Autorität wiederherstellen. Vielleicht würde er dem Großmaul Carnegill den Arm ausreißen, und wenn das nicht reichte, konnte er noch immer den Kopf seines Leutnants an die Tür ihres Unterschlupfs nageln. Eine solche Geste würde auch seine ärgsten Widersacher überzeugen.

»Sie haben Glück gehabt, dass ich heute gute Laune habe«, sagte der Françao, nachdem die Bande verschwunden war. »Hätte ich die Gesetze der Camorre befolgt, hätte ich sie töten müssen. Denn es ist im öffentlichen Interesse, solche Parasiten so schnell wie möglich zu eliminieren. Wenn sie zu zahlreich werden, organisieren sie sich und machen uns nichts als Ärger. Dieser Gestank ist bestialisch! Schaltet die Airfresher ein. Und nehmt dem Mann das Magnethalsband ab!«

Das Halsband wurde gelockert und fiel schließlich zu

Boden. Endlich konnte Tixu wieder frei atmen. Die eisernen Stacheln hatten an seinem Hals bläuliche Hämatome hinterlassen. Da sein Gehirn wieder ausreichend mit Sauerstoff versorgt wurde, überkam ihn eine angenehme Euphorie, die ihn Hunger, Kälte, Schmerzen und Verzweiflung vergessen ließ.

Der Topasfisch hatte den Kampf verloren. Sein transparenter Schwanz zuckte, als sich die spitzen Zähne der rotgeschwänzten Zitteraale in sein Fleisch bohrten.

Ein paar Minuten später kam Zorthias zurück, ein breites Grinsen im Gesicht.

»Gab's Probleme, Zorthias?«

»Nein, Françao. Die Penner haben sich draußen sofort geprügelt.«

»Umso besser. Vielleicht bringen sie sich ja gegenseitig um, das würde uns eine Menge Arbeit ersparen. Ich muss jetzt zur Konferenz. Und du kümmerst dich um diesen Mann. Bring ihn in meine Residenz Sar Bilo. Er soll dort baden, und bitte die Mädchen des Rings, seine Wunden zu behandeln. Gib ihm etwas zum Anziehen, und warte, bis ich zurück bin.«

»Soll ich ihm das Magnetband wieder anlegen, Françao?«

»Man fesselt keine Gäste! Selbst die Prougen tun das nicht.«

Zorthias' schwarze Augen wurden groß vor Verwunderung. Er schüttelte dreimal den Kopf, als wollte er sich vergewissern, richtig gehört zu haben.

»Dieser Sklave ist Ihr ... Gast, Françao?«, sagte er mit rauer, gutturaler Stimme, die einen seltsamen Kontrast zu seinen verschwommenen Gesichtszügen und seinen rundlichen Körperformen bildete.

Métarelly antwortete nicht. Er wandte den Blick von dem betrüblichen Spektakel im Wasser ab, wo die Reste des Topasfisches langsam zu Boden sanken, und ging zu seinem Schreibtisch. Dort fuhr er mit der Hand über einen Fingerabdruckdetektor. Die Wasserwand schwang leise knirschend herum und gab den Blick auf eine Gravitationsplattform frei, die den rohrförmigen Eingang in die Tiefe bildete.

Der Françao und seine Garde stellten sich auf die Plattform.

Ehe die Wasserwand sich wieder hinter ihnen schloss, sagte Métarelly: »Du bist für das Leben dieses Mannes verantwortlich, Zorthias!«

Das war ein Befehl, der kein Versagen duldete.

Drei Stunden später tauchte Métarelly – noch immer in Begleitung seiner Garde – wie durch Zauber in dem großen Salon seiner Residenz Sar Bilo auf. Er hatte sich umgezogen und trug jetzt ein Cape und einen Anzug aus Jaunille-Chiné, der Provinz des Planeten Orange, die für ihre feinen Stoffe berühmt war. Er wirkte geistesabwesend, besorgt. Die Augen unter seinen dichten Brauen waren halb geschlossen, und seine Stirn war von tiefen Furchen gezeichnet.

Er beriet sich mit Zorthias, und Tixu konnte von dem bequemen Sofa aus, auf dem er saß, sehen, dass der Prouge wütend die Augen verdrehte und wie ein Verrückter herumfuchtelte.

Nachdem sich der Françao auf den Weg zur Konferenz gemacht hatte, war Tixu von Zorthias durch ein schier endloses Labyrinth aus Gängen, Steintreppen, Eisenbrücken und dunklen Stollengängen geführt worden. Der Oranger hatte große Mühe, nicht den weißen Lendenschurz des vor ihm Dahineilenden aus den Augen zu verlieren.

Schließlich hatten sie eine Kreuzung erreicht, in deren Mitte sich eine Fahrgastkabine auf einem Wasserstrahl befand. Zorthias hatte sofort die Reiseroute einprogrammiert, und unmittelbar nachdem sie die Kabine bestiegen hatten, hatte diese sich rasend schnell in Bewegung gesetzt. Bei jeder Richtungsänderung spritzten Wasserfontänen gegen die Kabinenfenster. Während der ganzen Fahrt war Zorthias äußerst nervös gewesen und hatte ständig die Hand an den Gürtel seines Lendenschurzes gelegt, an dem der Bauchbrenner befestigt war. Der Françao hatte ihm für das Leben dieses Gefangenen die Verantwortung übertragen, und diesem Befehl gehorchte er mit der absoluten Ergebenheit eines gezähmten Wolfs: jederzeit bereit, für seinen Herrn zu töten.

Die Kabine hatte endlich ihre Fahrt verlangsamt und war dann vollends zum Stillstand gekommen. Das dumpfe Rauschen des Wassers hatte der tiefen Stille im Innern der Erde Platz gemacht. Tixus Augen hatten sich schnell an das Halbdunkel gewöhnt. Sie befanden sich in einem großen Raum, in dem mächtige Stahlzylinder emporragten. Der Prouge hatte in einem bestimmten Rhythmus in die Hände geklatscht, worauf sich die Aufzugstür einer der Stahlzylinder öffnete.

»Schnell! Steig ein!«, hatte Zorthias befohlen und sich nervös nach allen Seiten umgesehen, als würde er fürchten, aus jeder Ecke von Feinden bestürmt zu werden.

Tixu hatte sich gefragt, warum sein Schutzengel derart besorgt war, denn er hätte im Zustand seiner Erschöpfung nicht im Traum an eine Flucht gedacht. Doch Zorthias musste seine Gründe gehabt haben, und auf Roter-Punkt war Vorsicht eine der Kardinalstugenden.

Der Fahrstuhl hatte sie zum Erdgeschoss von Métarellys Residenz, Sar Bilo, gebracht, ein Gebäude, das im reinen Oranger-Stil erbaut war. In den nach außen gewölbten honig- und bernsteinfarbenen Wasserwänden tummelten sich Fische aller Größe und Farben, die ein funkelndes exotisches Ballett aus komplizierten Arabesken vollführten. Dicke Teppiche aus Moiré von Jaunille bedeckten den Marmorboden, und indirektes Licht hinter den Vorhängen malte bizarre Schattenfiguren in den Raum.

Inmitten des großen, von einer Kuppel gekrönten Salons erstrahlten und verloschen in sich verschlungene phosphoreszierende Lichtringe in ruhig dahinfließendem, sich wiederholenden Rhythmus. Tixu kannte diese Ringe; sie erstrahlten auf den Piazzas aller Großstädte in seiner Heimat. Sie symbolisierten den Zyklus des menschlichen Lebens und machten dem Betrachter die Flüchtigkeit seines hiesigen Daseins bewusst.

In den Gängen eilten Bedienstete und Sklaven geschäftig umher. Sie waren nichts als stumme Schatten auf der anderen Seite der Wasserwände.

Zorthias hatte etwas in das Holofon vor dem Kristallinschirm gesagt. Daraufhin waren zwei Frauen die monumentale Treppe, die vom zentralen Mezzanin ins Erdgeschoss führte, hinabgestiegen. Die beiden waren Schwestern und stammten vom Dritten Sbarao-Ring. Sie trugen langes blauschwarzes Haar, hatten große braune Augen, hervorstehende Wangenknochen, schmale gerade Nasen, üppige Mündern und Zähne, die wie rosa Perlmutt schimmerten. Beide waren in eine Art kurze Toga aus Rohseide gekleidet, die nur wenig von ihren schlanken braunen Körpern verhüllte.

»Der Françao wünscht, dass ihr euch um diesen Mann

kümmert. Ein Bad und eine Massage mit Kiprite-Öl, damit seine Wunden heilen«, hatte Zorthias sichtlich erleichtert angeordnet, weil er seinen Schützling ohne Zwischenfall nach Sar Bilo eskortiert hatte. »Ich hole ihn in zwei Stunden wieder ab.«

Die beiden Frauen hatten Tixu in einen hellen Raum im zweiten Stock gebracht, dessen transparente Decke mit Sternenstaub bedeckt war. Sie hatten ihn in sehr heißem Wasser gebadet und ihn am ganzen Körper mit rauen Schwämmen gebürstet – was sehr schmerzhaft war. Während dieser Prozedur hatten sie ständig gelacht und in ihrer melodischen Sprache mit ihm geredet.

So hatte er erfahren, dass sie von Sklavenhändlern gefangen genommen und dann an einen reichen Juwelier auf Roter-Punkt verkauft worden waren, einen widerwärtigen, perversen alten Kerl, der sie zwang, ihm sexuell zu Diensten zu sein. Doch da der Juwelier sich geweigert hatte, den jährlichen Beitrag an die Camorre zu zahlen, hatte er Besuch von deren Schergen bekommen und Hals über Kopf fliehen müssen, ohne seine Reichtümer mitnehmen zu können, einschließlich der Sklaven. Auf diese Weise sei nun Bilo Métarelly ihr neuer Herr geworden, ein viel besserer, wie sie versicherten, denn er behandele sie gut, außer, wenn er schlechter Laune sei. Aber dann würden sie sich unsichtbar machen. Unter Gelächter hatten die beiden hinzugefügt, dass sie alle seine sexuellen Wünsche erfüllen könnten, was bei ihm nicht zu schwierig sei. Ziemlich wehmütig hatten sie auch über den Dritten Ring – ihren Heimatplaneten – gesprochen.

Dann hatten sie Tixu mit einem wohlriechenden Öl eingerieben und lange massiert. Dank ihrer Hände, die so leicht wie Federn über seinen Körper strichen, war er eingeschlafen. Um ihn zu wecken, hatten sie ihn am Ohr gekitzelt, und laut gelacht, als sie sein verstörtes Gesicht beim Aufwachen sahen.

Tixu merkte sofort, dass die Behandlung Wunder gewirkt hatte: Seine Haut war so glatt und geschmeidig wie früher, die Abschürfungen waren verschwunden. Sogar die Risse und Hämatome an seinem Hals waren nur noch als zarte Rötung erkennbar. Auch seine Erschöpfung war gewichen und er hatte das wundervolle Gefühl, neue Kraft gewonnen zu haben. Das erinnerte ihn an die Wirkung der Echsen-Emulsion, mit der Malinoë, die Frau Kacho Marums, seine verletzte Schulter eingerieben hatte.

Die beiden Frauen hatten ihm beim Ankleiden geholfen. Er trug eine Hose, die um die Knöchel eng anlag, und darüber eine Tunika aus gebleichtem Leinen. Dann hatte Zorthias ihn abgeholt und in den großen Salon gebracht, wo er ihm befohlen hatte, sich zu setzen und zu warten.

Tixu hatte allmählich jedes Zeitgefühl verloren und seinen Geist schweifen lassen. Und bei dem Versuch, die Ereignisse zu entwirren, war er in eine Art Schwebezustand geraten, in dem er kaum noch Traum und Wirklichkeit unterscheiden konnte. Er war sogar so weit, dass er an der Existenz der Syracuserin zweifelte. Trotzdem glaubte er sich zu erinnern, dass sie es war, die ihn in dieses wahnwitzige Abenteuer getrieben hatte. Ihr Gesicht konnte er sich nicht mehr ins Gedächtnis rufen, dafür waren die anderen umso präsenter: diese mysteriöse Gestalt in dem weit geschnittenen grünen Kapuzenmantel, und die Handlanger dieses Mannes mit ihren weißen Masken. Kacho Marum, seinen Lebensretter, hatte er auch nicht vergessen.

Ein lautes Knurren seines ausgehungerten Magens brachte Tixu in die Wirklichkeit zurück.

Zorthias diskutierte noch immer gestikulierend mit dem Françao. Seine schwarzen Augen funkelten erbost.

»Jetzt siehst du aber viel besser aus!«, wurde Tixu durch die laute Stimme Métarellys aus seinen Gedanken gerissen.

Und noch ehe der Oranger antworten konnte, ließ sich der Françao schwer auf das Sofa neben ihn fallen. Die Sorgenfalten in seinem Gesicht waren nahezu verschwunden, trotzdem wirkten seine Gesten unruhig.

»Natürlich hast du das Recht, dir Fragen zu stellen«, fuhr er in betont heiterem Ton fort. »Sicher willst du wissen, warum du hier bist, wo du doch heute Abend einer der Stars auf dem Sklavenmarkt hättest sein sollen.«

Zorthias setzte sich im Schneidersitz auf einen Teppich und spitzte die Ohren. Auch er brannte darauf zu erfahren, warum dieser Gefangene derart zuvorkommend behandelt wurde. Seine wilde rote Mähne verlieh ihm das Aussehen eines Raubtiers, das jetzt aber friedfertig war.

»Wie dir sicher aufgefallen ist, stammt alles hier vom Planeten Orange«, sagte der Françao. »Die Teppiche, die Möbel ... absolut alles. Sogar die Steine, die weißen Dachziegel und auch das Bauholz. Aus einem einfachen Grund: Ich bin Oranger. Und mehr noch, ich stamme aus der Provinz Vieulinn, aus dem schönen und grünen Vieulinn. Mein eigentlicher Name ist Bilo Maïtrelly, aber weil die Leute hier ihn nicht richtig aussprechen können, haben sie ihn in Métarelly geändert. Seit einer Ewigkeit bin ich nicht mehr in Vieulinn gewesen, und ich glaube auch nicht, dass ich unser Land jemals wiedersehen werde. Trotzdem bin ich über alles, was in unserer Heimat geschieht, auf dem Laufenden. So weiß ich, dass in dieser

Woche die Oranger ihre zweitausendjährige Unabhängigkeit feiern. Seit zwanzig Jahrhunderten ist unser Planet Orange ein Mitglied der Konföderation von Naflin. Wusstest du das?«

Haschuitt hatte Tixu ausgerechnet an einen Françao vom Planeten Orange, der zudem noch aus der Provinz Vieulinn stammte, verkaufen wollen. Ein erstaunlicher Zufall. War dieser Umstand vielleicht dem Gott der Echsen zu verdanken?

»Hmm ... nein«, antwortete Tixu. Geschichte hatte ihn nie interessiert.

»Obwohl ich aus unserer Welt für immer verbannt wurde, wollte ich auf meine Weise weiterhin an ihrer Kultur teilhaben und sie genießen. Das nennt man wohl Nostalgie. Seither betrachte ich Orange immer mit ausgesprochen wohlwollenden, ja liebevollen Augen. Dieser Planet war der meine, und ich wollte ihn nicht verlassen. Aber das Schicksal hat anders entschieden. Wie auch immer, es nützt nichts, der Vergangenheit nachzutrauern. Und deshalb freue ich mich, dieses Unabhängigkeitsfest mit einem Landsmann feiern zu können. Also, mein lieber Ti ...«

»Tixu Oty.«

»Mein lieber Tixu, aus diesem Grund bist du jetzt frei. Hätten diese Drecksäcke dich an jemanden anders verkaufen wollen, säßest du jetzt in einem Käfig auf dem Sklavenmarkt. Als Krönung hätte man dir noch irgendein Scheißzeug gespritzt, das dein Hirn zerfressen hätte ... Ich habe eine typisch vieulinnische Mahlzeit zubereiten lassen, damit wir gebührend unseren Unabhängigkeitstag feiern können. Und dann, wenn Salom am Himmel aufgeht, besuchen wir den Sklavenmarkt. Ich muss dort noch ein paar Dinge erledigen. Dann wirst du sehen, dass dieses

Spektakel außerhalb der Käfige wesentlich amüsanter als innerhalb ist, mein junger Freund.«

So wie der Anblick des Schreibtischs im Domizil des Françao weckte auch die köstliche Mahlzeit Erinnerungen in Tixu. Mit jedem Bissen tauchten neue Bilder aus der Vergangenheit in ihm auf, die er vergessen geglaubt hatte, so wie das vage Bild seiner Mutter, die früher an Festtagen gerne aufwändige Gerichte zubereitet hatte.

Bilo Maïtrelly redete pausenlos, und in so liebevollem Ton wie ein Vater mit seinem Sohn. Er war glücklich, in Tixu einen Gefährten gefunden zu haben, dem er sich anvertrauen konnte. Allein durch seine Anwesenheit war es Tixu gelungen, die Mauer des Schweigens, des Misstrauens und der Einsamkeit, die sein Gastgeber in den langen Jahren seines Exils um sich herum errichtet hatte, zu brechen.

Während dieser Mahlzeit flüchteten sich beide Männer in die warme Geborgenheit Oranges, schwelgten in Erinnerungen und tranken dabei Unmengen des fruchtigen Weins aus Vieulinn.

Zorthias, der ausnahmsweise an der Tafel seines Herrn hatte speisen dürfen, zog sich – noch immer verärgert und griesgrämig – in eine Ecke zurück.

Noch nie hatte der Prouge den Françao so viel reden gehört. Der Herr von Sar Bilo erzählte in allen Einzelheiten, wie er wegen eines Verbrechens aus Leidenschaft zum Raskatta erklärt und von Orange verbannt worden war. Er schilderte seine Ankunft in Roter-Punkt-Stadt und seinen langsamen Aufstieg in der Camorre. Dass er als Handlanger angefangen habe und mit Drecksarbeiten wie der Liquidation von Verrätern betraut worden und dann zum Vertrauten und Leibwächter des alten Françao Sif Kérouiq, eines Ureinwohners vom Planeten Selp Dik aufgestiegen sei. Sif Kérouiq habe ihn zu seinem Nachfolger bestimmt, aber da diese Nachfolge von anderen Aspiranten infrage gestellt worden sei, habe er sie einen nach dem anderen eliminieren müssen. Vor allem die ehemaligen Leutnants von Sif Kérouiq, harte Burschen, die nur durch List und Verrat in diese Positionen gekommen waren.

»So etwas nennt man hier einen Nachfolgekrieg«, erklärte er mit einem ironischen Lachen. »Und nun zu dir. Was machst du hier auf Roter-Punkt?«

»Hm ... ich reise«, antwortete Tixu vorsichtig.

»Ach, du reist? Ohne Geld und nackt?«, fragte der Françao lächelnd.

»Na ja, ich habe gegen die Regeln der InTra verstoßen, dieser Transportgesellschaft ... Sie kennen sie ja, sie ist für intergalaktische Reisen zuständig, diese Zelltransformationen«, rechtfertigte sich Tixu, weil ihm die Zweifel seines Gastgebers nicht entgangen waren. »Die Gesellschaft hat nur veraltete Deremat-Geräte, also solche, die nur menschliche Zellen transferieren können. Und ... hm ... weil ich darüber nicht richtig informiert wurde, habe ich während des Transfers alles verloren: mein Gepäck, meine Kleidung und mein Geld. Als ich auf Roter-Punkt rematerialisiert wurde, war ich nicht imstande, mich gegen diese Bande zu wehren. Ich litt unter der Reisekrankheit und konnte mich erst nach einer Stunde wieder richtig bewegen.«

»Na schön. Aber es ist doch seltsam, dass der Reisebüroangestellte deine Rematerialisation in diese Ruinen am Rand der Wüste programmiert hat. Das ist wohl kaum ein attraktiver Ort für Touristen, oder? Und was hast du jetzt vor?«

»Ich. Ich weiß es nicht. Ich will versuchen, etwas Geld aufzutreiben, damit ich die Rückreise antreten kann ...«

»Etwas Geld? Reisen kostet viel Geld«, entgegnete Maïtrelly. »Und Reisen per Deremat kostet ein kleines Vermögen. Du würdest zehn Jahre brauchen, um die nötige Summe zusammenzukratzen. Aber vielleicht kann ich dein Problem lösen. Du wurdest doch hoffentlich nicht zum Raskatta erklärt, wie?«

»Hm ... nein. Noch nicht«, antwortete Tixu. Er wusste nicht, ob die InTra ihm bereits auf die Schliche gekommen war und ihn wegen seines Fehlverhaltens auf den Index des Raskattas hatte setzen lassen.

»Das ist gut. Im gegenteiligen Fall hätte ich dir angeboten, für mich zu arbeiten, aber das wäre sowieso im Moment nicht die optimale Lösung gewesen. Denn das Fortbestehen der Camorre ist äußerst ungewiss. Niemand kann vorhersagen, ob sie in ein paar Wochen oder auch nur in ein paar Tagen noch besteht ...«

Zorthias hob den Kopf. Etwas Soße lief über sein Kinn, denn er hatte es nie gelernt, das automatische Besteck richtig zu bedienen. Er hörte zu kauen auf und blieb mit offenem Mund wie versteinert sitzen, ohne daran zu denken, sich mit der Serviette, die er ohne Nachzudenken ergriffen hatte, das Gesicht abzuwischen.

»Warum sagen Sie das?«, fragte Tixu. »Ich habe immer gehört, dass auf Roter-Punkt niemand etwas gegen die Camorre unternehmen könne.«

Maïtrelly stoppte das automatische Besteck vor seinem Mund. Es verharrte ein paar Zentimeter davor in der Luft, und er verschränkte die Hände unter dem Kinn. Vier, in durchsichtige Gewänder gekleidete Issigorinnen bedienten sie an der ovalen Tafel. Sie waren leicht an ihrer durchscheinenden Haut und ihrem aschefarbenen Haar zu erkennen. Mit harmonischen Gesten trugen sie die auf weißen Optalium angerichteten Speisen herbei. Und obwohl der Françao ihnen die Freiheit geschenkt hatte, waren sie weiter in seinen Diensten geblieben.

»Die Zeiten ändern sich«, murmelte Maïtrelly mit finsterer Miene. »Darüber haben wir heute Abend diskutiert.«

Wieder hatten sich Sorgenfalten in seiner Stirn eingegraben, und seine kurze Unbeschwertheit während seiner Jugenderinnerungen war tiefer Bedrückung gewichen.

»Die Camorre sieht sich einer Bedrohung ausgesetzt, deren Gefahr ihr bislang nicht bewusst war«, fuhr er mit müder Stimme fort. »Vor einer Woche haben wir eine Delegation in geheimer Mission vom Planeten Syracusa empfangen. Sie bestand aus einem Scaythen, einem Kardinal der Kirche des Kreuzes und einer Mitglied des Ang-Clans, der Herrscherfamilie. Und diese aufgeblasenen Modeäffchen haben uns Strafen angedroht, sollten wir nicht ihre abstrusen Bedingungen erfüllen.«

Offensichtlich hatte der reichliche Genuss des Weins Maïtrellys Zunge gelöst, denn er hatte das unwiderstehliche Bedürfnis, sich alles von der Seele zu reden.

»Diese Lackaffen wollen die totale Kontrolle über all unsere Aktivitäten: das Glücksspiel, die Prostitution, den Sklavenhandel und den Schwarzhandel mit allem Übrigen: Waffen, Drogen, Alkohol, Organe ... Außerdem wollen sie unsere privaten Deremats konfiszieren und stellen die Bedingung, dass wir uns zeitlich begrenzte Zellularpässe ausstellen lassen müssen, wenn wir reisen wollen. Und sie verlangen, dass wir ihren dreckigen Missionaren dabei helfen, die Prougen in Matana und die Wüstenstämme zu konvertieren. Als Krönung des Ganzen sollen wir in jede unserer Truppen einen ihrer Gedankenleser-Scaythen integrieren. Das ist unerhört!«

»Sollen sie doch kommen, dann schlitzen wir ihnen sofort die Kehle auf!«, murrte Zorthias. Rote Soße tropfte von seinen Lippen. Sein Mund sah wie die blutbeschmierte Schnauze eines Raubtiers aus.

»Langsam, Zorthias! Wenn diese Lackaffen die Unverschämtheit hatten, uns derart zu provozieren, müssen sie Unterstützung haben, mächtige Verbündete. Also gibt es für die Camorre nur zwei Möglichkeiten: Entweder wir akzeptieren ihre Bedingungen, dann können wir unseren Laden dicht machen. Oder wir akzeptieren sie nicht. Dann gibt es Krieg. Und das wird ein Krieg, von dem wir nicht wissen, ob wir ihn gewinnen können. Deshalb sollten wir ihn lieber vermeiden ... Am meisten fürchte ich die Kirche des Kreuzes und deren Fanatiker. Was soll das alles? Warum wollen sie ihre Nase in unsere Angelegenheiten stecken? Ich habe keine Ahnung. Und wenn wir innerhalb der nächsten Tage nicht herausfinden, aus welchem Grund sie uns derart unter Druck setzen ...«

Tixus Herz klopfte wild. Sein Puls raste. Maïtrellys Worte hatten wie ein Elektroschock auf ihn gewirkt und ihn brutal an das kürzlich Geschehene erinnert. Eine unglaubliche Energie breitete sich in ihm aus und beendete alle seine Zweifel, sein Zögern und seine Unentschlossenheit. Sein durch den schweren Wein seiner Heimat benebelte Kopf wurde schlagartig wieder klar. Er konnte wieder klar denken. Ohne es zu wollen hatte ihm sein Gastgeber den Zusammenhang, der zwischen der Syracuserin und den Mördern, die sie verfolgten, bestand, erklärt. Er begriff, dass es sich um eine gegen die Konföderation gerichtete Verschwörung handelte. Und er begriff, dass die Tage der Françaos der Camorre gezählt waren, dass sie von nun an nichts anderes als Tote auf Abruf waren.

»Ihr dürft diese Bedingungen weder akzeptieren noch verweigern«, sagte er, fast gegen seinen Willen. »Euch bleibt nur eins: die Flucht. Und zwar so schnell wie möglich.«

Bilo Maïtrelly schlug so heftig mit der Faust auf den Tisch, dass ein Kristallglas umfiel, auf einen Tellerrand prallte und zerbrach. Seine hellblauen Augen funkelten vor Zorn.

»Was redest du da? Fliehen? Vor diesen lächerlichen Gestalten? Vor diesen weibischen Typen in ihren Trikots? Was ist nur in dich gefahren? Und was weißt du über diese Dinge?«

»Ich habe Sie vorhin belogen«, antwortete Tixu gelassen. »Ich war Angestellter bei der InTra auf Zwei-Jahreszeiten. Und diese Typen haben mich töten wollen, weil ich eine Person, die zu viel wusste, umsonst transferiert habe.«

Der Françao starrte Tixu verblüfft an.

»Gegen diese Leute – jedenfalls nehme ich an, dass es sich um dieselben handelt – können Ihre Truppen nicht viel ausrichten«, sagte Tixu eindringlich. »Sie können Gedanken lesen. Sie wissen alles. Was man plant, hofft, wünscht. Auf Zwei-Jahreszeiten sind sie in mein Gehirn eingedrungen und haben sich auf diese Weise alle notwendigen Informationen verschafft. Ich hatte das Gefühl, mein Schädel würde explodieren, und gleichzeitig fühlte ich mich so ohnmächtig und verletzlich ... Und ich bin nach Roter-Punkt gekommen, um der jungen Frau, die sie verfolgt haben, zu helfen. Und weil ich glaube, dass sie die Einzige ist, die noch etwas gegen diese Verschwörung unternehmen kann.«

»Warum haben sie dich nicht getötet?«, fragte Maïtrelly, ohne die leiseste Spur von Ironie in der Stimme.

»Das haben sie versucht, aber der Tod wollte noch nichts von mir wissen ...«

Daraufhin herrschte bedrücktes Schweigen im Salon. Der Françao zweifelte nicht an Tixus Worten. Er kannte die Menschen und wusste, wann sie die Wahrheit sagten oder logen.

Die Dienerinnen standen wie angewurzelt neben der Schiebetür, die in die Küche führte. Sie konnten dieses plötzliche Schweigen nicht deuten und wagten sich nicht in die Nähe des Tischs.

»Lieber junger Freund«, nahm Maïtrelly schließlich nach einer Weile das Gespräch wieder auf. »Darüber müssen wir uns eingehender unterhalten. Aber jetzt geht Salom auf, und der Sklavenmarkt erwartet uns. Vielleicht ist das das letzte Mal, wer weiß? Ich möchte nicht den Verkauf der Hauptattraktion heute Abend versäumen. Ein sehr schönes Mädchen, wie es heißt. Ein Edelstein in Fleisch und Blut ... Eine Syracuserin ...«

Tixu zitterte und wurde blass. Bilo Maïtrelly hatte inzwischen die Kontrolle über seine Gefühle wiedererlangt. Die Reaktion seines Gastes überraschte ihn nicht.

»Sie wurde in der zweiten Dämmerung in Matana gefangen genommen. Von einer Bande junger Prougen, die für den dicken Glaktus arbeiten, einen widerlichen Fettsack, der sie natürlich sofort zum Verkauf angeboten hat. Ich frage mich, was diese Syracuserin in einem Höllenloch wie Matana zu schaffen hat? Die Versteigerung wird heute sicher alle Grenzen sprengen.«

Er tupfte sich den Mund ab, schob seinen Stuhl zurück und stand auf.

Natürlich hatte der Françao sofort erkannt, dass es sich bei der Gefangenen und Tixus Kundin um ein und dieselbe Person handelte. Doch davon ließ er nichts durchblicken, denn er agierte noch immer nach der Devise seines Mentors Sif Kérouiq: nie eine Entscheidung vorzeitig preiszugeben, damit man seine volle Handlungsfähigkeit behalten konnte.

»Geh schon voraus, Zorthias! Und lass meine Sklaven zum Sklavenmarkt eskortieren!«

Schon im ersten Moment, als der arme geschundene Tixu zu ihm gebracht worden war, hatte Bilo Maïtrelly Sympathie für ihn empfunden. Und das, ehe er wusste, dass der Gefangene Oranger war. Jetzt wusste er auch, warum. Denn sein junger Gast war von demselben Gefühl beseelt, das auch ihn vor zweiundvierzig Standardjahren dazu getrieben hatte, in der grünen Provinz Vieulinn einen Mord zu begehen.

Und dieses Gefühl, das war Liebe.

ACHTES KAPITEL

Erobert die Festung der Stille!
Niemand kämpft dort gegen die Unendlichkeit.
Hier zählen weder Raum noch Zeit.
Niemand kann sie bezwingen,
Diese Quelle von allen Dingen.

Erobert die Festung der Stille!
Denn jeder Kranke, der dort weilt,
Wird schnell geheilt.
Und jeder Tote zum Leben aufersteht,
Weil jeder Krieg zu Ende geht.

Erobert die Festung der Stille!
Denn Liebe wird euer Schild sein
Und Licht euer Brot und Wein.

Erobert die Festung der Stille!
Denn sie ist der Ort
Von Gottes Wort.

Mahdi Vetraysi,
direkter Nachfolger des Mahdi Naflin

Stille herrschte in dem nur schwach erleuchteten Haus. Der Ritter Long-Shu Pae hatte den UNRA-Sender (universales Radioprogramm) ausgeschaltet, der Tag und Nacht emphonische Musik, die nur von kurzen Nachrichten unterbrochen wurde, sendete. Auch das normalerweise ständig eingeschaltete holografische Visionsgerät lief nicht.

Im Lotussitz, wie man ihn auf Terra Mater nannte, saß er in dem abgelegensten Zimmer im zweiten Stock seines Hauses, im Strom seiner Gedanken versunken. Es war ein kleiner, quadratischer, fensterloser Raum, an dessen Wänden Regale mit Papierbüchern, Lichtbüchern, Holovideos und codierte Memodisketten standen. Er schätzte diesen Raum wegen seiner Schwingungen und nutzte ihn sowohl als Büro wie auch zum Meditieren.

Das fahle Licht einer vorbeischwebenden Kugel fiel durch die halb geöffnete Tür und warf Schatten auf das abgetretene Parkett.

Long-Shu Pae hatte seine alte abgetragene Kutte angelegt. Sie war von einem verwaschenen Grau und passte zu seinem grau melierten kurz geschnittenen Haar. Die kühn geschwungenen Brauen über haselnussbraunen Augen, hohe Wangenknochen und ein schmaler Mund verliehen seinem Gesicht ein asketisches Aussehen.

Die Kutte bestand aus einer weit geschnittenen Jacke, die auf der Seite mit einer Kordel zusammengehalten wurde, und einer um die Fesseln eng anliegenden Pluderhose. Sechs, im Futter eingenähte Haken und Ösen verbanden die beiden Kleidungsstücke miteinander. Dieses auf den ersten Blick plump wirkende Gewand war sehr praktisch. Denn sein Träger konnte sich frei darin bewegen, ohne dass die Blutzirkulation oder energetischen Strömungen behindert wurden.

So spürte Long-Shu Pae den geringen Lufthauch an Ellbogen und Knien, dort, wo der raue Stoff vom langen Tragen im Kloster Selp Dik abgenutzt war. Die Ritter des Ordens der Absolution waren im Allgemeinen sehr stolz, wenn ihr klösterliches Gewand Spuren der Abnutzung trug, waren sie doch der offensichtliche Beweis ihrer langen Zugehörigkeit zu dem Orden und ihrer Erfahrung. Und oft hielten die Novizen und die künftigen Krieger des Ordens den Träger einer fadenscheinigen Kutte für einen verdienstvollen Mann. Was nicht immer stimmte. Schein und Sein. Weil eine große Anzahl junger Ritter – die zum Zeichen ihrer Aufnahme die Tonsur tragen durften – versuchte, ihrem neuen Ordensgewand ein abgetragenes Aussehen zu geben, indem sie es häufig im nahe liegenden Meer der Feen von Albar wuschen oder es an den kantigen Riffen aufrieben.

Ein paar Stunden zuvor hatte Long-Shu Pae eine verschlüsselte Nachricht auf seinem Tabernakel empfangen. Er war erstaunt gewesen, dass sich der Orden der Absolution überhaupt an ihn erinnerte. Die Nachricht war direkt von Selp Dik abgesandt worden, ohne Umwege über die gewohnten Zwischenstationen, was ihre Bedeutung und Dringlichkeit betonte.

Er hatte sich kurz mit dem für die Übertragung der Nachricht zuständigen Ritter in Verbindung gesetzt und danach seine alte, sorgsam in einer Truhe verwahrte Kutte hervorgeholt und sie mit fast religiöser Andacht angelegt.

Jetzt wartete er. Er bemühte sich, durch völlige Ruhe und gleichmäßige Zwerchfellatmung die Lebensenergie des Xui in sich zu sammeln. Denn er ahnte, dass er noch heute Nacht den Klang des Todes werde anwenden müssen.

Nachdem der Orden ihn vor unendlich langer Zeit zurückgewiesen und vergessen hatte, schickte er ihm nun einen Gesandten. Dieser geheimnisvolle Kurier, dessen Namen, Alter, Grad, Kompetenz er nicht kannte, ebenso wenig wie den Hintergrund seiner Mission, würde vom Chef der hiesigen Informanten zu ihm gebracht werden. Der Mann war ein alter Mestize – der Nachkomme eines prougischen und eines neoropäischen Elternteils – namens Kraouphas. Er hatte einen Laden gemietet, in dem er Memodisketten verkaufte, und im Keller dieses Geschäfts stand der Deremat-Apparat des Ordens.

Durch das kurze Gespräch mit dem Krieger, der für die Nachrichtenübermittlung zuständig war, hatte Long-Shu Pae nicht viel Neues erfahren. Alle Informationen, die aus anderen Welten gesammelt worden waren, ließen darauf schließen, dass ein unmittelbarer Krieg zwischen dem Orden und einer Koalition bevorstehe, die von einem Clan, der die Welten des Zentrums beherrschte, angeführt wurde. Überall gebe es alarmierende Gerüchte, und auf vielen Planeten sei bereits Panik ausgebrochen. Es wurde berichtet, die Herren der Konföderation von Naflin, ihre Minister und die Smellas der Kongregation seien im großen Saal des Palasts der Ratsversammlung in Venicia, der Hauptstadt Syracusas eingesperrt und hingerichtet worden. Handelsreisende behaupteten, dass Monster, die aus einem unbekannten Universum plötzlich aufgetaucht wären, die Fähigkeit hätten, mit Blicken töten zu können. Und dass diese Monster innerhalb weniger Standardstunden alle bisher als uneinnehmbar betrachteten Stützpunkte besetzt hätten und dass sie von nun an alles kontrollierten: die Bewohner, die Kommunikationswege und die Medien aller Planeten.

Es hieß außerdem, dass die Herrscherfamilien unvorstellbare Folterungen erlitten hätten, und dass Tausende von Scheiterhaufen der Kirche des Kreuzes auf allen öffentlichen Plätzen loderten.

Diese Gerüchte – wie alle Gerüchte wahrscheinlich übertrieben – hatten Long-Shu Pae nicht wirklich überrascht, bestätigten sie doch seine eigenen, durch sein Agentennetz gewonnenen Erkenntnisse. Daher hatte er bereits vor dem Empfang dieser Nachricht vermutet, dass der Orden der Absolution nach jahrhundertelanger geheimer Aktivitäten unter dem Schutz der Konföderierten und der Kongregation der Smellas nun zum offenen Kampf antreten würde.

Doch Long-Shu Pae fürchtete, dass diese bevorstehende Schlacht gleichzeitig die erste und die letzte des Ordens sein werde. Ein Beginn, der das Ende bedeutete. Denn sie bedeutete einen unüberwindlichen Bruch mit den Ordensregeln. Doch war dieser Bruch unausweichlich? Der Ritter erinnerte sich an eine Maxime des Mahdi Vetraysi, den direkten Nachfolger des Mahdi Naflin, den Gründer des Ordens: *Sähe er sich eines Tages gezwungen, einem Feind auf dem Gebiet der Materie entgegenzutreten, habe er den Kampf bereits verloren …*

Vor vielen Jahren hatte das Kloster den jungen Ritter

Long-Shu Pae mit einer Reihe von Friedensmissionen auf unbedeutenderen, nicht zu der Konföderation gehörende Planeten betraut, und ihn dann wieder nach Selp Dik zurückberufen, wo das Entscheidungsgremium – eine aus vier ruhmreichen und hochbetagten Rittern bestehende Institution – ihn für würdig befunden hatte, das Amt eines Ausbilders zu bekleiden. Eine ehrenvolle Aufgabe, der er sich mit Energie und jener flammenden Begeisterung gewidmet hatte, die ihn damals auszeichnete. Und mit seinem beißenden Humor, der wiederum seine Schüler begeisterte. Jedoch hatte er nach und nach feststellen müssen, dass die Entscheidungen des Gremiums immer häufiger seiner tiefsten Überzeugung zuwiderliefen. Über diesen Gewissenskonflikt verstört, hatte er sich dem Großmeister des Ordens, Mahdi Seqoram anvertrauen wollen, doch das Gremium hatte sein Anliegen missbilligt.

»Der Mahdi Seqoram ist sehr beschäftigt. Ihr könnt ihn nicht mit derartigen Lappalien belästigen!«

»Tugenden wie Demut und Gehorsam werden oft auf die Probe gestellt, Ritter. Sucht die Antworten auf Eure Fragen in Euch selbst ...«

Doch Long-Shu Pae blieb hartnäckig. Ihn trieb das drängende Bedürfnis zu verstehen. In seinen Mußestunden hatte er jeden Winkel des Klosters erforscht und war schließlich auf eine Treppe unterhalb des äußeren Befestigungswalls um das Kloster gestoßen, die zu dem Geheimarchiv führte. Diese Treppe war als solche kaum erkennbar gewesen, die Stufen verfallen, von Moos überwuchert, glitschig und nahezu unpassierbar.

Da man Long-Shu Pae verboten hatte, den Mahdi um Rat zu fragen, maßte er sich das Recht an – ein Entschluss, der der Ketzerei gleichkam –, die Mahdis der Vergangenheit um Auskunft zu bitten. Standen sie nicht alle in ein und derselben Tradition?

Im Innern des unterirdischen Gewölbes ist es dunkel. Es riecht stark nach Jod und Moder. Der Ritter lässt den Strahl seiner Laserlampe über die gemauerten Regalwände wandern, auf denen sich unzählige Dokumente aller Art türmen, die mit grünlichem Schimmer überzogen sind: antike Papierbücher, mit zusammengeklebten, unlesbaren Seiten; Holovideos, die bereits über eine Schutzschicht verfügen.

In einer Ecke entdeckt Long-Shu Pae ein holografisches Lesegerät, das noch aus der pränaflinischen Zeit stammt. Er untersucht es genau: Das Meersalz hat die elektronischen Chips zerfressen, und das Prisma für die dreidimensionale Projektion ist zerkratzt. Er sieht sich weiter um, und sein Blick fällt auf einen Wandschrank aus Dural. Den Code hat er schnell entziffert, die Türen gleiten zur Seite. In den Fächern liegen noch mehr Filme, codierte Schlüssel, und – brauchbare Ersatzchips. Im Licht der Laserlampe repariert er das Lesegerät. Dann stellt er es auf einen Felsvorsprung und legt mit vor Aufregung zitternden Händen einen Film ein. Das Gerät summt, rauscht, leuchtet auf; dann geschieht ein Wunder: Dreidimensionale, leicht verzerrte, jedoch vertonte Bilder erscheinen auf der gegenüberliegenden Wand: die im Zeitraffer gefilmte Errichtung des Klosters Selp Dik.

Long-Shu Pae sieht zuerst, wie riesige Flächen für die Fundamente ausgehoben werden; dann mächtige, zubehauene Steinquader, die einfach aus dem Boden auftauchen und übereinander getürmt werden, sodass sie Mauern, Schutzwälle und Brüstungen bilden; Pechnasen an den Brüstungen, Schießscharten. Er sieht, wie Zisternen gegraben werden, das Entstehen der Innenhöfe, das Emporwachsen der Bergfriede und wie die einzelnen Gebäudekomplexe mit unterirdischen Gängen und Treppen verbunden wurden.

Arbeiter gibt es keine: Unsichtbare, vorprogrammierte Kräfte auf Wellenbasis bauen das alles. Dann ist das Werk vollendet. Ein einziger winziger Mann geht auf das monumentale Eingangsportal zu, und Long-Shu Pae glaubt in der Gestalt Mahdi Naflin wiederzuerkennen.

Fast außer sich vor Erregung schaut er sich andere Filme an. Die meisten behandeln nur ein Thema: die Eroberung der Festung der Stille.

Dann sieht er das schöne und ernste Gesicht des Mahdi Vetraysi. Er hört diese seit Jahrhunderten erloschene, doch in diesem Gewölbe noch immer kräftige und gleichzeitig sanft klingende Stimme. Seine Worte besänftigen den inneren Schmerz Long-Shu Paes. Und plötzlich wird er von einer überwältigenden, geradezu ekstatischen Freude ergriffen. Mit seinem ganzen Sein wirft er sich in den leuchtenden Strom, der aus dem Mund des Mahdi sprudelt, und Tränen der Dankbarkeit strömen über sein Gesicht. Er öffnet sein Herz, ohne sich von seinem Denken beeinflussen zu lassen. Selbst nach diesen langen Stunden in dem feuchten, finsteren Archiv verspürt er keine Müdigkeit, in dieser Zeit hat er sich regeneriert.

Wieder und wieder sieht er sich den Film an, prägt sich jedes Wort ein. Und er zieht daraus den Schluss, dass der Orden einen falschen Weg einschlägt und sich langsam, aber unerbittlich von den ursprünglichen Maximen, die so greifbar nahe hier unter dem Kloster Zeugnis ablegen, entfernt.

Nachdem Long-Shu Pae mehrere Wochen regelmäßig

seine Studien im Archiv fortgesetzt hatte, wurde sein Bedürfnis, einige seiner Freunde an seinen Erkenntnissen teilhaben zu lassen, immer größer. Er tat es. Doch sie reagierten mit Schweigen und Misstrauen darauf. Manchmal sogar mit Verachtung. Sie wollten, weder direkt noch indirekt, mit einem Dissidenten in Verbindung gebracht werden.

Ein paar Monate später unterzogen die Wächter der Reinheit Long-Shu Pae aufgrund einer anonymen Denunzierung einer Anhörung. Die Ritter, die mit der Überwachung der Orthodoxie ihrer Lehre betraut waren, schlossen den Lehrer daraufhin von ihrer Klostergemeinschaft aus und verbannten ihn als Raskatta auf den Planeten Roter-Punkt. Er hatte seinerzeit um einen Schiedsspruch des Großmeister Mahdi Seqoram gebeten, was von den Wächtern jedoch kategorisch abgelehnt worden war.

»Glaubt Ihr etwa, Ritter, dass der Mahdi seine Zeit mit einem Aufsässigen, einem Rebellen verschwendet?«

Um seine Demütigung noch zu steigern, war das Urteil im großen Innenhof vor allen Klosterinsassen verkündet worden. Auch vor seinen Schülern, die ihm zornige, fast hasserfüllte Blicke zugeworfen hatten.

Von Roter-Punkt aus hatte Long-Shu Pae unzählige Nachrichten an den Mahdi Seqoram gesandt, ohne jedoch jemals eine Antwort zu bekommen. Wahrscheinlich hatte das Entscheidungsgremium sie abgefangen, weil es Probleme fürchtete.

So waren die Jahre vergangen und hatten Long-Shu Pae einsam und verbittert zurückgelassen. Er hatte in dieser Zeit ein Informationsnetz aufgebaut, um sich von seiner Verzweiflung und Enttäuschung abzulenken.

Daher rührte auch sein grenzenloses Erstaunen, als er

das charakteristische Rauschen seines Empfangstabernakels gehört hatte, das er aus Prinzip immer eingeschaltet ließ. Einen kuzen Augenblick war er allein durch die Tatsache, dass sich der Orden nach langen Jahren noch an seine Existenz erinnerte, glücklich, ja fast euphorisch. Doch dann wirkte der Wortlaut der Botschaft wie eine kalte Dusche: Das Entscheidungsgremium hatte ihn nur kontaktiert, um die Arbeit eines mit einer Mission betrauten Abgesandten zu erleichtern.

Natürlich war er enttäuscht gewesen, aber er hatte sich gezwungen, seine Kränkung zu ignorieren, weil er derartige Gefühle noch immer für einen Ritter unwürdig hielt. Denn in seinem tiefsten Innern fühlte er sich weiterhin dem Orden zugehörig und dessen Grundregeln, Gehorsam und Demut, verpflichtet. Deshalb hatte er beschlossen, den Gesandten rückhaltlos zu unterstützen.

Trotzdem fragte er sich noch immer, ob es nicht besser sei, der Stimme seines Gewissens zu folgen, und ob seine Pflicht nicht darin bestehe, laut die Wahrheit zu verkünden. Seine Wahrheit. Und er fragte sich, ob die Leidenschaft, die ihn in seiner Jugend im Kloster erfüllt und ihn dazu getrieben hatte, nach Erkenntnis zu suchen, nicht durch seine Schwäche erloschen war.

Plötzlich leuchtete die zwischen zwei Büchern in einem Regal stehende rote Lampe auf. Automatisch zählte Long-Shu Pae die Impulse: sechs kurze und drei lange. Der Code seines Informanten Kraouphas.

Der Ritter erhob sich und stieg ohne Hast die Wendeltreppe ins Erdgeschoss hinunter. Dann durchschritt er einen langen schmalen Gang, dessen Schiebetür durch eine Trompe-l'œil-Malerei kaschiert war. Am Ende des Gangs gab es eine zweite, dieses Mal gepolsterte Stahltür, die absoluten Schall- und Schwingungsschutz gewährte. Long-Shu Pae legte großen Wert auf Schutzvorrichtungen in seinem Haus.

Aus einer Innentasche seiner Kutte nahm er eine Fernbedienung und tippte den Öffnungscode ein. Die Tür schwang geräuschlos auf. Davor stand Kraouphas, er war in ein weites prougisches Cape, Gubiane genannt, gehüllt. Salom stand bereits hoch am Himmel, doch das spärliche Licht des Gestirns verlieh der Umgebung ein gespenstisches Aussehen.

»Bist du allein?«, fragte Long-Shu Pae leise.

Kraouphas antwortete nicht. Er steckte zwei Finger in den Mund und stieß zwei kurze Pfiffe aus. Gleich darauf tauchte aus den Schatten eine ebenfalls in eine graue Gubiane gekleidete Gestalt auf.

»Ist er das?«

Kraouphas nickte.

»Tretet ein!«

Mit einer Geste bat Long-Shu Pae seine Besucher ins Haus. Er schloss die Tür hinter ihnen und wechselte sofort den Code, eine Vorsichtsmaßnahme, die er automatisch für jeden der sieben Eingänge seines Domizils ergriff.

»Hier entlang.«

Die drei Männer stiegen hintereinander die Wendeltreppe empor. Der Ritter brannte vor Ungeduld. Er wollte wissen, wer sich unter dem grauen Kapuzenmantel verbarg. Vielleicht sogar einer seiner ehemaligen Freunde ... Er geleitete die beiden in den quadratischen Raum im zweiten Stock und drückte auf den Wandschalter für die Schwebelampe, die sofort ein warmes goldenes Licht verbreitete.

»Nehmt Platz«, sagte Long-Shu Pae freundlich. »Seid willkommen auf Roter-Punkt. Ich bin Long-Shu Pae.«

Er legte die Hand auf seine Stirn und verneigte sich. Der Gesandte des Ordens erwiderte den Gruß auf dieselbe Weise, gemäß den Regeln der Ritterschaft. Dann entledigte er sich seiner Gubiane.

Long-Shu Pae erstarrte, so sehr war er überrascht. Er hatte sich auf den Besuch eines Ritters, eines Vertrauten des Mahdi, eines Experten der mentalen und sonografischen Wissenschaften vorbereitet und stand vor einem jungen Krieger, der noch nicht sein Noviziat beendet hatte. Fassungslos starrte er in das fein geschnittene Gesicht dieses jungen Mannes, musterte dessen volles braunes lockiges Haar und den athletischen Körper unter dem bronzefarbenen Gewand.

»Ich bin der Krieger Filp Asmussa, der dritte Sohn Dons Asmussas, Seigneur von Sbarao und der Elf Ringe«, verkündete der junge Gesandte mit jenem nur Adeligen eigenen Stolz in der Stimme und blitzenden schwarzen Augen.

Obwohl nicht groß gewachsen, war er eine stattliche Erscheinung und versuchte nun, steif und förmlich, dem eiskalten Blick Long-Shu Paes standzuhalten.

Doch der Ritter spürte hinter diesem Schutzpanzer die verborgene Aggressivität des Kriegers. Und er erkannte, dass das Entscheidungsgremium in seiner fanatischen Rigorosität ihm – dem noch immer als subversiv angesehenen Abtrünnigen, der unschuldige Seelen vom rechten Weg abbringen könnte – in der Person Filp Asmussas eine Warnung zukommen ließ. Ebenso offensichtlich war aber auch, dass das Gremium ihn um Hilfe bat, weil es sich in einer verzweifelten Lage befand und nicht wusste, an wen es sich sonst hätte wenden können. Auf keinen Fall aber würden sie ihn wieder in ihre Gemeinschaft aufnehmen, noch ihm eine späte Anerkennung zollen, wie er insgeheim gehofft hatte. Mit einer ungeheuren Willensanstrengung gelang es ihm, seine Enttäuschung zu verbergen, denn alle seine Illusionen waren jetzt verflogen.

»Nun gut, Krieger Filp Asmussa, ich freue mich, Euch helfen zu können.«

»Tausend Dank, Ritter«, stieß der Krieger mühsam hervor. Er bemühte sich gelassen zu wirken, konnte aber seine Anspannung nicht verbergen.

Kraouphas saß auf einem schwebenden Kissen und betrachtete gedankenverloren die Buchrücken.

Eine Frage brannte Long-Shu Pae auf der Zunge: »Habt Ihr in letzter Zeit den Mahdi Seqoram gesehen?«

»Ihr wisst doch nur zu gut, Ritter, dass der Mahdi mir erst die Ehre eines Treffens erweist, nachdem ich die Kutte anlegen und die Tonsur tragen darf«, antwortete Filp Asmussa in spöttischem Ton. »Wie könnte ich es wagen, ihn zu stören? Er hat, weiß Gott, Wichtigeres zu tun.«

Long-Shu Pae fand die Überheblichkeit des jungen Mannes widerwärtig. Er hatte den Eindruck, nicht der Krieger spreche zu ihm, sondern durch ihn eine der Stimmen des Entscheidungsgremiums. Sie hatten ihm diesen Novizen geschickt, weil es ihnen leichtgefallen war, diesen Mann durch Indoktrination zu fanatisieren. Aber was fürchtete der Orden, wenn er es nötig hatte, seine jüngsten Mitglieder auf diese Weise zu manipulieren?

»Vor nicht allzu langer Zeit noch konnte man den Mahdi jederzeit sprechen. Sogar jeden Tag ...«, sagte Long-Shu Pae und seufzte.

»Die Zeiten ändern sich«, entgegnete Filp Asmussa. »Da müssen wir uns eben anpassen. Wenn sich der Mahdi Seqoram nicht mehr um die Angelegenheiten des Klosters kümmert und die Leitung in die Hände des Entscheidungsgremiums gelegt hat, wird er seine Gründe dafür haben. Und gute Gründe. Zweifelt Ihr etwa daran, Ritter?«

»Meine Zweifel dürften Euch hinreichend bekannt sein, nicht wahr? Ihr habt hier einen Paria vor Euch, einen Mann, der wegen seiner Neigung gewisse Dinge anzuzweifeln, ins Exil geschickt wurde ...«

»Warum? Was werft Ihr der von uns vertretenen Lehre vor?«, stieß der Krieger mit Vehemenz hervor.

»Der Lehre werfe ich nichts vor. Im Gegenteil«, antwortete der Ritter ruhig. »Aber sprechen wir von denselben Dingen? Mir scheint, dass wir sie beide, jeder auf seine Art, interpretieren und für sich beanspruchen. Und ich war einfach nicht damit einverstanden, wie das Kollegium sich ihrer bemächtigte ...«

»Auf was sonst bezieht sich das Gremium Eurer Meinung nach? Wer oder was leitet und berät es? Was repräsentiert es? Sollte es sich etwa den Anordnungen des Mahdi widersetzen? Das hieße, sich ihm zu widersetzen!«, stieß Filp Asmussa wütend hervor. Obwohl Wut oder Zorn nicht zu den Tugenden des Ordens gehörte.

»Ich weiß, das Gremium behauptet, in seinem Namen zu handeln. Doch lassen wir das. Ich werde mich mit Euch nicht auf ein überflüssiges Rededuell einlassen, auf das Ihr mir wahrhaftig gut vorbereitet scheint. Doch da Ihr mich um meine Meinung gefragt habt, habe ich sie Euch gesagt. Als ich noch im Kloster lebte, hatte ich Zugang zu dessen Geheimarchiv. Nach ausgedehnten Recherchen darin, kam ich zu dem Schluss, dass der Orden dabei war seine Spiritualität zu verlieren, sein Wesen ... und dass er allem den Rücken gekehrt hatte, was einst zu seiner Gründung führte.«

»Die Regeln haben sich nicht geändert!«, sagte Filp Asmussa mürrisch.

Long-Shu Pae ließ sich in einen Sessel sinken und verlor sich einen Moment in der Betrachtung des schwebenden Lichts.

»Nun setzt Euch endlich, Ritter ... Ihr sagtet, die Regeln hätten sich nicht geändert ... Aber wisst Ihr denn, dass der Klang – unser berühmter Klang des Todes – ursprünglich der Verinnerlichung diente? ... Wollt Ihr Euch wirklich nicht setzen?«

Doch Filp Asmussa blieb stehen, mit schräg geneigtem Kopf, die Hände in die Hüften gestemmt. Eine Pose der Herausforderung.

»Ganz wie Ihr wollt! Ich sagte bereits, dass hinter dem Ton, dem Klang, die Stille herrscht – das Xui –, und diese Stille errichtet einen unüberwindbaren Schutzwall. Der Klang allein erlaubt es, die Festung der Stille zu errichten – ein uneinnehmbares Bauwerk, vor dem der Feind seine Waffen niederlegt, ehe er anfängt zu kämpfen. In seinen Anfängen kam der Orden kriegerischen Auseinandersetzungen zuvor, ehe sie aufflammen konnten. Der Orden war eine Institution des Friedens.«

»Das ist er noch immer!«

»Sagen wir lieber, Ihr haltet ihn dafür. Im Laufe der Jahre hat sich der Klang draußen manifestiert. Er ist zu einer Waffe geworden, und dient wie alle Waffen der Zerstörung. Der Orden selbst hat seinen Schutzwall zerstört. Kennt Ihr die uralte Legende von den Trompeten Jerichos? Nein? Das macht nichts. Der Orden hat die Festung verlassen und sich leichtsinnigerweise auf das Gebiet der Materie begeben. Er mischt sich in weltliche Angelegenheiten und ist zu einer Waffe des Krieges geworden. Er riskiert, früher oder später vor einer anderen stärkeren Kriegswaffe kapitulieren zu müssen. Und eine Waffe des Friedens gibt als Waffe des Kriegs ein ziemlich jämmerliches Bild ab, findet Ihr nicht? Und was die Festung der Stille betrifft, da sie jetzt verlassen ist, wird sie wahrscheinlich bereits belagert oder wurde vielleicht sogar schon eingenommen. Denn wie alle gewöhnlichen Kriegsarmeen hat der Orden im Laufe der Jahrhunderte durch seine straffe Organisation sein eigentliches Wesen eingebüßt. Die Hierarchie hat das Leben vergiftet. Doch Leben heißt permanente Evolution, nicht wahr? Müssten sich die Strukturen nicht der Evolution beugen? Was ist die Tradition noch wert, wenn sie nicht viel mehr als eine leere Hülse ist?«

Long-Shu Pae schwieg. Ein bedrückendes Gefühl tiefer Verzweiflung überkam ihn. Früher einmal hatte er die Möglichkeit gehabt, Himmel und Erde zu bewegen, Götter und Dämonen herauszufordern, seine Überzeugungen in den Sturmwind hinauszuschreien. Doch das hatte er aus Feigheit nie getan. Jetzt blieb ihm nichts mehr, als sich einem lauen Anflug des Bedauerns zu stellen.

»Dieser Fanatismus ist eine Krankheit, eine Seuche«, fuhr er müde fort. »Sie macht herzlos und kalt. Sie verwandelt ein fruchtbares Tal in eine Wüste und einen gesunden jungen Mann in einen Heuchler. Sie beutet schamlos Idealisten aus. Sie trübt den Blick und lähmt den Fortschritt ... Doch das Leben sprengt eines Tages diese Fesseln und kommt wieder zu seinem Recht ... Das sind einige der Gründe, die mich ... zweifeln lassen, Krieger. Diese Erstarrung ist vielleicht nichts anderes als eine unabwendbare Erscheinung dieser Zeit, das zwangsläufige Ende eines Zyklus ... Wie auch immer: Durch meine Feigheit habe ich mich selbst dazu verurteilt, zum machtlosen Zeugen des Niedergangs einer Welt zu werden. Doch genug von mir! Durch mein Gerede verliert Ihr kostbare Zeit. Wenn Ihr auf diesen Planeten der Verdammten gereist seid, habt Ihr eine Mission zu erfüllen, und seid nicht gekommen, um Euch das wirre Gerede eines alten Abtrünnigen anzuhören.«

Obwohl die vier Weisen des Gremiums Filp Asmussa indoktriniert hatten, erwies sich dieser mentale Schutz als ziemlich erbärmlich, denn in den Worten des Ritters Long-Shu Pae lag eine solche Kraft, dass seine tiefsten Überzeugungen ins Wanken gerieten. Seine Schwäche erschreckte ihn zutiefst, und gleichzeitig wurde ihm bewusst, wie weit er noch vom Wissensstand der Ritter des Ordens entfernt war, in deren Kreis er baldmöglichst aufgenommen zu werden hoffte.

Sogar Kraouphas war den Ausführungen Long-Shu Paes aufmerksam gefolgt. Der Prouge kannte den Ritter seit mehr als zwanzig Jahren und jetzt beobachtete er ihn, die schweren Lider seiner Augen halb geschlossen.

Filp Asmussa indessen gab sich Mühe, seine Haltung wiederzufinden. Dieser Versuch, ihn ins Schwanken zu bringen, war eine Prüfung. Vielleicht war dies die letzte vom Kollegium auferlegte Prüfung, um seine Eignung zum Ritter festzustellen. Also straffte er die Schultern, richtete sich kerzengerade auf und sah Long-Shu Pae entschlossen in die Augen; Augen, die jetzt erloschenen Sternen glichen.

»Die Vergangenheit ist tot!«, verkündete er mit tönender Stimme, in der sein Gesprächspartner trotz ihrer Lautstärke die Brüchigkeit wahrnahm. »Ihr scheint diese Devise vergessen zu haben: *Allein der Anwesende lebt.* Ihr sprecht von einer permanenten Evolution, nicht wahr? Ihr selbst habt Euch nicht mit dem Orden weiterentwickelt!

Ihr gehört nicht mehr dazu. Ihr habt das Vertrauen des Ordens verloren. Ihr seid nichts als ein parasitäres Element. Ihr habt mit der Tradition gebrochen, und Euer Meister hat sich von Euch losgesagt ...«, endete Filp Asmussa im Ton verächtlicher Überlegenheit.

Dieses unwiderlegbare Argument benutzten die vier Weisen des Gremiums immer, wenn sie einer Diskussion ein Ende machen wollten.

»Ein Meister sagt sich niemals von einem Schüler los ... Sprechen wir lieber über die aktuelle Lage. Über Fakten«, sagte Long-Shu Pae ironisch. »Habt Ihr die Erlaubnis, mich über den Grund Eures Besuchs auf diesem Planeten in Kenntnis zu setzen?«

»Ich bin auf der Suche nach einem jungen Mädchen hier«, erklärte Filp Asmussa, sichtlich irritiert über den ironischen Ton des Ritters. »Es handelt sich um die Tochter des Syracusers Sri Alexu. Nach unseren letzten Informationen muss sie sich auf Roter-Punkt aufhalten. Ihr Vater hat ihr den Auftrag erteilt, sich mit dem ehemaligen Smella Sri Mitsu in Verbindung zu setzen. Das Kollegium wiederum hat mich angewiesen, sie so schnell wie möglich ins Kloster Selp Dik zu bringen.«

»Sri Mitsu starb, als Rotes Feuer im Zenit stand«, sagte Long-Shu Pae. »Er wurde von den Pritiv-Söldnern exekutiert. Das weiß ich von einem meiner Spitzel. Er hat gesehen, wie sie seinen Körper mit diesen mumifizierenden Strahlen verbrannt haben. Einem jungen Prougen, der sich bei ihm aufhielt, gelang die Flucht.«

»Und das Mädchen? Wisst Ihr, wo das Mädchen ist?«

An Kraouphas gewandt, sagte der Ritter: »Sag mal, wird heute auf dem Sklavenmarkt nicht eine junge Syracuserin versteigert?«

Der Prouge fuhr sich nervös durch sein dicht gelocktes rotes Haar.

»Ja ... Menschenware. Sie gehört dem dicken Glaktus.«

»Also, dann handelt es sich wahrscheinlich um die junge Frau, die Ihr sucht, Krieger. Syracuserinnen sind so selten auf Roter-Punkt, dass sie sofort auffallen. Gäbe es noch eine, wir wüssten es. Warum sollt Ihr diese Person ins Kloster bringen? Ein weibliches Wesen in Selp Dik, das bedeutet doch einen Verstoß gegen eine der wichtigsten Regeln, habe ich nicht recht?«

»Es steht mir nicht zu, eine solche Frage zu beantworten, Ritter!«, entgegnete Filp Asmussa. »Meine Aufgabe besteht allein darin, sie dorthin zu bringen. Das Übrige geht mich nichts an.«

»Natürlich ... Aber Ihr seid etwas zu spät gekommen. Denn sie wird im Mittelpunkt dieser Versteigerung stehen, und das wird Eure Aufgabe kaum erleichtern. Dort tummeln sich alle Françaos der Camorre samt ihrer Leute, die Händler und ihre Killerbanden, die Käufer mit ihren Eskorten ... Doch wenigstens gibt es etwas Positives: Denn die Versteigerungen der begehrtesten Objekte finden erst zum Schluss statt. Da bleibt uns Zeit, ein paar Vorbereitungen zu treffen ...«

Long-Shu Pae biss sich auf die Unterlippe und verneigte sich.

»Verzeiht, Krieger. Es steht mir nicht an, Euch Befehle zu erteilen. Ich bin Eurer Diener. Befehlt, und ich gehorche.«

Filp Asmussa durchbohrte den Ritter mit Blicken, sagte aber nichts dazu. Er hatte beschlossen, den Sarkasmus des Ritters zu ignorieren, weil er sich von ihm nicht mehr provozieren lassen wollte. Sonst wäre er vor Wut explodiert.

Aber er musste sich auf seine Mission konzentrieren und durfte seine Energie nicht mit nutzlosen Wortgefechten verschwenden. Deshalb begnügte er sich mit einer wegwerfenden Handbewegung.

»Ah! Wie ich sehe, übt Ihr Euch in der Tugend der Selbstkontrolle«, stellte Long-Shu Pae fest. »Ihr habt recht, Krieger. Man muss die Wut unter Kontrolle halten. Sie kontrollieren und nicht versuchen, sie zu dämpfen. Darin liegt vielleicht das Geheimnis ...«

»Könnt Ihr mich zu dem Ort bringen, wo ... wo diese Versteigerung stattfindet?«

»Vermutlich suchen die Pritiv-Mörder, die Sri Mitsu getötet haben, ebenfalls nach diesem Mädchen. Wenn wir ihrer habhaft werden wollen, dürfen wir keine Zeit verlieren. Habt Ihr Euer Kompaktluftschild dabei?«

»Ich trenne mich nie von meinem Schild.«

»Eine weise Vorsichtsmaßnahme ... Doch müsst Ihr hier nicht in dieser lächerlichen Verkleidung umherlaufen, Krieger. Die Prougen schätzen es nicht, wenn Fremde ihre traditionelle Kleidung anlegen. Außerdem behindert sie die Bewegungsfreiheit. Und da den Einheimischen der Orden der Absolution völlig gleichgültig ist, solltet Ihr Eure Kutte anziehen ...«

Kraouphas stand auf und hüllte sich in seinen grauen Umhang. Er zog die Kapuze tief in die Stirn, sodass man weder seine scharf geschnittenen Gesichtszüge mit der Adlernase noch sein üppiges flammendrotes Haar sehen konnte. Long-Shu Pae schlüpfte in eine mitternachtsblaue Jacke und setzte sich eine weiße Baumwollmütze auf.

»Schämt Ihr Euch etwa Eurer Tonsur?«, fragte Filp Asmussa giftig. Seine guten Vorsätze schien er vergessen zu haben.

Der Ritter maß ihn mit einem langen eiskalten Blick. Allein aus ästhetischen Gründen bedeckte er sein Haupt. Doch er zweifelte daran – schon wieder dieser Zweifel! –, dass sich dieser junge Hitzkopf davon überzeugen lassen würde.

Die drei Männer tauchten im Gewirr der dunklen und verlassenen Gassen unter. Nur ein paar Lichtblasen, die von der nächtlichen Brise dahingetrieben wurden, schwebten über ihren Köpfen. Oft mussten sie über die Körper der Junkies hinwegsteigen, die auf den Trottoirs lagen, und von denen wohl einige Grünes Feuer nicht mehr aufgehen sehen würden. Bald hatten sie den großen rechteckigen Platz erreicht, der das Dach des Sklavenmarktes bildete.

Der Platz war belebt. Es herrschte eine geradezu elektrisch aufgeladene Atmosphäre. Gaffer und Müßiggänger drängelten sich auf den schnurgeraden und gut beleuchteten Alleen. Sie alle wollten Zeuge des Spektakels werden, das sich unter ihnen in dem überfüllten Saal abspielte. Und sie begleiteten das Geschehen mit Aus- und Zwischenrufen und Kommentaren, die Qualität der armen Nackten betreffend, die in Käfigen mit Luftgittern exotischen Tieren gleich zur Schau gestellt wurden.

Long-Shu Pae, Flip Asmussa und Kraouphas kämpften sich durch eine Gruppe zerlumpter Gestalten und kauerten sich an den Rand eines Dachfensters, worauf die anderen in empörtes Geschrei ausbrachen und wütende Drohungen ausriefen. Doch nachdem der Ritter einen einschüchternden Blick in die Runde geworfen hatte, beruhigten sich die Bettler wieder. Alle starrten – so gut es eben ging – durch das Fenster.

Long-Shu Pae und Flip Asmussa richteten ihre Aufmerksamkeit zuerst auf das Zentrum des Geschehens, auf ein rundes, von Scheinwerfern in grelles Licht getauchtes Podium. Doch selbst diesen sich kreuzenden Lichtbündeln gelang es nicht, den gesamten Saal zu erleuchten. In manche Luftkäfige konnte man nicht hineinsehen. In einigen Ecken wurden die Gefangenen partieweise verkauft. Da es auf ihr Aussehen nicht ankam – weil der Käufer ja die ganze Partie nehmen musste –, hatten die Verkäufer es nicht einmal für nötig gehalten, sie zu waschen oder ihnen ihre stinkenden Lumpen auszuziehen, die ihnen als Kleider dienten.

»Ihr, ein Ritter, habt Ihr denn nie etwas getan, um diesem erbärmlichen Spektakel Einhalt zu gebieten?«, murmelte Filp Asmussa leise, aber mit vor unterdrückter Empörung zitternder Stimme. »Das alles hat sich doch praktisch unter Euren Augen abgespielt.«

»Lasst endlich davon ab, über alles zu richten, Krieger!«, entgegnete Long-Shu Pae. »Derlei Verurteilungen trüben den Geist und verhindern ein freies, intuitives Handeln ... Ihr solltet lieber versuchen, die Kräfteverhältnisse, die da unten vorherrschen, abzuschätzen.«

Die Szenerie in der Halle wurde immer turbulenter, die Menge immer aufgeregter. Eine bunte Mischung aus verschiedensten Ständen und Bevölkerungsgruppen hatte sich hier getroffen: Individuen aus allen Welten. Wohlhabende Bürger, die leicht an ihren luxuriösen Kleidern zu erkennen waren, Polizisten in blauen Uniformen, die eigentlich für Ordnung sorgen sollten, aber von der Camorre bestochen worden waren, ihr nicht in die Quere zu kommen, Aussätzige, Bettler, nervös herumzappelnde Drogenabhängige.

»Heute Abend haben sie sich wirklich alle hier versammelt«, sagte Long-Shu Pae. »Seht Ihr den Dicken da unten? Das ist Glaktus, der Händler. Der momentane Besitzer der Syracuserin ...«

Ein Fettsack. Eine unförmige, schwabbelige Körpermasse, die in ein neoropäisches, pflaumenblaues und mit goldenen Pailletten besticktes Gewand gehüllt war. Sein halsloser Kopf schien direkt mit dem enormen Brustkorb verschmolzen, unter dem sich die Speckfalten seines Bauchs wölbten. Er saß auf drei nebeneinanderstehenden Stühlen.

Glaktus jubilierte, lächelte affektiert und wedelte mit seinen weißen Wurstfingern, an denen Optalium-Ringe steckten. Seine Schminke war geschmolzen und floss in kleinen Bächen über sein Dreifachkinn. Ölige Schweißtropfen rannen aus seinem angeklatschten blonden Haar über Stirn, Schläfen und seine Hängebacken.

Hinter ihm hatte sich seine Leibgarde aufgepflanzt: brutale Kerle, die Brustpanzer, Arm- und Beinschienen angelegt hatten.

»Das sind ganz üble Burschen«, sagte Long-Shu Pae, »richtige Galgenvögel! Jederzeit bereit, auch Kinder aufzuschlitzen, wenn es darum geht, an Drogen zu kommen. Sie sind extrem gefährlich, weil sie unberechenbar sind. Keine normalen Gegner, weil die Droge ihre physische Kraft verzehnfacht und sie gegen Schmerzen immun macht. Die Gefolgsleute der Françaos, kampferprobte Männer, fürchten sie wie die atomare Pest ...«

Ein durchdringender schriller Schrei war zu hören. In einer Loge stand der Auktionator – ein Strohmann der Camorre – mit einem Mikrofon in der Hand und verkündete, dass nun die zweite Auktion der Spitzensklaven beginne. Die Strahlen der Scheinwerfer richteten sich auf das Podium in der Mitte des Saals, während das Gedränge hinter der magnetischen Absperrung noch größer wurde.

Im gleißenden Licht wurde jetzt ein etwa fünfzehnjähriger Junge mit weißer Haut und seltsam erschlaffter Muskulatur sichtbar.

»Ein Knabe vom Planeten Camalot. Besitzer ist der Françao von Doncq!«, rief der Auktionator. »Wer bietet als Erster?«

Offensichtlich hatte man dem Jugendlichen eine Dosis »Gefügigmacher« injiziert.

»Das kann man sofort an den violetten Schatten unter seinen Augen erkennen«, erklärte Long-Shu Pae. »Das Virus hat ihn sehr geschwächt, aber die im Käfig herrschenden Druckverhältnisse zwingen ihn, aufrecht stehen zu bleiben. Würde er vor den Käufern zusammenbrechen, es wäre verheerend für den zu erzielenden Preis.«

»Und warum wird er dann mit diesem Virus infiziert?«, fragte Filp Asmussa.

»Weil es ihn willenlos macht und verhindert, dass er Selbstmord begeht. Für die Françaos und die Händler ist es profitabler, infizierte Menschenware lebend und im Ganzen zu verkaufen als die einzelnen Organe von den Toten. Vor allem, weil die Käufer meistens nichts davon wissen.«

Reiche Bürger und Adelige machten sich den jungen Camaloter streitig. Sie schrien und wedelten bei jedem neuen Gebot hektisch mit den Armen, um die Aufmerksamkeit des Auktionators auf sich zu ziehen. Ein alter Adeliger aus Issigor, ein Mann mit schlohweißem Haar, der trotz vieler Schönheitsoperationen und kosmetischer Tricks keineswegs jung wirkte, trug endlich den Sieg davon. Seine mumienhaften Gesichtszüge verzerrten sich zu einem triumphierenden Grinsen. Ein Exekutor bahnte sich mühsam einen Weg durch die Menge zu dem Adeligen und nahm ihm mittels seines tragbaren Analysegeräts die Bankdaten ab.

Die Bettler neben den drei Männern kommentierten das Geschehen auf ihre Weise.

»Ist doch klar, was dieser vor Geld stinkende alte Sack mit dem Kleinen vorhat. Den hat er sich für sein Bett gekauft!«, murmelte eine Frau.

»Diese Scheißer mit ihrem Geld glauben wohl, sie könnten sich alles erlauben«, schimpfte ein Mann.

»Der lebt nicht mehr lange, der Junge ... Die haben ihm ne Spritze verpasst ... Der rührt sich eh schon nicht mehr ...«

»Der Alte lebt auch nicht mehr lange. Der hat doch mindestens schon hundertfünfzig Jahre auf dem Buckel ...«

Im Lauf der Versteigerung heizte sich die Atmosphäre immer mehr auf. Jeder kämpfte gegen jeden. Zuerst mit Worten, dann mit Fäusten. Messer blitzten auf.

Erst als der Auktionator drohte, den Saal räumen zu lassen und die Versteigerung abzubrechen, trat nach und nach wieder Ruhe ein.

Glaktus tupfte sich die Stirn mit einem rosafarbenen bestickten Taschentuch ab. Nur die Françaos wirkten wie versteinert. Im Gegensatz zu ihren nervösen Leibwächtern, die beim kleinsten Zwischenfall ihre Waffen ziehen würden, ließen sie sich von der fieberhaften Hektik nicht anstecken.

Ein junger, ganz in Weiß gekleideter Mann erregte Long-Shu Paes Aufmerksamkeit. Er saß neben dem Françao Métarelly und wirkte äußerst beunruhigt. Ständig drehte er sich um und warf flüchtige Blicke über seine Schulter, als ob er sich beobachtet oder verfolgt fühlte.

Bald schon hatte der Ritter entdeckt, wem diese Blicke galten: etwa ein Dutzend schwarz gekleideter Gestalten mit ebensolchen Masken, die wie erstarrt in dieser turbulenten Menge verharrten, und in ihrer Mitte eine ebenso starre geheimnisvolle Gestalt, deren Gesicht unter einer lindgrünen Kapuze verborgen war.

»Da! Direkt hinter den Käfigen mit Gitterstäben stehen die Pritiv-Sölder«, sagte Long-Shu Pae zu Flip Asmussa. »Sie haben Sri Mitsu ermordet. Und sie wollen auch das Mädchen haben. Und unter der grünen Kapuze steckt wahrscheinlich ein Scaythe vom Planeten Hyponeros. Denn wie ich von meinen Spionen hörte, sollen sich die Pritiv-Sektierer mit den Scaythen verbündet haben und gemeinsam für die Syracuser arbeiten ...«

Plötzlich kam Long-Shu Pae ein erschreckender Gedanke. Er richtete sich auf und musterte das Profil des jungen Kriegers, das sich scharf vor der hellen Dachluke abzeichnete. In seinem üppigen gelockten Haar funkelten Lichter.

»Jetzt erst begreife ich, warum das Gremium unbedingt dieses Mädchens habhaft werden will«, sagte Long-Shu Pae. »Weil sie eine Quelle wertvoller Informationen ist und der Orden nicht weiß, welchen Feind er bekämpfen soll! Er weiß nicht einmal, mit welchen Mitteln, noch wo oder wann dieser Kampf stattfindet! Aber sie ... sie weiß es vielleicht ... Sollte ihr Vater noch Zeit gehabt haben, sie aufzuklären. Ist es nicht so?«

Flip Asmussa biss sich auf die Unterlippe. Er hatte zu viel geredet und auf diese Weise dem Ritter ermöglicht, scharfsinnig die richtigen Schlussfolgerungen zu ziehen. Diese Erkenntnis brachte ihn völlig durcheinander. Trotzdem raffte er sich mühsam zu einer Antwort auf.

»Es herrscht bald Krieg, Ritter«, sagte er leise, aber in schneidendem Ton. »Das Gremium und der Orden müssen alle Trümpfe in der Hand haben und dürfen sich nicht blindlings in ein solches Unternehmen stürzen!«

»Aber ja. Das ist mehr als verständlich, da der Orden bereits dabei überrascht wurde, sich außerhalb der Festung der Stille begeben zu haben, muss die Gefahr nun schnellstmöglich abgewendet werden, ganz gleich, auf welche Weise«, sagte Long-Shu Pae ironisch.

»Genug! Hätte ich nicht eine Mission zu erfüllen, würde ich Euch auf der Stelle für Eure Unverschämtheit züchtigen.«

Filp Asmussa hatte – ohne sich dessen bewusst zu sein – die Stimme erhoben. Die Bettler wichen automatisch zurück. Sie hatten Angst, in eine Schlägerei verwickelt zu werden. Das Einzige, was ihnen geblieben war, war ihr Leben, und das war ihnen wichtiger als das Spektakel unten im Saal. Also hielten sie Distanz. Nur Kraouphas, ein grauer gespenstischer Schatten, beugte sich noch über die Fensteröffnung.

»Kommt wieder zu Euch!«, befahl Long-Shu Pae. »Jetzt ist weder Zeit noch Ort, das Großmaul zu spielen. Ihr solltet Eure Energie auf das Handeln konzentrieren. Bald wird die Person versteigert, an der wir interessiert sind. Und die Kampftruppe des Käufers wird sich mit der unberechenbaren Leibgarde von Glaktus gegen uns verbünden. Deshalb scheint es mir ratsam, in dem Moment zu intervenieren, wenn die Geldübergabe stattfindet. Das geschieht normalerweise nicht im Sklavenmarkt, sondern oft in der Nähe des Deremats des Käufers, um das Risiko eventueller Überfälle zu minimalisieren. Wenn sich die Versteigerung ihrem Ende zuneigt, das heißt, wenn nur noch zwei oder drei Bieter mitsteigern, wird sich Kraouphas mit den Spitzeln meines Netzes in Verbindung setzen. Auf diese Weise können wir vor Glaktus und dem Käufer am Ort der Geldübergabe sein und unsere Operation vorbereiten. – Kraouphas, hast du deinen Kommunizierer dabei?«

Kraouphas deutete auf die Ausbuchtung in seiner Jacke unter seinem Umhang. Dann nickte er und ging an den verängstigten Bettlern vorbei zu der Treppe, die zum Sklavenmarkt hinunterführte.

»So gehen wir vor, es sei denn, Ihr habt einen besseren Vorschlag, Krieger ...«, fügte Long-Shu Pae hinzu.

Filp Asmussa war zutiefst gekränkt. Er antwortete nicht, sondern bereute es bitterlich, seinen Zorn nicht unter Kontrolle gehabt zu haben. Er konnte den beißenden Hohn des Ritters kaum noch ertragen, kämpfte aber gegen die Wut an, die in seinem Inneren brannte und ihn schier zerreißen wollte. Auf keinen Fall durfte er diese Mission aus verletztem Stolz scheitern lassen. Long-Shu Pae, dieser kaltblütige, berechnende Kerl, manipulierte ihn wie ein Kind, wie einen Novizen, der er ja auch noch immer war. Er hatte noch einen langen Weg bis zur völligen Selbstbeherrschung vor sich, bis zum Xui, dem ruhigen See heiterer Gelassenheit. Vor lauter Ärger gruben sich seine Fingernägel in seine Handflächen, bis sie bluteten.

Die Bettler spürten, dass das Unwetter vorbeigezogen war und nahmen wieder ihre Plätze am Dachfenster ein. Doch sie warfen den beiden Männern ständig verstohlene Blicke zu, so als würden sie dem Frieden nicht trauen.

»Es gibt noch etwas, das ich nicht begreife«, murmelte Long-Shu Pae. »Seht Ihr den jungen, ganz in Weiß gekleideten Mann, der neben dem kahlköpfigen Françao sitzt? Sein Benehmen lässt vermuten, dass er das Bindeglied zwischen den Söldnern, dem Scaythen und Sri Alexus Tochter ist ... Von ihm geht eine extrem große innere Spannung aus. Die Anspannung eines Mannes, der bereit ist, alles aufs Spiel zu setzen, um die Angst in seinem Innern nicht mehr spüren zu müssen ...«

Der Ritter schwieg kurz und sprach dann, ohne sich um die neugierigen Bettler zu kümmern, mit halblauter Stimme weiter: »Ich habe diesen Mann noch nie gesehen. Woher kommt er? In welcher Beziehung steht er zu Métarelly? Ist er vielleicht das Sandkorn ... der Sand im Getriebe ...«

Filp Asmussa hörte nicht mehr zu. Er befolgte buchstabengetreu den Rat Long-Shu Paes: Er sparte seine Kraft fürs Handeln auf. Schließlich war er ein Mann der Tat. Diese Empfehlung schien ihm als einziges sinnvoll und mit diesem wirren Gerede konnte er nichts anfangen.

NEUNTES KAPITEL

Glaktus: Gattungs-/Eigenname, männlich. Bezeichnung für einen Mann, der unter krankhafter Fettsucht leidet. Im übertragenen Sinn auch Bezeichnung für ein Individuum, das seinesgleichen schamlos ausbeutet, auf ihre Kosten also »fett« wird. Geschichtlicher Hintergrund des Wortes »Glaktus«: Der unter Adipositas leidende Glaktus sei ein Sklavenhändler auf dem Planeten Roter-Punkt gewesen. Er habe Naïa Phykit in Matana – der alten Stadt der Prougen – gefangen genommen und sie auf dem Sklavenmarkt verkauft. Doch dann sei Sri Lumpa vom Himmel herabgestiegen, habe Feuer gespien und Naïa Phykit nach einem mörderischen Kampf befreit. Während dieses als Schlacht von Rajiatha-Na in die Annalen eingegangenen Kampfes habe der fette Glaktus sein Leben verloren. Seitdem ist das Wort »Glaktus« in der Umgangssprache auf Roter-Punkt gebräuchlich. Das war am Ende des großen Ang-Reichs.

Universallexikon origineller Wörter und Ausdrücke,
Akademie der lebenden Sprachen

Aphykit hatte das seltsame Gefühl, zwischen den Luftwänden des Käfigs zu schweben, in den der fette Menschenhändler sie hatte sperren lassen.

Der Luftdruck war derart reguliert, dass sie sich trotz ihrer Erschöpfung und des beginnenden Fiebers mühelos aufrecht halten konnte. Doch bewegen konnte sie sich nur im Zeitlupentempo, wie in einer zähen Masse. Ein unsichtbarer Ring um ihre Brust schnürte sie ein und behinderte ihre Atmung.

Bekleidet war sie mit einem sackartigen, bis zu den Hüften geschlitzten Hemd aus ungebleichter Baumwolle, das ihr bis zu den Knien reichte. Noch hatte sie sich nicht daran gewöhnt, ohne ihren Colancor zu leben; schon den kleinsten Lufthauch fand sie schwer erträglich.

Aphykit hatte keine Ahnung, wo sie sich befand. Die Luftwände ihres Käfigs waren undurchsichtig und tauchten das Innere in ein grünliches Halbdunkel. Nur wie aus weiter Ferne hörte sie ein leises Brausen. Klare, logische Gedanken konnte sie nicht mehr fassen; kaum tauchte einer auf, verlor er sich in einem ihren Geist verhüllenden Nebel. Manchmal sah sie, Blitzen gleich, klar umrissene Bilder vor ihrem inneren Auge, wie Traumfetzen, Fragmente aus einem anderen Leben ...

Erst da wurde ihr der Zusammenhang zwischen ihrem merkwürdigen Zustand und der violetten Flüssigkeit klar, die ihr ein finster aussehender Mann in die linke Armbeuge injiziert hatte. Unablässig starrte sie auf den winzigen roten Punkt, wo sich die Nadel in die Vene gebohrt hatte. Diese Injektion hatte einen heftigen Abscheu in ihr ausgelöst. Ihr Körper hatte sich mit aller Kraft gegen das Eindringen dieser Kanüle, gegen das injizierte Gift gewehrt. Sie wusste es nicht, aber sie ahnte, dass man ihr Gift injizierte. Sie hatte einen langen verzweifelten Schrei ausgestoßen – und sich erinnert ...

Sie hat sich in Matana verlaufen, vollständig die Orientierung verloren. Müde und gereizt sitzt sie an eine kleine Mauer gelehnt auf einer Terrasse, auf die Grünes Feuer seine letzten Strahlen wirft. Sie versucht, wieder zu Atem zu kommen und ihre Gedanken zu ordnen, denn sie muss einen Weg aus diesem immer dunkler werdenden Labyrinth der prougischen Stadt finden. Plötzlich entdeckt sie die charakteristische Wölbung eines der monumentalen Stadttore in nur geringer Entfernung. Diese Entdeckung bedeutet das Ende ihres Albtraums. Erleichtert lässt sie nur kurz in ihrer Wachsamkeit nach, versucht nicht mehr, die um sie schwirrenden Gedanken zu lesen oder einem eventuellen Angriff zuvorzukommen ...

Wie aus dem Nichts taucht da eine Bande junger Prougen auf – und umzingelt Aphykit. Sie hat nicht einmal die Zeit aufzustehen, schon stürzen die Jungen sich auf sie, wie eine Horde hysterisch kreischender Affen. Ein Dutzend Hände drücken sie mit aller Wucht auf den rauen Boden, derart brutal, dass ihr Gesicht aufgeschürft wird. Ein Schlag auf den Hinterkopf raubt ihr das Bewusstsein.

Als Aphykit wieder zu sich kommt, fällt ihr Blick zuerst auf eine dreckige Decke, in deren Mitte eine Lichtkugel schwach leuchtet. Sie liegt nackt auf einer Baumwollmatratze. Sie will sich aufrichten, aber ein stechender Schmerz im Kopf hindert sie daran.

Dann sieht sie diesen dicken Kerl – einen Fettkloß, der seinen wabbeligen Körper nur unzulänglich unter einem pflaumenblauen, mit goldenen Pailletten bestickten Wallegewand verbergen kann. Aschblondes Haar klebt an seinem Schädel. Und nun fixiert er seine Gefangene aus kleinen, bösartigen, grell geschminkten Augen mit kaltem Blick, ein Blick, der sie taxiert, misst, verbrennt, zerstückelt – jeden Quadratzentimeter ihrer weißen, makellosen Haut.

Ohne auf ihren unerträglichen Kopfschmerz zu achten, richtet sich Aphykit auf und bedeckt Brust und Scham mit Armen und Händen. Diese Geste löst in dem fetten Mann unbändiges Gelächter aus. Die Fettmassen unter seinem Gewand wabbeln.

»Was soll das, meine Schöne?«, stößt er mühsam hervor. »Keuschheit ist bei mir nicht angebracht, denn jetzt bist du bei Glaktus Quemil, einem der bedeutendsten Händler des Sklavenmarkts.«

Aphykit empfindet es als besonders beleidigend, von diesem widerwärtigen Fettkloß geduzt zu werden.

»Wenn ich dich so ansehe, geschieht das rein aus finanziellen Überlegungen heraus und nicht aus dem von dir vermuteten Grund. Denn Frauen interessieren mich nur in beruflicher Hinsicht. Weibliche Rundungen finde ich persönlich überhaupt nicht attraktiv«, fährt er fort und deutet mit seiner fetten rechten Hand auf eine weiße, halb offen stehende Tür.

»Aber hinter dieser Tür warten meine Männer. Diese brutalen Kerle wären nur zu glücklich, würde ich ihnen die

Gunst eines kleinen Tête-à-Tête mit dir gewähren. Ach, wie würde ihnen das gefallen, eine Syracuserin zu deflorieren … Ja, während du schliefst, hat dich eine meiner Matronen untersucht und mir versichert, dass du noch Jungfrau seist. Aber mach dir keine Sorgen, meine Schöne, ich werde über deine Tugend wachen und dafür sorgen, dass keiner meiner Männer dich anrührt. Auf dem Sklavenmarkt hat Jungfräulichkeit einen hohen Stellenwert und wird entsprechend entlohnt …«

Aphykit hat weder Kraft noch Lust zu antworten. Sie ist vom Regen in die Traufe geraten. Kaum war sie den Pritiv-Mördern entkommen, hatten die Sklavenhändler sie gefangen.

Und getötet zu werden, wäre mir lieber gewesen, als das zu ertragen, was mir dieser ekelhafte Fettkloß jetzt androht, überlegt sie.

Verzweifelt lässt sie sich wieder auf die Matratze fallen, bedeckt ihre Blöße so gut es geht und schließt die Augen, um diese obszönen Blicke nicht mehr ertragen zu müssen. Außerdem geht von diesem Monster ein Geruch nach ranzigem Fett und Fäulnis aus, der ihr Brechreiz verursacht.

»Meine kleinen Sklavenfänger haben gute Arbeit geleistet«, fährt Glaktus Quemil kichernd fort. »Ich werde sie belohnen, wie sie es verdienen: mit dem Tod. Denn ich habe keine Lust, sie dafür zu bezahlen … Aber du, du wirst jetzt gebadet. Damit du in den Augen dieser verrückten Godappis noch schöner wirst. Und sanfter. Denn ich spüre, dass du zu jenen gehörst, die den Tod der Sklaverei vorziehen. Du hast wirklich Glück: Kaum auf Roter-Punkt angekommen, avancierst du zum höchst dotierten Handelsobjekt auf dem Sklavenmarkt heute Nacht! Das ist eine große Ehre für dich, und mir bringt es einen Haufen Geld ein.«

Und wieder lacht Glaktus schallend. Dieses Lachen scheint Aphykit auch physisch zu verletzen, denn sie legt sich auf die Seite, zieht die Beine bis unters Kinn und birgt ihren Kopf in den Händen. Dann klatscht er in die Hände. Ein schwarz gekleideter, kahlköpfiger Mann, so dünn wie ein Skelett, betritt den Raum. In der Rechten trägt er einen würfelförmigen Koffer, den er abstellt und mit unendlicher Vorsicht öffnet. Er entnimmt ihm eine Spritze und eine mit einer violetten Flüssigkeit gefüllte Ampulle. Er füllt die Spritze.

Sein finsterer Blick wandert prüfend über Aphykit. Die junge Frau ist derart verzweifelt, dass sie es apathisch geschehen lässt, als er seine tentakelartigen Arme austreckt, mit seinen Knochenfingern ihren Arm betastet und nach der Vene sucht.

Das zunehmende Entsetzen vor diesen beiden Männern – der eine gleicht einer Mumie, der andere einer aufgeschwemmten Wasserleiche – und vor dieser Spritze erfüllt sie mit einem solchen Ekel, dass ihr übel wird. Sie beißt sich auf die Unterlippe, bis sie blutet, um nicht laut aufzuschreien.

Doch als die Nadel in die Vene sticht, kann sie sich nicht mehr zurückhalten und ein fürchterlicher Schrei entringt sich ihrer Kehle, dass beide Männer zurückschrecken. Glaktus fängt an zu zittern und stolpert zwei Schritte rückwärts, als hätte der Schrei ihn körperlich getroffen. Auch Aphykit zittert jetzt am ganzen Körper. Wie wahnsinnig zerkratzt sie mit ihren Nägeln das ausgezehrte Gesicht, den Hals, die Arme des schwarzen Mannes, der gerade noch die Nadel aus der Vene ziehen kann, ehe er die Flucht ergreift. Mit dem Handrücken wischt er sich die Blutstropfen vom Gesicht.

»Scheiße! Zum Glück habe ich ihre Reaktion vorhergesehen«, sagt er zu Glaktus. »Ich habe der Droge noch einen Tranquilizer beigegeben. Sie wird jetzt schlafen. Das tut ihr gut, denn sie ist offenbar mit ihren Nerven am Ende.«

»Hoffentlich hast du ihr nicht eine zu starke Dosis gegeben«, sagt der Sklavenhändler mürrisch.

»Wie denn? Ich bin Experte auf meinem Gebiet«, protestiert der Mann.

»Ach ja? Du bist ein derart ausgewiesener Experte, dass man dich mit Tritten in den Arsch aus der Ärztekammer der Konföderation gejagt und dich zum Raskatta erklärt hat ...«

»Vielleicht. Aber meine Kompetenz wurde nie in Zweifel gezogen. Allein meine ... meine Genmanipulationen haben gewissen Leuten nicht gefallen, und ...«

Aphykit indessen gleitet schnell in einen Albtraum, in dem sich Horrorwesen nur so tummeln. Vom Fieber geschüttelt merkt sie nicht, dass sie aufgehoben, fortgetragen und gebadet wird ...

Erst in diesem Käfig war sie wieder aufgewacht, unfähig, ihre Gedanken zu ordnen. In den kurzen Augenblicken geistiger Klarheit spürte sie, wie das Gift durch ihre Venen strömte, ein dumpfes Brennen sich darin ausbreitete. Dieses Virus beraubte sie jeglichen Willens und reduzierte sie zu einem Zombie. Sie war nichts mehr als eine lebende Tote, das willenlose Werkzeug ihrer Peiniger und hatte jetzt nur noch einen Wunsch: ihrem Vater in jenen anderen Welten wieder zu begegnen.

Plötzlich wich das grünliche Dämmerlicht in ihrem Käfig brutaler Helligkeit, so grell, dass sie die Augen schließen musste. Mit unendlicher Langsamkeit hob sie die Hände und beschützte ihre Augen. Lautes Geschrei bohrte sich schmerzhaft in ihre Ohren. Sie stand im Mittelpunkt einer wahrhaftigen Sintflut aus Licht und Lärm; sie war das Objekt Hunderter begehrlicher Augen und lauter Kommentare.

»Letztes Versteigerungsobjekt! Ruhe ... Ruhe!«, schrie jemand.

Aphykit entdeckte oben an der rechten Wand eine durchsichtige Loge, obwohl diese im Halbschatten lag. Darin saß eine mit einer roten Toga bekleidete Gestalt vor einem Pult und sprach in ein Kugelmikrofon.

»Die Versteigerung beginnt erst, wenn Ruhe herrscht.«

Das Geschrei ebbte zu einem dumpfen Gemurmel ab, dann zu leisem Flüstern.

»Letztes Versteigerungsobjekt!«, wiederholte der Auktionator. »Eine junge Syracuserin in perfektem Zustand. Zertifizierte Jungfrau. Eigentum des Händlers Glaktus Quemil ...«

Als sein Name verkündet wurde, erhob sich Glaktus, drehte sich zum Publikum um und verbeugte sich linkisch. Die Menge hinter der magnetischen Wand quittierte seine Geste mit Pfiffen.

»Reinrassige Menschenware, eine Schönheit ...«

Die Anpreisungen des Auktionators gingen im allgemeinen Tumult unter. Also schwieg er und wartete geduldig, bis wieder Ruhe eingetreten war.

Allmählich hatten sich Aphykits Augen an das grelle Licht der Scheinwerfer gewöhnt. Jetzt konnte sie die Gesichter der Personen auf den ersten Rängen erkennen. Wichtige Persönlichkeiten, die bequem in Sesseln saßen und vom gemeinen Volk durch eine magnetische Wand getrennt waren. Dann entdeckte sie Glaktus. Das fette Monstrum schmorte in seinem eigenen Schweiß vor sich hin. Auf seinem Wallegewand zeichneten sich unter den Achseln dunkle Flecke ab. Sein riesiger Hintern quoll über die Sitzflächen der drei Sessel, die nötig waren, um sein Gewicht zu tragen. Eine ungeheure Zufriedenheit hatte sich auf seinem fetten Gesicht ausgebreitet. Er grinste dümmlich und spielte ständig mit der öligen Schmachtlocke, die ihm in die Stirn fiel.

Beim Anblick dieses widerwärtigen Fettsacks erinnerte sich Aphykit plötzlich an die unverschämten Blicke, mit denen er sie wie ein Stück Fleisch taxiert hatte. Und obwohl dieser Blick sie noch immer demütigte, war sie außerstande, ihm ihre Verachtung zu zeigen, denn sie war sich selbst fremd geworden, zu einem apathischen, resignierten Wesen geschrumpft. Am liebsten hätte sie ihren Körper verlassen und sich mit dem Nichts verschmolzen. Sie wollte vergessen, sie wollte sterben.

Trotzdem registrierte sie vereinzelte freundliche Impulse in dieser tausendköpfigen Meute ihr gegenüber. Diese wohlwollenden Impulse waren diffus, kaum spürbar, aber trotzdem wirklich, wie friedliche Inseln inmitten eines feindlich gesinnten Ozeans. Und weiter hinten erkannte sie einen finsteren Abgrund, die Präsenz Unheil bringender Wesen. Wahrscheinlich war einer dieser scaythischen mentalen Mörder anwesend, eine dieser verabscheuungswürdigen Kreaturen, von denen ihr Vater erzählt hatte. Die Gedanken, die dieser Scaythe aussandte, umkreisten sie und versuchten, ihre durch das Antra des Lebens errichtete Sperre der Stille zu durchdringen. Sie erinnerte sich, dass das Antra autonom war und sich jedesmal manifestierte, wenn man seiner bedurfte. Dann geschah das, was ihr Vater als stummes Murmeln bezeichnet hatte, ein nicht wahrnehmbares Rauschen der Quelle. Doch jetzt bedauerte sie es, dass dieser lebensspendende Klang sie vor den tödlichen Wellen des scaythischen Mörders schützte. Warum wollte diese Kraft ihren zur Schau gestellten Körper am Leben erhalten, ihren vom Virus zerfressenen und durch die schamlosen Blicke beschmutzten Körper?

»Ich wiederhole, es handelt sich um eine reinrassige Menschenware«, sagte der Auktionator. »Eine jungfräuliche und sehr schöne Syracuserin. Wer bietet als Erster?«

Viele Hände schnellten in die Höhe.

»Ich biete zwei Standardeinheiten!«, rief jemand mit rauer Stimme.

Im ganzen Saal brach Gelächter aus. Wie eine Woge breitete es sich aus, brach sich an den Wänden und erfasste auch Glaktus, dessen Massen von krampfartigen Zuckungen geschüttelt wurden. Sogar der Auktionator in seiner Loge hatte Mühe, ernst zu bleiben.

»Wer ... wer bietet mehr?«, sagte er und verlieh seinem Gesicht einen seiner Stellung gemäßen würdevollen Ausdruck.

»Zehntausend Einheiten!«, schrie jemand anderer.

Den Auktionator schien dieses Angebot zufriedenzustellen, denn er hob seinen Hammer und stieß ein anerkennendes Brummen aus. Noch schwebte der Hammer in der Luft.

»Zwanzigtausend!«, rief ein Bürger in einer schwarzen, mit Edelsteinen besetzten Robe. Ihn hatte die Schönheit der Syracuserin offensichtlich in Ekstase versetzt.

Noch immer konnte Aphykit es nicht fassen, dass sie es war, die auf diese Weise versteigert wurde. Besonders ein ganz in Weiß gekleideter Mann fiel ihr auf. Er saß neben einem Glatzkopf mit Adlernase und vollen Lippen, der einen melierten Anzug trug. Hinter ihm stand ihre in gelbe Uniformen gezwängte Leibgarde und schirmte sie wie ein Schutzwall ab.

»Fünfzigtausend!«, rief ein Tattergreis.

»Sechzigtausend!«

Die Gebote erreichten schwindelnde Höhen, und bei jedem neuen Gebot grinste Glaktus breiter. Was für ein Glücksfall, dass diese Syracuserin ihnen ohne Schwierigkeiten in die Falle gegangen war. Natürlich würde er Kirah dem Schlauen nicht einen Kelikeli – was der kleinsten Währungseinheit der Prouger entsprach – zahlen. Um den kleinen Anführer und seine Bande würden sich schon morgen seine Leute kümmern.

In dem Moment erlangte Aphykit einen Teil ihrer Erinnerung zurück: Der junge weiß gekleidete Mann war der Reisebüroangestellte, den sie auf Zwei-Jahreszeiten beschwatzt hatte, ihr für die Reise einen Rabatt zu gewähren. Obwohl er jetzt viel gepflegter aussah, erkannte sie ihn sofort wieder. Sein kastanienbraunes Haar war gekämmt, seine Wangen rasiert, und in seinen graublauen Augen brannte ein neues Feuer. Sie war derart überrascht, ihn zu sehen, dass diese Überraschung kurz ihre Benommenheit vertrieb und sie sich fragte, welche ungewöhnlichen Umstände ihn ausgerechnet hierher – zehn Meter von ihrem Käfig entfernt – geführt haben mochten. Sandte er dieses Wohlwollen aus, das sie vorhin gespürt hatte?

Aphykit wurde bewusst, dass er sie unablässig anstarrte. Nur selten wandte er den Blick ab, um seinem Begleiter etwas zuzuflüstern oder sich beunruhigt umzusehen. Als ihre Blicke sich begegneten, lächelte er kaum merklich.

Trotz dieser Diskretion war es ein verschwörerisches Lächeln.

Also sitzt er nicht rein zufällig in diesem Saal, dachte sie. Jetzt habe ich wenigstens einen Verbündeten, vielleicht auch zwei, wenn ich seinen Begleiter dazurechne. Oder zehn oder zwanzig mehr, sollten auch die Wächter in den gelben Uniformen dazugehören.

An diese Hoffnung, so verrückt sie auch sein mochte, klammerte sie sich. Dann fiel ihr ein, mit welcher Verachtung sie diesen kleinen Angestellten in seinem dreckigen Büro behandelt hatte, und sie schämte sich dafür. Nun war sie erschöpft und wurde erneut von Benommenheit ergriffen.

»Hunderttausend!«, verkündete jemand.

»Hundertzehn!«, schrie ein anderer.

Jetzt waren nur noch etwa ein Dutzend potenzieller Käufer übrig: Adelige und reiche Bürger, die einander giftige Blicke zuwarfen und sich gegenseitig abzuschätzen suchten. Die Menge hielt den Atem an. Bald würde die Versteigerung ihren Höhepunkt erreichen, und die Gaffer wollten den Verlauf nicht stören. Auch der Auktionator schien an Energie verloren zu haben. Sein vorheriges Brüllen war zu einem heiseren Kläffen geworden, während bei jedem neuen Gebot der Scheinwerfer kurz auf dem Bietenden ruhte, um gleich darauf einen Konkurrenten in grelles Licht zu tauchen.

»Zweihunderttausend!«

Trotz des hässlichen sackartigen Hemdes, das die Formen der jungen Frau nur erahnen ließ, verfiel Tixu erneut ihrem Charme und sah sie voller Bewunderung an. Die hochmütige Göttin, die eines Tages quasi vom Himmel in sein schäbiges Büro gefallen war, hatte sich in eine verletzbare junge Frau mit wunderschönem langen Haar verwandelt. So gefiel sie ihm besser: zerbrechlich, in ihrem Stolz verletzt, menschlich. Diese kleinliche und sehr egoistische Betrachtungsweise erlaubte es ihm zumindest, sich noch immer im Glauben zu wiegen, er könnte sie retten. Denn er war nichts als ein armer Sterblicher, der hoffte, sie damit dazu zu bringen, sich für ihn zu interessieren.

Plötzlich wurde ihm bewusst, dass ihre Gesichtszüge keinerlei Regung zeigten. Beunruhigt wandte er sich an Maïtrelly.

»Diese Schufte haben ihr eine Spritze verpasst, nicht wahr?«

»Du hast lange gebraucht, bis du das gemerkt hast«, antwortete der Françao leise und warf dem jungen Oranger einen seitlichen Blick zu. »Die Virusinfektion befindet sich noch im Anfangsstadium, das bedeutet, dass sich bei ihr momentan Phasen totaler Erschöpfung mit Fieberschüben und kurze Momente klaren Bewusstseins abwechseln. Dieser Fettsack Glaktus hat kein Risiko eingehen wollen. Das Serum muss ständig nachgespritzt werden, sonst wird sie innerhalb einer Woche sterben. Sie wird sowieso sterben, weil es gegen dieses Zeug bisher noch kein Gegenmittel gibt. Sie hat vielleicht noch zwei oder drei Monate.«

Maïtrellys Worte wirkten wie ein Messerstich auf Tixu. Er wollte nicht wahrhaben, dass dieses wunderschöne Mädchen unwiederbringlich dem Tod entgegensah. Grenzenloser Hass überfiel ihn, Hass auf diesen fetten Menschenhändler, auf alle Händler und Käufer menschlicher Wesen, diese geldgierigen, von niedrigsten Instinkten geleiteten Aasfresser. Und sogar Hass auf seinen Landsmann, Bilo Maïtrelly, der solche Versteigerungen nicht nur unterstützte, sondern auch organisierte. Was würde von Aphykit übrig bleiben, von ihrem Geist, ihrer Schönheit, wenn das Virus sie zerfressen hatte? Und was würde von ihm bleiben, wenn sie tot war?

In seinem Zorn wäre er am liebsten aufgestanden, um auf den widerlichen Glaktus einzuprügeln ... Nein, mehr noch! Er wollte einem der Wärter seinen Bauchbrenner entreißen und alle Zuschauer in der ersten Reihe eine Ladung tödlicher Strahlen verpassen und zuschauen, wie sie sich in ihrem Blut wälzten, wenn ihnen die Gedärme aus den Leibern quollen!

Doch Tixu hielt sich zurück. Erstens, weil es nicht seine Art war, einfach einer Kurzschlussreaktion nachzugeben; und zweitens, weil er dann seine winzige Chance, Aphykit zu retten, verspielen würde. Eine innere Stimme sagte ihm, dass Maïtrelly ihm helfen werde, die Syracuserin aus den Fängen Glaktus' zu retten. Also durfte er sich den Françao jetzt nicht zum Feind machen. Außerdem wollte er nicht die Aufmerksamkeit dieses geheimnisvollen Mannes mit der lindgrünen Kapuze und der weiß maskierten Männer im Saal auf sich ziehen.

Bilo Maïtrelly beugte sich zu ihm und flüsterte: »Zorn ist ein schlechter Ratgeber, mein junger Freund. Und sieh dich nicht ständig um! Die Pritiv-Mörder können uns hier nichts anhaben. Sie würden sofort von der Menge zu Tode getrampelt werden. Sie warten, bis sie wissen, wer der Käufer des Mädchens ist. Und mehr können auch wir im Moment nicht tun.«

»Sie ... Sie wissen, was ich denke?«, stammelte Tixu verblüfft.

Ein kaltes Lächeln umspielte Bilo Maïtrellys Lippen, und seine Augen funkelten ironisch, als er sagte: »Meine Informanten haben mich über die Absichten der Pritiv-Mörder in Kenntnis gesetzt. Und deine Wut, sie stand dir ins Gesicht geschrieben. Man kann so einfach darin lesen, wie in einem antiken Buch aus Papier. Der Sklavenmarkt ist für dich eine abscheuliche Einrichtung, nicht wahr? Aber was ist hier nicht abscheulich?«

»Zweihundertfünfzigtausend!«, schrie jemand.

»Dreihunderttausend!«, rief ein anderer.

»Dreihundertdreißig!«

»Ich helfe dir, diese Frau zu befreien, weil sie dir viel zu bedeuten scheint«, sprach der Françao weiter. »Übrigens helfe ich dir nicht nur deswegen. Auch die Camorre interessiert sich für sie. Ich muss nur noch die anderen Françaos davon überzeugen, dass sie über Informationen verfügt, die unser Überleben sichern. Sonst würden sie mir nie verzeihen, eine der Grundregeln der Camorre gebrochen zu haben: niemals gewaltsam einen auf dem Sklavenmarkt versteigerten Menschen zu befreien. Diese Regel habe ich bisher immer respektiert. Sonst funktioniert das Geschäft nicht. Doch bei der Gelegenheit könnten wir diesem widerwärtigen Fettsack Glaktus das Handwerk legen. Das wird nicht einfach sein. Denn seine Killer sind nichts als degenerierte wilde Bestien.«

Tixu senkte den Blick. Bilo Maïtrelly hatte recht. Was war hier nicht abscheulich? Sogar er hatte ein paar Sekunden lang den Françao töten wollen. Und jetzt hätte er ihn am liebsten vor Dankbarkeit umarmt. Er war glücklich und erleichtert, fast euphorisch, weil er mit der Unterstützung des Orangers rechnen konnte. War sein – Tixus – Verhalten nicht auch abscheulich?

»Nicht nur Glaktus' Männer sind unsere Feinde«, sagte er schnell, um sein Unbehagen zu kaschieren, »auch diese weiß maskierten Männer und dieser grüne Kapuzenmann ... Ich halte sie für sehr gefährlich, weil sie vielleicht bereits Ihre Gedanken gelesen haben und somit Ihre Pläne kennen ...«

»Ach, das ist doch eine ausgezeichnete Gelegenheit, uns mit diesen Typen anzulegen, diesen Karnevalsmasken und diesem grünen Phantom«, entgegnete der Françao mit einem gewissen Fatalismus.

»Fünfhunderttausend!«, krächzte ein Mann.

Nur noch zwei Bieter waren übrig geblieben. Die anderen hatten aufgegeben, resigniert und enttäuscht. Ein stämmiger Mann mit dickem Bauch und rotem aufgedunsenem Gesicht bot noch mit. Er trug einen gefütterten Mantel, der rosa und perlgrau unter dem Licht der Scheinwerfer funkelte. Auf seinem Schädel thronte ein schwarzes, mit Gemmen verziertes Barett, dessen Eleganz seinen groben Gesichtszügen Hohn sprach. Umgeben war er von einem Dutzend riesiger breitschultriger blonder Kerle mit dichten Bärten und struppigen Haaren, die wie Büffel aussahen und seltsame braune Wämser trugen.

»Ich habe keine Ahnung, woher dieser Godappi kommt«, flüsterte Bilo Maïtrelly. »Den sehe ich zum ersten Mal. Aber seine Leibgarde, das sind Germinane aus Alemanien. Halbwilde mit der Kraft von Stieren. Es könnte sein, dass der Dicke aus Neorop stammt. Erkundigst du dich bitte, Zorthias?«

Bisher hatte der Prouge stumm hinter seinem Herrn gesessen. Jetzt sah man ihn – sein üppiges rotes Haar glich einer Wolke – durch die Menge gleiten und hinter einer Geheimtür verschwinden.

»Das Memodiskettenzentrum verfügt sicherlich über alle notwendigen Informationen, was diesen neuen

Kunden betrifft. Den anderen Bieter, den kenne ich bereits …«

Eine beklemmende Stille herrschte jetzt im Saal, denn die beiden letzten Bieter lieferten sich einen gnadenlosen Kampf. Noch einmal warfen die Enttäuschten einen letzten begehrlichen Blick auf die schöne Syracuserin, so als wollten sie die junge Frau wenigstens mit ihren Augen besitzen.

»Siebenhunderttausend!«

Die armen Teufel, die Bettler und Drogenabhängigen verdrehten die Augen. Sie konnten sich nicht einmal vorstellen, dass ein Mann allein über eine derart große Summe verfügte. Trotzdem versuchten sie sich auszurechnen, welche Menge Freudenpulver sie sich dafür kaufen könnten, doch dafür reichten ihre Rechenkünste nicht aus.

»Siebenhundertfünfzig!«

Je höher die Gebote gingen, desto nervöser wurde Tixu. Bilo Maïtrellys äußere Gelassenheit brachte ihn derart zur Verzweiflung, dass er am Versprechen seines Landsmanns zu zweifeln begann. Um sich abzulenken, konzentrierte er sich auf den zweiten Bieter, einen jungen Mann.

Er stand inmitten seiner imposanten Eskorte und trug einen apfelgrünen Colancor und darüber ein Cape aus Moiré. Sein weiß geschminktes Gesicht und die schwarz umrandeten roten Augen verliehen ihm das Aussehen eines lebenden Toten.

»Das ist Abeer Mitzo, ein Adeliger vom Planeten Tchiin, der seit fünfzig Standardjahren zur Konföderation von Naflin gehört«, erklärte Maïtrelly. »Er kommt regelmäßig zu den Versteigerungen. Es heißt, er sei sagenhaft reich. Das muss wohl stimmen, denn er lässt jedes Mal ein kleines Vermögen hier. Er hat außerdem eine ganz besondere Vorliebe: Er ist nekrophil. In sexueller Hinsicht interessiert ihn nichts anderes als die noch warmen Hinterbacken Toter. Deswegen hat er schon oft auf unsere Dienste zurückgegriffen ...«

»Und ihr ... ihr habt ihn damit versorgt?«, fragte Tixu entsetzt.

»Mit Leichen? Natürlich! Er zahlt sehr gut. Und gleichzeitig werden wir ein paar dieser verbrecherischen Parasiten hier los. Und wenn er dieses Mädchen kaufen will, dann nur, um sich mit ihr zu vergnügen, nachdem er sie erdrosselt hat. Darauf wette ich. Die Tchiiner sind bekannt für ihre bizarren Praktiken.«

»Achthunderttausend!«

»Achthundertfünfzig!«

Alle Köpfe wandten sich zuerst dem einen, dann dem anderen Bieter zu. Der fette Glaktus triefte geradezu vor Freude. Bereits jetzt hatte er alle Rekorde des Sklavenmarkts gebrochen. Und das Limit war längst noch nicht erreicht. Und mit dem Geld aus diesem Geschäft würde er sich endlich seinen lange gehegten Traum erfüllen können: das Aufstellen einer Elite-Armee, um die Françaos zu besiegen und allein über den Planeten Roter-Punkt zu herrschen.

Der vierschrötige Mann im graurosa Mantel schien sich kurz vor der Kapitulation zu befinden. Seine Gebote kamen nur zögernd, nach langer Überlegung. Im Gegensatz zu ihm gab der Tchiiner die seinen reflexartig schnell ab. Seine Knochenhand schoss in die Höhe, und er nannte die nächsthöhere Summe, als ob es sich für ihn um eine Kleinigkeit handele, etwas ohne Bedeutung.

»Eine Million Einheiten!«

Ungläubiges Murmeln breitete sich im Saal aus. Die Menge

wurde unruhig. Sogar die Françaos – außer Maïtrelly – standen auf und stellten sich auf die Zehenspitzen, um die Bieter besser sehen zu können. Ihre in der Luft hängenden Stühle rollten sich einen Meter über dem Boden zusammen.

Dicke Schweißtropfen rannen über das feiste Gesicht des Mannes im graurosa Mantel. Er hob langsam die Hand.

»Eine Million einhunderttausend«, sagte er leise.

Sofort reagierte der Tchiiner.

»Eine Million zweihunderttausend«, verkündete er mit seltsam hoher Fistelstimme.

Sein Gegner warf noch einen traurigen Blick auf die Syracuserin und schüttelte den Kopf.

»Ihr letztes Gebot, mein Herr?«, fragte der Auktionator. »Zum Ersten ... Sie verzichten? Zum Zweiten ... Zum Dritten ... Das Objekt wird diesem Herrn zugesprochen. Die Versteigerung ist beendet.«

Und er schlug mit dem Hammer aus Optalium dreimal auf sein Pult. Der spärliche Applaus verebbte sofort wieder, und die Scheinwerfer erloschen. Wandleuchten verbreiteten ein trübes Licht. Die Zuschauer drängten zum Ausgang, dessen Flügeltür sich langsam öffnete.

Das Podium in der Mitte senkte sich und verschwand im Untergeschoss des Sklavenmarkts. Glaktus erhob sich, grüßte ein paar Françaos und watschelte aus dem Saal.

»Er wusste bereits vor der Versteigerung, wer der Käufer ist!«, sagte Maïtrelly. »Denn er hat keine der üblichen Vorsichtsmaßnahmen ergriffen. Es gab weder einen Bankdatenabdruck noch die Hinterlegung der nötigen Summe. Alles war vorher abgesprochen, außer dem Endpreis. Doch wir müssen jetzt handeln. Zorthias erwartet uns unten am Personenair. Ich weiß, wo die Geldübergabe stattfindet. Dahin werden wir uns jetzt sofort begeben und diesen beiden Horrorgestalten einen hübschen Empfang bereiten. In diesem Gedränge können wir unbemerkt verschwinden.«

Von etwa zwanzig Gardisten in gelben Uniformen begleitet, schlängelten sich der Françao und Tixu durch die Menge. Niemand beachtete sie. Doch gerade als sie durch die Tür traten, durch die Zorthias vor ein paar Minuten verschwunden war, legte jemand plötzlich seine Hand auf die Schulter des Françaos. Maïtrelly drehte sich um, auf alles gefasst, seine Waffe schussbereit.

Als er von Doncq, einen seiner Françao-Freunde erkannte, entspannte er sich. Von Doncq war ein Greis von über hundertdreißig Jahren – ein ungewöhnliches Alter für einen Anführer der Camorre, da solche Männer gewöhnlich noch in jüngerem Alter einem Attentat oder inneren Machtkämpfen zum Opfer fielen. Er hatte Sif Kérouiq, Bilo Maïtrellys Mentor, noch gut gekannt.

Von Doncq trug eine klassische weinrote Toga. Sein fast kahler, mit braunen Flecken übersäter Schädel war von einem spärlichen schlohweißen Haarkranz umgeben. Die Haut seines faltigen Gesichts erinnerte an sprödes Leder. Doch seine schwarzen Augen glühten noch immer. Als er seine klauenartige Hand von Maïtrellys Schulter nahm, sah er den Oranger mit bohrendem Blick an.

»Dient dein Vorhaben wirklich den Interessen der Camorre, Bilo?«, fragte er in schneidendem Ton.

Die Frage überraschte Maïtrelly nicht, denn der alte Françao verfügte über ein ausgezeichnetes Netz an Informanten. Er hatte überall Augen und Ohren.

»Was ich plane, geschieht im eigenen Interesse, also logischerweise auch im Interesse der Camorre«, antwortete er ruhig. »Denn unsere Interessen sind immer dieselben.«

»Daran habe ich nie gezweifelt, Bilo. Aber du wirst allein dastehen. Wir können dich nicht öffentlich bei einer Operation unterstützen, die gegen unsere Gesetze ist. Solltest du diesen fetten, widerwärtigen Glaktus nicht eliminieren, wird niemand es mehr wagen, ihn anzugreifen. Dann wird er den Sklavenhandel an sich reißen, ohne uns weiter die übliche Kommissionsgebühr zu bezahlen. Und um ihn wieder in die Schranken zu weisen, wären wir verpflichtet, dich zu eliminieren.«

Von Doncq gab Maïtrelly die Hand und sah ihn liebevoll an. »Mach keinen Fehler, Bilo! Schon immer habe ich davon geträumt, seinen fetten Wanst zu durchbohren, aber ich habe es nie getan. Hüte dich vor seinen Killern! Deine Männer müssen gut zielen und sie mit dem ersten Schuss erledigen ... Denn wenn sie verwundet sind, sind sie noch viel gefährlicher.«

Von Doncq verbeugte sich und verschwand in der lärmenden Menge.

Im Käfig herrschte wieder dieses grünliche Halbdunkel. Aphykit versuchte fieberhaft etwas Ordnung in ihre wirren Gedanken zu bringen, ein ständiger innerer Kampf zwischen Resignation und Hoffnung, zwischen dem Willen zu leben und der Sehnsucht nach dem Tod.

Sie wurde derart streng bewacht, dass niemand es wagen konnte, sie aus diesem Albtraum zu befreien, und die astronomische Summe, die der unbekannte Käufer investierte, dessen Gesicht sie nicht einmal gesehen hatte, verbesserte ihre Lage nicht. Sie wusste intuitiv, dass sie von diesem Mann kein Mitleid zu erwarten hatte. Ihr künftiger Käfig würde um nichts besser als ihr jetziges Gefängnis sein.

Aphykit hörte durch die undurchdringlichen Wände nichts als undeutliches Gemurmel. Ihr Gesicht und ihr Körper waren ganz verschwitzt, und ihre Wahrnehmung war derart getrübt, dass sie den Eindruck hatte, in einem Wachtraum zu leben, wo Farben, Formen und Geräusche ineinander verschwammen. Nur ein Gefühl beherrschte sie: die Präsenz dieser mikroskopisch kleinen Organismen in ihren Venen, die ihren Körper zerstörten.

Der Luftdruck ließ allmählich nach, sodass sie sich setzen und an die Wand lehnen konnte. Sie dachte an ihren Vater und zürnte ihm, weil er sie in die Inddikische Wissenschaft eingewiesen hatte. Ihr schien, dass Sri Alexu, der Großmeister, und nicht ihr eigener Vater, alle diese Schicksalsschläge vorausgesehen habe.

Noch lebe ich, dachte sie. Aber um welchen Preis? Vater, hast du das schon damals gewusst? Hast du gewusst, dass man aus deiner Tochter eine Sklavin machen wird, eine minderwertige Kreatur, die man mit Drogen vollpumpt, derer man sich bedient, oder die man wegwirft, ganz nach Belieben? Ist das das wirkliche Leben? Ist das mein Leben?

Während der Fahrt auf der Wasserschiene beruhigten sie allmählich die sanft schaukelnden Bewegungen und schließlich schlief sie erschöpft ein.

Die Kabine schoss mit hoher Geschwindigkeit durch die Tunnel. Das aufspritzende Wasser trübte die Sicht durch die Fenster. Im Untergrund von Roter-Punkt-Stadt gab es ein ausgedehntes Verkehrsnetz, so als wäre die Metropole auf einem riesigen Termitenhügel errichtet worden. Man müsse schon mit einem besonders ausgeprägten Orientierungssinn ausgestattet sein, überlegte Tixu, um sich in diesem Labyrinth zurechtzufinden, das bis ins Innerste des Planeten zu reichen schien.

Sie kamen am Parkplatz des Personenairs an – ein ovales Flugzeug mit gewölbten, transparenten Seiten, dessen Motoren bereits brummten. Im Cockpit konnten sie Zorthias' roten Haarschopf erkennen. Bilo Maïtrelly und seine Männer sprangen aus der noch gleitenden Kabine und liefen auf die bereits ausgefahrene Einstiegstreppe zu.

»Beweg dich!«, rief der Françao Tixu zu, der es nicht eilig zu haben schien und noch in der Kabine saß. Tixu lief den anderen hinterher und verschwand im Bauch des Fluggeräts. Er setzte sich neben einen der Gardisten. Die Gangway rollte sich blitzschnell auf, die Tür schloss sich mit einem Klick, die Motoren heulten auf, und das Luftkissenfahrzeug löste sich vom Boden. Zuerst glitt es eine mit Geländern aus Metall versehene Rampe hoch, schwebte dann über dem Flughafen, auf dem Techniker in leuchtenden Overalls Fluggeräte warteten, und schoss dann steil nach oben. Zwei gigantische Flügeltüren öffneten sich und gaben den Weg in einen schwarzen, wie mit Milchzucker bestäubten Himmel frei.

Der Personenair stieg weiter hoch und überflog die verbotenen, jetzt von Lichtkugeln schwach beleuchteten Viertel der alten Prougenstadt Matana.

Maïtrelly stand im ovalen Türrahmen, der das Cockpit vom Fahrgastraum trennte. Die wechselnden bunten Lichter des Armaturenbretts spiegelten sich auf seinem kahlen Schädel und in seinem Gesicht wider.

»Abeer Mitzo hat in Rajiatha-Na, am Rand der Wüste, einen Schlupfwinkel, der als ein Sandhügel getarnt ist«, sagte er. »Weil er einer unserer Stammkunden ist, hat er sich dieses Versteck eingerichtet, um dort seine Ruhe zu haben. Und dorthin werden ihm auch die Leichen geliefert ...«

»Diese Tchiinen können sich doch sowieso nur noch mit Toten amüsieren!«, sagte einer der Gardisten und lachte anzüglich.

Die anderen stimmten in das Lachen ein.

Inzwischen hatte der Personenair die Stadt weiter hinter sich gelassen und war trotz der späten Stunde vielen anderen Luftfahrzeugen begegnet. Sie brachten die Kunden des Sklavenmarkts zu ihren privaten Deremats oder zu ihren in der Nähe der Reisebüros gelegenen Hotels am Rand der Wüste.

Maïtrelly deutete auf eine Ansammlung von Lichtpunkten in der Ferne. »Siehst du das? Sif Kérouiq hat mit Hilfe der Camorre diese sogenannte ›verbotene Zone‹ installieren lassen, Aïnghaza Sana auf Altprougisch genannt. Sie bietet allen Reisenden höchste Sicherheit, damit auch weniger wohlhabende Leute an den Versteigerungen teilnehmen können. Eine kluge Investition, denn dieser Kundenkreis wurde immer größer und ist überdies zuverlässiger als die Reichen und Adeligen ...«

Tixu war derart angespannt, dass er dem Oranger nicht zuhörte, denn er fürchtete, sie könnten jeden Moment mit einem der anderen Luftfahrzeuge zusammenstoßen, die urplötzlich aus allen Richtungen in der Nacht auftauchten. Jedes Mal, wenn ein Crash drohte, änderte der Personenair rechtzeitig seine Richtung, doch Tixu zuckte dann immer zusammen und hob schützend die Arme vor sein Gesicht, obwohl er wusste, dass diese Geste sinnlos war.

»Sie brauchen keine Angst zu haben, mein Junge«, beruhigte ihn sein Sitznachbar, ein altersloser Mann. »Diese Kisten sind alle mit einem Antikollisions-Radar ausgestattet. Außerdem haben die Flieger der Françaos Vorflug. Die anderen müssen ihnen ausweichen. Also gibt es keinen Grund zur Sorge.«

Tixu nickte, war aber nur halb überzeugt. Und er konnte sich nicht entspannen. Der Personenair überflog gerade eine mit Gestrüpp bewachsene und von Ruinen bedeckte Hügelkette. Dort hausten die Landstreicher, die ihn gefangen genommen hatten, arme Teufel, die er eher bemitleidete, als sie für ihr Tun verantwortlich zu machen.

Bald hatten sie den Rand der Wüste erreicht.

Die Vegetation wurde immer spärlicher. Zwischen Felsen, ockerfarbenem und rotem Sand wuchsen kümmerliche Sträucher und Kakteen in bizarren Formen. Am Horizont konnte Tixu die schroff gezackten Umrisse eines Gebirges erkennen, das diese trostlose Landschaft begrenzte. Zu seiner großen Erleichterung begegneten ihnen jetzt keine Luftfahrzeuge mehr.

»Rajiatha-Na!«, verkündete Maïtrelly. »Haltet euch bereit!«

So weit man sehen konnte, erstreckte sich das Dünenmeer, bleiche Wellen, die von einem Sandschaum gekrönt waren, den der Chounza – ein trockener kalter Wind von den Bergen – beständig weiter trug. Tixu fragte sich, wie Zorthias es anstellte, in diesen gleich aussehenden Dünen den Schlupfwinkel des Tchiins ausfindig zu machen.

»Schalte die Positionslampen aus und den Motor ab!«, befahl der Françao. »Wir haben noch genug Geschwindigkeit und können im Gleitflug landen. Abeer Mitzo ist ein argwöhnischer Mann. Er hat sicher Wachen aufgestellt. Wir müssen sie ausschalten, aber lautlos.«

Das Motorengeräusch erstarb. Der Personenair schwebte wie ein Raubvogel auf unbeweglichen Schwingen vom Firmament, glitt knapp über die mit Steinen übersäten Hügelkuppen hinweg. Tixu wurde von nervöser Anspannung ergriffen. Schlafmangel und Erschöpfung trieben ihn an den Rand einer Panikattacke. Er erschauderte und bekam eine Gänsehaut.

Sein Sitznachbar warf ihm einen fragenden Blick zu.

»Ich ... mir ist kalt«, verteidigte sich Tixu.

»Aber hier ist es doch ziemlich warm«, murmelte der Gardist.

Tixu wollte schon entgegnen, dass das Empfinden von Kälte relativ sei, schwieg aber, als er die spöttischen Blicke der anderen Gardisten bemerkte. Auch das Argument, er sei nur ein armer Sterblicher, würde nichts nützen, denn die Männer des Françaos waren ebenfalls arme Sterbliche.

»Wir gleiten auf die falsche Düne zu«, verkündete Zorthias.

Auf den ersten Blick unterschied sie sich nicht von den anderen. Maïtrelly nahm ein kleines Nachtsichtglas aus der Innentasche seines Jacketts und suchte damit die Wüste ab. Wie erwartet, entdeckte er vier Wachposten, die um die Düne patrouillierten.

Er drehte sich um, wählte vier Gardisten aus und reichte dem ersten das Fernglas.

»Jeder von euch nimmt sich einen der Tchiinen vor. Wenn wir über ihnen sind, lasst ihr euch durch die Bodenluke fallen und stürzt euch auf sie. Das alles muss lautlos geschehen. Nur Stichwaffen sind erlaubt. Wahrscheinlich halten sich noch andere in der Düne auf. Dann schnappt ihr euch die Uniformen der Toten und zieht sie an. Von Weitem wird man euch nicht erkennen. Wir gehen auf den Nachbardünen in Stellung. Wenn wir zu schießen beginnen, bemächtigt sich einer von euch des Mädchens, und die anderen geben ihm Feuerschutz. Sie werden es nicht wagen, auf das Mädchen zu schießen, weil sie mehr als eine Million wert ist. Wir erledigen den Rest. Die Tchiinen kämpfen mit Waffen, die Todeswellen ausstrahlen, doch die können unsere Magnetschutzwesten nicht durchdringen.«

Er schwieg kurz, sah Tixu an und fügte hinzu: »Deshalb benutzen wir noch immer die alten Bauchtöter wie unsere Großväter auf Roter-Punkt. Hat noch jemand Fragen?«

Die Bodenluke öffnete sich geräuschlos, während sich die vier Gardisten kniend daneben postierten, in den Händen ihre doppelschneidigen Dolche. Das fahle Licht des Nachtgestirns Salom ließ die Klingen aufblitzen. Tixu fing an zu zittern, sein Magen revoltierte, und seine Kehle war so trocken, dass er sich sehnlichst einen Becher Mumbë wünschte.

Der Personenair schoss über die falsche Düne hinweg. Von dem pfeifenden Geräusch aufgeschreckt, reckten die tchiinischen Wachposten die Köpfe in die Höhe. Da fielen bereits gelbe Schatten vom Himmel und stürzten sich auf sie, ohne dass ihnen Zeit blieb, ihre Waffen zu zücken. Maïtrellys Gardisten schnitten ihnen die Kehlen durch oder töteten sie mit einem gezielten Stich ins Herz. Die ganze Operation hatte nicht länger als fünf Sekunden gedauert.

Die Gardisten beseitigten schnell verräterische Blutspuren und versteckten die Leichen. Dann zogen sie deren Kleidung an: grüne Kutten mit roten Applikationen. Die Toten würden beim Aufgang von Grünem Feuer bald eine Beute der Riesengeier mit ihren kahlen Hälsen und scharfen Schnäbeln werden.

Etwa Hundert Meter entfernt war der Personenair am Fuß einer benachbarten Düne gelandet. Der Françao hatte seine übrigen Männer instruiert und Infrarotferngläser verteilen lassen. Außerdem waren jetzt alle mit den schwarzen Magnetschutzwesten ausgerüstet. Die Männer verschwanden in der Nacht. Nach und nach erstarb das Knirschen ihrer Schritte im Sand.

Maïtrelly, Zorthias, Tixu und die vier Gardisten lagen bäuchlings oben auf der Düne. Eine ideale Position zur Überwachung. Doch der Boden war gefroren. Die Kälte drang durch ihre Kleidung. Tixu presste seine Kiefer zusammen, damit seine Zähne nicht klapperten. Zorthias litt noch mehr, denn außer seinem Lendenschurz trug er nichts. Ein Schauer lief über seine Haut, und seine Fettschichten konnten ihn nicht schützen.

Die vier Gardisten spielten ihre Rollen als tchiinische Wachposten perfekt. In der Entfernung war die Täuschung nicht erkennbar. Maïtrelly verständigte sich mit ihnen dank einer infraroten Taschenlampe, deren Signale mittels eines codierten Systems nur von seinen Männern mit den Infrarotferngläsern entschlüsselt werden konnten.

Plötzlich wurde die Stille der Nacht von einem leisen Brummen durchbrochen. Drei erleuchtete Ovalibusse tauchten am Horizont auf, gefolgt von drei Personenairs.

»Haltet euch bereit!«, signalisierte Maïtrellys Taschenlampe.

Tixus Herz klopfte rasend schnell. Trotz der Kälte überlief ihn ein heißes Schaudern.

Die drei Ovalibusse setzten gleichzeitig in der Nähe der falschen Düne auf, wobei sie so viel Sand aufwirbelten, dass sich die vier verkleideten Gardisten unbemerkt aus dem Gesichtsfeld der Passagiere stehlen konnten.

Die drei Personenairs blieben etwa fünf bis sechs Meter über dem Boden in der Luft stehen. Sie sahen wie große Leuchtkörper aus, die mit unsichtbaren Ketten am Himmel befestigt waren. Ihre Motoren brummten leise. Wahrscheinlich warteten die Piloten auf die Erlaubnis, landen zu dürfen.

Die Gangways der Ovalibusse entrollten sich riesigen Echsenzungen gleich, bis zum Boden. Im Laufschritt stürmten grün gekleidete Tchiinen die Treppen hinunter und stellten sich im Kreis auf. Zu Maïtrellys großer Erleichterung schenkten sie den vier Wachposten keine Beachtung.

Jetzt erschien Abeer Mitzo. Mit der betonten Gelassenheit eines Mannes, der sich dank seines Reichtums alles erlauben kann, schritt er in die Mitte des Kreises. Die Nacht betonte sein satanisches Aussehen. Das aschfahle Gesicht mit den roten, schwarz umränderten Augen erinnerte eher an einen Vampir als an ein Wesen aus Fleisch und Blut. Er hob die Hand mit nachlässiger Geste.

Die drei Personenairs setzten in einem Wirbel aus Sand und kleinen Steinen auf. Sofort erschien die fette Visage des monströsen Glaktus in der Tür. Er trug über seinem pflaumenblauen Wallegewand ein kurzes Cape. Unter seinem Gewicht versank die Gangway einen guten Meter im Sand. Hinter ihm stolperten seine mit Kampfpulver benebelten Killer die Stufen hinunter. Mit irrsinnigen Augen starrten sie provozierend die Tchiinen an, bereit, beim kleinsten Zwischenfall zu den Waffen zu greifen.

Inmitten dieser widerwärtigen Bande ging Aphykit, taumelnd, barfüßig, frierend unter ihrem Hemd. Der kalte Wind peitschte ihr langes schimmerndes Haar. Es glänzte in der Dunkelheit: eine Flamme voller Leben, die einen seltsamen Kontrast zu ihrem bleichen, reglosen Gesicht bildete.

Maïtrellys vier Gardisten hatten inzwischen andere Positionen eingenommen, um nicht in die Schusslinie zu geraten. Jetzt näherten sie sich der Gefangenen, die nun am Fuß der Gangway stand.

»Hier ist Eure Sklavin, wie vereinbart, Sieur Mitzo!«, keuchte Glaktus atemlos von zwanzig Metern Weg, den er eben notgedrungen zurückgelegt hatte, ein gefährliches Unterfangen für einen Mann seines Übergewichts. »Sie ist in perfekter körperlicher Verfassung ...«

Er entnahm einer Tasche seines Capes eine kleine Phiole.

»Und hier habe ich das Serum, das sie noch zehn Jahre oder mehr am Leben erhalten wird. Vielleicht noch länger, wenn sie bei guter Gesundheit ist. Und sie wird absolut gefügig sein ... und Eure ausgefallensten Wünsche befriedigen, wie sie auch immer sein mögen!«

»Du bist ein schamloser Lügner, Glaktus Quemil!«, fauchte Abeer Mitzo mit fiesem Lächeln. Dann öffnete er leicht den Mund und ließ kleine gelbe spitze Zähne sehen. »Hältst du mich für einen Godappi? Niemand überlebt die Behandlung mit Gefügigmacher länger als ein paar Monate.«

»Aber ich versichere Euch, dass mit diesem Serum ...«

»Das ist nicht wichtig. Aber es würde mich sehr wundern, wenn dieses junge Mädchen die ihr zugedachte Behandlung länger als eine Woche überlebt. O ja ... Denn ich habe mir für sie wegen ihrer edlen Abstammung und Schönheit eine kleine Spezialbehandlung überlegt ... Als kleiner Junge hatte ich viel Spaß daran, teuren Puppen die Arme und Beine auszureißen ... Ein unschuldiges

Vergnügen, findest du nicht?«, sagte er und lachte hämisch.

»Verfahrt ganz nach Eurem Belieben, Sieur Mitzo. Ihr seid der Eigentümer«, stimmte Glaktus kriecherisch zu. »Apropos, Besitzer ... wenn Ihr mich bezahlt habt, dann ...«

»Ihr Händler seid doch alle widerlich«, sagte Abeer Mitzo verächtlich. »Nicht nur, dass ihr lügt, ihr denkt an nichts anderes als an Geld.«

Auf eine solche Beleidigung hatten Glaktus' Männer nur gewartet. Sie zogen ihre Waffen und richteten sie auf die Tchiinen, die sich wiederum kampfbereit machten.

Ein unheilvolles Schweigen senkte sich über die Wüste.

»Bewahrt Ruhe! Alle!«, befahl Abeer Mitzo, den dieser Einschüchterungsversuch sichtlich amüsierte. »Ich habe nicht die Absicht, auch nur einen Tropfen Blut wegen einer Million und ein paar Zerquetschten zu vergießen. Was bedeutet schon Geld? Nichts, außer, dass man sich von Zeit zu Zeit etwas Luxus gönnen kann ...«

Er schnalzte mit den Fingern, und einer seiner Männer brachte ihm einen Minicomputer, um die finanzielle Transaktion zu regeln.

»Du kannst dir sicher denken, Händler, dass ich eine derartige Summe nicht cash bei mir trage. Ich gebe dir also eine zertifizierte Gutschrift, die du in jeder x-beliebigen Bank einlösen kannst.«

»Selbstverständlich, selbstverständlich«, sagte der dicke Menschenhändler unterwürfig und beugte sich vor, um mit gierigem Blick das Eintippen der Ziffern auf dem Computer zu verfolgen.

»Feuer!«, befahl Bilo Maïtrelly mit seiner Taschenlampe.

Grelle Blitze durchzuckten die Nacht, und ein Hagel leuchtender Geschosse ergoss sich über die Tchiinen und Glaktus' Söldner. Sofort breitete sich ein übler Geruch nach verbranntem Fleisch aus – und Panik unter den Überlebenden, weil sie mit dem Angriff nicht gerechnet hatten. Die erfahrenen Kämpfer suchten schnell Schutz unter den Rümpfen der Flugzeuge. Die anderen stoben in alle Richtungen auseinander, stolperten über Leichen oder erschossen sich gegenseitig. Glaktus quetschte sich so gut es ging unter den Bauch eines Personenairs, wo bereits ein paar seiner Totschläger und Abeer Mitzo kauerten.

Maïtrellys vier Gardisten nutzten die Gelegenheit. Sie liefen zu der Syracuserin, während ihr Leibwächter versuchte, sie unter der Gangway in Sicherheit zu bringen. Eine todbringende Salve zerfetzte sein Gesicht. Er ließ die junge Frau los und stürzte zu Boden. Einer der Gardisten packte Aphykit, warf sie sich über die Schulter und rannte aus der Schusslinie. Die drei anderen deckten seinen Rückzug durch eine wilde Schießerei.

»Zorthias! Starte den Personenair! Schnell!«, rief der Françao.

Inzwischen hatten Glaktus – fast wahnsinnig vor Wut und Angst – und Abeer Mitzo – eiskalt und wohlüberlegt – die Verteidigung organisiert. Ihre Männer schossen auf die drei Gardisten, und zwei von ihnen fielen.

»Herrgott noch mal!«, brüllte der unter dem Fahrwerk eingeklemmte Glaktus. »Schießt nicht auf die junge Frau! Kapiert? Ihr darf nichts passieren!«

Schon fünfzehn verbrannte Leichen lagen im Sand. Durch den ständigen Beschuss gerieten auch die Flugzeuge in Brand. Sie bildeten keine sichere Deckung mehr.

Inzwischen hatte der Gardist, der die Syracuserin trug, die Hälfte der benachbarten Düne erklommen. In dem weichen Sand kam er nur mühsam voran. Auch der dritte Gardist war getroffen worden. Er lag am Fuß des Hügels, Hals und Nacken verbrannt. Doch er wurde weder verfolgt noch beschossen, aus Furcht, seine kostbare Last zu treffen.

»Er wird uns entkommen«, zischte Abeer Mitzo. »Worauf wartest du noch? Schieß endlich!«

Glaktus' Killer, an den die Worte gerichtet waren, suchte verzweifelt nach seinem Chef. Aber er konnte ihn nirgendwo entdecken.

»Das darf ich nicht. Wenn ich sie treffe ...«

»Idiot! Ich zahle, was auch immer passiert. Sogar wenn du das Mädchen abknallst. Los, schieß! Ich zahle.«

Der Killer stand auf, und den Metallkolben seines Bauchtöters fest gegen seine Schulter gepresst, zielte er langsam. Der Lauf spie einen weißen Blitz aus, der den Gardisten in den Rücken traf und seine Wirbelsäule zerschmetterte. Er stieß einen markerschütternden Schrei aus, ließ Aphykit fallen und sackte in sich zusammen. Die junge Frau rollte den steilen Hang hinunter und blieb vor Schreck wie betäubt liegen.

Das war zu viel für Tixu. Er entriss Maïtrelly das Nachtsichtglas und suchte damit fieberhaft die Dünen ab. Als er die Syracuserin im Visier hatte, sah er, dass sie im Gesicht blutete. Einen Moment glaubte er, sie wäre tot. Doch nein, sie lebte. Denn ihr Hemd hob und senkte sich regelmäßig beim Atmen. Sie war so nah und gleichzeitig so fern. Unerreichbar ...

Er gab dem Françao sein Glas zurück und sagte, ohne

nachzudenken: »Bitten Sie Ihre Männer, mir Feuerschutz zu geben. Ich hole die Frau!«

»Nein! Das ist Selbstmord!«, antwortete Maïtrelly. »Das Gelände bietet keine Deckung. Sie werden dich wie einen Hasen abknallen.«

»Deshalb bitte ich Sie ja, mir Feuerschutz zu geben. Ich habe nicht um einen Vortrag über Militärstrategie gebeten.«

Der Françao schüttelte den Kopf. Trotzdem begriff er, dass Tixus Entschluss unumstößlich war.

»Rettung des Mädchens! Feuerschutz!«, signalisierte er mit seiner Taschenlampe.

Dann gab er Tixu eine magnetische Schutzweste. »Leg die wenigstens an. Und pass auf dich auf. Es wäre ziemlich blöd, gerade an dem Tag zu sterben, an dem der Planet Orange seine zweitausendjährige Unabhängigkeit feiert.«

Tixu hatte das seltsame Gefühl, neben sich zu stehen. Es war, als würde jemand anderer an seiner Stelle handeln, als hätte ein Eroberer den richtigen Tixu gefesselt und geknebelt, jenen Tixu, der Angst vor allem hatte: der InTra, lautem Geschrei oder Zusammenstößen in der Luft. Er stand auf, legte sich die Weste an und drückte auf einen Knopf. Ein leises Summen zeigte an, dass er jetzt von einem Schutzschild umgeben war.

Dann konzentrierte er sich und lief so schnell wie möglich den steilen Abhang der Düne hinunter, umrundete sie und verschwand in der Schwärze der Nacht. Er musste schnell sein, damit ihn die feindlichen Kämpfer so spät wie möglich entdeckten.

»Worauf wartet Ihr noch? Wollt Ihr das Mädchen nicht holen?«, wimmerte Glaktus.

»Halt den Mund, Quemil! Im Moment haben wir keine Chance. Was jetzt allein zählt, ist zu überleben«, wies Abeer Mitzo ihn zurecht, denn der ständige Beschuss durch Maïtrellys Männer zwang ihn zur Vorsicht. Zwei Ausbruchsversuche waren bereits gescheitert, sie hatten in einem Blutbad geendet, und die Pilotenkanzeln ihrer Flugzeuge standen bereits in Flammen.

Der eiskalte Wind peitschte Tixu Sand in Gesicht und Augen. Er kam nur mühsam voran, weil sein Körper vom jahrelangen Nichtstun auf Zwei-Jahreszeiten nicht trainiert war.

Endlich hatte er die Hügelkuppe erreicht. Aphykit lag am Fuß des gegenüberliegenden Abhangs. Tixu gönnte sich eine kleine Pause und machte sich an den Abstieg. Geröll, Sand und Steine lösten sich unter seinen Tritten, er taumelte, stürzte, und rutschte auf der Seite liegend den ganzen Abhang hinunter, wobei er sich den linken Knöchel verstauchte.

Aphykit wimmerte leise. Wie elektrisiert vergaß er all seine Qualen und stürzte die paar Schritte auf sie zu. Er packte sie unter den Armen und versuchte, sie hinter die Düne zu schleifen.

Glaktus hatte alles beobachtet. Außer sich vor Wut, weil er sah, wie sein Traum zu zerplatzen drohte, und die Gefahr wuchs, dass er nicht mehr bezahlt werden würde, schrie er: »Verdammte Scheiße! Greift euch diesen Schweinehund! Er klaut mir meinen kostbarsten Besitz.«

Wie ein verwöhntes Kind strampelte er mit den Beinen und wand sich wie eine eingeklemmte fette Schnecke unter dem Flugzeugrumpf. Trotz der Kälte der Nacht war sein Gesicht von Schweiß bedeckt.

Zwei seiner Killer krochen aus der Deckung und liefen auf Tixu zu.

»Ihr dürft nicht schießen!«, rief der dicke Menschenhändler. »Ihr könntet das Mädchen verletzen.«

»Du bist nicht nur ein widerlicher alter Fettsack, Quemil, du bist auch so dämlich wie ein Haufen Scheiße!«, zischte Abeer Mitzo. »Ich habe dir doch gesagt, ich zahle auf jeden Fall, ganz gleich, was passiert.«

»Das glaube ich Euch nicht. Ihr Tchiinen seid doch alle verrückt. Aber jetzt liegen hier ja jede Menge Leichen herum. Bedient Euch! Ihr habt nur noch die Qual der Wahl.«

Der eine Killer wurde schnell getroffen und dahingerafft, doch der andere war Tixu gefährlich nahe gekommen, weil der junge Mann mit seiner Last nur langsam vorankam.

Der Killer gab ein paar Schüsse zur Einschüchterung ab. Er hoffte wohl, der Oranger würde die junge Frau fallen lassen. Doch der ließ sich nicht beirren, obwohl er nahezu am Ende seiner Kräfte war. Nie hätte er gedacht, dass ein derart zierliches Wesen so schwer sein könnte. Der wahre, der ängstliche, der feige Tixu drohte die Oberhand zurückzugewinnen.

Glaktus' Handlanger warf sich vor die Beine der Syracuserin und packte einen ihrer Füße. Mit der anderen Hand schoss er.

»Hört mit dem Beschuss auf!«, signalisierte Maïtrelly mit seiner Taschenlampe.

Tixus Hände versagten den Dienst. Er schwankte, seine Kräfte verließen ihn.

In diesem Augenblick hörte er klar und deutlich die Stimme Kacho Marums, des Imas des Tiefen Waldes:

»Die Kraft des Echsengottes ist in dir. Du bist unbesiegbar …«

Sofort wurde der wahre Tixu, der arme Sterbliche, aufs Neue zum Schweigen gebracht.

Er ließ die Syracuserin los, worauf der Killer das Gleichgewicht verlor. Noch ehe der Mann reagieren konnte, attackierte Tixu ihn, maßlose Wut im Bauch. Überrascht ließ der Kerl seine Waffe fallen. Als er wieder nach ihr greifen wollte, trat ihm Tixu mit voller Wucht in den Unterleib. Ohne die geringste Wirkung, denn der Killer war mit Drogen vollgepumpt, die ihn gegen jeden Schmerz unempfindlich machten.

Der Oranger schlug wieder zu. *Die Kraft des Echsengottes.* Direkt auf die gepanzerte Brust seines Gegners. Der Panzer zerplatzte wie eine Eierschale. Tixus Faust zermalmte die Rippen und grub sich tief in das weiche, warme Fleisch des Feindes ein. Blut spritzte ihm ins Gesicht. Der Killer bäumte sich auf, ein Röcheln drang aus seiner Kehle, Arme und Beine wurden schlaff.

Tixu ließ von dem leblosen Körper ab, hob die junge Frau auf und trug sie hinter die Düne.

»Verdammte Scheiße! Verdammte Scheiße! Holt diesen Kerl und massakriert ihn!«

»Gebt ihm Feuerschutz!«, signalisierte Maïtrelly mit seiner Taschenlampe.

Und wieder wurde aus allen Rohren geschossen.

Bilo Maïtrellys Personenair war startklar. Tixu kletterte an Bord. Die Gangway rollte sich hinter den beiden Gardisten ein, die ihm zu Hilfe geeilt waren. Die Tür schloss sich.

»Abflug!«, sagte Maïtrelly. »Meine Leute halten die Stellung noch eine Stunde, bis wir das Mädchen in Sicherheit gebracht haben. Dann holen wir sie.«

Zorthias gab Gas. Die Motoren heulten auf, und das Flugzeug hob in einer riesigen Staubwolke ab. Es gewann schnell an Höhe.

Außer sich vor Wut kroch Glaktus mühsam aus seinem Versteck hervor und lief wie ein Idiot hinter dem am nächtlichen Himmel entschwindenden Personenair her, in dem Bemühen, seinen Traum vom großen Geld doch noch verwirklichen zu können. Dabei ließ er nicht die geringste Vorsicht walten und wurde von einem strahlenden Blitz zwischen den Schulterblättern getroffen. Ein hässliches schwarzes rauchendes Loch tat sich in seinem Rücken auf, und sein unförmiger Körper geriet ins Wanken, stürzte und breitete sich wie eine gallertartige Masse am Boden aus. Sein vom Wind gepeitschtes silbernes Cape umflatterte ihn wie ein Todesbanner.

»Da seht, die widerwärtige Fettkugel!«, höhnte Abeer Mitzo. »Wie kann man nur so blöd sein, sich allein wegen des Geldes erschießen zu lassen!«

Denn er, er dachte im Moment nur ans Überleben und lauerte darauf, ohne Gefahr den Öffnungsmechanismus der falschen Düne betätigen zu können.

Maïtrellys Personenair überflog die Wüste. Tixu hatte die Syracuserin behutsam auf eine der Sitzbänke gelegt und sie mit dem Jackett des Françao zugedeckt, weil sie vor Kälte zitterte. Maïtrelly saß jetzt in Hemdsärmeln auf dem Platz des Copiloten.

Er drehte sich um und sah den blutbeschmierten Tixu an. »Du hast mit einem Faustschlag seinen Panzer zertrümmert!«, sagte er, mit Bewunderung in der Stimme.

»Du bist ein Geheimniskrämer, mein junger Freund. Von dieser Fähigkeit hast du kein Wort erwähnt.«

»Wie hätte ich davon erzählen können?«, entgegnete Tixu. »Ich wusste nicht einmal, dass ich sie besitze.« Er schwieg kurz und fuhr dann fort: »Was ich Ihnen jetzt erzähle, wird Ihnen völlig absurd erscheinen ... Nicht ich habe zugeschlagen, aber die ... die Echse durch mich.«

»Was redest du da? Eine Echse? Was ist das für ein Unsinn?«

»Das ist zu kompliziert, um es Ihnen jetzt zu erklären«, murmelte Tixu.

Die junge Frau wimmerte leise. Manchmal verzerrte sich ihr Gesicht wie vor Entsetzen und plötzliche Krämpfe schüttelten ihren Körper, als wollte sie einen unsichtbaren Eindringling loswerden.

»Das Virus ... Anfangs verursacht es heftige Fieberattacken. Deliriumartige Zustände, die von Phasen extremer Hellsichtigkeit abgelöst werden. Doch dann – und vorausgesetzt, das Serum wird täglich gespritzt – paralysiert das Gift den eigenen Willen ... Und die Kranke vegetiert nur noch dahin ...«

»Und es gibt wirklich kein Gegenmittel?«, fragte Tixu, der die Hoffnung noch nicht aufgegeben hatte.

Doch die wurde brutal zerstört, als der Françao antwortete: »Bis zum heutigen Tag ist jedenfalls keins bekannt. Ich dachte, dass ich dir das bereits gesagt habe.«

Sie überflogen jetzt erste, weit verstreute Geländekomplexe inmitten ausgedörrter Parkanlagen. Um diese Stunde waren auch die verbotenen Viertel wie ausgestorben. Eine rußige Schwärze umgab sie, weil nicht einmal die Lichtkugeln brannten; es schien, als hätte die Finsternis sie besiegt.

Sie ahnten nicht, dass sie verfolgt wurden. Nur ein paar Meter über ihnen flog eine Taxikugel, schnell und unsichtbar in der tintenschwarzen Nacht. Und deren Fahrgäste hatten den erbarmungslosen Kampf in den Dünen von Rajiatha-Na bis in alle Einzelheiten verfolgt.

ZEHNTES KAPITEL

Gewählt habe ich des Schutzes heiligen Pfad.
Nie könnt' ich ihn verlassen, auch gegen jeden Rat.

Bei Tag, bei Nacht, zu jeder Stunde
Schütz' ich die Gedanken meines Herrn,
Geb' niemandem Kunde,
Denn er allein soll Herrscher seiner Gedanken sein.

Sollt' ich das Gebot des Stillschweigens brechen,
Sollt' ich die Gedanken meines Herrn nicht für immer vergessen,
Soll ohne Verweilen der Tod mich ereilen.

Das schwöre ich bei meiner Seele,
Denn ehrlos wär' ich, wenn ich fehle.

Aus den Archiven der Kongregation der Smellas:
Der heilige Pfad des Beschützers
Auszug aus dem Ehrencode des Mentalen Schutzes

Mit nervösen, hastigen Schritten marschierte Artuir Boismanl durch die Zweite syracusische Nacht, wie stets von seinem Gedankenschützer gefolgt.

Die fünf am dunklen Himmel verbliebenen Gestirne markierten ihre Bahn mit langen kometenhaften Lichtstreifen, deren Spektrum von Türkisgrün über Tiefrot reichte. Sie spiegelten sich in den durchsichtigen Blättern und Früchten der sich in einer leichten Brise wiegenden Büsche und Bäume wider.

Artuir Boismanl hatte den Eindruck, dass der Rhythmus seiner Schritte auf der mit Marmor gepflasterten Allee einen ohrenbetäubenden Lärm machte, obwohl seine Schuhe aus Seide waren. Und er fürchtete, in dem um diese Stunde menschenleeren Viertel die Aufmerksamkeit einer der vielen Trupps der Purpur-Garde zu erregen, die unablässig durch Venicia patrouillierten ... Wahnsinn! Sein Entschluss war nichts als der reine Wahnsinn!

Er versuchte, seinem Schritt die Leichtigkeit eines Vogels zu verleihen, was einem Mann seiner Statur nicht leichtfiel, denn er hatte kurze, stämmige Beine und einen gedrungenen Körper. So ähnelten seine Bemühungen eher dem Gang eines Roboters als dem mühelosen Dahinschweben einer Kreatur der Lüfte.

Sein Gedankenschützer hingegen folgte ihm in drei Schritten Entfernung so lautlos wie ein Gespenst. Artuir

Boismanl konnte nur das leise Rascheln der weißen Kutte des Scaythen über den Marmor hören. Ohne dessen – ach, so beruhigende – Anwesenheit wäre er schon längst wieder umgekehrt. Eigentlich war er seit dem Moment, als er seinen Fuß vor die Tür gesetzt hatte, von Schrecken erfüllt. Denn die Grundelemente mentaler Kontrolle, die ihn ein Experte der APS – der autopsychischen Selbstkontrolle – für ein horrendes Honorar gelehrt hatte, hatten sich im Angesicht der Ängste und Befürchtungen, die ihn ereilten, völlig in Luft aufgelöst.

Innerlich verfluchte er die Kugeltaxi-Chauffeure, diese verabscheuungswürdige Paritolenbrut, die nie da waren, wenn man sie brauchte. Er hatte ein Fluggerät angefordert, ihm war jedoch mitgeteilt worden, dass die BISS – die Behörde für die interne Sicherheit Syracusas – alle Flugzeuge und Deremats in Venicia beschlagnahmt habe. Also hatte er keine Wahl gehabt und zu Fuß gehen müssen.

Sein rundes Gesicht verschwand im hochgeschlagenen Kragen seines nachtblauen Capes, mit dem er ansprechend gekleidet war und überdies in der Dunkelheit der ihn umgebenden Nacht nahezu unsichtbar wurde – nicht auffälliger als ein winzig kleiner Schatten im großen Schatten. Eine lächerliche Maßnahme allerdings, denn das strahlende Weiß der Kleidung seines Gedankenschützers war umso auffälliger. Manchmal glaubte er, diffuse Geräusche in den Nebenstraßen zu hören. Dann blieb er klopfenden Herzens stehen, hielt den Atem an und starrte mit kurzsichtigen Augen (seine Frau war gegen jegliche Organtransplantation) in die rußschwarze Nacht, wo er vage die Umrisse hochherrschaftlicher Häuser inmitten ihrer ruhig daliegenden Parkanlagen ausmachen konnte.

»Der kleine Artuir Boismanl gibt als Verschwörer eine

jämmerliche Figur ab!«, hatte seine Frau eines Abends ironisch bemerkt.

Leider hatte er ihr recht geben müssen. Jedenfalls in diesem Punkt. Seit er die Botschaft des hochgestellten Tist d'Argolon empfangen hatte, war er von einem permanenten Angstgefühl umgeben, ganz gleich, wo er sich gerade befand: in seinem Laden, in seiner Wohnung und im Palast, wohin er sich oft aus geschäftlichen Gründen begeben musste. Eine schreckliche Furcht beherrschte ihn nun täglich: Sollte es Tist d'Argolon und dessen Freunden gelungen sein, die von seinem – Artuirs – Gedankenschützer errichtete mentale Barriere zu durchdringen, seine innersten Gedanken lesen zu können, dann wären auch andere, ihm weniger wohlgesonnene Leute dazu in der Lage. Daher seine ständige Angst vor dem plötzlichen Auftauchen der Purpur-Garde. Angst, in eins der finsteren Verließe am Brolly-Ang-Platz geworfen zu werden. Angst vor den argwöhnischen Blicken der Vikare und Bischöfe der Kirche des Kreuzes während der Messen im Tempel. Angst vor jedem ... Angst vor allem ...

Und trotz der Qualen, die Artuir Boismanl wegen seiner Ängste durchlitt, hatte er beschlossen, an dem von Tist d'Argolon einberufenen Geheimtreffen teilzunehmen. Denn er betrachtete seine Seelenqualen als eine Art Prüfung, bei der er beweisen müsse, dass sein erkaufter Adelstitel dem der von Geburt an Adeligen gleichwertig sei.

»Du bist verrückt, mein armer Artuir. Du kannst in der Öffentlichkeit nicht einmal zwei zusammenhängende Sätze sprechen«, hatte seine Frau moniert.

Frauen im Allgemeinen und meine insbesondere, haben die ekelhafte Angewohnheit, immer alles kritisieren zu müssen, hatte Artuir gedacht.

Da er von der Annahme ausging, dass der hoch geschätzte Tist d'Argolon die Elite des syracusischen Hofes zu dieser Versammlung gebeten hatte, war seine Entscheidung daran teilzunehmen, positiv ausgefallen. Ohne es sich offen einzugestehen, fand er es schmeichelhaft, als kleiner Adeliger und Abkömmling einer Familie von Tuchhändlern, der seinen Aufstieg nur jenen von den Höflingen begehrten Textilien verdankte, von diesem bedeutenden Mann, dem Apologeten syracusischer Eleganz und Lebensart, zu diesem Treffen gebeten worden zu sein. Obwohl er sich eingestehen musste, dass der große Tist ihn nicht einmal eines Blickes würdigte, geschweige denn grüßte, wenn sie einander zufällig im Herrschaftspalast begegneten. Eines Tages hatte Artuir den fatalen Fehler gemacht, sich darüber bei seiner Frau zu beklagen.

»Wir sind nur Händler!«, hatte sie gegiftet. »Dein Vater hat seinen Adelstitel wie ein gewöhnliches Stück Stoff gekauft. Glaubst du wirklich, dass so etwas als Eintrittskarte in die große Welt genügt? Du mit deiner lächerlichen mentalen Kontrolle und deinem dämlichen Gedankenschützer ... Was du auch tust oder sagst, die Adeligen werden dich immer wie einen Paritolen behandeln, mein armer Artuir ...«

Er hasste es, wenn sie ihn ›mein armer Artuir‹ nannte. Die meiste Zeit verbrachte sie damit, ihn zu erniedrigen. Doch da sie pragmatisch veranlagt war und meistens recht hatte, musste er zwangsläufig ihre Ratschläge befolgen und sorgfältig darauf achten, nicht die eng gesetzten Grenzen seiner sozialen Stellung zu überschreiten.

Und nun hatte er diese Nachricht bekommen: Die große Welt bat ihn in ihren illustren Kreis! Welch unverhoffte Gelegenheit, ein Mitglied der Elite zu werden.

»Hast du etwa auch daran etwas auszusetzen, liebe Frau?«

»Mir kommt das Ganze ziemlich dubios vor. Wenn sie dich einladen, mein guter Boismanl, dann wollen sie etwas von dir. Wahrscheinlich dein Geld. Oder sie wollen sich die Unterstützung der Gilde der Kaufleute sichern. Schließlich bist du einer ihrer Repräsentanten. Jedenfalls haben sie dich nicht eingeladen, weil sie dich als Persönlichkeit schätzen, mein armer Artuir.«

Wie sollte er weiter mit einer Frau diskutieren, die ihn ständig ›mein armer Artuir‹ oder ›mein guter Boismanl‹ nannte?

Nein, Artuir Boismanl sah die Dinge ganz anders, aber er behielt seine Meinung für sich: Eine einflussreiche Gruppe Höflinge suchte nach Möglichkeiten, die Macht der Scaythen und vor allem die des Großkonnetabels Pamynx einzudämmen. Niemand fühlte sich in Venicia mehr sicher. Adelige und Bürger stritten um die Dienste der Gedankenhüter, weil es viel zu wenige gab. Und ohne Gedankenschützer kamen sich alle nackt vor, quasi ohne Haut und Haar, der mentalen Inquisition der Vertreter der Kirche des Kreuzes oder der BISS ausgeliefert. Auf Venicias Plätzen der Reue brannten ständig Feuer, in denen Häretiker und andere Ketzer unter unvorstellbaren Qualen ihr Leben ließen.

Und wenn es – wie im Fall Artuir Boismanl – gelungen war, einen oder mehrere der kostbaren Gedankenschützer anzuheuern, so wurde doch ihre ständige Gegenwart vor allem in den intimsten Momenten allmählich immer irritierender, wenn nicht unerträglich.

»Mein guter Boismanl, ich verbitte es mir, dass du meinen Körper unter den Augen dieses ... dieses Monsters streichelst!«, wies Dame Boismanl ihren Gatten zurück, als dieser seine Sinne nicht mehr unter Kontrolle hatte und einmal zutraulich wurde.

Also hatte er einen Vorhang zwischen dem Ehebett und dem Gedankenschützer anbringen lassen. Aber selbst hinter diesem Paravent aus Stoff gab sich Dame Boismanl den sinnlichen Freuden nicht hin, sondern ertrug die hektischen Attacken ihres Gemahls nur widerwillig und mit einer Kälte, die auf eine zunehmende eheliche Abstinenz hinauslief.

Und nicht nur das: Artuir Boismanl hatte immer stärker das unangenehme Gefühl, nicht mehr er selbst zu sein. Ein Gefühl, als ob sein Gedankenschützer – der nie schlief, nie aß, sich nie ausruhte – jeden Tag etwas tiefer in das Territorium seines innersten Wesens eindringen würde, so als ob der wachsame Geist des Scaythen sich allmählich seines eigenen Geistes bemächtigte, ein heimtückischer Eindringling, der ihn bald völlig vereinnahmen würde.

Dame Boismanl hatte keinen Gedankenschützer haben wollen. »Die Kirche des Kreuzes bewahre mich davor! Lieber sterbe ich, als dass ständig ein Schutzengel an meinem Hintern klebt.«

Die Metapher war von zweifelhaftem Geschmack, sogar etwas vulgär, aber im Kern war sie richtig. Im Übrigen bewies allein die Tatsache, dass während der von Tist d'Argolon einberufenen Versammlung Gedankenhüter anwesend zu sein hatten, während das Ziel gerade dieser Zusammenkunft darin bestand, sich von ihnen zu befreien, welchen Grad der Absurdität das Handeln der syracusischen Würdenträger inzwischen erreicht hatte.

Da Artuir Boismanl manchmal ein durchaus hellsichtiger Zeuge höfischer Riten und Intrigen gewesen war, wusste er sehr wohl, dass es Tist d'Argolons Ziel war, die Privilegien wiederzuerlangen, deren er sich beraubt glaubte. Trotz seiner bisher geschickten Winkelzüge war es dem Großkonnetabel Pamynx gelungen, ihn aus seiner Favoritenstellung bei Ranti Ang zu verdrängen. Wenn Tist nun den Widerstand organisierte, geschah das einmal, um dem Adel wieder seine Vorrechte zu sichern und gleichzeitig wieder die Zügel der Macht fest in den Händen zu halten, die ihm momentan zu entgleiten drohten. Dieses politische Kalkül störte Artuir keineswegs, weil es im öffentlichen Interesse lag. Und würde Tist Großkonnetabel von Syracusa werden, würde sich ebenfalls die Stellung des kleinen Tuchhändlers verbessern, und er könnte dann vielleicht sogar seinen Traum verwirklichen und zum Stammvater einer Dynastie avancieren, nach deren Ursprüngen niemand mehr fragte. Auch wenn seine Frau ganz anderer Meinung war.

»Mein kleiner Boismanl, unbedeutende Krämer werden nicht durch das Berühren mit einem Zauberstab zu großen Herren. Du solltest deine Nase nicht in ihre Angelegenheiten stecken. Das bringt nichts Gutes. Bescheide dich damit, gut in deinem Beruf zu sein und danke der Kirche des Kreuzes für dein Wohlergehen.«

Kein aufrechter Mann kann einer Megäre Paroli bieten, die nur Stoffe und Zahlen im Kopf hat und einen den lieben langen Tag mit der Kirche in den Ohren liegt, damit man zur Demut zurückfindet.

Also hatte Artuir Boismanl beim Verlassen des Hauses die Tür fest zugeschlagen, um seiner Missbilligung Ausdruck zu verleihen. Noch in seinem Garten hatte er gespürt, wie ihn dieser Temperamentsausbruch beflügelte. Leider wurde er von seinem Angstgefühl wieder auf den

Boden zurückgeholt, sobald er das Gartentor hinter sich geschlossen hatte.

Die Kapuze des Gedankenhüters konnte nur teilweise sein hässliches Gesicht verdecken. Sie gingen an einem riesigen Gelände vorbei, dem Stadiom, dessen Wände so hoch waren, dass sie einen Teil des sternenbedeckten Himmels verdeckten. Wehmütig dachte Artuir Boismanl an seine Kindheit zurück, als er inmitten einer begeisterten aber schweigenden Menge einem der Schigalin-Turniere zugeschaut hatte. Er sah sie vor sich, die stolzen Reiter auf ihren gehörnten Schigalin, wie sie versuchten, durch geschickte Manöver den fliegenden Steinen der gegnerischen Mannschaft auszuweichen. Er hörte den dumpfen Aufschlag der Steine, sah das Blut aus den Flanken der Reittiere strömen, roch den Schweiß der Tiere und beobachtete namhafte Kämpfer wie Kalul de Merone, Hercles Trismegar oder Paulun Saint-Fiac. Und er erinnerte sich, welche Bewunderung er und alle Syracuser damals diesen Helden gezollt hatten ... Doch dann hatte der Seigneur Arghetti Ang unter dem Einfluss der Kirche des Kreuzes die Schigalin-Turniere verboten. Man könne nicht das Kreuz anbeten und gleichzeitig Wesen aus Fleisch und Blut vergöttern ... Einen ganzen Tag hatte er damals geweint, als sein Vater ihm diese schreckliche Nachricht mitgeteilt hatte.

Endlich kam das prächtige Anwesen Tist d'Argolons in Sicht, ein kleines Schloss mit kegelförmigem Dach, das von eleganten Türmchen umgeben war, deren mit Optalium gedeckte Turmspitzen einen hellen Kontrast zum dunklen Himmel bildeten. Im Park mit den jahrhundertealten Bäumen herrschte das angenehme Zwielicht der von den fünf Satelliten erhellten Zweiten Nacht.

Die Hauptallee führte zu einer imposanten Freitreppe, von der aus man zu dem von rosa und weißen Säulen flankierten Portal gelangte. Die Farben der Nacht spiegelten sich in den stillen Wassern ovaler Becken wider und in den kunstvollen Statuen aus Optalium, die in perfekter Symmetrie darum angeordnet waren.

Artuir Boismanl bewunderte die majestätische Harmonie der Anlage, doch gleichzeitig fragte er sich, ob dieser Ort für eine derartige Zusammenkunft geeignet sei, weil das Gerücht umging, es herrsche ein latenter Krieg zwischen dem Großkonnetabel Pamynx und Tist d'Argolon. Es war daher anzunehmen, dass das Anwesen des Höflings verstärkt überwacht wurde. Doch so sehr er sich auch anstrengte, der Tuchhändler konnte keine verdächtigen Bewegungen oder Geräusche in dem Park ausmachen.

Kein Licht war hinter den ovalen Fenstern des kleinen Schlosses zu sehen. Es wirkte wie erstarrt, ohne Leben. Eine innere Stimme sagte Artuir Boismanl, es wäre besser, so schnell wie möglich umzukehren. Doch sein aufwallender Stolz erstickte diese Stimme. Eine solche Niederlage durfte er seiner Frau nie und nimmer eingestehen! Noch in zehn Jahren würde sie ihm vorhalten, wieder einmal recht gehabt zu haben. Also stieß er vorsichtig den angelehnten Flügel des imposanten Portals auf.

Aus ihrem Schlaf aufgeschreckt, stießen die Pfaue plötzlich schrille Schreie aus und stoben mit wild schlagenden Flügeln in alle Richtungen davon. Artuir Boismanls Herz fing heftig zu schlagen an, und er musste seinen ganzen Mut zusammennehmen, um nicht Hals über Kopf zu fliehen. Langsam normalisierte sich sein Puls wieder; er gebot seiner inneren Stimme Schweigen – einer Stimme, die seltsamerweise der seiner Frau glich – und betrat, wie ihm geheißen, die Hauptallee.

Die weißen Steine knirschten unter seinen Schritten. Beunruhigt sah er sich um. Er wollte sich vergewissern, ob sein Gedankenhüter ihm noch folgte. Der weiße Kapuzenmantel war noch immer hinter ihm. Aber in diesem verlassenen Park, wo die Zeit stillzustehen schien, wurde er zu einer erschreckend bedrohlichen Erscheinung.

Artuir zuckte mit den Schultern und ging weiter. Doch anstatt das Schlösschen über die Freitreppe zu betreten, wandte er sich nach links, umrundete den Flügel des Gebäudes, vor dem flammend rote Leripas und Zwergbäume mit leuchtend gelben Blättern wuchsen, und schlug den Weg zu einer kleineren Allee ein, die von Büschen gesäumt war, an denen vielgestaltige Früchte hingen.

An einer Wegbiegung stürzten aus dem Dunkel knurrend und zähnefletschend zwei riesige Löwenhunde auf den Tuchhändler zu. Das Blut gefror ihm in den Adern, und er blieb abrupt stehen. Ihre Schnauzen berührten seine Waden. Er betete zu allen Heiligen, dass sie nicht ihre Fänge in sein weiches Fleisch bohrten. Sein Gebet wurde erhört: Die Bestien schüttelten ihre Mähnen und trollten sich, ohne den Gedankenschützer zu beschnüffeln.

Artuir Boismanl stieß einen Seufzer der Erleichterung aus und setzte, noch immer etwas zitternd, seinen Weg fort. Endlich sah er die Bronzekuppel der exotischen Pagode mit dem anschaulichen Namen: *Tempel der Liebe und der Sommerträume.*

Als er vor der Tür stand, empfing ihn niemand. Er fragte sich, ob er sich im Datum geirrt haben könnte – unmöglich! Tausend Mal hatte er sich dessen vergewissert. Oder schlimmer noch, ob er nicht in eine von den Gefolgsleuten des Konnetabels gestellte Falle getappt sein könnte. Wieder meldete sich seine innere Stimme und flehte ihn an, sofort das Weite zu suchen. Aber so leicht wollte er nicht aufgeben. Vielleicht war diese Versammlung die Chance seines Lebens. Er hörte keinen Laut und wusste nicht, was er vor dieser verschlossenen Tür tun sollte, ob er sich auf irgendeine Weise bemerkbar machen sollte, klopfen, klingeln – das ging nicht, denn es gab keine Klingel – oder rufen.

So allein gelassen in dem großen Park herumzustehen, hatte etwas Lächerliches. Nachdem er fünf lange Minuten gewartet hatte, beschloss er umzukehren. Dann würde seine Frau ihn eben verspotten. Und er würde behaupten, die Versammlung sei im letzten Moment abgesagt worden. Natürlich würde sie ihm nicht glauben, aber er hätte wenigstens seine Mannesehre gerettet ... Er musste sich eingestehen, dass diese Entscheidung ihn zutiefst erleichterte.

Der Gedankenschützer wartete, unbeweglich. Plötzlich öffnete sich die Schiebetür, und grelles Licht fiel auf die Besucher. Artuir wurde von Panik ergriffen.

»Tretet ein, Sieur Boismanl«, sagte die Gestalt in der offen stehenden Tür.

Der Tuchhändler folgte der Aufforderung und erkannte Markus de Florenza, einen der getreuen Assistenten Tist d'Argolons. Der schlanke Mann war mit einem hellgelben changierenden Colancor bekleidet. Artuir grüßte ihn respektvoll, aber etwas ungelenk. Markus de Florenza musterte ihn, ernst und spöttisch zugleich.

»Wie kommt es, dass das Anwesen nicht überwacht wird?«, fragte Artuir. »Habt Ihr denn keine Angst, dass Unbefugte sich hier Zutritt verschaffen könnten?«

»Ihr müsst wissen, Sieur Boismanl, dass wir absichtlich auf eine solche Maßnahme verzichtet haben«, entgegnete Markus de Florenza mit herablassendem Lächeln. »Eine augenfällige Überwachung hätte unnötigen Verdacht erweckt. Es ist klüger, das Anwesen unseres Gastgebers in seinem Normalzustand zu belassen. Das heißt natürlich nicht, dass jeder Dahergelaufene an unserer Versammlung teilnehmen könnte. Von dem Moment an, als Ihr den Park betreten habt, wurden Eure Bewegungen von einer unsichtbaren Kamera aufgezeichnet. Eure Daten wurden ebenfalls den beiden Löwenhunden mitgeteilt – in dem Fall natürlich nur die Geruchsdaten –, denen Ihr auf der Allee begegnet seid. Außerdem wurdet Ihr von Euch unbemerkt einer zweimaligen magnetischen Resonanzkontrolle unterzogen, die jede Art von versteckten Waffen aufspüren kann ... Genügen Euch diese Vorsichtsmaßnahmen, Sieur Boismanl, oder befürchtet Ihr weiterhin, Euch in schlechter Gesellschaft bewegen zu müssen?«

»Ja ... Nein ... das heißt nein, natürlich ...«, stammelte der Tuchhändler. Die Ironie des Adeligen kränkte ihn, und er war verstört, weil er ohne es zu merken, observiert worden war. »Und ... hm ... Ihr bewegt Euch ohne Gedankenschützer?«

»Ich brauche keine Gedankenschützer, wenn ich unter Freunden bin ...«

Die Schiebetür schloss sich mit einem Klick. Sie standen in einer großen Empfangshalle, die im Halbdunkel lag. Markus de Florenza gab auf einer in der Luft schwebenden Tastatur einen Code ein, und eine leuchtende Luftplattform – ein Vermögen wert, ein Vermögen! – glitt geräuschlos durch eine transparente Röhre hinunter, direkt vor ihre Füße. Artuir und Markus setzten sich auf Leuchtschemel, während der Gedankenschützer stehen blieb.

»Wir haben Euch eingeladen, weil wir möchten, dass Ihr unsere Interessen bei der GIHK vertretet – der Gilde der Industriellen Händler und Künstler«, sagte Markus de Florenza, während die Plattform langsam nach oben glitt.

»Eure ... Interessen?«, wiederholte Artuir dümmlich.

Dame Boismanl hatte wieder einmal recht gehabt. Syracusas Hochadel hatte keineswegs die Absicht gehabt, den kleinen Boismanl in den Kreis der Ihrigen aufzunehmen, er wollte ihn nur für seine eigenen Interessen benutzen.

»Wir wollen die Scaythen loswerden«, fuhr de Florenza leise fort. »Und dazu müssen wir alle Kräfte mobilisieren. Vor allem zählen wir auf jene, die Syracusas ökonomische Basis bilden.«

»Warum ich? Woher wusstet Ihr, dass ...«

» ... dass Ihr einer der unseren seid? Ganz einfach, Sieur Boismanl ... Unsere morphopsychischen Spezialisten haben erst kürzlich alle jene Leute erfasst, die die Anwesenheit der Scaythen – gelinde gesagt – irritiert. Und das ist doch bei Euch der Fall, nicht wahr?«

»Ja. Ja, natürlich ... Aber es gibt doch Händler oder große Industrielle, die in solchen Angelegenheiten weitaus kompetenter sind.«

»Da irrt Ihr Euch. Die meisten Mitglieder der GIHK haben sich mit der Situation abgefunden. Aber die Gilde hat noch nicht realisiert, dass sie mit ihrer Unterstützung der Scaythen und mit ihrem fortwährenden Kampf gegen den Adel den Ast absägt, auf dem sie sitzt. Wir müssen jetzt zusammenhalten und uns vor der drohenden Gefahr besser schützen. Tist d'Arogolon möchte dieses Problem mit Euch diskutieren, sobald die Versammlung zu Ende ist ... allein.«

Eine private Unterredung mit Tist d'Argolon! Teufel auch, Frau! Jetzt wollen wir mal sehen, ob du mich noch bei der kleinsten Gelegenheit ›mein armer Artuir‹ nennst!

Die Plattform hielt in der siebten Etage der Pagode. Markus de Florenza geleitete Artuir und dessen Gedankenschützer in einen großen, erlesen eingerichteten Raum, dessen Wände mit Wasserwandteppichen vom Planeten Orange ausgestattet waren. Sie befanden sich unter der Kuppel der Pagode: unzählige Lichtkugeln schwebten unter der hohen gewölbten Decke. Aus dem Parkettboden stiegen süße Düfte auf, und in der Mitte des Raums sprudelte ein Brunnen: Aus dem Dreizack des Meeresgottes ergoss sich eine Melodie von perlendem Wasser – ein Klagelied in Moll.

Artuirs Bewunderung war grenzenlos. Mit weit aufgerissenen Augen stand er da. Erst als der Assistent ihn streng musterte, fiel ihm ein, dass es als unschicklich galt, die eigenen Gefühle zu zeigen.

Um ein rundes Podium, auf dem ein sehr alter, wahrscheinlich aus der Mittleren Zeit stammender Schreibtisch und zwei mit weißer Seide bezogene Sitzbänke standen, gruppierten sich Sessel, in denen jetzt einige bedeutende Persönlichkeiten saßen. Sie waren prächtig gekleidet. Der Tuchhändler erkannte sie, da er ihnen am Hof des Fürsten gelegentlich begegnet war, und er fühlte sich geschmeichelt, weil viele dieser kostbaren Stoffe aus seinem Atelier stammten. Etwa ein Drittel der Anwesenden waren Damen, deren kunstvolle Frisuren silbern, golden oder bronzefarben leuchteten.

»Bis auf eine oder zwei Personen ist die Versammlung komplett. Ich bitte die Hochwohlgeborenen sich zu setzen«, sagte Markus de Florenza.

Dann bat er den Gedankenschützer sich zu seinen Kollegen, den Scaythen, zu begeben. Sie standen – eine dicht gedrängte weiß gekleidete Gruppe – hinten im Raum. Der Tuchhändler nahm Platz und ließ den Blick über die Versammlung schweifen.

Seine Nachbarin war eine berühmte Schauspielerin, eine Frau von erlesener Schönheit, von der böse Zungen behaupteten, sie habe zwei Jahre das Bett Menati Angs, des Bruders des jetzigen Herrschers, geteilt. Ihre großen türkisfarbenen Augen musterten den Neuankömmling mit unverhohlener Verachtung. Dann wandte sie sich dem Mann an ihre linken Seite zu, einem alterslosen Schönling in rotem Colancor, und flüsterte ihm etwas zu, worauf er lächelte.

Artuir interpretierte dieses Lächeln als Reaktion auf eine spöttische Bemerkung über ihn, doch er gab vor, nichts bemerkt zu haben. Dieses höfische Ambiente voller falscher Schmeicheleien und Intrigen erfüllte ihn mit Unbehagen. Worte und Gesten der Höflinge stellten eine Art Code dar, deren Doppeldeutigkeit für einen einfachen Mann wie den Tuchhändler kaum zu entschlüsseln war.

So gestaltete sich das Warten für ihn immer schwieriger, ja es erschien ihm fast unerträglich zu werden. Dutzende Augenpaare musterten ihn gnadenlos und mit falscher Freundlichkeit. Zum zweiten Mal bereute er bitter, nicht auf seine innere Stimme und seine Frau gehört zu haben. Er verfluchte seinen Ehrgeiz, weil er ihn in dem Glauben bestärkt hatte, eines Tages zu dieser vornehmen Welt zu gehören.

»Teurer Freund, seid Ihr nicht zufälligerweise der Tuchhändler Ar ... Artus Momboil?«

Er zitterte. Die Schauspielerin starrte ihn mit ihren unergründlichen türkisfarbenen Augen an.

»Boismanl«, stammelte er und richtete sich auf. »Artuir Boismanl ... Das bin ich, in der Tat ... Ich ... Kann ich Euch auf irgendeine Weise behilflich sein, meine Dame?«

»Aber ja, Sieur Momboil!«, entgegnete die Schauspielerin mit ihrer melodischen Stimme, in der ein Unterton heimlicher Belustigung mitschwang. »Ich muss Euch noch einen Besuch in Eurem Geschäft abstatten. Eure Stoffe scheinen die reinsten Wunder zu sein, so leicht, dass man das Gefühl hat, überhaupt nichts anzuhaben.«

Die letzten Worte hatte sie mit Nachdruck formuliert, ein Verstoß gegen die Regeln des Anstands. Sie war eine skandalträchtige Frau und hatte einen miserablen Ruf, den man ihr wegen ihres herausragenden Talents jedoch verzieh. Nun hatte sie ihr Ziel erreicht: Fast alle Blicke waren auf die beiden gerichtet, vorwurfsvolle Blicke. Der arme Artuir wurde immer verwirrter und hätte sich am liebsten in Luft aufgelöst. Und schon meldete sich seine innere Stimme wieder, dieses Mal triumphierend. Sie riet ihm dringend, nie wieder an einer derartigen Versammlung teilzunehmen.

Erst die Ankunft Tist d'Argolons und seiner Gattin Maryt befreite ihn aus seiner misslichen Lage. Das Paar hatte den Saal durch eine Geheimtür neben dem Podium betreten, und zu Artuirs großer Erleichterung wandten sich die Blicke seiner Henker jetzt dem gastgebenden Paar zu.

Tist d'Argolon war der Abkömmling eines uralten syracusischen Adelsgeschlechts und mit jener natürlichen Anmut ausgestattet, nach der Emporkömmlinge vergeblich streben: groß, schlank, ein Mann mit feinen aristokratischen Zügen. Er trug einen königsblauen Colancor, dazu ein kurzes nachtblaues Cape, Farben, die das intensive Goldgelb seiner Augen unterstrich. Die einfache Eleganz seiner Kleidung machte den zur Schau gestellten Pomp der Eingeladenen fast lächerlich, wie Artuir als Mann vom Fach sofort erkannte.

Tists Gemahlin Maryt hatte sich für schlichtes Weiß entschieden. Nur ihr Cape war mit alten Mondsteinen besetzt. Ihr helles Funkeln und ihre lichte Erscheinung bildeten einen perfekten Kontrast zu ihrem kohlschwarzen Haar und ihren mandelförmigen, ebenso dunklen Augen. Die beiden waren ein wunderschönes Paar, sie bildeten den strahlenden Mittelpunkt unter den Anwesenden. Ihre Gedankenschützer stellten sich rechts und links vom Podium auf.

In Begleitung eines Assistenten betrat nun ein Dritter den Saal: ein magerer, gebeugter Mann mittlerer Größe, dessen Äußeres nachlässig und ungepflegt wirkte. Sein fleckiger und zerrissener safrangelber Colancor war völlig fehl am Platz, ein unverzeihlicher Fauxpas in dieser illustren Runde, und sein stahlgraues Haar war struppig und unfrisiert. Unter buschigen Brauen glühten seine Augen wie im Fieberwahn.

Das Unvorstellbare geschah: Tist d'Argolon lud diesen Mann ein, sich neben ihn auf die Podiumsbank zu setzen. Das Erstaunen der Geladenen verwandelte sich in Empören. Flüsternd gaben sie ihrer Missbilligung Ausdruck.

Artuir Boismanl hielt den Mann für einen ehemaligen Priester der Kirche des Kreuzes, der entweder selbst ausgetreten oder als Häretiker zum Austritt gezwungen worden war, jedoch jetzt im Untergrund leben musste, um nicht im Feuer zu sterben. Doch warum er im Haus des Adeligen war, das wusste der Tuchhändler nicht. Zwischen diesen beiden Männern hätte es keinen größeren Unterschied geben können. Trotzdem plauderten sie wie zwei alte Freunde miteinander. Diese Soiree begann mit etlichen Überraschungen. Artuirs innere Stimme verstummte ganz unerwartet. Seine Neugier hatte sowohl seine Angst als auch seine Verlegenheit besiegt.

Mit einer Handbewegung kündigte Tist d'Argolon an, dass er sprechen wolle. Eine Stille, die nur vom melodischen Singen des Brunnens unterbrochen wurde, senkte sich über den Raum.

»Ich heiße alle willkommen«, verkündete der Adelige mit wohlklingender Stimme. »Und ich bin sehr glücklich, dass alle meiner Aufforderung gefolgt sind. Um meinen Dank zu bezeugen, und weil es so Brauch ist, wird meine Gattin jetzt die *Hymne an die Freundschaft* singen.«

Artuir erinnerte sich, dass Maryt Frasciata vor ihrer Hochzeit eine Diva des Emotionellen Gesangs gewesen war, eine Berühmtheit in allen Welten der Konföderation von Naflin. Ihre Karriere hatte sie aus Liebe zu ihrem Gemahl aufgegeben, ein Ereignis, das leidenschaftliche Reaktionen auf Syracusa hervorgerufen hatte, es hieß sogar, dass einige ihrer Bewunderer aus Gram den Freitod gewählt hätten.

Jetzt erfüllte die kristallklare Stimme Maryt d'Argolons den Raum. Das Publikum lauschte gebannt, wie verzaubert. Artuir war überzeugt, dass einige Höflinge nur ihretwegen gekommen waren, denn die Sängerin sang diese Hymne nicht bloß, sie lebte sie:

Da unser Haus das Eure ist,
Bedeutet die Erfüllung Eurer Wünsche unsere freudige Pflicht,

Denn Grenzen kennt die Freundschaft nicht.
Sie ist ein Geschenk des Ich,
Ein Friedensstrom, der weiterfließt
Und sich ins unendliche Meer der Liebe ergießt ...

Von nostalgischem Gemurmel der Fontäne begleitet, erstarb ihre Stimme und versetzte die Zuhörer in einen Zustand ekstatischen, fast schmerzlichen Entzückens.

Nach langem Schweigen ergriff Tist d'Argolon wieder das Wort. Er sprach ganz sanft, als wollte er den Zauber nicht brechen.

»Noch einmal, mein Dank gilt allen, die unserem Aufruf gefolgt sind. Ich bin mir sicher, dass zu dieser späten Stunde die meisten lieber die Annehmlichkeiten ihres Hauses oder die Zerstreuungen der Zweiten Nacht genossen hätten. Aber die aktuelle Lage unseres schönen Planeten bereitet uns große Sorgen, genauso wie euch. Das beweist euer zahlreiches Erscheinen. Unsere Wachen im herrschaftlichen Palast haben uns davon in Kenntnis gesetzt, dass die Scaythen – natürlich spreche ich nicht von den Scaythen, die als Gedankenschützer tätig sind und deren Loyalität niemals in Zweifel gezogen wurde, sondern nur von jenen, die zur Entourage Ranti Angs gehören – insgeheim ein Komplott schmieden, das zum Ziel hat, die Konföderation von Naflin zu stürzen.«

Jetzt ist es so weit, dachte Artuir Boismanl.

Ungläubiges Gemurmel war die Reaktion. Der Tuchhändler hingegen war von Tist Worten keineswegs überrascht. Schon seit geraumer Zeit vermutete er, dass die Herrscherfamilie von den Scaythen – zu welchem Zweck auch immer – manipuliert wurde. Nun, eigentlich war dies die Meinung seiner Frau, die er sich aber zu eigen gemacht hatte … Er stellte fest, dass die Höflinge ihre mentale Kontrolle verloren, diese bedeutungsvolle psychische Selbstverteidigung, deren Erlernen ihm so viele Probleme machte. Dasselbe galt für seine Nachbarin, die Schauspielerin: Sie wirkte ängstlich und kaute nervös an ihren Fingernägeln.

Tist d'Argolon gebot mit einer Geste Schweigen. »Mehrere Anzeichen deuten darauf hin, dass die Scaythen alle Menschenrassen des bekannten Universums auslöschen wollen. Für immer und ewig … Leider wissen wir bisher noch nicht, über welche Techniken die Scaythen verfügen. Welche Mittel sie zur Erreichung dieses Ziels einsetzen. Unsere Überwachungssatelliten senden nicht mehr. Doch die Geschehnisse in jüngster Zeit bestätigen unsere Hypothese: Die Herren der Asma und ihre Ratgeber haben sich in Venicia zu einer außerordentlichen Versammlung eingefunden. Und seit zwei Tagen empfangen wir keine Nachrichten mehr aus dem Palast der Asma. Außerdem darf kein Vertreter der Medien ihn mehr betreten. Nichts … Absolutes Schweigen … Stille …«

Wieder wurde gemurmelt. Dieses Mal war Empörung herauszuhören. Natürlich hatten alle bereits die Gerüchte gehört, die im Umlauf waren, sie hatten sie aber als Lügenmärchen abgetan. Vor allem hatten sie sich nicht mit Gedanken belasten wollen, die ihr geistiges Wohlbefinden empfindlich gestört hätten. Doch jetzt mussten sie sich den Tatsachen stellen, denn Tist war ein ernst zu nehmender Mann. Sie hatten sich auf eine Art Fest unter Ihresgleichen gefreut, doch nun sahen sie sich wider Willen in eine politische Intrige verwickelt. Also bedauerten die meisten, gekommen zu sein, und sie verfluchten ihren Gastgeber, weil er sie in diese prekäre Lage gebracht hatte.

Tist d'Argolon erhob sich und sprach nun mit lauter Stimme über den aufkommenden Tumult hinweg: »Ich muss die Wahrheit aussprechen, auch wenn diese Wahrheit uns allen Angst macht! Ein Diener will beobachtet haben, wie die Sondereinheit des Konnetabels Pamynx den Palast der Asma durch einen unterirdischen Gang betreten hat, der seit über hundert Jahren nicht mehr benutzt wurde. Natürlich waren die Leute nicht bewaffnet, das hätte man durch die automatischen Detektoren festgestellt. Aber zu welchem Zweck? Das ist noch immer ein Geheimnis. Doch ich bezweifle, dass diese Mission dem öffentlichen Interesse diente.«

Das Wort »Smella« löste in Artuir Boismanl die Erinnerung an eine Diskussion aus, die er mit seiner Frau gehabt hatte. Sie vertrat den Standpunkt, dass der Prozess des Smellas Sri Mitsu ein abgekartetes Spiel des Konnetabels Pamynx und der Kirche des Kreuzes gewesen sei, um den berühmten Mann mundtot zu machen, der wegen seines Scharfsinns gefürchtet war. »Ach, was!«, hatte er geantwortet. »Das Exil ist eine noch viel zu milde Strafe für einen solchen Perversen. Er hätte zum Tode verurteilt werden müssen. Er hat ein schlechtes Vorbild für die Jugend abgegeben.« Doch Dame Boismanl gehörte nicht zu jenen Frauen, die sich den Ansichten ihrer Ehemänner beugen. »Da gibt es noch viele andere an höchster Stelle, die weitaus schlechtere Vorbilder sind«, hatte sie geantwortet. »Und diese Leute müssen sich nicht vor Gericht verantworten!« Was hätte er dazu sagen können? Also hatte er resigniert mit den Schultern gezuckt und sich weiter seinen Geschäften gewidmet.

»Da ist noch etwas!«, fuhr Tist d'Argolon fort. »Tausende Missionare der Kirche des Kreuzes, die gerade ihr Noviziat beendet und ihr safrangelbes Habit angelegt haben, wurden in den großen Tempel Geodesil-III. beordert, damit sie allesamt auf andere Planeten der Konföderation transferiert werden konnten. Ich möchte daran erinnern, dass alle Deremats, ich wiederhole alle, ganz gleich, ob es sich um private, wie den meinen, oder öffentliche, wie die der InTra, beschlagnahmt wurden. Der planetarische Abgeordnete der InTra, Sieur Jadaho d'Ibrac, weilt heute Abend unter uns und möchte seiner Empörung über diese ungesetzliche Zwangsmaßnahme Ausdruck verleihen.«

Ein alter Mann mit zerfurchtem Gesicht, der in den traditionellen Farben der InTra – hellgrün und silberfarben – gekleidet war, stand auf und verneigte sich. Tist d'Argolon erwiderte den Gruß mit einem herzlichen Lächeln. Der Mann im schmutzigen durchlöcherten Colancor beugte sich vor und flüsterte Maryt etwas zu, die auf der gegenüberstehenden Bank saß. Die junge Frau nickte ernst.

»Der Konnetabel Pamynx findet momentan durch den sehr effizienten Apparat der Kirche des Kreuzes Unterstützung«, erklärte der Adelige. »Zunächst wird er die Fäden seines Komplotts weiterspinnen, bis die Konföderation ganz tief in der Falle sitzt. Nur die Kirche des Kreuzes weiß, was er dann zu tun gedenkt ... Wir haben mit einigen Kardinälen gesprochen, die auf unserer Seite sind. Aber entweder hat man sie nicht in die Pläne eingeweiht, oder sie berufen sich auf ihre Schweigepflicht. Jedenfalls haben wir von ihnen nichts Neues erfahren können. Ein paar von unseren Leuten im Palast sind spurlos verschwunden! Warum? Was haben sie gesehen oder gehört? Wir alle, die wir heute hier versammelt sind, haben etwas gemeinsam: Wir sind verunsichert und der Scaythen auf die eine oder andere Weise überdrüssig. Deshalb ist es an der Zeit, dass wir uns zusammenschließen, damit wir gemeinsam gegen die Scaythen vorgehen können. Wir Syracuser haben immer dem Rest des Universums als Vorbild gedient, unsere Werte haben sich auf die Institutionen der Konföderation gegründet. Doch nun haben wir anderen, Wesen aus unbekannten Regionen, die Herrschaft über unseren Planeten überlassen! Wir haben ihnen unsere Seele überlassen. Unsere Ahnen besaßen den Mut, sich gegen das Planetarische Komitee aufzulehnen, gegen eine Bande von Tyrannen. Jetzt haben wir die heilige Pflicht, die Scaythen von Hyponeros zu bekämpfen. Mit allen uns zu Gebote stehenden Mitteln!«

Die letzten Sätze hatte er mit leidenschaftlicher Stimme gesprochen. Ein bedrückendes Schweigen lastete auf dem Saal. Sogar die Fontäne schwieg. Es herrschte absolute Stille. Die Höflinge wagten nicht einmal, einander anzusehen. Die Schauspielerin zupfte an einer ihrer rebellischen goldenen Haarsträhnen.

Schließlich ergriff Jadaho d'Ibrac, der planetarische Abgeordnete der InTra, das Wort.

»Ich bin voll und ganz Eurer Meinung, Sieur d'Argolon. Auf den wöchentlich stattfindenden Treffen aller Transportgesellschaften sind wir zu denselben Erkenntnissen gelangt ... obwohl es nicht einen Militär unter unseren Mitgliedern gibt.

Und wir haben noch eine letzte Bastion der Verteidigung: den Orden der Absolution. Sollte der Konnetabel Pamynx das naflinische System stürzen wollen, werden die Ritter des Ordens das zu verhindern wissen. Haben wir die Macht oder das Recht, anstelle des Ordens zu agieren? Denn seine Kompetenzen sind weitaus größer als die unseren, und ...«

An dieser Stellte wurde der Redner durch Klatschen und bejahende Zurufe unterbrochen.

Stimmt, dachte Artuir Boismanl erleichtert, an die habe ich gar nicht mehr gedacht.

Ach, was weißt du schon vom Orden der Absolution, mein armer Artuir?, würde seine Frau sagen. *Vielleicht existiert der überhaupt nicht.*

»Bis zu diesem Äußersten dürfen wir es nicht kommen lassen!«, erklärte Tist d'Argolon mit Vehemenz, ja Wut in der Stimme. »Man würde uns, die Syracuser, für alles verantwortlich machen. Wir verlören unsere Glaubwürdigkeit und vor allem unser Prestige. Vor lauter Scham müssten wir schweigen. Die Jugend würde uns verachten, denn wir hätten ihre Ideale zerstört. Handeln wir nicht, werden unsere Kultur und unsere Geschichte nichts als Zeugnisse unserer Schande sein. Wir werden von allen Zivilisationen geächtet, so wie das Planetarische Komitee seinerzeit. Ist das erstrebenswert? Ist das dem Erbe unserer Väter würdig? Wir sind die Nachfahren stolzer Krieger, ehrenwerte Menschen, die todesmutig kämpften, um Frieden und Harmonie auf dieser Welt wiederherzustellen. Haben andere, die Ritter der Absolution oder die Scaythen etwa gewartet, bis jemand kommt und ihre Probleme löst? Sollen wir etwa anderen überlassen, das Rad unseres Schicksals zu drehen? Und sollte das der Fall ein, wagen wir es dann noch, unseren Kindern in die Augen zu sehen? Zwar sind wir keine Krieger mehr, aber wir haben andere Waffen, die ebenso wirksam sind: unsere Ideen!«

Die Worte des Adeligen versetzten Artuirs Blut in Wallung. Das Feuer der Begeisterung durchströmte seine Adern, sodass ihm ganz heiß wurde.

Mein guter Boismanl, du solltest dich nicht so echauffie-

ren! Wie heißt es so schön: ›Schuster bleib bei deinen Leisten!‹ Und danke der Kirche.

Gib endlich Ruhe, Frau! Siehst du denn nicht, was hier geschieht? Wir sind privilegiert, wir nehmen hier an einem historischen Moment teil, an einem sehr seltenen Geschehen. Das ist einer dieser Augenblicke, die im Leben eines Mannes wirklich zählen!

Sein Enthusiasmus verzehrte den armen Boismanl und ließ nichts als ein Häufchen Asche zurück. Und aus dieser Asche konnte nun Phoenix wiedergeboren werden: ein neuer Mann, ein Held auf dem Weg zu seinem eigenen Mythos.

»Was schlagt Ihr vor, Sieur d'Argolon?«, fragte Jadaho d'Ibrac.

»Dazu kommen wir gleich. Doch vorher möchte ich, dass Parakumadj zu uns spricht ...« Er wandte sich an den ausgemergelten Mann im safrangelben Colancor: »Einige der hier Versammelten kennen ihn bereits. Noch vor geraumer Zeit bekleidete Parakumadj das Amt eines Kardinals der Kirche des Kreuzes. Doch dann fasste er den Entschluss, seinen Platz innerhalb dieser Hierarchie aufzugeben und im Gebirge das asketische Leben eines Einsiedlers zu führen. Fortan nannte er sich Parakumadj. Es bedeutet auf Altsyracusisch ›drei Illusionslose‹. Vor Zeit zu Zeit wird mir die Ehre seines Besuchs zuteil, und dann ermahnt er mich, den Weg er Demut und des Verzichts einzuschlagen. Ein schwerer Weg, wie ich zugeben muss ... Außerdem möchte ich nicht verschweigen, dass er im Kirchentribunal auf den Index der Abtrünnigen gesetzt und zum Tode durch das Feuer verurteilt wurde. Doch bitte ich alle, daran keinen Anstoß zu nehmen: Parakumadjs Handeln entspringt tiefster Überzeugung und ist in seiner Konsequenz wahrscheinlich dem WORT der Kirche am nächsten. Ich habe mit ihm über unsere Sorgen gesprochen, und er hat daraufhin den Wunsch geäußert, auf unserer Versammlung zu sprechen, einen Wunsch, dem ich mit großer Freude nachkomme. Denn ich bin der festen Überzeugung, dass es gut ist, wenn seine heilige Stimme uns in jene Höhen führt, wo das ewige Licht leuchtet, ehe wir uns darüber klar werden, was wir zu unternehmen gedenken ...«

Parakumadj dankte Tist d'Argolon mit einem knappen Nicken und stand auf. Seine langen dürren Arme endeten in ebenso dürren spinnenartigen Händen, deren dünne Finger mit dichtem schwarzem Haar bedeckt waren.

Sein ungepflegtes, schmutziges Äußeres rief bei der Schauspielerin sichtbaren Abscheu hervor. Sie vermied es, den Eremiten anzusehen, so als könnte sie allein der Blick auf ihn beschmutzen.

Wo bleibt deine mentale Kontrolle, meine Teure?, freute sich Artuir heimlich.

»Ich habe nur ein paar Sekunden gebraucht, um zu begreifen, dass ihr alle fast vor Angst krepiert wärt!«, fing der heilige Mann mit rauer Stimme zu reden an. Sie wirkte nach Tists sonorem wohlklingendem Organ wie ein Schock. »Ja, ihr krepiert vor Angst! Nichts als Angst beherrscht eure hohlen Köpfe und Leiber. Angst ...«

Er schwieg und ließ den Blick über die wie versteinerten Höflinge schweifen – er wirkte wie ein wildes Tier, bereit, zuzubeißen.

Artuir fragte sich, was Parakumadj mit seinem Auftritt erreichen wollte. Wenn Tist d'Argolon sich darauf verstand, das Feuer zu schüren, so verstand es der Eremit im selben Maße, Eiseskälte zu verbreiten. Artuir wusste nicht mehr, ob er schwitzen ode frieren sollte.

»Und warum habt ihr solche Angst?«, fuhr Parakumadj fort. »Weil ihr euch Äußerlichkeiten verschrieben habt. Weil ihr euch Illusionen hingebt. Ihr seid Geiseln der Wesen, die sich verstellen. Ihr seid Marionetten von Trugbildern. Eure ganze Begeisterung und Leidenschaft gilt eurer äußeren Erscheinung! Ich sehe hier nichts als Puder, Schminke, Schönheitsoperationen, hohle Hüllen ... Mehr Schein als Sein! Ihr denkt nur an die Befriedigung eurer Sinne und vernachlässigt euren Geist, eure Seele. Und damit bringt ihr die Quelle eures Lebens zum Versiegen, und deshalb habt ihr Angst. Was hat die Kirche des Kreuzes gesagt: *Jene, die die Seele vernachlässigen, werden in Leid und Schmerz enden* ... Und genau das habt ihr getan. Und dann wundert ihr euch darüber, dass sich andere des Wertvollsten bemächtigen, das ihr besitzt: eure Seele, euer innerer Tempel. Und dann bedient ihr euch der Gedankenhüter, um den anderen den Zutritt zu euren Seelen zu verwehren. Doch die Gedankenhüter sind wie Dornenranken und Brennnesseln, die sich in einem leer stehenden Haus einnisten, die den Herren des Hauses – also euch – untersagen, es wieder in Besitz zu nehmen. Und jetzt sucht ihr nach einer Methode, das zu verhindern? Ganz einfach: Reinigt euer Haus! Aber wenn ihr zweimal in der Woche in den Tempel geht, wird es gewiss nicht wieder rein! Dann gehört ihr nur zu diesem Heer von Scheinheiligen, die sich bei Gottesdiensten zur Schau stellen und deren Seele verhärtet ist ... Nein, die Antwort auf eure Probleme findet ihr nur in euch selbst. Übt Demut und Mitgefühl, dann brauchen wir solche Versammlungen nicht mehr. Die Kirche des Kreuzes hat uns ein Beispiel gegeben, als sie ...«

»Blasphemie!«, rief jemand mit gutturaler Stimme. Sie kam aus der Ecke, wo die Gedankenhüter standen.

Sofort spürte Artuir Boismanl eine dumpfe Angst in sich aufsteigen, und er musste wieder an seine Frau denken.

Ein Scaythe löste sich aus der Gruppe, schritt langsam bis zu der Fontäne in der Mitte des Raums und blieb in demonstrativ provozierender Haltung vor den Versammelten stehen.

»Was fällt Ihnen ein? Gehen Sie sofort zu den anderen zurück!«, rief Jadaho d'Ibrac.

Der Scaythe antwortete nicht, sondern streifte mit theatralischer Geste die Kapuze von seinem Kopf. Beim Anblick dieses zerklüfteten grünlichen Gesichts stießen die Höflinge Schreckensschreie aus, und Artuir hätte fast die Kontrolle über seine Blase verloren. Der Scaythe war kein Gedankenschützer, sondern Pamynx, der Großkonnetabel Syracusas. Jetzt glühten seine gelben Augen wie Unheil bringende Steine.

»Ich wusste, dass es Euch an Ehre mangelt, aber es überrascht mich, dass Ihr so weit gegangen seid, Euch hier einzuschleichen!«, sagte Tist d'Argolon in einem Ton äußerster Verachtung. »Ihr gehört nicht zu den Geladenen!«

Artuir bewunderte den Ton souveräner Herablassung und die Ruhe des Adeligen, trotzdem wurde seine Angst immer größer. *Siehst du jetzt ein, wohin dich deine Träume gebracht haben, mein guter Boismanl?* Warum, oh, warum nur hatte er nicht auf seine Frau gehört?

Pamynx' gelbe Augen waren jetzt auf das Podium gerichtet. Auch Maryt d'Argolon hatte sich erhoben und die Hand ihres Gatten ergriffen.

»Zügelt Euren Hochmut, Sieur d'Argolon!«, konterte der Konnetabel. »Ihr seid nicht in der Lage, mir Ratschläge zu erteilen, noch mir mit Sarkasmus zu begegnen. Denn ich klage Euch und Eure Gäste der Verschwörung gegen den Herrscher von Syracusa und die heilige Kirche des Kreuzes an!«

»Und ich, ich klage Euch an, unsere Gedankenschützer bestochen zu haben! Ihr habt sie gezwungen, ihren Ehrenkodex zu verletzen! Ich weiß, dass Ihr zu allem fähig seid, wenn Ihr Euer Ziel erreichen wollt!«

»Was bedeutet mir schon der Begriff der Ehre«, entgegnete Pamynx verächtlich. »Das ist ein Wort aus der Vergangenheit. Und die meisten Verschwörer sind heute hier versammelt. Das allein ist wichtig. In dieser Hinsicht habt Ihr mir viel Zeit erspart, Sieur d'Argolon. Dafür bin ich Euch dankbar.«

Außer sich vor Zorn sprang Tist d'Argolon vom Podium, bahnte sich einen Weg durch die Sitzreihe und stellte sich mit drohend geballter Faust vor den Konnetabel.

»Ich werde Euch von meinen Leuten sofort hinrichten lassen, Konnetabel. Leider seid Ihr so unvorsichtig gewesen, mich auf meinem Grund und Boden herauszufordern.«

»Sprecht Ihr etwa von Eurer Leibgarde?«, fragte Pamynx höhnisch.

Tist d'Argolon machte einem seiner Assistenten ein Zeichen, der daraufhin nervös auf die Tasten seines Taschenholofons drückte.

»Darf ich fragen, warum Ihr das Wort ›Blasphemie‹ benutzt habt?«, fragte der Ex-Kardinal Parakumadj mit glühenden Augen.

Pamynx musterte den Häretiker, eine tragische Gestalt. Wie der Kapitän eines sinkenden Schiffs stand er auf dem Podium.

»Weil es rechtens ist, teurer Kardinal de Laboityp. Darf ich Euch daran erinnern, dass der Großkonnetabel einer der Paladine ist? Damit bin ich ermächtigt, die heilige Gerichtsbarkeit auszuüben. Aber ich versichere Euch, Kardinal de Laboityp, Ihr werdet nicht sofort hingerichtet. Erst müsst Ihr Euch vor dem Tribunal der heiligen Inquisition verantworten ... Dann dürft Ihr beten, dass die Kirche des Kreuzes Euer Leiden verkürzt.«

»Und was ... was habt Ihr mit uns vor?«, stammelte der Direktor der Akademie der Vergänglichen Künste.

Artuir saß wie erstarrt da, in kalten Schweiß gebadet. Sein Herz schlug nicht mehr, seine Atmung hatte ausgesetzt. Er war überzeugt, nicht lebend aus diesem Saal herauszukommen.

Der Assistent schüttelte ratlos den Kopf vor seinem stummen Holofon. Tist begriff, dass alles verloren war. Er stieg wieder auf das Podium und umarmte Maryt. Sie begann laut zu weinen, und ihre Tränen glichen den Mondsteinen auf ihrem Cape.

»Alle hier Versammelten sind ein Hindernis für unsere Machtergreifung, denn wir wollen eine neue Welt erschaffen. Deshalb müssen wir ausnahmslos alle krankhaften Elemente entfernen, damit sie die anderen nicht infizieren. Im Namen des Herrschers Ranti Ang und kraft meines mir übertragenen Amtes erkläre ich alle Anwesenden deshalb des Hochverrats für schuldig!«

Panik ergriff die Gäste. Einige liefen zur Eingangstür, andere zu einer Seitentür, wieder andere versteckten sich hinter dem Podium. Doch sie kamen nicht weit. Die Phalanx der Weißmaskierten blockierte den Flüchtenden den Weg, und an ihren ausgestreckten Armen blitzten die Stäbe der Wurfmaschine. Vor lauter Panik drängen sich die Höflinge in der Mitte des Raums zusammen, ein wirrer jämmerlicher Haufen.

»Ihr habt nicht das Recht, ihnen das Leben zu nehmen!«, rief Tist d'Argolon mit starker Stimme. »Wenn Ihr nach Blut dürstet, dann nehmt das meine, Konnetabel! Macht mit mir, was Ihr wollt, aber habt Erbarmen und verschont die anderen! Im Namen dessen, was uns heilig ist ...«

Er presste seine Hände gegen die Schläfen. Ein unerträglicher Schmerz tobte in seinem Schädel: kalte Tentakel zerrissen sein Gehirn. Er sank zu Boden, zuckte noch ein paar Mal zusammen und rührte sich nicht mehr. Maryt stieß einen herzzerreißenden Schrei aus und warf sich schluchzend über ihren toten Gatten.

In ihrem Schmerz wollte sie noch einmal für ihren über alles geliebten Mann singen, denn durch die Kunst des Gesangs konnte sie ihre Verzweiflung zum Ausdruck bringen. Sie stimmte ein uraltes Liebeslied an und riss sich ihre Kopfbedeckung ab. Ihr langes dunkles Haar fiel über Schultern und Rücken. Dann brach ihre Stimme.

Währenddessen hatten Jadaho d'Ibrac und mehrere seiner Freunde mit Nachdruck ihre Unschuld beteuert und allein ihrem Gastgeber die Schuld zugewiesen: Sie seien durch Vorspiegelung falscher Tatsachen zu dieser Veranstaltung gelockt worden; er habe schamlos von ihrer Unwissenheit profitiert, und sie wollen nichts anderes, als in Frieden mit den Scaythen leben. Auch die Schauspielerin erklärte sich für unschuldig und verfluchte dieses verräterische Paar. Dann deutete sie auf Parakumadj und fügte hinzu: »Der Beweis ist dieser Mann. Wie hat er ihn nur hierherbringen können.«

Artuir Boismanl hingegen war völlig niedergeschlagen in seinem Sessel sitzen geblieben; vor seinem geistigen Auge sah er das liebe, ernste Gesicht seiner Frau. Und er dachte an die Kinder, die er noch nicht hatte zeugen können, an sein Atelier, das er erst kürzlich mit Maschinen ausgestattet hatte, die phonisch bedient werden und mit denen er die herrlichsten Stoffe herstellen konnte. Viel Geld hatten ihn diese Maschinen gekostet, ein Vermögen ... Und er überlegte, dass seine Frau das Programm ändern lassen müsse, denn die Maschinen gehorchten nur seiner Stimme. Wahrscheinlich würde sie sich auch einen neuen Mann suchen müssen, den sie demütigen konnte ... Das gehörte zu ihrem Naturell, aber eigentlich war es von ihr ja nicht böse gemeint ... Da merkte er, dass er sie liebte.

Die Schauspielerin kniete jetzt vor Pamynx in der Nähe des Podiums, wo Maryt und Tist d'Argolon im Tode vereint waren, und bettelte um ihr Leben.

Artuir hatte jetzt begriffen, dass der Tod aus den Gehirnen der Scaythen kam, die die Gedankenschützer ersetzt hatten. Tod durch Denken ... Möge die Kirche des Kreuzes uns gnädig sein! Automatisch und ohne zu wissen, was er tat, stand er auf und strebte, einem Schlafwandler gleich, dem Ausgang zu.

Zwischen den Scaythen und den Pritiv-Mördern sanken die Höflinge wie tote Fliegen zu Boden. Artuir stieg über umgeworfene Sessel und Leichen. Ohne bewusst gehandelt zu haben, stand er vor der Tür und drehte sich noch einmal um: Nicht einer der geladenen Gäste von Tist d'Argolon lebte noch.

Außer einem Menschen: er selbst.

Er war darauf gefasst, gleich durch einen Todesgedanken oder durch eine Wurfscheibe der Söldner getötet zu werden, doch nichts geschah, als er aus dem Saal schritt. Also fragte er sich, ob es nicht sein Geist sei, der den Flur entlangging.

Da hörte er plötzlich eine Stimme hinter seinem Rücken: »He, du da!«

Artuir drehte sich um und sah einen schwarz gekleideten Söldner mit ausgestrecktem Arm durch die Tür treten.

»Was hast du hier verloren?«, sagte der Söldner. Seine Stimme klang wegen der schwarzen Maske dumpf.

»Ich bin Artuir Boismanl, Tuchhändler meines Zeichens«, antwortete Artuir spontan. »Tist d'Argolon hat mich in sein Haus bestellt, weil er etwas bei mir bestellen wollte. Ich sollte nach dem Ende der Versammlung zu ihm kommen ...«

»Er wird nie wieder irgendetwas bestellen!«, sagte der Söldner, und die runde Wurfscheibe in dem an seinem Arm befestigten Mechanismus blitzte auf.

Artuir schloss die Augen, doch er konnte sich nicht an das für derartige Situationen passende Gebet erinnern.

Da hörte er ein hohles, hässliches Lachen. »Hau ab! Aber schnell, ehe ich es mir anders überlege!«

Das ließ sich Artuir nicht zweimal sagen. Er lief, zwei Stufen auf einmal nehmend, die Treppe hinunter, ohne auch nur einen Gedanken an den Lift zu verschwenden.

Im Park begegneten ihm noch mehrere Pritiv-Mörder. Aber keiner beachtete ihn. Es war, als würde er nicht existieren.

Dame Boismanl hatte recht gehabt: Der arme Artuir würde sich niemals Zutritt zu dieser Welt verschaffen können.

ELFTES KAPITEL

Eine mächtige Schattenmacht ist der Tod,
Ein Sensenmann, der ohne Not
Sterbliche jeden Alters und Geschlechts
Niedermäht im Sturme des Gefechts.
Weil wir den Kampf verloren,
Wenn wir dem EINEN abgeschworen,
Zwingt er uns beim Verlassen unserer Hülle
Zur Heimkehr in die ewige Stille …

Der Tod ist keine flüchtige Welle
Noch Fluss, Bach oder Quelle,
Nein, er ist die immerwährende Flut,
Die Tränenströme gebiert aus Trauer und Wut.
Der Tod ist das dunkle Antlitz der Illusion,
Ein Magier der Finsternis, der ohne Pardon
Uns in die Irre führt,
Damit wir den Weg beschreiten, der uns gebührt …

Der Tod befreit den Irrenden aus seines Stolzes Gefängnis,
Sprengt dessen Ketten, erlöst ihn aus seiner Bedrängnis.

Er lässt ihn vergessen Raum und Zeit
Bei seiner Reise in die Ewigkeit.

Wenn wir von den Flügeln der Liebe getragen
An der Hand des Kreuzes uns in das Reich des Friedens wagen.

Messaodyne Jhû-Piet

Im fahlen Licht des aufgehenden Gestirns Salom zeichneten sich die Umrisse der Gebirgskette Grand Erg Brûlé scharf vom Horizont ab. Am noch nächtlichen Himmel verblassten die Sterne.

Die Syracuserin schlief auf der Bank des Personenairs, sorgsam mit dem Jackett des Françao zugedeckt. Sie schlief friedlich. Glücklich und ängstlich zugleich, weil er einen neuen Fieberschub fürchtete, kniete Tixu vor ihr, eifersüchtig wie ein besessener Kunstsammler, der gerade ein begehrtes Objekt erworben hat, bewachte er die junge Frau, weil er ihre Schönheit mit niemandem teilen wollte. Diese Momente wollte er allein für sich haben, er gönnte den Wächtern keinen einzigen Blick.

Das Flugzeug setzte allmählich zur Landung an, wie Tixu mit einem Blick durchs Bullauge feststellte, denn er erkannte das Dach der unterirdischen Basis der Françaos wieder.

Bilo Maïtrelly überwachte das Landemanöver. Die Blinklichter des Instrumentenbretts tauchten Zorthias' krause Löwenmähne in flammendes Orange, während er – sie waren jetzt nur noch in fünf Metern Höhe – die Koordinaten zur Landung eingab. Doch die automatischen Abdeckplatten öffneten sich nicht.

»Was soll das?«, murrte der Prouge. »Dieser Mist funktioniert nicht.«

»Probier's noch mal!«, befahl Bilo Maïtrelly.

Zorthias hämmerte wütend auf die Tastatur ein, und als das nichts nützte, schlug er verzweifelt auf seinen Oberschenkel.

»Nichts zu machen. Das Scheißding funktioniert nicht. Und das gerade jetzt!«

»Seltsam«, murmelte der Françao finster, griff nach seinem Fernglas und suchte die metallene Oberfläche ab. Da entdeckte er winzige Splitter um ein Relais, das in einem der Scharniere der automatischen Abdeckplatten versteckt war.

»Steig auf! Steig auf! Das ist kein Defekt. Das ist eine Falle! Verdammt, steig auf!«

Zorthias legte einen Hebel um, und die Motoren heulten auf. Ein brutaler Ruck ging durch die Maschine, und die Wächter verloren das Gleichgewicht. Sie fielen von der Bank auf Tixu, rollten durcheinander und stießen sich an der Trennwand zwischen Kabine und Cockpit. Tixu hatte sich auf die Zunge gebissen, sein Mund war voller Blut. Er warf einen Blick über die Schulter. Die Syracuserin war wach und sah ihn aus großen Augen verstört an.

Der Personenair gewann endlich an Höhe. In der Kabine roch es brenzlig. Als er schneller wurde, schoss aus dem Dach der Basis ein grellgrüner Blitz hervor und traf die Pilotenkanzel. Sofort stank es überall verbrannt.

»Scheiße! Dieser Mistkerl hat unsere zentrale Steuerung zerstört!«, schrie Zorthias.

»Das kommt von unten rechts«, rief einer der Wächter.

Die Motoren spien jetzt schwarzen Rauch aus, fingen an zu stottern und setzten nach einem letzten Röcheln komplett aus. In Schweiß gebadet und außer sich vor Wut betätigte Zorthias den Hebel für die automatische Landung.

»Zieht eure Waffen!«, befahl Bilo Maïtrelly seinen Leuten. »Sowie ihr auf dem Dach gelandet seid, blende ich diese kleinen Spaßvögel mit meiner Laserlampe ... Tixu, du bleibst mit dem Mädchen in der Maschine, bis wir diese Typen erledigt haben.«

Der Personenair senkte sich langsam. Der Françao und Zorthias postierten sich – jeder in Begleitung von zwei Wachen – rechts und links von der Tür, die sich jetzt ebenso langsam öffnete. Der Prouge umklammerte seinen Bauchbrenner, Bilo Maïtrelly seinen Laser. Der Boden kam immer näher, und die Anspannung wuchs ins schier Unerträgliche. Die Männer hatten nicht die geringste Ahnung, mit welchen Gegnern sie es zu tun bekommen würden.

Sie hatten nur eine Gewissheit: Die wollten das Mädchen haben, lebend oder tot. Aphykit war nicht wieder eingeschlafen. Mit halb geschlossenen Augen wimmerte sie leise vor sich hin. Ihr Gesicht war bleich, und sie klammerte sich an der Bank fest.

Plötzlich hatte Tixu Angst, sie zu verlieren. Er umfasste ihr Handgelenk, so fest, als wollte er sie für ewig an sich binden. Er fühlte ihren schnellen Puls unter ihrer zarten, glühend heißen Haut. Er spürte auch das Rasen seines Herzens. Ihre blaugrünen Augen mit den goldenen Sprenkeln sahen ihn an. Sie glichen Schmetterlingen.

Ein zweiter grüner Blitz schoss durch die Kanzel und hinterließ zwei kreisrunde schwarze Löcher in der Bordwand, nachdem das grelle, drohende Licht erloschen war.

»Davon lässt man sich besser nicht erwischen«, murmelte Bilo Maïtrelly. Dann sah er Tixu an und sagte, wie von einer dunklen Vorahnung ergriffen: »In der dritten Etage von Sar Bilo steht ein Deremat. Der Transfercode lautet: *Vieil-Ange,* eine Zusammenfassung der Worte

›Vieulinn‹ und ›Orange‹. Das bedeutet ›Alter Engel‹ und ist gleichzeitig eine sentimentale Erinnerung an unsere Heimat. Merk dir das! Vieil-Ange, und vergiss den Bindestrich nicht. Alles andere musst du alleine erledigen. Du bist doch Spezialist für Transfers, oder?«

»Aber warum wollen Sie nicht ...«, stammelte Tixu besorgt, weil der Françao plötzlich so ernst war.

»Es hat mich glücklich gemacht, dich kennengelernt zu haben, mein Sohn ...«, antwortete Maïtrelly.

Er warf dem Jüngeren noch einen liebevollen Blick zu, dann drehte er sich abrupt um, weil er sich seine Rührung nicht anmerken lassen wollte.

In dem Moment setzte der Personenair dank seines Luftschildes geräuschlos auf.

»Jetzt!«, flüsterte der Françao.

Die sechs Männer sprangen gleichzeitig. Der weiße Strahl der Laserlampe glitt hektisch über Boden und Fassaden, bis er schließlich vier grau gekleidete, weiß maskierte Männer und eine Gestalt in einem weit geschnittenen grünen Gewand erfasste. Weder Zorthias noch seine Wachen hatten Zeit, auf den Abzug ihrer Bauchbrenner zu drücken. Runde Scheiben zischten sirrend durch die Nacht und schlitzten ihnen die Kehlen auf. Dann war ein dumpfer Aufprall zu hören, als ihre Körper auf den metallenen Boden fielen.

Tixu hatte alles beobachtet. Er stellte sich schützend vor die Syracuserin und rief dem Françao zu: »Kommen Sie zurück! Gehen Sie in Deckung!«

Das war ein nutzloser Rat, weil von überall her diese grässlichen grünen Blitze aufzuckten. Aber ein anderer Gedanke kam ihm nicht.

Bilo Maïtrelly warf seine Laserlampe weg und griff nach

Zorthias' blutgetränktem Bauchbrenner. Sie hatten nicht die geringstes Chance gehabt. Ihm fielen Tixus Worte während ihres Essens gestern Abend ein: »Man ist gegen diese Typen machtlos, denn sie wissen im Voraus, was man plant ...«

Eine Scheibe bohrte sich in seine Schulter. Die Beine gaben unter ihm nach, und er fiel auf die Knie. Trotz seiner unerträglichen Schmerzen gelang es ihm, wieder aufzustehen. Sein Überlebenswille trieb ihn an. Er machte noch ein paar Schritte, taumelte und öffnete den Mund. Ein Blutstrom quoll hervor. Trotzdem schrie er.

»Tixu! Tixu Oty! Du musst leben! Für mich! Für Orange!«

Eine zweite Scheibe traf ihn am Schädel und trennte fast seinen Kopf vom Rumpf. Er stolperte gegen den enthaupteten Zorthias, seinen einzigen Vertrauten seit Sif Kérouiqs Tod. Nie wieder würde er seine Heimat, das Grüne Vieulinn sehen, doch sein langjähriges und oft unerträgliches Exil war nun zu Ende.

Tixu war von Entsetzen und Panik ergriffen. Wie sollte er allein und ohne Waffen diesen fürchterlichen Gegnern entgegentreten? Die Syracuserin murmelte Unverständliches. Schweigen gebietend legte er ihr die Hand auf den Mund. Eine unnütze Geste, denn die grün gekleidete Gestalt wusste dank ihrer telepathischen Fähigkeiten, dass sie an Bord war. Ihr warmer Atem war wie eine Liebkosung seiner Hand. Tixu hätte sie am liebsten in die Arme genommen und geküsst, denn sie würden beide bald sterben. Doch sie ahnte nichts davon, sie sah ihn nicht einmal.

Die weiß maskierten Männer liefen jetzt am Flugzeug entlang. Tixu konnte deutlich ihre Schritte auf dem metallenen Dach hören.

Fast hätte er sich vor Angst in die Hosen gemacht. Er fühlte sich ohnmächtig und nicht in der Lage, das Rad des Schicksals noch einmal zu seinen Gunsten zu wenden. Der Echsengott hatte ihm einmal geholfen, doch nun schien er ihn verlassen zu haben.

Warum hast du mir geholfen, das Mädchen zu retten, wenn du sie mir kurz darauf wieder nimmst?, fragte er sich. Ist das nicht noch grausamer?

Ein heller Fleck wurde in der ovalen Türöffnung sichtbar. Eine Maske, ein grauer Overall ... Vor den schmalen ovalen Bullaugen flammten Feuer auf. Am Ende des ausgestreckten Arms funkelten zwei Schienen: das tödliche Wurfgerät.

Tixus Gedanken überschlugen sich. Er hätte gegen den Eindringling kämpfen müssen, aber er war wie gelähmt. Er versuchte verzweifelt, sich die Worte Kacho Marums ins Gedächtnis zurückzurufen: *... die Kraft, die Unbesiegbarkeit ...* Sein Kopf war benommen, und kalter Schweiß brach ihm aus allen Poren.

Der Mann mit der weißen Maske streckte den Arm nach Tixu aus. Der drückte die Hand der Bewusstlosen und sah sie ein letztes Mal an. Gleich würde er mit Bilo Maïtrelly im Jenseits vereint sein. Erst gestern hatten sich die beiden Oranger kennengelernt, und nun würden sie in derselben Nacht getötet werden, in der auf ihrem Planeten die zweitausendjährige Unabhängigkeit gefeiert wurde. Wegen einer Syracuserin, einer Unbekannten ... Was für ein seltsames Schicksal!

Er schloss die Augen und sofort fühlte er sich erleichtert. Er hatte das Gefühl, als ob nichts mehr von Bedeutung wäre. Er hörte einen längeren Pfeifton über seinem Kopf und machte sich darauf gefasst, dass ihm jede Sekunde eine dieser Scheiben die Kehle durchschneiden würde. Nichts geschah. Er öffnete erstaunt die Augen. Der weiß maskierte Mörder war verschwunden. Und die Syracuserin lag noch immer auf der Bank. Auch sie lebte!

Tixu fragte sich, ob er nicht träume. Vage nahm er draußen Bewegungen wahr, kroch zur Tür.

Die kleine Gruppe der Weißmaskierten hatte sich in ein paar Metern Entfernung um den grünen Kapuzenmann geschart. Und dann streiften die weichen Saugnäpfe einer ohne Licht fliegenden Taxikugel das Dach des Personenairs. Die Pilotenkanzel wurde von einem grünen Blitz getroffen, der in der kleinen Maschine ein faustgroßes Loch hinterließ.

Zwei Männer ließen sich aus der Taxikugel fallen und landeten auf dem Dach des Personenairs. Das kleine wendige Luftfahrzeug gewann unter dem Dröhnen wütend aufröhrender Motoren sofort wieder an Höhe und verschwand in der schwindenden Nacht, die bereits vom fahlen Licht des aufgehenden Gestirns Grünes Feuer schwach erhellt wurde.

Plötzlich wurde der Personenair von dumpfen Schlägen erschüttert. Tixu schaute nach oben und sah, dass die beiden Gestalten ein seltsames Ballett über seinem Kopf aufführten. Sie hatten Overalls aus grobem Stoff an, der eine grau, der andere bronzefarben, die aus einer weit geschnittenen Jacke und Pumphosen bestanden. Der Ältere trug zudem darüber noch eine kurze blaue Weste und hatte eine weiße Mütze auf.

Tixu sah, dass sie jetzt die tödlichen Wurfscheiben mit erstaunlicher Geschwindigkeit ablenkten. Und das mit bloßen Händen, ohne verletzt zu werden. Die ihrer ursprünglichen Flugbahn beraubten Geschosse krachten auf das

Metalldach und verschwanden in einem Funkenregen im Dunkeln.

Und während die beiden Männer die Geschosse unschädlich machten, stießen sie lange schrille Schreie aus. Tixu begriff, dass sie sich ihrer Stimmen wie Waffen bedienten. Die weiß maskierten Mörder sackten einer nach dem anderen zusammen.

Allein die rätselhafte Gestalt in Grün blieb unbeweglich auf dem Dach stehen. Unter der Kapuze glühten böse zwei energiegeladene gelbe Augen.

Der Ritter Long-Shu Pae konzentrierte sich lange auf das Xui, denn er ahnte, dass er es nicht mit einem gewöhnlichen Gegner zu tun hatte. Wahrscheinlich mit einem Scaythen vom Planeten Hyponeros ... Er hatte das Gefühl, am Rand eines bodenlosen Abgrunds zu stehen.

»Ritter! Ich bitte Euch, ihn mir zu überlassen!«, brüllte Filp Asmussa wütend. »Darf ich Euch daran erinnern, es geht um meine Mission! Meine Mission!«

Diese Anmaßung war fehl am Platz, lächerlich, und unverschämt. Übertriebener Stolz verleitete den Krieger zu unvorsichtigem Handeln, doch Long-Shu Pae fand es im Augenblick besser, nicht auf seiner Forderung zu bestehen. Das Xui war derart flüchtig und subtil, dass es beim kleinsten Ärgernis in sich zusammenbrechen konnte. Er nickte und machte sich darauf gefasst, bei der geringsten Schwäche des jüngeren Mannes einzuschreiten.

Filp Asmussa legte seine ganze mentale Energie in seinen Todesschrei. Die grüne Gestalt wurde von heftigen Krämpfen geschüttelt. Sie schwankte, aber sie stürzte nicht. Schweiß rann in Bächen von der Stirn des Kriegers. Die Zähigkeit seines Gegners ließ ihn ermüden.

Long-Shu Pae sah, dass Filp Asmussa Probleme hatte. Also stieg er in Gedanken in die Tiefen des Xui-Sees hinab, dorthin, wo sich die vitalen Energien auf einen Punkt konzentrierten.

Doch er musste nicht intervenieren und seinen eigenen Schrei ausstoßen: Endlich wankte die Gestalt und brach auf dem metallenen Boden inmitten der maskierten Mörder zusammen.

Filp Asmussa konnte zu Long-Shu Paes Erstaunen ein triumphierendes Lächeln nicht unterdrücken.

Der Ritter betrat die Kabine des Personenairs und starrte Tixu mit durchdringendem Blick an. Der arme verwirrte Oranger hatte große Mühe, die Intensität dieser Augen, die seltsamerweise gleichzeitig wie erloschen wirkten, ertragen zu können.

»Wo ist das Mädchen?«, fragte der Ritter, Autorität gebietend.

»Da drüben«, antwortete Tixu und deutete auf die Bank.

»Sie lebt?«

Seine Fragen klangen wie Peitschenhiebe. Tixu richtete sich mühsam auf und wischte sich automatisch das getrocknete Blut von Mund und Kinn. Seine verletzte Zunge schmerzte und er konnte sich nur undeutlich artikulieren.

»Ja ... aber es geht ihr nicht gut. Sie hat Fieber ... das Virus. Wer ... wer sind Sie?«

»Das ist nicht wichtig«, antwortete Long-Shu Pae. »Wir wollen nur das Mädchen. Doch Sie brauchen keine Angst zu haben, wir wollen sie nicht verkaufen. Wir brauchen sie nur, weil sie über ein besonderes Wissen verfügt ...«

Jetzt betrat auch Filp Asmussa die Kabine. Sein schwarzes gelocktes Haar klebte schweißnass an Stirn und Schläfen. Seine kohlschwarzen Augen waren weit aufgerissen, und in ihnen glänzte noch immer der Stolz über den Sieg. Ein schöner Mann!, dachte Tixu. Ein Mann, dessen Gesten allein seine adelige Herkunft verraten. Ein Mann aus derselben sozialen Schicht wie die Syracuserin. Und diesem Mann, dem wird sie vielleicht einen Blick schenken ...

»Seht her, Krieger! Da ist sie, die junge Frau. Und sie lebt!«, verkündete Long-Shu Pae. »Sie haben sich gegenseitig umgebracht, weil sie sie haben wollten. Und jetzt brauchen wir sie nur noch mitzunehmen.«

»Wollt Ihr etwa, dass ich Euch dazu beglückwünsche, Ritter? Dann tue ich das hiermit«, entgegnete Filp Asmussa verächtlich.

Tixu hatte sofort durch die Anrede der beiden Männer begriffen, dass es sich um zwei Mitglieder des Ordens der Absolution handelte. Und ebenso hatte er erkannt, dass die beiden nicht eben Freunde waren. Alle mit der Konföderation von Naflin verbündete Staaten und deren Einwohner wussten um die Verdienste dieses Ordens. Er war so hoch angesehen, dass seine Geschichte seit drei Jahrhunderten sogar zum Lehrprogramm der Schulen gehörte. Und das erklärte ihre effiziente Intervention.

»Seit Jahrzehnten schon strebe ich nicht mehr nach Anerkennung, Ritter!«, wies Long-Shu Pae den Krieger zurecht. »Ich stelle nur fest, dass Euch mein Plan nicht gefiel. Und um das Kapitel der Glückwünsche ein für alle Mal abzuschließen, zu Eurer Leistung kann ich Euch wahrhaftig nicht beglückwünschen. Denn Eurem Todesschrei mangelte es an Kohärenz. Stellt Euch nur einmal vor, Euer Gegner wäre bewaffnet gewesen ... Die Konsequenzen daraus könnt Ihr selber ziehen.«

»Ich habe ihn besiegt. Das allein zählt!«, erwiderte Filp Asmussa zutiefst gekränkt.

»Es ist wesentlich, das Xui nicht zu verraten!«

»Ich möchte mich nicht um jeden Preis rechtfertigen«, sagte der Krieger nachdenklich und rieb sich die Wange. »Aber dieser ... dieser Mann befand sich in einer ungewöhnlichen geistigen Verfassung ... Und ich gestehe, dass er mich in mentaler Hinsicht destabilisiert hat. Mein Schrei wurde etwas kraftlos ... so als ... so als verlöre er sich im Nichts, in einem Vakuum, das auf jeden Fall viel größer als die Kraft des Xui ist. Ich war sogar überrascht, als ich sah, dass er fiel ...«

»Ich mache Euch keine Vorwürfe«, sagte Long-Shu Pae. »Ich möchte Euch nur darauf hinweisen, dass es manchmal richtig ist, den Ratschlägen anderer zu folgen, die erfahrener als Ihr sind ... Aber wir schweben noch immer in Gefahr. Kraouphas Laden wurde heute Nacht zerstört. Das habe ich soeben per Funkphon in der Taxikugel erfahren. Der Deremat des Ordens funktioniert nicht mehr.«

»Und Ihr kennt niemanden, der uns aushelfen könnte?«

»Leider nein«, antwortete der Ritter und zuckte mit den Schultern.

Die beiden Männer hatten Tixu nicht beachtet und so hatte er die ganze Zeit geschwiegen.

Jetzt wagte er sich schüchtern hervor. »Ich kenne einen.«

»Sie?«, rief Long-Shu Pae erstaunt.

Auch Filp Asmussa schien den Oranger erst jetzt zu bemerken. »Wer sind Sie eigentlich?«, fragte er fast drohend.

»Tixu Oty, vom Planeten Orange. Der Françao Maïtrelly war ein Landsmann und ein Freund von mir. Kurz vor seinem Tod hat er mir die Koordinaten seines privaten Deremats mitgeteilt ...«

»Woher kennen Sie dieses Mädchen? Und woher wussten Sie, dass die junge Frau von den Pritiv-Mördern verfolgt wurde?«, fragte Long-Shu Pae.

»Ganz einfach: Ich habe ihr erlaubt, vom Planeten Zwei-Jahreszeiten zum Planeten Roter-Punkt zu reisen«, antwortete Tixu. »Danach bekam ich es mit ihren Verfolgern zu tun ... Und ... hm ... durch ziemlich sonderbare Ereignisse wurde mir bewusst, dass ... dass sie eine sehr wichtige Persönlichkeit ist ... Für das gesamte Universum ... und mir ist sie auch sehr wichtig ...«

»Was reden Sie da für dummes Zeug!«, sagte Filp Asmussa verärgert und mit demselben argwöhnischen Unterton wie bei seiner ersten Begegnung mit dem Ritter.

»Bringt man Euch im Kloster nicht mehr bei, die Sprache der Wahrheit zu erkennen?«, sagte Long-Shu Pae mit eisiger Stimme. »Hört endlich auf, alle Welt zu verdächtigen! Niemand denkt auch nur im Traum daran, Euch Eurer kostbaren Wahrheit zu berauben, Krieger.«

Gereizt über die Zurechtweisung beugte sich Filp Asmussa über Aphykit, die inzwischen wieder eingeschlafen war.

»Aus der Nähe ist sie noch viel schöner als von Weitem«, entfuhr es dem Krieger.

Obwohl er leise gesprochen hatte, war Tixu dieser Satz nicht entgangen. Bittere Eifersucht griff mit stählerner Klaue in sein Herz. Er fühlte sich diesem gut aussehenden Krieger in jeder Hinsicht unterlegen. Wieder einmal war er der arme Sterbliche: Tixu der Versager vom Planeten Zwei-Jahreszeiten, der sein Elend in Mumbë ertränkte.

»Können Sie uns zum Deremat des Françao bringen?«, bat der Ritter höflich. »Der Personenair ist nicht flugtüchtig ...«

Tixu bedauerte es, den Deremat erwähnt zu haben. Selbst wenn die Syracuserin für den Orden und die Konföderation von höchster Bedeutung sein sollte, wollte er nicht, dass sie aus seinem Leben verschwand. Das war ein irrationales, egoistisches Gefühl, das überdies kleinlich war, aber andere Gefühle konnte er in diesem Moment nicht aufbringen. In nur etwas mehr als einem Tag hatte sie einen so wichtigen Platz in seinem Leben eingenommen, dass er die Leere, die durch eine erneute Trennung entstehen würde, nicht würde ertragen können.

»Schauen wir einmal nach, ob die Taxikugel noch flugtüchtig ist«, sagte Long-Shu Pae und verließ den Personenair. Draußen sandte er mit seinem Lichtcode ein Signal an die in der Luft stehende Taxikugel, die einige Minuten später geräuschlos auf dem Dach der Basis aufsetzte.

Als Kraouphas aus der Pilotenkanzel stieg, wurden seine Augen beim Anblick der am Boden liegenden Toten vor Entsetzen ganz groß.

»Ist alles in Ordnung, Ritter?«, fragte er besorgt.

Long-Shu Pae lächelte. Der gute Kraouphas! Hinter dem Ausdruck ständiger Besorgnis verbarg er den Mut eines Löwen.

»Wir brauchen die Taxikugel. Kann sie die Last von fünf Personen tragen?«

»Sie wurde zwar von einem dieser verfluchten Strahlen getroffen, aber sie müsste halten«, antwortete Kraouphas, den Blick auf das fahle Gesicht eines anderen Prougen gerichtet. Der Tote lag in einer Blutlache. Wieder hatte einer der Seinen heute Nacht das Leben verloren. Das allein war ihm wichtig. Wichtiger als die Probleme der Konföderation oder der Abflug der Raskattas. Roter-Punkt hätte ein friedlicher kleine Planet sein sollen.

»Krieger, wir gehen an Bord. Kümmert Euch um das Mädchen!«, befahl Long-Shu Pae.

Sie quetschten sich so gut es ging in das kleine runde Fluggerät. Tixu beobachtete den Krieger: Filp Asmussa hatte einen Arm um die junge Frau geschlungen und hielt sie fest an sich gepresst.

Die Taxikugel hob ab und gewann schnell an Höhe. Tixu warf einen Blick nach unten. Er sah die Leiche Bilo Maïtrellys, und Bitterkeit stieg in ihm auf. Er hatte den Mann nur ein paar Stunden gekannt, einen Françao, einen Raskatta, einen Kriminellen, aber für Tixu war er auch ein Freund und ein Waffenbruder gewesen. Tränen traten ihm in die Augen, und eine ungeheure Müdigkeit überkam ihn. Sein Kopf sank zur Seite.

Die Dämmerung brach an. Die Sterne erloschen einer nach dem anderen, so als würde ein unsichtbarer Mund sie ausblasen. Grünliches Licht ergoss sich über den Horizont und umspielte die gezackte Stadtmauer Matanas.

»Bald geht Grünes Feuer auf«, murmelte Long-Shu Pae. »Hoffentlich erreichen wir Maïtrellys Residenz, ehe seine Leute seine Leiche entdecken ...«

Die Straßen der verbotenen Viertel belebten sich. Nachtschwärmer, Diebe, Drogenabhängige, Bettler und anderes Gesindel durchstöbertern die Abfalleimer auf der Suche nach Essensresten. Prostituierte in durchsichtigen Gewändern verließen in kleinen Gruppen die Bordelle, und Reinigungsroboter ratterten durch die Straßen und sammelten mit ihren geschmeidigen Tentakeln den Unrat auf.

Geräuschlos setzten sie auf dem verbrannten Rasen des Parks auf. Sar Bilo lag noch im Halbschlaf, doch kaum war die Taxikugel zum Stillstand gekommen, schoss eine riesige Löwenhündin aus einem Gebüsch hervor und umkreiste das Fluggerät mit gefletschten Zähnen. Dann erschienen drei Wächter in gelben Uniformen. Zwei waren mit Bauchbrennern bewaffnet, der dritte war der Löwenhund-Führer.

»Ich sondiere das Terrain ... Wartet, bis ich Euch ein Zeichen gebe«, sagte Tixu zu dem Ritter.

Long-Shu Pae nickte.

Tixu stieg aus. Die Löwenhündin kam sofort angerannt und beschnupperte seine Waden. Ihre Schulterhöhe betrug etwa einen Meter zehn, und unter ihren hochgezogenen schwarzen Lefzen entblößte sie lange spitze Reißzähne.

Als die Wächter Tixu erblickten, entspannten sie sich. Sie waren noch müde vom Nachtdienst.

»Ach, Sie sind es. Wir hatten Angst, dass Glaktus' Männer ... Und wie ist es gelaufen?«

Der Löwenhund-Führer gab dem Tier ein paar kurze gutturale Befehle, und die Hündin ließ von Tixu ab.

»Es ist vorbei. Wir haben das Mädchen«, antwortete Tixu.

»Und der Françao ist nicht bei Ihnen?«

»Nein. Er ist mit Zorthias zum Sitz der Camorre geflogen ... Wohl wegen einer eilig einberufenen Versammlung ...«

Der Löwenhund-Führer musterte die Taxikugel neugierig.

»Diese Leute haben uns geholfen«, erklärte Tixu schnell. »Der Françao hat mir aufgetragen, sie hierherzubringen und auf ihn zu warten ...«

Der Wächter gähnte, als wollte er sich den Kiefer ausrenken. Seine Kollegen hatten bereits ihre Waffen wieder eingesteckt.

»Gut. Dann gehen Sie rein. Ich begleite sie nicht. Sie kennen ja den Weg. Ich sage dem Mann an der Bildschirmüberwachung Bescheid.«

»Danke.«

Der Löwenhund-Führer gab dem Tier ein paar Befehle, und die Hündin verkroch sich in dem Gebüsch. Die drei Wächter verschwanden in ihrem Bunker.

Ehe sie außer Sichtweite waren, hörte Tixu, wie der Löwenhund-Führer sagte: »Ich muss demnächst eine Jagd auf diese Drecksäcke vom Hang organisieren. Die Löwenhündin langweilt sich, die Arme ... Sie braucht Bewegung und frisches Blut, damit sie in Form bleibt.«

Von der Pilotenkanzel aus winkte Kraouphas der kleinen Gruppe zu. Dann hob die Taxikugel ab und war bald nur noch ein kleiner glänzender Punkt am blassgrünen Himmel.

Tixu, Long-Shu Pae und Filp Asmussa – der Aphykit trug – gingen zum Haus. Der weiße und rosafarbene Verputz sowie der Säulengang und das mit weißen Ziegeln gedeckte Dach im reinsten vieulinnischen Stil erinnerten Tixu an das Haus seines Onkels: dieselben Farben, dieselbe Harmonie. Es gab nur einen einzigen Unterschied, das Haus eines Onkels war viel kleiner als Sar Bilo, ein großes Gebäude mit drei Etagen und zahlreichen Dependancen. Bei dem Anblick erinnerte er sich wieder an die Düfte seiner Kindheit, die betörenden Aromen der Gärten auf Orange, die süßen und berauschenden Parfüms der Blumen und Früchte.

Sie begegneten niemandem, wurden aber, wie angekündigt, von kleinen schwebenden Mikroobjektiven über ihren Köpfen bis zum Eingang überwacht.

Als sie die Treppe zum Portal hochgingen, stieß die Syracuserin Klagelaute aus. Dann wurde sie plötzlich von einem heftigen Fieberkrampf geschüttelt und schlug um sich. Filp Asmussa geriet aus dem Gleichgewicht und wäre fast gestürzt.

Long-Shu Pae musterte den jungen Oranger, der neben ihm ging, verstohlen. Das getrocknete Blut auf seiner weißen Tunika sagte ihm, dass der junge Mann gekämpft hatte. Dem Ritter entging auch nicht, dass Tixu eifersüchtig wirkte, wenn er sich von Zeit zu Zeit nach dem Krieger umdrehte, der die junge Frau trug.

Der Ritter spürte es intuitiv: Dieser junge Mann war ein Gesandter des Schicksals und würde eine wesentliche Rolle im Verlauf der kommenden Ereignisse spielen. Eine Rolle, deren er sich nicht im Geringsten bewusste war und die unbegreiflich erschien angesichts der kleinlichen Reaktionen des Orangers. Wie konnte die Zukunft der Menschenrassen und die der Mutanten bekannter Welten im Wesentlichen von einem solchen Mann abhängen, der sich vornehmlich von seinen Gefühlen leiten ließ?

Aber habe ich darüber zu richten?, fragte sich Long-Shu Pae. Bin ich nicht gescheitert, weil ich mich den mir gestellten Herausforderungen verweigert habe?

Die Tür stand bereits offen. Im großen Salon des Erdgeschosses herrschte peinliche Ordnung: Die Luftbänke waren zusammengerollt; die Wassertapeten wurden schwach beleuchtet und boten das faszinierende Spektakel exotischer phosphoreszierender Fische, die ihre arabeskenhaften Tänze vollführten; Tisch und Stühle waren mit durchsichtigen Überwürfen bedeckt ... Nichts deutete mehr auf das Bankett am letzten Abend hin.

Sie durchschritten den Salon und gingen dann die Treppe hoch, die zum Mezzanin der ersten Etage führte. Filp Asmussa legte eine Hand auf den Mund der noch immer stöhnenden Syracuserin. Sie hatte die Augen wieder geöffnet. In ihren schönen, jetzt aber trüben Augen leuchtete manchmal ein klares Bewusstsein auf. Offensichtlich versuchte sie zu begreifen, wer sie trug und ihr den Mund zuhielt.

Die zwei Schwestern des Dritten Rings – dieselben, die Tixu massiert hatten – waren durch die Ankunft der kleinen Gruppe aufmerksam geworden. Sie traten aus ihrem Zimmer, in lange nachtblaue Tuniken gekleidet, über die ihr langes, glänzendes schwarzes Haar fiel. Tixu begrüßten sie mit einem strahlenden Lächeln; das an Filp Asmussa gerichtete Lächeln war schüchtern, denn sie hatten in ihm sofort den dritten Sohn Dons Asmussas, den Seigneur von Sbarao und den Ringen erkannt, weil sie ihn oft in Sendungen über die Herrscherfamilie gesehen hatten. Dann verschwanden sie wieder, ätherische, leise Geschöpfe der Nacht.

Tixu und Long-Shu Pae brauchten lange, um die dritte Etage zu entdecken. Denn das, was Bilo Maïtrelly in seinem letzten Gespräch mit Tixu als dritte Etage bezeichnet hatte, war nichts anderes als eine winzige Kammer auf dem Dachboden, in die man nur mittels einer Gravitationsplattform gelangen konnte. Und während sie nach oben fuhren, nahm Aphykit Filp Asmussas Hand und entfernte sie von ihrem Mund. Der Krieger schenkte ihr sein schönstes Lächeln – meine Güte, was hatte er für ein bezauberndes Lächeln! –, was Tixu in völlige Verzweiflung stürzte.

Die Plattform hielt vor einer massiven Stahltür. In einer Mauernische daneben leuchtete die Tastatur einer Fernbedienung. Die junge Frau war wieder bei vollem Bewusstsein und verfolgte, in die Arme des Kriegers geschmiegt, aufmerksam das Geschehen. Ihr Körper wurde vom Fieber gequält, und manchmal wanderte ihr Blick zu Tixu.

Schweren Herzens gab Tixu den Code ein. Er hörte noch die Stimme des Françao: *»Vieil-Ange, wie Vieulinn und Orange ... Vergiss den Bindestrich nicht ...«*

Sie sind umsonst gestorben, Françao Maïtrelly. Ich werde sie verlieren ... Sie war eine Reisende, und ich bin bloß ein Angestellter, ein Techniker, für Transfers zuständig, ein Mann, der Reisenden den Weg durch Raum und Zeit bahnt ... Und das zum zweiten Mal innerhalb von zwei Tagen, auf zwei verschiedenen Welten ... Eine fatale Situation.

Die gepanzerte Tür drehte sich langsam um ihre Angeln. Dahinter lag der Salon der Transfers, eine in blaues Licht getauchte Mansarde. In der Mitte thronte auf ihrem ovalen Sockel die längliche schwarze Maschine. Darüber waren zwei horizontale Kabinen angebracht. Ein teures Gerät mit zwei Plätzen, dachte Tixu der Kenner.

Tixu bediente den Öffnungsmechanismus, und die Lamellen der Sichtfenster glitten auseinander. Er las mit halblauter Stimme den auf der erleuchteten Anzeigetafel an ihm vorbeigleitenden Text.

Teleträger der Marke Telvite. Aktionsradius: zwanzig Lichtjahre. Dauer des Transports: drei Standardsekunden pro Lichtjahr. Während des Transfers sind alle auf dem Bildschirm der Kabine gegebenen Anweisungen peinlich genau zu befolgen ... Telvite ist ein Fabrikat der Firma Goudda & Brüder von Straggion, Planet Issigor ...

Er sagte, an Long-Shu Pae gewandt: »Die Dematerialisation beträgt zwanzig Lichtjahre ...«

»Das genügt!«, mischte sich Filp Asmussa sofort ein. »Perfekt. Auf diese Weise könen wir eine Relaisstation mit einem Deremat des Ordens erreichen. Kann dieser Apparat zwei Personen gleichzeitig transferieren?«

»Natürlich!«, antwortete Tixu. Langsam ging ihm der befehlshaberische Ton des Kriegers auf die Nerven. »Wenn man für zwei Personen dieselben Koordinaten einprogrammiert, werden sie sich auch am selben Ort rematerialisieren.«

»Sie kennen sich offensichtlich mit Technik aus, ich aber nicht. Kann man diese Koordinaten beeinflussen oder stören?«

»Dieser Typus ist mit einem automatischen Löschungsmechanismus ausgestattet ...«

Tixu hatte das Gefühl, mit jeder seiner Auskünfte sein eigenes Grab zu schaufeln. Doch ob er nun kooperativ war oder nicht, änderte nichts an seiner Situation. Die Ordensmitglieder würden auch ohne ihn zurechtkommen. Die Syracuserin würden sie ihm nicht anvertrauen. Und ohne es sich einzugestehen, wusste er doch, dass sie bei diesen Männern in besseren Händen war, als bei ihm.

»Entfernen Sie sich jetzt!«, befahl Filp Asmussa in herrischem Ton. »Wir müssen die geheimen Koordinaten des Relais-Deremats eingeben. Ohne dass Sie zugegen sind. Sollten Sie sich widersetzen, muss ich Sie auf der Stelle töten. Ist es nicht so, Ritter?«

Long-Shu Pae zögerte lange, ehe er antwortete: »Tatsächlich, so lautet eine der Ordensregeln.«

»Wie schön, dass wir endlich einmal einer Meinung sind. Schließlich kommt das nicht oft vor. Ich nenne Euch jetzt die Koordinaten, Ritter, und Ihr programmiert sie ein. Dabei erinnere ich Euch an Euer Schweigegelübde. Noch einmal, mein Herr, verlassen Sie uns jetzt! Ein drittes Mal werde ich Sie nicht bitten.«

Tixu war wie versteinert. Er sah Aphykit lange an und stammelte: »Und sie? Was geschieht mit ihr?«

»Vergessen Sie diese junge Frau!«, sagte Filp Asmussa gereizt. »Sie haben hier nichts mehr zu suchen. Und ich bin Ihnen keine Erklärungen schuldig.«

Tixu blieb neben dem Deremat stehen. Er hatte keine Zeit gehabt, Aphykit kennenzulernen, ihr zu beweisen, dass er mehr wert war, als es den Anschein hatte. Aus den Klauen zweier Monster hatte er sie befreit – Glaktus und Abeer Mitzo –, und wenigstens das sollte sie wissen. Schließlich gebührte auch ihm etwas Achtung und Dankbarkeit ...

Da Tixu noch immer nicht auf Filp Asmussas Drohungen reagierte, legte der Krieger die junge Frau vorsichtig auf den Sockel des Deremats, richtete sich auf und warf dem Oranger einen hasserfüllten Blick zu.

Long-Shu Pae hielt die Zeit für reif, einzuschreiten. Er stellte sich zwischen den Krieger und Tixu.

»Hört auf, ständig Euer Mundwerk aufzureißen, Krieger! Ihr könntet diesem jungen Mann etwas mehr Respekt erweisen. Habt Ihr vergessen, dass es er und seine Freunde waren, die die ganze Arbeit in Rajiatha-Na geleistet haben?«

»Aus dem Weg! Ihr seid nichts als ein Verbannter. Sonst könnte ich mich ebenfalls mit Euch anlegen.«

»Wenn Ihr Zwiesprache mit Eurer Seele haltet, dritter Sohn des Seigneurs Asmussa«, sagte der Ritter gelassen, »müsstet Ihr erkennen, dass Ihr nichts als das Produkt einer Ideologie seid. Ein Klon! In der Zeit erstarrt und bereits tot!«

Doch die Worte prallten an Filp Asmussa ab. Er stand da wie ein sprungbereites Raubtier.

Long-Shu Pae begriff, dass nichts den blinden Fanatismus des Kriegers erschüttern konnte. Also wandte er sich an Tixu: »Tun Sie, was er sagt. Er wurde von dem Orden mit einer Mission betraut. Und nichts wird ihn von seinem Ziel abbringen. Gehen Sie auf den Flur. Wenn ich den Deremat programmiert habe, komme ich zu Ihnen.«

»Aber ... ich kann sie nicht verlassen«, protestierte Tixu und deutete mit zitterndem Zeigefinger auf die Syracuserin. »Ich ... ich habe auch eine Mission ... meine Mission.«

Long-Shu Pae sah ihn lange an, dann flüsterte er: »Ich verlange nicht, dass Sie die junge Frau verlassen sollen. Auch Hindernisse, die das Schicksal errichtet, sind nicht unüberwindbar. Es wird eine Lösung geben. Aber später. Jetzt würden Sie getötet werden. Von allen Tugenden ist die Geduld eine der ehrenwertesten. Wenn es Ihre *rota individua,* Ihr Schicksal ist, Aphykit wieder zu begegnen, werden Sie sie wiedersehen ...«

Er legte seine Hand auf Tixus Schulter und schob ihn sanft, aber bestimmt zur Tür. Tixu warf der Syracuserin einen letzten Blick zu. Sie erwiderte ihn mit fiebrigen Augen. Schon immer hatte er an eine Art Vorherbestimmung geglaubt, vor allem wenn er sein Versagen während seines Aufenthalts auf Zwei-Jahreszeiten vor sich rechtfertigte, wo der Alkohol und die Nässe aus ihm einen Mann mit quasi pathologischer Willensschwäche gemacht hatten. Und jetzt musste er sich wieder mit seinem Schicksal abfinden, seiner Mittelmäßigkeit. Tixu, der arme Sterbliche, fiel nach seinem Flug mit den Göttern hart auf den Boden zurück.

Als die beiden durch die Tür schritten, hob die Syracuserin den Arm und rief: »Wartet!«

Sie sprang auf, ohne dass Filp Asmussa reagieren konnte, und lief, nur mit ihrem schmutzigen Hemd bekleidet, auf die beiden Männer zu.

»Lasst mich einen Moment mit ihm allein, Ritter. Sagt Eurem Freund, dass ich gleich zu ihm komme.«

Long-Shu Pae erfüllte sofort ihre Bitte und ging zu dem sprachlosen Filp Asmussa.

Die Syracuserin sah Tixu lange unverwandt an. Ein strahlendes Lächeln erhellte ihr abgekämpftes Gesicht.

»Ich bin Aphykit, die Tochter Sir Alexus«, sagte sie, und ihre Stimme klang wie ein feines, melodisches Murmeln. »Sie haben mir zweimal das Leben gerettet. Einmal auf Zwei-Jahreszeiten. Ein zweites Mal hier, am Rande der Wüste. Doch jetzt muss ich mich nach Selp Dik begeben, weil ich dort nach dem Willen meines Vaters mit dem Mahdi Seqoram sprechen muss. Wie Sie sehen, habe ich Sie nicht angelogen, als ich von Ihnen auf Zwei-Jahreszeiten einen Transfer erbettelte. Doch ich habe Sie verachtet, und deswegen bitte ich Sie um ... ich ...«

Ihr schwindelte und sie schwankte. Tixu umfasste ihre Taille und presste sie an sich. Sie ließ sich auf seine Schulter sinken. Er atmete den Duft ihres Körpers, spürte die zarte Berührung ihres Haars an seinem Hals, fühlte ihre Brüste an seinem Oberkörper.

Sie richtete sich wieder auf, sah ihn an und sagte leise keuchend: »Doch ehe wir uns trennen, möchte ich Ihnen ein Geschenk machen ...«

Aphykits Atem streifte seine Lippen, er atmete die Luft

aus ihrem Mund. Ihm schien es die köstlichste Luft, die er jemals geatmet hatte.

»Das kostbarste Geschenk ... Der Klang ... die Antra ... Weil Sie mir geholfen haben, werden sich diese Leute für immer an Ihre Fersen heften ... Sie werden Jagd auf Sie machen ... Die Scaythen ... Die Antra wird Sie beschützen ... vor den forschenden Gedanken ... vor dem Tod ...«

Aphykits Augen verschleierten sich.

»Schnell ... Ich beherrsche die Kunst, Sie den Klang der Antra zu lehren ... Wollen Sie?«

Aphykit konnte sich nicht mehr auf den Beinen halten. Tixu hielt sie noch fester.

»Ich bin bereit«, flüsterte er.

Mit nahezu übermenschlicher Anstrengung gelang es ihr, bei vollem Bewusstsein zu bleiben und eine Reihe Namen mit verschiedenen seltsamen Klängen zu nennen.

»Jetzt komme ich zu Ihrem Klang, der Antra des Lebens ... Sie brauchen sie nicht anzurufen. Sie kommt von allein und dient dem Shanyan, dem Eingeweihten ... Doch nur unter der Bedingung, dass der Eingeweihte sie nicht für eigene Zwecke missbraucht ... oder damit zerstören will ... Es ist verpflichtend. Wie ... wie ist Ihr Name?«

»Tixu Oty.«

»Shanyan Tixu Oty ... von nun an sind Sie unlösbar mit dem folgenden Klang vereint ...«

Aphykit schüttelte den Kopf, um nicht in Bewusstlosigkeit zu versinken. Dann stimmte sie einen Ton an, einen Laut, in dem die Klangfarben *a* und *m* dominierten. Dieser Ton schien nicht nur ihrem Mund zu entströmen, sondern Raum und Zeit zu durchqueren ... Tixu wurde von einer derartigen Woge unbändiger Energie ergriffen, dass ihm Aphykit fast aus den Armen geglitten wäre, denn die junge

Frau war inzwischen bewusstlos geworden. Ein glühendes Feuer breitete sich im Körper des jungen Orangers aus: vom Kopf über Bauch und in seine Glieder. Er fühlte sich wie zerstückelt, ganz ähnlich wie dem Zustand zu Beginn eines Zellentransfers. Doch mit dem Unterschied, dass dieses Gefühl jetzt unerträglich wurde und nicht aufzuhören schien. Schweißperlen brannten auf seiner Haut. Der Salon des Transfers verschwamm vor seinen Augen und verwandelte sich in einen Strudel umherwirbelnder Bilder.

Jemand trat auf ihn zu, entriss ihm die Syracuserin und trug sie zum Deremat. Er glaubte, braune, bronzefarbene, goldene und beige Flecken zu sehen. Der Klang bahnte sich, gleich einer Feuerschlange, unaufhaltsam seinen Weg. Eine Hand legte sich auf seine Schulter, und er ließ sich von Long-Shu Pae auf den Flur führen, wo er sich setzte. Die gepanzerte Tür wurde geschlossen.

Etwas später – er konnte noch immer nicht klar denken – setzte sich der Ritter neben ihn.

»Die beiden sind fort. Was haben Sie jetzt vor?«, fragte der Ritter, obwohl Tixu noch immer nicht klar denken konnte.

»Ich weiß es ... nicht«, stammelte der Oranger. »Vielleicht ... vielleicht suche ich nach ihr ... Ich sehne mich so sehr nach ihr ... Ich brauche sie.«

Long-Shu Pae nickte und sagte nachdenklich: »Sie brauchen diese junge Frau, weil sie Ihr Antrieb ist. Aber auch Aphykit braucht Sie, weil Sie ihr die Kraft der Unschuld geben. Mir scheint, Ihrer beide Schicksale sind untrennbar miteinander verbunden. Darüber hatte ich meine Zweifel, als ich Sie auf dem Sklavenmarkt sah. Doch jetzt bin ich mir dessen gewiss. Denn ich habe gesehen, dass Aphykit Ihnen ihre Kenntnisse übermittelt hat.«

»Woher wisst Ihr, was ... was sie mir übermittelt hat?«, fragte Tixu, noch immer von dem gerade Erlebten zutiefst erschüttert. »Ihr konntet doch nicht hören, was ...«

Die Feuerschlange hatte sich in seinem Körper niedergelassen. Er spürte ein kaum wahrnehmbares Vibrieren, etwas Undefinierbares, etwas wie das leise Rauschen einer Quelle oder vielmehr eine Art stummes Murmeln.

Ein Lächeln glitt über das Gesicht des Ritters. »Ich erkenne eine Initiation.«

»Und warum habt Ihr dann der Trennung zugestimmt, wenn Ihr uns doch für untrennbar haltet?«

»Weil es momentan keine andere Möglichkeit gab«, sagte der Ritter und seufzte. »Was hätte es genützt, wenn ich mich mit dem Krieger Asmussa angelegt hätte? Steter Tropfen höhlt den Stein ... Hätte ich das in jungen Jahren begriffen, viele Schwierigkeiten in meinem Leben wären mir erspart geblieben. Wenn der Wind weht, muss man sich ihm beugen, ohne sein Ziel aus den Augen zu verlieren. Doch ich habe das genaue Gegenteil gemacht: Ich habe dem Wind getrotzt, wurde entwurzelt und musste meine Existenz aufgeben!

Leider kann ich Ihnen nicht die geheimen Koordinaten der Relaisstation des Ordens geben, denn ich bin an das Gelübde des Schweigens gebunden. Aber ich kann Sie darauf hinweisen, dass Sie mit diesem Deremat hier zum Planeten Marquisat reisen können, der neunzehn Lichtjahre von Roter-Punkt entfernt ist. Dort müssten Sie einen Deremat finden, mit dem Sie direkt nach Selp Dik reisen könnten. Und da ich schon einmal bei diesem Thema bin, kann ich Ihnen auch den Namen eines sehr alten Freundes nennen, der auf seinem Dachboden einen geheimen Deremat hat. Eines der ersten Modelle für große Entfernungen, natürlich eine Antiquität, doch er funktioniert noch immer ... Jedenfalls tat er das vor fünfzehn Jahren. Da hatten wir zum letzten Mal Kontakt. Damals wohnte er in Duptinat, der Hauptstadt, in der Straße Zur heiligen Goldschmiedekunst. Er selbst war Goldschmied und schuf Kunstwerke für die vielen Tempel der marquisatinischen Theogonie ... Er war nach meinem Eintritt in den Orden mein erster weltlicher Gesprächspartner ...«

Der Ritter nahm seine Baumwollkappe ab, neigte den Kopf und deutete auf die Tonsur inmitten seines grauen Haars.

»Sieht nicht besonders aus. Aber man gewöhnt sich daran ... Der Mann heißt Geofo Anidoll. Er wohnt, wie gesagt, in der Straße Zur heiligen Goldschmiedekunst in Duptinat. Sagen Sie ihm, der Ritter Long-Shu Pae habe Sie geschickt ... Er wird Ihnen zuhören ... Long-Shu Pae ... Adieu, und schöpfen Sie die ganze Kraft Ihrer Seele aus!«

Tixu entschied sich sofort. Long-Shu Pae half ihm aufzustehen. Die Tür war nur angelehnt, so brauchte der Oranger den Code nicht noch einmal einzugeben. Noch schwindelig im Kopf ging er schwankend auf die schwarze Maschine zu.

Der Ritter konnte problemlos Sar Bilo verlassen. Er traf in dem stillen Haus nur auf die beiden Frauen des Dritten Rings. Sie geleiteten ihn zu einer Geheimtür, die direkt auf die Straße führte. Die große Scheibe des Grünen Feuers stand bereits hoch am Himmel.

Er beschloss, zur unterirdischen Basis der Camorre zu gehen, dorthin, wo der Kampf gegen die Pritiv-Mörder und die Scaythen von Hyponeros stattgefunden hatte. Etwas machte ihm Sorgen: Er fand es seltsam, dass der

Schrei, den Filp Asmussa ausgestoßen hatte – ein äußerst mittelmäßiger Schrei, den er als Lehrer im Kloster von Selp Dik nicht einmal bei einem Novizen geduldet hätte –, bei dem Scaythen gewirkt hatte. Er wusste nicht, warum es zu dieser Reaktion gekommen war, aber der gesamte Verlauf des Kampfes hatte etwas Unwahrscheinliches. Sofort hatte er die außergewöhnliche mentale Kraft des Scaythen erkannt, doch dass dieses übermenschliche Potenzial dem plötzlichen unkontrollierten, ja schwachen Angriff des Kriegers unterlegen war, blieb ihm ein Rätsel. Vielleicht konnte er dieses Rätsel lösen, wenn er den Leichnam untersuchte – falls die Leute von der Camorre ihn inzwischen nicht von dem Dach der Basis entfernt hatten.

Der Himmel erstrahlte jetzt in einem klaren, hellen Grün. Nur wenige Passanten kreuzten seinen Weg. Die Robotomaten waren fast mit der Straßenreinigung fertig. Er musste sich durch eine Gruppe von heruntergekommenen Prostituierten kämpfen, die ihm anzügliche Bemerkungen zuriefen.

Der Weg war weit, weil er alle verbotenen Viertel durchqueren musste, ehe er schließlich in eine schmale gepflasterte Straße einbiegen konnte, die direkt zum Dach der Basis führte. Hohl hallten seine Schritte in der engen Gasse wider.

Endlich stand er am Rand des großen Dachs aus Metall. Es roch nach getrocknetem Blut. Die Leichen lagen noch immer da, in einiger Entfernung. Vereinzelt entdeckte er abgetrennte Köpfe, die von großen roten summenden Schmeißfliegen umschwirrt wurden. Offensichtlich hatte noch niemand Alarm geschlagen. Er näherte sich den Toten und suchte nach der grünen Kutte. Er konnte sie nirgends entdecken.

Plötzlich spürte er das Brennen eines Blicks im Nacken. Er drehte sich um. Fünf Meter hinter ihm stand der gesuchte Scaythe, jener Mann, den Filp Asmussa zu töten geglaubt hatte.

Ein abgekartetes Spiel!, dachte Long-Shu Pae. Ihre Kriegsmaschinerie ist viel stärker als der Orden. Doch dieser Scaythe hatte die Rolle übernommen, das Entscheidungsgremium vom Gegenteil zu überzeugen. Die Scaythen haben uns manipuliert. Der Orden hat sein gesundes Misstrauen verloren. Das ist das Ende ... das Ende.

Reflexartig konzentrierte er sich auf das Xui und öffnete den Mund, um seinen Todesschrei auszustoßen. Ein entsetzlicher Schmerz durchbohrte sein Gehirn.

Lebt der Mahdi Seqoram noch? O Götter, warum bin ich nicht in die Tiefe meiner Seele hinabgestiegen? Nicht bis ans Ende meiner Kräfte ...

Er hatte nicht einmal Zeit, mit den Händen seine Schläfen zu berühren. Er stürzte zu Boden. Sein Kopf schlug hart auf und zerplatzte wie eine reife Frucht.

ZWÖLFTES KAPITEL

Ihr Kaiser, Könige, Herrscher und Despoten,
Ihr Spiegelbilder eurer Ahnen,

Zu eurem Ruhm und zum Glanze eurer Namen
Verfolgt ihr eure Untertanen.

Doch langsam, aber unerbittlich
Dreht das Rad der Zeit sich.

Wenn der Tyrann sein Haupt in Demut neigt,
Der Demütige zum König aufsteigt.

Wenn der Henker den Kopf in die Schlinge legt,
Das Herz des Opfers weiterschlägt.

Wenn sich der Jäger zum Beutetier macht,
Dem Tier die Freiheit lacht.

Wenn der Wüstling auf Orgien verzichtet,
Die Reinheit ihr Haupt aufrichtet.

Wenn der Greis zum Kinde sich macht,
Das Kind bekommt die Macht.

Wenn Tyrannen zu Dienern werden,
Liebt man die Diener auf Erden.

Prophetische Verse von Terra Mater
Region der versunkenen Felsen

Dame Sibrit Ang ging in den hängenden Gärten vor ihren Gemächern des herrschaftlichen Palastes umher, als die rosige Morgendämmerung anbrach. Sie trat wieder auf den Balkon aus weißem Optalium, stützte sich auf das kunstvoll geschnitzte Geländer und betrachtete in Gedanken versunken die langsam intensiver werdende Röte des morgendlichen Himmels.

Ein abscheulicher Traum hatte ihr den Schlaf geraubt, als Jaunor, der letzte der fünf Satelliten der Zweiten Nacht, noch kupferfarbene Glanzlichter ins tiefe Blau streute. Angsterfüllt und in Schweiß gebadet hatte sie sich hastig erhoben und nicht einmal ihren Colancor angezogen, sondern nur ein leichtes Cape übergestreift und die Fülle ihres Haars unter einer Kapuze versteckt.

Ein Spaziergang im duftenden Garten wird mir guttun, hatte sie gedacht, und mich vielleicht den Albtraum vergessen lassen.

Doch der kurze Gang durch die nächtliche, nur vom betörenden Gemurmel des Brunnens unterbrochene Stille unter dem prächtigen Himmel hatte ihre quälenden Ängste nicht besänftigen können.

Dame Sibrit Ang hatte gute Gründe, besorgt zu sein: Schon seit sechs Jahren wurde sie von Träumen heimgesucht, die sich als Vorahnungen erwiesen. Doch als Gemahlin des Herrschers Ranti Ang wollte sie dem Ruf der

Familie nicht schaden und hatte bisher niemandem von diesem Phänomen erzählt. Auch fürchtete sie, von der Kirche des Kreuzes der Hexerei und des geheimen Umgangs mit Dämonen beschuldigt zu werden und den Feuertod sterben zu müssen.

Seit des aufsehenerregenden Prozesses gegen den Smella Sri Mitsu und seine Verbannung war kein Würdenträger mehr vor den heiligen Tribunalen und den Scaythen der heiligen Inquisition sicher. Unter dem geringsten Vorwand nutzte die Kirche des Kreuzes jede Gelegenheit, um ein Exempel zu statuieren. Deshalb hütete Dame Sibrit das Geheimnis ihrer visionären Träume. So hatte sie die Ermordung Tist und Maryt d'Argolons sowie die des Seigneurs der Konföderation vorausgesehen – und den Zerfall des gesamten naflinischen Systems ...

Einer ihrer Träume kehrte häufig wieder: Ein junger unbekannter Mann war auf der Suche nach einer schönen Syracuserin, wobei die Zukunft aller Rassen des Universums von der Vereinigung dieser beiden Menschen abhing. Eine Geschichte, die noch kein Ende hatte ...

Dank ihrer hohen Stellung verfügte Dame Sibrit glücklicherweise über vier Gedankenschützer. Sie wusste – und diese Gewissheit war überaus tröstlich –, dass die vier ständig und unerschütterlich in ihren weißen und rot gepaspelten Kutten – dies ein Zeichen des herrschaftlichen Schutzes – über ihre Gedanken wachten.

Jetzt wurde der Himmel purpurrot. Der Tag tauchte alles in rotes Licht, die dreißig kegelförmigen Türme des riesigen Palastes, die Flachdächer aus Lapislazuli mit ihren weißen Brüstungen und unzähligen Türskulpturen aus den syracusischen Legenden: Drachen, Monster, Schimären und Wasserspeier; die Bäume und Büsche der darunter liegenden Gärten; die Wege und Pfade. Unter ihr schlängelte sich der Tiber Augustus träge und blutfarben durch das Stadtviertel Romantigua. Dieses Rot in allen Schattierungen war der Vorbote Rose Rubis', der Sonne des Ersten Tages.

Und wie Dame Sibrit das Erwachen der Stadt betrachtete, beschlich sie die Vorahnung, es sei das letzte Mal, dass ihr dieser atemberaubende Blick auf Venicia vergönnt sei. Ein Gedanke, der sie mit großer Traurigkeit aber zugleich auch mit ungeheurer Erleichterung erfüllte.

Wieder hatte sie den Tod in ihrem Traum gesehen. Der Tod war in Gestalt einer Nymphe, eines lachenden jungen Mädchens aufgetreten, scheinbar harmlos, doch in ein durchsichtiges schamloses Gewand gehüllt ...

Die Nymphe lädt sich selbst zu einem Festmahl ein, entblößt ihren Körper, tanzt und verführt den Seigneur Ranti. Sie tanzt lachend weiter, dreht sich wie ein Kreisel, und ihre Schleier verwandeln sich in den blauen Stoff eines Mantels, dessen Kapuze von ihrem Kopf gleitet und das grüne zerklüftete Gesicht mit den gelben Augen des Konnetabels Pamynx enthüllt. Alle Gäste sind entsetzt, aber sie können nicht reagieren, ihr Willen ist gelähmt. Und niemand hat den Mut zu fliehen.

Der Konnetabel mustert sie einen nach dem anderen und befiehlt die Kinder des Herrscherehepaars zu sich. Die Pritiv-Söldner bringen sie herbei. Die drei Kinder – zwei Jungen und ein Mädchen – stehen in einer Reihe vor der festlichen Tafel. Plötzlich stürzen die beiden Knaben, schlagen im Fallen ihre kleinen Köpfe am Tischrand auf, und Blut befleckt das weiße bestickte Tuch. Seigneur Ranti steht auf und protestiert vehement gegen die Hinrichtung seiner Söhne, die Träger seines Namens und die

Garanten für die Fortführung der Tradition. Dann wird er bleich, windet sich vor Schmerzen und bricht auf dem Marmorboden zusammen. Ungerührt betrachtet der Konnetabel den sich vor ihm Windenden, bis er ihn schließlich seinem Schicksal überlässt – gleich einem Kind, das seines Spielzeugs überdrüssig geworden ist.

Alle Gäste erleiden dieselben Qualen, ihre Leichen liegen auf den Fluren. Aus allen Ecken tauchen scaythische Gedankenschützer auf und legen ihre Kapuzenmäntel ab. Sie sind nackt; sie sehen grotesk aus. Grüne, braune, gelbe, schwarze asexuelle Körper – Karikaturen menschlicher Wesen. Dann beugen sie sich über die Leichen, öffnen ihre Münder und reißen Fleischfetzen aus den Leibern. Sie verschlingen schmatzend die inneren Organe ...

Nur Dame Sibrit und ihre Tochter stehen noch vor dem Konnetabel. Ein fürchterlicher Schmerz durchbohrt ihr Gehirn; sie weiß, dass sie sterben wird.

Die Gesichtszüge des Konnetabels verzerren sich, verschwinden. Unter der blauen Kapuze erscheint das eckige Gesicht ihres Schwagers Menati. Dame Sibrit kann ihn wegen seiner Brutalität nicht ausstehen. Menati öffnet ebenfalls den Mund, und zwei Reihen spitzer bluttriefender Zähne sind zu sehen, die er in das weiche Fleisch ihres Halses bohrt ... Sie schreit vor Schmerz und Entsetzen auf, aber er lässt nicht los. Da merkt sie, dass sie diese animalische Gewalt liebt, dass sie die Welt verlässt, ohne jemals Frau gewesen zu sein ...

Sie hatte wütend ihre seidenen Betttücher zerwühlt und war dann, von Panik ergriffen, erwacht, schweißüberströmt und die Finger in ihren Hals gekrallt.

Den Tod fürchtete sie nicht. Im Gegenteil, wie oft schon hatte sie ihn seit ihrer Vermählung mit dem Seigneur Ranti Ang herbeigesehnt! Ständig war sie von diesen gepuderten, eitlen, neidischen Hofschranzen umgeben, Beratern, Botschaftern, Bankiers, Künstlern – allen möglichen Parasiten. Und nichts als öffentliche Demütigungen hatte sie ertragen müssen! Dreiste Blicke unter dem Schleier der Scheinheiligkeit, die vornehmerweise Emotionskontrolle oder Autopsychische Verteidigung genannt wurde. Die Realität des höfischen Lebens hatte sich für sie als bittere Enttäuschung erwiesen, seit sie als junge naive Frau, aus einer entfernt gelegenen Südprovinz stammend, den Versprechen Ranti Angs geglaubt hatte.

Die täglichen Darbietungen am Hofe ekelten sie inzwischen nur noch an. Sogar die Pantomime – die sie selbst früher auf respektablem Niveau praktiziert hatte – ließ sie jetzt kalt. Die alymphonische Musik, die emotionalen Gesänge, das bullovisuelle Theater und die Ballettaufführungen des medianischen Zeitalters, das alles ödete sie an.

Dame Sibrit, deren Schönheit einst von Künstlern gefeiert und verewigt worden war; sie, die unbedeutende junge Frau aus der Provinz, die mit Achtung und Begeisterung als Königin akzeptiert wurde, welkte langsam dahin. Sie hatte nicht mehr die Kraft, sich gegen die Etikette aufzulehnen, oder auch nur einen geistigen Zufluchtsort zu suchen. Also verharrte sie in dem Gefängnis, einem Gefängnis, das einzig und allein aus Verpflichtungen bestand. Ausgerechnet sie, die in ihrer Jugend Hymnen an die Freiheit gesungen hatte ... Sie, die die meiste Zeit damit verbracht hatte, auf dem Rücken eines wilden gehörnten Schigalins das weite Steppenland im Besitz ihres Vaters, des berühmtem Alloïst de Ma-Jahi, der ein enger Freund des Seigneurs Arghetti Ang war, zu durchstreifen ...

Sie war es müde, als Zielscheibe oder Trumpfkarte im

hinterhältigen höfischen Machtspiel missbraucht zu werden. Seit dieser kleine blonde Ephebe vom Planeten Osgor, Spergus, zum Favoriten ihres Gemahls avanciert war, wurde ihre Position immer prekärer, denn die Hofschranzen – vor allem die Frauen – erkannten darin eine ausgezeichnete Gelegenheit, sich wegen ihrer mittelmäßigen Stellung zu rächen. Sie alle hatten die Hoffnung genährt, eines Tages die erste Dame Syracusas zu sein, und nun warfen sie Dame Sibrit vor, sie sei frigide, und aus diesem Grund seien Ranti Ang Frauen gleichgültig. Natürlich hätten sie es vermocht, den Herrscher in ihr Bett zu ziehen, fügten sie dann hinter vorgehaltener Hand hinzu. Denn schließlich seien sie die Töchter des Hochadels und Expertinnen in der Kunst der Verführung und würden jede Variante der Erotik beherrschen, so wie sie vor siebenhundert Jahren vom größten Gelehrten der syracusischen Geschichte beschrieben worden war.

Sie waren nicht so dumm, diese Theorien vor Dame Sibrit zu entfalten, tuschelten aber mit falschem Lächeln hinter ihrem Rücken. Die Gemahlin des Herrschers jedoch hütete sich, ihnen die Frage zu stellen, warum ihre Ehemänner die Gesellschaft der Kurtisanen vorzögen. Sie schwieg, weil sie diese perfiden Spiele nie interessiert hatten. Und jetzt interessierte sie auch ihr eigenes Leben nicht mehr.

Nur eins war ihr noch wichtig: Sie wollte versuchen, ihre Kinder zu retten, die unschuldigen Opfer dieser Machenschaften. Noch vor Tagesanbruch hatte sie ein Minitonband besprochen, eine Botschaft verschickt und wartete jetzt auf Alakaït de Phlel, ihre Vertraute, die ebenfalls aus der Provinz stammte und die sie jeden Morgen aufzusuchen pflegte, ehe der Palast zum Leben erwachte.

Dame Sibrits Traum war eine Warnung. Vielleicht blieb

ihr Zeit genug, ihre Kinder in Sicherheit zu bringen. Eine Wahnsinnsidee, die sie jetzt vor Ungeduld am ganzen Körper erzittern ließ.

Sie sah ihre Kinder nur einmal am Tag, beim morgendlichen Frühstück. Nur wenig Zeit konnte sie jedes Mal mit ihnen verbringen, denn sofort bemächtigten sich Hauslehrer und Hofmeister wieder der drei. Sie gehörten ihr nicht, trotzdem fühlte sie sich für ihre Kinder verantwortlich. Denn Dame Sibrit hatte sie nicht auf natürliche Weise empfangen – alle Freuden oder Leiden der sinnlichen Liebe waren ihr fremd –; sie war Jungfrau und Mutter, ein Status, der durch die EUIV-Befruchtung, *ex-utero-in-vitro*, möglich geworden war. Die Hof-Reproduktionsmediziner hatten ihr drei Eizellen entnommen, die dann mit sorgfältig ausgewählten Spermatozoen des Herrschers befruchtet worden waren. Die Feten waren in drei transparenten, mit Embryonalhüllen ausgestatteten runden Gefäßen herangewachsen. Dame Sibrit hatte persönlich das Wachstum überwacht, ein Vorgehen, das am Hof einen Skandal ausgelöst hatte. Die Hüter der Etikette hatten ihr daraufhin den Krieg erklärt und sogar die Kirche des Kreuzes informiert. Es war am Hofe verpönt, dass die Gattin des Seigneurs auf natürliche Weise gebar. Es galt als unappetitlich und unästhetisch. Schockierend, sie mit einem schwellenden Leib zu sehen. Doch die Kirchenfürsten hatten ihr verziehen, weil sie glaubten, dieses Fehlverhalten sei ihrer mangelnden Kultur zuzurechnen.

Dann hatten eines Tages, wie es das Brauchtum verlangte, die Mediziner den Brutkugeln drei Babys entnommen, zwei Jungen und ein Mädchen. Keines der Kinder ähnelte Dame Sibrit oder Seigneur Ranti. Einige Höflinge glaubten, eine gewisse Ähnlichkeit mit ihrem Großvater, dem verehrten Seigneur Arghetti, feststellen zu können. Bösartige Zungen hingegen behaupteten, das Sperma des Herrschers sei von derart geringer Qualität, dass man es durch das eines ausgewählten Samenspenders ersetzt habe.

Jedenfalls hatten die Hofgenealogen – zwei verkalkte alte Kerle, die man für ihre treuen Dienste mit diesem Ehrentitel ausgezeichnet hatte – durch den »Finger des Zufalls« bestimmt, welcher der beiden Knaben, Jonati oder Bernelphi, Thronerbe sein sollte. Das Schicksal hatte sich für Jonati entschieden. Das gefiel den Höflingen, denn sie konnten sich nicht vorstellen, dass Syracusa eines Tages von jemandem regiert werden könnte, der den lächerlichen Namen Bernelphi trug. Und der Seigneur Ranti Ang hatte anlässlich der Nominierung seines Sohns vier Tage dauernde Festivitäten angeordnet.

Dame Sibrits Liebesleben hatte sich also auf einen chirurgischen Eingriff beschränkt.

Ihre inzwischen sieben Jahre alten Kinder wurden nach syracusischer Tradition im Hinblick auf ihre später zu spielenden Rollen erzogen. So wurde Jonati von dem alten, erfahrenen Austin d'Elangeles, dem Regisseur eines von den Herrscherfamilien der Konföderation sehr geschätzten Videoholos: *Anleitung zur allumfassenden Erziehung junger Prinzen,* streng erzogen, während sich Bernelphi trotz seiner Abneigung gegen alles Militärische in der Kriegskunst üben musste, weil man ihm zum Trost, ohne seine Jugend in Betracht zu ziehen, den Titel eines Generals der syracusischen Armee – die völlig unbedeutend war und nur bei Paraden in Erscheinung trat – verliehen hatte. Die kleine Xaphit hingegen, ein fröhliches, aufgewecktes Kind, wurde von ältlichen Hofdamen in die

Etikette eingeweiht, was sich als zunehmend schwierig erwies.

Dame Sibrit brachte ihren Kindern zwar kaum mütterliche Liebe entgegen, nur ein vages, fernes Gefühl der Zärtlichkeit, das sie manchmal im Zusammensein mit ihnen überkam, trotzdem hatte sie jetzt, am frühen Morgen das dringende Bedürfnis, die drei vor dem Tod zu bewahren. Ihr Traum hatte sie nicht getäuscht: Denn der Konnetabel hatte mit Menati Ang ein Komplott geschmiedet. Sie wollten Ranti Ang stürzen und seine Erben vernichten. Deshalb musste sie alles unternehmen, um ihre Kinder zu retten. Und dazu brauchte sie Alakaït de Phlels Hilfe. Sie war ihre einzige aufrichtige und treu ergebene Freundin am Hofe. Ungeduldig umklammerte sie ihren Messacode.

Rose Rubis stieg hinter dem gezackten Gebirgszug von Mesgomien auf, und langsam öffneten die mauvefarbenen Ophegliden – die Blumen der Liebe und der Leidenschaft, welche Ironie! – ihre Blütenkelche.

Die schmale Silhouette von Dame Alakaït zeichnete sich jetzt in der Tür zum Garten ab. Sie besaß nicht die Schönheit der meisten Hofdamen: sie hatte eine lange Nase, einen schmalen Mund und ein fliehendes Kinn. Fehler, die sie nicht durch zellulares Modellieren hatte korrigieren lassen. Sie trug einen blassgelben Colancor, darüber eine beige, geschlitzte Tunika und smaragdgrüne Armbänder. In der Eile hatte sie sich nicht geschminkt, was ihr strenges Aussehen noch unterstrich.

»Madame! Was macht Ihr hier draußen zu so früher Stunde? Und nicht einmal schicklich gekleidet!«, schimpfte sie zur Begrüßung. »Man wird Euch noch für eine von denjenigen halten, die die Rückkehr zur Natur propagieren.«

»Das ist doch nicht von Bedeutung!«, entgegnete Dame Sibrit. »Mein Cape schützt mich vor Blicken ...«

»Möge die Kirche des Kreuzes uns beschützen!«, rief Alakaït entsetzt, obwohl sie den Leichtsinn ihrer Herrin kannte. »Es fehlt noch, dass Euch alle nackt sehen können. Wisst Ihr eigentlich, dass allein die Tatsache, ohne Colancor zu schlafen – wie Ihr es zu tun pflegt – ausreicht, um von der heiligen Inquisition angeklagt zu werden? Das Nacktsein wird nicht geduldet, außer während des täglichen Bades oder ... oder ... der geschlechtlichen Vereinigung ... Verzeiht meine kühnen Worte, Madame ...«

Dame Alakaït biss sich auf die Unterlippe. Sie hatte einen besonders wunden Punkt berührt und schalt sich wegen ihrer Taktlosigkeit. Denn sie litt fast ebenso wie ihre Herrin unter deren Einsamkeit.

»Das alles ist jetzt kaum noch von Bedeutung«, murmelte die Gattin des Seigneurs von Syracusa. »Jedenfalls nicht mehr als diese absurden Kleidervorschriften.«

»Madame, fordert nicht das Schicksal heraus!«, flehte Alakaït. »Ich sterbe noch vor Angst.«

»Hört mir jetzt genau zu, Dame Alakaït! Uns bleibt nur noch sehr wenig Zeit ...«

»Warum? Was gibt es? Im Namen der Kirche des Kreuzes ...«

»Hört mir jetzt zu. Unterbrecht mich nicht, und stellt mir keine Fragen!«, entgegnete Dame Sibrit in befehlendem Ton.

»Ihr geht gleich ganz normal aus meinen Gemächern und begebt Euch so diskret wie möglich zu jedem meiner Kinder. Sagt den Hauslehrern, dass ihre Mutter sie dringend zu sprechen wünsche. Sollte es nötig sein, setzt Eure Autorität als erste Hofdame ein.«

»Aber wenn die Hauslehrer sich trotzdem weigern ...«

»Ich habe Euch gebeten, mich nicht zu unterbrechen! Macht, was Ihr wollt, aber bemächtigt Euch der Kinder! Verlasst den Palast durch eine der unzähligen Geheimtüren. Ich bin mir sicher, Ihr kennt sie alle. Besticht die Roten Garden, wenn es sein muss. Wenn Ihr draußen seid, nehmt ihr eine Taxikugel und fliegt zum Platz der Art-ibanischen-Kriege. Mein älterer Bruder, Moulik de Ma-Jahi, hält sich dort zurzeit im Hotel Claudius-Augustus auf. Ihm vertraut ihr die Kinder an, und außerdem gebt Ihr ihm diesen Messacode. Er ist mit einem Sprachdekoder ausgestattet.«

Dame Alakaït musterte forschend das Gesicht ihrer Herrin. Sie konnte aber nicht den geringsten Spott in deren schönen dunklen Augen erkennen wie manchmal früher, wenn Dame Sibrit ihre Scherze mit ihr getrieben hatte. Ihr alabasterfarbenes Gesicht sah müde und krank vor Sorge aus.

»Hättet Ihr die Güte mir mitzuteilen, worum es geht, Madame?«, flehte Alakaït de Phlel. »Steht das in einem Zusammenhang mit dem tragischen Schicksal Eurer Freunde Tist und Maryt d'Argolon vergangene Nacht? Hat es etwas mit den Gerüchten über die Asma zu tun?«

»Höchstwahrscheinlich ... Aber mehr kann ich Euch dazu nicht sagen. Je weniger Ihr wisst, umso weniger seid Ihr in Gefahr. Sogar durch die Tatsache, dass Ihr im Prinzip durch Eure Gedankenhüter geschützt seid ... Dame Alakaït, wollt Ihr mir helfen?«

Die Hofdame sah Dame Sibrit einen langen Moment sehr traurig an. »Ich beuge mich Euren Wünschen, Madame. Vertraut mir Euren Messacode an.«

Dame Sibrit reichte ihr die kleine schwarze Rolle. Dame

Alakaït nahm sie, steckte sie in die Innentasche ihrer Tunika und ging.

Dame Sibrit berührte sanft die großen Blütenblätter der jetzt ganz geöffneten Ophegliden, die einen betörenden Duft ausströmten. Ein letztes Mal ließ sie den Blick über die Gärten und die darunter liegende Stadt mit dem Fluss schweifen. Sie trank sich an der Schönheit dieses Panoramas satt.

Dann ging sie wieder in ihr Schlafgemach, in dem sie noch immer die Schatten ihres Albtraums spüren konnte. Sie drückte auf einen Schalter über ihrem Nachttisch, und neben dem Bett glitt langsam eine mit parfümiertem Wasser gefüllte Badewanne empor, die von Kacheln umgeben war. Über die mit Fresken bemalte Decke schob sich ein Vergrößerungsspiegel, der direkt auf die Wanne gerichtet war, damit die Badende, falls sie es wünschte, jeden Quadratzentimeter ihrer Haut betrachten konnte.

Dame Sibrit ließ ihr Cape von den Schultern gleiten. Die kühle Brise auf ihrem nackten Körper vermittelte ihr das wunderbare, so lange entbehrte Gefühl der Freiheit. Sie genoss es. Sollte einer der Bediensteten sie überraschen, würde sofort am Hof geklatscht werden, dass die erste Dame Syracusas in einen Zustand animalischer Nacktheit zurückgefallen sei, ein Sakrileg. Und sollte diese Gotteslästerung der Kirche des Kreuzes zu Ohren kommen, würde man ihr sofort den Prozess machen. Aber heute kümmerten sie Geschwätz und Inquisition nicht mehr. Sie war wieder Sibrit de Ma-Jahi, das freie und wilde junge Mädchen, das mit bloßen Schenkeln die starken gehörnten Schigalins ritt und nackt, mit offenem Haar in den eiskalten Gebirgsbächen badete.

Sie ließ sich in das duftende Wasser gleiten und hatte

kaum Muße, sich ihrem Wohlbefinden hinzugeben, als die Tür brutal lärmend aufgestoßen wurde und sie gleich darauf polternde Schritte und Stimmengewirr hörte.

Dame Sibrit hielt den Atem an. Ihre Feinde hielten es nicht einmal für nötig, ihr Zeit genug zu lassen, sich angemessen auf den Tod vorzubereiten.

Sie war auf Pamynx oder Menati Ang gefasst, doch es war der Seigneur Ranti Ang, der in Begleitung seiner vier Gedankenschützer ihr Schlafgemach betreten hatte. Sein Gesicht mit den feinen Zügen war unbewegt. Doch manchmal verlor er die Kontrolle über seine Emotionen. Dann funkelten seine blauen Augen vor Zorn. Über seinem weißen Colancor trug er einen eleganten, langen nachtblauen Mantel mit einem breiten, bis über seine Schultern fallenden Kragen. Mit weit ausholenden Schritten ging er auf die Wanne zu.

»Madame!«, sagte er in aggressivem Ton. »Ihr habt mich zu früher Stunde wegen einer dringenden Angelegenheit zu Euch rufen lassen, und ich finde Euch im Bade vor? Kleidet Euch sofort an, und habt die Güte, mir zu erklären, um was es geht. Wie Ihr sehr wohl wisst, hasse ich es, im Morgengrauen aufstehen zu müssen.«

Stumm beugte sich Dame Sibrit über den Rand der Wanne. Sie nahm ihr Cape und bedeckte sich.

»Verzeiht mir, Monseigneur«, sagte sie sanft, »aber ich habe Euch nicht zu mir gebeten ...«

»Wie das?«, explodierte Ranti Ang. Er war noch nicht ganz wach und hatte schlechte Laune. Deshalb war seine mentale Kontrolle so gut wie nicht vorhanden. »Behauptet Ihr, dass der Messacode, den ich vorhin bekommen habe, nicht von Euch stammt?«

»Ich schwöre Euch bei allem, was in der Welt heilig ist,

dass ich Euch keinen Messacode geschickt habe, Monseigneur«, antwortete sie ruhig. »Wer hat ihn Euch übergeben?«

Ranti Ang sah seine Gemahlin argwöhnisch an. »Eine Eurer Hofdamen hat ihn einem Hauptmann meiner Purpur-Garde gegeben ...«

»Monseigneur, dieser Messacode stammt nicht von mir! Und ich fürchte, dass man Euch eine Falle gestellt hat ...«

»Eine Falle, wie?«, sagte Ranti Ang ironisch, aber mit verkniffenem Lächeln. »Mir, dem Herrscher Syracusas? Ihr habt den Verstand verloren, Madame! Ist Euch eigentlich klar, was Ihr gerade behauptet habt? Wer besäße die Vermessenheit, dem Herrscher Syracusas eine Falle zu stellen? Wie ich sehe, langweilt Ihr Euch, Madame ... Vielleicht sollte ich Euch gestatten, Euch einen Liebhaber zu nehmen ...«

Der verächtliche, je fast hasserfüllte Ton ihres Gatten schüchterte Dame Sibrit keineswegs ein. Bestimmt entgegnete sie: »Wer könnte Euch eine Falle stellen, Monseigneur? Ganz einfach: dieselben Personen, die den Tod des Seigneurs der Konföderation beschlossen haben. Dieselben, die ein Komplott gegen Tist d'Argolon und seine Freunde geschmiedet haben ...«

Ranti Ang entspannte sich sichtlich. Die Worte seiner Gemahlin schienen ihn zu amüsieren.

»Das ist ja interessant, Madame! Was wisst Ihr über die Ereignisse, die im Palast der Asma stattgefunden haben? Seid Ihr vielleicht eine Hexe?«

»Ich weiß nichts Genaues, Monseigneur, aber wenn Ihr es wünscht, kann ich Euch über die Gerüchte informieren, die sogar an meine Ohren gedrungen sind. Man erzählt sich zum Beispiel, dass der Seigneur von Syracusa die Gesetze der Konföderation gebrochen hat, und schwerwiegender noch, die Gesetze der Gastfreundschaft, weil er die Herrscher der mit uns verbündeten Welten in eine für sie tödliche Falle gelockt habe. Man erzählt sich, dass einer dieser Herrscher, List Wortling vom Planeten Marquisat, nicht einmal sechzehn Jahre alt war. Man erzählt sich auch, dass der Seigneur von Syracusa die uralten Freundschaftsbande zwischen seiner Familie und der der Argolons verraten und die Augen wegen des Mordes an Tist und Maryt d'Argolon und anderer Höflinge verschlossen habe, deren einziges Ziel es war, die syracusischen Traditionen und die Kultur unseres Landes aufrechtzuerhalten ... Man erzählt sich sehr viel ... Soll ich Euch weiter berichten, oder genügt Euch das, Monseigneur?«

Sie hatte ihren Bericht mit monotoner Stimme vorgetragen, doch in der frühmorgendlichen Stille hatten diese schrecklichen Informationen wie eine Grabrede geklungen.

Ranti Angs Züge hatten sich wieder verhärtet. »Fahrt fort, Madame!«, befahl er.

»Sehr wohl, Monseigneur. Man erzählt sich, dass der Seigneur von Syracusa die Hälfte des Erbes seiner Väter dem Scaythen Pamynx und die andere Hälfte dem Paritolen Spergus geschenkt habe. Man erzählt sich, dass der Konnetabel den Aufstand plant und den Herrscher von Syracusa wegen Hochverrats anklagen will ... Man erzählt sich ...«

»Genug! Genug!«, explodierte Ranti Ang, außer sich vor Zorn. »Wie ... wie könnt Ihr es wagen, in diesem Ton mit mir zu sprechen?«

Dame Sibrit wich dem bohrenden Blick ihres Gatten nicht aus. Diese Erkenntnisse waren nicht ihr Verdienst, sie hatte sie alle im Traum gesehen.

»Habt keine Angst, Monseigneur. Ich bin nicht überraschend doch noch so mutig geworden, Ihnen die Stirn zu bieten. Aber ich weiß, dass wir, Ihr und ich, keine Zukunft mehr haben ... Denn Ihr habt vollständig die Kontrolle über die Regierung dieses Planeten verloren. Und ich bin verloren, weil ich das Unglück hatte, Eure Gemahlin zu werden. Allein dieses Wissen verleiht mir die Kühnheit, derart offen zu sprechen ... Der Scharfblick eines Menschen, dem keine Hoffnung mehr bleibt ...

Seit ich in diesem Palast lebe, Monseigneur, war mir nur eines wichtig: Euer Herz zu erobern. Auch wenn Euch diese Tatsache lächerlich erscheinen mag. Denn ich war nie eine Hofdame, sondern stamme aus der Provinz. Das heißt, ich wurde zu Pflichtbewusstsein erzogen. Ich wurde mit Euch vermählt, und für mich bedeutete diese Vermählung Verpflichtungen einzugehen, darunter die eine, Euch zu lieben ... Das mag Euch kindisch erscheinen, lächerlich, nebensächlich oder was auch immer! Aber so ist es nun einmal: Ich wollte Euch lieben, weil ich Eure Frau bin! Doch Ihr habt mich vernachlässigt, mich einsamen Nächten überlassen. Ihr habt mich mit Euren Auftritten in Gesellschaft dieses kleinen Paritolen Spergus in der Öffentlichkeit lächerlich gemacht; Ihr habt Euch geweigert, Euren Körper mit dem meinen zu vereinen, und trotzdem hoffte ich bis zuletzt, Eure Liebe zu gewinnen ... Doch nun scheint mir der Augenblick gekommen zu sein, wo wir uns endgültig trennen müssen, Monseigneur. Ehe wir uns wirklich kennengelernt haben. Denn zweifellos diente dieser Messacode nur dazu, Euch in meine Gemächer zu locken, damit Ihr hier schutzlos seid – und fern Eurer Leibgarde ... Ihr schwebt in Todesgefahr!«

Durch die Ausführungen seiner Gemahlin höchst beunruhigt, ließ Ranti Ang seinen Blick durch das Schlafgemach schweifen. Seine vier Gedankenschützer standen an der anderen Seite des Betts.

»Aber hier ist niemand außer wir beide und meine Gedankenschützer«, sagte er irritiert. »Und Eure Schlussfolgerungen aus den Geschehnissen treffen nicht zu. Wie sollten sie auch, schließlich seid Ihr nicht im Besitz gewisser Kenntnisse, die ich habe. Ein Beispiel: Das, was das gemeine Volk als Verrat bezeichnet, haben wir in den Rang einer Staatsraison erhoben! Euer Kleingeist spiegelt nichts anderes als den Hofklatsch wider. Ich bitte Euch inständig, Madame, bemüht Euch, Euch in Eurem Denken einmal über das Niveau einer Frau aus der Provinz zu erheben. Ihr steht auf der Schwelle eines neuen Zeitalters und werdet bald zur Kaiserin des bekannten Universums gekrönt. In die Geschichte werdet Ihr als die Gattin des ersten post-naflinischen Kaisers eingehen und die Stammmutter einer neuen Dynastie sein. Verdient eine derartige Perspektive nicht etwas Seelengröße?«

Dame Sibrit ging zu ihrem Gatten. Sie blieb erst vor ihm stehen, als die Falten ihres Capes seinen Nachtmantel berührten.

»Monseigneur, ich bin zutiefst betrübt, doch ich muss Euch sagen, dass Ihr niemals Kaiser sein werdet«, verkündete sie langsam mit einer Mischung aus Verachtung und Mitleid. »Seid Ihr wegen Eurer lächerlichen Leidenschaft für diesen jungen Osgoriten bereits derart blind geworden? Seht Ihr denn nicht, was sich um Euch zusammenbraut?«

»Schweigt!«, befahl Ranti Ang, außer sich vor Zorn. Er konnte sich nicht mehr kontrollieren und schlug seine Frau fest ins Gesicht. Dame Sibrits Wange rötete sich, ihre Augen füllten sich mit Tränen, doch sie wich nicht zurück, versuchte nicht, sich zu verteidigen.

Es war das erste Mal, dass er sie berührt hatte.

»Halt den Mund, oder ich verstoße dich, du dreckiges kleines ... Miststück! Hast du mich verstanden? Ich verstoße dich. Glaub ja nicht, dass du vor meinem Zorn geschützt bist, nur weil du Tochter des großen Alloïst de Ma-Jahi, einem Freund meines Vaters, bist. Ich schicke dich in deine Provinz zurück, auch wenn es Nächte dauern dürfte, den Muffi der Kirche des Kreuzes zu überzeugen, unsere Ehe zu annulieren. Und eigentlich dürfte das nicht sehr schwierig sein, denn sie wurde nie vollzogen. Und wenn das nicht reicht, inszeniere ich den größten Skandal in der Geschichte Syracusas ...«

Mit bebenden Lippen zwang sich Dame Sibrit Ranti Ang in die Augen zu sehen. Ihre Wange brannte, und sie gestand sich ein, dass ihr diese Brutalität gefallen hatte. So wie sie früher den bitterstrengen Geruch der wilden Schigalins geliebt hatte ...

»Verzeiht mir, Madame«, stammelte Ranti Ang verwirrt. »Aber Ihr habt mich die Beherrschung verlieren lassen. Und ich habe Euch lange genug angehört. Jetzt werde ich die Geschichte dieses Messacodes klären ... Doch nehmt Euch in Acht, solltet Ihr gelogen haben. Seid mir gegrüßt!«

Mit drei wütenden Schritten war er bei seinen Gedankenhütern und verschwand im Flur, der zum Vorzimmer führte. Als er die Tür öffnete, um die Gemächer seiner Gemahlin zu verlassen, tauchte eine Schwadron Pritiv-Söldner auf und verwehrte ihm den Weg. Ranti Ang trat verblüfft einen Schritt zurück und stieß gegen seine Gedankenschützer.

»Wer hat … wer hat Ihnen erlaubt, hier einzutreten? Machen Sie sofort den Weg frei!«

Außer sich vor Zorn versuchte der Seigneur von Syracusa, sich gewaltsam Durchlass zu verschaffen, doch die Söldner hinderten ihn daran.

Dame Sibrit hatte das Geschehen von ihrem Schlafgemach aus beobachtet. Sie wusste nur zu gut, was nun kommen würde. Unentschlossen warf Ranti Ang einen Blick über die Schulter. Es gab sicher andere Ausgänge aus den Gemächern der Gemahlin, doch da er nie einen Fuß dorthin setzte, kannte er sie nicht. Leichte Panik ergriff ihn. Er wusste, dass die Pritiv-Söldner nur Befehle ausführten. Und ihm fielen Dame Sibrits Worte wieder ein: *Ihr schwebt in Lebensgefahr, Monseigneur …* Sie hatte recht. Jemand hatte ihm eine Falle gestellt …

In dem Moment wurde der Schwadron von einer Gestalt im blauen Kapuzenmantel geteilt. Pamynx betrat den engen Flur.

»Konnetabel!«, rief Ranti Ang. »Erklärt mir, was hier vor sich geht! Was haben diese Dämonen in den Gemächern meiner Gemahlin zu suchen?«

Pamynx antwortete nicht. Sein Gesicht war unter der Kapuze nicht zu sehen.

»Ich warte auf eine Erklärung!«, bellte Ranti Ang.

»Wir warten auf eine Person, die qualifizierter als ich ist, Eure Fragen zu beantworten, Monseigneur«, erwiderte Pamynx. »Und versucht nicht, durch irgendeine Geheimtür zu fliehen. Sie werden alle überwacht.« Seine Stimme hatte noch immer diesen metallischen unpersönlichen Klang.

Ranti Ang erbleichte und drehte sich zu seinen unbeweglich dastehenden Gedankenschützern um, als wollte er sie zu Zeugen machen.

»Konnetabel, seid Ihr Euch ... Euch bewusst, dass Ihr den Herrscher Syracusas als Geisel nehmen wollt? Als Geisel! Befehlt augenblicklich diesen Männern, diesen Mördern – ich habe Euch bereits gesagt, dass ihre Anwesenheit auf diesem Planeten unerwünscht ist –, dass sie augenblicklich von hier verschwinden sollen! Diesen Affront werde ich nicht so schnell vergessen, dessen könnt Ihr gewiss sein.«

»Mäßigt Euren Zorn, Monseigneur«, sagte Pamynx. »Zorn zerstört die Kontrolle der Emotionen. Eure legitimen Fragen werden bald beantwortet ...«

»Ich enthebe Euch Eures Amtes, Konnetabel!«, schäumte Ranti Ang. »Ihr seid abgesetzt! Meine Leibgarde weiß, wo ich mich befinde. Sie wird jeden Moment hier eintreffen. Glaubt mir, Konnetabel Pamynx, Ihr werdet lange genug im Feuer schmoren, um Euer Handeln bedauern zu können.«

In diesem Moment wichen die Pritiv-Söldner zur Seite und machten einer Gruppe von Neuankömmlingen Platz. Sie bestand aus in Marineblau gekleidete Polizisten und Kardinälen der Kirche des Kreuzes in purpurroten Colancors mit violetten Umhängen. Unter ihnen erkannte Ranti Ang den Kardinal Frajius Molanaliphül, ein Mann mit pausbäckigem rosigem Gesicht, verantwortlich für die Beziehungen zwischen Kirche und Staat. Er erkannte ebenfalls seinen Bruder, Menati Ang, den Oberbefehlshaber der interplanetarischen Polizei und der Streitkräfte.

Menati Ang löste sich aus der Gruppe und ging langsam auf seinen Bruder zu. »Wie ich sehe, befindet Ihr Euch in einem Zustand außergewöhnlicher Wut«, sagte er sarkastisch. »Was ist nur aus Eurer emotionalen Kontrolle geworden?«

»Ihr müsst zugeben, dass ich auch genug Grund dazu habe«, entgegnete Ranti Ang gekränkt, aber sichtlich gefasster. »Diese Leute hier wollen mir den Zugang zu meinen Gemächern verwehren.«

Die Anwesenheit seines ungeliebten Bruders verunsicherte den Seigneur, doch gleichzeitig war er darüber erleichtert. Ihm fiel auf, dass Menati unverhohlen Dame Sibrit anstarrte, die die Szene wie versteinert beobachtete.

»Nur eine Person ist für diese Situation verantwortlich zu machen«, fuhr Menati fort. »Und das bin ich, Seigneur ... denn der Messacode, den Ihr heute früh erhalten habt, stammt von mir.«

Er hatte dieses Geständnis in scherzhaftem Ton verkündet, als handelte es sich um ein Spiel. Da begriff Ranti Ang, dass er verloren war. Unter größter Willensanstrengung gelang es ihm, sein Entsetzen und seine Furcht zurückzudrängen und ruhig zu bleiben.

»Nun, das wäre wohl geklärt. Da Ihr diese Leute habt kommen lassen, befehlt ihnen jetzt, sich wieder zu entfernen. Dann ist die Ordnung wiederhergestellt.«

Die Kardinäle, vor allem Frajius Molanaliphül, genossen den verbalen Wettstreit der beiden Brüder sichtlich. Sie freuten sich über die Demütigung des Seigneurs Ranti, weil der Herrscher sie oft provoziert und beleidigt hatte, in der sicheren Überzeugung, das ungestraft tun zu können. Die Stunde der Abrechnung war gekommen.

»Ihr habt mich nicht richtig verstanden, Monseigneur«, sagte Menati. »Wenn ich diesen Leuten befohlen habe zu verhindern, dass Ihr Euch aus diesen Gemächern entfernt, geschah es einzig und allein aus dem Grund, dass Ihr sie nicht lebend verlasst. Denn mit der Unterstützung unserer heiligen Kirche und unseres treuen Konnetabels übernehme ich noch heute die mir rechtmäßig zustehende Regentschaft. Hiermit ist die Eure auf der Stelle beendet, mein Bruder!«

Gleich einer verwundeten Raubkatze holte Ranti Ang zu einem letzten verzweifelten Hieb aus.

»Die Männer meiner Leibgarde sind alle Legitimisten! Sie sind mir treu ergeben. Glaubt Ihr vielleicht, diese Leute ließen Euch nach Eurem Gutdünken schalten und walten? Wenn sie von Eurem Verrat erfahren ...«

»Verrat?«, unterbrach Menati seinen Bruder in schneidendem Ton. »Habe ich nicht vor ein paar Minuten aus Eurem Mund vernommen, dass das Wort ›Verrat‹ allein auf die Klatschbasen des Hofes zutrifft? Auf Frauen, auf Kleingeister! Ihr habt dem Terminus ›Staatsraison‹ glaube ich den Vorzug gegeben ... Und ohne die Ergebenheit Eurer Gedankenschützer wärt Ihr ebenso verletzlich wie ein Kind ...«

Ranti Ang drehte sich abrupt um und starrte in die Gesichter unter den weißen, mit Rot gepaspelten Kapuzen. Ihm fiel ein, dass er in der Hast des frühen Aufbruchs vergessen hatte, ihre Identität zu verifizieren. Aber welche Bedeutung hatte das jetzt noch? Denn alle Scaythen vom Planeten Hyponeros, ob nun Gedankenschützer oder Inquisitoren, Freunde oder Feinde standen unter Pamynx' Fuchtel ...

»Wenn wir das alles hier inszeniert haben – nicht besonders elegant, wie ich zugeben muss – , so geschah es einzig und allein aus Rücksichtnahme auf die Empfindsamkeit einiger Offiziere Eurer Leibgarde. Die Männer wären schockiert gewesen, hätten wir Euch im Schlaf exekutiert. Und wir wollten kein neues Regime installieren, indem wir das Blut alter und treuer Diener unserer Familie vergossen. Verrat heißt manchmal auch Vorsicht ... Man sieht ja, wohin der Leichtsinn Tist d'Argolon gebracht hat – und Euren teuren Spergus.«

Ranti Ang wurde aschfahl. Er zitterte. »Spergus? Was habt Ihr mit Spergus gemacht?«, fragte er mit tonloser Stimme, seine ganze Würde außer Acht lassend. Er war nur mehr ein gedemütigter und verzweifelter Mann.

»Habt Ihr denn überhaupt keinen Stolz mehr? Ihr befindet Euch in den Gemächern Eurer Gemahlin. Antwortet ihm, Kardinal!«

Frajius Molanaliphül ließ sich nicht zweimal bitten und verkündete: »Das heilige Tribunal der Kirche des Kreuzes hat während einer außerordentlichen Sitzung in der heutigen Nacht des zweiundzwanzigsten Malinus einen gewissen Spergus Sibar, geboren auf dem uns verbündeten Planeten Osgor, animalischer, entwürdigender und frevelhafter sexueller Praktiken für schuldig befunden. Deswegen wurde Spergus zum langsamen Feuertod am Kreuz verurteilt. Die Sühne seiner kriminellen Handlungen hat beim Aufgang des Sterns des Ersten Tages, Rose Rubis, begonnen. Sie fand auf dem Platz der Artibanischen-Kriege statt, damit jeder Syracuser aus Venicia sieht, mit welcher Strafe die Feinde des göttlichen Wortes des Kreuzes zu rechnen haben.«

Ein quälendes Schweigen folgte der Erklärung des Kardinals. Etwas zerbrach in Ranti Ang. Eine unendliche Trauer spiegelte sich in seinen blauen Augen wider.

»Ihr müsst zugeben, viel Glück gehabt zu haben, Bruder«, sagte Menati Ang. »Euer hoher Rang schützt Euch vor den entsetzlichen Qualen, die der kleine Osgorite erleiden musste.«

»Macht dem endlich ein Ende!«, murmelte Ranti Ang.

»Ihr habt recht. Es wäre unschicklich, diese schmerzliche Pflicht länger als nötig hinauszuzögern.«

Auf einen mentalen Befehl von Pamynx hin, erschien ein in einen schwarzen Kapuzenmantel gekleideter Scaythe.

Verbittert dachte Ranti Ang, dass er durch die Bereitstellung von zusätzlichen Geldern für die Entwicklung des mentalen Tötens zu dieser Entwicklung beigetragen hatte. Er selbst hatte die Instrumente seines eigenen Todes finanziert. Doch was nützten derartige Überlegungen noch? Er glaubte, Spergus' Todesschreie am Kreuz des Feuers zu hören.

Dann wandte er sich an seine Gemahlin. »Lebt wohl, Madame. Verzeiht mir alle meine Beleidigungen. Ihr hättet einen besseren Ehemann als mich verdient. Ihr hattet recht: Ich habe wie ein Blinder gelebt ... Adieu ...«

Tränen strömten über Dame Sibrits Wangen. Es war ihr nicht gelungen, die Liebe dieses Mannes zu gewinnen, aber sie war ihm nicht böse, nein, sie schenkte ihm ein Lächeln unendlicher Zärtlichkeit. Denn sie wollte, dass er ein anderes Bild von ihr in den Tod mitnahm: Das Bild einer Frau, die er hätte lieben können.

Der Scaythe im schwarzen Kapuzenmantel stand direkt vor Ranti Ang. Seine kalten schleimigen Tentakel durchforschten das Gehirn des Seigneurs von Syracusa. Er hatte das Gefühl, seine die beiden Hirnhälften verbindenden Nervenstränge würden zerrissen. Ein unerträglicher Schmerz explodierte in seinem Schädel. Er brach zusammen, und seine mit Optalium-Ringen geschmückten Finger krallten sich in den Marmorboden, zuckten noch einmal, dann bewegten sie sich nicht mehr. Seine weit geöffneten ausdruckslosen Augen schienen seinen schwarzen Henker anzustarren. Sein verzerrter Mund schien zu lächeln.

»Schafft seinen Leichnam in die Einäscherungshalle!«, befahl Menati Ang den interplanetarischen Polizisten. »Und die Kardinäle bitte ich, den Tod des Seigneurs Ranti Ang den Medien mitzuteilen. Eine eintägige Staatstrauer wird nicht stattfinden. Er wird im engsten Kreis eingeäschert ... Kardinal Molanaliphül, Ihr überbringt die Nachricht vom Tod meines Bruders persönlich dem Muffi Barrofill XXIV.«

»Es geschehe, wie Ihr wünscht, Monseigneur«, sagte der Kardinal und verneigte sich.

Er ging, gefolgt von den in Blau und Purpur gekleideten weltlichen und geistlichen Würdenträgern. Die Polizisten bedeckten den Toten mit einem Leichentuch und legten ihn auf eine magnetisch gelenkte Bahre.

Menati Ang näherte sich seiner entsetzten Schwägerin wie ein Raubtier, das seine Beute umschleicht. Er sah sie lange an. Sein Blick verweilte auf ihrem offenen Haar, ihrem Hals, ihren sich unter dem Cape wölbenden Brüsten. Begierde flammte in seinen braunen Augen auf.

»Ich klage Euch an, weil Ihr offensichtlich das Gebot des Anlegens eines Colancors missachtet, Madame«, sagte er halblaut. »Doch diese Nachlässigkeit hat erfreulicherweise zur Folge, Eurer strahlenden Schönheit noch mehr Glanz zu verleihen.«

Dame Sibrit hob stolz den Kopf und sah ihrem Peiniger unverwandt in die Augen. »Tötet mich!«, sagte sie. »Tötet mich auf der Stelle!«

Ein grausames Lächeln umspielte Menati Angs Mund. »Euch töten, Madame? Daran denkt Ihr? Diesen Planeten einer Frau von solcher Anmut und Schönheit berauben?

Ich habe nicht die Absicht, Euch zu töten ... Denn Euch gebührt eine ruhmreiche Zukunft, ein Eurer würdiges Leben. Ich mache sicher nicht den gleichen Fehler wie mein Bruder.«

»Mir bleibt nur eine Zukunft, und die heißt Tod!«, entgegnete sie mit majestätischer Verachtung.

Bis jetzt hatte sich ihr Traum erfüllt, aber sie war vor dem Ende erwacht. Oder vielmehr war sie aufgewacht, weil sie das Ende nicht erfahren wollte. Denn sie hatte mehr Angst vor sich selbst, vor diesen seltsamen Impulsen, als vor Menati Ang.

»Ah! Da wird der legendäre Stolz und der rebellische Geist der Ma-Jahi-Bevölkerung sichtbar. Ihr seid eine wahre Tochter des großen Alloïst de Ma-Jahi, den ich zutiefst bewundere ... Wisst Ihr übrigens, Madame, dass die Sicherheitskräfte des Palastes vorhin eine gewisse ... Alakaït de Phlel festgenommen haben?«

Dame Sibrit gefror das Blut in den Adern.

»Sie war im Besitz eines Messacodes, den unsere Spezialisten dechiffrieren konnten ... Was Eure beiden Söhne betrifft, Jonati und Bernelphi, so wäre sie zu spät gekommen. Die beiden wurden heute Nacht tot aufgefunden ...«

»Ihr seid eine Bestie!«, sagte Dame Sibrit und brach in Tränen aus.

»Aber, aber, Madame, mäßigt Euch! Stellt Eure Emotionen nicht so zur Schau! Eure Mutterliebe ist wenig überzeugend. Schließlich wurden Eure Kinder im Reagenzglas gezeugt und sind nicht in Eurem Leib herangewachsen. Eure Tochter Xaphit wurde bisher verschont, sowie Alakaït de Phlel, der aber der Prozess wegen Staatsverschwörung gemacht wird. Das Schicksal dieser beiden Menschen hängt also allein von Euch ab ...«

Dann gruben sich Menati Angs Zähne in ihren Hals – wie in ihrem Traum. Und sie stellte fest, dass ihr dieser Biss nicht missfiel.

»Was erwartet Ihr von mir?«

»Eine gewisse ... sagen wir einmal Kooperation ... Ihr müsst von dem Gedanken Abschied nehmen, Eurem Leben ein Ende zu setzen, sonst müssten Xaphit und Eure Hofdame Euch in den Tod folgen ... Denn ich möchte die grausame Ungerechtigkeit des Schicksals korrigieren, die Euch zur Gemahlin meines Bruders machte. Euch mit ihm zu vermählen, das war als hätte man einen Tiermenschen von Getablan mit Optalium geschmückt. Wie man mir sagte, hat er Euch nicht einmal defloriert ... Aber ich, ich wüsste Euch die Ehren zu erweisen, die Euch gebühren. Das kann ich Euch versichern.«

Dame Sibrits Sinne sogen gierig Menati Angs Worte auf, auch wenn ihr Geist sich weigerte, sie zu akzeptieren.

»Glaubt Ihr etwa, mir eine Ehre zu erweisen, indem Ihr Euch im Handwerk eines Mörders übt? Seid tausendmal verflucht, Menati Ang!«

»Ich bitte Euch inständig, dämpft Eure Stimme! Viele Geier hier lauern nur auf eine Gelegenheit, Euch zur Folter durch das Feuer verurteilen zu können. Euch, Eure Tochter und Dame Alakaït ... Enthaltet Euch jeglicher Gotteslästerung in der Öffentlichkeit. Kardinal Frajius Molanaliphül hat Euch bereits ohne Colancor erblickt. Allein das genügt, Euch zu verurteilen, und zwar ohne Rücksichtnahme auf Eure Herkunft. Doch solltet Ihr Euch verständnisvoll zeigen, wird Euch das Universum zu Füßen liegen ...«

Als sie den Mund öffnete und protestieren wollte, brachte er sie mit einer Geste zum Schweigen.

»Sagt nichts, Madame. Ich sehe nur Traurigkeit in Euren schönen Augen. Jetzt will ich Euch nicht länger belästigen, denn die Staatsgeschäfte des neuen Reichs erfordern meine Anwesenheit. Sowie ich gegangen bin, werden Euch Eure Gedankenschützer wiedergegeben. Auf bald, Madame ... Und vergesst nicht: Wenn Ihr wollt, dass Xaphit und Alakaït leben, müsst auch Ihr leben!«

Er grüßte mit einem Nicken und ging.

In dem breiten Außengang gesellten sich Menati Angs Gedankenschützer wieder zu ihm. Erst jetzt glaubte er sich vor der Scharfsichtigkeit des Konnetabels sicher und konnte gewissen Gedanken frei nachhängen. Und vor allem einen Gedanken weiterverfolgen: Wie kann ich mich einer Person entledigen, die immer lästiger wird? Wie kann ich Pamynx eliminieren?

DREIZEHNTES KAPITEL

Folgendes trug sich vor langer, sehr langer Zeit zu ... Nach dem Dritten Großen Ende, nach der nuklearen Pest, und nachdem Mutter Erde fast alle ihre Kinder verschlungen und die meisten Überlebenden sich gegenseitig umgebracht hatten und nur noch eine Handvoll Menschen übrig geblieben war ... Die einen, halb verhungert, erstürmten die befestigten Städte, in die die anderen geflohen waren. Sie fraßen sich gegenseitig auf. Die restlichen Überlebenden, dreckig und verwundet, flohen; flohen aus ihren in Asche liegenden Städten, flohen den Krieg, flohen die von der nuklearen Pest kontaminierten Menschen, oder sie flohen vor dem Wahnsinn ... Hinter sich ließen sie ihre überschwemmten und bebenden Länder, ihre Lavaströme, ihre Blutströme ... Die einen bestiegen gigantische Raumschiffe und machten sich auf die Suche nach einer anderen Welt im Universum, wo sie auf anderen Gestirnen siedelten und eine neue Menschheit schufen ... Aus Platzmangel mussten die anderen bleiben.

Von denen rede ich, von jenen, die im Hymlyas-Gebirge Zuflucht suchten, und aus Terra Mater ein Eden machten. Und während die alte Welt verbrannte, lernten jene, mit der Materie zu sprechen. Sie verwarfen alle Dogmen, alle heiligen Texte und Gesetze und verjagten die Priester. Und die Materie beugte sich ihren Wünschen. Sie mussten nicht mehr arbeiten: Die Bäume trugen Früchte in Hülle und Fülle, Pflanzen und Tiere gediehen prächtig, eine Erntesaison folgte der andern, das Kristall des Felsgesteins verwandelte sich in Häuser, in Dörfer, in Städte im Zentrum des Lichts ...

Und sie lernten, mit den fliegenden Steinen zu sprechen. Es genügte, einen Stein zu bitten, sie zu transportieren. Sie setzten sich auf seinen rauen Rücken, und er erhob sich still in die Lüfte, flog höher als jene Vögel, die man Adler nennt, höher noch als die Wolken. Die nie ermüdenden Steine flogen über Ebenen, über Ozeane, über Flüsse und Ströme. Auch Kinder flogen auf den Steinen reitend: Dabei drohte ihnen keine Gefahr, weder hinunterzufallen noch sich zu verirren, denn die Materie wachte wie ein Vater über sie.

Das war eine gesegnete Zeit, wo jeder den ihm gebührenden Platz einnahm. Wie lange währte sie, diese Zeit? Ich weiß es nicht, weil ich mir nicht sicher bin, ob diese Menschen einen Zeitbegriff hatten. Ich bin mir nicht einmal sicher, ob sie starben …

Die Asche der Vulkane bedeckte nach und nach die gesamte Oberfläche Terra Maters, und neues Leben entspross dem fruchtbaren Schoß der Erde. Pflanzen wuchsen, und ihre Wurzeln und Blätter trugen zur Heilung der nuklearen und chemischen Pest bei. Die Wunden schlossen sich …

Doch dann wurde das Bergvolk erneut vom Wahn ergriffen.

Eines Tages brach Streit zwischen zwei Kristallstädten aus. Grund des Zwists war ein Feld mit fliegenden Steinen, genau zwischen den zwei Städten gelegen … Von jeder der beiden Städte wurde der Besitz dieses Feldes beansprucht. Das war töricht: Wer kann behaupten, ihm gehöre die Luft, die Erde, das Feuer, das Wasser?

Ich vermute, dass sich in diesem Augenblick die Priester oder die Fanatiker – diese Leute, aus deren Mund nur Hass strömt – zu Hütern der Wahrheit aufschwangen und dass die Herzen der anderen genügend ausgetrocknet waren, um ihre Worte wie frisches Wasser zu trinken … Aber ich bin nur ein müder Greis und nicht im Besitz der Wahrheit und will nicht urteilen …

Nun ergriff jeder Partei. Jedes menschliche Wesen, jedes Dorf, jede Stadt war für die eine oder die andere Seite. Die einen behaupteten, der Schöpfer habe die anderen aus seinem himmlischen Herzen verbannt. Die anderen hielten dagegen, sie sollten lieber ihren Mund halten, denn sie hätten die Unterstützung des Geistes der Materie verloren. Sie fingen an, die Namen in Blockschrift zu buchstabieren, und wenn man das tut, ist man bereit, aus prinzipiellen Gründen zu töten.

Verbale Auseinandersetzungen entarteten zu Gedankenkonflikten …

Auf diese Weise begann der entsetzliche Krieg der Gedanken; er dauerte Jahrhunderte. Dies ist die Wahrheit: Sie brachten sich mittels schrecklicher Todesgedanken gegenseitig um. Die Zivilisation des Bergvolks, auch als Zivilisation des aufgeklärten Menschen bezeichnet, brach in sich zusammen wie die Zivilisation des Atoms, die des weisen Menschen, wie sie genannt wurde. Die Bäume brachten keine Früchte mehr hervor, die Wasserläufe versiegten, die Kristallstädte wurden von Erdbeben erschüttert, mächtige Flutwellen überschwemmten die Kontinente. Und die Steine, deretwegen sie in Streit geraten waren, aber auch alle anderen wurden zu Gefangenen der Schwerkraft und blieben es.

Lange, lange später überlegten die Flüchtlinge eines Lagers der einen oder der anderen Seite des großen Kriegs der Gedanken. Sie kamen zu der Erkenntnis, dass sie nicht mehr wussten, warum sie sich gegenseitig bekämpften. Die Zeit hatte im Laufe vieler Generationen ihre Erinnerungen daran ausgelöscht.

Also taten sie das Einzige, was ihnen zu tun übrig blieb: Sie schlossen Frieden. In einen Felsen eingraviert entdeckten sie prophetische Verse, die von der einstigen Zivilisation kündeten, der Zivilisation des aufgeklärten Menschen. Sie riefen den Geist der Materie an, doch der weigerte sich, sie anzuhören. Sie flehten die Steine an zu fliegen, doch die Steine rührten sich nicht. Sie flehten die Bäume um Früchte an, doch keine Knospe entspross ihren toten Ästen. Sie mussten das Fleisch ihrer Toten essen. Sie verzweifelten und klagten. Noch weit, weit entfernt, auf den schneebedeckten Bergkuppen, in den Wolken und im Himmel konnte man ihr verzweifeltes Wehklagen hören.

Doch der Geist der Materie hatte Mitleid mit ihnen. Er nahm die Gestalt eines Bergriesen an, ging zu ihnen und sprach mit lauter klarer Stimme:

»Menschen, mein Vater, der Schöpfer, schickt mich, damit ich euch Folgendes sage: Ihr habt die fliegenden Steine zutiefst gekränkt. Sie begeben sich jetzt in ein anderes, weit von hier entferntes Land. Dort könnt ihr sie wiederfinden, wenn ihr es ernsthaft wünscht. Habt ihr sie gefunden, bleibt bei ihnen und bittet sie um Verzeihung. Sollte es einem Einzigen unter euch gelingen, kraft seiner Unschuld auch nur einen Stein zum Fliegen zu bringen, wird mein Schöpfervater euch wieder anhören, und ihr werdet wieder in glücklichen Zeiten leben …«

Nach dieser Rede kehrte er in sein Wolken- und Windhaus zurück. Und so wie er gesagt hatte, erhoben sich die fliegenden Steine in die Lüfte und flogen gemeinsam der aufgehenden Sonne entgegen. Der ganze Himmel war von ihnen bedeckt, sodass am helllichten Tag dunkle Nacht war.
Die Menschen machten sich auf die Suche nach den Steinen. Sie verließen ihr Land, gingen der aufgehenden Sonne entgegen und wurden zu Nomaden. Zwei Jahrhunderte marschierten sie ohne Unterlass, ohne Rast. Sie hielten nur inne, um ihre Toten zu bestatten. Keiner der sogenannten Priester oder Propheten führte sie an. Doch sie wurden mutlos und verfluchten den Riesen der Berge und seinen Vater, den Schöpfer. Und sie beschlossen, dort zu siedeln, wo sie sich gerade befanden, in einer grünen und fruchtbaren Ebene. Sie pflügten, säten Korn und gründeten eine Stadt.
Einzig ein junger Mann setzte seinen Weg fort. Er hieß Amphane, und sein Herz war rein. Der Geist der Materie erschien ihm in Gestalt eines Vogels mit goldenem Gefieder, und der Vogel führte ihn zum heiligen Feld in der Nähe des Hymlyas-Gebirges. Von dort waren sie vor zwei Jahrhunderten aufgebrochen. Und Amphane begriff, dass ihr Umherwandern umsonst gewesen war, weil das ferne Land, von dem der Bergriese gesprochen hatte, die Seele bedeutete.
Amphane war außer sich vor Freude und weinte aus Dankbarkeit. Sofort kehrte er um, weil er seinem Volk die frohe Nachricht bringen wollte. Seine Reise dauerte zwanzig Jahre. Doch die Seinen reagierten mit Wut und Sarkasmus auf seine Erkenntnis. Die Priester und die Propheten verjagten ihn. Da tat der Geist der Materie seinen Zorn kund. Er sandte einen brennend heißen Regen vom Himmel, der die Felder, die Stadt und das Vieh zerstörte … Die Priester und die Propheten wurden vom Blitz erschlagen …
Da folgte das verschreckte Volk Amphane, doch dieser starb während der Reise, die noch einmal dreißig Jahre dauerte. Das Volk aber siedelte am Fuß des Hymlyas-Gebirges. Andere Propheten kamen. Sie sprachen im Namen des Schöpfervaters und führten die Gayalas ein – Zeremonien zum Zeitpunkt der Tagundnachtgleiche –, wobei die Eingeweihten oder Amphanen versuchten, den Dialog mit den fliegenden Steinen vom heiligen Feld zu erneuern.
Doch seit Menschengedenken hat noch kein einziger Stein Verzeihung gewährt. Und es ist ein alter Mann, der euch dies sagt: Die Eingeweihten sind

gefährlicher als die nukleare Pest. Niemals wird das Leid der Menschen auf Terra Mater enden, es sei denn, ein Mensch mit der unschuldigen Seele eines Kindes nimmt sich ihrer an ...

Mündlich überlieferte Legende der fliegenden Steine, vom Mahdi Shari des Hymlyas von Terra Mater mitgebracht, die ihm wiederum von dem großen ameurynischen Erzähler Halaïne Jabrane berichtet wurde.

Rund, glatt und grau, sein Stein war größer und schöner als alle anderen Steine auf dem riesigen Wüstenfeld.

Shari Rampouline hatte nur kurz gezögert, ehe er seine Wahl traf, denn als er ihn zum ersten Mal erblickte, schien der Stein ihn gerufen, ja herausgefordert zu haben. Einem König gleich thronte er inmitten des amphanischen Feldes, von vielen kleinen, asymmetrischen und verwitterten Steinen umgeben. Er war majestätisch, ein Herrscher, der der Unzulänglichkeit seiner Untertanen die Ehre erwies.

Am Horizont zeichnete sich die scharf gezackte Linie des Hymlyas-Gebirges ab, mit seinen vom ewigen Eis bedeckten Bergspitzen. Einige große schwarz-weiße Raubvögel mit weit ausgebreiteten Schwingen – Aïoulen – ließen sich von Luftströmungen tragen und stießen im Kreisen von Zeit zu Zeit raue Schreie aus; sie klangen wie gebrochene Trompetentöne.

Der vor seinem Stein kniende Knabe versuchte, wieder zu Atem zu kommen. Er war den langen holprigen und gewundenen Weg von der Stadt Exod zum heiligen Feld gelaufen. Seine Haut und seine Lungen brannten von der drückend heißen Luft. Schweiß lief über seine Stirn, rann ihm in die Augen, über seinen Oberkörper und seinen von der Sonne verbrannten Rücken. Als einziges Kleidungsstück trug er einen winzigen bunten Lendenschurz. In seiner Ungeduld erwachsen zu werden, hatte er darauf bestanden, dass seine Mutter ihm diesen Schurz webe. Denn dieses Stück Stoff war das äußere Zeichen für seinen Eintritt ins Leben der Erwachsenen. Weil er nun nicht mehr nackt war und sein Geschlecht verhüllen konnte, fühlte sich Shari schon fast wie ein Mann.

Ein dumpfes Gefühl der Angst rumorte in seinem Inneren und schnürte ihm die Kehle zu wie immer, wenn er heimlich das heilige amphanische Feld betrat. Er brach die Gesetze der Ahnen, die Gesetze des ameurynischen Volkes. Sollte einer der Amphanen – diese Priester mit ihren fürchterlichen Worten und Blicken – ihn inmitten der heiligen Steine antreffen, würde man ihn der Obhut seiner Mutter entziehen und ihn bis zur Volljährigkeit in eine Anstalt für Geächtete sperren. Denn er war kein Eingeweihter, kein Gelehrter, er hatte die prophetischen Verse aus der Region der versunkenen Felsen nicht studiert; er hatte kein Recht, zu den Steinen zu sprechen.

Trotzdem hielten Shari Rampouline weder diese Furcht vor den Priestern noch die Liebe zu seiner Mutter davon ab, den Steinen, die er als seine Freunde betrachtete, häufig Besuche abzustatten. Denn seit Halaïne Jabrane, der Geschichtenmacher, ihm während einer wunderschönen Sternennacht die uralte Legende von den fliegenden Steinen erzählt hatte, wo alle Menschen mit dem Geist der Materie sprechen konnten, war Shari überzeugt, dieser glückliche Erwählte zu sein, der eines Tages die Steine zähmen und auf ihnen reiten könne. Er würde der Erste sein, der mit den Aïoulen über den Wolken und über den weißen Gipfeln des Hymlyas-Gebirges flöge.

Halaïne Jabrane war jener alte Clochard, über den sich

alle in Exod lustig machten. Seine tief liegenden Augen unter weißen Brauen glänzten in seinem zerfurchten Gesicht wie Sterne. Wenn er seine Geschichten erzählte, unterstrich er sie mit lebhaften Bewegungen seiner schönen, schlanken Hände. Shari und ein paar Kinder waren seine einzigen Zuhörer. Der Geschichtenerzähler hatte behauptet, dass den Menschen, sollten sie je das verloren gegangene Wissen ihrer Vorfahren wiedererlangen und mit dem Geist der Materie sprechen können, aufs Neue alle Wünsche erfüllt werde.

»Auch wenn sie völlig verrückt sein sollten, diese Wünsche!«, hatte er vehement verkündet. »Doch dieser gesegnete Tag wird erst kommen, wenn es einem Wesen reinen Herzens ...« und an dieser Stelle hatte er auf den Boden gespuckt, » ... und nicht einem dieser verfluchten Amphanen – man sollte ihnen die Eier abschneiden und sie ihre eigene Scheiße fressen lassen! – gelingt, allein durch die Kraft seiner Unschuld einen Stein des heiligen Feldes hochzuheben ... Aber diese Gayalas sind wie Frauen mit samtener Haut und fauligem Innerem!«

Da hatte Shari versucht sich vorzustellen, wie das faulige Innere einer Frau mit samtener Haut aussähe, wahrscheinlich wie vergammeltes Fleisch mit Würmern darin, und er hatte begriffen, warum er die Gayalas nicht mochte, diese Zeremonien anlässlich der Tagundnachtgleiche. Sie fanden zur Sommer- und Wintersonnenwende statt. Alle Einwohner Exods und der benachbarten Städte begleiteten die Amphanen dann auf einem Blumenteppich bis zum heiligen Feld. Dort blieben die Priester drei Tage und drei Nächte. Sie unterzogen sich geheimen Riten, deren Bedeutung der übrigen Bevölkerung verschlossen blieb. Doch seit Jahrhunderten hatte sich nicht ein einziger Stein gerührt, ein Zeichen, dass der Mensch noch nicht reif genug für die Erneuerung eines Dialogs mit der Materie war.

»Sie sind es, die Amphanen mit ihrem Getue – mögen die Aïoulen ihnen ihre Gedärme aus dem Leib hacken! –, die es verhindern, dass die Steine sich wieder in die Lüfte erheben!«, hatte Halaïne Jabrane traurig lächelnd verkündet, ehe er sich erhob und hinkenden Schritts in der Nacht verschwand.

Seine Worte aber fanden einen Zuhörer mit offenen Ohren.

Dank eines ausgeprägten Vorstellungsvermögens hatte Shari die Legende für wahr gehalten und sich kühnen Träumen hingegeben. Seitdem übte er heimlich. Mit niemandem hatte er darüber gesprochen, weder mit seiner Mutter, weil sie ihn gescholten hätte, noch mit seinen Freunden, denn die hätten sich bloß über ihn lustig gemacht. Er war stark, denn aus naiver Gewissheit hatte er sich bereits der Vorrechte der schrecklichen Amphanen bedient, und nun besuchte er seinen Stein so oft er der Aufsicht seiner Mutter entkommen konnte. Seine Kameraden vermissten ihn nicht, weil sie ihn für einen versponnenen Einzelgänger hielten, was ihm nur recht war.

Als Shari endlich vor seinem Stein kniete, begrüßte er ihn mit ausgesuchtem Respekt, und ohne auf die verstreichende Zeit zu achten – oft kehrte er erst nach Einbruch der Nacht vom amphanischen Feld wieder nach Hause zurück. Er konzentrierte sich auf den unbeweglichen Felsen und befahl ihm, sich in die Lüfte zu erheben. Zu Sharis großer Enttäuschung hatte sich der Stein noch nie bewegt. Zweimal hatte er geglaubt, ihn zittern gesehen zu haben. Eine unendliche Freude hatte ihn bei diesen Gelegenheiten erfasst. Doch leider hatte er sich schließlich eingestehen müssen, seinen Wunsch für die Wirklichkeit gehalten zu haben, und dass seine übermüdeten Augen ihm wohl etwas vorgegaukelt hatten. Ein schwarzweißer Aïoule setzte sich immer oben auf den Fels, und obwohl der Raubvogel zwei Meter über ihm war, glaubte Shari, in den runden gelben Augen des Tiers so etwas wie Spott aufblitzen zu sehen.

So kehrte er oft bedrückt und entmutigt nach Exod zurück. Wenn seine Mutter ihn fragte, warum er so niedergeschlagen sei, antwortete Shari, die Hitze mache ihm zu schaffen und die Bosheit seiner Kameraden und er langweile sich. Doch in Wahrheit hatte er seinen Plan noch nicht aufgegeben, was erstaunlich für einen Knaben seines Alters war. Im Gegenteil, wenn er seine düstere Stimmung überwunden hatte, wurde sein Wunsch noch intensiver. Seiner Erfolglosigkeit trotzte er mit Energie und Ausdauer. Er war körperlich und seelisch derart von seinem Gelingen überzeugt, dass für Zweifel kein Platz war.

Jeden Morgen, wenn die ersten Sonnenstrahlen ihn weckten, erfüllte ihn eine wilde Gewissheit: Heute würde sich sein Stein bewegen, heute würde er sich mit der Leichtigkeit eines Vogels in die Lüfte schwingen, sich elegant über die Schäfchenwolken erheben, diese flüchtigen stummen Reisenden, die geräuschlos die himmlische Ebene durchquerten.

Während der Hitzeperioden im Sommer blieb die amphanische Schule, die alle Kinder besuchen mussten, geschlossen. Und deshalb hatte Shari genug Zeit, sich dem zu widmen, was er seine persönlichen Stein-Übungen nannte.

Die Sonne stand im Zenit. Die Luft flirrte vor Hitze und verzerrte in der Ferne alle Formen. Das Licht war gleißend hell. Es herrschte Stille; kein Vogel schrie, kein Windhauch regte sich.

Shari hatte große Mühe, sich zu konzentrieren. Sein sonst so starker Wille wurde immer schwächer, sein Geist erschöpfte sich in oberflächlichen Gedanken.

Zum ersten Mal zweifelte der Knabe an der Legende. Das ist vielleicht nichts anderes als ein Märchen, dachte er, ein Märchen wie das von der schrecklichen Nuklear-Hexe mit ihrer furchtbaren Armee der Kernfusionsatome. Mutter hat oft gesagt, dass die Erzähler Lügner seien. Sie schmücken ihre Geschichten aus, fügen etwas hinzu, lassen etwas weg, ganz wie es ihnen gefällt. Das ist schließlich ihr Beruf. Aus einer Anekdote machen sie eine schöne Geschichte. Und Halaïne Jabrane ist wie alle anderen. Diese Leute sind nichts anderes als komische Erwachsene, die Kindern komische Ideen in ihre Köpfe pflanzen.

Wie hätte Shari Rampoulines unwissender Geist diesen Felsen bewegen können, den hundert starke Männer nicht einen Millimeter von der Stelle hätten rücken können? Kein gelehrter Amphane hatte seit Jahrhunderten dieses Wunder vollbracht. Plötzlich hatte Shari das unangenehme Gefühl, dass man ihn zum Narren gehalten hatte. Tränen des Zorns und Ärgers rannen über seine runden Wangen.

Da erhob sich eine erfrischende Brise und spielte mit dem ockerfarbenen Staub, der über dem Wüstenplateau lag. Kleine Wirbel stiegen zwischen den verstreut liegenden Steinen auf. Große braune Augen starrten den Knaben an ... Eine halb verdurstete Sandgazelle hatte sich verirrt ... Ihre Hufe trommelten auf die Erde, als sie von Panik ergriffen floh.

Shari drängte seine Tränen zurück. Er wollte sich nicht

geschlagen geben. Er würde es nicht zulassen, dass sein Traum so einfach platzte. Er starrte die raue Oberfläche des Steins an, bis das Bild vor seinen brennenden Augen verschwamm, bis ihm schwindelig wurde. Er flehte ihn stumm an: »Fliege! Fliege! Fliege ... Ich bitte dich: fliege!«

Doch das einzige Resultat dieser geistigen Anstrengung waren heftige Kopfschmerzen.

Besiegt rollte er sich am Fuß des Felsens auf dem heißen, mit Kieseln bedeckten Boden zusammen. Die spitzen Steine rissen seine Haut auf, und winzige Blutstropfen perlten aus den Abschürfungen. Er hatte das Gefühl, die Welt stürze ein und unter ihm öffne sich ein Abgrund, der ihn zu verschlingen drohe ... Seine Illusionen waren an diesem harten, gefühllosen Stein zerbrochen, und seine Träume hatten nichts als einen bitteren Geschmack in seinem Mund hinterlassen. Wie lange er in tiefster Verzweiflung so dagelegen hatte, wusste er nicht zu sagen.

Shari wollte auch nicht in die befestigte Stadt Exod zurückkehren, die sich im Inneren eines Vulkans befand. Dort glaubte er immer, ersticken zu müssen. Seine Mutter wollte, dass er Amphane wurde, weil sie glaubte, dadurch ein höheres Ansehen zu erlangen. Denn das Fundament der hierarchischen ameurynischen Gesellschaft war die Kaste der Priester – die Shari öde und deprimierend fand, ja geradezu verabscheute. Das waren herzlose Männer, die sich als Hüter der Tradition betrachteten, aber letztendlich nur deren Gefangene waren.

Wie schon Halaïne Jabrane so bildhaft gesagt hatte, man sollte ihnen die Eier abschneiden und sie ihre eigene Scheiße fressen lassen! Halaïne Jabrane ... Warum hat er mir Lügen erzählt?, dachte Shari. Dazu hatte er kein Recht. Aber ich habe so viel Angst vor diesem Gefängnis der Priesterkaste gehabt, dass ich alles geglaubt habe, nur um diesem Schicksal zu entgehen! Ich war wie diese blöden Autrulen mit ihrem roten Gefieder, die alles verschlingen, sogar ihre eigenen Eier und ihre Küken, wenn sie Hunger haben. Halaïne Jabrane, du Lügner, du hast mich verraten ... Der gezähmte Stein würde ein Fenster zur Unendlichkeit öffnen, er würde das unübertroffene Transportmittel sein ...

Schweren Herzens und mit tränenüberströmtem Gesicht stand der Knabe auf, tupfte sich mit einem Zipfel seines Lendenschurzes das Gesicht ab und wandte sich widerstrebend zum Gehen.

Plötzlich durchschnitt eine tiefe Stimme die Stille.

»Du hast einen sehr schönen Stein gewählt, Kind! Den schönsten! Und die Beherrschung der Schönheit fordert große Geduld.«

Sharis erste Reaktion war Entsetzen. Starr vor Schreck blieb er stehen. Er fürchtete, von einem Amphanen ertappt worden zu sein und wagte es nicht, sich umzudrehen. Dann wurde ihm bewusst, dass er noch nie eine solche Stimme gehört hatte, eine Stimme, die gleichzeitig unendlich ernst und unendlich sanft klang. Da riskierte er einen Blick über die Schulter.

Der Mann saß oben auf dem Nachbarstein, mit nackten gekreuzten Beinen. Gekleidet war er in ein weites graues Stück Tuch. Langes rabenschwarzes Haar umrahmte sein braunes Gesicht mit den hohen Wangenknochen. Seine dunklen Augen strahlten Humor und Güte aus. Seine langen geschmeidigen Finger spielten zerstreut mit seinem struppigen Bart.

Als er das verblüffte Gesicht Sharis sah, lachte er fröhlich und fügte hinzu: »Die Perfektion gibt sich nicht mit dem Ungefähren zufrieden, Kind. Hast du jemals eine Blume ohne Farbe, ohne Duft oder ohne einen Stengel, sie zu tragen, gesehen? Wie heißt du?«

Sharis Herz klopfte noch immer wie verrückt, auch wenn er sich etwas sicherer fühlte.

»Shari ... Shari Rampouline ... Ich bin der Sohn von Naïona Rampouline. Mein Vater ist schon lange tot«, antwortete er, ohne Atem zu holen.

»Shari! Was für ein schöner Name!«, sagte der Mann. »Weißt du, was er bedeutet? Nein? Aus der alten Sprache Terra Maters übersetzt ist der Sinn ›Stern, der in der Ferne leuchtet‹.«

Plötzlich kam Shari ein Gedanke: Dieser Unbekannte konnte nur der Narr des Hymlyas-Gebirges sein, dieser mysteriöse Mann, vor dem die Amphane alle Kinder gewarnt hatten. Sie behaupteten, er sei ein Dämon, der Sohn der Nuklear-Hexe und der Kernfusion, eine Höllengeburt, ein Reptil, dessen Worte den Geist verwirrten.

Als hätte er die Gedanken des Knaben erraten, erklärte der Mann: »Jetzt ist es an mir, mich vorzustellen. Ich bin derjenige, den die Priester des Volkes verächtlich ›den Narren der Berge‹ nennen, oder ›den Dämon des zerstörerischen Wortes‹. Ich bin derjenige, der den Wahnsinn in die Herzen der Kinder und Einfältigen trägt. Ich bin derjenige, der Angst macht ... Hast du Angst vor mir, Shari Rampouline?«

Der Knabe sah dem Narren der Berge kühn ins Gesicht. »Ich habe keine Angst vor dir!«, verkündete er mit fester Stimme.

Shari fiel auf, dass die große Hitze seinem seltsamen Gesprächspartner nichts ausmachte. Er schwitzte nicht. Und wenn er lächelte, entblößte er strahlend weiße Zähne, die aussahen wie die fluoreszierenden Salzsteine, die die Bewohner Exods noch heute aus den alten Bergstollen gewannen.

»Sehr gut, Shari Rampouline, Sohn der Naïona ... Da du keine Angst vor mir hast, werde ich vielleicht etwas für dich tun können. Ich könnte dich zum Beispiel lehren, zu dem Stein zu sprechen ...«

Der Knabe verlor seine aus Vorsicht geborene Scheu. Hoffnungsvoll rief er: »Du weißt, wie man ihn zum Fliegen bringen kann? Wie man ihm befehlen kann?«

»Ich weiß, wie man mit ihm spricht und gleichzeitig seinen Willen respektiert«, korrigierte der Narr der Berge. »Ich will dir ein Geheimnis verraten: Nur wenn du lernst, dem Stein zu dienen, anstatt ihm zu befehlen, wirst du das Gewünschte von ihm bekommen ...«

Diese seltsamen Worte verwirrten Shari. Sein rundes Gesicht verdüsterte sich. Und das sollte das Geheimnis sein?

»Ihm dienen? Wie kann man denn einem Stein dienen?«

Anstatt zu antworten, stellte der Narr eine Gegenfrage. »Wünschst du dir von ganzem Herzen, auf dem Stein fliegen zu können?«

»O ja!«, rief Shari mit der Inbrunst seiner ganzen Seele.

»Dann setz dich wieder vor ihn hin! Das ist bequemer als zu knien!«, gebot ihm der Narr.

Shari war der Faszination, die von diesem Mann ausging, erlegen. Er gehorchte ohne Widerspruch und setzte sich in den Schatten des großen Felsens, ganz nah an die raue gewölbte Flanke, die dem Bauch eines vertrauten Tiers glich.

»Der Stein wird sich nicht bewegen, solange du ihm Befehle erteilst«, erklärte der Narr. Noch immer saß er mit gekreuzten Beinen auf dem Nachbarstein. »Das ist ein Befehl!«

Wieder brach er in unbändiges Gelächter aus. Den Grund für die Heiterkeitsausbrüche seines neuen Lehrers konnte Shari nicht verstehen. Doch dieses laute Lachen war ihm bei Weitem lieber, als das monotone Gemurmel der Amphanen.

»Als Erstes musst du versuchen«, fuhr der Narr fort, »deine Seele mit der des Steins zu vereinen. Du musst jene geheime Stelle finden, wo ihr eins seid, wo du Fels wirst und er Knabe wird. Dann ist alles ganz einfach: Du sprichst deinen Wunsch vom Grund deines Herzens aus, und der Stein wird deinen Wunsch erfüllen ...«

Shari fragte sich, ob der Mann sich nicht wie Halaïne Jabrane über ihn lustig machte, oder ob er nicht verrückt sei, wie die Amphanen behaupteten. Aber er fühlte sich im Schatten des Steins wohl. Es war, als würde der Fels einen schützenden Flügel über ihn ausbreiten.

»Wie macht man das, wenn man Stein werden will?«

»Indem du dich gehen lässt«, antwortete der Narr. »Vorhin hast du ihn durch deine Konzentration verletzt, du hast ihn dir zum Feind gemacht. Du darfst deinen Geist zu nichts zwingen. Deine besten Verbündeten sind deine Jugend und deine Unschuld. Bediene dich deiner Unschuld, um ins Herz der Materie einzudringen. Vereinige dich mit ihr. Liebe sie, wie du deine Mutter liebst. Dann erreichst du den Zustand, in dem Stein und Kind eins sind ... Willst du das versuchen?«

Der Narr der Berge schwieg. Und trotz der flehenden Blicke des Knaben, den alle diese Ratschläge verwirrten, blieb der Mann stumm. Shari starrte verzweifelt den rauen Stein an. Er kam ihm freundlich gesonnen vor, entgegenkommend wie nie. Durch das angestrengte Starren trübte sich sein Blick, und seine Augen tränten.

Er öffnete den Mund, weil er den Narren um einen weiteren Rat bitten wollte, doch der saß wie erstarrt da – ein Fels auf einen Felsen geschmiedet – und schenkte seinem Schüler keine Beachtung.

Shari schloss instinktiv die Augen, weil seine Lider schwer waren und er müde wurde. Das Brennen darin ließ sofort nach. Dann spürte er, wie sich sein ganzer Körper entspannte, spürte eine äußerst angenehme innere Ruhe. Nur ein paar wirre Gedanken streiften ihn flüchtig. Schließlich vergaß er den Stein, den Narren, das Wüstenplateau, die Bergkette am Horizont, die Hitze. Er gab sich der unendlichen inneren Stille hin und hörte nur noch undeutliche Geräusche, das Flüstern des lauen Windes, die fernen Schreie der Raubvögel. Langsam verlor er das Gefühl für Raum und Zeit.

Als er die Augen wieder öffnete, lag das amphanische Feld im rötlichen Licht der Abenddämmerung. Ein heftiger Wind zog vom Gebirge her und wirbelte ockerfarbenen Staub auf und blies ihm Sandkörner ins Gesicht und auf seinen nackten Oberkörper und wehte ihm Strähnen seines Haars über Stirn und Wangen.

Verwundert, weil so viel Zeit vergangen war, ließ Shari den Blick zum Nachbarstein wandern. Der Narr der Berge war verschwunden, als hätte ihn eine Windböe fortgeweht.

Der Stein hatte sich nicht bewegt, doch im Gegensatz zu seinen früheren Versuchen ärgerte sich Shari nicht darüber. Sein Gefühl sagte ihm, dass der Narr ihm den Schlüssel zum Erfolg gegeben habe und dass er von nun an diesem Weg folgen müsse. Der Stein war nicht fortgeflogen, aber er war der Komplize seiner inneren Stille gewesen. Und er – Shari – war mit der Seele der Materie verschmolzen gewesen. Das Wesentliche hatte er erreicht.

Sein Herz war voller Freude und Dankbarkeit. Er bedauerte, sie seinem seltsamen Lehrer nicht bezeugen zu können, doch er ahnte, dass dies nur der Anfang einer langen Freundschaft war, und dass sie sich wiedersehen würden. Er stand auf und streckte sich, um seine steifen Glieder zu lockern, verabschiedete sich mit einem Lächeln von dem Stein, während er zärtlich über ihn strich, und wandte sich zum Gehen.

Der gewundene Pfad zwischen goldenen Farnen, ausgetrockneten, dornigen Büschen lag schon in der Dämmerung und kam ihm kürzer als sonst vor. Er merkte nicht, dass ein schwarz-weißer Aïoule ein paar Meter über seinem Kopf flog und ihm bis zum Rand des großen Vulkans folgte, in dessen Krater die Menschen die Stadt Exod gebaut hatten.

Shari ging über die Haupttreppe, die sich zuerst am Rand des Kegels zickzackförmig emporwand und dann in einer breiten Öffnung endete, die alte Ameurynen »Hexenloch« nannten. Der innere Durchmesser dieses großen Kraters betrug zwei Kilometer, und in die Wände hatten die Menschen ihre Behausungen gegraben oder in den unteren Bereichen Häuser aus polierten Lavasteinen errichtet. So glich Exod einem immens großen Amphitheater, mit stufenförmig ansteigenden Wohnungen, in dessen Mitte sich ein runder Platz befand, der Platz der Totengesänge.

Das »Hexenloch« endete in einem Überhang, der die gesamte, jetzt im Dämmerlicht daliegende Stadt dominierte.

Von dort aus führten Seitengänge, Rampen und Treppen zu den Domizilen der Höhlenbewohner und hinunter bis auf den Platz der Totengesänge. Shari sah, dass der Platz von großen bläulich leuchtenden Fackeln erhellt war, während die Häuser und Gassen im Dunkeln lagen.

Ältere Stadtbewohner hatten sich auf dem Platz um das Opferfeuer versammelt, das immer angezündet wurde, wenn eine öffentliche Strafe verhängt worden war. Die Flammen beleuchteten die ersten Ränge und auch zwei rote Pfähle in der Mitte des heiligen Kreises. Zwei Personen waren dort angebunden. Aus der Höhe betrachtet sahen sie wie zwei gelbe, an ein Stück Holz genagelte Nacktschnecken aus. An den vier Himmelsrichtungen des Kreises standen vier Amphanen, in die traditionellen orangefarbenen Gewänder der Sänger gekleidet.

Shari hatte noch nie eine öffentliche Bestrafung gesehen. Von Neugier getrieben, lief er eine enge Treppe hinunter, überquerte mit ein paar Schritten den Rundweg und rannte eine der sternförmig nach unten führenden Straßen hinunter. Eine unerklärliche Angst ergriff ihn und wurde immer größer, je näher er dem Platz kam. Das Echo seiner Schritte hallte in der unheilschwangeren Stille wider. Er verlangsamte seinen Lauf, ging jetzt auf den Zehenspitzen, dicht an die Mauern gedrängt, wo bereits Nacht herrschte.

Seine Kehle fühlte sich wie zugeschnürt an, und seine anfängliche Neugier war großer Angst vor dem, was er sehen würde, gewichen. Er hoffte, so schnell wie möglich seine Mutter unter den Anwesenden zu finden, denn sie allein konnte ihm seine Angst nehmen.

Er betrat den Platz und einige Leute auf den ersten Rängen wandten ihm ihre Gesichter zu. Ihre Mienen waren finster. Fast alle hatten ihre Festgewänder angelegt, die sie sonst nur an Feiertagen oder während ritueller Zeremonien trugen: reich verzierte Togen mit dazu passenden Hosen, runde Bärenfellmützen, pastellfarbene, weit geschnittene Roben, Gürtel und Schmuck aus Salzkristall ...

Shari fiel auf, dass die Leute sich in aller Eile angekleidet haben mussten, denn sie hatten sich nicht mit der für solche Gelegenheiten nötigen Sorgfalt zurechtgemacht. Die Kinder waren nicht gewaschen worden, ihre aufgeregten Gesichter waren schwarz verschmiert, und ihre schmutzigen Hände bildeten einen seltsamen Kontrast zu ihren blütenweißen Hemden und Lendenschurzen. Shari fiel ebenfalls auf, dass die Frauen ihn mitleidig ansahen, während ihm die Männer verstohlen einige böse und hasserfüllte Blicke zuwarfen.

Mit wachsender Besorgnis umrundete er den Platz auf der Suche nach seiner Mutter. Ein leises Murmeln ging durch die Menge, schwoll an, so wie sich ein leichter Wind erhebt, und wurde von einem alten Amphanen mit einem herrischen Befehl zum Schweigen gebracht.

Shari schwang sich auf eine große, nicht brennende Fackel, die in den eingemauerten Ringen eines Hauses am Rand des Platzes steckte. Die Nacht streckte ihre schwarze Hand über den Krater aus. Ein runder Ausschnitt des sternenübersäten Himmels war über die Stadt gespannt. Der Abendwind fachte mit seinen plötzlichen Böen das Opferfeuer zu wild auflodernden Flammen an.

Jetzt endlich erkannte Shari seine Mutter, sah ihr Gesicht. Fast wäre er vor Entsetzen von seinem Sitz gestürzt. Eiskalte Schauder liefen über seinen Körper.

Seine Mutter war es, die sie an den roten Pfahl gebunden hatten. Sie war es, die sie in ein grobes gelbes Büßergewand gesteckt hatten. Ihren Kopf hatten sie so grob rasiert, dass Blut über ihre Stirn und ihre Wangen lief. Sie war es, deren Augen vor Grauen weit geöffnet waren und die vergeblich versuchte, sich aus den Hand- und Fußfesseln zu befreien, die tief in ihr Fleisch schnitten.

An den zweiten Pfahl gebunden und ihr den Rücken zukehrend, stand ein Mann. Natürlich hatte man auch ihm den Kopf geschoren. Shari erkannte ihn wieder. Das war der freundliche Mann, der seine Mutter oft zu besuchen pflegte und sie dann mit glänzenden Augen ansah. Jedes Mal, wenn er das Haus der Rampoulines betrat, begrüßte er den Jungen mit einem freundschaftlichen Klaps, setzte sich und unterhielt sich mit seiner Mutter. Sie lachten viel. Für Shari waren diese häufigen Besuche das reinste Glück, denn ihm schenkten sie lange Stunden der Freiheit, die er auf dem amphanischen Feld verbringen konnte.

Dieser schreckliche Anblick war so grauenvoll, dass Shari auf der Fackel erstarrte. Er merkte nicht einmal, dass er weinte. Sein Blick hing an seiner gemarterten Mutter. Bittere Galle stieg in seiner Kehle auf, und wider Willen musste er aufschluchzen.

Der lange Bart des alten Amphanen zwischen den beiden Pfählen wehte im Wind wie ein Todesbanner. Und sein orangefarbenes Priestergewand glich einer flackernden Höllenflamme, wenn eine Böe es erfasste. Mit einer Geste befahl er den vier Sängern, die jetzt knieten und sich sammelten, den Urteilsspruch zu verkünden. Sie hielten die Hände trichterförmig vor ihre Münder und stimmten einen monotonen, von schrillen Tönen unterbrochenen Gesang an, der die Zuschauer erschaudern ließ. Die Gefolterten wanden sich in Schmerzen an den Pfählen, als hätten sie flüssige Lava trinken müssen.

Und Shari litt mit seiner Mutter. Sein stummes Weinen wurde zu lautem Schluchzen.

Aufpeitschende Böen erhöhten die Lautstärke des Todesgesangs. Manchmal bewirkten diese Zeremonien spektakuläre Veränderungen des Wetters, die das ameurynische Volk als Widerruf betrachtete. Deshalb beobachtete der alte Priester den Himmel genau. Denn sollte das aufkommende Unwetter vor der Hinrichtung der Verurteilten losbrechen, würde er gezwungen sein, sie zu begnadigen. Und das wollte er nicht tun. Es war schon lange her, dass die amphanische Geistlichkeit ein Todesurteil über ein Mitglied ihres Volkes nicht mehr hatte vollstrecken können. Ein den Elementen der Natur geschuldeter Widerruf hätte nur ihrem Status geschadet.

Trotz ihrer unerträglichen Schmerzen hatte Sharis Mutter die Kraft zu schreien.

»Shari! Shari! Du ... mein Leben! Ich weiß, dass du da bist ... Hör mich an! Lauf weg! Lauf weg ... Flieh, so weit du kannst ... Hier ist schon alles tot ... Ich nehme dich in meinem Herzen mit ... Und du nimmst mich in deinem Herzen mit! Bleibe nicht bei diesen Leuten ... Sie sind bereits gestorben!«

»Schweig, Weib Rampouline!«, befahl der alte Amphane. »Bereue deine Sünden, ehe du vor deinen Richter, deinen Schöpfer trittst. Der Todesgesang wird dich von deiner Schande reinigen, doch nur, wenn du ihm demütig entgegentrittst. Mach dir um deinen Sohn keine Sorgen, er wird frommen Händen anvertraut. Kümmere dich nur um deine Seele, sie hat es nötig!«

Shari verstand nicht, warum die Priester seine Mutter – die er über alles in der Welt liebte – auf diese Weise bestraften. Es musste sich um einen Irrtum handeln. Was hatte sie denn verbrochen, sie, ein Engel aus Sanftheit und Geduld, die für jeden ein freundliches Wort hatte. Am liebsten wäre er zu ihr gelaufen, um sie zu befreien und hätte sein Gesicht an ihrer warmen, weichen Brust geborgen. Sie war rein, unschuldig und des Lebens würdiger als alle hier Versammelten. Doch er war vor Kummer wie gelähmt, unfähig, sich zu rühren oder zu schreien, während er zusehen musste, wie die Ameurynen mit gierigen Augen auf die Gefolterten starrten und die widerliche Szene ihres Todeskampfes genossen.

»Shari! Mein Leben ... Mein geliebter Sohn ... Flieh! Lass dich niemals ...«

Die abgehackten Worte seiner Mutter endeten in einem Röcheln. Der Mann hatte bereits das Bewusstsein verloren. Sein Kopf war zur Seite gesunken. Schwere, vom Wind gepeitschte Wolken hatten sich über den Sternenhimmel geschoben.

Der alte Amphane war mit dem Verlauf der Zeremonie sichtlich unzufrieden, denn das Weib Rampouline hatte die Kühnheit besessen, das geheiligte Schweigen zu brechen und dadurch die Wirkung des Todesgesangs geschwächt. Gleich würde der Himmel als Zeichen seines Unmuts seine Schleusen öffnen. Der Priester warf den Sängern wütende Blicke zu. Die Zeremonie musste schneller vonstatten gehen und rasch einen Abschluss finden, sonst konnte die Tradition nicht in würdiger Weise fortgesetzt werden. Also beschloss er, die Dinge in die Hand zu nehmen.

Schließlich rührte sich die Frau nicht mehr, und ihre Augen verschleierten sich. In ein paar Sekunden musste sie tot sein, und der Regen hatte noch nicht eingesetzt. Ihr Kopf fiel auf ihre Brust und pendelte hin und her. Ein zufriedenes Lächeln umspielte den rissigen Mund des alten Amphanen.

Da ertönten Schreie aus der Menge: »Das Kind! Der Knabe! Er flieht! Haltet ihn!«

Doch der Priester hob feierlich seine dürren Arme gen Himmel und verkündete: »Betet jetzt für diese beiden verlorenen Seelen, die bald vor ihren Richter treten. Betet, damit er ihnen seine Gnade zuteil werden lässt, und denkt über das Schicksal jener nach, die die göttlichen Gesetze missachten. Ihr, Männer und Frauen, ihr, die ihr euren Kindern den rechten Weg zeigen müsst, geht nicht der Fleischeslust außerhalb der heiligen Bande der Ehe nach, erlaubt euren Sinnen nicht, über euch zu herrschen ... Lasst dieses Kind laufen! Es wird wie ein wildes Tier umherirren, doch bald werden Hunger, Durst und Angst es aus seinem Bau treiben. Kehrt jetzt in eure Wohnungen zurück, und verbringt die Nacht fastend, enthaltsam und schweigend in der Dunkelheit.«

Die Ameurynen warfen noch einen letzten Blick auf die beiden Toten, die Frau und ihren Geliebten. Sie bevölkerten die Gassen und Straßen und eilten in ihre Höhlenwohnungen. Ihre hellen Festgewänder flatterten im Wind, ein geisterhafter Anblick. Es war, als wäre Exod von Gespenstern bevölkert. Aus tief hängenden Wolken fielen erste Regentropfen.

Und die Frauen, die Liebesgeschichten mochten und die Männer, deren Mätressen sie waren, dachten darüber nach, dass wohl der Himmel das Tun der Priester verurteilt habe.

Shari lief durch die Nacht, ohne zu wissen, wohin ihn seine Füße trugen. Das Bild seiner sterbenden Mutter ging ihm nicht aus dem Kopf. Sie hatte die Kraft gehabt, trotz ihrer unendlichen Qualen ihn ihrer Liebe zu versichern – eine Herausforderung ihrer Folterer. Noch immer hörte er sie rufen: *Flieh, sie sind bereits tot …*

Er lief eine lange Strecke, die Sicht von seinen Tränen und dem Regen getrübt. Über ihm flog in der Dunkelheit ein schwarz-weißer Aïoule. Er kämpfte mit kräftigen Flügelschlägen gegen den widrigen Wind an, um den Knaben nicht aus den Augen zu verlieren.

Shari sank neben seinem großen Stein auf dem heiligen Feld zu Boden. Dorthin, zu seinem einzigen Freund, hatten ihn unbewusst seine Schritte gelenkt. Da lag er nun weinend mit dem Gesicht nach unten auf der vom Regen durchweichten Erde und wurde von seiner Trauer überwältigt.

Zwischen Wolkenfetzen schaute ein bleicher Mond hervor und spiegelte sich in den glänzenden Felsen und schwarzen Pfützen. Shari fror; er fing an zu zittern.

Jemand warf eine Decke über seinen Rücken, und er glaubte, dass die Amphanen ihn aufgespürt hatten. Gleich würden sie ihn schlagen, und er versteifte sich. Da nichts dergleichen geschah, hob er zögernd den Kopf. Neben ihm stand der Narr der Berge. Er lächelte freundlich, Regentropfen liefen über sein Gesicht. Sein Haar, sein Bart und sein graues Gewand wehten im Wind.

»Du musst jetzt Mut fassen, kleiner Shari«, sagte er mit lauter, das Gewitter übertönenden Stimme. »Deine Mutter hat sich geopfert, um dir das Leben zu retten.«

Die Augen des Kindes wurden vor Erstaunen groß.

»Komm! Hier können wir nicht bleiben«, sprach der Narr weiter. »Wir suchen uns einen trockenen Unterschlupf, bis der Himmel sich beruhigt hat …«

Er kniete sich hin und half Shari beim Aufstehen. Dann wischte er ihm mit einem Zipfel seines Gewandes den Schmutz vom Gesicht und vom Oberkörper und legte ihm zum Schutz gegen Regen und Wind die Decke um die Schultern.

»Folge mir!«

Sie verließen das amphanische Feld und gingen in Richtung Gebirge. Der Knabe lief wie ein Schlafwandler neben dem Narren her, so erschöpft war er. Das Terrain wurde immer unwegsamer, und manchmal mussten sie sich an Felsvorsprüngen festhalten, sonst wären sie von den immer heftiger werdenden Windböen erfasst worden. Blitze zuckten über den schwarzen Himmel, und in der Ferne grollte der Donner.

Sie erklommen einen steilen Abhang, der auf ein Hochplateau führte. Das Gewitter wurde immer stärker. Es goss in Strömen, und Shari fürchtete, vom Wasser mitgerissen zu werden. Der Sturm peitschte die Äste des Dornengestrüpps und der Krüppelkiefern, die vereinzelt wuchsen.

»Wir sind gleich da!«, schrie der Narr.

Sie erreichten ein fast rundes Plateau, das auf der einen Seite von einer Mauer begrenzt wurde, während sich auf der anderen ein mit spitzen Pfeilern bestückter riesiger Abgrund auftat, wie Shari beim Aufleuchten der Blitze erkennen konnte.

Er fragte sich, wie sie auf diesem den Elementen schutzlos ausgesetzten Terrain Schutz finden sollten. Der Narr ging zu einem in der Nacht leicht zu übersehenden Mauerspalt, einem Höhleneingang.

In der Höhle konnte er vage ein Strohlager, einen niedrigen Tisch und verschiedene Küchenutensilien erkennen.

»Meine Sommerresidenz«, sagte der Narr. »Hier ist es

während der großen Hitzeperioden im Sommer angenehm kühl, und außerdem herrscht hier Stille, wenn ich das Bedürfnis verspüre, mich in mich selbst zurückzuziehen ... Komm, leg dich unter die Decken, damit dir wieder warm wird. Du zitterst ja vor Kälte.«

Shari tastete sich vorsichtig zu dem Strohlager und legte sich hin. Der Narr nahm ihm die nasse Decke ab und deckte ihn mit zwei Fellen zu, die einen säuerlichen, ranzigen Geruch ausströmten. Das Toben des Gewitters war zu einem fernen Grollen geworden.

»Hast du Hunger?«, fragte der Narr.

Shari starrte mit weit geöffneten Augen blicklos auf die Höhlenöffnung. Er antwortete nicht. Die Decken konnten seinen Körper wärmen, aber nichts konnte den Schmerz stillen, der sein Herz erfüllte. Der Narr setzte sich neben das Strohlager.

»Ich weiß, was du fühlst, Shari«, sagte er leise tröstend. »Nichts als Schmerz über die Trennung von deiner Mutter. Doch du musst mir glauben: Ohne den Tod dieser Frau, die dir das Leben geschenkt hat, hättest du das Schicksal aller Einwohner Exods und der der Nachbarstädte teilen müssen. Die Zeit ist gekommen, wo das Universum in ein Zeitalter der Zerstörung eintritt – in das der Kaliyug. Dein Volk entgeht dem Untergang nicht, denn es hat das Erbe seiner Väter zerstört ...«

Er lehnte sich bequem gegen die Wand und fuhr fort: »Halaïne Jabrane hat dir eine Geschichte erzählt. Ich werde sie dir noch einmal erzählen, aber auf meine Weise ...

Vor langer, langer Zeit hieß dieser kleine blaue Planet Erde, und sie erfuhr eine herrliche Zeit. Einige Erdbewohner hatten sich um einen Seher geschart, der sie lehrte, in Frieden mit sich selbst zu leben. Diesen Erdbewohner, auch Ouraten der Absolution oder Absouraten genannt, gelang es, alle Völker davon zu überzeugen, die Waffen niederzulegen, auf Eroberungen zu verzichten und sich gemeinsam daranzumachen, mit der Natur und allen anderen in Eintracht zu leben. So wurden im Lauf der Jahrhunderte alle umweltschädlichen Transportmittel und Industrien, alle Kriegsgeräte entweder aufgegeben oder zerstört ... Jeder Erdbewohner genoss die innere Stille und bekam allein durch das Äußern eines Gedankens alles, was er sich wünschte. Da es gute und gerechte Wünsche waren, wurden sie Wirklichkeit. Riesige Städte mit Millionen Einwohnern voller Lebensfreude entwickelten eigene Kulturen, und aus der Erde wurde ein blühender Planet ...

Als der Seher seinen Körper verließ, schenkte er seinen Schülern eine neue Lehre, die Inddikische Wissenschaft. Doch dann geschah es, dass seine Anhänger sich wegen Kleinigkeiten stritten und in zwei Gruppen aufspalteten: in die Afrisier, mit Laomé Naflin an der Spitze, und die von Bernehard Amphan geführten Ameurynen. Nach hundert Jahren währenden Streitereien um die Vorherrschaft brach ein entsetzlicher Krieg aus, der in die universelle Geschichte als Krieg der Gedanken eingegangen ist. Die beiden gegnerischen Parteien benutzten die Antras des Lebens zu zerstörerischen Zwecken. Dieser Konflikt dauerte zwei Jahrhunderte. Und ihr unschätzbares Wissen diente ihnen nun nicht mehr, es säte nur noch Leid und Elend.

Eines Tages fand die Entscheidungsschlacht auf der Ebene von Orop, in der Nähe der Stadt Scrabour, zwischen den fanatischen Amphanen – so nannte man sie nach ihrem Anführer Bernehard Amphan – und den Afrisiern statt. In den Geschichtsbüchern steht, dass ihre Todesgedanken derart mächtig waren, dass alle Zivilisationen auf der Erde ausgelöscht wurden.

Städte wurden von Erdbeben zerstört, gigantische Flutwellen verschlangen ganze Kontinente, und Vulkane spien Feuer, Gase und Lava aus. Atomare, von den Menschen unterirdisch gelagerte Rückstände wurden freigesetzt und verbreiteten die nukleare Pest. Doch einer Gruppe um Bertelin Naflin, einem Nachkommen des ersten Anführers der Afrisier, gelang es, mit dem Klang der Reise auf andere, weit entfernte Planeten zu gelangen, wo sie sich mit der einheimischen Bevölkerung vermischten. So blieben auf der Erde nur eine Handvoll Ameuryner übrig, die sich nach endlosen Wanderungen hier, am Fuß des Hymlyas-Gebirges niederließen, wo deren Priester, die Amphanen, Bruchstücke der Inddikischen Wissenschaft weiterpraktizierten: die Todes- und Jahreszeitenhymnen. Doch das taten sie allein zu dem Zweck, die Menschen zu unterdrücken, indem sie sie in Unwissenheit ließen und Angst verbreiteten. Sie können nur eins: das Leben unterdrücken! Sie können weder mit der Materie sprechen, noch können sie die Steine zum Fliegen bringen ...«

Der Narr der Berge schwieg eine Weile und lauschte dem fernen Donnergrollen. Shari aber gab seinem dringenden Bedürfnis zu schlafen nicht nach. Er hielt die Augen offen, wenn auch nur mühsam.

»Bertelin Naflin und seine Getreuen verbreiteten die Inddikische Wissenschaft im Universum. Die Überlebenden des Kriegs der Gedanken gründeten nun eine Zivilisation, die jeden Konflikt von vornherein ausschloss. Sie gründeten eine Konföderation, die unter dem Begriff Naflin-System bekannt ist und auf einem Gleichgewicht der Kräfte unter der wachsamen Kontrolle eines Ordens der Stille beruht. Dieses System garantierte einen universellen Frieden, jedoch keinen individuellen. Aber es war letztendlich nicht vollkommen, denn es ist zusammengebrochen, wie alle anderen Ordnungen vor ihm …

Erinnerst du dich an diese Ethnologen aus einer fernen Welt, die mittels effizienter Reisemaschinen zu uns kamen? Diese seltsamen Wesen mit grünen Gesichtern, pupillenlosen gelben Augen und außerordentlichen mentalen Fähigkeiten? Die Amphanen haben ihnen gestattet, den Todesgesängen und den Zeremonien zur Tagundnachtgleiche beizuwohnen … Sie kamen hierher, um sich das Wissen anzueignen, was ihnen fehlte, um die Konföderation und das Naflin-System zu stürzen: den Klang, den Ton.

Als sie in ihre Welt zurückkehrten, gelang es ihnen, ihre Kenntnisse über den Ton zu perfektionieren. Im Augenblick kann niemand es mit ihnen aufnehmen, nicht einmal der Orden der Stille.

Und heute Nacht kehren sie auf den Planeten Terra Mater, die Erde, zurück. Sie kommen, schreckliche, in graue Uniformen gekleidete Gestalten mit weißen Masken, um die letzten Ameurynen auszulöschen. Um auf diesem Planeten auch die letzten Spuren der Inddikischen Wissenschaft zu tilgen. Doch das ist nur der Anfang. Denn ihr eigentliches Ziel ist das Auslöschen aller Menschenrassen.

Warum sie das tun? Ich weiß es nicht … Doch deshalb hat deine Mutter dir das Leben gerettet, Shari Rampouline! Sie opferte sich, damit du aus Exod fliehen konntest. Hier können sie dich nicht aufspüren, hier bist du außer Reichweite ihrer Waffen und ihrer Gedanken. Morgen, bei Tagesanbruch wird nichts mehr von dem Vulkan übrig sein, nichts mehr von der ameurynischen Zivilisation, nichts mehr von der alten Erde ... Ein langes Kapitel der Geschichte wird geschlossen ... Und vielleicht wirst du es sein, Shari, Sohn der Naïona, der ein neues, schönes Kapitel schreiben wird. Wenn du es denn willst. Und mit den Sternen, die sich dir vielleicht anschließen. Wenn sie es denn wollen ...

Das Universum bereitet sich auf einen sehr langen Winter vor. Die Menschen haben die Materie missbraucht, und das Leben zieht sich unter die Erde zurück, damit es Kräfte sammeln und sich regenerieren kann. Von nun an wird ein schrecklicher Kampf zwischen den Menschengeschlechtern der Gestirne und jenen Kreaturen aus dem Grenzbereich entbrennen, die die Herrschaft über das All anstreben ...

Du wirst vielleicht zu einem der neuen Götter der Menschheit aufsteigen ... wenn du es denn willst ...«

Der Knabe hörte nicht mehr zu. Er war eingeschlafen. Mehrmals hätte er den Narren der Berge fast unterbrochen, ihm Fragen gestellt, woher er das alles wisse, und ob seine Erzählung nichts anderes als eine Legende sei. Doch ihm hatte der Mut gefehlt. Und schließlich hatten Kummer und Erschöpfung ihn überwältigt, und die dunkle, melodiöse Stimme des Erzählers in der angenehmen Wärme unter den Decken hatte ihn in den Schlaf gewiegt.

Der Narr der Berge betrachtete lächelnd den Knaben. Er hatte mehr zu sich selbst als zu dem Kind gesprochen. Endlich schien der lange ersehnte Moment gekommen zu sein, für den er sich in jahrelanger Abgeschiedenheit im Gebirge vorbereitet und mit Felsen, Bäumen, Tieren und den Wassern gesprochen hatte. Direkt konnte er keinen Einfluss nehmen. Er konnte nur als Katalysator wirken, gleich einer flüchtigen Brücke, er, der Unsterbliche zwischen zwei Welten. Seine Rolle bestand nur darin, die Menschheit auf den Weg der Erneuerung zu führen.

Er wusste nicht, wie lange er schon auf Terra Mater lebte. Jahre, Jahrhunderte, eine Ewigkeit ... war das wichtig? Er verfügte über eine schier endlose Geduld, und der Zeitbegriff war für ihn eine abstrakte Größe. Die irdische Vorgeschichte, die Zeitalter der griechischen und römischen Antike, das des Atoms und der Krieg der Gedanken – ihm schien, während aller dieser Epochen gelebt zu haben und sie immer noch zu leben ...

Er hatte sich für diesen Knaben entschieden, weil er wusste, dass es ein Kind sein musste, das in enger Beziehung zu dem amphanischen Feld stand. Ob es sich nun um einen Adler, eine Gazelle oder einen Schmetterling handelte, er hatte jede Gestalt angenommen und eher ungeschickt versucht, den großen Stein zum Fliegen zu bringen. Und er hatte die Kühnheit des Knaben bewundert, ein Tabu zu brechen, und seine Beharrlichkeit trotz dessen Niederlagen geliebt. Denn diese Beharrlichkeit entsprang einem tiefen Verlangen und war nicht aus einer plötzlichen Laune heraus geboren.

Der Narr der Berge wachte die ganze Nacht. Er trug einen großen Teil des Leids der Ameuryner. Der Knabe schlief, nur manchmal zuckten seine Glieder und sein Körper, dann verzerrte sich sein Gesicht vor Entsetzen.

Als der Morgen dämmerte, war der Himmel klar und rein. Die Vögel begrüßten mit fröhlichem Gezwitscher das helle Blau des neuen Tages. Dies war die Gestalt, in die er sich auf diesem Planeten am liebsten verwandelte ... Denn sein Aufenthalt hier neigte sich dem Ende zu: Er hörte den Ruf aus der anderen Welt. Er wurde immer drängender.

Der Knabe öffnete ein Auge. Ein Sonnenstrahl fiel durch den Höhleneingang. Zuerst wusste er nicht, wo er war, warum er in dieser Grotte auf dem Strohlager schlief. Er musterte den schwarzhaarigen Mann, der sich über einen Tontopf neben einem kleinen Feuer beugte. Dann fielen ihm die Ereignisse des vergangenen Tages wieder ein, und er weinte.

Der Narr der Berge umarmte ihn. »Weine nicht mehr, Shari Rampouline. Von nun an hast du alle Brücken zur Vergangenheit abgebrochen. Die Welt ist neu, und vor uns liegen unendlich viele Wege. Wir müssen nur den richtigen wählen. Aber jetzt musst du essen, damit du wieder zu Kräften kommst. Dann gehen wir zum Vulkan von Exod. Das ist ungefährlich, denn die Schattenwesen und die weiß maskierten Mörder sind bereits wieder abgereist.«

Nach einer einfachen Suppe aus Kräutern und Wurzeln gingen die beiden zum Vulkan. Der holprige Weg war voller Pfützen. Sie brauchten nicht einmal die Treppe hochsteigen, weil ein großes Loch am Fuß der Außenwand klaffte.

Völlig verblüfft blieb Shari stehen. Der Krater war nackt, schwarz verbrannt. Es sah aus, als habe es nie eine Stadt gegeben.

»Diese Kreaturen verfügen über sehr effiziente Zerstörungsapparate«, sagte der Narr der Berge. »Nichts bleibt übrig. Staub ist wieder zu Staub geworden ... Auch du wärst zu schwarzem Staub geworden, hätte deine Mutter dir nicht ihr Leben geschenkt ... Doch jetzt müssen wir gehen, und du musst alle unnützen Erinnerungen aus deinem Gedächtnis verbannen, damit du dein Herz für die Wunder öffnen kannst, die dich erwarten.«

Sie gingen, und Shari wandte sich nicht ein einziges Mal um, als sie den Weg zum Hymlyas-Gebirge einschlugen. Die aufgehende Sonne warf einen rosigen Schein auf die schneebedeckten Gipfel.

VIERZEHNTES KAPITEL

Sagenia, Trunkenheit aus purpurfarbener Seide,
Blutroter Schaum auf grünen Wogen,
In funkelndem Beben, in gischterfülltem Toben …
Doch deine Blütenkrone in stolzem Kleide
Reckt sich empor gleich fürstlichem Geschmeide.

Sagenia, den Kampf der Elemente fürchtest du nicht.
Du trotzt den Gewalten,
Willst selber gestalten,
Bringst Freude und Licht.
Der tobende Herrscher des Himmels ist für dich nur ein Wicht.

Sagenia, bricht an dann der Morgen so grau,
Weinst du am Gestade
Aus zerbrochener Jade
Tränen aus Blüten und Tau.

Sind diese Tränen dein Blut
Oder das Verrinnen der Zeit, die niemals ruht?

Gedicht des Schäfers Stanislav Nolustrist vom Planeten Marquisat. (Die Übersetzung des Gedichts gibt die lyrische Qualität des Textes nur ungenügend wieder, die ein wesentliches Element der marquisatinischen Poesie ist. Die Blume Sagenia ist eine Art Riesenmohn ... Anmerkung d. Ü. Messaodyne Jhû-Piet)

Tixu Oty wachte mitten in einer unterhalb eines Hügels gelegenen Wiese wieder auf. Obwohl er bei seiner Abreise von Roter-Punkt benommen gewesen war, hatte er trotzdem die Hellsicht besessen, seine Ankunft auf dem Planeten Marquisat außerhalb der Hauptstadt Duptinat zu programmieren. Jetzt musste er sich auf die Suche nach dem Goldschmied Geofo Anidoll machen, dessen Adresse der Ritter ihm gegeben hatte.

Doch im Moment litt er stark unter der planetarischen Zeitverschiebung durch den Transfer. Diese Gloson genannte Unpässlichkeit konnte bei manchen Reisenden, wie auch bei Tixu, mehrere Stunden andauern.

Um ihn herum lagen ziemlich viele Exkremente. Es stank, und er sah Tiere einer ihm unbekannten Rasse friedlich weiden. Sie waren groß und stark und hatten ein dichtes schwarzes gelocktes Fell ... Auf der Stirn trugen sie drei, vier oder fünf asymmetrisch angeordnete Hörner. Als Tixu auf der Wiese gelandet war, hatten sie ihm nur desinteressierte Blicke zugeworfen und dann wieder ihre rosigen Mäuler in das saftige Gras gesteckt.

Tixu blieb eine gute Stunde liegen und ruhte sich aus. Das Gras war noch feucht vom Morgentau, denn die schwachen Strahlen einer grauen Sonne konnten es nicht trocknen. Die Kälte kroch ihm durch seinen dünnen, noch mit Blut befleckten Leinenanzug in alle Glieder, und seine

Füße waren eisig. Schwere schwarze Wolken trieben über die Ebene dahin.

Hinter ihm war der Kamm einer langen Gebirgskette zu sehen, deren gezackte Gipfel aus Granit hier und da in Nebelbänken verschwanden. Die Abhänge der Gebirgsausläufer waren bis in halber Höhe mit von Steinmauern umfriedeten Wiesen bedeckt, freundliche Farbtupfer in dem monotonen Grau. Auf jeder Wiese stand ein aus Steinen errichtetes, mit blauen Ziegeln gedecktes Haus.

Tixu schaute auf das unter ihm liegende Tal. Es war von Felsschluchten durchzogen, und dazwischen wuchs eine üppige Vegetation. Am Ende des Tals erstreckte sich weitläufig die in graublaues Licht getauchte Hauptstadt Duptinat, die leicht an den vielen Türmen der Tempel erkennbar war. Sie wurde von einem Palast mit neun eleganten Türmen beherrscht, wahrscheinlich dem Regierungssitz des Herrschers. Auf der einen Seite wurde sie von dem Gebirge begrenzt, während sie sich auf der anderen Seite, so weit das Auge reichte, ausdehnte.

Tixu betrachtete lange das Ballett der Luftfahrzeuge: Ovalibusse, die leise brummend Duptinat überflogen und an verschiedenen Stellen wie große Hummeln auf Blüten landeten, wo die Passagiere auf in der Luft schwebenden Flugsteigen ausstiegen oder an Bord gingen. Andere, schwerere Fluggeräte hoben in Steigröhren, die wie Fabrikschornsteine aussahen, ab und flogen fernen Zielen entgegen, bis sie am Himmel nur noch glänzende Punkte waren, ehe sie von den Wolken verschluckt wurden.

Langsam ließen seine Kopfschmerzen nach, und das Zusammenspiel von Geist und Körper funktionierte wieder besser. Er stand auf und ging ein paar Schritte, um sich die Beine zu vertreten. Diese spärlichen, ungelenken Bewegungen lösten unter den in der Nähe grasenden Tieren leichte Panik aus. Sie blähten ihre Nüstern, schnaubten, und begannen laut zu muhen, ihre Stimmen klangen ängstlich und zugleich bedrohlich. Dann scharrten sie mit den Vorderhufen und liefen auf Tixu zu. Tixu blieb stehen. Dieser geballten Kraft hatte er nichts entgegenzusetzen. Solange er im Gras gelegen hatte, hatten sie sich nicht bedroht gefühlt, aber jetzt, stehend, war er zu einer Gefahr geworden. Lange Minuten blieb er so stehen, bis sich die Tiere wieder beruhigt und an seine Anwesenheit gewöhnt hatten. Dann schlängelte er sich vorsichtig zwischen ihren mächtigen Körpern hindurch und ging zu der Hütte inmitten der umfriedeten Weide. Er stieß die niedrige Tür auf und trat ein. Darin stand nur eine an der Wand befestigte Bank, und es stank bestialisch nach Stall und Jauche. Trotz des üblen Gestanks setzte er sich auf die Bank, lehnte sich an die Wand, schloss die Augen und wartete, bis er sich besser fühlte.

In diesem Moment spürte er in seinem tiefsten Inneren, wie der Ton von ihm Besitz ergriff, diese wachsame Feuerschlange, die jederzeit bereit war, zuzuschlagen. Dieses Antra, das die fiebernde Aphykit ihm geschenkt hatte, vibrierte leise in ihm und errichtete auf diese Weise ein ständiges Schutzschild. So wie die Steinmauern das Steinhaus schützten, schmiedete das Antra eine Rüstung um seinen Geist und beschützte seine aufkeimenden Gedanken. Im Unterbewussten, dort wo der Verstand sich nie hinwagte, hatte die Stimme des Lebens eine uneinnehmbare Festung errichtet, in die kein Feind – auch in Gedanken – mehr eindringen konnte.

Und dieses beruhigende Gefühl – Tixu hatte keineswegs diese grausame mentale Attacke der grün gekleideten Kreatur auf Zwei-Jahreszeiten vergessen – verwirrte ihn anfangs. Er nahm das Antra als etwas Fremdes in sich wahr, das er am liebsten von sich gestoßen hätte. Aber seine Versuche blieben fruchtlos, denn das Summen vibrierte ständig in ihm weiter. Also tolerierte er es, auch wenn er nicht wusste, wie er es nutzen konnte. Nach diesen Überlegungen schweiften seine Gedanken unweigerlich zu Aphykit, und eine unendliche Sehnsucht nach dieser Frau erfüllte ihn.

Er hatte sie umarmt, und sie, sie hatte ihm trotz ihres geschwächten Zustands das kostbare Geschenk, dieses Antra, gemacht. Also muss ich ihr etwas bedeuten, dachte Tixu. Aber dieser arrogante Krieger des Ordens der Absolution hat sie mitgenommen, und dieser Mann ist mir in fast allem überlegen. Und mein Plan, so schnell wie möglich nach Selp Dik zu gelangen, ist wahrscheinlich utopisch. Außerdem habe ich keine Ahnung, was ich dort tun soll, wenn ich erst einmal angekommen bin. Doch eine andere Möglichkeit sehe ich nicht. Hatte Long-Shu Pae nicht gesagt: *Sollte es Ihr Schicksal sein, sie wiederzusehen, werden Sie sie wiedersehen* ... Ich muss diesen Weg zu Ende gehen, alle Risiken eingehen, auch wenn das alles mit einer schrecklichen Enttäuschung endet.

Kurz darauf ging er aus der Hütte, schritt über die Weide und verließ sie durch ein Gatter aus Holz. Plötzlich hörte er hinter sich eine tiefe Stimme. Er drehte sich um und stand vor einem riesigen Mann. Der Mann hatte wirres graues Haar und einen zotteligen Bart und sprach eine Sprache, von der Tixu kein Wort verstand. Er trug einen langen schwarzen Wollmantel, der über seine Lederstiefel fiel. Auf seinem Kopf saß seine spitze grüne Mütze, deren umgestülpten Rand er tief in die Stirn gezogen hatte, fast bis über seine buschigen Augenbrauen. Seine imposante Statur und seine tiefe Stimme waren beeindruckend, aber aus seinen blassblauen Augen strahlte er Tixu freundlich und neugierig an.

Tixu zuckte mit den Schultern und deutete mit dem Zeigefinger auf seinen Mund. »Ich spreche Ihre Sprache nicht«, artikulierte er langsam, als spräche er zu einem Kind. »Ich bin kein Marquisatiner ...«

Der Riese lachte laut. »Geben Sie sich keine Mühe, junger Mann. Man könnte meinen, Sie reden mit einem geistig Behinderten. Schon seit langem sind alle Marquisatiner, auch die Leute vom Land, zweisprachig. Uns allen ist das interplanetarische Nafle geläufig ... Ich habe Ihnen nur gesagt, dass Sie meine Bovinen erschreckt haben. Sehen Sie, die Tiere grasen nicht mehr.«

»Entschuldigen Sie«, stammelte Tixu, »aber ... hm ... das wollte ich nicht ... Ich habe solche Tiere noch nie gesehen.«

Wieder lachte der Riese laut und ließ dabei kräftige, leicht gelbe Zähne sehen.

»Die Bovinen, das ist eine Rinderrasse, die auf dem Planeten Marquisat gezüchtet wird. Aus welcher Welt kommen Sie?«

Tixu zögerte, eher er auf die unter ihnen liegende Stadt deutete: »Von da.«

Dem Riesen war das unmerkliche Zögern nicht entgangen. Er runzelte die Stirn und sagte dann: »Hm, ich habe den Eindruck, dass Sie nicht allzu viel über sich preisgeben wollen, mein Freund ... Doch diese Vorsicht, die man früher als eine geradezu beleidigende Unhöflichkeit angesehen hätte, ist in diesen unsicheren Zeiten wahrscheinlich gerechtfertigt ... Jetzt sind ja sogar unsere geheimsten Gedanken nicht mehr in unseren Köpfen sicher, da ist es besser, wenn man auf der Hut ist ... denn man muss schon bei Kleinigkeiten auf der Hut sein ... also gut. Sie sind wahrscheinlich mit Hilfe einer dieser Reisemaschinen, die einen in Tausende von Teilchen aufspalten und hinterher wieder zusammensetzen, auf meiner Weide gelandet?«

»Ja, das heißt, ich ...«, stotterte Tixu.

»Lassen Sie nur, ich will Sie nicht weiter quälen und ausfragen«, unterbrach ihn der Riese liebenswürdig. »Schließlich geht es nur Sie etwas an, warum Sie hierher gereist sind. Erlauben Sie mir nur, Ihnen einen Rat zu geben: Sollten Ihre Vorhaben – sagen wir mal – nicht redlich sein, müssen Sie sich vor den mentalen Inquisitoren in Acht nehmen. Erst vor Kurzem haben sie unseren Planeten überfallen, aber durch ihr geistiges Ausforschen haben sie bereits das gesamte Widerstandsnetz zerschlagen ... Was ich Ihnen gesagt habe, könnte mir viel Ärger einbringen ... Auf allen Plätzen in Duptinat errichten sie diese Feuerkreuze, die schrecklichsten Folterinstrumente, die ich je gesehen habe. Und alle Tempel werden auf Befehl des Kardinals der neuen offiziellen Religion, den Kreuzianismus, zerstört ... So sieht es momentan aus. Sie lernen unsere Welt nicht zu ihren besten Zeiten kennen, junger Freund. Aber kommen Sie! Auch wenn es uns momentan nicht sehr gut geht, wollen wir doch nicht unsere guten Bräuche vergessen, meinen Sie nicht? Die Gastfreundschaft hat eine lange Tradition bei uns. Seien Sie mein Gast und teilen Sie meine erste bescheidene Mahlzeit des Tages zur Begrüßung des Silberkönigs.«

Ohne auf Tixus Anwort zu warten, marschierte der Riese auf eine Kate, kaum größer als das Haus, zu, die auf der Kuppe eines nahe gelegenen Hügels stand. Tixu folgte ihm zögernd und war fest entschlossen, weiterhin auf der Hut zu sein.

Das graue Licht des frühen Morgens drang nur spärlich durch die schmalen Fenster in das rustikale Häuschen. Dessen Einrichtung war bescheiden. Sie bestand aus einem Tisch, drei alten Stühlen mit geflochtenen Sitzen und einem gemauerten Büfett mit in die Wand eingelassenen Regalen. Auch hier roch es streng, wahrscheinlich kam der Geruch von den Decken aus schwarzer Wolle, die gefaltet auf einer Eckbank lagen.

Das einfache Mahl bestand hauptsächlich aus Bovinenkäse und schwarzem köstlichen Brot.

»Der beste Käse ist der, der am strengsten riecht!«, behauptete der Riese.

Große Holzschalen dienten als Teller. Die Messer und Gabeln, die Tixus Gastgeber auf den Tisch legte, hätten dringend gespült werden müssen. Diese verwahrloste Behausung erinnerte den Oranger an Moao Ambas Kaschemme am Fluss auf Zwei-Jahreszeiten. Er hatte das Gefühl, die Welt der Sadumbas vor Jahren verlassen zu haben, doch er war erst vor drei Tagen von dort abgereist. Vor drei Tagen war er wie durch ein Wunder den Riesenechsen entkommen, hatte Malinoë ihn mit dem Fett geheilt und ihr Mann, der sadumbische Ima des Tiefen Waldes, Kacho Marum, ihm erlaubt, das Wasser der Unbesiegbarkeit zu trinken ... Drei Tage waren vergangen, in denen er im Schnelldurchlauf gleich mehrere Leben durchlebt hatte, so als hätte er versucht, all die Jahre der Trägheit auf einmal zu kompensieren.

»Kennen Sie jemanden in Duptinat?«, fragte der Riese und biss in eine große Scheibe Brot.

»Nein«, antwortete Tixu.

»Und wissen Sie, wohin?«

»Ich suche jemanden ...«, wagte sich Tixu vor. »Ich habe seinen Namen und kenne seine Adresse, aber ich weiß nicht, ob ich ihn finde, denn diese Angaben sind bereits fünfzehn Jahre alt.«

»Und wenn Sie ihn nicht finden, was wollen Sie dann machen?«, forschte der Riese weiter.

»Das weiß ich nicht ... Darüber habe ich noch nicht nachgedacht. Ich hatte bisher keine Zeit dazu ...«

»Haben Sie Geld?«

»Nein ...«

Der Riese stützte die Ellbogen auf den Tisch und bettete sein Kinn auf die verschränkten Hände. Er dachte nach.

»Da Sie kein besonders vorausschauender Reisender zu sein scheinen«, sagte er schließlich, »mache ich Ihnen einen Vorschlag. In einer Stunde können Sie in die Stadt gehen und mit Ihren Nachforschungen beginnen. Die Außenbezirke Duptinats sind nicht weit von hier entfernt. Nach einer Dreiviertelstunde Fußmarsch kommen sie zu den ersten Ovalibus-Haltestellen. Es ist sicherer, die öffentlichen Transportmittel zu benutzen, sie kosten nichts, und die Stadt ist sehr weitläufig. Das ist Ihnen sicher schon aufgefallen. Sollten Ihre Recherchen ergebnislos bleiben, können Sie hier bei mir übernachten. Ich habe Ihnen zwar nur einen Platz in meinem einfachen Haus anzubieten, aber Sie haben ein Dach über dem Kopf und etwas zu essen. Ich mache Ihnen ein Bett, und Sie können sich im nahe gelegenen Bach waschen. Dann müssen Sie nicht durch die Stadt streunen, was unweigerlich die Aufmerksamkeit der Polizei auf Sie lenken würde ... Hier haben Sie einen Zufluchtsort ... Was halten Sie davon?«

Tixu sah seinem Gastgeber in die Augen. Er konnte darin nichts Falsches entdecken.

»Ich weiß nicht, ob ich Ihr Angebot annehmen kann«, wandte er ein. »Ich möchte Ihnen keine Umstände oder sogar Ärger machen ...«

Das Lachen des Riesen war überzeugender als jede Antwort. Er rammte sein Messer in die raue Oberfläche des Tischs.

»Verdammt noch mal! Mir Umstände machen, mein Freund?«, rief er. »Ich bin glücklich, endlich einmal Gesellschaft zu haben. Meine Bovinen sind nicht sehr gesprächig. Und dann – jetzt kann ich es Ihnen verraten – dann sagt mir mein Instinkt, dass Sie jemand sind, dem ich vertrauen kann ... Und ich verlasse mich nur auf meinen Instinkt ... Auf was sonst könnte ich mich verlassen?«

»Wenn das so ist, dann bedanke ich mich für Ihre Einladung, und ich nehme sie gerne an«, sagte Tixu gerührt.

»Recht so! Ich bin Stanislav Nolustrist, Dichter und Hirte. Aber meine Freunde nennen mich Stanis oder Stan ...«

»Hm ... Bilo ... Bilo Maïtrelly«, log der Oranger, ohne zu wissen warum.

Vielleicht hatte ihn die Atmosphäre des Misstrauens auf diesem Planeten, von der der Riese gesprochen hatte, bereits infiziert.

Tixu nahm den steinigen Pfad zu Füßen des Gebirges – den Échine de la Marquise, wie Stanislav Nolustrist ihm gesagt hatte – und erreichte bald einen der Außenbezirke Duptinats. Da stand der Silberkönig bereits hoch am Himmel. Seine runde grau glänzende Scheibe hatte die Morgennebel aufgelöst.

Tixu spürte sofort, dass in der marquinatischen Hauptstadt irgendetwas nicht stimmte, eine tiefe Angst hatte die Stadt ergriffen. Sie beherrschte alle Hauptstraßen und auch die kleinen finsteren Gassen. Die wenigen Fußgänger, deren Weg er kreuzte, eilten dicht an die Wände der Häuser gedrängt an ihm vorbei. Sie trugen weit geschnittene Wollmäntel und verbargen ihre Gesichter hinter den hochgestellten Kragen, bunten Schals oder Hauben mit Sehschlitzen. Vor den meisten der achteckigen Fenster der grauen Häuser waren die Läden heruntergelassen.

Der Hirte hatte darauf bestanden, Tixu etwas Geld zu geben.

»Sie brauchen neue Kleidung, Ihre ist blutbefleckt und viel zu leicht. Sie würden sich erkälten, denn wir haben hier Herbst, und der Silberkönig hat kaum noch Kraft.«

Stanislav Nolustrist hatte recht: Es war kühl. Also kleidete sich der Oranger in dem ersten Geschäft auf seinem Weg neu ein. Er kaufte eine gefütterte blaue Wolljacke und eine schwarze Samthose, die er sofort in der Umkleidekabine anzog. Dann fragte er die Verkäuferin – eine schöne Frau mit üppigem blonden Haar –, ob sie die Straße der heiligen Goldschmiedekunst kenne. Sie antwortete ihm freundlich, dass er an einer Haltestelle den städtischen Ovalibus nehmen müsse, den er an einem violetten Dreieck an der automatischen Fahrerkabine erkennen könne, und dann müsse er am Jatchaï-Wortling-Platz aussteigen, der leider bald umbenannt werden würde.

»Jedenfalls heißt er jetzt noch so ... Dann ist es ganz einfach, denn die Straße der heiligen Goldschmiedekunst geht direkt von diesem Platz ab. Sind Sie Tourist? Es gibt einige Sehenswürdigkeiten in Duptinat, die ich Ihnen empfehlen ...«

Doch Tixu unterbrach sie mit einer knappen Geste, bedankte sich, zahlte und ging. Er fand schnell eine Haltestelle, eine Art Podest, das dreißig Meter über einer breiten, von Bäumen mit gelben Blättern gesäumten Allee schwebte. Er stieg in den Aufzug, dessen Türen sich nach Betreten automatisch schlossen.

Am späten Vormittag warteten nur wenige Fahrgäste auf den Ovalibus: zwei hübsche junge Frauen in eleganten Kapuzenmänteln tuschelten miteinander, ein weißhaariger alter Mann, der ganz in Gedanken versunken zu sein schien, und ein Grüppchen Kinder in Begleitung zweier Jugendlicher.

In dem Viertel unter der Plattform war es seltsam ruhig. Die fast bedrohlich wirkende Stille wurde nur vom fröhlichen Gesang einiger Vögel unterbrochen.

Die Fahrgäste mussten eine gute Viertelstunde warten, ehe der Ovalibus durch ein leises Brummen sein Kommen ankündigte. Er war etwas zwölf Meter lang und glich einem großen, glänzenden, durchsichtigen Ei. Vorne saß ein kubischer Robotomat, dessen mechanische Finger auf einer Tastatur die jeweiligen Lande- und Abflugmanöver programmierten.

Die untere Schleusenkammer öffnete sich mit einem leisen Zischen. Tixu hatte keine Zeit, um nach dem violetten Dreieck Ausschau zu halten. Er stieg ein und fragte die beiden jungen Frauen, ob dieser Ovalibus in die richtige Richtung fahre. Sie sahen ihn entsetzt an, als säßen sie einem Psychopathen gegenüber. Dann begriff eine von ihnen, dass der Fremde nur eine Auskunft von ihnen wollte. Also erklärte sie ihm, dass er an der Kreuzung Sisotöre umsteigen und den Bus in Richtung Rund-Haus nehmen müsse.

»Die Sisotöre sind Leute, die Sisoten herstellen. Das sind

Puppen mit Stimmbedienung ...«, fügte die andere junge Frau hinzu, wohl um den schlechten Eindruck, den ihre erste Reaktion hinterlassen hatte, wieder wettzumachen.

Danach hüllten sie sich in Schweigen. Der Ovalibus überflog langsam Duptinat, sodass Tixu etwas Zeit hatte, die Stadt aus der Luft zu betrachten. Er bewunderte die schlanken, reich verzierten Turmspitzen, die in den Himmel emporragten. Die majestätischen Türme des Runden Hauses wirkten besonders imposant. Doch ansonsten fand er das Stadtbild monoton und fantasielos. Die Häuser glichen sich alle mehr oder weniger, mit ihren graublauen Runddächern über einem grauen Kubus. Ihre Höhe überschritt nie fünf Etagen, so als wären sie alle nach demselben Plan errichtet worden. Allein die reich bemalten oder verzierten Klappläden und die schmiedeeisernen Balkone verrieten eine gewisse Originalität. Die Hauptstraßen waren breit und schnurgerade, sie strebten achteckigen Plätzen zu. Dazwischen gab es schmale, gewundene Gassen mit kleinen Geschäften, vor denen Fußgänger flanierten. Tixu fiel ebenfalls auf, dass sich die verschiedenen Sparten des Handels jeweils in bestimmten Vierteln angesiedelt hatten.

Jetzt überflog der Ovalibus eine Ansammlung riesiger rechteckiger Behälter, die mit färbenden Leuchtwellen gefüllt waren, in denen Männer und Frauen arbeiteten. Sie standen bis zu den Knien in elektrisch geladenen Emulsionen und tauchten Stoffbahnen hinein, die sofort lebhafte Farben annahmen. Diese Arbeit konnte von den Robotomaten nicht erledigt werden, denn es gehörte künstlerisches Einfühlungsvermögen dazu, wollte man schöne Muster erzeugen.

Das Pendelfluggerät hielt öfters, und andere Passagiere

stiegen zu. Bei jedem Halt warf Tixu den beiden Frauen einen fragenden Blick zu, doch sie schüttelten immer den Kopf.

Schließlich flüsterte eine ihm zu: »Bei der nächsten Station müssen Sie aussteigen. Und achten Sie auf das violette Dreieck ...«

Erst jetzt schienen sie sich zu entspannen. Sie lächelten und sahen aus, als wäre eine schwere Bürde von ihnen genommen worden.

Tixu stieg also beim nächsten Halt aus. Dort bekam er einen Schock: Unter den verdrießlich blickenden Fahrgästen entdeckte er die Gestalt eines Mannes im schwarzen Kapuzenmantel. Ein Scaythe vom Planeten Hyponeros!

Sein Herz begann heftig zu schlagen, und sein Magen krampfte sich zusammen. Sofort musste er an den widerlich glitschigen, eiskalten Tentakel denken, der in seinen Kopf eingedrungen war. Doch im selben Moment wurden die Vibrationen des Antras größer und errichteten eine mentale Sperre um sein Denken. Seine Panik ebbte sofort ab, und er konnte mühelos seine innere Ruhe bewahren. Und noch etwas geschah. Es war, als würde das Antra ihn nicht nur beschützen, sondern ihm auch die Augen öffnen. Plötzlich sah er die anderen Fahrgäste wie sie wirklich waren und nicht als die, die sie vorgaben zu sein. Und er erkannte, dass sie an diesem Zwiespalt zu zerbrechen drohten. Sie strebten ein Ideal an, das sie niemals erreichen würden, doch auf der anderen Seite fürchteten sie sich davor, sich selbst in die Augen zu schauen. Also waren sie zwangsläufig zwischen zwei Welten gefangen, zwischen der geistigen und der materiellen Welt, ohne jemals die eine oder die andere ganz erforschen zu können. Sie hatten vergessen, dass sie menschliche Wesen waren, die sich sowohl in geistige Höhen aufschwingen, als sich auch mit Genuss ihren sinnlichen Begierden hingeben konnten.

Die Anwesenheit des Kapuzenmanns in Schwarz erfüllte sie mit Entsetzen, denn sie hatten bereits Demonstrationen der zerstörerischen mentalen Kräfte der Scaythen erlebt, denen ihre Gehirne schutzlos ausgeliefert waren. In ihren Köpfen herrschte jetzt Angst und Verwirrung.

Tixu merkte, dass der Scaythe ungeniert die Gedanken der Umstehenden ausspionierte. Doch als er den Geist des Orangers vergewaltigen wollte, stieß der Inquisitor auf die von dem Antra errichteten Barriere. Der Scaythe gab nicht auf, er wollte um jeden Preis in diesem verschlossenen menschlichen Buch lesen. Und Tixu spürte zunächst die Überraschung und dann die Verärgerung seines unverschämten Inquisitors.

Der Ovalibus überflog den Jatchaï-Wortling-Platz, eine riesige achteckige, mit leuchtenden Mosaiken gepflasterte Fläche. Die Mosaike stellten die Planeten der Konföderation von Naflin dar. In der Mitte des Platzes thronte, von einer purpurfarbenen und goldenen, mit weißen Blüten gesprenkelten Hecke umgeben, die Statue Jatchaï Wortlings. Er war der Gründer der Dynastie der Wort-Mahort, und Erbauer des Runden Hauses mit seinen neun Türmen, die ihre langen Schatten jetzt über die benachbarten Gebäude warfen. Das antike, schon vor dreizehn Jahrhunderten dort errichtete Standbild war ein Wunder, weil es trotz der vielen Reparaturen noch immer sein Gleichgewicht bewahrte, obwohl es, wie Tixu fand, so aussah, als würde es gleich in sich zusammenstürzen.

Nicht weit von der Statue entfernt entdeckte Tixu etwas Ungewöhnliches: ein transparentes Rad, in dem sich ein nackter Gekreuzigter wand. Die vielen Passanten auf dem Platz schritten gesenkten Kopfes vorüber und vermieden es geflissentlich, einen Blick auf das Rad zu werfen.

Tixu war froh, als er aus dem Ovalibus steigen und damit endlich den wiederholten Attacken des Scaythen entgehen konnte, der sich zunehmend über den Widerstand seines Opfers ärgerte.

Nachdem er die Aufzugsröhre verlassen hatte, ging er zum Jatchaï-Wortling-Platz, ein sehr belebtes Viertel. Er hatte noch immer kalte Füße, denn sein leichtes Schuhwerk bot kaum Schutz gegen die Kälte. Weit brauchte er nicht zu gehen, am Rand des Platzes hatten ambulante Händler ihre Stände aufgebaut. Also kaufte er bei einem gut gelaunten jungen Mann ein Paar Stiefel mit langem Schaft, die der Händler als unverwüstlich anpries und als derart bequem, dass manche Kunden sogar vergäßen, sie zum Schlafen auszuziehen.

Dann ging Tixu, neugierig geworden, in Richtung des transparenten Rades. Je mehr er sich dem Rad näherte, umso mehr Menschen mit einem erschüttertem Gesichtsausdruck kamen ihm entgegen, einige Frauen weinten und die Männer wirkten verstört ...

Eine Frau war dort an den Pranger gestellt, und ihr schmerzverzerrtes Gesicht und ihr geschundener Körper verrieten die unendlichen Qualen, die sie hatte erleiden müssen und noch immer erlitt. Trotz dieser sie entstellenden Torturen konnte man erahnen, dass sie einmal eine große Schönheit gewesen sein musste. Auf dem Sockel unter dem Rad verkündete ein holografisches laufendes Schriftband in goldenen Lettern:

Die Kirche des Kreuzes bestraft alle mit dem langsamen Feuertod, die gegen das Einzige Göttliche Gesetz oder die

Befehle der heiligen Missionare verstoßen ... Dame Armina Wortling, Gattin des verstorbenen Seigneurs Abasky Wortling, hat der Fleischeslust nachgegeben und gesündigt und somit wider uraltes planetarisches Brauchtum verstoßen, laut Entscheids des Kardinals Rahouin de Brussel, oberster Stellvertreter Seiner Heiligkeit, des Muffis Barrofill XXIV. auf dem Planeten Marquisat.

Die Augen der Gemarterten sahen Tixu an. Er glaubte, ein Flehen in ihnen zu erkennen, ihr Martyrium zu beenden. Doch sie waren tränenleer. Die Qualen der armen Frau waren so entsetzlich, dass sie nicht mehr weinen konnte und der Schmerz sie in einen Abgrund zog, wo der Verstand sie zu verlassen drohte.

Tixu wandte sich angewidert von dem unwürdigen Spektakel ab und ballte zornig die Fäuste. Er machte sich wieder auf die Suche nach dem Goldschmied.

In der Straße der heiligen Goldschmiedekunst reihten sich auf beiden Seiten Läden, Boutiquen und Werkstätten mit kunstvollen barocken Aushängeschildern aneinander. Über den Häusern sah der Oranger in Hologrammschrift eine Bekanntmachung der interplanetarischen Polizei, der Interlice. Die Ordnungshüter informierten die Goldschmiede, dass alle Tempel der marquisatinischen Theogonie zerstört würden und die Goldschmiede somit ihre Arbeit an ihnen einstellen müssten. Laut ethischem Verhaltenskodex ihrer Gilde dürften sie jetzt nur noch Arbeiten ausführen, die zur Ausschmückung der Tempel erlaubter Kulte gelte und das nur auf ausdrückliche Bestellung von deren Anhängern oder Priestern.

Die Männer hatten sich in kleinen Gruppen vor ihren Geschäften versammelt und diskutierten diese neue Verordnung. Ihre schönsten Stücke hatten sie in ihren Schaufenstern ausgestellt: mit Edelsteinen verzierte Statuetten, Gemmen, heilige Schmuckstücke, Kandelaber mit drei, fünf oder sieben Armen, elegante Kerzenständer aus rosafarbenem Optalium, muschelförmige Weihrauchgefäße ...

Tixu kamen im Vorübergehen Gesprächsfetzen zu Ohren. Die Juweliere fragten sich, ob diese neue Kirche des Kreuzes ihnen genügend Aufträge gebe und ob sie nicht besser sofort aus ihrer Gilde austreten sollten, um nicht länger an den ethischen Verhaltenskodex gebunden zu sein.

Die Straße der heiligen Goldschmiedekunst war eine der ältesten der Stadt. Es hieß sogar, sie habe bereits vor dem naflinischen Zeitalter existiert. Zwischen ihrem holprigen Kopfsteinpflaster spross Unkraut. Die aneinandergebauten Häuser waren so alt, dass sie sich gegenseitig zu stützen schienen. Unter den spitz zulaufenden Giebeldächern standen in kunstvollen Lettern die Namen der Eigentümer der Werkstätten geschrieben.

Tixu hatte fast die gesamte Länge der Straße abgeschritten, und wurde dabei von den misstrauischen Blicken der Goldschmiede verfolgt. Er wusste, dass er von diesen Männern nichts erfahren würde, denn seit einigen Tagen wurden Fremde in Duptinat mit Argwohn betrachtet, vor allem, wenn ein Fremder auch noch direkt vor ihren Türen herumschlich und womöglich Böses im Sinn hatte. Der blitzartige Überfall auf ihren Planeten hatte zu einem praktisch totalen Berufsverbot ihres alteingesessenen Standes geführt und ermunterte sie sicherlich nicht, mit einem Ausländer zu schwatzen. Und da sie nun nicht einmal mehr Herr ihrer eigenen Gedanken waren, fürchteten sie ihnen unbekannte Menschen wie die nukleare Pest.

Geofo Anidoll. Goldschmiedemeister, Vertragswerkstatt der heiligen Gilde.

Endlich hatte er am Ende der Straße das Schild des alten Freundes des Ritters Long-Shu Pae entdeckt. Sein Geschäft lag an einem kleinen Platz, in den mehrere Gassen mündeten. Der Name des Goldschmieds prunkte in goldenen Buchstaben auf schwarzem Grund unter dem Dach des zweistöckigen Hauses. Die Werkstatt war geschlossen, wie die über dem Schaufenster heruntergelassenen Läden vermuten ließen.

Tixu fiel ein alter Mann mit langem weißem Haar auf, der die gleiche grüne Mütze wie der Hirte trug. Er stand in der halb offenstehenden Tür des Nachbarhauses und beobachtete den Oranger argwöhnisch.

»Was wollen Sie?«, fragte der alte Mann mürrisch.

»Ich möchte Geofo Anidoll sprechen«, antwortete Tixu und setzte sein freundlichstes Lächeln auf.

»Sie sind nicht von hier, wie? Was wollen Sie von ihm?«, fragte der Alte misstrauisch.

»Einer seiner alten Freunde schickt mich«, sagte Tixu.

»Hm, hm ... Jedenfalls ist er im Moment nicht da«, murmelte der Greis mit fast zahnlosem Mund. »Er kommt erst in einer Woche wieder. Adieu!«

Noch ehe Tixu eine weitere Frage stellen konnte, hatte der alte Duptinater die Tür hinter sich geschlossen. Angst regierte die Stadt und machte es Tixu schwer. Es hätte keinen Zweck, von diesem unfreundlichen Nachbar Näheres erfahren zu wollen. Er hatte geglaubt, dass der Transfer nach Selp Dik nur ein paar Stunden dauern würde, aber nun war er gezwungen, sieben, acht Tage oder noch länger auf Marquisat zu bleiben ..., so weit von Aphykit entfernt ...

Tixu verdrängte seine Enttäuschung und nahm sich vor, eine neue Lösung für sein Problem zu finden. Vielleicht könnte er später notfalls auf den alten Deremat Geofo Anidolls zurückgreifen. Er beschloss, zur Kate des Hirten zurückzukehren, um dort in Ruhe nachzudenken.

Stanislav Nolustrist stand in dem kleinen Hof seiner Behausung und striegelte geradezu andächtig eines seiner Bovinen. Als er seinen Gast kommen sah, begrüßte er ihn mit herzlichem Lachen.

»Ich glaubte schon, Sie nie wiederzusehen, junger Freund, denn ich dachte, Sie würden eine kleine Reise ins Universum unternehmen ... Trotzdem habe ich Ihnen ein Bett gemacht, für den Fall, dass ... Jedenfalls sind Sie jetzt ordentlich gekleidet, wie ein richtiger Marquisatiner. Man kann kaum noch einen Unterschied erkennen.«

»O doch«, klagte Tixu im Näherkommen. »Ihre Landsleute meiden mich.«

»Haben Sie den Gesuchten nicht gefunden?«

»Sein Haus habe ich gefunden. Aber er wird dort erst wieder in acht Tagen anzutreffen sein ...« Er streichelte geistesabwesend das Fell des Tiers, ehe er hinzufügte: »Und so lange kann ich nicht warten ... Das Geld, das Sie mir geliehen haben, ich ...«

Der Hirte unterbrach ihn mit einer Geste und beugte sich wieder über das verfilzte schwarze Fell des Bovinen.

»Die Menschen werden wirklich terrorisiert«, murmelte Tixu.

»Wie sollte es auch anders sein«, sagte Stanislav Nolustrist und seufzte, während er das Striegeln unterbrach. »Die Mahort-Phalanx, die Elitetruppe der Herrscherfamilie Wortling, wurde innerhalb weniger Minuten von den

Syracusern und ihren Verbündeten ausgelöscht ... Außerdem haben die Eindringlinge alle privaten und öffentlichen Deremats beschlagnahmt. Deshalb konnten sie alle Aufstände in den Provinzen sofort im Keim ersticken, vor allem die in der nördlichen Hemisphäre. Sie scheuen weder vor Massenmorden noch vor diesen schrecklichen Exekutionen am Kreuz des Feuers zurück, also fühlen sich die Marquisatiner, als säßen sie in der Falle. Und verdammt, sie sitzen in der Falle! Aber so musste es ja früher oder später kommen. Die Sterne des Himmels kündeten unheilvolle Zeiten an. Aber wer wirft heutzutage noch einen Blick in den Himmel?«

Tixu verbrachte den größten Teil des Nachmittags mit Nachdenken. Er saß auf dem provisorischen Bett, das der Hirte ihm hergerichtet hatte. Die Kate bestand aus einem einzigen Raum. Er kam mit seinen angestrengten Überlegungen nicht weiter, und fühlte sich, angesichts der vielen Hindernisse, die sich ihm auf seiner Suche nach Aphykit in den Weg stellten, ziemlich entmutigt. Die Syracuserin entglitt ihm wie ein Traumwesen. Er zweifelte an allem; sie berührt, sie in den Armen gehalten, ihren süßen Atem getrunken zu haben ...

Nach einer Weile war er seiner ergebnislosen Überlegungen müde und konzentrierte sich instinktiv auf das Murmeln dieser Quelle, die noch immer in seinem Innern widerhallte ... Das Antra, das stumme Plätschern, die Melodie des Lebens erfüllte den Oranger ganz und gar, sodass für oberflächliche Gedanken kein Platz mehr blieb – es schuf eine vollkommene Leere und gleichzeitig versetzte es ihn in einen Zustand nahezu vollendeter Glückseligkeit.

Tixu fragte sich flüchtig, ob er Aphykits Geschenk auf

diese Weise nutzen dürfe, ob er nicht gegen die Regeln verstoße? Und wenn er es täte, ob sich das Antra in ihm auf irgendeine Weise rächen würde? Er konnte diese Fragen nicht beantworten, deshalb gab er sich einfach diesem nie gekannten wohligen Gefühl in seinem Innern hin, das ihn seine Umgebung vollkommen vergessen ließ. Er reiste mittels des Klangs und erreichte das Gestade einer tiefen, unveränderlichen Stille, die ihn an den fast greifbaren Frieden des Waldes auf Zwei-Jahreszeiten erinnerte.

Dann erschienen inmitten dieser Stille Bilder aus seiner Vergangenheit, die trotz all der Jahre von großer Klarheit waren – aber bedeutete die Zeit in diesen Dimensionen noch etwas? Er sah alles wie in einem Film, Ausschnitte aus seiner Kindheit und Jugend bis hin zum Beginn seiner Tätigkeit auf Zwei-Jahreszeiten.

Er ist erst sechs, als seine Mutter bei einem Unfall mit einer Taxikugel stirbt. Dieser plötzliche Tod versetzt ihn zehn Jahre lang in einen solchen Schockzustand, dass er sich für nichts mehr interessiert. Sein Verhalten bringt seinen Onkel zur Verzweiflung. Er hat ihn aufgenommen und weiß sich nicht anders zu helfen, um dieses Kind aus seiner Lethargie zu holen, als es mit gnadenloser Strenge zu erziehen. Die einzig angenehme Erinnerung an jene Jahre ist der Garten Phaucilles der Prächtigen in Vieulinn – eine riesige, betörend schöne Anlage mit wild wachsenden Bäumen, Büschen und Blumen, voller wunderbarer Farben und Düfte ...

Er sieht sich wieder, wie er – noch nicht volljährig – heimlich das Haus seines Onkels verlässt, denn er kann dessen rigide Haltung nicht länger ertragen. Die Nacht senkt sich über Phaucille, und er hat wahllos ein paar Sachen in seine Reisetasche gepackt. Er öffnet leise die Tür, huscht über den Flur, geht die Steintreppe hinunter, durchquert die Halle – und ist draußen. Er ist frei.

Straßenhändler, die von Ort zu Ort reisen, nehmen ihn auf ihren antiquierten Fahrzeugen mit, und er hilft ihnen beim Aus- und Einpacken ihrer Waren, um seine Reise zu bezahlen. So lernt er viele entlegene und beeindruckende Provinzen seines Heimatplaneten kennen, die üppigen Außenbezirke Vieulinns, die Salzwüsten Massoys, die grünen Kanäle der Kleinen Nante, die blauen Berge Zelaüms ...

Er kommt nach Phille. Das ist die Hauptstadt der Provinz Jaunilee und das interkonföderale Zentrum der Textilindustrie. Jedes Gebäude und jede Mauer ist mit Stoffen bedeckt, die nach uralter Tradition mit der Hand gewebt wurden, ein üppiges, heiteres Farbenspiel für die Augen ...

Tixu ist jetzt siebzehn. Er arbeitet als »Hungerüberlister« und steht auf einer automatischen Plattform, auf der sich Speisen stapeln, die die Teppichwebermeister bestellt haben. Sitraëlle, seine Chefin, ist eine rundliche, immer strahlende Matrone, die es meisterhaft versteht, ihre Angestellten auszubeuten. Doch Tixu genießt das Leben und vergisst langsam seine freudlose Kindheit ...

Sitraëlle hat ihn wegen eines Betrugs, den er nicht begangen hat, vor die Tür gesetzt. Er muss aus Phille fliehen, denn die Handlanger seiner ehemaligen Chefin wollen ihm ans Leder. Warum? Er weiß es nicht mehr ... Er irrt von Stadt zu Stadt, immer auf der Suche nach Arbeit ... Manchmal schläft er mit leerem Magen auf der Landstraße, wenn tropische Regengüsse einsetzen und sich die Gräben in schlammige Sturzbäche verwandeln. Er springt heimlich auf Güterzüge, deren Schienen in der Luft hängen. Er entgeht den Kontrolle der Robotomaten, altertümliche Roboter, die leicht zu täuschen sind: Man muss nur eine alte Memodisk in den Schlitz ihres Plastrons stecken, dann legt ein Kurzschluss sie lahm ...

Eines Tages landet er in Boultoc, einer trostlosen Industriestadt im schwarzen Kontinent Maravel. Er ist Kellner in einem großen bürgerlichen Restaurant. Jetzt ist er volljährig. Und er bekommt aufs Neue Lust zu reisen, sich zu verändern. Der Planet Orange ist ihm zu klein geworden ... Und so sagt er sich, es wäre am besten, das Vergnügen mit der Arbeit zu verbinden und für eine Gesellschaft tätig zu sein, die den Transfer der Zellen praktiziert. Also macht er in einem der Reisebüros in Boultoc einen Eignungstest. Zu seiner großen Überraschung wird er von der InTra, der größten Transportgesellschaft des bekannten und unbekannten Universums, für ein einjähriges Praktikum ausgewählt.

Die InTra schickt ihn auf den Planeten Oursse, mehr als zweiundzwanzig Lichtjahre von Orange entfernt. Als er das Bewusstsein wiedererlangt, wundert er sich. Denn er ist nackt und hat eine entsetzliche Migräne wie alle anderen Praktikanten und Praktikantinnen, die mit ihm angekommen sind. Die einen schämen sich, die anderen lachen verlegen.

Das Hauptinteresse an dem eisig kalten Planeten Oursse bestehe aus touristischer Sicht in den ausgedehnten Wäldern und deren Fauna hatte der Personalberater in Boultoc Tixu erklärt. Aber er hatte vergessen hinzuzufügen, dass die dichten ourssischen Wälder völlig unzugänglich sind. Also müssen Tixu und seine Kollegen sich damit begnügen, Kurse zu absolvieren, bis zum Erbrechen interne Regeln auswendig zu lernen und sich in der Bedienung derart veralteter Deremats zu üben, dass die Praktikanten sich fragen, ob bei eventuellen Passagieren nicht irreparable zelluläre Schäden eintreten würden …

Gegen Ende des Praktikums lässt die Disziplin nach, und Tixu beginnt eine kurze Affäre mit einer jungen Issigorin, Babsée Obraillène. Mit ihr macht er erste amouröse Erfahrungen. Babsées Haut ist rau und fest, ihre Brüste sind winzig mit harten Spitzen, und ihr Mund schmeckt wie eine saure grüne Frucht.

Beziehungen zwischen Praktikanten sind strikt untersagt. Sollten die beiden erwischt werden, würden sie sofort ihre Arbeit verlieren. Also lieben sie sich ungeschickt und flüchtig an Orten, wo sie niemand sehen kann. Meistens draußen, unter Zwergkiefern, wo ein eisiger Wind ihre fiebrigen Küsse begleitet. Tixu hat keine Erfahrung, aber er ahnt, dass Babsée seine Liebeskünste eher erduldet als genießt – denn ihr Bauch ist ebenso eisig wie das Klima.

Die Praktikanten legen den Eid auf die Airain-Charta ab. Alle hohen Tiere der InTra haben sich zu diesem feierlichen Anlass eingefunden. Sie sind aber sichtlich gelangweilt. Dann teilt der Leiter des Praktikums Tixu seinen ersten Posten zu: auf Zwei-Jahreszeiten, ein Planet, von dem er noch nie gehört hat … Man versichert ihm, es herrsche dort ein sehr angenehmes, wenn auch etwas feuchtes Klima und es gebe interessante Aufstiegsmöglichkeiten …

Er hat noch Zeit, sich überstürzt von Babsée zu verabschieden und ihr seine Dankbarkeit durch eine heftige letzte Umarmung zu bezeugen. Dann wird er über interne Relaisstationen schnurstracks auf seinen Bestimmungsplaneten expediert.

Auf Zwei-Jahreszeiten wird er von dem Reisebüroangestellten, ein Platonier mit schwarzer Haut und krausem

Haar, der vorzeitig gealtert wirkt, mit einem müden Nicken und traurigem Lächeln begrüßt. Und dann erklärt der Mann dem immer noch nackten und unter der Zeitverschiebung leidenden Tixu kurz den Mechanismus des Deremats, zieht sich aus, wirft ihm seine dreckige stinkende Uniform ins Gesicht, verschwindet in dem Apparat und ward nicht mehr gesehen.

Der völlig verwirrte Tixu entsorgt die zerlumpte grüne Uniform in einem kleinen Brennofen und entdeckt in einem schimmeligen Wandschrank eine neue, aber feuchte Uniform, die er anzieht. Wenigstens ist er nicht mehr nackt und kann Kunden empfangen.

Das Kontrollbüro der Zone 1098-A übermittelt ihm per superflüssigem internen Autokanal den neuen Geheimcode der Dependance des Transfers und wünscht ihm viel Glück, nicht ohne ihn vor Unregelmäßigkeiten zu warnen, die innerhalb von zwei Tagen den Besuch eines Inspobots zur Folge hätten.

»Sie wohnen in der Pension Jurumba, in der Straße der Pioniere … Ihr Vorgänger, der Platonier Admar Coewa, hat gegen die Gesetze der Airain-Charta verstoßen und versucht nun zu fliehen. Aber der Inspobot kennt seine Koordinaten. Also wird er ihn uns bald übergeben … Und Sie dürfen niemals eine unserer obersten Geschäftsprinzipien vergessen: Nichts ersetzt zwischenmenschliche Kontakte!«, fügt die Stimme mit leicht ironischem Unterton hinzu.

Nach und nach lernt Tixu den heruntergekommenen Ort, in den die InTra ihn geschickt hat, besser kennen. Auch die einzige Bar des Ortes, diese finstere Kaschemme mit ihren abgehalfterten Prostituierten, Optalium-Suchern, Fieberkranken, Alkoholikern, hirnrissigen Missionaren der Kirche des Kreuzes, den dicken einheimischen Sadumbas ... Und vor allem leidet er unter der Feuchtigkeit, die alles langsam auffrisst und einem an die Substanz geht ... Nie hörte es auf zu regnen ... Der Regen wird zu einer allgegenwärtigen, bedrückenden Begleiterin ...

Während der ersten Wochen zeichnet sich Tixu durch beispielhaften Fleiß und Eifer aus. Er benachrichtigt die Direktion und teilt ihr mit, da es praktisch keine Kunden gebe, sei es nicht nötig, für drei Transfers im Monat eine Dependance mit einem Angestellten zu unterhalten ... Man antwortet ihm, dass sein Vorschlag Beachtung gefunden habe, aber die Statistiker erst nach einer sorgfältigen Analyse im Hinblick auf die Rentabilität der Reiseagentur auf Zwei-Jahreszeiten zu einer diesbezüglichen Entscheidung kommen würden.

Doch die Zeit vergeht, und nichts geschieht ... Also wird Tixu von Tag zu Tag träger und träger. Die Agentur interessiert ihn nicht mehr, er fängt an, in die Bar mit den Optalium-Suchern zu gehen und zu trinken. Der wärmende Mumbë wird seine wahre Geliebte, und seine flüchtigen Kontakte mit den abgetakelten Huren gehorchen allein dem Gesetz physischer Notwendigkeit.

Allein das plötzliche Erscheinen Aphykits – ein Wunder! – konnte ihn aus diesem Sumpf ziehen. Und eins ist ihm dabei klar geworden: Es war dieser herbe Kontrast zwischen der strahlenden Schönheit der Syracuserin und der hässlichen Trostlosigkeit seines eigenen Lebens, der diese Wende bewirkt hat ...

»Hallo, mein Freund! So in Gedanken verloren?«, dröhnte die Stimme des Hirten in Tixus Ohren.

Er schrak zusammmen. Sofort zog sich das Antra zurück. Doch dieser Ausflug in die Vergangenheit hatte ihm eine Last von der Seele genommen, ihn auf seltsame Weise leichter gemacht.

Also antwortete er fröhlich: »Ich habe nachgedacht.«

»Verdammt noch mal! Wenn Sie nachdenken, lassen Sie sich aber Zeit«, sagte Stanislav Nolustrist. »Seit sechs Stunden sitzen Sie nun schon da, wie erstarrt. Vorhin habe ich eine Schüssel fallen lassen, das hat einen fürchterlichen Lärm gemacht. Aber Sie haben nicht einmal mit der Wimper gezuckt.«

Tixu wunderte sich: Seine Reise in Raum und Zeit war ihm nicht länger als zehn Minuten vorgekommen.

»Kommen Sie. Wir essen«, schlug der Hirte vor. »Und wenn Sie wollen, lese ich Ihnen danach ein paar Gedichte von mir vor ... Manchmal fallen mir abends welche ein, wenn meine Bovinen schlafen und der zweite Stern des Tages, Feuerpferd, in das Reich des Schattens wandert. Jetzt ist es zu spät geworden, um in Duptinat weitere Nachforschungen anzustellen. Also bleibt Ihnen nichts anderes übrig, mein Freund, als diese Stunden zu genießen, wo sich das Leben von seiner angenehmen Seite zeigt.«

Nach dem Essen, das auch dieses Mal aus einem würzigen Käse und dem köstlichen Schwarzbrot, aber zusätzlich einer Suppe aus grünen Bohnen bestand, griff Stanislav nach einer Bergviolane und drehte an der Kurbel, die den Blasebalg aktivierte. Er erklärte seinem Gast, dass dem in altem Marquisatinisch geschriebenen Gedicht in der Übersetzung die Leichtigkeit und Poesie des Originaltextes fehle und er es deshalb in seiner ursprünglichen Fassung singen werde.

»Doch die Bedeutung dieser Verse wird Ihnen nicht entgehen, wenn Sie mit dem Herzen hören ...«

Der helle nostalgische Klang der Violane war in harmonischem Einklang mit der dunklen Stimme des Hirten. Tixu genoss entspannt den gekonnten Vortrag seines Gastgebers. Und dessen Gesicht schien vor Glück zu strahlen.

Am nächsten Tag durchstreifte Tixu die Straßen der Hauptstadt auf der Suche nach einem Deremat, der ihn so schnell wie möglich auf den Planeten Selp Dik transportieren könnte. Aber alle Reiseagenturen waren geschlossen. Auf holografischen Hinweisschildern stand, dass sie am Tage der Inthronisation des neuen Kaisers des Imperiums wieder eröffnet würden. Und da alle privaten Deremats beschlagnahmt worden waren, saß Tixu auf Marquisat fest.

Er hatte nichts zu tun. Also beobachtete er, wie Arbeiter überall Bildschirme aller Größen installierten, damit die Duptinater die Krönung des Kaisers in allen Einzelheiten und an jeder Straßenecke oder auf jedem Platz verfolgen konnten. Vor allem sollten sie den verschwenderischen Prunk der Syracuser bewundern, den dieses Volk anlässlich der Inthronisation einer der ihren veranstaltete.

Duptinat schmückte sich. Die Spitzen der goldweißen Banner in den Farben der Ang-Dynastie flatterten im Wind, die Türme des Runden Hauses waren mit in allen Farben schillernden Behängen geschmückt. Diese Vorbereitungen zum Fest bildeten einen scharfen Kontrast zu den traurigen und verschlossenen Gesichtern der Menschen, denn die öffentlichen Hinrichtungsstätten waren inzwischen ebenso zahlreich wie die Bildschirme geworden. Fast an jeder Straßenecke bot sich den vorübereilenden Passanten das grausame Spektakel der Gefolterten, deren Todesschreie über die Stadt hallten.

Dann wurde der Oranger Zeuge, wie der junge Mann festgenommen wurde, der jeden Tag vor dem Feuerkreuz kniete und weinte, an dem Dame Armina Wortling ihr Leben aushauchte. Ihr Körper bestand nur noch aus einer unförmigen Masse. Sie hatte keine Haare mehr auf dem Kopf, weder Hals noch Brüste. Noch nie hatte Tixu einen Menschen so leiden gesehen ...

Da stürzten sich plötzlich vier Interlisten in blauen Uniformen auf den Jugendlichen, der sich heftig wehrte und schrie.

»Lasst mich los! Ihr habt kein Recht, mich festzunehmen! Scheißkerle! Ihr hattet nicht das Recht, Dame Armina das anzutun ... Jemand soll meine Mutter benachrichtigen. Jezzica Bogh. Sie ist Wäscherin im Palast. Sagt ihr, dass sie ihren Sohn Fracist festgenommen haben!«

Ein wütender Interlist brachte ihn mit seinem Schlagstock zum Schweigen.

Tixu durchstreifte weiter ziellos die Stadt und begegnete Scaythen in schwarzen oder grünen Kapuzenmänteln, die immer von Pritiv-Söldnern begleitet wurden. Er stieß auch auf Missionare der Kirche des Kreuzes, alle in safranfarbene Colancors gekleidet und mit finsteren Gesichtern. Bei jeder dieser Begegnungen beschlichen ihn dunkle Vorahnungen, doch glücklicherweise interessierten sich weder die Scaythen noch die Kirchenmänner für ihn.

Dann sah er, wie einer der Tempel zerstört wurde. Eine Kanone, die geschickt von einem Pritiv-Söldner bedient wurde, spie einen langen grünen Strahl aus. Von der prächtigen, mit Statuen verzierten Kuppel – die sicher in jahrelanger Arbeit von großen Künstlern erschaffen worden war – blieb nichts als ein Haufen schwarzer Asche übrig, die von dem Tentakel eines Robotomaten aufgesaugt wurde.

Als abends das Feuerpferd hinter der Gebirgskette der Échine de la Marquise versank, wanderte Tixu über den steinigen Pfad zur Kate des Hirten hoch. Und wie am Vorabend aßen sie gemeinsam, und er hörte mit Vergnügen zu, als sein Gastgeber seine Gedichte rezitierte.

Als er dann auf seinem Strohsack unter den Wolldecken lag, an deren Geruch er sich inzwischen gewöhnt hatte, dachte er an Aphykit. Er konnte sich ihr Aussehen nicht vergegenwärtigen, ihre Gesichtszüge wurden immer verschwommener. Nichts wünschte er sich mehr, als bei ihr zu sein, aber der Zufall – war es wirklich ein Zufall? – wollte es anders. Widrige Umstände hielten ihn auf Marquisat fest, und er fühlte sich außerstande, den Lauf der Ereignisse zu verändern. Er war nichts als ein winziges Boot, das steuerlos auf einem sturmgepeitschten Meer dahintrieb. Er war nichts als eine Marionette – aber wessen Marionette? –, die mit grausam perverser Lust irgendwo hin gezogen wurde. Er war nichts als ein menschliches Atom in der unendlichen Weite des Alls …

Dann konzentrierte er sich wieder auf das Antra. Und genau wie am gestrigen Nachmittag, als der Klang des Lebens ihn bis zum Hort der Stille getragen hatte, tauchten erneut Bilder aus seiner Vergangenheit auf … Eine Folge vergessener Gesichter und Landschaften … Seine Cousins, die ihn aus Boshaftigkeit quälten, seine Cousine, deren sich langsam rundende Formen ihn verstörten, seine so sanfte und traurige Mutter, deren liebevolles Streicheln ihn tröstete …

Und wieder fragte sich Tixu, ob seine Beziehung zu dem Antra nicht gefährlich sei, sowohl für ihn als auch für andere. Doch gerade dadurch geriet er in einen euphorischen Zustand, der ihn zudem innerlich von allem löste, dass er darauf nicht mehr verzichten wollte. Das Antra heilte seine tiefsten Wunden; es befreite ihn aus diesem verborgenen Gefängnis, in das er sich selbst gesperrt hatte; zerbrach die Ketten, die seiner wahren Natur zuwider waren und ebnete ihm den Weg hin zu einer inneren Wahrnehmung. Der Klang war ein Alchimist, er schmolz, um eine neue Form zu gießen. Er war ein Architekt, der zerstörte, um neu zu bauen. Warum hätte Tixu nicht von dem Antra Gebrauch machen sollen?

Er schlief ein. Und im Schlaf glaubte er, die schwache, ersterbende Stimme Aphykits zu hören. Sie rief ihn. Sie brauchte ihn.

Lange vor Morgengrauen wurde er wach, lange bevor das leise Schnarchen Stanislav Nolustrists aufhören würde.

Und er begriff, dass er diesen Hilferuf nicht geträumt hatte.

FÜNFZEHNTES KAPITEL

Vor sehr langer Zeit lebte auf Selp Dik – was in der Sprache der Ureinwohner Land der Magie bedeutet – ein Volk von Magiern und Feen. Sie lebten in Albar, einem nebelverhangenen Land mit tiefen Wäldern, in das sich außer ihnen niemand wagen konnte, ohne sich darin zu verirren ... Sie wohnten im dichten grünen Blattwerk der tausend Jahre alten Riesenbäume und tranken das Wasser der Ewigen Kaskade. Es spendete ihnen Kraft und ein langes Leben. Sie aßen die Früchte, die auf dem Kristall des Felsens an den Ufern des Sees der Barmherzigkeit wuchsen, und diese Früchte waren so köstlich, dass sie nicht das Bedürfnis hatten, sich vom Fleisch der Tiere zu ernähren. So lebten sie in friedlicher Eintracht mit ihnen ...

Ihre Herzen waren rein wie die der Kinder und ohne Arglist.

Der Anführer dieses Volks war der Zauberer Gudevure, ein sehr weiser und ehrbarer Mann. Seine Gemahlin, die Fee Iradielle, hatte ihm zwei Mädchen geschenkt, die Feechen Flammèche und Étincelle. Ihre Schönheit war derart überwältigend, dass aus allen Gegenden des Reichs Albar junge Zauberer auf Luftströmen oder Lichtstrahlen herbeiritten, sie bewunderten und bei Gudevure und seiner Gemahlin um die Hand der einen oder der anderen anhielten.

Doch der alte Magier und seine Frau antworteten jedes Mal: »Es ist nicht an uns, darüber zu entscheiden, unsere Töchter wählen ihre Gatten selbst ...«

Die jungen Zauberer eilten zu den Schwestern und erklärten ihnen ihre Liebe. Natürlich waren die Feechen geschmeichelt, doch sie ersannen allerlei

Zauberkunststücke, die jedoch so schwer waren, dass sie ihren Anbetern niemals gelingen konnten. An den Grenzen Albars aber lebten böse Zauberer, die neidischen Ager. Schon öfter hatten sie versucht, das Reich der Magie zu überfallen, waren aber jedes Mal von dem mächtigen Zauberer Gudevure daran gehindert worden. Jetzt trug ihnen der unbesonnene Wind zu, welch gefährliches Spiel die Töchter ihres Erzfeindes spielten und sie nahmen die Gelegenheit wahr, sich zu rächen. Und während das Augenmerk des ganzen Königreichs auf die jungen Zauberer gerichtet war, die danach trachteten, die Herzen ihrer Angebeteten zu erobern, schmiedeten die Ager finstere Ränke.

Einer der ihren, ein Hexer namens Mon, nahm die Gestalt eines Traums an und überschritt in dunkler Nacht die Grenze des Landes Albar. Die Grenzwächter, die Zauberlehrlinge, denen die Feechen ebenfalls die Köpfe verdreht hatten, entdeckten den Ager Mon weder durch die Kraft ihrer Gedanken noch durch Wahrsagen oder indem sie dem Atem der Sterne lauschten.

Also begab sich Mon ohne Schwierigkeiten zum Haus Gudevures und Iradielles. Und während sie alle schliefen, besuchte er Étincelles Geist. Er trat in den Kreis ihrer Träume und vertrieb durch seine schreckliche Gegenwart alle anderen Träume. Als er Leere um sich geschaffen hatte, hauchte Mon der Ager dem schlafenden Feechen den Gedanken ein, sie möge ihren Verehrern als Liebesbeweis folgende Aufgabe stellen: ihr das Herz einer Silberhindin zu bringen, dieses sanften, grazilen Tiers, das in den Wäldern Albars lebte. Denn Mon der Ager wusste nur zu gut, dass die magischen Gesetze im Reich Albar das Töten eines jeglichen Lebewesens strikt verboten. Und dass im Falle eines solchen schwerwiegenden Gesetzesbruchs das Volk der Magier und Feen sofort den Schutz der Gottheiten der Zwischenwelten und der Engel verlören.

Nachdem Mon der Ager seine Schandtat begangen hatte, kehrte er zu seinen Brüdern, den Hexern, jenseits der Grenze zurück, wo sie die ganze Nacht tranken und lachten.

Als Étincelle am nächsten Morgen erwachte, öffnete sie das Lichtfenster, das auf den Balkon aus Blattwerk hinausging und sprach zu den jungen Zauberern, die sich unten im Hof versammelt hatten.

»Denjenigen, der mir das Herz einer Silberhindin bringt, den will ich zum Gatten nehmen …«

Ihre Verehrer dachten nicht einmal nach. Alle liefen in den Wald, in den Händen scharfe Messer mit blitzenden Klingen. Als der große Zauberer Gudevure beim ersten Gesang der geschwätzigen Drossel die schreckliche Nachricht erfuhr, eilte er ins Zimmer seiner Tochter.

»Was hast du getan, Unglückselige?«, sagte er voller Zorn. »Du rufst zum Vergießen unschuldigen Blutes auf. Jetzt bricht eine Zeit des Fluches an!«

Aber es war zu spät. Die jungen Zauberer ließen sich nicht mehr aufhalten. Blind geworden, weil sie dem Feechen gefallen wollten, richteten sie unter den Silberhindinnen ein Massaker an und schnitten ihnen die Herzen aus ihren Leibern.

Und so kam es, wie das Gesetz es befahl. Die Gottheiten der Zwischenwelten und die Engel verließen das Land Albar. So verlor es seinen magischen Schutz: Die Ewige Kaskade versiegte, auf dem Kristall des Felsens wuchsen keine Früchte mehr, der See der Barmherzigkeit verwandelte sich in eine Salzwüste, die Waldtiere wurden zu Raubtieren und töteten und fraßen die Kinder.

Auf diesen Augenblick hatten die Ager seit langen Jahren gewartet. Sie versammelten ihre Streitmacht an der Grenze, um das Land Albar zu erobern.

Der große Magier Gudevure sprach zu seinem Volk: »Weil meine Tochter Étincelle, aber vor allem auch ich, der ich ihr Vater und euer Anführer bin, einen Fehler gemacht haben, halten die Gottheiten und die Engel nicht mehr ihre schützenden Hände über uns. Die himmlischen Wesen sind aus unseren Wäldern geflohen ... Die geschwätzige Drossel hat mir berichtet, dass die Ager bald in unser Land eindringen und uns töten werden. Wir haben nicht mehr die Kraft, sie zu bekämpfen und sind bis in alle Ewigkeit verflucht. Im Gesetz heißt es, dass nur das reinigende Wasser, das Wasser des Verzeihens uns retten könnte, doch der See der Barmherzigkeit ist ausgetrocknet und zu Salz geworden, und die Ewige Kaskade ist versiegt ...«

Bei dieser traurigen Rede fingen Iradielle und alle Feen an zu weinen. Sie weinten die bitteren Tränen der Reue. Und der Tränen waren so viele, dass sie zu einem Bach wurden und der Bach zu einem Fluss anschwoll und der Fluss sich zu einem Ozean auswuchs, einem unendlichen Meer, in dem die viele, viele Männer zählende Streitkraft der Ager ertrank. Inmitten dieses Ozeans blieb eine Insel, auf die sich das magische Volk flüchtete. Der Himmel sandte Lichtstrahlen hernieder und brachte die Magier und die Feen

in ein weit entferntes Land, in dem sie noch einmal ein neues Leben im Einklang mit den magischen Gesetzen beginnen konnten.
Was nun diese Insel betrifft, so gibt es Menschen, die behaupten, dass sie heute von den Nachkommen der Ager streng bewacht wird, jener Ager, die dem Ertrinken entgingen, und dass man sich ihr auf keinen Fall nähern dürfe ...

Von Kwen Daël erzählte selpdikische Legende, Übersetzer: Messaodyne Jhû-Piet

Es gibt Gelehrte, die einen Zusammenhang zwischen dieser Legende und den Monagern (Mon der Ager) – jenen, den Ozean der Feen von Albar bevölkernden marinen Säugetieren – vermuten. Andere wiederum sehen eine gewisse Analogie mit einer Legende der sadumbischen Imas vom Planeten Zwei-Jahreszeiten. [Anm.d.Ü.]

Vom obersten Punkt des breiten Rundwegs, der sich in Serpentinen am äußeren Befestigungswall des Klosters emporschlängelte, betrachtete Filp Asmussa den Ozean der Feen von Albar. Im eintönigen Grau des hereinbrechenden Morgens hoben sich die von Schaum gekrönten Wellen vor dem tintenblauen Nachthimmel als weiße, flüchtige Tupfer ab. Große, regenschwere Wolken zogen auf. Ein kräftiger Wind schob sie unablässig auf die zerklüftete Küste der felsigen Halbinsel zu. Brandungswellen schlugen tosend auf den Sandstrand auf, der sich östlich des Klosters erstreckte, und hinterließen beim Rückzug weiße Schaumschlieren.

Die feuchte Luft roch stark nach Jod. Filp Asmussa sah die Flotte der morgendlichen Fischer in ihren Aquakugeln nicht. Selbst bei bewegter See gingen die selpdikischen Fischer ihrem Beruf nach. Erst wenn ein gefährlicher Sturm aufzog, ließen sie ihre Aquakugeln im sicheren, überdachten Hafen von Houhatte.

Jetzt, bei Ebbe, trainierten die Krieger und die Aspiranten auf dem goldenen Sand des Strands im Osten unter der Anleitung einiger Ritter. Die Schüler waren nackt bis auf eine bronzefarbene Hose, während die Ritter ihre grauen abgenutzten Kutten trugen. Sie übten den Todesschrei und verteilten sich traditionsgemäß in kleinen Gruppen am Ende des Strands. Jede Gruppe eignete sich, je nach Belieben ihres Lehrers, eine andere Technik an. Manchmal flatterten Gelbmöwen oder Silberkammtölpel durch das fürchterliche Schreien verstört, erschreckt auf.

Von seinem etwa hundert Meter über der Szenerie liegenden Aussichtspunkt wirkten die Schüler auf Filp Asmussa wie ein Schwarm winziger disziplinierter Insekten.

Wäre ich nicht unverhofft von den Weisen des Entscheidungsgremiums vorgeladen worden, wäre ich jetzt auch eines dieser Insekten da unten und müsste den Befehlen der Lehrer-Insekten aufs Wort gehorchen, dachte er.

Die Schüler hatten vor dem Unterricht Steine aller Größen gesammelt und zu kleinen schwarz glänzenden Hügeln aufgetürmt. Das waren ihre Zielscheiben, die sie mit ihren vibrierenden Todesschreien bombardierten. Manchmal, wenn der Ton seine höchste Wirkungskraft entfaltete, zerbarst ein Stein in tausend Stücke. Dann freute sich der Urheber des Schreis. Sollte er seine Freude jedoch kundtun, wurde er sofort von seinem Lehrer zurechtgewiesen. Denn jede Überschwänglichkeit war der Konzentration abträglich.

Filp Asmussa hätte gern an dieser morgendlichen Übung, auch *prime matine* genannt, teilgenommen, weil sie nach absoluter Konzentration verlangte und sie wahrscheinlich seine finsteren Gedanken verscheucht hätte.

Nach seiner Rückkehr von Roter-Punkt hatten ihn sehr schlechte Nachrichten erreicht: Filp würde seinen Vater, Dons Asmussa, Seigneur von Sbarao und Herrscher der Elf Ringe, nicht wiedersehen. Er war in eine von der Angfamilie und deren Verbündeten gestellte Falle gegangen. Alle Seigneurs der Konföderation waren bereits tot. Auch seine Mutter, Dame Moniaj, würde er nicht wiedersehen, ebensowenig seine beiden Brüder, Gartip und Hesmir, und seine drei Schwestern Veenidj, Bridij und Isabelj. Sie alle waren von den Pritiv-Mördern auf dem größten Platz in Rahabezan, der Hauptstadt Sbaraos und der Ringe enthauptet worden. Da die Bullovisionsprogramme und die Audiosender seit mehreren Tagen unterbrochen waren, hatten sie diese Informationen nur über das geheime Netz des Ordens auf Sbarao bekommen. Die Medien schwiegen. Folglich kursierten die widersprüchlichsten Gerüchte über die Ereignisse. Zwar hatte Filp keine offizielle Bestätigung für das Massaker an seiner Familie, aber im tiefsten Inneren wusste er, dass er sich keine Hoffnungen machen durfte: Das unsichtbare Band zu seinen Angehörigen war unwiderruflich zerschnitten worden.

Sein persönlicher Beichtvater, der Ritter Choud Al Bah, auch verantwortlich für die Verwaltung des Klosters, hatte ihn informiert. Den verworrenen Berichten des Geheimnetzes war zu entnehmen, dass sich seine Familie gegen die Invasion ihres Planeten gewehrt habe und deshalb exekutiert worden sei. Ehe man seiner Mutter und seinen Schwestern – auch der erst zwölfjährigen Isabelj – die Köpfe abschlug, seien sie vor den Augen des Volks vergewaltigt worden, und seine Brüder habe man bei lebendigem Leibe gevierteilt, dann ihre Köpfe aufgespießt und öffentlich zur Schau gestellt. Außerdem seien viele höfische Würdenträger zum Tode durch das kreuzeanische Feuer verurteilt worden, und diese Hinrichtungen würden sich innerhalb weniger Tage auf beängstigende Weise häufen.

Als Ritteranwärter war es Filp Asmussa allein durch die Kraft des mentalen Klangs gelungen, seiner Trauer und Verzweiflung über den Verlust seiner Familie Herr zu werden. Nachts besuchte sie ihn in seinen Träumen, und er fand etwas Ruhe. Doch wenn er schlaflos war, sah er fürchterliche Bilder, vor allem die der geschändeten Körper seiner Mutter und seiner Schwestern. Isabalj war ein kleines fröhliches Mädchen mit goldenen Haaren und Augen gewesen. Dann verwandelte sich seine Trauer in Wut und Hass.

Da er der einzige Thronerbe war, lebte er nun im Zwiespalt. Sollte er aus Pflichterfüllung gegenüber seinem Volk die Rückeroberung seines Planeten betreiben oder weiterhin Mitglied des Ordens bleiben und den ruhmreichen Weg eines Ritters beschreiten? Im Moment konnte er diese schicksalsschwere Frage nicht beantworten. Doch er wusste, dass er nach der entscheidenden Schlacht, in der der Orden bald den Feinden der Konföderation gegenübertreten würde, und an der er unbedingt teilnehmen wollte, um die Seinen zu rächen, eine Entscheidung treffen musste.

Diesen Gewissenskonflikt hatte er seinem Lehrmeister, dem Ritter Ruiff Loane, offenbart, dessen Assistent er ebenfalls war. Und Loane hatte ihm geantwortet, dass nur er – Filp – nach Prüfung seines Gewissens den richtigen Weg, den Weg des Xui, finden könne, den er dann gehen müsse. Vor diesen tragischen Ereignissen hatte Filp nie in Betracht gezogen, das Kloster zu verlassen. Er hätte sich nicht vorstellen können, diese hohe Mauer aus gelben und weißen, von Flechten überwachsenen Granitsteinen nie mehr zu sehen, oder die salzige Meeresluft nie mehr zu riechen. Das alles war Teil des Ordens, mit dem er sich bereits identifizierte. Wie würde er die schrillen Schreie der gelb gekleideten Männer und das raue Trompeten der Silberkammtölpel vermissen und die morgendlichen und abendlichen Übungen!

Paradoxerweise war diese nahezu physische Beziehung, die er zu dem Kloster entwickelt hatte, ausgerechnet durch die aufrührerischen Worte dieses Verbannten auf Roter-Punkt infrage gestellt worden. Der Ritter Long-Shu Pae hatte Zweifel in ihm gesät. Denn hinterher hatte er feststellen müssen, dass die Heftigkeit, mit der er die Gedanken Long-Shu Paes von sich gewiesen hatte – so als wolle er ein Feuer löschen, das seine Seele zu verzehren drohe –, leider sehr aufschlussreich hinsichtlich der Schwachstellen seines Charakters waren. In seiner Naivität hatte er geglaubt, durch die langwierige Ausbildung zum Ritter vor Seelenqualen geschützt zu sein, die er nur andern, schwachen Kriegern zubilligte. Doch er musste sich der Erkenntnis stellen: Nur ein paar Sätze von Long-Shu Pae hatten genügt, um sein Gedankengebäude, das seine Lehrer Stein auf Stein errichtet hatten, zum Einsturz zu bringen – ja, sogar dessen Fundamente und seine Überzeugungen zu untergraben. Die Warnungen zweier Mitglieder des Entscheidungsgremiums vor seiner Abreise hatten sich gegen die gefährlichen Ansichten des verbannten Ritters als ineffizient erwiesen, umso mehr, weil Long-Shu Pae entschieden dazu beigetragen hatte, die Mission erfolgreich zu beenden. Die Überzeugungen des Kriegers Filp Asmussa waren zutiefst erschüttert worden.

Jetzt warf er sich seinen Hochmut und seine Verachtung gegenüber dem ehemaligen Ritter vor, und er stellte fest, dass er viel mehr von dieser Begegnung hätte profitieren können. Die Beherrschung des Klangs und des Geistigen, Long-Shu Paes insgeheim erworbene Kenntnisse aus dem Archiv des Klosters, hatten für ihn seitdem mehr Gewicht als die seiner Lehrer bekommen.

In einer der nun häufigen schlaflosen, von finsteren Gedanken überschatteten Nächte hatte er nach der Außentreppe gesucht, die zu der Krypta führte, wo Long-Shu Pae einst seinen geistigen Hunger gestillt hatte. Doch er hatte weder Kraft noch Mut genug gehabt, seinen Plan durchzuführen. In den dunklen Gängen des Klosters hatte ihn eine Art innerer Schwindel überfallen. Da war er schnell umgekehrt und hatte sich in seine spartanische Zelle geflüchtet und auf seinem Bett unter der rauen Wolldecke vor Aufregung gezittert.

Das von dem verbannten Ritter gesäte Samenkorn der Heterodoxie begann in der Seele Filps zu keimen. Er befand sich im Zwiespalt: Nichts wünschte er sich so sehr, als endlich die Ritterwürde zu erlangen, deshalb musste er unbedingt diesen aufkeimenden Zweifel ausmerzen.

Jedenfalls hatte ihm das sein Beichtvater, Choud Al Bah, dringend geraten. Filp hatte ihn als Paten und Tutor gewählt, weil dieser alte, erfahrene Ritter ihn vor allem wegen der faszinierenden Ausstrahlung seiner grünen Augen beeindruckte und weil er das wenig ruhmreiche Amt des Hauptverwalters ausübte.

Also ertrug Filp seine Seelenqualen geduldig. Er hoffte, schon bald eine Lösung für seinen inneren Zwiespalt zu finden.

Jetzt lenkte er seine Gedanken auf Aphykit, die Tochter Sri Alexus, die er vom Planeten Roter-Punkt hierhergebracht hatte. Noch immer war sie schwach und wurde vom Fieber geschüttelt. Doch ihre Krankheit beeinträchtigte ihre Schönheit nicht. Im Gegenteil, in Filps Augen wurde sie dadurch noch begehrenswerter. Da er mit dem Ritter, der die Krankenstation leitete, Nobeer O'An, befreundet war, konnte er die junge Frau entgegen der strikten Regel, die jeglichen Kontakt mit weiblichen Personen innerhalb des Klosters verbot, ein oder mehrmal am Tag besuchen. Und wenn er dann am Bett der Kranken saß, schmerzten die Wunden seines Herzens und seiner Seele nicht mehr. Er kämpfte nicht gegen seine Gefühle. Seit sie in sein Leben getreten war, hatte er nicht einmal daran gedacht, dass sie eines Tages wieder daraus verschwinden könne. So hoffte er, dass der erfahrene Medicus Nobeer O'An schnell ein Heilmittel gegen das Virus finde.

Schon jetzt freute er sich auf den Besuch, den er ihr nach dem Gespräch mit den Weisen des Entscheidungsgremiums abstatten wollte. Zum wiederholten Mal fragte er sich, was diese Vorladung bedeutete. Seine Freunde hatten ihm – mit kleinen Andeutungen und vor Neid glänzenden Augen – versichert, das Gremium wolle ihn für seine erfolgreiche Mission auf Roter-Punkt belohnen und in den Ritterstand erheben. Aber daran wagte Filp nicht zu glauben, denn er hielt seinen geistigen Zustand nicht für stabil genug, um dieser Ehre würdig zu sein. Worauf seine Mitschüler lachend erwidert hatten, er solle sich nicht hinter falscher Bescheidenheit verstecken, denn jeder im Kloster wisse, dass er der Krieger sei, dem die Ritterwürde am ehesten gebühre.

Noch einmal folgte Filp, in Gedanken verloren, mit Blicken dem Flug der Gelbmöwen und der Silberkammtölpel unter den dunkel heraufziehenden Wolken. Dann ging der Krieger über den mit einer Brüstung und Schießscharten befestigten Rundweg, der etwa zehn Meter breit und mit glatten Steinen gepflastert war, zum größten Burgfried. Der wurde Turm der Mahdis genannt, denn dort residierten die Großmeister des Ordens der Absolution. Er war rechteckig und aus großen, grob behauenen Quadern aus weißem Granit gebaut. Mit seiner Größe, die in die Wolken hineinragte, dominierte er alle anderen Gebäude der Klosteranlage, die vier Türme an den Seiten mit grünen Dächern, die Glockentürme und die Dächer der Wohn-, Wirtschafts- und Verwaltungsbauten.

Drei finster dreinblickende Ritter in ihren grauen Kutten hielten Wache vor der massiven, aber vom Holzwurm befallenen Eingangstür. Sie hatten den Befehl, jeden Besucher zu durchsuchen und gehörten der Garde der Trapiten an, nach dem Mahdi Dinu Trapit benannt, der diese Elitetruppe gegründet hatte, um lästige Aspiranten möglichst fernzuhalten. In Wahrheit nahm die Garde die Stellung einer internen Polizei ein und diente dazu, eventuelle Revolten aufmüpfiger Ordensmitglieder aufzuspüren und zu unterdrücken. Nur erfahrene Ritter konnten Trapiten werden, und allein ihre Anwesenheit genügte, den Aufständischen jeglichen Mut zu nehmen. Oft nutzten sie die Angst aus, die sie einflößten, und zwangen jungen Anwärtern ihre Doktrin auf. Filp hatte noch nie etwas mit ihnen zu tun gehabt, aber er hatte gehört, dass sie junge Aspiranten misshandelten. Und da er wie ein Ephebe aussah, hätte ihn die Ablehnung gewisser Angebote der Trapiten in Gefahr bringen können.

Als er nun vor ihnen stand, musterten sie ihn mit verächtlichem Spott. Filp grüßte sie auf traditionelle Weise, indem er die Hand über seine Stirn legte. Sie rührten sich nicht, obwohl die Nichterwiderung des Grußes als schwerer Verstoß gegen die Regeln galt.

»Ich bin der Krieger Filp Asmussa«, erklärte er mit fester Stimme, »und wurde vom Entscheidungsgremium einbestellt.«

»Ach ja? Dessen müssen wir uns vergewissern, Krieger!«, sagte einer der Trapiten mit schneidender Stimme.

»Inzwischen rührst du dich nicht von der Stelle, verstanden? Gien, siehst du mal nach?«

Der Ritter namens Gien schnaubte auf und entriegelte betont langsam die Tür, die quietschend aufschwang.

»Asmussa? Bist du nicht der Sohn eines der Seigneurs der Konföderation?«, sagte der erste Trapit.

»Ganz richtig!«, entgegnete Filp zornig. Noch wütender wurde er, als er die Arroganz dieses Mannes mit dem Benehmen Long-Shu Paes verglich.

Diese Leute schienen ihm ihrer hohen Stellung unwürdig, obwohl sie ihrem Status nach als unentbehrliche Pfeiler des Ordens galten. Ganz plötzlich verlor diese Stellung als Ritter, die er mit der ganzen leidenschaftlichen Ausschließlichkeit angestrebt hatte, ihre mythische Aura. Seine letzten Illusionen zerbrachen an der Unverschämtheit dieser ungehobelten Kerle.

»Müssen wir dich etwa auch mit Seigneur anreden?«, fragte der Trapit und grinste provozierend.

Filp schwieg.

»Lass ihn doch, Frol«, sagte der erste Wächter. »Du siehst doch, dass Seine Hoheit keinen Sinn für Humor hat.«

Unbändige Wut kochte in Filp hoch, doch mit Hilfe seiner mentalen Kontrolle gelang es ihm, sie zu unterdrücken.

Gien kam zurück und machte dem Geplänkel ein Ende. »Es stimmt, Frol«, sagte er enttäuscht. »Die Weisen des Entscheidungsgremiums haben ihn einbestellt.«

Erste, schwere Tropfen fielen vom Himmel, und ein heftiger Wind kam auf.

»Oh, Seine Hoheit muss ja ziemlich wichtig sein, wenn die Alten höchstpersönlich geruhen, ihn zu empfangen«, knurrte Frol. »Also, worauf wartest du noch? Sollen wir deinen Hintern da reinschieben? Ein Vertreter des Gremiums kommt gleich und holt dich ab.«

Das ließ sich Filp nicht zweimal sagen. Er war froh, diesen hämischen Blicken nicht mehr ausgesetzt zu sein. Er betrat ein dunkles Vestibül mit einer einzigen schmalen Fensteröffnung, durch die pfeifend der Wind hereinblies. Er setzte sich auf eine feuchte Steinbank, den ausgetretenen Stufen einer verwinkelten Treppe gegenüber. Boden und Wände sahen wie von Lepra zerfressen aus. Und aus unzähligen Mauerspalten wehte feiner Staub.

Wie lange Filp dort saß, konnte er nicht sagen. Er hörte das erstickte Lachen der Trapiten draußen vor der Tür, das Heulen des Windes und das ferne Rauschen der Brandung. Es war das erste Mal, dass er vor dem Gremium erscheinen musste. Bisher hatte er als Schüler und Krieger nur mit Hilfskräften der Verwaltung zu tun gehabt, außer als er für diese Mission auf Roter-Punkt abkommandiert worden war. Da hatten sich zwei Sekretäre mit ihm unterhalten.

Jetzt fragte sich Filp zum hundersten Mal, was sich hinter dieser Vorladung verbarg, denn wann immer ein Mitglied des Ordens in den Turm der Mahdis befohlen wurde, sah man ihn nie wieder. Meistens wurden diese Leute des Klosters verwiesen oder verbannt, je nach Stellung.

Wie neuerdings immer, wenn er sich selbst überlassen war, wurde er von finsteren Gedanken heimgesucht. Er sah die Gesichter seiner Eltern, Brüder und Schwestern vor sich, und ein schreckliches Gefühl der Einsamkeit überkam ihn. Er hatte niemanden mehr, dem er sich anvertrauen konnte. Erst jetzt, da ihm seine Familie genommen worden war, wurde ihm bewusst, wie viel sie ihm bedeutet hatte. Seine Augen füllten sich mit Tränen; zum ersten Mal seit er vom Tode der Seinen erfahren hatte, lies er es zu, um sie zu trauern.

Eine kleine Tür unter der Treppe wurde geöffnet und heraus trat ein Ritter, den Filp zwei oder drei Mal gesehen hatte. Er war sehr groß, und hatte dichtes blondes Haar, das seinen Kopf umspielte. Der Mann strahlte eine ungeheure Kraft aus, und sein muskulöser Körper schien seine eng sitzende Kutte fast sprengen zu wollen.

Seine dunkelblauen Augen auf Filp gerichtet und ohne zu grüßen sagte er mürrisch: »Krieger Asmussa? Ich bin der Ritter Godegezil Szabbo, der Vertreter der Garde des Entscheidungsgremiums. Folgt mir bitte.«

Filp wischte sich schnell mit dem Ärmel über die Augen, ordnete seine Kleidung und strich ein paar widerspenstige Haarsträhnen zurück. Dann folgte er dem blonden Ritter. Sie stiegen die schmale Wendeltreppe empor. Fahles Licht fiel durch die Schießscharten. Die Sohlen ihrer Ledersandalen machten auf den abgetretenen Stufen klackende Geräusche. Abgesehen von dem fernen Dröhnen der Brandung waren dies die einzigen Laute in der Grabesstille des Turms. Filps Blick wanderte automatisch zu den Füßen seines Führers. Sie waren vom jahrelangen Exerzieren auf dem harten Sand der Halbinsel mit Schwielen bedeckt. Manchmal unterbrachen die schrillen Schreie der Meeresvögel ihren monotonen Aufstieg.

Schließlich erreichten sie einen zugigen, gefliesten Treppenabsatz. In eine der Wände waren drei nicht verglaste achteckige Fenster eingelassen, die einen herrlichen Blick über das Meer und die Halbinsel boten, die das Kloster mit dem einzigen Kontinent Selp Dik verband. Filp konnte sogar die winzigen Dächer der etwa vierzig Kilometer entfernt liegenden Hafenstadt Houhatte erkennen.

»Wartet hier!«, befahl der Ritter Szabbo. »Ich erkundige mich bei einem der Vertreter des Gremiums, ob die Weisen bereit sind, Euch zu empfangen.«

Er verschwand durch eine den Fenstern gegenüberliegende große Tür.

Die Wendeltreppe führte, immer schmaler werdend, weiter nach oben, in geheime Regionen. Nur ein paar Stufen trennten ihn noch von den Gemächern Mahdi Seqorams, des Großmeisters des Ordens, stellte Filp fest, und wurde ganz aufgeregt. Er hoffte, ihn wenigstens einmal zu sehen, eine Gunst, die ihm bisher verwehrt worden war. Und die physische Nähe zu diesem außergewöhnlichen Mann erfüllte ihn mit geradezu religiöser Inbrunst. Er hatte die absurde Hoffnung, plötzlich vor ihm zu stehen.

Aber Filp starrte vergebens die ausgetretenen Stufen an, der Mahdi zeigte sich nicht. Er zuckte mit den Schultern, schalt sich seiner Naivität und lehnte sich an eines der Fenstersimse. Der Stein fühlte sich porös und kalt an. Sein Blick schweifte über das graue, von Wind und Regen aufgepeitschte Meer der Feen von Albar. Filp versuchte, die legendäre Insel der Monager auszumachen, dieser gefährlichen Seemonster, über die die selpdikischen Fischer mit abergläubischer Angst sprachen. Aber trotz der Höhe seines Aussichtspunkts oder weil schlechtes Wetter herrschte, oder weil diese Insel eben nur in der Fantasie der Menschen existierte, konnte er nichts als das aufgewühlte Meer und die dunklen drohenden Wolken darüber sehen.

Die Stimme des Ritters Szabbo riss in abrupt aus seinen Betrachtungen: »Die Weisen des Gremiums erwarten Euch, Krieger! Befleißigt Euch ihnen gegenüber größter

Ehrerbietung. Den meisten Eurer Kommilitonen wird niemals ein solche Gunst zuteil. Folgt mir!«

Hinter der Tür erstreckte sich ein dunkler Gang mit gewölbter Decke, die so niedrig war, dass die Haare des Ritters die Rundbögen streiften. Sie betraten einen kleinen, unmöblierten Raum mit vom Grünschimmel befallenen Wänden und einem einzigen Fenster. Die offen stehende Tür schlug in regelmäßigen Abständen laut gegen den Rahmen.

»Tretet jetzt ein, Krieger Asmussa!«, befahl Szabbo.

Filp grüßte den Ritter ehrerbietig. Dieser erwiderte den Gruß mit einer leichten Verbeugung und zog sich kommentarlos zurück.

Filp ging langsam in den Audienzsaal des Entscheidungsgremiums. Er war rund. Licht fiel durch die Luftfenster herein. Der Saal war bernsteinfarben getönt und das Licht warf einen golden Glanz auf Möbel und Wände. Magnetische Teppiche mit changierenden Emulsionen bedeckten den Holzfußboden. An die Decke wurden holografische Bilder projiziert, die die Gesichter aller Mahdis seit Gründung des Ordens zeigten und zwischen den Porträts das Emblem der Ritterschaft, den Pantharden.

Das Leben und die symbolische Bedeutung des Pantharden war einziges Thema der drei ersten Kurse aller Anwärter auf die Ritterschaft. Der Panthard war ein Raubtier der tropischen Wälder des Planeten Nouhenneland, ein sehr scheues Geschöpf, imstande, auch den ausgeklügelsten Fallen zu entgehen und deshalb schwer zu jagen. Doch wenn er in die Enge getrieben wurde, kämpfte er erbarmungslos um sein Leben. Die Einheimischen behaupteten, sollte der Panthard jemals aussterben, wäre das ein Zeichen für das Zeitenende.

Nun sah Filp den Panthard an der Decke dargestellt: ein geschmeidiger Körper mit feuerrotem, von purpurnen und schwarzen Streifen durchzogenem Fell bedeckt, große grüne undurchdringliche Augen und fünfzig Zentimeter lange Reißzähne.

Auf einem Podium in der Mitte des Saals standen vier Stühle. Auf jedem dieser Stühle saß ein mit einer weißen Toga bekleideter Greis. Die Schädel dieser Männer waren rasiert und voller brauner Altersflecken, ihre Gesichter mit einer pergamentartigen faltigen Haut überzogen, ihre Augen wässrig, farblos. Die Alten, wie sie gern genannt wurden, versuchten jetzt, den Krieger mit ihren Blicken zu durchbohren.

Im Raum roch es nach Staub und Schimmel, ein Geruch, der Filp an die geräumigen Dachböden des elterlichen Palastes in Rahabezan erinnerte.

Er schritt bis zu dem halbkreisförmigen Geländer vor dem Podium und grüßte – trotz seiner inneren Anspannung, die ihn zittern ließ – langsam und zeremoniell wie vorgeschrieben, die vier Weisen.

Kaum hatte er das Ritual absolviert, traf ihn eine Stimme wie ein Peitschenhieb.

»Krieger Filp Asmussa, der Mahdi Seqoram hat uns beauftragt, Euch vorzuladen, um Euch davon in Kenntnis zu setzen, dass er im Hinblick auf Euch gewisse Sorgen hegt«, verkündete einer der Weisen, ohne sich zu rühren. Seine Stimme klang wie das künstliche Organ eines Roboters.

Ein eisernes Band legte sich um Filps Brust und machte ihm das Atmen schwer.

»Als Erstes«, fuhr der Weise fort, »legt der Mahdi Wert darauf, Euch zu dem brillanten Gelingen Eurer Mission auf Roter-Punkt zu beglückwünschen, eine Mission, die alles andere als einfach war, wie er zugibt. Auch wenn sie sich teilweise als überflüssig erwiesen hat, denn die Tochter des Syracusers Alexu weiß kaum mehr über die Feinde der Konföderation als wir. Ständig wiederholt sie, dass wir uns durch den Klang schützen müssen, aber das tun wir bereits! Wir haben nur eine, wie mir scheint, zweifelhafte Auskunft des Leiters unseres Netzes auf Roter-Punkt, die besagt, dass es Euch gelungen sei – obwohl Ihr nur Krieger seid –, einen Scaythen vom Planeten Hyponeros im Zweikampf zu besiegen. Daraufhin beschloss der Mahdi, Euch schon vor Beendigung Eures Noviziats die Ritterwürde zu verleihen ... Doch leider ließen uns die Wächter der Reinheit Informationen ... besorgniserregende Informationen über Euch zukommen, die den Mahdi bewogen haben, seine bereits getroffene Verfügung zu ändern.«

Der fahle Blick des Redners brannte auf Filps Gesicht. Er fühlte sich erbärmlich und senkte den Kopf wie ein ertapptes Kind, um diesem fürchterlichen Zorn zu entgehen.

In diesem Augenblick betrat ein Mann in der roten Robe der Wächter der Reinheit durch eine kleine Seitentür den Audienzsaal. Er war groß und mager, sein ausgemergeltes Gesicht von wächserner Blässe. Der graue Haarkranz um seinen kahlen Schädel betonte sein strenges Aussehen. Er trat an das Geländer und richtete seine kleinen kalten Augen auf Filp.

»Ich stelle Euch den ehrenwerten Plays Hurtig vor«, sprach der Weise. »Er leitet seit Jahren die Reinheitskommission, deren Aufgabe darin besteht, gegen die Verfälschung der Lehre zu kämpfen. Das Ego eines jeden hat das natürliche Bedürfnis, alles an sich zu reißen, und einige Mitglieder des Ordens haben die ärgerliche Angewohnheit, sich die

Lehre zu eigen machen zu wollen. Anders gesagt, sie zu interpretieren. Ein solches Verhalten führt zu Konflikten, und das kann der Mahdi nicht dulden! Nichtsdestotrotz scheint mir, Krieger Asmussa, dass Ihr, obwohl Ihr vor Antreten Eurer Mission vor dem subversiven Gedankengut und den heterodoxen Ideen des seit über zwanzig Jahren verbannten Ritters Long-Shu Pae aufs Schärfste gewarnt wurdet, gewissen Versuchungen erlegen seid. Schon seine permanente Insubordination führte zu schwerwiegenden Zwischenfällen innerhalb der Klostermauern ...«

Die Stimme des alten Weisen wurde vor Zorn immer schriller, und sein Gesicht verzerrte sich zu einer wütenden Fratze.

»Wir haben einen Fehler gemacht, Krieger! Denn wir, die Weisen des Gremiums, haben Euch auf Rat Eures Lehrers Ruiff Loane und Eures Beichtvaters Choud Al Bah für diese Mission auserwählt. In ihren Augen gehörtet Ihr zur Elite, unseres Vertrauens würdig ... Denn der Mahdi wollte sich in diesen unsicheren Zeiten nicht einmal vorübergehend von seinen bewährten Rittern trennen. Der Orden braucht momentan alle seine Kräfte, um einen eventuellen Überfall der Syracuser und deren Verbündeten abwehren zu können. Aus diesem Grund wurden alle Ritter, die auf den verschiedenen Posten der Planeten der Konföderation tätig waren, nach Selp Dik zurückgerufen.«

Der Greis schwieg und räusperte sich erschöpft. Mit der Präzision eines Skalpells hatten seine Worte die mentale Schwäche Filp Asmussas bloßgelegt. Er wusste, dass er weder leugnen, noch protestieren oder sich verteidigen konnte. Ratlos richtete er den Blick zur Decke und betrachtete die Gesichter der Mahdis und das prächtige Raubtier.

»Ihr habt Eure Mission mit Bravour zu Ende geführt,

Krieger. Aber um welchen Preis? Ihr seid vom Planeten Roter-Punkt mit vergiftetem Herzen und vergifteter Seele zurückgekehrt, einem Gift, das Euch Long-Shu Pae eingeflößt hat. Dafür haben wir Beweise. Bitte sagt uns jetzt, was Ihr wisst, ehrenwerter Plays Hurtig.«

Der oberste Wächter der Reinheit stellte sich vor das Geländer. Er überragte Filp gut um Haupteslänge. Mit seiner Adlernase, dem dürren Hals und den flügelartigen Ärmeln seiner Robe, aus denen seine langen Arme mit den knochigen Händen ragten, sah er aus wie einer der Geier, die die Wüsten des Sechsten Rings vor Sbarao bevölkerten.

»Krieger Asmussa, vor Kurzem habt Ihr versucht, Euch in die geheime Krypta des Archivs zu begeben«, fing Plays Hurtig in süßlichem Ton an. »Unglücklicherweise für Euch und glücklicherweise für den Orden und trotz der Vorsichtsmaßnahmen, die Ihr getroffen habt, wurdet Ihr von einigen Eurer Kommilitonen gesehen. Nur Long-Shu Pae hat Euch über die Existenz dieser Bibliothek informieren können, denn niemand als die Weisen und meine Wenigkeit, der oberste Wächter der Reinheit ...«

»Und natürlich der Mahdi!«, mischte sich ein anderer Weiser ein.

»Selbstverständlich. Das steht außer Frage«, nahm Plays Hurtig den Faden wieder auf. »Ich sagte also, dass niemand außer den Weisen des Gremiums und ich, die wir hier anwesend sind, Kenntnis von dieser Krypta hat oder jemals haben wird. Long-Shu Pae indessen gelang es einst von ungesunder Wissbegierde getrieben, dieses mehr als tausend Jahre alte Tabu zu brechen. Das war ein Fehler! Ein schrecklicher Fehler! Nachdem er sich eine gewisse Anzahl alter Videoholos angesehen hatte, zog er in seinem bornierten Geist völlig falsche Schlüsse aus dem Gesehenen und verlangte öffentlich eine Revision der Lehre. Er behauptete, der Orden würde sich von seinen ursprünglichen Lehren entfernen! Was einer Anklage gegen den Mahdi Seqoram gleichkam, und das heißt einer Gehorsamsverweigerung, obwohl der Gehorsam eine der Kardinalstugenden der Ritterschaft ist ...«

»Deshalb bestand der Mahdi auf seiner Verbannung«, unterbrach der erste Weise die Tirade des ehrenwerten Wächters der Reinheit. »Er war das schwache Glied in der Kette, der poröse Stein im Haus, der klaffende Spalt im Schutzwall. Doch der Orden muss unter jeden Umständen ein unerschütterliches Bollwerk sein!«

»Long-Shu Pae hat Euch die Dinge wahrscheinlich unter einem für ihn vorteilhaften Aspekt geschildert«, sagte ein anderer Weiser. »Doch sein Geist war nicht mehr vom Glauben durchdrungen. Deshalb wurde dieser Mann zu einer Schwachstelle innerhalb unseres Systems ...«

»Wie Ihr jetzt!«, keifte der dritte Weise. »Ihr wart ein wertvoller Teil des Ganzen, Krieger Asmussa, darin waren sich alle einig. Aber Ihr habt Euren Glauben an den Großmeister Mahdi Seqoram verloren, der von dort oben in diesem Turm ...«, er deutete mit seinem zitternden, gichtgekrümmten Zeigefinger zur Decke, » ... in das Herz eines jeden seiner Anhänger sieht, welche Stellung er auch immer innerhalb der Hierarchie des Klosters einnehmen möge. Der Meister wandte seinen Blick, sonst voller Liebe, von Long-Shu Pae ab. Er verstieß ihn auf immer und ewig, denn dieser Ritter hätte diese Bruchstücke einer veralteten, überholten Lehre niemals ans Tageslicht zerren dürfen.«

Jetzt erhob auch der vierte Weise seine Stimme und verkündete im Brustton der Überzeugung: »Ihr müsst wissen, Ritter, dass sich die Lehre mit den Jahren weiterentwickelt. Und gerade dieses Phänomen trägt zu ihrer Reinheit bei, ja, macht sie rein!«, sagte er mit zitternder Stimme. »Das, was früher gültig war, muss nicht notwendigerweise heute noch gültig sein. Long-Shu Pae war ein außerordentliche brillanter Geist. Aber man kommt nicht voran, indem man rückwärts geht und die Vergangenheit wiederbelebt. Mitglieder, die sich von Gegenwart und Zukunft abkehren, haben keinen Platz in unseren Reihen. Wir müssen mit der Zeit gehen, uns den Umständen anpassen. So hat es der Gründer unseres Ordens gewollt, der Mahdi Naflin, und wir versuchen, diese Regeln zu befolgen. Und die jetzige prekäre Lage erfordert den engen Zusammenschluss aller Mitglieder des Ordens, ohne Ausnahme und ohne Berücksichtigung etwaiger Gewissenskonflikte! Hier ist momentan weder Zeit noch Ort dafür, den geringsten Zweifel aufkommen zu lassen. Zweifel ist wie eine ansteckende Krankheit. Denn der Zweifel schwächt das mentale Potenzial und führt zur Austrocknung des Sees des Xui!«

»Wir sind uns bewusst, dass Ihr im Augenblick eine schwierige Phase Eures Lebens bewältigen müsst ...«, fügte der oberste Wächter der Reinheit hinzu. Der Blick seiner harten kleinen schwarzen Augen bohrte sich in den Krieger.

»Aber es gibt etwas, das für Euch spricht: Ihr habt Euren Plan nicht ausgeführt ... Ihr seid umgekehrt, anstatt eine Tat zu begehen, die wir nicht hätten ignorieren können. Also hat Eure mentale Kontrolle noch funktioniert ...«

»Außerdem haben wir nicht vergessen, dass Ihr vor Kurzem Eure gesamte Familie verloren habt und das unter äußerst tragischen Umständen«, sprach der erste Weise, jetzt mit sanfter Stimme, weiter. »Die Stimme des Bluts befiehlt Euch, so schnell wie möglich auf Euren Heimatplaneten zu reisen, um das von Eurem Vater, Dons Asmussa, begonnene Werk der Befriedung fortzusetzen. Sollte dies Eure Entscheidung sein, so respektieren wir sie. Doch ehe Ihr Euch dorthin begebt, müsst Ihr noch jene Rolle spielen, für die Ihr Euch seit drei Jahren mit einem beispielhaften Enthusiasmus vorbereitet habt ... Gewinnt wieder vollständige Herrschaft über Euch, Krieger!«

»Und bedauert nichts!«, schloss Plays Hurtig mit weit ausholender Geste, wobei seine roten Flügelärmel dramatisch flatterten. »Ihr seid nicht genial wie Long-Shu Pae es war und hättet von einem Besuch der Krypta kaum profitieren können. Diese Videoholo-Filme sind in einem derart beklagenswerten Zustand, dass man sich schon mit derartig veralteten Dingen auskennen muss, um sie wieder zusammenflicken zu können. Noch etwas: Der Ritter Long-Shu Pae starb kurz nach Eurer Abreise von RoterPunkt. Unser Informant dort glaubt, dass er Selbstmord begangen hat.«

Diese Nachricht traf den Krieger wie ein schwerer Schlag. Long-Shu Pae, und Hand an sich legen? Auch wenn der Ritter desillusioniert und zynisch gewesen war, so hatte er das Leben doch zu sehr geschätzt, um einem solchen selbstzerstörerischen Impuls nachgegeben zu haben ...

Filp merkte, dass Plays Hurtig und die vier Weisen ihn aufmerksam beobachteten, so als könnten sie seinen Gedanken folgen. Sie hatten ihn durchschaut, obwohl er mit niemandem über sein missglücktes nächtliches Abenteuer gesprochen hatte. Jetzt fühlte er sich als Zielscheibe ihrer kalten und gleichzeitig glühenden Blicke. Vor diesen fünf Männern machte sich in ihm eine kalte innere Leere breit, die von einer Macht aus Eisen- und Feuertentakeln bewacht wurde.

Sie ließen ihm Zeit, bis ihre Worte die gewünschte Wirkung erzielt hatten, dann fragte Plays Hurtig in feierlichem Ton: »Wie habt Ihr Euch entschieden, Krieger Asmussa? Wollte Ihr blindlings unseren Anordnungen folgen – ich wiederhole: blindlings –, oder wollt Ihr den Weg Long-Shu Paes beschreiten, diesem Verbannten folgen, dem der Mahdi das Vertrauen entzogen hat?«

»Wägt die Tragweite Eurer Worte sorgsam ab, Krieger!«, empfahl der erste Weise.

Filp zögerte nur kurz. Der Tod Long-Shu Paes deprimierte ihn, aber er war auch ein Zeichen des Himmels, ein Wink des Schicksals. Er hob den Kopf und sah jedem der fünf Männer mutig in die Augen.

»Endlich habe ich Klarheit über mich gewonnen, weise Ritter des Gremiums«, sagte er bestimmt und mit wohlklingender Stimme. »Die kurze Bekanntschaft mit dem Ritter Long-Shu Pae war für mich nichts als eine Prüfung, die dazu diente, meinen starken Geist zu festigen. Ich gestehe, dass ich aus Neugier der Krypta einen Besuch abstatten wollte, aber letztendlich habe ich darauf verzichtet. Ich verehre nur den Großmeister, den Mahdi Seqoram, und ich ... ich vertraue dem Gremium, das ihn repräsentiert ... Außerdem bin ich jetzt überzeugt, dass diese Prüfung mir bei den Kämpfen, die der Orden wird führen müssen, helfen wird ... Doch nach dem Krieg werde ich auf Sbarao und die Ringe zurückkehren, um das Werk meines Vaters zu vollenden ...«

Er hatte seine Rede mit Kraft und einer nahezu mystischen Inbrunst vorgetragen. Die Weisen und der ehrenwerte Hüter der Reinheit warfen sich zufriedene Blicke zu. Ihre Greisengesichter verzogen sich zu grinsenden Fratzen.

»Welch weiser Entschluss!«, jubelte der erste Weise. »Von nun an sind wir sicher, dass Ihr niemals den ruhmreichen Weg Eurer Vorgänger verlassen werdet!«

»Seid Ihr bereit, auf Eure Ehre zu schwören, niemandem etwas von der Existenz dieser Krypta zu sagen?«, fragte der zweite Weise.

»Ich bin kein Ritter«, entgegnete Filp. »Also kann ich nicht bei meiner Ehre zum Schweigen verpflichtet werden ...«

»Wahrhaftig ein kluger Einwand, junger Mann!«, rief der vierte Weise, jener mit der zitternden Stimme. »Ehrenwerter Plays Hurtig, seid so gut und verkündet dem Krieger Filp Asmussa die frohe Nachricht.«

Der oberste Hüter der Reinheit verzog das Gesicht zu einer Grimasse, die man als Lächeln deuten konnte.

»Krieger Asmussa, Ihr werdet in drei Tagen anlässlich des Jahrestags der Gründung des Ordens in den Ritterstand erhoben! Also könnt Ihr schon jetzt den Eid ablegen ...«

»Vielleicht wird Euch sogar der Mahdi höchstpersönlich segnen!«, erklärte der erste Weise. »Sollte sein immenses Arbeitspensum ihm Zeit dazu lassen. Wir bemühen uns, ihn dazu zu bewegen ... Aber macht Euch nicht zu viel Hoffnung.«

Eine ungeheure Freude stieg in Filp auf. Jetzt wurde er für seinen, von seinem Lehrer bewunderten und seinen Kommilitonen mit Neid und Argwohn betrachteten, unermüdlichen Eifer endlich belohnt: mit der Würde eines Ritters der Absolution. Diese Aussicht fegte den schlechten Eindruck hinweg, den die Trapiten auf ihn gemacht hatten. Er musste an seine Familie denken: Wie stolz sie auf ihn gewesen wären ... Sein Vater, Dons, seine Mutter, Dame Moniaj ... seine kleine Schwester Isabalj ...

»Ihr werdet Euch also die drei Tage, die uns noch vom Gründungstag unseres Ordens trennen, durch Fasten, Enthaltsamkeit und der Suche nach dem Xui auf Eure Ritterweihe vorbereiten. Euer Beichtvater, der Ritter Choud Al Bah, wird Euch diesbezüglich instruieren und während Eurer Exerzitien unterstützen«, sagte Plays Hurtig.

»Geht jetzt, Ritter!«, befahl der erste Weise. »Der Vorsteher der Garde, Godegezil Szabbo, wird Euch in Eure Zelle zurückbringen.«

Filp rührte sich nicht. Er wollte etwas sagen, brachte aber kein Wort heraus.

»Quält Euch etwas?«, fragte Plays Hurtig.

»Ich ... verzeiht meine Anmaßung ... Ich möchte eine Bitte vortragen ...«, stammelte Filp.

»Nun, dann sprecht!«, sagte der erste Weise.

»Ich hätte gern eine Audienz bei dem Mahdi Seqoram.«

»Euer Wunsch ist nur zu verständlich«, sagte der Weise mit der zitternden Stimme und entblößte seine gelbe Zähne, als er wohlwollend lächelte. »Nicht eine Minute in unserem Leben verstreicht, ohne dass wir ihm ebenfalls unsere Liebe, Dankbarkeit und Ehrerbietung bezeugen wollen. Also ist dies eine nachvollziehbare Bitte ... Aber wir ehren den Mahdi nicht auf die ihm geschuldete Weise, wenn wir ihn stören. Und die aktuelle schwierige Lage verlangt seinen ganzen Einsatz, erfordert seine gesamte Zeit. Der drohende Krieg verbietet momentan jeden persönlichen Kontakt. Ihr habt selbst erfahren, mit welcher Effizienz die Feinde der Konföderation operieren. Glaubt Ihr das Recht zu haben, den Mahdi abzulenken, während die

Ang von Syracusa, diese Verschwörer, dabei sind, einen der ihren zum Kaiser zu krönen? Sie haben die Gesetze der Konföderation gebrochen, eben jene Gesetze, die der Mahdi Naflin, der Gründer des Ordens, einst erließ ...«

»Ihr müsst wissen, dass unsere Agenten uns informiert haben, dass wir mit einem unmittelbaren Angriff der Verbündeten der Syracuser zu rechnen haben!«, sagte der zweite Weise.

»Uns angreifen, auf Selp Dik!«, schimpfte der erste Weise. »Sie müssen sich sehr sicher fühlen, wenn sie es wagen, uns auf unserem Territorium anzugreifen!«

»Also bereitet Euch während dieser drei Tage so gut vor wie Ihr könnt«, riet Plays Hurtig. »Auf diese Weise könnt Ihr am besten Eurem Meister dienen und ihn ehren. Wer zur Tat schreitet, beweist ihm seine Ergebenheit am besten ...«

»Ich verstehe«, murmelte Filp.

Seine Enttäuschung wurde durch das Versprechen, in den Ritterstand erhoben zu werden, beträchtlich gemildert.

»Das macht uns froh. Und jetzt, geht!«

»Dürfte ich vorher noch der Tochter Sri Alexus einen Besuch abstatten und mich nach ihrem Befinden erkundigen?«

»Bisher habt Ihr es nicht für nötig gehalten, unsere Erlaubnis dafür einzuholen«, rügte Plays Hurtig Filp. »Denn die Nachsicht des Ritters, der das Amt des Medicus' innehat, half Euch, die Regeln zu umgehen. Doch da Nobeer O'An uns versichert hat, dass Eure Besuche der Gesundheit der jungen Frau förderlich sind, haben wir die Augen davor verschlossen ... Wir verschließen sie heute noch einmal davor.«

Ein paar Minuten später betrat Filp Asmussa in Begleitung Godegezil Szabbos das düstere Refugium Nobeer O'Ans. Der Anführer der Garde wartete im Vestibül. Filp ging in das Sprechzimmer des Heilers, wo einer seiner Assistenten ihn mürrisch begrüßte. Der Raum war vollgestopft mit Luftgläsern und -schachteln, in denen sich allerlei Flüssigkeiten, getrocknete Kräuter oder Wurzeln befanden. Das alles stand auf Regalen, und es herrschte ein strenger, bitterer Geruch.

Filp kannte diesen Raum nicht, und weil er nie krank war, hatte er vor seiner Rückkehr von Roter-Punkt kaum etwas mit dem brummigen Norbeer O'An zu tun gehabt, dessen schwieriger Charakter Anlass zu vielen Späßen innerhalb der Klostermauern war.

Der rothaarige, mit einem blauen Kittel bekleidete Assistent starrte Filp mit kleinen, kurzsichtigen Maulwurfsaugen an. »Schon wieder Ihr!«, stöhnte er. »Was wollt Ihr?«

»Das wisst Ihr sehr gut«, antwortete Filp und reagierte gelassen auf die gewohnte Unfreundlichkeit, die alle Assistenten des Medicus' auszeichnete. Denn törichterweise glaubten sie, ihren Meister nachäffen zu müssen, obwohl diesen Mann niemand so leicht imitieren konnte.

»Habt Ihr schon mal davon gehört, dass es strikt verboten ist, eine Frau zu besuchen?«, fragte der Assistent aggressiv.

»Ich wurde soeben von dem Gremium der Weisen empfangen«, entgegnete Filp in schneidendem Ton, weil er glaubte, dem Mann auf diese Weise den Wind aus den Segeln nehmen zu können. »Und das Gremium hat mir die Erlaubnis erteilt, die Tochter Sri Alexus zu besuchen, ehe ich mich zu den vorgeschriebenen dreitägigen Exerzitien zurückziehe, bevor ich die Ritterwürde empfange.«

Der Assistent ließ sich jedoch keineswegs beeindrucken. Das Argument schien seine Animosität noch zu verstärken.

»Bis jetzt habt Ihr es nicht für nötig gehalten, das Gremium um Erlaubnis zu bitten!«, entgegnete er. »Wie es scheint, steht Ihr in der Gunst der Weisen, Krieger. Natürlich, denn Ihr seid nobler Abstammung, nicht wahr? Aber selbst ich als erster Assistent des Heilers habe nicht das Recht, diese junge Frau zu sehen. Eben weil ich nicht der Sohn eines Adeligen bin!«, sagte der Assistent verbittert und neidisch.

Das Gerücht, eine Frau halte sich innerhalb der Klostermauern auf, hatte sich in Windeseile verbreitet. Ein Gerücht, das die Fantasie der Anwärter, Krieger und Ritter während ihrer einsamen Nächte beflügelte, und sie in Erregung versetzte, wenn sie sich ihren erotischen Phantasmagorien hingaben.

Filp wollte den Assistenten nicht noch mehr gegen sich aufbringen. Deshalb bat er höflich: »Könnte ich den Ritter Nobeer O'An sprechen?«

»Geht da rein!«, sagte Rotschopf jetzt, weil er genug herumgegiftet hatte. »Er braut ein neues Heilmittel zusammen ... natürlich für das Mädchen!«

Der Assistent trat widerwillig beiseite, und der Ritter ging über einen kleinen Flur in einen schwach beleuchteten Raum, wo es in vielen auf einem Tisch stehenden Retorten zischte, brodelte und dampfte. Die in den Gefäßen destillierten Pflanzen und Mineralien verbreiteten einen herben Geruch.

Norbeer O'An saß an seinem Pult und beugte sich über ein prä-naflinisches Zauberbuch, von dessen holografische Seiten Licht auf sein Gesicht fiel. Er war kein schöner

Mann, seine Gesichtszüge wirkten grob und holzschnittartig. Er sah wie einer dieser furchterregenden Wasserspeier des Vierten Rings von Sbarao aus, und niemand hätte sich gewundert, hätte sein Mund wirklich Wasser gespien, oder wären aus seinen Nasenlöchern Flammen gezüngelt oder aus seinen unförmigen Ohren nach Schwefel stinkender Rauch gequollen. Er trug das pechschwarze Gewand des Heilers, was sein finsteres Erscheinungsbild noch unterstrich.

Ein paar Assistenten in weit geschnittenen blauen Kitteln arbeiteten schweigend an der Zubereitung der verschiedensten Tinkturen, Salben und Puder.

Da niemand ihm Aufmerksamkeit schenkte, räusperte sich Filp.

Der Medicus warf dem Neuankömmling einen wütenden Blick zu und brummte: »Ihr schon wieder! Ihr seht doch, dass ich beschäftigt bin!«

Nobeer O'An gab sich bewusst unfreundlich, denn wenn er einmal einen Patienten geheilt hatte, bemühte sich dieser strikt nach den Empfehlungen des Arztes zu leben, um nie wieder etwas mit ihm zu tun haben zu müssen.

Jetzt hielten auch die Assistenten in ihrer Arbeit inne und starrten den Krieger an.

»Ich bin gekommen, um mich nach Aphykit Alexu zu erkundigen«, sagte Filp. »Die Weisen des Gremiums haben mich höchstpersönlich autorisiert ... Jedenfalls werde ich in Zukunft Euer Wohlwollen nicht mehr strapazieren, denn noch heute Morgen beginne ich mit meinen dreitägigen Exerzitien als Vorbereitung zu meiner Ernennung zum Ritter ...«

Das hässliche Gesicht des Medicus' begann zu strahlen, und er lächelte Filp freundlich an. »Ihr werdet zum Ritter ernannt! Das ist gut, das ist sehr gut! Ich freue mich für Euch und für Euren Paten, meinen alten Freund Al Bah.«

Die Assistenten waren verblüfft. Ein Zeichen, dass ihr Meister nicht oft Komplimente machte.

»Euer Schützling macht mir Sorgen ... Sie ist eine zusätzliche Belastung, die ich gut und gerne hätte entbehren können«, sagte Nobeer O'An in fast fröhlichem Ton.

Die Assistenten glaubten, sich verhört zu haben.

»Das Virus, mit dem sie infiziert wurde, ist sehr resistent, ja, ich nenne es pervers. Jedes Mal, wenn ich sie mit einem neuen Heilmittel behandele, verändert es sich. Trotzdem konnte ich die Kranke stabilisieren, die Phasen ihrer Hellsichtigkeit verlängern. Aber immer wieder kommt es zu Krisen, die dann ihr Immunsystem schwächen ... Das Problem liegt darin, dass dieses Virus unseren Vorfahren völlig unbekannt war ...«

»Aber glaubt Ihr, eine Chance zu haben, sie heilen zu können? Ich meine, eine echte Chance?«, sagte Filp und merkte sofort, das dies keine Frage, sondern eher ein Flehen war, das seine Gefühle verriet.

»Wenn Gott es will ...«, antwortete Nobeer O'An ausweichend, denn ihm war der Gemütszustand des Kriegers nicht verborgen geblieben. »Ein Sprichwort meiner Heimat besagt, dass es keine Probleme gebe, sondern nur Lösungen ... Ich möchte in diesem Fall hinzufügen: Es gibt eine kleine Chance. Jedenfalls hat meine Patientin während der Gespräche mit den Weisen und dem ehrenwerten Plays Hurtig normal gewirkt ... Im Augenblick bin ich in der Lage, die Wirkung des Virus' zu verlangsamen, aber ich arbeite noch immer daran, den Feind in ihrem Körper definitiv zu neutralisieren. Kommt, begleitet mich. Es ist Zeit für die morgendliche Visite.«

Und Nobeer O'An erhob sich vor seinen vor Erstaunen wie erstarrt dastehenden Assistenten und lenkte seine Schritte zu der Steintreppe, die in die im Untergeschoss liegenden Räume der Krankenstation führte. Doch ehe er den Fuß auf die erste Stufe setzte, rief er mit flammendem Blick und derart dröhnender Stimme, dass die Retortengläser klirrten: »An die Arbeit, ihr faule Bande! Habe ich euch etwa gesagt, ihr sollt damit aufhören?«

Aphykits Krankenzimmer war in ein rosiges Licht getaucht, das durch die drei sechseckigen Deckenfenster in den Raum fiel. Sogar die Wände waren mit alten Wassertapeten bedeckt, die eine etwas fröhlichere Atmosphäre schafften und sich von der üblichen kargen Strenge der Räume abhoben.

Sie schlief, das blasse Gesicht von einem Kranz goldenen Haars umgeben. Ihr Hängebett – für Filp der Inbegriff des Komforts, seit er auf einem Strohlager in seiner Zelle schlief – schwebte einen Meter über dem Boden. Sie lag unter einer grünen Decke, und die Krankheit hatte ihre Schönheit absurderweise noch unterstrichen. Sie wirkte so ätherisch, dass Filp glaubte, ein Lufthauch könnte sie für immer zum Erlöschen bringen.

»Ich habe das Bett in dieser Höhe anbringen lassen, auf einen Meter und zwei Zentimeter Standard, weil diese Höhe sich am besten mit den Sternen und den Gezeiten verträgt«, flüsterte Norbeer O'An, dessen Gesicht neben dem Aphykits geradezu monströs wirkte.

Bei jedem Besuch des Kriegers am Krankenbett der Syracuserin betonte der Heiler, wie wichtig die Höhe des Bettes sei. Und jedes Mal variierte sie um einige Zentimeter, je nach dem Stand der Tide und dem der Sterne.

»Wird sie noch lange schlafen?«, fragte Filp drängend, denn schon der Gedanke, Aphykit drei Tage nicht sehen zu können, schien ihm kaum erträglich.

»Das weiß ich nicht«, gestand Nobeer O'An. »Ihre Schlaf- und Wachperioden sind schwerwiegend gestört. Dieses Virus ist entsetzlich! Glücklicherweise verbreitet es sich nicht durch Tröpfcheninfektion über die Atemwege. Stellt Euch nur einmal vor, was für verheerende Folgen eine solche Epidemie hätte.«

Aphykit öffnete langsam die Augen. Ihre wie Edelsteine schillernden Augen betrachteten erst den Heiler, dann Filp. Sie lächelte schwach.

»Der Krieger Asmussa ist gekommen, Euch einen Besuch abzustatten, Mademoiselle«, sagte Nobeer O'An leise.

Filps Herz schlug schneller. Er trat auf das Bett zu und beugte sich über die junge Frau. »Ich werde Euch die nächsten drei Tage nicht besuchen können, weil ich mich in der Abgeschiedenheit meiner Zelle auf den Ritterstand vorbereiten muss ... Ich möchte nicht, dass ... Ihr dürft nicht glauben, dass ich mich nicht mehr für Euer Wohlergehen interessiere ... Versteht Ihr mich?«

Aphykit senkte die Lider zum Zeichen, dass sie verstanden habe. Offensichtlich kostete es sie große Anstrengung, bei klarem Bewusstsein zu bleiben. Sie öffnete den Mund und wollte sprechen, aber sie war zu schwach. Sie fing an, flach und keuchend zu atmen, und Schweißtropfen perlten von ihrer Stirn.

»Das sind Anzeichen einer neuen Krise«, sagte Nobeer O'An. »Ihr müsst jetzt gehen. Ich möchte ein neues Medikament ausprobieren, doch es könnte zu heftigen und unkontrollierbaren Reaktionen führen ...«

Filps schwarzen Augen brannten vor Trauer und Sehnsucht. Aber der Medicus beobachtete die Emotionen des Kriegers mit der Gelassenheit eines alten Weisen, der solche amourösen Anwandlungen nur als Störungen des Xui ansah, als Reminiszenzen einer fernen Vergangenheit. Er hatte sich für den Zölibat und die Enthaltsamkeit entschieden, weil er sich mit Leib und Seele der Heilkunst verschrieben hatte. Und er hätte glücklich und in perfektem Einklang mit sich selbst gelebt, wäre er nicht in den Besitz gewisser, tief in den Fundamenten des Klosters verborgener Geheimnisse gelangt. Nie hatte er jemandem mitgeteilt, was er in den Krypten und Kellern der Klosteranlage zufällig entdeckt hatte. Er hatte versucht, diese schrecklichen Bilder zu vergessen, doch die Erinnerung daran quälte ihn immer wieder. Sein einstiger Kommilitone Long-Shu Pae, ein bemerkenswerter Mann, war verbannt worden, weil er der Wahrheit zu nahegekommen war.

Doch er, Nobeer O'An, hatte sich der Wahrheit nicht nur genähert, er hatte ihr ins Gesicht gesehen. Und diese Wahrheit hatte ihn derart verstört, dass er es vorzog, für immer zu schweigen. Seitdem hatte er sich hinter seiner Übellaunigkeit versteckt wie hinter einer uneinnehmbaren Festung. Doch er wusste, dass er niemals ganz in den See des Xui würde eintauchen können, ehe er nicht die Mauern seines inneren Gefängnisses gesprengt hatte ...

»Ich muss jetzt gehen«, sagte Filp. »Und ich hoffe von ganzem Herzen, Euch bald wiederzusehen ... Diese drei Tage werden mir sehr lang erscheinen ...«

Er betrachtete Aphykit noch einmal mit brennenden Augen, kämpfte energisch gegen den Wunsch an, noch länger zu bleiben, und ging.

»Ich komme gleich wieder«, sagte der Medicus, ehe er ebenfalls ging und die Tür hinter sich schloss.

Wie durch dichte Nebelschwaden formten sich Gedanken in Aphykits Kopf. Die täglichen Besuche des Ritters versetzten sie in ein Stadium der Trunkenheit, gegen das sie sich nicht mehr wehrte. Seine edlen Gesichtszüge, sein braunes gelocktes Haar, seine breiten Schultern und seine schönen kräftigen Hände sowie seine angenehme Stimme lösten in ihr den unwiderstehlichen Wunsch aus, sich ihm bedingungslos und mit all ihrer Leidenschaft hinzugeben.

Sie liebte seine verzehrenden Blicke, sie liebte den Kontrast zwischen der zarten, scheuen Berührung seiner Hände und dem Feuer, das in seinen Augen loderte. Zum ersten Mal in ihrem Leben fühlte sie sich von einem Mann in diesem Maße angezogen – erst ihm war es gelungen, das Bild ihres früher so geliebten Vaters auszulöschen.

Den Verlust des Colancors war ihr seitdem gleichgültig geworden. Im Gegenteil, diese zweite Haut hätte eine Barriere zwischen ihr und seinen Blicken geschaffen. Sie gab sich rückhaltslos ihrer Verliebtheit hin und vergaß alles andere: den Tod ihres Vaters; ihre Zurschaustellung auf dem Sklavenmarkt, wo sie von unverschämten Blicken fast verschlungen worden war; das zerstörerische Virus, das sich in ihrem Körper ausbreitete. Und weil sie an dieses Krankenbett gefesselt war, nutzte sie die wenigen Momente klaren Bewusstseins zwischen ihren Fieberdelirien, um dieses bisher ungekannte, in ihr schlummernde Gefühl zu genießen.

Doch dann erhob das Antra, der Klang des Lebens, seine schwache Stimme tief in ihr, ein Murmeln, das immer leiser wurde und in ihr zu erlöschen drohte. Ihrem flüchtigen oberflächlichen Glück war es gelungen, diesen licht- und lebensspendenen Klang zu übertönen.

Nach Nobeer O'Ans Rückkehr schlief Aphykit wieder ein. Wie immer erschien ihr ein anderer Mann im Traum. Es war ... wie hieß er noch? Ach ja, Tixu Oty, der Reisebüroangestellte, den sie auf Roter-Punkt zum Shanyan gemacht hatte. Das bedauerte sie. Sie hatte unverantwortlich gehandelt, als sie ihm den Klang des Lebens zum Geschenk machte. Denn sie hatte nicht bedacht, dass jede Initiaton eine heilige Handlung war ...

Sie saß bis zum Hals in dem schwarzen fauligen Wasser eines Tümpels. Er stand am Ufer, doch er sah sie nicht. Da schrie sie seinen Namen, und das Wasser drang ihr in Mund und Nase – aber er sah sie noch immer nicht.

In Schweiß gebadet, keuchend vor Entsetzen wachte sie auf. Neben ihrem Bett stand Nobeer O'An und lächelte, ein groteskes Lächeln. Seine knochigen Finger umklammerten eine kleine schwarze Phiole.

SECHZEHNTES KAPITEL

Glaube nicht, dass die Lyra-Schlange, die
Um dich zu bezaubern,
In schönsten Farben schillert,
Deshalb ihr tödliches Gift verloren hat:
Gerade dann ist sie am gefährlichsten.

Maxime des Zweiten Sbaraïkischen Rings

In guten wie in bösen Stunden
Sind wahre Freunde miteinander tief verbunden:
Doch wird das klare Wasser der Intuition
Trübe durch wirre Konfusion,
Fällt die Entscheidung oft sehr schwer.
Denn welcher Mann – auch groß und hehr –
Kann ohne sich selbst zu verstricken
In die Seele seines Freundes blicken?

Platonischer Vers

Obwohl Tixu sehr früh an diesem Morgen erwachte – drei Stunden vor seinem Gastgeber – fühlte er sich frisch und munter.

Schon vier Tage saß er untätig auf dem Planeten Marquisat herum. Aphykits erneuter Hilferuf machte ihm Sorgen. Er legte eine dicke Wolldecke um seine Schultern und trat vor die Tür der Hütte. Dort setzte er sich auf einen großen Stein. Die Kühle der Nacht prickelte auf seiner Haut. Die schmale goldbraune Sichel des Sandmondes, des letzten Nachtgestirns des Marquisats, durchzog den indigoblauen, mit Sternen übersäten Himmel mit orangefarbenen Streifen.

Eine friedliche Stille umgab das imposante Massiv der Échine de la Marquise. Unter ihm, im fernen Abgrund der Hauptstadt, waren nur vereinzelte Lichter zu sehen.

Das Antra machte sich in ihm bemerkbar. Tixus Geist nahm es gierig auf, so als wäre es ihm inzwischen unentbehrlich geworden. Eigentlich gefiel ihm diese Abhängigkeit nicht, doch gleichzeitig wusste er intuitiv, wie wichtig es war, dass der Klang ihn innerlich rein machte.

Er sah Bilder aus seiner frühen Kindheit. Wieder hörte er die etwas heisere Stimme seiner Mutter, wie sie ihm von seinem nie gekannten Vater erzählte. Sie nahm ihn zärtlich in die Arme, drückte ihn an ihre Brust. Ihr langes bernsteinfarbenes Haar kitzelte seine Wangen. Er lief mit ihr durch die Straßen von Phaucille, und er entdeckte voller Entzücken buntes Spielzeug in den Schaufenstern der Geschäfte. Sie kaufte ihm ein altes elektronisches Geduldsspiel, mit dem er sich eine ganze Weile beschäftigte, während sie beide auf einer der Parkbänke inmitten blühender Bäume saßen. Er zappelte nervös mit seinen nackten Beinen, und sie gab ihm zur Beruhigung einen kleinen Klaps auf den Oberschenkel. Er musterte sie von unten und aß dabei so viel Süßigkeiten, dass ihm fast schlecht davon wurde. Sie wirkte abwesend, und doch erschien sie ihm wunderschön und begehrenswert. Er schämte sich dieses Gefühls, weil er ahnte, dass es nicht das Gefühl eines Kindes war. Und er war diesem phantomhaften Vater böse, diesem Feigling, weil er sie verlassen hatte, um in ein Furcht einflößendes, dunkles Land namens Tod zu reisen.

Am folgenden Abend hatte seine Mutter ihn zu seinem Onkel gebracht, dann war sie mit einer Taxikugel in die Nachbarstadt Betsabee gefahren, um eine Freundin zu besuchen. Mitten in der Nacht hatte seine Tante ihn plötzlich aus dem Schlaf gerissen. In jener Nacht erstrahlten die Sechs Sterne in der Sonne besonders hell und rot, im Rot des himmlischen Bluts. Er wurde zu einem Bett geführt, auf dem seine Mutter mit auf der Brust verkreuzten Händen lag. Sie bewegte sich nicht mehr; sie atmete nicht mehr. Benommen betrachtete er ihr weißes friedliches Gesicht, das von ihrem golden schimmernden Haar umgeben war. Hilflos und allein hatte sie ihn zurückgelassen. Man sagte ihm, die Taxikugel sei abgestürzt, und seine Mutter sei zu seinem Vater in das wunderbare Königreich des Todes gegangen. Da fragte er sich, warum dieses Königreich so verlockend sei, dass sie ihn deswegen habe verlassen können. Dabei hatte sie doch immer behauptet, ihn mehr als alles andere auf der Welt zu lieben und ihn niemals zu verlassen. Also war seine Mutter eine Lügnerin, wie alle anderen auch.

Er weinte, ohne zu wissen, warum Tränen aus seinen müden Augen strömten, vielleicht nur, weil das eine große Erleichterung war oder einfach ein beruhigendes Gefühl, etwas Wärme auf seinen Wangen zu spüren. Seine Tante drückte ihn an ihre Brust, wie seine Mutter es getan hatte. Doch bei dieser Frau fühlte er nichts als Kälte und Gleichgültigkeit hinter dieser leeren Geste.

»Sie sind aber früh auf den Beinen, Bilo!«, rief Stanislav Nolustrist.

Völlig nackt stand der Hirte vor der offen stehenden Tür seiner Hütte und streckte sich. Seine tiefe Stimme hatte ein paar seiner im Gras ruhenden Bovinen geweckt. Jetzt standen sie auf, scharrten mit den Hufen und schnaubten, bereit zu fliehen oder anzugreifen.

Derart abrupt in die Realität zurückgekehrt, merkte Tixu erst jetzt, dass ihm Tränen über die Wangen liefen. Er wischte sie mit dem Handrücken weg und rieb sein Gesicht mit einem Zipfel der Wolldecke, um seine Verlegenheit zu überspielen.

Der Hirte ging zu ihm und deutete auf die Sterne. »Schauen Sie sich den Himmel an! Sehen Sie diesen Stern da? Rechts neben der Sichel des Sandwindes? Das sind Sie. Dieser Stern wird bald vom Firmament verschwunden sein, so wie Sie aus meinem Leben verschwinden werden. Er wird von der Dunkelheit verfolgt, so wie Sie vom Tod verfolgt werden. Er muss hell strahlen, will er nicht von der Nacht verschluckt werden. Und Sie müssen einen sehr starken Lebenswillen haben, wollen Sie nicht vom Tod hinweggerafft werden! Sein Schicksal wie das Ihre hängt einzig und allein davon ab, mit wie viel Energie ihr euch zur Wehr setzt. Und Sie, Bilo, haben Sie genug Lebenswillen, um den Fallstricken des Sensenmanns zu entgehen?«, schloss Stanislav und brach in unbändiges Gelächter aus, noch ehe Tixu darauf antworten konnte.

»Verflucht noch mal, ich sehe ja, wie ich Sie mit meinem Geschwätz anöde. Kommen Sie! Begleiten Sie mich lieber zum Gebirgsbach. Sein Wasser wird uns erfrischen und wieder munter machen. Gestern sind Sie auch nicht mitgekommen.«

»Das Wasser ist mir zu kalt«, entschuldigte sich Tixu lahm. Er wunderte sich, dass dem Hirten solche Temperaturen nichts auszumachen schienen.

»Es ist nicht kalt!«, widersprach Stanislav. »Es ist bloß noch etwas abgekühlt von der Nacht, aber klar und von einem unbeschreiblichen Frieden erfüllt ... Also, los! Sie werden sich hinterher viel besser fühlen.«

Er ging ins Haus und kam kurz darauf mit einer aus ungebleichter Wolle gewebten Tunika bekleidet wieder. Ohne ein weiteres Wort ging er zum Bach. Tixu trottete schließlich, in seine Decke gehüllt, hinter ihm her. Der Tau unter seinen nackten Fußsohlen war eisig, und sein Atem gefror in der kalten Luft. Die Bergkette in der Ferne war in fahles, diesiges Licht getaucht.

Der Bach bildete sich aus einem hohen Wasserfall, und rauschte schäumend über das Felsgestein. An seinen Ufern wuchsen vom Raureif versilberte Pinien. Der Pfad wurde schmaler und führte zu einer kleinen Bucht unter einem Felsvorsprung, wo sich eine Gumpe gebildet hatte.

Stanislav Nolustrist zögerte keine Sekunde. Er streifte

seine Tunika ab und sprang in das stille Wasser. Tixu ließ seine Decke von den Schultern gleiten und tauchte vorsichtig seinen großen Zeh in den Bach. Es war eiskalt und er bekam eine Gänsehaut.

»Los, rein mit Ihnen! Das Wasser ist herrlich. Genießen Sie es, wie Sie das Zusammensein mit einer Frau genießen würden. Nur keine Schüchternheit vortäuschen!«

Aber Tixu weigerte sich. Er zitterte vor Kälte und rührte sich nicht vom Fleck. Stanislav schwamm näher heran und bespritzte seinen Gast mit Wasser. Tausend Nadeln stachen Tixu und raubten ihm den Atem. Jetzt blieb ihm nichts anderes übrig, als ins klare Wasser zu springen.

Als die beiden eine Viertelstunde später ans Ufer kletterten, musste Tixu gestehen, dass ihm dieses auferzwungene Bad sehr gutgetan hatte, auch wenn ihm noch immer leicht der moschusartige Geruch der Bovinen anhaftete. Er rubbelte sich mit der Decke trocken.

»Ich muss Sie verlassen, Stani ...«

»Das wusste ich von Anfang an«, murmelte der Hirte und lächelte traurig. In seinem Bart hingen noch glitzernde Wassertröpfchen. »Der Himmel belügt mich nie ... Sie werden mir fehlen, ich fühlte mich in Ihrer Gesellschaft wohl ... Doch Sie haben einen schlechten Tag für Ihre Abreise gewählt, denn die Krönungsfeierlichkeiten anlässlich der Inthronisation des neuen Kaisers beginnen heute.«

»Länger kann ich nicht warten«, sprach Tixu weiter. Er richtete seine Worte ebenso an sich wie an seinen Gesprächspartner. »Die Zeit läuft mir davon ... Und jetzt bin ich entschlossen, alles auf eine Karte zu setzen ... Irgendwie finde ich schon eine Möglichkeit, von hier wegzukommen. Die Transfergesellschaften öffnen heute Morgen wieder ihre Büros. Doch was auch immer geschehen mag, ich komme nicht zurück.«

Stanislav Nolustrist stand nachdenklich am Ufer des Bachs. Eine frische Morgenbrise wirbelte Strähnen seines nassen Haars auf.

»Wenn jemand derart entschlossen ist wie Sie«, sagte er schließlich, »wird der Himmel Ihren Wunsch erfüllen. Übrigens ... weil die Sterne mir Ihre Abreise verkündeten, habe ich Sie quasi zu diesem Bad gezwungen. Denn dieses Wasser ist wirklich heilig. Noch nie wurde die Quelle des Bachs entdeckt und das aus einfachem Grund: Er entspringt direkt dem Mund Dimutas der Wohltäterin, der Wassergöttin. Seine reinigenden Wasser haben vorübergehend die Kraft, die zerstörerische Macht Brouhaers, des Dämons des Nichts, zu neutralisieren. Und Sie werden in den nächsten Tagen wahrhaft Dimutas Hilfe brauchen. Ach, wie heißen Sie wirklich?«

Tixu sah Stanislav offen an. »Tixu Oty vom Planeten Orange. Aber am besten ist es, Sie vergessen meinen Namen, Stani. Sollten jemals die mentalen Inquisitoren Eingang in Ihre Gedanken finden, könnten wir beide den allergrößten Ärger bekommen.«

»Ich bade jeden Tag in diesem Wasser«, entgegnete der Hirte fröhlich. »Was kann mir da schon passieren?«

Zwar hörte sich dieses Argument völlig naiv an, doch Tixu ahnte, dass Stanislav Nolustrists Glaube gerechtfertigt war und er durch das Wasser geschützt war.

»Ich danke Ihnen für alles, was Sie für mich getan haben ... Und was das Geld betrifft, das Sie mir geliehen haben ... ich glaube nicht, dass ich es Ihnen zurückzahlen ...«

»Ja, verflucht noch mal!«, schalt ihn der Hirte. »Noch

solch einen Unsinn, und ich werfe Sie ins Wasser. Sie beleidigen mich, wenn Sie noch einmal über Geld reden ... Meine Intuition sagt mir, dass in Ihnen etwas Göttliches ist, etwas, das mir zwar unbekannt ist, dessen Bedeutung ich aber erkenne. Glauben Sie, dass man das Göttliche mit einer Hand voll marquisatinischer Dukaten aufwiegen kann? Mir wäre es lieber, wenn mir deswegen ein paar Schwächen verziehen würden, und an Schwächen mangelt es mir nicht ... Und sollten Sie auf unüberwindbare Hindernisse stoßen, können Sie jederzeit wieder einen Unterschlupf in meiner bescheidenen Behausung finden.«

Eine Stunde später und nach der ersten Mahlzeit zur Begrüßung des Silberkönigs verabschiedete sich Tixu von seinem Gastgeber, der ihm für alle Fälle – »Und wagen Sie ja nicht, mir zu widersprechen!« – hundert marquisatinische Dukaten schenkte. Stanislavs schwielige Hand drückte Tixus Hand lange, und beide brachten vor lauter Rührung kein Wort mehr hervor.

Während der Silberkönig höher und höher am Himmel emporstieg, eilte Tixu über den steinigen Pfad ins Tal und erreichte bald die Vorstädte Duptinats. Von fern hörte er die nostalgischen Lieder Stanislav Nolustrists, und er musste den Sinn der Worte nicht verstehen, um zu wissen, dass der Hirte mit seiner schönen tiefen Stimme von Freundschaft und Traurigkeit sang.

Trotz der frühen Stunde war die Hauptstadt bereits in Hochstimmung – oder tat wenigstens so. Überall zwischen den Menschen auf den Straßen und Plätzen patrouillierten Interlisten in blauen Overalls und Pritiv-Söldner in grauen Uniformen.

Die Ovalibusse waren derart überfüllt, dass Tixu mehrmals glaubte, gleich ersticken zu müssen. Die Duptinatiner überboten sich in ihrem Eifer, an den Feierlichkeiten teilzunehmen, weil sie Repressalien fürchteten. Sie hatten eine höllische Angst vor den psychischen Fähigkeiten ihrer neuen Herren. Niemand konnte sich vor der mentalen Inquisition schützen, deshalb hütete sich ein jeder auch nur ein Fünkchen Missbilligung oder Gleichgültigkeit zu zeigen, was sofort die Aufmerksamkeit der Scaythen oder der Vertreter der Kirche des Kreuzes erregt hätte. Also hatten sich die Leute fein gemacht, geschminkt, gepudert und legten eine aufgesetzte Freude an den Tag, als würden sie Karneval feiern.

Der Ovalibus überflog die graublauen Dächer der Stadt, die vom phosphoreszierenden Licht der hängenden Straßenlampen bestrahlt wurden. Tixu stieg am Jatchaï-Wortling-Platz aus. Er war von Menschenmassen überfüllt. In der Mitte, ganz in der Nähe von Dame Armina Wortlings Hinrichtungsstätte hatten die neuen Machthaber eine riesige Holo-Leinwand aufgebaut. Sie thronte auf einem noch größeren, mit syracusischem, changierendem Stoff bespannten Podium, das außerdem mit weißen Blumen und geometrischen Leuchtmotiven dekoriert war. Die Zeit für die Übertragung schien schlecht gewählt, doch ein Text in Naflinisch auf der Leinwand ließ das marquisatinische Volk wissen, dass sich die kaiserlichen Astronomen nach offiziellen Berechnungen auf diesen Zeitpunkt unter Einbeziehung der planetarischen Zeitverschiebung und unter der Berücksichtigung der demografischen Bedeutung eines jeden Vasallenstaates geeinigt hätten, damit ein jeder per Direktübertragung der Inthronisation Menati Angs beiwohnen könne.

Tixu konnte sich nur einen Weg durch die bunt gekleidete und lärmende Menge bahnen, die zudem noch von ambulanten Händlern bedrängt wurde, indem er sich rücksichtslos mit Füßen und Ellbogen Platz schaffte. Schließlich kam er vor dem Feuerkreuz an.

Die Duptinatiner hatten sich schnell an diese abscheulichen transparenten Räder der Kirche des Kreuzes gewöhnt. Schon kümmerte sie das Schicksal der Gemahlin ihres einst so geliebten Herrschers, des Seigneurs Abasky, nicht mehr. Aus blanker Angst hatten sie sich mit verblüffender Flexibilität der neuen Lage angepasst.

Dame Armina lebte nicht mehr, aber damit war wenigstens ihrem Martyrium ein Ende gesetzt. Frieden lag auf ihrem geschundenen Gesicht. Großes Mitleid für diese ihm unbekannte Frau ergriff Tixu, der nur ahnen konnte, was sie hatte erleiden müssen. Von dieser Kirche war weder Milde noch Gnade zu erwarten. Sie konnte jetzt mit Hilfe der Scaythen blindwütig ihrem Fanatismus freien Lauf lassen. Schon an jeder Straßenecke stellte sie die Körper der Gefolterten zur Schau, alles Menschen, die es gewagt hatten, an andere Formen des Göttlichen zu glauben und diesem Glauben Ausdruck zu verleihen. Auf diese Weise ließ sie andere für den ihr innewohnenden Hass und Terror bezahlen. Tixu musste an den lächerlichen heruntergekommenen Missionar in der Taverne auf Zwei-Jahreszeiten denken, dessen Worte nur auf Hohn und Spott gestoßen waren.

Ein Raunen ging durch die Menge auf dem Platz. Die fünfzig Meter hohe Bullovision-Leinwand leuchtete weißgolden, und die ersten Takte einer aplymphonischen Hymne ertönte zum Beginn der Übertragung. Als das holografische Bild des neuen Kaiserpalastes in Venicia in seiner barocken Pracht gezeigt wurde, brachen die Duptinatiner in Begeisterungsrufe aus. Was für ein Gegensatz zu ihrer eigenen schmucklos strengen, aufs rein Funktionelle beschränkten und einfallslosen Architektur! Sie gerieten geradezu in Ekstase beim Anblick der unzähligen Türme und Erker, deren Dächer mit Platten aus rosa Optalium gedeckt waren, und der bläulichen, mit hunderten von Lichtskulpturen verzierten Fassade, und dem geometrisch angelegten ausgedehnten Park mit seiner üppigen Vegetation in schillernden Farben. Etwas derart Grandioses hatten sie noch nie gesehen. Dies war ihr erster Kontakt mit der syracusischen Kultur, und sie waren fasziniert, geblendet, voller Enthusiasmus ...

Seltsamerweise vergaßen sie bei der Übertragung, dass es eben diese Syracuser und deren Verbündete waren, denen sie die Besetzung ihres Planeten und das damit verbundene Elend verdankten. Tixu konnte es nicht fassen, wie schnell sich dieses Volk von seinen neuen Herren hatte verführen lassen, die sie noch vor ein paar Minuten am liebsten zur Hölle geschickt hätten.

Und als sich der Krönungszug vor dem Palast formierte, wurde die Begeisterung noch größer. Voran schritt Barrofill XXIV., der Muffi der Kirche des Kreuzes. Der Muffi war ein verschrumpelter Greis, dessen dünne, krumme Beine in einem granatroten Colancor steckten. Darüber trug er ein weites violettes Messgewand und auf dem Kopf, über seinem verschlagenen Gesicht, eine mit alten Rubinen geschmückte Tiara. In der Rechten hielt er den geheiligten Krummstab des Unfehlbaren Hirten, das Symbol des obersten Vertreters der Kirche des Kreuzes und Herrschers über die armen Seelen der niederen Welten. Hinter ihm folgte die kleine, in Rot und Blasslila gekleidete Armee der Kardinäle, denen sich die finstere schwarze Schar der Generalvikare anschloss. Dann folgten die in

Weiß und Dunkelgelb gewandeten Missionsbischöfe und schließlich kam ein Schwarm blaugrauer Verwalter, Novizen und Ministranten.

Dann war der Festzug der Höflinge zu sehen, dessen Teilnehmer streng nach Bedeutung und Alter der Adelsfamilien aufgereiht waren. Als die Duptinatiner so viel Eleganz und Raffinement in Schnitt, Farben und Accessoires – ein Luxus, der in diesem Übermaß fast lächerlich wirkte – sahen, fingen sie spontan an zu klatschen. Natürlich wäre diese Reaktion auf Syracusa völlig unangebracht gewesen, auf Marquisat aber war sie natürlich.

Nach den Höflingen kamen die je nach ihren Funktionen in verschiedenfarbigen Kapuzenmänteln gekleidete Trupps der Scaythen von Hyponeros: weiß mit roten Bordüren für die Gedankenschützer, schwarz für die kirchlichen Inquisitoren, lindgrün für die weltlichen Gedankenleser. Die Kapuzen verhüllten ihre Gesichter. Zwischen jeder Formation marschierten Interlisten und Pritiv-Söldner, deren weiße Masken den sonderbaren Eindruck erweckten, es handele sich um ein und dasselbe ins Vielfache reproduzierte Wesen. Jetzt stöhnte die Menge auf, denn die Marquisatiner hatten bereits mit den äußerst gefährlichen Scaythen Bekanntschaft gemacht.

Den Abschluss des feierlichen Festzugs vom Kaiserpalast zum Bischofspalast bildete eine schwebende, mit leuchtenden Blumen geschmückte und von der imperialen Garde – eine Elite der Pritiv-Söldner in schwarzen Overalls und schwarzen Masken – begleitete Plattform, auf der der Scaythe Pamynx, der Großkonnetabel des Imperiums, in seinem blauen Kapuzenmantel stand und der Kaiser, Menati Ang, der Zweitgeborene des illustren Seigneurs Arghetti Ang und Bruder des kürzlich verstorbenen

Seigneurs Ranti Ang. Repräsentanten des Hochadels, die Sieger über das Planetarische Komitee, denen es gelungen war, die Herrschaft des Adels zu reetablieren, trugen die nicht enden wollende Schleppe seines weißgoldenen Mantels. Seltene Edelsteine schmückten zu Hunderten seinen indigofarbenen Colancor – ein Sinnbild des sternenübersäten nächtlichen Himmels –, und eine Wasserkrone zierte sein Haupt. Mit kaum wahrnehmbaren Gesten grüßte er die hinter einer unsichtbaren magnetischen Absperrung reglos dastehenden Syracuser.

Eine Zuschauerin fand, der neue Herrscher sehe trotz seiner kantigen Gesichtszüge und des Hochmuts, den er ausstrahle, wie ein richtiger Kaiser aus.

»Und diese Haarsträhne«, flüsterte sie Tixu ins Ohr, »die ihm von der Stirn bis zum Kinn reicht, finden Sie nicht, dass er damit sehr verwegen aussieht?«

Angs schwarze Augen – sein Gesicht war jetzt in Großaufnahme zu sehen – glänzten triumphierend, während auf seinen schmalen rot geschminkten Lippen ein zufriedenes Raubtierlächeln lag.

Tixu hatte genug gesehen, die unweigerlich folgenden zum Gähnen langweiligen Reden wollte er sich ersparen. Diese außerordentlich gekonnte Inszenierung fand er angesichts der gleichzeitigen Zurschaustellung der sterblichen Überreste Dame Arminas empörend. Außerdem verlor er kostbare Zeit, wenn er sich dieses Spektakel weiter anschaute.

Nur mit Mühe gelang es ihm, sich einen Weg durch die Menge zu bahnen. Verärgerte Zuschauer warfen ihm giftige Blicke zu. Schließlich bog er in die erstbeste kleine Straße ein. Doch überall, auf allen Plätzen, an jeder Kreuzung konnten die Menschen die Krönungsfeierlichkeiten auf den Leinwänden der Bullovision verfolgen. Überall standen die Gaffer und starrten wie hypnotisiert auf die in der Luft hängenden Geräte. Duptinat war eine Stadt voller Gespenster geworden, eine Geisterstadt.

Schließlich erreichte er eine breite, von Bäumen gesäumte Avenue. Er musste sich jetzt nach einem Reisebüro umsehen. Die hundert Dukaten würden bei Weitem nicht für einen Transfer reichen, aber wenn er genauso viel Überzeugungskraft wie Aphykit auf Zwei-Jahreszeiten an den Tag legte, könnte er vielleicht einen der Angestellten dazu bewegen, ihn per Deremat auf den Planeten Selp Dik zu transportieren.

»Tixu! Tixu Oty!«, hörte er da eine weibliche Stimme hinter sich. »Was für ein Zufall. He, Tixu!«

Er drehte sich um und erkannte nach kurzem Zögern Babsée Obraillène, seine damalige Kollegin und Geliebte während der Ausbildung auf dem Planeten Oursse. Er musste nicht zwei Mal hinsehen, um zu erkennen, dass das junge dralle, noch ein wenig unreife Mädchen, das sie damals gewesen war, schon vor seiner Zeit gealtert war. Sie sah verhärmt und hart aus. Ihr schönster Schmuck, ihr langes kastanienbraunes Haar, hatte sie ebenfalls geopfert, und den kurzen Schopf schwarz gefärbt. Der Bürstenhaarschnitt lies ihre Gesichtszüge noch härter wirken. Obwohl sie ein weißes elegantes issigorisches Kostüm trug, war nichts von ihrer jugendlichen Anmut übrig geblieben. In ihren früher so fröhlich blitzenden braunen Augen war jedes Leuchten erloschen.

»Bist du noch immer so ein Muffel?«, fragte sie und lächelte scheu. »Na, sag doch was. Erkennst du mich nicht wieder?«

Sogar ihre Stimme hatte jenen herben Klang verloren,

über den sich Tixu so oft lustig gemacht hatte, jetzt versteckte sie sich hinter ihrer schroffen Art. Doch den Oranger überraschte am meisten die Tatsache, dass dieses plötzliche und scheinbar zufällige Auftauchen Babsées seltsamerweise mit seinen durch das Antra hervorgerufenen Erinnerungen vor ein paar Tagen zusammenfiel. Ihm schien, als hätte der Klang des Lebens ihn auf dieses Treffen vorbereitet.

»Hallo, Babsée!«, sagte Tixu schließlich. »Was machst du denn hier?«

»Das sollte ich dich lieber fragen«, entgegnete sie gereizt. »Ich bin hier, weil ich die Zweigstelle in Duptinat leite.«

»Dann bist du also auf den Planeten Marquisat versetzt worden ... Bei dir scheint ja alles zu klappen ...«, entgegnete Tixu ohne große Begeisterung. Er fühlte nichts und fragte sich, was er damals an dieser jungen Frau reizvoll gefunden hatte.

»Ja, es läuft nicht schlecht. Hier, in Duptinat, eher gut. Fast alle Geschäftsreisenden in diesem Sektor buchen nun bei uns. Übrigens muss ich mich jetzt beeilen, denn alle Reisebüros der Großen Ostregion öffnen jetzt. Und du weißt, dass die InTra jede Verspätung hasst. Die Direktion legt Wert darauf, dass wir unseren Kunden wieder zur Verfügung stehen, sobald das Dekret zur Requisition aufgehoben wird ... Aber es wird ziemlich ruhig zugehen, denn heute wird ja der Kaiser gekrönt.«

Tixu hoffte, die Lösung für sein Problem gefunden zu haben. Deshalb sagte er: »Wenn du möchtest, begleite ich dich, Babsée.«

»Gute Idee. Ich zeige dir den Laden. Und dann können wir ein wenig über die guten alten Zeiten plaudern. Sechs Jahre Standard ist das her. Eine lange Zeit, wie? Ich hoffe, bald wieder versetzt zu werden. Duptinat geht mir inzwischen auf den Geist. Die Leute sind zwar nett, aber ziemlich ungehobelt, wenn du weißt, was ich meine ... Eben Paritolen, wie die Syracuser sie nennen. Deshalb habe ich auch gebeten, dass man mich nach Venicia versetzt, das ist schließlich der Nabel der Welt. Aber ich habe nicht viel Hoffnung auf einen solchen Posten, dafür bin ich noch zu jung.«

Während die beiden zu dem ein paar Straßen entfernt gelegenen Reisebüro der InTra spazierten, plauderten sie über alles und nichts. Tixu erfuhr, dass Babsée fast einen dicken Händler vom Planeten Orange geheiratet hätte: »Das wäre dann mein zweiter Oranger gewesen, ha, ha!« Doch sie habe auf die Ehe verzichtet, um nicht ihre Aufstiegschancen zu gefährden: »Du weißt ja, wie die Direktion denkt. Sie ist der Meinung, dass ihre Angestellten keine Familie brauchen, denn die Familie ist die InTra.« Tixu erfuhr ebenfalls, welche Strategien Babsée anwandte, um den anderen Gesellschaften ihre Kunden abspenstig zu machen ... »Und du, welcher Tricks bedienst du dich?« ..., von ihren ständigen Kämpfen mit der Direktion: »Sie schafft keine modernen Geräte an. Man kann doch heutzutage nicht mehr völlig nackt irgendwo ankommen, das ist geradezu unanständig. Findest du nicht?«

Babsée stellte noch viele Fragen. Aber Tixu antwortete immer so ausweichend, dass es keineswegs ihre Neugier stillte. Er versuchte, seinen Kopf aus der Schlinge zu ziehen, indem er erklärte, er mache nur eine Stippvisite auf dem Marquisat vor seiner Weiterreise nach Orange zu seinem schwer kranken Onkel.

»Mit einem privaten Deremat ... das macht alles viel einfacher ...«

»Jaaaa ... also ... das geht eigentlich nur dich etwas an«,

meinte sie skeptisch. »Dein Freund, der mit dem Deremat, der muss aber gute Beziehungen haben ... oder völlig naiv sein. Alle privaten Geräte wurden nämlich konfisziert. Und die der Transportgesellschaften wurden samt und sonders an die zentrale Memodisk in Venicia angeschlossen ... mit dem Resultat, dass wir viel weniger Kunden haben. Ist das auf Zwei-Jahreszeiten auch so?«

»Hm ... ja. Ja, natürlich«, stotterte Tixu.

»Diese Typen, ich meine die Scaythen, die sind schon komisch. Man kann ihnen überhaupt nichts verheimlichen. Also ist es am besten, wenn man sich mit ihnen verbündet, findest du nicht?«

Tixu wechselte das Thema und redete lang und breit über das Klima auf Zwei-Jahreszeiten, den unaufhörlichen Regen, die Riesenechsen, die Sadumbas, den Tiefen Wald und über die Taverne *Drei Brüder.*

Jetzt kam das Reisebüro in Sicht. Zwischen zwei Bäumen leuchtete das bläuliche Magnetfeld des magnetischen Rollladens. Die Hausfront unterschied sich von den Nachbarhäusern nur durch das blinkende holografische Leuchtschild der InTra – es hatte sogar noch alle fünf Buchstaben; diese Dependance war wahrscheinlich die am besten ausgestattete des bekannten und unbekannten Universums! –, das in die Mauer eingelassen war.

Babsée blieb abrupt vor dem Gerät zur Erkennung der DNA stehen und sah Tixu direkt an.

»Hör jetzt endlich auf, mir einen Haufen Unsinn zu erzählen! Hältst du mich für so blöd?«, sagte sie aufgebracht. »Wenn man von Zwei-Jahreszeiten zum Planeten Orange reisen will, macht man keinen Umweg über das Marquisat, das weiß ich. Also, Tixu Oty, entweder vertraust du mir, oder du haust ab.«

Tixu begriff, dass er mit weiteren Lügen wahrscheinlich alles verlieren würde und es besser wäre, nach Babsées Regeln zu spielen.

»Es würde zu lange dauern, dir das alles zu erklären, Babsée. Um es kurz zu machen, ich habe den Job hingeschmissen und bin zufällig hier gelandet. Jetzt habe ich für einen neuen Transfer nicht mehr genug Geld ... Aber ich muss weiter! Das ist sehr wichtig ...«

Babsée musterte ihn noch immer skeptisch. »Du hast die InTra im Stich gelassen?«, sagte sie fassungslos. »Wie? Ohne vorher zu kündigen? Bist du vollkommen verrückt oder leichtsinnig oder beides? Du weißt doch, was es bedeutet, wenn die Inspobots hinter einem her sind. Die geben nie auf. Sie haben deine Zellkoordinaten. Die finden dich überall, egal wo ...«

Sie reagierte, wie die Regeln es vorschrieben, die perfekte Angestellte.

»Schon möglich. Aber ich habe keine andere Wahl«, sagte Tixu. »Kannst ... kannst du mir helfen?«

Sie zupfte nervös an ihren Haarstoppeln.

»Ich ... ich weiß nicht. Gehen wir erst mal ins Büro. Ich muss es sowieso bald öffnen und möchte auf keinen Fall die Aufmerksamkeit der Direktion erregen.«

Sie steckte ihre Finger in das DNA-Erkennungsgerät, und der Magnetschutz löste sich auf. Die Tür neben dem Schaufenster öffnete sich automatisch. Die beiden betraten das Reisebüro gerade in dem Augenblick, als die synthetische Stimme des internen Senders der Gesellschaft erklang. Die Zweigstelle in Duptinat verfügte über mehrere hintereinanderliegende Räume, die alle hell, sauber und gut möbliert waren.

»Versteck dich in einer Ecke!«, befahl Babsée nervös.

»Die Überwachungskameras werden gleich eingeschaltet, und ich habe keine Lust, mit dir hier gesehen zu werden. Ich habe mich für die permanente Kontrolle entschieden, weil ich möglichst schnell Karriere machen will. Auf diese Weise kommt die Direktion nicht auf den Gedanken, ich könnte ihr etwas verheimlichen. Stell dich zwischen Schaufenster und Tür. Das ist ein toter Winkel.«

Gehorsam tat Tixu wie befohlen. Babsée setzte sich hinter ihren Schreibtisch und kaute auf ihrer Unterlippe, die Stirn von tiefen Falten durchzogen. Tixu hielt den Atem an, als er das leise Summen der in der Decke versteckten Kameras hörte.

Lange Minuten herrschte Schweigen. Spontan konzentrierte sich Tixu während dieser Stille auf sein Antra. Und wie in dem Ovalibus vor ein paar Tagen nahm Tixu nicht mehr Babsées Erscheinungsbild wahr, sondern die wirkliche Babsée. Und er erkannte, dass das zu schnelle Verblühen ihrer Jugend nur geschehen konnte, weil sie bedingungslos die Regeln der Transportgesellschaft verinnerlicht und ihre überschäumenden Vitalität und Jugend der InTra geopfert hatte, einer Gesellschaft, die einer Krake gleich mit ihren unsichtbaren Tentakeln die junge Frau umfangen hielt und sie nach und nach jeder lebensnotwendigen Substanz beraubte. Das erklärte ihr Aussehen: ihren wächsernen Teint, ihren mürrischen Gesichtsausdruck, ihr toten Augen. Babsée siechte dahin, verkümmerte innerlich. Zwar war sie sich dessen bewusst, aber sie wusste nicht, wie sie sich aus dieser Umklammerung lösen könnte. Wenn ein solches Schicksal jedem Angestellten der InTra drohte – und das war eine mögliche Erklärung für Tixus eigenes selbstzerstörerisches Verhalten auf Zwei-Jahreszeiten –, so hatte er Glück, sehr viel

Glück gehabt, den Weg der schönen Aphykit gekreuzt zu haben.

Babsée beugte sich unter ihren Schreibtisch und tauchte ein paar Sekunden später wieder auf.

»Hör zu. Ich habe die Überwachungskameras ausgeschaltet und eine Panne vorgetäuscht ... was uns etwas mehr als eine Viertelstunde Zeit lässt. Also müssen wir uns beeilen. Wohin willst du?«

Tixu ging zum Schreibtisch. »Zum Planeten Selp Dik.«

»Dem Planeten des Ordens der Absolution? Ja, das ginge. Es gibt nur ein Problem. Jeder Transfer wird automatisch im Hauptsitz der Gesellschaft registriert, und die Daten müssen außerdem der Interlice auf Syracusa übermittelt werden. Und wenn der Preis für den Transfer nicht direkt nach der Buchung überwiesen wird, treten die Inspobots sofort in Aktion ... Das ist alles ziemlich kompliziert. Was schlägst du vor?«

»Es gibt nur eine Möglichkeit: den Eingang des Geldes auf das Konto der Gesellschaft zu simulieren ... Bis die Kontrollabteilung das herausgefunden hat, vergeht ein Tag. Bis dahin können wir etwas inszenieren. Hinter mir sind sie sowieso schon her. Du brauchst ihnen also nur zu sagen, dass ich dich mit einer Waffe bedroht habe, oder etwas in der Richtung ...«

»Ja, das könnte klappen«, murmelte Babsée, wenig überzeugt. »Daran habe ich auch schon gedacht.«

Tixu beugte sich über den Schreibtisch und bohrte seinen Blick in ihren. »Würdest du das für mich tun?«

Die junge Frau wandte den Blick ab und schwieg. »Herrgott noch mal!«, explodierte sie plötzlich. »Du bist anscheinend immer noch so borniert wie früher! Ich habe dir doch gerade erklärt, dass der ganze Laden hier von der

Interlice kontrolliert wird. Alle Daten des Transfers, der Name des Passagiers, die DNA, der Bestimmungsort werden sofort den Bullen mitgeteilt.«

»Dann muss man sie eben mit falschen Daten füttern«, schlug Tixu vor.

»Leichter gesagt als getan. Du bist dann ja nicht mehr hier. Du bist ein Renegat. Hast du die Feuerkreuze gesehen? Jeden Tag gibt es in Duptinat mehr davon. Kannst du dir vorstellen, dass ich mich nicht auf einem dieser Dinger rösten lassen will? Das könnte aber passieren, wenn sie rausfinden, dass ich jemandem geholfen habe, heimlich auf den Planeten des Ordens zu reisen. Und zudem noch einem ehemaligen Kollegen! Ich weiß nicht, und ich will es auch nicht wissen, warum du dich derart tief in die Scheiße geritten hast. Aber aus redlichen Grünen tust du das sicher nicht. Stimmt's?«

»Ich verstehe«, sagte Tixu leicht enttäuscht. »Du willst deiner Karriere nicht schaden, deshalb darfst du nicht gegen die Regeln verstoßen ... Aber eins musst du wissen: Die Feuerkreuze sind nur Häretikern vorbehalten ...«

Ein bedrücktes Schweigen entstand zwischen ihnen. Babsée blickte mit ihren haselnussbraunen Augen ziellos umher. Tixu erwartete keine große Hilfe mehr von ihr, aber er hatte ihr zu viel gesagt. Sie konnte wohl nicht mehr zurück, sie war zu einem Klon der InTra geworden, zu jemandem, für den die Interessen der Gesellschaft wichtiger als die eigenen Gefühle waren. Deshalb war er sehr überrascht, als sie plötzlich redete.

»Ich muss jetzt die Kameras wieder aktivieren. Eine zweite Panne kann ich nicht gleich simulieren, das würde Verdacht erregen ... Und du kannst nicht hier bleiben. Jeden Augenblick könnte ein Kunde kommen. Also machen wir Folgendes: Du gehst jetzt in die Stadt und kommst am frühen Nachmittag zurück. Dann löse ich eine neue Panne aus ... und transferiere dich auf Selp Dik. Irgendwie werden ich in meiner Kundenkartei schon eine passende Identität für dich finden ... Rendez-vous um neunundzwanzig Uhr Lokalzeit. Und jetzt geh, sonst bereue ich noch diesen Schwachsinn.«

Tixu sah seine ehemalige Geliebte lange prüfend an. Ihr Blick war noch immer unstet und verriet den inneren Kampf. Doch er wusste nicht, wie dieser Kampf ausgehen würde. Damals waren sie sich nahe gewesen, er hatte sie begehrt, geküsst, gestreichelt, war in sie eingedrungen. Vielleicht erinnerte sie sich an diese glücklichen Momente. Von Zweifeln gequält, beschloss er trotzdem, ihr im Namen dieser einstigen Zuneigung zu vertrauen.

»Danke, Bab. Bis später dann«, sagte er deshalb.

»Ja. Und vergiss nicht: um neunundzwanzig Uhr Lokalzeit.«

Die meiste Zeit des Vormittags verbrachte Tixu zwischen den Menschen, die noch immer die über den Straßen hängenden Leinwänden anstarrten. Sie waren wie hypnotisiert von den Ereignissen und lauschten den endlosen Tiraden der neuen Würdenträger des neuen Kaiserreichs, die ständig von einem goldenen Zeitalter sprachen und eine Ära des Friedens und des Wohlstands verkündeten, die es in der Geschichte der bekannten und unbekannten Welten noch nie gegeben habe, was die Völker der ehemaligen Konföderation, diese korrupte und ungerechte Organisation, nun einsehen müssen.

Der Muffi Barrofill XXIV. hielt eine bissige Schmährede gegen die Feinde der Kirche des Kreuzes. Die Kirche des

Kreuzes dulde keinerlei Abweichung, und die Geistlichkeit habe die Pflicht, Andersgläubige gnadenlos zu jagen und zu bestrafen ...

Tixu begegnete auch einer gemischten Patrouille aus Interlisten und Pritiv-Söldnern, die offen ihre Wurfgeräte trugen. Ihm wurde flau im Magen, aber das Antra, die wachsame Schlange, entrollte sich und beschützte ihn, sie verscheuchte seine Angst und verbreitete eine innere Ruhe und Gelassenheit.

Gegen dreiundzwanzig Uhr musste er einen Pfannkuchenverkäufer fast anflehen, ihm etwas zu verkaufen. Der Mann knallte ihm verärgert eine halb durchgebratene Portion auf einen fettigen Holzteller und verfolgte dann fasziniert den weiteren Verlauf der Krönungsfeierlichkeiten.

Der Silberkönig stand nun im Zenit, und Feuerpferd, sein Nachfolger, tauchte rot glühend am Horizont auf. Eine Wanduhr zeigte achtundzwanzig Uhr an. Tixu ging in Richtung Reisebüro. Die Ovalibusse waren leer.

Je näher er seinem Ziel kam, umso lauter wurde eine innere Stimme, die ihm riet umzukehren. Er gebot ihr zu schweigen, denn noch sah er keine andere Lösung für sein Problem, als die von Babsée vorgeschlagene. Er brannte geradezu vor Ungeduld, so schnell wie möglich zum Planeten Selp Dik zu reisen, denn er hatte das Gefühl, eine nochmalige Verzögerung würde alle seine Hoffnungen zunichte machen. Die kleinen Parallelstraßen zu dem großen Boulevard, wo sich das Reisebüro befand, waren nahezu leer.

Seine innere Stimme meldete sich wieder, schrill wie eine Sirene, die bei wachsender Gefahr immer lauter wird. Wieder brachte Tixu sie zum Schweigen, gleichzeitig verlangsamte er jedoch seine Schritte. Plötzlich schienen ihm die Straßen nicht mehr so leer wie vorher zu sein. Er hatte das Gefühl, von unsichtbaren und bedrohlichen Wesen umgeben zu sein. Sein Herzschlag und seine Atmung beschleunigten sich.

»Bleib stehen!«, befahl ihm die Stimme.

Dieses Mal gehorchte er und presste sich gegen die raue Mauer eines Wohnhauses. Von dieser Stelle aus konnte er zwischen den Bäumen das blinkende Firmenschild des Reisebüros sehen. Noch hatte er sich nicht entschieden. Unbeweglich gegen die Hauswand gelehnt, schloss er automatisch die Augen. Und das Antra löschte sofort seine kontraproduktiven Gedanken aus seinem Gehirn. Die Alarmglocke schrillte weiterhin in seinem Körper und drohte, Panik in ihm auszulösen, aber er widerstand der wahnsinnigen Versuchung, die Augen zu öffnen und die Flucht zu ergreifen. Jede Faser seines Körpers wollte fliehen, doch das Antra befahl ihm, stehen zu bleiben. So hatte er das Gefühl, gespalten zu sein, in zwei Teile zu zerfallen, sich von sich selbst zu trennen.

Dann erschienen Bilder von erstaunlicher Klarheit in seinem Refugium der Stille. Und obwohl er sich nicht von der Stelle gerührt hatte, befand er sich plötzlich in Babsées Reisebüro. Die Issigorin saß hinter ihrem Schreibtisch. Ihre scheinbare Ruhe stand im Widerspruch zu den gehetzten Blicken, die sie der Gestalt im grünen Kapuzenmantel zuwarf, die genau dort stand, wo Tixu vor ein paar Stunden gestanden hatte. Der Kopf des Scaythen war unter dem Stoff verborgen.

Gleich einer selbst gelenkten Kamera glitt Tixu in den nächsten Raum und entdeckte Pritiv-Söldner, die sich hinter der Tür versteckt hatten. Er hörte auch alle Geräusche überdeutlich: Babsées stoßweises Atmen, das Klopfen ihrer Finger auf die hölzerne Schreibtischplatte, das Aneinanderreiben ihrer Schenkel, weil sie ständig ihre Beine übereinander kreuzte ...

Die junge Frau wurde immer nervöser. Sie warf einen Blick auf die Uhr und sagte zu dem Gedankenleser:»Er muss gleich kommen ...«

Die metallene Stimme aus der Kapuze erwiderte: »Sind Sie sich dessen sicher? Wenn das so ist, verstehe ich nicht, warum ich seine Gegenwart nicht spüre ... Ich weiß, dass Sie mich nicht angelogen haben. Seltsam! Vielleicht ist da Hexerei im Spiel.«

»Gut möglich«, murmelte Babsée, sichtlich verstört. »Er will zum Planeten Selp Dik, zu den Rittern der Absolution ...«

»Diese verfluchten Häretiker bekommen bald das, was sie verdienen«, tönte der Scaythe mit blecherner Stimme. »Sollten Ihre Informationen sich bewahrheiten, Mademoiselle, besteht die Aussicht, dass Sie eher als vorgesehen nach Venicia versetzt werden.«

Babsée lächelte. Es war ein zugleich zufriedenes und bitteres Lächeln, in ihren braunen Augen lag ein Ausdruck der Verzweiflung.

Tixu hörte ein metallisches Knirschen in seiner Nähe und erlangte sofort sein sinnliches Wahrnehmungsvermögen zurück. Er öffnete die Augen und sah einen Pritiv-Söldner, der sein glänzendes Wurfgerät in etwa zwanzig Schritt Entfernung auf ihn richtete.

Aus dem schmalen Schlitz seiner weißen Maske drang eine näselnde Stimme: »Keine Bewegung!«

Adrenalin wurde in Tixus Kreislauf gepumpt. Er sah sich schnell um. Die nächste Kreuzung war etwa zehn Meter entfernt. Andere, durch den Befehl alarmierte Söldner tauchten bereits aus den Nebenstraßen auf. Einzelne Spaziergänger blieben erschrocken stehen. Das Netz zog sich um ihn zu. Er hielt den Atem an, sammelte alle Kraft, sprintete auf die Kreuzung zu und hechtete in die erste schmale Passage zu seine Rechten. Eine sich drehende Scheibe prallte gegen die Wand und fiel einem entsetzten Passanten vor die Füße. Tixu sah sich nicht um. Er rannte die kurze Passage entlang und bog dann in eine gewundene Gasse ein. Hinter sich hörte er die Schreie und die Schritte der ihn verfolgenden Söldner. Er rempelte rücksichtslos ein paar Fußgänger an, lief nach rechts, nach links und wieder nach rechts, ohne Plan, bis er aufs Äußerste erschöpft und mit brennenden Lungen stehen bleiben musste. Zufälligerweise stand er vor einem Geschäft, in dessen Schaufenster kleine geschnitzte Figuren und heilige Kultgegenstände ausgestellt waren. Erst jetzt merkte er, dass ihn seine verzweifelte Flucht geradewegs in die Straße der heiligen Goldschmiedekunst geführt hatte.

Sein Herz schlug rasend schnell. Er lauschte angestrengt, konnte aber kein Geräusch hören. Also glaubte er, seinen Verfolgern entkommen zu sein. Doch er wusste, dass die Söldner ihn auf jeden Fall aufspüren würden, weil sie seine Geruchsdaten über eine automatische Sonde weiterleiteten. Diese kleine schwarze, einen Meter über dem Boden fliegende Untertasse folgte der Duftspur des Fliehenden und würde sie früher oder später zu ihrer Beute führen.

Tixu machte Geofo Anidolls Werkstatt ausfindig. Dieses Mal standen die Fensterläden offen, nur das Geschäft war geschlossen. Long-Shu Paes alter Freund war früher als erwartet zurückgekommen. Tixu zögerte keine Sekunde. Er überquerte die Straße, doch anstatt wie bei seinem ersten Besuch zu läuten, drückte er die Klinke nieder. Die Tür ließ sich öffnen und knirschte in den Angeln, als er sie wieder schloss.

»Sind Sie das, Joab-Ty?«, fragte eine weibliche Stimme aus einem Hinterzimmer.

Tixu ging über einen im Halbdunkel liegenden Flur, in dem es nach Wachs und geschmolzenen Metallen roch. Er betrat die Werkstatt, einen völlig verglasten, direkt ans Haus angebauten Raum, der auf einen kleinen, von einer Mauer aus weißen Steinen begrenzten Innenhof hinausging.

Zwei Frauen arbeiteten in diesem lichtdurchfluteten Atelier inmitten von Heerscharen kleiner Statuetten und Objekten der Goldschmiedekunst, denen die Strahlen des Silberkönigs und des Feuerpferds funkelnden Glanz verliehen. Sie überwachten die Arbeit eines Robotomaten, der Staub und Abfall aufsaugte. Die beiden waren nicht sehr schön: klein und gedrungen, mit runden Gesichtern und straff zurückgekämmtem und zu einem Knoten geschlungenem Haar, was sie noch strenger wirken ließ, zudem steckten sie in plumpen sackartigen Kleidern. Sie glichen einander wie zwei Früchte vom selben Baum.

Wegen des Summens des Robotomaten, bemerkten sie Tixus Anwesenheit erst, als eine von ihnen den Kopf hob und ihn in der Türöffnung stehen sah. Ihre blassblauen Augen wurden vor Entsetzen groß. Sie trat unsicher drei Schritte zurück. Die andere reagierte ähnlich, ihr Mondgesicht spiegelte eine abgrundtiefe Angst wider.

Trotzdem stammelte sie: »Wer ... wer sind Sie?«

»Kennen Sie den Goldschmied Geofo Anidoll?«, fragte der Oranger.

»Warum? Was wollen Sie von ihm?«, fragte die Frau

abwehrend. »Außerdem betritt man nicht unaufgefordert fremde Häuser.«

Tixu lächelte freundlich, er wollte sie nicht noch mehr erschrecken.

»Ich bitte vielmals um Verzeihung. Ich habe geläutet, aber Sie haben mich wahrscheinlich nicht gehört«, erklärte er. »Ich möchte gern mit Geofo Anidoll sprechen. Es ist sehr dringend und sehr wichtig.«

»Wir sind seine Töchter«, sagte die eine Frau abweisend. »Aber Sie kommen zu spät. Unser Vater wurde heute Morgen verhaftet, von diesen ...«, sagte sie verächtlich, ohne jedoch ihren Satz zu beenden. Denn sie merkte, dass sie fast einem Fremden ihre Gefühle preisgegeben hätte.

» ... von diesen weiß maskierten Männern. Heute früh, als er von seinem monatlichen Besuch der Werkstätten in der Provinz zurückkehrte.«

Ihre Schwester fügte hinzu: »Papa kam mit dem ersten Pendelbus im Morgengrauen, da waren sie schon da. Wir sollten ihn abholen und haben es gesehen. Seitdem haben wir keine Nachricht von ihm«, sagte sie, mühsam ihre Fassung bewahrend. »Warum möchten Sie ihn sprechen?«

Die Verhaftung des Goldschmieds war ein herber Schlag für Tixu. Aber sie erklärte die bedrückte Stimmung, die in dem Haus herrschte.

»Ich wollte ihm Grüße von einem alten Freund ausrichten«, sagte Tixu. »Vielleicht kennen Sie ihn. Er heißt Long-Shu Pae.«

Die beiden tauschten einen kurzen Blick aus.

»Der ... der Ritter?«, fragte die scheinbar Ältere.

Tixu glaubte in ihrer Stimme eine Veränderung herausgehört zu haben, so als würde sie diesen ungebetenen Besucher jetzt zu den Verbündeten zählen.

»Ja, ganz recht. Der Ritter des Ordens der Absolution«, bekräftigte Tixu.

»Persönlich kennen wir ihn nicht, aber Papa hat oft von ihm gesprochen«, sagte die Jüngere. »Er bewunderte ihn zutiefst. Haben Sie den Ritter kürzlich gesehen?«

»Vor vier Tagen, auf dem Planeten Roter-Punkt. Er war es, der mir Ihre Adresse gegeben hat. Ich brauche sofort einen Transfer zum Planeten Selp Dik, und der Ritter hat mir versichert, dass Ihr Vater einen Deremat besitzt ... eine Maschine, die Reisen durch den Transfer der Zellen möglich macht. Die Maschine sei alt, wurde mir gesagt, aber vielleicht könnte sie ein letztes Mal nützlich sein ... Sie wurde doch hoffentlich nicht beschlagnahmt?«

»Sie meinen sicher diese große schwarze Kugel auf dem Dachboden«, sagte die Ältere. »Sie ist noch immer da, aber sie wurde jahrelang nicht mehr benutzt. Als wir klein waren, haben wir darin gespielt.«

»Könnten Sie mir bitte diese Maschine zeigen?«, fragte Tixu und versuchte so gut es ging, seine wachsende Erregung zu verbergen. »Es eilt. Und die Verhaftung Ihres Vaters beweist, dass wir schnell handeln müssen. Ich bin Spezialist für Transfermaschinen und brauche nur eine Minute, um festzustellen, ob sie noch immer funktioniert.«

Die beiden Schwestern tauschten wieder Blicke aus. Sie wollten sich ihres gegenseitigen Einverständnisses versichern.

»Kommen Sie! Ich zeige sie Ihnen auf dem Speicher. Da hat sie seit zwanzig Jahren niemand mehr angerührt«, sagte die Ältere dann. »Ich bin Isalica. Meine Schwester heißt Sofrène. Sie ist drei Jahre jünger.«

»Entschuldigen Sie, aber ich möchte Ihnen meinen Namen lieber nicht nennen. Nicht aus Unhöflichkeit, sondern weil ich nicht möchte, dass Sie durch mich in Schwierigkeiten geraten ...«

»Das verstehen wir sehr gut. Kommen Sie!«

Sie stiegen eine Wendeltreppe hoch, die in einen dunklen Flur mündete, der den Laden mit der Werkstatt verband. Die Stufen waren alt und abgetreten, sie knarrten unter ihren Schritten. Tixu stolperte dreimal und musste sich am Geländer festhalten.

Auf dem Dachboden stieß Isalica einen langen Pfiff aus und eine in der Luft schwebende Kugel fing an zu leuchten und warf ihr Licht auf ein unbeschreibliches Durcheinander: alte Puppen – die berühmten Sisoten –, antike Möbelstücke, Stofffetzen, gebrauchte Pinsel, Töpfe mit eingetrockneten Leuchtfarben ... Rostige Nägel und kleine Holzstücke, von denen manche die Spuren kindlicher Schnitzereien trugen, lagen auf einem blauen, fadenscheinigen Teppich. Die abgestandene Luft roch nach Staub. Das Licht der Kugel warf bizarre längliche Schatten auf die Wände und in die Ecken, wo dichte Spinnweben hingen.

»Papa wollte, dass wir auch Goldschmiedinnen werden, aber wir waren für dieses Kunsthandwerk nicht begabt genug«, sagte Sofrène.

»Wir sollten Pho-Pho einmal hier hoch bringen. So nennen wir den Robotomaten«, meinte Isalica.

Mit dem Fuß schob sie Metallspäne beiseite, bahnte sich einen Weg in eine Ecke, und da fiel das Licht der Kugel auf die glatte runde Oberfläche des Deremats.

»Das ist die Maschine.«

Sie war halb unter einem Haufen nachlässig aufgestapelter Kartons versteckt. Darüber lag eine dicke Staubschicht. Tixu erkannte sofort, dass es sich um ein uraltes

Modell handelte, das bei Weitem nicht die Präzision moderner Geräte besaß. Mit einer solchen Maschine bestand die Gefahr, bereits im Weltall wieder rematerialisiert zu werden – was den sicheren Tod bedeutete. Oder dass – gesetzt der Fall, er sollte wirklich auf Selp Dik landen –, diese Landung zu neunzig Prozent irgendwo stattfände, auf einer Straße, dem Dach eines Hauses oder mitten im Ozean, der neun Zehntel des Planeten bedeckte ...

Er ging zu dem Deremat und legte die Hände auf die gewölbte Oberfläche. »Könnten Sie die Lichtkugel über die Einstiegsluke lenken?«, bat er Isalica.

Geofo Anidolls Tochter pfiff wieder, die Kugel schwebte herbei und blieb über der Maschine in der Luft stehen. Seitliche Einstiegsmöglichkeiten hatten die damaligen Konstrukteure der Deremat nicht vorgesehen. Tixu hatte bereits die Leiter unter gefalteten Kartons entdeckt. Er zerrte sie hervor, legte sie an und kletterte auf das Gerät. Er entriegelte die Luke.

Plötzlich war von unten eine laute Stimme zu hören. »Isalica! Sofrène! Die grauen Männer! Sie sind da! Sie ...« Die Stimme erstarb in einem Röcheln.

»Das war Joab-Ty, unser Nachbar«, sagte Isalica. Sie war totenblass geworden. »Mein Gott, was wollen die von uns?«

»Sie sind nicht Ihretwegen, sondern meinetwegen gekommen«, sagte Tixu. »Sie haben mich gefunden, und ich glaubte, sie abgeschüttelt zu haben. Sagen Sie ihnen, dass ich Sie gezwungen habe mir zu helfen. Ich danke Ihnen für alles, leben Sie wohl.«

Er kletterte, die Füße zuerst, ich das Einstiegsrohr. Dann verschwand er ganz im Bauch der alten Maschine. Die Lichtkugel erlosch, und er konnte kaum noch etwas sehen. Tastend fand er den Programmator, eine Tastatur mit runden Knöpfen, der direkt an die Memodisk der Desintegration angeschlossen war, ohne die Möglichkeit irgendeiner Kontrolle. Die Maschine konnte nur einen Teil seines Körpers rematerialisieren oder die Angaben durcheinander bringen. Er hatte einmal auf einem während seines Praktikums auf Oursse gezeigten Videoholo gesehen, was passierte, wenn nur ein partieller Transfer stattgefunden hatte: Unförmige, nicht wiederzuerkennende, geradezu monströse Körper, waren das Resultat gewesen. Aber er musste dieses Risiko eingehen.

Er drückte auf den Knopf, um das Programm zu aktivieren und wartete, dass die Instruktionen auf dem noch schwarzen Armaturenbrett aufleuchteten. Leider hatte er nur eine vage Erinnerung an die Weltraumkoordinaten von Selp Dik, weil er es versäumt hatte, sich vorher in einem Reisebüro oder einem geostellarischen Institut zu informieren.

Jetzt hörte er die Pritiv-Söldner im Haus, Schritte, Stimmen, Türenschlagen. Die Schwestern standen eng aneinandergeklammert, wie versteinert mitten auf dem Dachboden.

Das Armaturenbrett leuchtete noch immer nicht. Fieberhaft tastete Tixu darunter und stellte fest, dass es nicht an den Partikelfilter angeschlossen war. Wahrscheinlich eine Vorsichtsmaßnahme Geofo Anidolls, weil seine Töchter als kleine Mädchen in der Maschine spielten. Nicht auszudenken, was dann hätte passieren können ...

Tixu fand das fehlende Kabel nicht. Schweiß rann ihm von der Stirn bis in die Augen, sein Tasten wurde unsicher, ungeschickt. Dann riss er brutal ein unter dem Liegeplatz hängendes Kabel heraus und hoffte, dass es für die

Inbetriebnahme des Geräts keine Bedeutung habe. Mit Nägeln und Zähnen entfernte er hastig an beiden Enden die Isolierung und schloss es provisorisch an den Programmator und den Filter an. Sofort leuchtete das Armaturenbrett auf. Er betete, dass sein stümperhaftes Flickwerk den Energieschock aushalten möge. Er war in Schweiß gebadet und schon hörte er die Schreie seiner Verfolger.

Die Kabine war jetzt in ein diffuses grünes Licht getaucht. Er tippte die ungefähren Koordinaten Selp Diks ein. Ein letzter Zweifel überfiel ihn: Und wenn ich mich nun geirrt habe?

Während seines Praktikums hatte er die Koordinaten aller Planeten der Konföderation auswendig lernen müssen. Aber das war lange her, so lange ... In einer anderen Welt, einer anderen Zeit ...

Er ließ sich auf die Liege sinken. Der Würfel war gefallen.

Er hörte ein Rauschen, dann Knacken und Knistern, und schließlich begann alles zu beben. Er glaubte, dass dieser alte verrostete Haufen Eisen gleich explodierte ... Und vielleicht war es genau das, was passierte ...

Die schwarze runde Sonde glitt auf die bebende Kugel zu. Die Söldner stürmten auf den Dachboden. Die Strahlen der Laserlampen erfassten Isalica und Sofrène, die vor Entsetzen wie erstarrt waren. Die beiden Schwestern leisteten keinen Widerstand, als die Söldner ihnen Magnetbänder um den Hals legten.

Einer der Söldner kletterte auf die Leiter und wollte die Luke entriegeln. Es gelang ihm nicht, der Deremat vibrierte zu stark. Da zerschlug er mit der bloßen Hand das Glas und stürzte sich wie ein Verrückter in die Maschine.

Eine Minute später tauchte er triumphierend wieder auf und schwenkte eine blaue Wolljacke, eine schwarze Samthose, Unterwäsche aus weißer Baumwolle und ein Paar marquisatinische Stiefel.

»Er hat sich auf Selp Dik programmiert. Die Koordinaten sind noch sichtbar ... Doch ich kann mir kaum vorstellen, dass dieses alte Ding ihn transferiert hat. Seine Kraft reicht sicher nicht einmal bis zum Jatchaï-Wortling-Platz.«

»Selp Dik?«, sagte eine metallisch klingende Stimme. »Dann hatte die junge Frau von der InTra also recht.«

Der Scaythe löste sich aus den Schatten und trat hervor. »Schade. Ich hätte zu gern gewusst, wie es diesem nicht besonders intelligenten Mann gelungen ist, unseren mentalen Nachforschungen zu entgehen. Es hat wohl nicht sein sollen. Da dieser Idiot es so eilig hat, zu seinen Freunden vom Orden der Absolution zu gelangen, wird er mit ihnen sterben. Er, die Tochter des Syracusers und alle anderen ... Alle ... Und so wird jedes Relikt der Hexerei aller bekannten Welten für immer ausgelöscht. Was diese Demoiselles betrifft, sie werden erfahren, was es kostet, wenn man die Feinde des Kaisers unterstützt. Ich überlasse sie Ihnen für eine Stunde, meine Herren. Machen Sie mit den beiden, was Sie wollen. Dann bringen Sie sie zum Runden Haus, damit sie die allen Verrätern gebührende Strafe erleiden. Wie ihr Vater. Und zerstören Sie diese Maschine.«

Als die Pritiv-Mörder sich an Isalica und Sofrène abreagiert hatten, ließen sie die beiden Frauen liegen, nackt, blutend, zitternd, gedemütigt und genauso kaputt wie ihre Puppen. Dann richteten sie ihre Mumifizierstrahlwaffe auf die schwarze Maschine.

SIEBZEHNTES KAPITEL

Nur das Freisein der Seele – kostbarster Schatz – ist Freiheit.
Denn sie erhebt uns alle Zeit
Zu unseres Schöpfers ewiger Herrlichkeit.
Einer zarten Blume gleicht sie, süß und schwer,
Und welkt dahin, wenn sie
Von heuchlerischen Worten frech betört
Der heiligen Wahrheit abschwört.
Die Freiheit der Seele ist das höchste Gut,
Ein ewiges Kleinod, das in uns ruht.
Doch wer ihr klares Wasser trübt,
Neid, Stolz hegt, Verrat und Rache übt,
Kennt weder Zuflucht, Heim noch Steg,
Verliert den rechten Lebensweg
Und irrt durch Raum und Zeit,
Das Herz voll Bitterkeit und Leid.

Deshalb, ihr Freunde, müsst ihr danach trachten,
Die Freiheit eurer Seele stets zu bewahren und zu achten.

Auszug aus einer Predigt der Kirche des Kreuzes, auf den Dünen der großen Wüste des Planeten Osgor gehalten.
Kleines Filmbuch, in der verbotenen Bibliothek des Bischofspalastes der Kirche des Kreuzes entdeckt.

Harkot, Pamynx' ehemaliger Schüler und jetziger Experte, ließ die Kapuze seines purpurfarbenen Mantels langsam auf die Schultern gleiten und betrachtete sein Gesicht aufmerksam in dem spitzbogenförmigen Spiegel, der inmitten des mit irisierendem und parfümiertem Wasser gefüllten Bassins stand.

Sein Teint war von einem hässlichen Graugrün und seine Haut kam ihm im Gegensatz zu der der Menschen auf widerwärtige Weise rau, ja abstoßend vor. Die Form seines kahlen Schädels war nicht schöner: sein Kopf war von Furchen zerklüftet und mit Beulen übersät und er besaß eine vorspringende Stirn. Auch seine hervorquellenden, völlig schwarzen Augen weckten bei den Menschen keine Sympathien, insbesondere bei Frauen, da sie nie irgendeine Gefühlsregung verrieten. Alles in allem fanden sie ihn zutiefst abstoßend.

Harkot war kein geschlechtliches Wesen, sondern ein Scaythe, ein Keimling vom Planeten Hyponeros, der in einem Matrix-Bottich herangewachsen war. Die Meister-Creatoren hatten ihn Stück für Stück zusammengesetzt und ihn dann mit zehntausend anderen menschlichen Karikaturen auf die Planeten der bekannten Welten geschickt. Er gehörte zu jenen Wesen, die dem obskuren Eroberungsplan jener Gestirne am Rande der Milchstraße zugeordnet wurden. Allein Pamynx, der Scaythe mit dem höchsten Dienstrang, kannte alle Stufen dieses Plans.

Gefühle wie Zuneigung, Eifersucht, Neid oder Wut waren Harkot fremd – doch er gehorchte kollektiven, vom Hyponeriarchat beschlossenen Impulsen, die die Meister-Creatoren aussandten und die von Pamynx, ihrem Vorposten, weitergegeben wurden.

Doch Harkot litt unter seinem äußeren Erscheinungsbild, dem Abscheu, den er erregte, denn dieser Widerwille schuf unüberbrückbare Gräben zwischen ihm und den Syracusern. Natürlich hatte er darüber nie mit seinen Brüdern aus dem Matrix-Bottich gesprochen, weil sie für derartige Seelenzustände völlig unempfindlich waren. Denn sie besaßen keine Seele im menschlichen Sinn. Also ertrug er sein Leid, das sich manchmal in seiner inneren Stille zu einer wahren Qual auswuchs.

Funktionierten seine Synapsen nicht richtig? Oder waren seine Neurotransmitter gestört? Ein ganz gewöhnlicher Scaythe hätte sofort Pamynx informiert, der ihn umgehend auf Hyponeros zurückgeschickt hätte: Sein Körper wäre aufgelöst, sein Keimling eliminiert, untersucht und in einen neuen Körper injiziert worden.

Das monströse Aussehen Harkots – nur auf den bekannten Welten rief er diesen Eindruck hervor, auf anderen Welten war das vielleicht nicht so – war schuld daran, dass er von dieser oberflächlichen, höfischen Clique nicht anerkannt wurde. Und dieses Bedürfnis nach persönlicher Anerkennung war der Beweis, dass aus ihm ein atypischer Keimling, ein extravagantes und unkontrollierbares Wesen geworden war. Aber was spielte das schon für eine Rolle?

Harkot wollte, dass ihn diese Menschen, die sich auf

schamlose Weise der Scaythen bedienten, um ihr Gehirn zu schützen oder die Gedanken anderer auszuforschen, an ihrem frivolen gesellschaftlichen Leben teilhaben ließen – oder seine Rache (auch Rache war den Scaythen fremd) würde fürchterlich sein.

Denn dieselben ihn verachtenden Menschen mussten ihn von nun an aufs Äußerste fürchten. Sie wussten nicht, dass er über mentale Fähigkeiten verfügte, die anderen Scaythen nicht zu eigen waren. Und außerdem war er Pamynx' Lieblingsschüler: Ihn hatte der Großkonnetabel mit den ersten Experimenten betraut, die zum mentalen Tod der Opfer geführt hatten. Er hatte den Seigneur Ranti Ang exekutiert und war nun zum Experten ernannt, und zum äußeren Zeichen war ihm feierlich der purpurfarbene Mantel übergeben worden. Die Menschen hatten keine Ahnung, wie bedeutend seine Stellung war, wenn sie ihm in einem der endlos langen Flure des neuen Kaiserpalastes begegneten und er sein Gesicht in der Kapuze seines Mantels verbarg, um nicht den Ekel in ihren Blicken sehen zu müssen.

Diese dummen und eitlen Hofschranzen hatten wiederum keine Ahnung, dass er nach Belieben ihre Spatzenhirne durchforschen konnte und dass die lächerlichen mentalen Sperren der Gedankenschützer für ihn nicht das geringste Problem darstellten. Hatte er sich zu ihren Gehirnen Zutritt verschafft, hätte ein winziger Impuls genügt, sie zu töten.

Doch Harkot hatte sich nicht damit zufrieden gegeben, ein hochbegabter Keimling zu bleiben. Den größten Teil seiner Freizeit, wenn er nicht für die Realisierung des Plans arbeiten musste, verbrachte er mit der Erforschung seines mentalen Potenzials und wagte sich in unerforschte

Gebiete, die andere aus Furcht zu scheitern, unangetastet gelassen hätten. Auf diese Weise hatte er neue telepathische Wellen entwickelt, deren Frequenz so subtil war, dass sie selbst von seinen Brüdern nicht entdeckt werden konnten. Also bediente sich Harkot schamlos – Scham gehörte ebenfalls nicht zu den Eigenschaften der Scaythen – der Gehirne der Höflinge und experimentierte mit ihnen.

Die Würdenträger am Hofe Venicias glaubten sich ausnahmsweise vor Indiskretionen geschützt und hatten nicht die leiseste Ahnung, dass Harkot ihnen von Zeit zu Zeit insgeheim Besuche abstattete. Es bereitete ihm ein diebisches Vergnügen, ihre verborgenen Gedanken zu lesen, die sie hinter ihren undurchdringlichen Mienen versteckten. Er wusste fast alles über sie, was niemand hätte wissen dürfen.

Natürlich bedeuteten Harkots geheime Aktivitäten einen Bruch des Ehrencodes des Mentalen Schutzes, aber dieser Code war – wie die geniale Impulsion der Meister-Creatoren, Gedankenschützer zu etablieren – auch eine Anweisung vom Planeten Hyponeros, nichts als ein Täuschungsmanöver, um die Menschen in Sicherheit zu wiegen. Der Ehrencode war also ein rein fiktives Konstrukt, das er außer Acht lassen konnte.

Harkot faszinierten vor allem die verschlungenen Wege des menschlichen Geistes, diese außergewöhnliche Komplexität, die sie gleich Memodisketten voller Daten überlasteten oder unterforderten, oder die Art und Weise, wie sie sich je nach Gelegenheit öffentlich und auch privat gaben. Obwohl die Menschen allen anderen Kreaturen des bekannten Universums überlegen waren, nutzten sie nur einen Bruchteil ihres intellektuellen Potenzials und zogen es vor, ihre Sinne zu befriedigen und sich primitiven Vergnügungen hinzugeben, um sich nicht mit sich selbst auseinandersetzen zu müssen. Es wäre ein Kinderspiel, diese Spezies zu zerstören, überlegte Harkot. Nur zehntausend Scaythen beherrschten bereits jetzt einen großen Teil der Milchstraße. Zwar wusste er nicht genau, was die Meister-Creatoren planten, aber er nahm an, dass sie auf jedem Planeten Vorposten installieren und die Herrschaft der Scaythen ausdehnen würden. Jetzt, da er die Dinge aus persönlicher Sicht betrachtete, fragte er sich, welche Stellung für ihn in diesem Plan vorgesehen war. Er hatte keine Lust, zurückgerufen und mit anderen Keimlingen verschmolzen zu werden, sobald er seine Rolle gespielt hatte. Deshalb suchte er nach einem Weg, um das mentale Band zum Hyponeriarchat zu kappen, denn er wollte von nun an autark sein.

Im Laufe der Zeit war er tollkühn geworden und sogar widerrechtlich in die Köpfe der höchsten Würdenträger am Hof Menati Angs eingedrungen und das in Gegenwart Pamynx', eines hochrangigen Scaythen, der trotzdem nicht in der Lage gewesen war, Harkots subtile investigative Wellen zu erkennen.

Von seinem Erfolg berauscht, war Harkot zu dem Schluss gelangt, dass nun nichts mehr seinen Aufstieg bremsen könne und dass er bald über das gesamte Universum herrschen werde. Kein Hindernis schien ihm jetzt noch unüberwindbar.

So hatte er sich an jenem Abend gefühlt. Der Kaiser hatte ihn zu sich befohlen, damit er eine Pro-forma-Erklärung wegen des mentalen Todes eines hochgestellten Höflings abgebe. Harkot hatte sich etwas gegönnt: Als Zeichen äußerster Kühnheit war er in das Gehirn seines, von vier erlesenen Gedankenhütern geschützten Herrschers eingedrungen. Das war eine Herausforderung, sowohl der Menschen als auch der Scaythen. Denn er war weder das eine noch das andere. Er war ein Mutant, das erste Exemplar einer neuen Spezies.

Mit einer geradezu genießerischen und perversen Langsamkeit hatte er seine Tentakel in die Windungen des Gehirns des Kaisers geschoben, doch die weißroten Kapuzenmänner, seine Matrix-Brüder, hatten nicht reagiert. Und der blau gekleidete Pamynx war ebenfalls regungslos geblieben.

Und was entdeckte Harkot, der unangreifbare flüchtige Eroberer – natürlich vergaß er während seines Ausforschens nicht, über Banalitäten zu plaudern – bei seiner mentalen Erkundung von Menati Angs Gehirn?

Maßloses Erstaunen ergreift den Mutanten, denn er erfährt Dinge, die gewiss bei Bekanntwerden den gesamten Hof in Aufruhr versetzen würden ...

Als Erstes und allgegenwärtig ist der Körper von Dame Sibrit, der Witwe Seigneur Rantis – den er ermordet hat, welche Ironie des Schicksals! Der Kaiser ist derart von Dame Sibrit besessen, dass seine Begierde neurotische Züge annimmt. Scaythen kennen kein sexuelles Begehren noch verstehen sie, dass sich ein Herrscher – wenn auch ein illusorischer Herrscher – über Milliarden Menschen freiwillig in die Abhängigkeit von einem weiblichen Körper begeben kann. Er möchte Dame Sibrit gewalttätig besitzen, aber nur unter der Bedingung, dass sie seine Neigung teilt und er sie weder bedroht noch zwingt. Also muss er seine animalischen Gefühle verbergen, was ihm auch meistens dank mentaler Kontrolle gelingt, aber jeden Moment können sie in ihm wie die Lava eines aktiven Vulkans ausbrechen.

Dieser Schwachpunkt in Menati Angs Charakter beeindruckt Harkot zutiefst, und er sagt sich, dass er ihn für sich ausnutzen könne. Er vergleicht das Leiden des Kaisers mit dem seinen. Denn wie er, wird Menati Ang von allen verachtet. Dabei wünschen sich beide nichts sehnlicher als Anerkennung.

Die zweite Hauptbeschäftigung und Sorge Angs gilt dem Konnetabel Pamynx. Der Kaiser, der wie alle Menschen, unbewusst sein psychisches Potenzial nicht ausschöpft, misstraut Pamynx. Und dieses Misstrauen grenzt an eine Paranoia. Ohne die Machenschaften des Konnetabels zum Sturz der Konföderation wäre Menati nie an die Macht gelangt. Doch jetzt fürchtet er den skrupellosen Pamynx und hat Angst, der Scaythe könne ihn stürzen, so wie er seinen Bruder Ranti eliminiert hat. Und diese Angst treibt ihn dazu, insgeheim nach einem Mittel zu suchen, sich dieses allgegenwärtigen lästigen Schattens zu entledigen. Doch im Moment sind dem Kaiser die Hände gebunden, denn Pamynx würde sofort von jeder Intrige gegen ihn erfahren. Also ist der Kaiser nichts anderes als eine Marionette der Scaythen, genau das, was für die fünfte Stufe des Plans vorgesehen war.

»Wir haben unsere Unterredung beendet, aber Ihr könnt bleiben, Sieur Harkot«, sagt der Kaiser.

So wird er als interessierter Zuschauer Zeuge eines nicht enden wollenden Defilees aufgeblasener Hofschranzen, die einzig und allein um einen Empfang bei dem Herrscher betteln, damit sie in den Augen anderer Höflinge mehr Renommee gewinnen. Harkot amüsieren die wahren Gefühle, die sie Menati entgegenbringen: Hass, Neid, Missgunst, und wie sie auf kleinliche Weise berechnend taktieren, um sich einen Vorteil zu verschaffen. Alle diese

Gedanken bewegen sich hinter ihren lächelnden Masken wie ein Knäuel zischender Vipern – wie lächerlich doch diese berühmte autopsychische Selbstverteidigung ist, auf die die Syracuser so stolz sind!

Zwar findet der Herrscher seine Untertanen anmaßend, dumm und eitel, doch er verbirgt seinerseits seine Verachtung hinter einem süßlichen Lächeln. So funktioniert das Ego, denkt Harkot. Man legt innerhalb der Gesellschaft bestimmte Verhaltensweisen an den Tag, damit man maximal von ihnen profitieren kann.

Er hat ebenfalls Gelegenheit, Zeuge des wöchentlich stattfindenden Höflichkeitsbesuchs des Muffis zu sein, des Unfehlbaren Hirten der Kirche des Kreuzes. Die dreifache Persönlichkeit dieses Greises fasziniert ihn: sein schmales kantiges, in die Haube des weißen Colancors eingezwängtes Gesicht strahlt pure Scheinheiligkeit aus. Barrofill XXIV. weiß genau, dass sowohl Menati Ang als auch Pamynx ihn und seine Kirche mit ihren hierarchischen Strukturen brauchen, um diese furchtbare Tyrannei auszuüben. Und deswegen ist der Muffi eine Schlüsselfigur auf dem Schachbrett Menati Angs. Aber da der Geistliche keine Skrupel kennt, ist er nicht zimperlich, wenn er sein Ziel erreichen will – ein Ziel sehr persönlicher Natur. Dieses mit diplomatischem Geschick begabte Monster kultiviert die Kunst höfischer Etikette bis zur Perfektion, hüllt sich in den schützenden Mantel der Heiligkeit und legt bereits jetzt den Grundstein für seine Heiligsprechung, während er sich gleichzeitig den widerwärtigsten Ausschweifungen hingibt. Harkot bewundert die Virtuosität dieses Mannes, andere zu täuschen. Sogar Pamynx. Diese theatralische Bescheidenheit, diese Fistelstimme, dieser asketische Körper, diese kleinen dunklen und funkelnden Augen, diese sorgsam inszenierte Zurschaustellung, nichts anderes als das Wohl der Kirche im Sinn zu haben, das umgibt ihn wie ein Priestergewand – nur Schein, nicht Sein. Denn in der Nachwelt will er fortleben, das ist sein Ziel. Antrieb seines Handelns aber ist die Gier nach Macht und nach Befriedigung seiner Lüste ...

Die ganze Woche nach jenem lehrreichen Abend zwang sich Harkot, der Experte und mentale Terminator, alle mentalen Mitteilungen zwischen Pamynx und dessen verschiedenen Informanten abzuhören. Auf diese Weise erfuhr er sehr interessante Dinge, unter anderem, dass Menati Ang und der Konnetabel ein Komplott gegen den Muffi schmiedeten. Sie hatten beschlossen, den unnachgiebigen Barrofill XXIV. zu eliminieren und ihn durch einen willfährigeren Kardinal zu ersetzen, eine Marionette, die sie nach Belieben manipulieren konnten. Sie hatten bereits insgeheim Kontakt zu mehreren Kardinälen aufgenommen, sie durch Bestechung gewonnen und sich ihrer Unterstützung während der zu erwartenden Turbulenzen nach dem Ableben des Kirchenfürsten versichert. Sie hatten ebenfalls beschlossen, dass Pamynx den Gedankenschützern des Unfehlbaren Hirten befehle, ihren Eid zu brechen und dass ein Scaythe den Muffi in seinen Gemächern in den Tod befördern solle. Sein plötzliches Ableben werde man durch eine plötzliche tödliche Krankheit – wie schon bei Ranti Ang – erklären. Und natürlich werde man Harkot, den Experten, mit dieser Drecksarbeit beauftragen.

Aber Harkot hatte sofort begriffen, welchen Vorteil er aus dieser Situation ziehen konnte. Ohne auf Pamynx' Vorladung zu warten, war er sofort zum bischöflichen Palast geeilt, zu Fuß und über verschlungene Gassen, ein purpurfarbener Schatten in der von drei nächtlichen Gestirnen erhellten Nacht.

Seine Schwierigkeiten hatten vor dem Portal des Palastes begonnen. Es wurde von den ganz in Schwarz gekleideten Vikaren bewacht, den Fundamentalisten der Kirche des Kreuzes.

Die erste Bedingung zur Aufnahme in dieses Elitecorps bestand darin, dass sich der Aspirant freiwillig während einer feierlichen Zeremonie kastrieren ließ. Seine Sexualorgane wurden hinterher in eine Luftkugel eingeschlossen und in einem Saal, die Gruft der Kastrierten genannt, ausgestellt. Um die Vikare lächerlich zu machen, nannten die anderen Mitglieder der Geistlichkeit sie die Eunuchen des Großen Schafstalls, aber sie fürchteten sie wie die atomare Pest, denn die Vikare gehörten zum inneren Zirkel des Muffis und nahmen eine bedeutende Stellung innerhalb der Kirchenhierarchie ein.

Harkot war zuerst von einem jungen Vikar mit blaurotem Gesicht und starrem Blick empfangen worden, der ihn mit stupiden Fragen bombardiert und stundenlang in einem düsteren Wartezimmer hatte schmoren lassen. Schließlich war ein anderer aufgetaucht, doch nur um ihm mitzuteilen, dass er heute Abend nicht empfangen werden könne. Wolle man eine Audienz, müsse man dieses Begehren Monate vorher einreichen.

»Der Muffi ist mit Arbeit überlastet, Sieur! Seine Zeit ist kostbar. Das Prozedere ist wie folgt: Ihr tragt Euch in eine Warteliste ein, und dann kann Euch vielleicht einer der Sekretäre Seiner Unfehlbaren Heiligkeit empfangen.«

Nur mühsam hatte Harkot der Versuchung widerstanden, seinen arroganten Gesprächspartner zu töten, stattdessen erklärte er ihm in ruhigem Ton, dass er eine überaus wichtige Information für den Muffi habe, die er ihm nur persönlich mitteilen könne und die für den Status der Kirche von großer Bedeutung sei. Und dass der Vikar es bitter bereuen werde, sollte er ihm nicht helfen. Der Vikar hatte wieder nach Ausflüchten gesucht, aber Harkot hatte einen solchen Krach geschlagen, dass eine dieser anderen tristen schwarzen Kerle – wohl ein Vorgesetzter – aus dem Schlaf gerissen wurde und missgelaunt gefragt hatte, was der Lärm zu bedeuten habe.

Als man dem Eunuchen erklärte, ein Scaythe wünsche in seiner Naivität Seine Heiligkeit um diese nächtliche Stunde zu sprechen, hatte der Vorgesetzte grausam gelächelt.

»Unmöglich! Unmöglich!«, hatte er mit seltsam hoher Stimme erklärt. »Ein anderes Mal! Ein anderes Mal! Sucht um eine Audienz nach! Eine Audienz!«

Die Vikare hatten den mentalen Terminator mit bösen Blicken bombardiert, ohne auch nur eine Sekunde zu ahnen, dass ihr Starrsinn sie in tödliche Gefahr brachte. Denn Harkot war mit seiner Geduld am Ende und wollte grade seine fürchterlichen Fähigkeiten einsetzen, als das Erscheinen eines Kardinals in Purpur, von seinen zwei Gedankenschützern begleitet, sie vor dem sicheren Tod rettete.

»Was ist hier los?«, hatte Kardinal Frajius Molanaliphül getönt, ein selbstgefälliger feister Mann, die graue Eminenz und der Intimfreund des Muffis. Die Vertrautheit ging so weit, dass er dem Unfehlbaren Hirten die unschuldigen Opfer zur Befriedigung seiner pädophilen Gelüste lieferte – das hatte Harkot anlässlich eines Empfangs am Hof im Kopf des Kardinals gelesen.

Frajius Molanaliphül hatte außerdem entscheidend mit zu der Ermordung Ranti Angs beigetragen. Deshalb erkannte er jetzt den mentalen Terminator, obwohl dessen Gesicht unter der Kapuze verborgen war.

»Ich kümmere mich um den Mann!«, hatte er den Vikaren erklärt. »Und übernehme persönlich die Verantwortung dafür.«

Die schwarzen geschwätzigen Vikare hatten sich enttäuscht zurückgezogen und wieder ihren stupiden Verwaltungsaufgaben zugewandt, worauf Harkot dem Kardinal eine vage, weitschweifige Erklärung zur Rechtfertigung seiner Anwesenheit zu so später Stunde im bischöflichen Palast gegeben hatte. Doch seine hohlen Worte hatten Seine Eminenz überzeugt. Er versprach dem Scaythen, ihn in seinem Anliegen zu unterstützen – natürlich im Interesse der Kirche –, was auch stimmte, wie Harkot trotz der Gedankenschützer des Kardinals sofort feststellte.

Dann wurde er durch ein Labyrinth dunkler Flure in einen kleinen hellen Raum mit einem wunderschönen Bassin und dem davorstehenden Wasserspiegel geführt, wo man ihn bat, zu warten.

Zwei Stunden vergingen. Harkot zog sich tief die Kapuze in die Stirn, er konnte den Anblick seines Gesichts in den irisierenden Tropfen des Spiegels nicht mehr ertragen.

Obwohl er ein paar Asse im Ärmel hatte, war sein Spiel noch nicht gewonnen. Er musste geschickt taktieren. Der Muffi ließ sich nicht leicht bluffen. Aber wenn sich alles wie vorgesehen entwickelte, würde er – Harkot – endlich die ihm gebührende Wertschätzung erfahren, und sich an den Menschen, die ihn bisher gedemütigt und verachtet hatten, rächen können. Schon jetzt freute er sich über diese Kehrtwende, er stellte sich ihre entsetzten Gesichter vor und wie sie einer nach dem anderen angekrochen kommen würden, um sich ihm zu Füßen zu werfen.

Die einzige große Unbekannte in diesem Spiel war die Reaktion der Meister-Creatoren. Würde das Hyponeriarchat versuchen, ihn zu eliminieren? Und wenn ja, auf welche Weise? Durch einen Impuls oder durch Auflösen?

Harkot entdeckte die Anwesenheit Barrofills XXIV. eine ganze Weile bevor der Muffi den Raum betrat. Der Unfehlbare Hirte beobachtete ihn mit seinen kleinen Wieselaugen durch einen Spion, um sich persönlich der Identität seines nächtlichen Besuchers zu vergewissern.

Der mentale Terminator war also nicht überrascht, Seiner – in einen flaschengrünen Colancor und goldfarbenen mit Optaliumsteinen besetzten Morgenrock gekleideten Heiligkeit plötzlich gegenüberzustehen. Der Greis verbarg seine üble Laune nicht, denn man hatte ihn bei seinen unmoralischen nächtlichen Aktivitäten gestört. Und trotz der unnützen Barrieren der Gedankenschützer, die sich in einem Nachbarzimmer aufhielten, war Harkot in das Gehirn des Muffis eingedrungen und hatte dort die zarten und parfümierten nackten Körper der Knaben und Mädchen entdeckt, die das Episkopat zu Fantasiepreisen auf dem Schwarzmarkt gekauft hatte. Bei Morgengrauen erwartete diese Kinder ein furchtbares Schicksal: Denn wenn sie die Wollust des Pontifex' befriedigt hatten, wurden sie gefährlich, weil diese unschuldigen Wesen dann von seinen geheimen Lüsten am eigenen Leib erfahren hatten. Außerdem konnten die Mediziner des bischöflichen Palastes ihre Organe, ihre Haare und ihr Rückenmark für Verjüngungskuren verwenden.

Harkot erkannte außerdem, dass der Unfehlbare Hirte

außerordentlich misstrauisch war. Er hatte diesen ungelegenen Besucher nur empfangen, weil er geradezu krankhaft neugierig war und wissen wollte, was für eine neue Falle man ihm stellte. Harkots Plan aber setzte gerade bei diesem an Paranoia grenzenden Argwohn an.

Der Muffi hingegen gaukelte ihm vor, ihn allein, ohne Gedankenschützer zu empfangen. Dieser Taktik bediente er sich immer, um die Wachsamkeit seiner Besucher einzulullen und seinen Gedankenschützern die Arbeit zu erleichtern; ein Prozedere, über das sich Harkot köstlich amüsierte.

Offensichtlich hatte der Unfehlbare Hirte nicht genügend Zeit gehabt, um sich wie üblich für eine Audienz herauszuputzen; sein Aussehen konnte er nicht beschönigen. Seine schlaffe, von Altersflecken übersäte Haut war von tiefen Falten durchzogen, und die Tränensäcke unter seinen stechenden kleinen Augen verrieten ein nahezu biblisches Alter.

Jetzt richtete er seine Augen auf den mentalen Terminator. Harkot nahm keinen Anstoß daran, war er doch überzeugt, dass das Oberhaupt der Kirche des Kreuzes ihn nach dieser Unterredung mit ganz anderen Augen betrachten würde.

»Wer seid Ihr, und was wollt Ihr?«, fragte der Muffi unhöflich, aber doch begierig zu erfahren, aus welchem Grund dieser Mann ihn aufsuchte.

»Ich bin Harkot, ein Scaythe vom Planeten Hyponeros, ein mentaler Terminator, der zum Experten ernannt wurde, Eure Heiligkeit«, antwortet sein Gegenüber kühl und gelassen, in einem dunklen, metallisch klingenden Timbre, das einen starken Kontrast zu der kindlich hohen Stimme des Muffis bildete.

Barrofill XXIV. umrundete das Bassin und stellte sich vor den Scaythen. »Ach, wie schön! Noch befinden wir uns ja auf einem uns beiden wohlbekannten Terrain! Wie könnte ich nicht – jedenfalls dem Renommee nach – jenen Mann kennen, der auf derart effiziente Weise Ranti Ang hingerichtet hat? Eure Kollegen halten Euch für hochbegabt, sehr vielversprechend, Sieur Experte. Den ersten Teil meiner Frage habt Ihr zufriedenstellend beantwortet. Nun müsst Ihr mir nur noch verraten, warum Ihr mich aufgesucht habt. Hat Euch der Kaiser geschickt? Oder der Konnetabel? Sprecht. Ich bitte Euch, sprecht ohne Vorbehalt. Weder Ihr noch ich haben Zeit genug, sie mit überflüssigem Geplänkel zu vergeuden ...«

»Ich bin ganz Eurer Meinung, Eure Heiligkeit«, entgegnete Harkot. »Doch weder der Kaiser noch der Konnetabel haben mich geschickt, wenn Ihr das auch zu glauben scheint. Mein Entschluss, bei Euch vorzusprechen, ist rein persönlicher Natur. Nur zufällig habe ich ... sagen wir, auf indiskrete Weise eine Unterredung belauscht, die Euch besonders am Herzen liegen muss, da sie Euch betrifft. Eine Unterredung, die auf höchster Ebene stattfand ...«

Barrofill XXIV. brach in schallendes Gelächter aus. »Gütiger Himmel! Ein Enthüllung von größter Bedeutung!«

Dann setzte er sich vorsichtig auf den Rand des Rundbeckens und kicherte, ein schrilles Kichern, das an dem Nervensystem des Scaythen sägte.

»Also habt Ihr Euren Treueeid gegenüber dem Konnetabel gebrochen, und Ihr habt die Kühnheit besessen, in aller Eile halb Venicia zu durchqueren, Euch mit den Vikaren zu streiten und das allein um mir mitzuteilen, dass sich diese Herren in ungebührlicher Form über meine Wenigkeit geäußert haben? Das nächste Mal, werter Experte, bittet besser vorher die Kirche des Kreuzes um Erleuchtung! Ich fürchte, Ihr habt Euch viel Mühe ganz umsonst gemacht, denn schon seit Jahren werde ich verleumdet. Ohne dass ich dabei zu Schaden käme, wie Ihr selbst seht. Ich habe mir längst angewöhnt, diesem leeren Gerede, das diese dummen Klatschmäuler von sich geben, keinen Glauben zu schenken. Ach, mein guter Sieur Harkot, diese Mühe hättet Ihr Euch wahrlich ersparen können und mir ebenso.«

Diese betont herzliche und gleichzeitig bissige Tirade kaschierte die Besorgnis des Muffis. In seinem rechten Ohr klebte ein winziges, mit seinen Gedankenlesern verbundenes Mikrofon, über das er sofort alle im Kopf des Besuchers eingefangenen Gedanken erfahren sollte. Aber im Moment hörte er nichts anderes als den Atem seiner Gedankenleser. Das Terrain war also noch nicht markiert, und er musste Zeit gewinnen. Harkot unterdrückte das Verlangen, den Greis zu züchtigen. Jetzt brauchte er ihn noch, aber später würde er es ihm heimzahlen.

»Gewiss, Eure Heiligkeit!«, fuhr er gelassen fort, »ist es nicht das erste Mal, dass Ihr die Zielscheibe übler Verleumdungen seid, und ich hätte mir nie erlaubt, Euch wegen solcher Lappalien zu stören. Es wäre mir unerträglich, würdet Ihr mich weiterhin als einen Dummkopf betrachten ... Tatsächlich liegt es jedoch durchaus im Bereich des Möglichen, dass diese Verleumdungen auf negative Resonanz stoßen: So haben sich der Kaiser und der Konnetabel während ihrer Unterredung dahingehend geäußert ... und das taten sie auf sehr überzeugende Weise –, dass ... nun, über Euren Tod, Eure Heiligkeit ... Ja, über Euren Tod ...«

Harkot schwieg und beobachtete die Wirkung seiner Worte auf den Unfehlbaren Hirten. Er bewunderte die mentale Kontrolle des Mannes. Bei ihm war sie effizient. Seine Gesichtszüge blieben völlig unbeweglich, während sich in seinem Kopf die düsteren Gedanken nur so überschlugen ... Und die Gedankenleser manifestierten sich immer noch nicht, weil sie außerstande waren, die wahren Absichten des Besuchers zu erkennen. Das Mikrofon blieb stumm. Der mental abgeschirmte Harkot kostete das momentane Chaos im Kopf des Greises genießerisch aus.

»Sie wollen mich töten? Mich töten?«, wiederholte der Muffi. »Aber welches Interesse hätten sie daran, Sieur Experte? Ihr habt sie wahrscheinlich missverstanden ...«

»Nein«, erklärte der Scaythe bestimmt.

»Aber wie seid Ihr zu dieser Information gekommen? Wie habt Ihr es erfahren? Und versucht mir nicht weiszumachen, dass der Kaiser und der Konnetabel eine solche Unterredung geführt haben, ohne zuvor ein Höchstmaß an Vorsichtsmaßnahmen getroffen zu haben!«, sagte der Muffi, gleichzeitig ängstlich und verärgert. Sein Ton hatte jede Arroganz verloren.

»Ich weiß es. Das ist alles«, erklärte Harkot, der sich bewusst geheimnisvoll gab. »Ich weiß auch, dass der mentale Terminator derselbe sein soll, wie derjenige, der bereits Ranti Ang exekutiert hat. Das heißt, ich selbst. Daran kann man nichts ändern, meine Dienste sind sehr begehrt, denn ich bin der einzige Experte in Venicia ... Und glaubt Euch nicht vor allem Unbill durch Eure Gedankenhüter geschützt, Eure Heiligkeit. Denkt nur daran, dass sich der Seigneur Ranti Ang auch für unantastbar hielt ... Sollte Pamynx ihnen befehlen, Euch nicht mehr zu schützen, werden sie das ohne Zögern tun«, sagte Harkot, und hütete sich, dem Muffi zu erklären, dass die Gedankenschützer längst kein Hindernis mehr für ihn darstellten.

»Und was Eure Garde betrifft, diese kastrierten Vikare, sollten diese Eunuchen auf den lächerlichen Gedanken kommen, auch nur den geringsten Widerstand zu leisten, würden sie sofort von den Pritiv-Mördern ausgelöscht. Außerden sind schon etliche Kardinäle in diesen Plan eingeweiht, denn sie sollen Eure Nachfolge vorbereiten. Den Gläubigen wird man erklären, Ihr seid von einer plötzlich aufgetretenen heftigen Krankheit dahingerafft worden. Ihr wisst so gut wie ich, dass der mentale Tod keine Spuren hinterlässt.«

Harkot entging während des Redens nicht, mit welch übergroßer Willensanstrengung der Muffi versuchte, die Kontrolle über sich wiederzugewinnen und wie er verzweifelt überlegte, wie er diese neue Situation am besten zu seinen Gunsten nutzen könne. Das Ego trieb ihn dazu an, dieses menschliche Bedürfnis, sich als einzigartig zu betrachten und komme was da wolle, an der Macht zu bleiben.

»Ihr scheint Euch sehr sicher zu sein, Sieur Experte. Eine solche Entwicklung habe ich bereits vorhergesehen, denn Ihr müsst wissen, dass mir die Mechanismen der menschlichen Natur recht geläufig sind. Und solltet Ihr recht haben, so habe ich schon eine adäquate Antwort auf eine derartige Attacke parat ...«

Barrofill XXIV. erhob sich und tippelte mit nervösen Schritten in dem Zimmer hin und her. Er hatte sehr viel Überzeugungskraft in seine Worte gelegt, aber Harkot wusste, dass der Muffi nie mit einer derartigen Möglichkeit gerechnet hatte. In seiner Hybris hatte er sich immer als unangreifbar betrachtet und geglaubt, dass nichts und niemand seiner Kontrolle entgehen könne und dass die herausragende Stellung und das Gewicht der Kirche innerhalb des Staatsgefüges ihn vor jeder Palastintrige schütze. Trotzdem kämpfte er jetzt instinktiv und von einem ungeheuren Überlebenswillen beseelt mit einem ihm allmählich unheimlich werdenden Scaythen, dessen eigentliche Absichten er noch immer nicht durchschaute.

Doch das längere Schweigen nach seiner Rede war bereits ein Geständnis seiner Ohnmacht.

»Eure Heiligkeit«, sagte Harkot schließlich, »bedenkt, dass in der Vergangenheit geleistete Dienste nicht mehr zählen, wenn sie gegenwärtigen Interessen als kontraproduktiv erscheinen. Wenn eine Person zwei anderen Personen im Wege steht, verbünden sie sich normalerweise und beschließen, diese Person zu eliminieren, um sie durch eine gefügigere zu ersetzen. Die Kirche des Kreuzes stellt einen erheblichen Machtfaktor innerhalb des neuen Imperiums dar, über den man natürlich ohne Einschränkungen verfügen will ...«

»In wessen Namen sollte ich Euch glauben, Sieur Harkot? Vielleicht wollt Ihr mir genau das antun, was Ihr von dem Konnetabel behauptet? Seid Ihr vielleicht geschickt worden, um mich auszuspionieren?«, fragte der Muffi, obwohl er intuitiv wusste, dass die Informationen des Scaythen stimmten. Da er von seinen Gedankenlesern keine Unterstützung mehr zu erwarten hatte, versuchte er selbst, das Terrain zu erforschen.

»Sollte das der Fall sein, Eure Heiligkeit, hätte ich Mittel und Wege gefunden, Euer Misstrauen zu zerstreuen. Also müsst Ihr mir glauben. Das alles ist nichts als die reine Wahrheit.«

»Gut. Betrachten wir Eure Hypothese also als wahr. Und weil Ihr glaubt, diese Wahrheit laut herausschreien zu müssen, verratet mir doch, welches persönliche Interesse

Ihr an diesen Vorgängen habt, Sieur Experte! Denn offensichtlich wollt Ihr doch einen Vorteil aus Eurem nächtlichen Besuch ziehen, nicht wahr? Oder seid Ihr etwa nur gekommen, mir eine stützende Hand zu reichen?«

Der Scaythe antwortete nicht sofort. Er überlegte und wählte seine Worte sorgfältig.

»Bei mehreren Gelegenheiten fiel mir bereits auf, dass der Konnetabel Pamynx nicht über die geistigen Fähigkeiten verfügt, das Imperium kompetent zu leiten. Noch existieren im Untergrund operierende Netzwerke, die, sollten wir sie nicht zerschlagen, in der Lage wären, die Basis dieses neuen Reiches zu zerstören, ehe wir Zeit hätten, es zu etablieren. Daraus müssen wir Konsequenzen ziehen und schnell handeln, um diesen Zustand in den Griff zu bekommen, sonst wird der Konnetabel uns alle ins Verderben führen. Ihr seid nicht der Erste auf dieser Liste, Eure Heiligkeit ...«

»Auf welchem Weg habt Ihr diese Erkenntnisse gewonnen?«, fragte der Muffi skeptisch. »Verfügt Ihr etwa über ein Netzwerk?«, fügte er, mit plötzlich aufgebrachter Stimme, hinzu.

»Der Konnetabel hat manchmal äußerst fahrlässig gehandelt«, antwortete Harkot ruhig.

Diese plötzlichen Wutanfälle beeindruckten ihn keineswegs, umso weniger, weil er jede Reaktion des Kirchenmannes voraussah, während sein Gegner im Dunkeln tappte.

»Diese Nachlässigkeit versetzte mich in die Lage, Dinge aufzudecken, die ich niemals hätte erfahren dürfen ... Jenen Plan zum Beispiel, Euch betreffend ...«

»Und der Kaiser?«

»Der Kaiser? Er wartet nur auf eine Gelegenheit, sich Pamynx' zu entledigen. Er lebt in ständiger Furcht vor dem mächtigen Konnetabel, vor einem Verrat. Es würde genügen, könnte jemand Dame Sibrit, die Witwe seines Bruders dazu zu bewegen, mit ihm das Bett zu teilen, dann würde der Kaiser ihn als Freund betrachten.«

Die Hände hinter seinem gekrümmten Rücken verschränkt, pflanzte sich der Muffi vor Harkot auf. Er erforschte mit seinem durchdringenden Blick die tiefschwarzen undurchsichtigen Augen seines Gesprächspartners.

»Ich frage Euch noch einmal, Sieur Harkot, welche widerwärtigen Indiskretionen habt Ihr begangen, um das alles in Erfahrung zu bringen?«

»Und ich wiederhole, es spielt keine Rolle, Eure Heiligkeit. Allein zählt, dass ich Euch diese Informationen zur Verfügung stelle. Es ist nun an Euch, davon Gebrauch zu machen. Zu Eurem Wohle, wie ich hoffe. Natürlich könnt Ihr diesen Rat auch ausschlagen, doch dann werdet Ihr bald ein toter Mann sein, und die Kirche des Kreuzes wird in Hände gegeben, die unfähig sind, Euer Erbe zu bewahren. Das müsst Ihr mir glauben.«

»Euch glauben?«, schimpfte der Muffi. »Euch zu glauben, ist nicht leicht, ja schier unmöglich, Sieur Harkot! Ihr weckt mich aus tiefem Schlaf, um mir eiskalt meine baldige Ermordung zu verkünden. Ich soll von meinen engsten Verbündeten aufs Schafott geschickt werden; dem einen habe ich geholfen, den Thron zu besteigen, und den anderen habe ich bei den Regierungsgeschäften fast bedingungslos unterstützt. Wir drei sind durch den Erfolg aufs Innigste verbunden ... Und Eure Rede scheint mir eine Falle zu sein, vor der Ihr mich angeblich warnt. Wahrscheinlich seid Ihr der Abgesandte hoher Würdenträger, die hinter den Kulissen agieren, mächtige Höflinge, wie der zu Ausschweifungen neigende verstorbene Tist d'Argolon oder eine Clique intriganter Kardinäle. Eine ganze Reihe dieser Herrschaften ist bestrebt, mich vom Thron des Pontifex maximus zu stoßen ... Deshalb fordere ich Euch jetzt auf, Sieur Experte, mir die Wahrheit zu sagen und nicht Eure Wahrheit.«

Zwar kannte der Muffi diese Wahrheit schon, doch weil seine Gedankenleser schwiegen, brauchte er einen unwiderlegbaren Beweis für Harkots Behauptungen. Obwohl der mentale Terminator geglaubt hatte, nicht so weit gehen zu müssen, entschloss er sich, einen Teil seiner Geheimnisse preiszugeben, denn einen Weg zurück gab es nicht mehr.

»Da Ihr meinen Worten nur wenig Glauben schenkt, Eure Heiligkeit, gebe ich Euch ein kleines Beispiel meiner ... meiner indiskreten Aktionen. Hinter jener Tür ...« Er deutete auf die Wasserschiebetür, durch die der Muffi den Raum betreten hatte » ... habt ihr vier Gedankenhüter und zwei Gedankenleser positioniert. Die einen sollen Eure Gedanken schützen, die anderen versuchen, die meinen zu lesen. Aber das kleine Mikrofon in Eurem rechten Ohr bleibt zu Eurem Erstaunen stumm. Und solltet Ihr überzeugt sein, dass Eure mentalen Schutzschilder in der Lage sind, jede ... Indiskretion zu verhindern, täuscht Ihr Euch gewaltig. Mein Eindringen hat Euch vor wenigen Minuten darin unterbrochen, Euch den erotischen Spielen mit Kindern hinzugeben, denen vorher Drogen verabreicht wurden. Trotz Eures Ärgers über diese Unterbrechung hat Euch der Kardinal Frajius Molanaliphül überzeugt, mich zu empfangen, denn er fürchtete eine Falle, deren Urheber nur Ihr allein mit Hilfe Eurer versteckten Inquisitoren aufzuspüren in der Lage wärt. Ihr wart also gegen Euren Willen gezwungen, diese Kinder vorzeitig den Medizinern des Palastes zu überlassen, damit die Ärze deren Organe entnehmen und für Verjüngungskuren benutzen können. Das alles erklärte Eure fortwährende Gereiztheit mir gegenüber. Doch seid ohne Sorge, Eure Heiligkeit, es ist nicht an mir, über Euch zu richten. Ich bin ein Scaythe, ein geschlechtsloses Wesen. Ich habe keinen Penis, und mir ist es vollkommen gleichgültig, wenn Ihr Euch der tyrannischen Herrschaft des Euren beugt. Ich habe auch kein Interesse daran, diesbezügliche Gerüchte in der Öffentlichkeit zu verbreiten. Wie Ihr feststellen könnt, Eure Heiligkeit, habe ich meine Karten auf den Tisch gelegt. Seid Ihr jetzt überzeugt?«

Der Muffi war derart bestürzt, dass er eine ganze Weile unter Schock stand. Blankes Entsetzen ergriff ihn. Das Blut in seinen Adern, die bläulich unter seiner fleckigen Haut hervortraten, gefror. Unter Aufbietung aller seiner Kräfte gelang es ihm, etwas Ordnung in seinen desaströsen Gemütszustand zu bringen.

»Aber was ... was ... was bedeutet das?«, stammelte er, von Panikattacken ergriffen. Seine mentalen Schutzmechanismen, die er bisher für undurchdringbar gehalten hatte, hatten versagt. Er hatte sich bisher immer absolut sicher geglaubt und sah sich jetzt unerwartet einer neuen Situation gegenüber, auf die er nicht vorbereitet war. Seine Gedankenschützer konnten ihn vor dem mentalen Terminator, der in seinem Purpur vor ihm stand, nicht schützen. Seine Beschützer, diese mentalen Krücken, waren obsolet, und schlimmer noch, dass nun der Schleier über sein geheimes Laster gelüftet worden war, erfüllte ihn mit grenzenlosem Entsetzen.

Er hatte noch die Kraft zu murmeln: »Aber der ... der Ehrencode des Mentalen Schutzes?«

»Richtet Ihr Euch immer nach den Regeln des Codes, wenn Ihr Besucher empfangt?«, fragte Harkot, nicht ohne Süffisanz in der Stimme. Er war außerordentlich zufrieden damit, welche Wendung die Unterredung genommen hatte.

Der innere Aufruhr und der Schrecken des Muffis waren nur ein leiser Vorgeschmack auf die Revanche an den Syracusern. Er ließ dem Pontifex etwas Zeit sich zu fassen, ehe er fortfuhr: »Die Entscheidung duldet keinen Aufschub, Eure Heiligkeit. In zwei Tagen wird eine Armee aus mentalen Terminatoren und Pritiv-Söldnern mittels beschlagnahmter Deremats auf den Planeten Selp Dik geschickt. Dort sollen sie zur letzten Schlacht gegen den Orden der Absolution antreten. Nach dieser Schlacht hat der Konnetabel alle Zeit der Welt, seine Drohung in die Tat umzusetzen. Doch ich brauche Euch, Eure Heiligkeit. Profitiert von den Umständen, denn wir werden in eine neue Ära der Evolution eintreten, während der Konnetabel Pamynx Stillstand bedeutet. Sich mit ihm zu verbünden, heißt, sich mit dem Tod zu verbünden.«

»Was ... was erwartet Ihr von mir, Sieur Harkot?«, fragte der Muffi, plötzlich voller Respekt.

Er kämpfte mit aller Kraft gegen die Gedankenströme in seinem Gehirn an. Schon bastelte er an einem Plan, um die in Purpur gekleidete Gestalt eliminieren zu können.

»Dass Ihr überlegt, wie ich zu Tode kommen könnte, ist eine ganz normale Reaktion«, sagte der Scaythe ruhig. Er genoss es, mit dem Greis zu spielen, war es doch ein Beweis für seine überragenden mentalen Fähigkeiten.

»Ich bin wie ein Berg, der sich nachts aus einer Ebene

erhoben hat«, fuhr er in seiner Rede fort. »Die erste Reaktion ist unweigerlich, das Ungewohnte zu beseitigen, damit der freie Blick in die Weite nicht gestört wird. Deshalb bitte ich Euch, unterdrückt Eure spontanen Gedanken nicht, Eure Heiligkeit. Mich stören sie nicht ... Was ich von Euch erwarte, ist Unterstützung. Wir schließen einen Pakt, wir, die wir von nun an die Pfeiler des Imperiums sind: Ihr, weil Ihr an der Spitze einer fantastischen Organisation steht, und weil Ihr bis ins kleinste Detail wisst, wie sie funktioniert. Und ich, weil ich der Meister der okkulten Macht bin, einer Kraft, die in der Stille, an den Grenzen des Geistigen wohnt. Es wird uns ein Leichtes sein, den Kaiser nach Belieben zu manipulieren, wenn wir folgenderweise vorgehen: Erstens müssen wir ihm Dame Sibrit zuführen und zweitens, ihn von Pamynx befreien. Dann wird er uns gern die Macht überlassen. Die Pritiv-Söldner und die Interlice sind eine berechenbare Größe, sie werden schnell Vernunft annehmen, denn sie sind nur Befehlsempfänger. Es ist ihnen gleich, wer sie kommandiert. Doch vielleicht wolltet Ihr nur so tun, als würdet Ihr meinen Plan akzeptieren und sobald ich gegangen bin, lauft Ihr zum Kaiser und berichtet ihm und dem Konnetabel von unserem kleinen Zwiegespräch ...«

Der Pontifex zitterte, denn genau das hatte er vorgehabt. Er hatte vollständig vergessen, über welche Fähigkeiten sein Besucher verfügte. Jetzt begriff er, dass er sein mentales Verhalten radikal ändern musste. Denn der Purpurträger erwies sich als ein viel gefährlicherer Gegner als der Konnetabel Pamynx, dessen Schwächen er inzwischen kannte. Im Moment blieb ihm also nichts anderes übrig, als mit Harkot zusammenzuarbeiten, wenn auch nur, um Zeit zu gewinnen. Er musste jetzt in Ruhe nachdenken.

»Das alles erwarte ich von Euch«, sagte der Scaythe, der natürlich die Gedanken Barrofills XXIV. gelesen hatte. »Eine vorübergehende Allianz erlaubt Euch, am Leben zu bleiben und mir, dank Eurer Unterstützung, die Macht zu ergreifen. Es ist natürlich in unserem Interesse, dass nichts, was hier gesprochen wurde, nach außen dringt. Kein einziges Wort. Nicht einmal zu dem Euch ergebenen Frajius Molanaliphül. Bis zum Ende des Krieges gegen die Ritter der Absolution, an dem auch ich teilnehmen muss, bleibt diese Unterredung geheim.«

»Und wenn Ihr dem Orden unterlegen sein solltet?«, murmelte der Muffi.

»Das ist ausgeschlossen, Eure Heiligkeit. Diesen Krieg hat der Konnetabel sehr gut vorbereitet. Der Orden besteht nur noch aus hirnlosen Skeletten. Ein Hauch genügt, und er fällt der ewigen Vergessenheit anheim. Aber der Orden ist nicht mehr der eigentliche Feind des Imperiums.«

»Ach? Und wer soll es dann sein?«, fragte der Muffi mit tonloser Stimme.

»Unsere wahren Gegner verbergen sich in subtileren Regionen als in jenen, wo der Orden beheimatet ist. Sie sind derart subtil, dass sie der Scharfsichtigkeit des Konnetabels entgehen.«

»Besteht da etwa eine Verbindung zu der Tochter Sri Alexus? Wie ich hörte, soll sie mehrmals ihren Häschern entkommen sein?«

»Auch sie hätte eine Bedrohung darstellen können. Sie verfügt über rudimentäre Kenntnisse dieser Inddikischen Wissenschaft, die ihr Vater sie lehrte. Doch leider hat sie sich in die Höhle des Löwen begeben, nach Selp Dik, wo sie das Schicksal ihrer Freunde, der Ritter, teilen wird. Dann gibt es da noch einen sonderbaren Fall: ein kleiner Angestellter der InTra hat dieser jungen Frau geholfen, vom Planeten Zwei-Jahreszeiten zum Planeten Roter-Punkt zu reisen. Und dieser Angestellte hat sie später dort mithilfe eines Françao der Camorre und zwei Rittern des Ordens aus den Händen von Sklavenhändlern befreit. Dieser Mann ist uns auch jedes Mal entkommen, das letzte Mal erst kürzlich auf dem Marquisat. Aber das Erstaunlichste war, dass unsere Gedankenleser nicht mental in der Lage waren, seine Anwesenheit festzustellen. Doch der Inspobot der Gesellschaft hat seine Zellen- und Geruchskoordinaten, so werden wir ihn früher oder später ausfindig machen. Aber es existieren Menschen in diesem Universum, denen es gelingt, durch die engen Maschen unseres mentalen Netzes zu schlüpfen. Stellt Euch nur einmal vor, es gelänge ihnen, ihre Hexenkünste einer großen Anzahl von ihresgleichen zu vermitteln. Was würde dann aus dem Imperium und der Kirche werden?«

Von dem Horrorszenario, das der mentale Terminator entworfen hatte, ziemlich erschüttert, starrte der Muffi die irisierenden Tropfen des Spiegels in dem Bassin an. Er war tief in Gedanken versunken und versuchte, diese Neuigkeiten so schnell es ging zu verarbeiten.

»Lasst mir etwas Zeit«, sagte er müde. »Wir sehen uns nach Eurer Rückkehr von Selp Dik wieder. Dann erarbeiten wir einen Plan für unser gemeinsames Projekt ...«

Harkot verneigte sich. »Eine weise Entscheidung, Eure Heiligkeit. Denn sie rettet nicht nur Euch das Leben, sondern auch den Fortbestand Eurer Kirche. Versucht nicht, mit mir Kontakt aufzunehmen. Ich werde die Initiative ergreifen. Und versucht ebenfalls nicht, mir außerhalb

Eures Palastes irgendwelche Fallen zu stellen. Ich habe gewisse Vorkehrungen getroffen.«

Der Muffi verneigte sich ebenfalls, wenn auch widerwillig, und stieß zwischen knirschenden Zähnen hervor: »Dann warte ich, bis Ihr Euch meldet, Sieur Experte ... Voller Ungeduld ...«

Da wusste Harkot, dass der Unfehlbare Hirte, der uneingeschränkte Herrscher über diesen gigantischen Unterdrückungsapparat namens Kirche, definitiv in sein Lager übergewechselt war. Natürlich aus eigenem Interesse, aber das war besser so. Denn Berechnung schafft immer transparentere und konstantere Beziehungen als Begeisterung, weil Begeisterung als ein subjektives Empfinden immer den menschlichen Gefühlsschwankungen unterworfen ist.

»Es wurde alles gesagt. Ich wünsche Euch Frieden für den Rest der Nacht, Eure Heiligkeit.«

Der Muffi drückte auf die Fassung einer seiner protzigen Ringe. Zwei Minuten später betrat ein pausbäckiger Vikar das Empfangszimmer.

»Bitte begleiten Sie unseren Gast zu einer der Geheimtüren!«, befahl der Pontifex.

»Ganz wie Ihr wünscht, Eure Heiligkeit«, antwortete der Vikar, verneigte sich und küsste den päpstlichen Ring.

Die Schiebetür glitt zur Seite und gab den Weg auf einen dunklen schmalen Flur frei, der in regelmäßigen Abständen von purpurfarbenen Lichtsäulen gesäumt wurde, die Vitrinen mit sakralen Gegenständen beleuchteten.

Etwas später empfing der Scaythe Harkot, mentaler Terminator im Rang eines Experten, atypischer Keimling vom Planeten Hyponeros, einen sehr starken Impuls vom

Hyponeriarchat in einer finsteren Seitengasse des Viertels Romantigua. So wurde er zu einem wichtigen Vorposten, zum ersten Glied in einer Evolutionskette, zur Ausgangsbasis der sechsten Phase des Plans. Die Meister-Creatoren hatten seine Mutation geplant, denn sie war notwendig, damit sie die Matrix erobern konnten.

ACHTZEHNTES KAPITEL

Monager: legendäres Säugetier des Planeten Selp Dik. Zoologen ist es nie gelungen, eine einzige Spur – Fossilien, Skelette, Zeichnungen oder Videoholos – dieser Tiere zu entdecken, daher wird angenommen, dass der Ursprung dieser Legenden auf die äußerst reiche Vorstellungskraft der einheimischen Fischer zurückzuführen ist, umso mehr, weil sie mit einer Sage verwoben ist, die von einem Aufenthalt Sri Lumpas auf Selp Dik berichtet. Bemerkenswert ist außerdem, dass das Wort »Monager« zu Beginn der Shari-Ära in die Umgangssprache aufgenommen wurde. Es bezeichnet ein Lebewesen, das seine Kraft und seine Energie zum Wohle der Allgemeinheit einsetzt.

Universallexikon pittoresker Wörter und Redewendungen
Akademie der lebenden Sprachen

Als Tixu das Bewusstsein wiedererlangte, war er nackt und befand sich unter Wasser – einem eisigen, salzigen Wasser. Trotz rasender Kopfschmerzen und dem Gefühl, außerhalb seines Körpers zu sein – dieser berüchtigte Gloson-Effekt –, strampelte er reflexartig mit Armen und Beinen, um an die Wasseroberfläche zu gelangen, weil er zu ersticken drohte.

Vor seinen Augen breitete sich ein roter Schleier aus. Er hatte das Gefühl, seine Lungen würden gleich platzen und er glaubte, ertrinken zu müssen. Er hatte Angst, dass dieses Meer zu seinem Grab werden würde. Doch dann – schon halb bewusstlos – schnellte er an die Oberfläche empor und atmete gierig, während er heftig auf die brandenden Wogen einschlug, um nicht wieder unterzugehen.

Geofo Anidolls alter Deremat hatte ihn inmitten des selpdikischen Ozeans abgesetzt, der mehr als neun Zehntel der Oberfläche des Planeten bedeckte. Er hatte nicht die leiseste Ahnung, wo er sich befand, denn es gab keinen Orientierungspunkt in diesem wogenden grauen Meer, das mit einem ebenso grauen Himmel verschmolz. Er konnte ganz in der Nähe des Kontinents Albar sein, doch ebenso Tausende Kilometer von ihm entfernt.

Also schwamm er auf gut Glück in irgendeine Richtung. Er brauchte Bewegung, allein um seinen Kreislauf wieder in Schwung zu bringen, und musste dauernd Salzwasser ausspucken, das die hohen Wellen ihm in den Mund peitschten. Zeit, um Ordnung in seine Gedanken zu bringen, hatte er nicht, denn der Kampf ums Überleben kostete ihn seine ganze Kraft. Zusätzlich machten widrige Strömungen alle seine Bemühungen, in welche Richtung auch immer voranzukommen, zunichte.

So kämpfte er bis zum Einbruch der Nacht und durchlebte Phasen tiefster Niedergeschlagenheit, in denen er mehr als einmal der Versuchung nachgeben wollte, einfach aufzugeben. Dieser ungleiche Kampf gegen das Meer war absurd. Sein schmerzender Körper war völlig erschöpft. Die Tiefe des Ozeans rief ihn, der Wind versprach ihm Erlösung wie der verzaubernde Gesang der Sirenen. Aber sein Überlebenswille gebot ihm weiterzukämpfen. Er glaubte die Stimme des Hirten Stanislav Nolustrist zu hören: *Sie müssen Ihren starken Überlebenswillen unter Beweis stellen ... einen sehr starken Überlebenswillen ...*

Jede Arm- oder Beinbewegung war eine Qual, aber das Bild Aphykits vor Augen half ihm, nicht aufzugeben.

Langsam sank die Nacht herab und hüllte alles in Dunkelheit. Dann erhob sich ein starker pfeifender Wind, dessen Böen das Meer aufwühlten.

Tixu war am Ende seiner Kräfte. Er glaubte, sein letztes Stündlein sei gekommen. Mit einer verzweifelten Anstrengung erlangte er einen Moment der Klarheit und flehte sein Antra um Beistand an. Erst da merkte er, dass der machtvolle Klang des Lebens ihm jedes Mal in den Perioden völliger Erschöpfung wieder die nötige Kraft verliehen hatte und dass er, der arme Sterbliche und miserable Schwimmer, bisher nicht an Unterkühlung gestorben oder ertrunken war. Dessen war er sich noch nicht bewusst geworden, und die Erkenntnis, nicht durch die eigene Kraft, sondern durch das Antra überlebt zu haben, entmutigte ihn zutiefst.

Also beschloss er aufzugeben. Unendlich erleichtert hörte er auf, seine taub gewordenen Gliedmaßen zu bewegen und ließ sich langsam in die stillen dunklen Tiefen des Ozeans gleiten. Nie wieder würde er Aphykit sehen, sie würde ohne ihn leben ... Das Wasser ist ruhig wie eine liebende Mutter ... wie ein Versprechen auf Wohlbefinden ... Wie lange schon sinkt er wie ein Stein in ihren unendlich großen Leib? Er weiß es nicht. Die Zeit ist bedeutungslos geworden ... Alles ist bedeutungslos geworden ...

Plötzlich wurde er von einem riesigen Wirbel erfasst. Seine Füße stießen an etwas Hartes und Bewegliches. Und noch ehe Tixu realisieren konnte, wie ihm geschah, wurde er an die Oberfläche geschleudert. Einer Ohnmacht nahe spürte er etwas Weiches an seiner Schulter, streckte blindlings die Hand danach aus und konnte sich an einem knorpelartigen Vorsprung festhalten. Die Strömung war so stark, dass er loslassen musste, aber er konnte sich an einer anderen Wucherung anklammern. Er hatte das flüchtige Gefühl, sich auf schwankendem Grund zu befinden, und das Atmen fiel ihm durch die reißenden Strudel immer schwerer.

Doch ganz plötzlich bekam er wieder Luft. Der schwankende Boden unter ihm wurde stabil. Noch immer klammerte er sich wie ein Ertrinkender an diese Wucherung. Er hustete, spuckte Wasser aus und versuchte, wieder etwas Kraft zu gewinnen.

Tixu kauerte nicht auf der Erde, sondern auf dem schwarzen Rückgrat eines großen Meeresungeheuers. Aus runden Löchern seiner dicken Haut schossen Wasserfontänen empor. Auf der Stirn trug es eine Reihe immer kleiner werdender weißer spitz zulaufender Hörner, die sich kraftvoll durch die Wassermassen pflügten. Sein Kopf war flach. Durchsichtige Bauchflossen an seinem gewölbten Leib peitschten den Ozean mit unvorstellbarer Kraft, wobei sie von den kräftigen Schlägen seines gegabelten Schwanzes unterstützt wurden.

Das Ungeheuer schwamm jetzt an die Oberfläche, zog ruhig seine Bahnen in dem aufgewühlten Meer, so als wollte es die Naturgewalten herausfordern. Tixu lag ausgestreckt auf dem Rücken des Tiers und hielt sich noch immer an dem weichen und doch robusten Knorpel fest. Zwischen zwei Wellen, die ihn vollständig überspülten, kam er langsam wieder zu Kräften. Sein Körper war mit einer salzigen Eisschicht bedeckt, und er fror erbärmlich. Das Meeresungeheuer ließ die stürmische Region hinter sich und schwamm in ruhigere Gewässer, wo der Wind nach und nach abflaute und zu einer leichten Brise wurde und kleine Wellen Tixu sanft umplätscherten.

Doch Tixu war derart erschöpft und durchgefroren, dass er sich nicht einmal die Frage stellte, wie oder warum dieses Ungeheuer ihn gerettet hatte. Er legte sich auf dessen rauen, geschmeidigen Rücken und schlief ein. Mehrmals schreckte er aus dem Schlaf hoch und stellte jedes Mal beruhigt fest, dass das Tier ruhig weiterschwamm. Seine Hörner teilte das glatte Meer wie der Bug eines Schiffes.

Lange schwebte Tixu in einem Zustand zwischen Traum und Wachsein, zwischen Himmel und Wasser, dann schlief er wieder ein.

Die beißende Kälte der Nacht weckte ihn erneut. Er kauerte sich zusammen, doch sein Hals, seine Schultern, sein Rücken und seine Beine waren noch immer der eisigen

Luft ausgesetzt, und das Salz auf seinem jetzt trockenen Körper juckte, biss, quälte ihn mit Tausenden kleinen Stichen.

Als hätte das Ungeheuer gewusst, welche Qualen der Mann litt, den es trug, spie es plötzlich aus den runden Löchern neben seiner Wirbelsäule eine heiße Flüssigkeit aus. Diese warme, zähflüssige Flüssigkeit hüllte Tixu bald wie eine zweite schützende Haut ein, sodass er nicht mehr fror.

Die Morgendämmerung stimmte ihr erstes Lichtspiel am Horizont an. Ein ohrenbetäubender Lärm weckte den Oranger. Große grüne aggressive Haie richteten sich im Wasser auf und sprangen mit erstaunlicher Leichtigkeit auf den Rücken des Seeungeheuers, wobei sie rau klingende Töne ausstießen. Tixu begriff, dass er das Ziel ihrer Angriffe war. Mit klopfendem Herzen stand er auf und presste sich gegen den vorstehenden Knorpel. Die Raubfische wurden immer kühner. Ihre grünen Rückenflossen streiften die schwarzen Flanken und die schwarze Schwanzflosse des Meeresungeheuers. Ein Hai schnellte plötzlich aus den Fluten direkt auf ihn zu. Er sah den weißen Bauch und das weit aufgerissene Maul, mit drei Reihen spitzer Zähne bewehrt. Instinktiv duckte er sich sofort und hörte in der Nähe seines Kopfes ein Knirschen, dann einen dumpfen Aufprall und einen seltsamen Schrei ... Er drehte den Kopf und sah eine dichte Reihe spitzer, etwa zwei Meter langer Stacheln, die aus dem Rückgrat des Monsters herausragten und den Hai aufgespießt hatten. Der Raubfisch blutete aus vielen Wunden und versuchte, sich mit heftigen Kopfbewegungen und Schwanzschlägen zu befreien. Vergebens. Bald rührte er sich nicht mehr, und das Ungeheuer zog seine Stacheln wieder ein. Der Körper des Hais glitt ins Wasser, wo sich sofort seine Artgenossen auf ihn stürzten und ihn zerfleischten.

Tixu bewunderte den wunderschönen Sonnenaufgang über dem Ozean der Feen von Albar. Die Strahlen des aufsteigenden Gestirns schienen zart über das Wellenmeer zu streichen. Das Antra hatte sich in das Herz seiner Festung der Stille zurückgezogen. Er spürte sehr stark – fast körperlich – Aphykits Nähe; jetzt hielten sie sich auf demselben Planeten auf, und das dank dieses seltsamen im Wasser lebenden Geschöpfes, von dem er nichts anderes als den Rücken sah. Er lebte ... Er hatte Hunger, war todmüde, aber er lebte!

Das Bild der Syracuserin vor Augen tröstete ihn über die langen monotonen Stunden hinweg, während das Ungeheuer, das ihm das Leben gerettet hatte, unermüdlich geradeaus schwamm. Tixu fragte sich, wohin ihn sein Retter bringen wollte. Eine müßige Frage, denn er hatte keine andere Wahl als ihm zu vertrauen. Und er nahm an, dass das Tier ihn nicht im Stich lassen werde, denn sonst hätte es sich kaum die Mühe gemacht, ihn zu retten. Dieses Tier schien zu wissen, was es tat. Nach und nach bildeten sich dunkle regenschwere Wolken am Himmel, und auf dem kaum bewegten Meer herrschte eine majestätische Stille, die nur vom leisen Aufklatschen der Flossenbewegungen seines Retters unterbrochen wurde.

Plötzlich hörte Tixu das schrille Kreischen eines Möwenschwarms. Sie spähten nach fliegenden Fischen aus, die die schaumgekrönten Kämme der Wellen streiften, und es gelang ihnen mit ihrer anmutigen Flugkunst, geschickt einige Fische zu erbeuten. Vergebens suchte Tixu den Horizont nach der Küste des Kontinents Albar ab. Es gab keinen Horizont, er verschmolz, Grau in Grau, mit dem Ozean. Also lehnte er sich an den Knorpel und schlief wieder ein.

Plötzlich tauchte das Seeungeheuer ganz sanft ab, ohne das Meer aufzuwühlen. Doch das kalte Wasser versetzte Tixu einen Schock; er verlor den Kontakt zu seinem Retter, schwamm ziellos umher und fragte sich, warum sich der große Meeressäuger auf diese Weise von ihm befreit habe. Wohin er auch blickte, kein Land war in Sicht. Gewiss, er schwamm, doch ohne Hoffnung und ohne den zähen Überlebenswillen, der ihn noch vor ein paar Stunden bis zur Erschöpfung gegen das Ertrinken hatte ankämpfen lassen. Das Salz brannte in jeder Pore seiner Haut, und die Kälte drang ihm bis in die Knochen. Über ihm kreiste ein Schwarm safrangelber Seemöwen.

Da entdeckte er den runden und transparenten Rumpf einer Fischer-Aquakugel. Am Ruder stand ein Mann. Tixu wollte um Hilfe schreien, aber als er den Mund öffnete, verschluckte er eine Menge salzigen Wassers. Er wedelte mit den Armen. Umsonst! Diese vergeblichen Mühen kosteten ihn viel Kraft, und er brauchte noch etwas davon, um nicht zu ertrinken. Die Aquakugel kam auf ihn zu, von dem sanften Brummen des Motors begleitet. Er glaubte schon, dass dieses große Wassergefährt, das von einem schützenden Magnetschild umgeben war, der gleichzeitig für das Gleichgewicht sorgte, an ihm vorbeifahren würde, als es etwa zehn Meter vor ihm stoppte.

Eine runde Luke öffnete sich am Rumpf, und eine ferngesteuerte Boje wurde zu Wasser gelassen. Als sie neben ihm war, umschlangen ihn blitzschnell sich selbst öffnende und wieder schließende Rettungsringe. Dann wurde er zur Aquakugel gehievt. Tixu hing wie ein nasser Hampelmann in den Ringen, bis er ziemlich rüde auf dem mobilen Fußboden im Inneren des Wasserfahrzeugs abgesetzt wurde.

Der Fischer warf eine Heißwasserdecke über Tixu.

»Stehen Sie nicht auf!«, sagte er mit näselnder Stimme in einem melodischen Naflinisch. »Ruhen Sie sich aus. Die Decke wird Ihnen wieder zu Kräften verhelfen. In ihr sind Essenzen regenerierender Pflanzen enthalten, ein unschätzbares Geschenk der Feen ...«

Vor Kälte und Erschöpfung zitternd, blickte Tixu den Mann an. Der Fischer war groß und hatte breite Schultern. Er trug einen roten Overal, und seine Beine steckten in gelben hohen Gummistiefeln. Seine blasslila schräg gestellten Augen in seinem gebräunten Gesicht blitzten, und er hatte einen kurz gestutzten weißen Vollbart.

Zweifellos erkannte er die unausgesprochene Frage in Tixus Blick, denn er sagte: »Ich bin Kwen Daël, ein selpdikischer Fischer, und heiße Sie an Bord meiner Ozeankugel willkommen, in die Sie es dank der Hilfe der Feen geschafft haben.«

Als er diese Worte sprach, tauchte der riesige Meeressäuger in etwa dreißig Metern Entfernung von dem dümpelnden Wasserfahrzeug auf. Er richtete sich zu seiner ganzen Größe auf und schien einen Tanz aufzuführen, während er eine Art rauen Gesang anstimmte.

Der Fischer war unter seine Bräune blass geworden und murmelte entsetzt: »Bei der Fee Iradielle! Das kann nur ein ... ein Monager sein! Ein Monager ... Ein Riesen-meeressäuger! Und so nah an der Küste!«

Tixu vergaß seine Müdigkeit, warf die Wasserdecke von sich, stand auf und beobachtete seinen Retter. Sein langes, mit spitzen Zähnen bewehrtes Maul schien zu lächeln, und seine sechs runden weißen Augen, direkt unter den Hörnern, blitzten fluoreszierend auf.

»Er hat uns gesehen!«, schrie der Fischer. »Wenn er uns jagt, enden wir auf den Schwarzen Inseln der Ager.«

»Beruhigen Sie sich«, sagte Tixu. »Er wird uns nicht jagen.«

Und wie um das Gesagte zu bestätigen, legte sich das große Säugetier auf den Bauch und schwamm mit kräftigen Bewegungen seiner Flossen aufs weite Meer hinaus. Jetzt begriff Tixu, dass sein Retter in der Nähe geblieben war, um sicherzugehen, dass der Fischer ihn rettete.

Als der Monager verschwunden war, hob Kwen Daël die Decke auf und legte sie Tixu um die Schultern.

»Sie sind ja völlig durchgefroren«, murmelte er verwirrt. »Aber ... aber wie kommen Sie überhaupt hierher? Noch nie hat sich jemand außer mir so weit aufs Meer hinaus gewagt.«

»Der Deremat, mit dem ich auf Selp Dik gereist bin, war schlecht programmiert. Normalerweise hätte die Rematerialisation in Houhatte stattfinden sollen ...«

»Davon sind Sie ziemlich weit entfernt, so viel ist sicher.«

Kwen Daël hatte einen kupfernen Becher unter den Hahn einer an der Rumpfwand befestigten Korbflasche gestellt. Als der Becher mit einer heißen grünen Flüssigkeit gefüllt war, reichte er ihn Tixu.

»Trinken Sie! Das dürfte Sie besser kräftigen als der Kuss eines Feechens.«

Der Oranger trank schlückchenweise, vorsichtig. Das Getränk schmeckte nach Anis.

»Alle halten mich für verrückt, weil ich mit meiner

Aquakugel so weit hinausfahre«, sagte der Fischer. »Aber dieses Mal hat uns das Glück gelacht: Ihnen, weil ich Sie vor dem Ertrinken gerettet habe. Und mir, weil ich mit eigenen Augen einen Monager gesehen habe. Und nicht einen kleinen, sondern einen richtig großen! Einen schönen! Einen, der wenigstens achtzig Schritte lang und fünfzehn Schritte breit ist! He, aber woher wussten Sie, dass er uns nichts antun würde? Der Legende nach attackiert ein Monager sofort ein Meeresfahrzeug und bringt es zum Sinken. Denn diese Aufgabe wurde ihnen von den Magiern und den Feen übertragen.«

»Ohne ihn wäre ich schon längst ertrunken«, antwortete Tixu. »Ich geriet in einen Sturm. Als ich unterging, hat er mich gerettet und auf seinem Rücken getragen. Bis zu der Stelle, wo Sie mich fanden ... Er hätte mich doch nicht gerettet, um mich dann zu töten.«

Kwen Daëls schmale blasslila Augen wurden vor Erstaunen rund. »Ein Monager soll so etwas getan haben? Einen Menschen vor dem Ertrinken aus dem Meer der Tränen der Feen von Albar gerettet haben? Aber die Monager sind seit Urzeiten die eingeschworenen Feinde der Menschen! Sie bewachen die Insel, wo einst die Armee ihrer Vorfahren ertrank, die Ager der Grenzen ... Das ist eine Insel, die kein Menschenfuß je betreten hat ... Und dieser Monager soll Sie gerettet haben?«

Doch Tixu war von dem Getränk und der wohligen aromatischen Wärme der Decke schläfrig geworden. Also zuckte er als Antwort nur mit den Schultern.

Kwan Daël merkte, wie erschöpft er war. »Ich gehe Ihnen mit meinen Fragen auf die Nerven. Schlafen Sie jetzt. Wir reden später noch einmal darüber. Mein Fischzug ist ohnehin beendet, und es ist Zeit, nach Houhatte zurückzukehren, wenn die Feen uns denn dorthin geleiten wollen. Schon morgen beginnen in der Stadt die Feierlichkeiten zum Gedenken an die heilsamen Tränen der Feen von Albar. Da müssen wir ausgeruht sein ... Wie heißen Sie?«

Babsée Obraillènes Verrat auf dem Marquisat mahnte Tixu, doppelt vorsichtig zu sein. »Bilo Maïtrelly«, antwortete er deshalb. »Ich komme vom Planeten Roter-Punkt.«

»Schlafen Sie, Bilo. Nach diesem langen Aufenthalt im Ozean der Feen müssen Sie wieder zu Kräften kommen.«

Trotz des Gewichts des im Steven verstauten Fangs, der aus Fischen und Krustentieren bestand, glitt die Aquakugel leicht über die Wellen dahin. Bei Anbruch der Dämmerung kam bereits das Land in Sicht.

Der Fischer Kwen Daël – ein einzelgängerischer Mensch – wohnte mehrere Meilen von Houhatte entfernt. Sein von einem wunderlichen Onkel (wie Kwen sagte) aus schwarzem Stein erbautes, bizarres Haus thronte auf einem steilen Felsvorsprung über einer kleinen, geschützt gelegenen Bucht. Er lenkte seine Kugel durch eine schmale natürliche Fahrrinne und machte neben einem hölzernen Anlegesteg fest. An dem etwas weiter entfernten Strand aus Kieselsteinen lag der umgedrehte Rumpf eines antiken Schiffs, der dem Fischer als Depot für seine Materialien diente. Der alte Schiffsrumpf inmitten dieser wilden, naturbelassenen Landschaft bot ein pittoreskes Bild.

Kwen Daël kniete auf dem schwankenden Steg und warf den Stutzen samt passendem Rohr ins Wasser. Dann griff er hinein und schraubte ihn an die Schleusenkammer des Containers. Sofort wurde sein gesamter Fang – bunt schillernde Fische, große graue Taschenkrebse, bläuliche Hummer und schwarze Rochen – in das Rohr gesogen, und von dort gelangten sie in das Frischwasserbecken, wie Tixu durch das gewölbte transparente Dach darüber beobachten konnte.

»Von da aus befördere ich sie mit einer Pumpe in das Bassin in meiner Lagerhalle«, erklärte Kwen Daël und fügte hinzu, dass dieses geniale System sein Onkel erfunden habe.

»Er war so faul, dass er nie in die kleine Bucht hinuntergehen wollte ... Aber das System ist perfekt, weil die Fischgroßhändler frische Ware schätzen ...«

Als der Fischer diese Arbeit erledigt hatte, ging er mit Tixu zu der in den Fels gehauenen Treppe. Trotz Kwens Hilfe hatte der Oranger die größte Mühe, die Stufen zu bewältigen. Seine Beine und die Decke schienen Tonnen zu wiegen. Ihr langsamer Aufstieg störte die in den Nischen der rauen Wand nistenden Gelbmöwen und Silberkammtölpel auf. Sie kreischten empört.

Oben mussten sie noch ein Stück ödes, vom Wind gepeitschtes Heideland überqueren, auf dem struppiger Ginster wuchs, ehe sie das Haus betraten. Dessen einziger Schmuck an den Wänden bestand aus antiken Fischernetzen und präparierten Fischen.

Tixu war so müde, dass er sofort um ein Bett bat.

»Wollen Sie nicht zuerst etwas essen?«, fragte Kwen Daël.

»Später ... Ich bin einfach zu erschöpft und brächte keinen Bissen runter.«

»Wie Sie wollen. Morgen früh bin ich in Houhatte, um das Fest vorzubereiten. Wahrscheinlich sind Sie dann beim Aufwachen allein. Aber tun Sie ganz so, als wären Sie bei sich zu Hause.«

Der Selpdiker brachte ihn in ein kleines Zimmer, dessen

Wände mit Muscheln beklebt waren und das nach Schimmel roch. Die Möbel waren staubbedeckt. Aber das war Tixu egal. Wie ein Schlafwandler ging er auf das Bett in der Ecke zu – ein Bett mit einem alten Sprungfederrahmen und einer Matratze – das hätte bei einem Antiquitätenhändler auf Orange ein Vermögen gekostet, dachte er – und ließ sich darauffallen. Er schlief sofort ein und hörte nicht mehr, was sein Gastgeber sagte.

»Schon lange hat niemand mehr hier geschlafen. Aber wenigstens haben Sie in dem Zimmer Ihre Ruhe ... Ich mache die Läden auf und lüfte etwas ...«

In der Nacht wurde Tixu von Albträumen heimgesucht. Bedrohliche und groteske Meeresungeheuer umgaben ihn. Er wollte ihnen entfliehen und lief über ein glitschiges Meer, das immer mehr unter ihm nachgab, je weiter er lief. Der Kreis der Ungeheuer schloss sich um ihn, ihre spitzen Hörner waren so scharf wie Dolche. Plötzlich tauchte eine Insel unter seinen Füßen auf, wuchs aus dem Meer empor und hielt ihn zwischen hohen Felswänden gefangen. Er warf sich in den heißen Sand. Die Ungeheuer tauchten rund um die Insel auf und bewachten sie, sodass es ihm unmöglich war, auf das Schiff in der Ferne zu gelangen. Plötzlich öffnete sich der Sand und enthüllte den Körper einer jungen Frau, deren Gesicht er nicht erkennen konnte. Sie flehte ihn an, sie aus diesem schrecklichen Gefängnis zu befreien. Ihre Tränen, so salzig wie das Meer, liefen in ihren Mund, und er trank sie mit in höchster Verzückung. Er versprach ihr unter der Bedingung zu helfen, dass sie ihm ihr Gesicht zeige. Also wandte sie sich ihm zu. Ihr Gesicht war das einer alten zahnlosen Frau, ihre Augen waren trübe. Sie befahl ihm, sein Versprechen zu halten. Trotz seines Ekels reichte er ihr die Hand und wollte sie aus dem Sand ziehen. Doch seine Bemühungen waren umsonst ... Der Sand verschlang sie alle beide, drang in ihre Münder, ihre Augen ... Er merkte, dass der Kampf vergebens war und schrie die Frau an, sie solle ihn loslassen. Da lächelte sie ihn an, und ihr Gesicht verwandelte sich in das einer strahlend schönen jungen Frau.

Tixu öffnete die Augen. Es war ruhig und hell im Haus des Fischers. Nur leise hörte er vom Meer her die Schreie der Möwen und Tölpel. Er fragte sich, wie lange er geschlafen hatte und streckte sich voller Genuss, um seine malträtierten Muskeln zu entspannen. Dann stand er auf und ging äußerst vorsichtig – niemals hätte er sich vorstellen können, dass die Tatsache, festen Boden unter den Füßen zu haben, zu solchen Gleichgewichtsstörungen führen konnte – zu dem weit offen stehenden Fenster. Er beschattete seine Augen mit den Händen, bis sie sich an das seinem Empfinden nach grelle Tageslicht gewöhnt hatten, denn sie waren wegen des Salzes noch immer gereizt und empfindlich.

Nebelschwaden hüllten Felsen und Ginstersträucher ein. Die kleine Bucht unter ihm lag im Dunst, der über der Meeresoberfläche immer dichter wurde. Er hörte, wie die Brandungswellen an die Küste schlugen. Um das Haus wuchs eine Mischung aus gelben Kräutern und kleinen blauen Blumen. Als er genug gesehen hatte, ging er aus seinem Zimmer. Er fror, weil er nackt war. Er kam in ein großes, rundes, einfach möbliertes Zimmer, wahrscheinlich das Wohnzimmer. Auf einem Regal stand ein altes viereckiges Holofernsehgerät, das Bilder aus Venicia, der Hauptstadt des Kaiserreichs, übertrug. Das Fenster daneben gab den Blick auf einen gepflasterten kleinen Innenhof frei. Auf einem runden, einbeinigen Tischchen aus

Holz (eine Kostbarkeit auf den Flohmärkten des Planeten Orange!) lagen ein roter Overall und ein Paar gelbe Stiefel sowie ein Zettel mit einer handschriftlichen Nachricht.

»Ziehen Sie diese Kleidung an. Sie ist sauber. Ich komme bald zurück. Zur Stärkung finden Sie etwas in der Küche. Mögen die Feen Sie beschützen. K.D.«

Tixu schlüpfte in den Overall. Er war ihm etwas zu groß, aber er hielt ihn warm und war sehr bequem. Dann zog er die Stiefel an, deren Rand sich automatisch hermetisch um seine Oberschenkel schloss. Lange hatte er die Bedürfnisse seines Magens ignoriert. Doch der meldete sich jetzt mit einem lauten Knurren. Als er an einem alten rissigen Spiegel vorbeiging, sah er, dass seine Haare teilweise vom Salz gebleicht waren, blonde, fast weiße Strähnen durchzogen es. Sein Bart kratzte ihn. Auch seine Haut juckte, aber das konnte er ertragen.

Der Fischer hatte gut vorgesorgt und auf dem Küchentisch bergeweise Essen aufgetürmt: in braune, grüne oder schwarze Algen eingewickelte Fische, Schalen- und Krustentiere. Tixu setzte sich auf einen Schemel und begann ausgehungert mit dem Festmahl. Er verzehrte mehrere Krabbenpasteten, Langusten und in einer Kräutersoße marinierte Fischfilets. Eine Flügeltür in der Küche ging auf einen zweiten kleinen Hof am Rand der Steilküste hinaus. Auf einer Leine hingen mehrere rote Overalls, wie er einen trug, und trockneten im Wind. Auf schwarzen flachen Steinen verschiedener Größe lagen Geräte zum Fischen: Meeressonden, magnetische Köder, sich selbst aufblähende Netze ...

Die Stille, die im Haus Kwen Daëls herrschte, kam Tixu plötzlich verdächtig vor, so als wäre sie die Vorbotin eines verheerenden Sturms ...

Lange stand er da und schaute auf den Hof. Als er nichts Anomales entdecken konnte, zuckte er mit den Schultern und kehrte zu seinem üppigen Mahl zurück.

In diesem Moment erschien der Inspobot der InTra. Die Küchentür zerbarst, Glas klirrte. Tixu, eine Hummerschere in der Hand, hatte keine Zeit zu reagieren. Vor ihm stand eine Art zwei Meter fünfzig großer schwarzer Pilz, dessen runder Hut mit Blinklichtern versehen war. In dem zylindrischen Leib steckte ein Mini-Deremat, dazu bestimmt, den Robotor und den Deserteur zum Hauptsitz der Gesellschaft zu transferieren. Wie versteinert saß Tixu auf seinem Schemel und starrte auf die Leuchtschrift auf dem winzigen Bildschirm unter dem Hut: InTra IP THU (InTra, Ins-Pobot, Modell Thu).

Da der Robotor zu groß für die Tür war, hatte er einfach die gesamte Öffnung demoliert. Schon traten aus den kurzen Rohren diese weichen, glitschigen Tentakel hervor, bereit, sich um den Körper und die Glieder seiner Beute zu schlagen. Doch ehe sich diese ekelhaften Blutegel an ihm festsaugen konnten, stieß Tixu den Küchentisch mit aller Kraft gegen den Inspobot. Die Tentakel minderten ihren Griff kaum, doch genug, damit der Oranger sich aus ihnen herauswinden konnte. Sofort sprang er über den umgeworfenen Tisch und rannte wie ein Verrückter in den kleinen Innenhof. Die Tentakel peitschten die Luft hinter ihm wie wütend zischende Schlangen, aber sie stießen ins Leere.

Tixu umrundete das Haus und lief, so schnell er konnte, vom dumpfen Brummen des Antriebswerks des mechanischen Spürhundes verfolgt. Fast wäre er in den vom Nebel verhüllten Abgrund gestürzt. Der Inspobot jedoch besaß alle seine Koordinaten und war ihm vom Planeten Zwei-

Jahreszeiten bis hierher gefolgt. Er würde nie aufgeben. Das Modell Thu war unfehlbar.

Tixu stolperte über einen im Gestrüpp verborgenen Stein und fiel der Länge nach hin. Er stand sofort wieder auf, hatte sich aber Knie und Ellbogen aufgeschlagen, und seine Beine waren wie aus Watte und drohten, ihm den Dienst zu versagen. Er warf einen Blick über die Schulter zurück: Der schwarzen Riesenchampignon war nur ein paar Meter hinter ihm. Dann merkte er, dass er einen schmalen Pfad entlanglief, der auf einer Felsspitze endete, die wie der Schiffsbug einer antiken Galeere aussah.

Er fluchte, denn er war in eine Sackgasse gerannt. Über ihm kreischte aufgeregt ein Schwarm Gelbmöwen. Noch ein paar Schritte, und er würde in den Abgrund stürzen. Von Panik ergriffen blieb er stehen, lehnte sich an einen Felsvorsprung, versuchte, wieder zu Atem zu kommen und gleichzeitig seine Gedanken zu ordnen.

Der erbarmungslose Robotor vom Modell Thu stürzte sich auf ihn. Er war darauf programmiert, Deserteure einzufangen. Zum Denken taugte er nicht. Nur eine nukleare Waffe konnte ihn außer Gefecht setzen, wenn überhaupt ... Die widerlichen Saugtentakel kamen immer näher. Alles war verloren.

Verzweifelt ließ sich Tixu zu Boden fallen. Die Tentakel umschlangen gierig seine Arme. Diese weiche, warme und glitschige Berührung verursachte ihm Übelkeit. Der Hut des Robotors drehte sich – schneller und schneller werdend – um die eigene Achse und sandte dabei ein grellbuntes Licht aus. Die Gelbmöwen schrien immer lauter.

Andere Tentakel glitten zwischen Tixus Beine und hielten sie fest. Er fühlte sich wie ein in einem Spinnennetz gefangenes Insekt, das seinen Todfeind ständig näher kommen sieht. Jetzt schossen Arme aus dem Zylinder, die metallenen Hände umklammerten mehrere Gegenstände: eine Spritze mit einer gelben Flüssigkeit – ein Narkotikum –, ein vibrierendes, gezacktes Rädchen unbekannten Zwecks und schließlich eine Pinzette zur Entnahme einer Gewebeprobe.

Diese Situation war so absurd, dass Tixu Tränen aus bitterer Enttäuschung vergoss: Er war wieder da, wo er begonnen hatte.

Wegen Aphykit hatte er der InTra den Rücken gekehrt (eigentlich nicht ihretwegen; sie war nur das auslösende Moment, der Antrieb seines Handelns gewesen), und er kehrte in dem Augenblick zur InTra zurück, als er glaubte, die Syracuserin wiedergefunden zu haben. Doch jetzt meldete sich das Antra wieder. Es verscheuchte die finsteren Gedanken des Orangers und stellte jene absolute Stille her, in deren Herz nichts Böses geschehen konnte.

Trotzdem konnte Tixu den Blick nicht von dem Inspobot lösen, noch leistete er dem Ruf der Stille heftigen Widerstand. Denn eine panische Angst vor dem Robotor lies ihn an der Oberfläche seines Wesens verharren und er konnte nicht die heitere Gelassenheit innerhalb der Festung der Stille betreten. Zwar riet ihm seine innere Stimme, sich nicht dem Antra zu widersetzen, sondern loszulassen, nicht auf den trügerischen Schein hereinzufallen und die gefährliche Nabelschnur zum Verstand zu kappen. Noch lehnte sich Tixu auf, er kämpfte wie ein wildes Tier, das sich nicht fangen lassen will. Seine Panik wurde zu blankem Entsetzen, als sich die Pinzette seinem Hals näherte, während der Inspobot sein Programm abspulte, die zellulare Identifikation des Individuums nach Code Thu-BX 12-A, ehe die Programmierung zum Hauptsitz der Gesellschaft stattfand.

Angst und Verzweiflung trieben Tixu an seine physischen und mentalen Grenzen. Ihm blieb nur noch eins: die Augen zu schließen und sich den Schwingungen des Antras hinzugeben – dieser Akt glich einem Sprung ins Leere. Der Klang des Lebens erreichte die Festung der Stille, dort, wo Angst und andere Empfindungen ohne Bedeutung sind.

Die Pinzette drang in Tixus Hals ein und entnahm ihm eine Gewebeprobe. Dann verschwand der Arm in seinem stählernen Tresor durch ein kleines Loch, das sich mit einem Klick schloss. Und der Hut fing wieder mit seinen rasenden Drehungen an.

In der Festung der Stille versunken, öffnete Tixu wieder die Augen und beobachtete den schwarzen Robotor emotionslos, als neutraler Zeuge. Er hatte das Gefühl, sein Körper gehöre ihm nicht mehr. Ein unendlicher Friede lag über der Landschaft. Der morgendliche Dunst ließ die scharf gezackten Felsen der Küste weicher erscheinen; die Möwen und die Tölpel malten im Flug kunstvolle gelbe und graue Arabesken an den silbernen Himmel. Die Blüten des blauen Ginsters raschelten leise im leichten Wind, und die Wellen schlugen rhythmisch ans Ufer. Auch die Natur sang das Lied der Stille, vibrierte in ihr. Das ganze Leben war vom Licht der Stille durchtränkt.

Der Inspobot stieß ein seltsames Stöhnen aus. Der Hut hörte auf sich zu drehen, die Lichter blinkten nicht mehr, die Tentakel lockerten ihren Griff. Die Stromkreise des Roboters schalteten sich einer nach dem anderen ab. Es schien, als hätte es einen Kurzschluss gegeben.

Ermutigt durch das plötzliche Erstarren des schwarzen Riesenpilzes flogen ein paar kühne Möwen näher heran und inspizierten das seltsame Objekt.

Eine Schutzklappe glitt zur Seite und gab einen weißrötlichen Bildschirm frei, auf dem folgender Text zu lesen war:

»Code Thu IPW 4 C: Irrtum. Ihre zellulären Daten stimmen nicht mit denen der gesuchten Person überein. Unsere Memodisk muss eine falsche Information gespeichert haben. Beschwerden richten Sie bitte an den Hauptsitz der Intergalaktischen Transportgesellschaft, Rabanan, Gebäude El Boukr. Unter dem Code: InTra IR 22 IPW 4 C.«

Diese unerwartete Wendung der Dinge, die Tixu früher nicht für möglich gehalten hätte, wunderte ihn jetzt nicht mehr. Das Modell Thu konnte sich nicht geirrt haben. Also gab es eine einzige Erklärung: Seine DNA hatte sich während seines Versinkens in die Stille verändert und stimmte nicht mehr mit den Angaben des Inspobots überein.

Die Tentakel lösten sich sanft von ihm, so als wäre der Roboter peinlich berührt. Sie verschwanden samt ihren Röhren unter dem Hut. Die Klappe glitt wieder über den Bildschirm. Der Inspobot programmierte seinen Autotransfer auf Rabanan, wo er akribischen Untersuchungen auf seine Funktion unterzogen werden würde. Nach kurzem Rauschen verschwand er in einer dichten Nebelbank. Jetzt hatte er die Spur des desertierten Angestellten der InTra T.O.O.-Code Thu-BX 12-A für immer verloren.

Tixu verließ langsam die Festung der Stille. Er war entspannt, heiter und gelassen. Seine Erschöpfung war wie durch einen Zauber verflogen. Verschwunden waren seine Schmerzen, die juckende Haut, sein Muskelkater. Eine neue Kraft strömte in seinen Körper, in jedes Glied, in jedes Organ. Dieses Gefühl des Wiedergeborenseins hatte er schon in der Hütte des sadumbischen Ima Kacho Marum verspürt, nachdem er vom Wasser der großen Flussechse getrunken hatte. Jetzt war er überzeugt, diese ewige Erneuerung ständig erfahren zu können und nicht nur episodisch, wie vorher geschehen. Und er nahm sich vor, mit Hilfe des Antras diese verborgenen Geheimnisse seiner Physiologie systematisch zu erforschen. Wenn der Klang seine DNA verändern konnte, war er sicherlich ebenfalls imstande, in andere Bereiche vorzustoßen. Also atmete er frohen Mutes die jodreiche Luft ein und ging langsam in Kwen Daëls Haus zurück.

Als der Fischer zwei Stunden später dorthin zurückkehrte, sah sich Tixu geistesabwesend eine Aufzeichnung über das Leben des Kaisers an. Kwen Daël war zu Fuß von Houhatte querfeldein marschiert. Heute trug er seine Festtagskleidung: eine weiße knielange Jacke über einem bunt gemusterten Hemd mit weitem Kragen, schwarze mit einer grünen glänzenden Tresse bestickte Pluderhosen und dazu blank geputzte Schuhe aus Querwallïenhaut gefertigt – der Haut einer Seeschlange mit schmackhaftem Fleisch, deren Schuppenhaut wegen ihrer Qualität überall sehr geschätzt wurde. Sein weißes volles Haar, das normalerweise von einem Band zusammengehalten wurde, hatte er auf dem Kopf zu einem Knoten gebunden.

»Ah! Sie haben meinen Rat befolgt, Reisender des Meeres!«, begrüßte er seinen Gast herzlich. »Die Feen von Albar sind Ihnen wohlgesonnen. Es gibt nicht viele Schiffbrüchige, die lebend der Bitterkeit ihrer Tränen entronnen sind. Vielleicht gewährten sie Ihnen diese Gunst, weil heute die Festlichkeiten ihnen zu Ehren beginnen. Ich habe heute Morgen in der Stadt von Ihrer Rettung erzählt. Alle Welt betrachtet Sie bereits als Held der Gedenkfeier. Ein Überlebender der Tränen am Festtag der Feen, das ist einmal ein gutes Vorzeichen! Das verspricht ein reiches, fruchtbares Jahr zu werden! Schalten Sie doch dieses Gerät aus, es übermittelt uns nur schreckliche Nachrichten. Mir gefällt nicht, was zurzeit gesendet wird ...«

Tixu stand auf, schaltete das Gerät aus und ging zu seinem Gastgeber. »Haben Sie Ihren Freunden auch erzählt, dass Sie mich gerettet haben?«, fragte er lächelnd. »Hätten Sie es nicht getan, würde das Jahr vielleicht nicht so fruchtbar werden.«

»Pah, ich bin nichts als das unwissende Instrument der weisen Magier«, protestierte der Fischer, ohne das geringste Anzeichen falscher Bescheidenheit in der Stimme. »Allein sie sind es, die mich zu Ihnen geführt haben. Dafür habe ich ... ich habe niemandem etwas von dieser unglaublichen Geschichte mit dem Monager erzählt ... Sie hätten mich schon als Lügner bezeichnet, wenn ich ihnen nur gesagt hätte, dass ich mit eigenen Augen einen Monager gesehen habe. Deswegen ist es schwer vorstellbar, ihnen zu erklären, dass er Sie aus dem Meer der Tränen von Albar gerettet hat und dass er meine Ozeankugel nicht angegriffen hat ... Obwohl genau das geschehen ist! Dieser zu einem Monager gewordene Ager, der an den Gestaden der schwarzen Inseln lebt, hat uns beiden nichts angetan. Ich gestehe, dass mich diese Tatsache fast die ganze Nacht beschäftigt hat. Ich habe mich gefragt, ob ich nicht in einem Albtraum lebe, wie einst das Feechen Étincelle, als der Ager sie im Traum besuchte und ihr böse Gedanken eingab ... Die meisten Selpdiker sind überzeugt, bei den Monagern handele es sich um Fabelwesen, die nur in der Fantasie von Kindern und Menschen einfachen Gemüts existieren. Gütige Feen! Hätte ich meinen Freunden erzählt, dass ich einen leibhaftigen Monager, hundert Schritte lang und dreißig Schritte breit, gesehen habe, sie hätten mich für geisteskrank erklärt, so sicher, wie ich Kwen Daël heiße. Kwen Daël, ein Nachkomme Abertausender Generationen von Fischern und Lügnern!«

»Vielleicht ist es besser so«, entgegnete Tixu, den die Geschwätzigkeit seines Gastgebers amüsierte.

»Da muss ich Ihnen Recht geben ... Sie haben doch genug gegessen?«

»O ja. Es hat köstlich geschmeckt. Aber ... hm ... Bitte, kommen Sie. Ich zeige es Ihnen.«

Tixu ging in die Küche voran und deutete auf die zerstörte Tür. »Während Ihrer Abwesenheit hat mich ein Inspobot einer Transportgesellschaft angegriffen. Es war ein Irrtum. Nachdem er mich überprüft hatte, ist er wieder verschwunden ... Aber er hat Ihre Tür demoliert.«

Ein seltsames Licht glänzte in den blasslila geschlitzten Augen Kwen Daëls, als er Tixu jetzt ansah.

»Also, Sie sind mir einer! Sie sind kein gewöhnlicher Mensch!«, murmelte er. »Erst werden Sie von einem Monager gerettet, und dann irrt sich eine dieser Inspektionsmaschinen! Das sind schon sehr ungewöhnliche Abenteuer, die Ihnen da innerhalb weniger Stunden widerfahren! Schier unglaubliche Geschichten sind das, so unwahrscheinlich, dass man sie nicht einmal erzählen kann! Und sie klingen noch unglaublicher, wenn sie aus meinem Mund kommen ... Meine Familie hat nun mal diesen schlechten Ruf, das müssen Sie verstehen ...«

»Das tut mir leid, wirklich. Wenn Sie den Schaden von der Transportgesellschaft ersetzen lassen wollen, ich habe alle nötigen Daten.«

»Ach, zerbrechen Sie sich nicht den Kopf wegen dieser

Tür. Ich repariere sie bei Gelegenheit. Fühlen Sie sich schon stark genug, mich nach Houhatte zu begleiten?«

»Ich bin topfit.«

Dieser Vorschlag kam Tixu wie gerufen. Denn in der Stadt wollte er sich informieren, ob es eine Möglichkeit gebe, ins Kloster des Ordens der Absolution zu gelangen. Seinen Gastgeber wollte er nicht fragen, weil er fürchtete, der Fischer könne dann in große Schwierigkeiten geraten. Noch immer konnte er sich nicht verzeihen, die Töchter Geofo Anidolls auf Marquisat in eine so prekäre Lage gebracht zu haben, denn er wusste, dass die mentalen Inquisitoren und die Pritiv-Mörder sie nicht in Ruhe gelassen hatten. Diesen Fehler wollte er bei Kwen Daël nicht wiederholen: Je weniger der Fischer wusste, umso mehr war er in Sicherheit.

»Ausgezeichnet!«, sagte der Selpdiker. »Sie sind so kräftig wie ein junger Zauberer. Wir nehmen den Weg übers Meer, er ist kürzer und weniger ermüdend.«

»Aber ... der Nebel?«

»Der wird sich bald lichten ... Die Möwen und die Tölpel tauchen schon vom Felsen herab ...«

Nach ein paar Vorbereitungen gingen die beiden über die glitschige Steintreppe hinunter zum Bootssteg, wo die Aquakugel vertäut lag. Der Nebel löste sich schnell auf, wie der Fischer gesagt hatte. Ein kräftiger, von der See her wehender Wind trieb dunkle Wolken auf die Küste zu.

»Wir müssen uns beeilen, wenn wir Houhatte vor dem Sturm erreichen wollen«, sagte Kwen Daël mit einem prüfenden Blick zum Himmel. »Aber der Sturm ist ein gutes Omen für das Fest der Tränen. Denn er bedeutet, dass die Götter selbst daran teilnehmen. Als Zeichen dafür schicken sie uns ihre Tränen.«

Der Steg ächzte und knarrte unter den Windböen und

dem aufschlagenden Wasser. Die Möwen und Tölpel stürzten kopfüber hinab in die von Gischt gekrönten Wellen. Dann tauchten sie mit zappelnden kleinen Fischen in den Schnäbeln wieder auf, die sie auf den Klippen, fern von ihren räuberischen Artgenossen, in aller Ruhe verzehrten.

Kwen Daël dirigierte sein Fahrzeug geschickt durch die schmale Fahrrinne und nahm Kurs entlang der Felsküste. Die jetzt leere Aquakugel gewann schnell an Fahrt. Ihr Kiel schien die Wellen nur flüchtig zu berühren, und das mobile Deck blieb immer in der Horizontalen. So hatte Tixu das angenehme Empfinden, ruhig dahinzugleiten.

Bald kam ein großes, von vier runden Türmen flankiertes Gebäude in Sicht, in dessen Mitte sich ein viereckiger, weißer Bergfried erhob. Es war von einer hohen, aus grob behauenen gelben Steinen bestehenden Festungsmauer umgeben, in die Schießscharten eingelassen waren und an deren Fuße sich die Wellen des Meeres brachen. Sie stellte ein eindrucksvolles Bollwerk gegen alle Feinde dar. Tixu brauchte den Fischer nicht zu fragen. Intuitiv wusste er, dass diese imposante Anlage der Sitz der Ritter der Absolution war – gleichsam als eine Herausforderung gegenüber dem Meer der Feen von Albar errichtet.

Als hätte Kwen Daël Tixus Gedanken gelesen, erklärte er: »Das Kloster des Ordens! Leider haben wir jetzt Flut, deshalb können Sie die Ritter nicht trainieren sehen.«

Unterschwelliger Stolz schwang in der Stimme des Fischers mit, denn er war wie alle Bewohner dieses Planeten von einem naiven, fast kindlichen Stolz auf den Orden erfüllt.

Je näher die beiden der äußeren Festungsmauer kamen, umso höher schien sie in den Himmel zu ragen – in fast schwindelerregende Höhen.

»Man könnte glauben, dass die Feen selbst dieses Kloster errichtet haben«, fügte Kwen Daël hinzu. »Diese Mauern sind mehr als dreihundert Meter hoch und wurden aus tonnenschweren Felsblöcken errichtet. Weder ich noch irgendein anderer Selpdiker hat jemals das Innere dieser Anlage betreten. Aber ich habe gehört, es soll eine richtige Stadt dort geben.« Jetzt senkte der Fischer die Stimme und sprach so leise, dass Tixu ihn kaum noch verstehen konnte. »Wie es scheint, soll es zum Kampf zwischen den Armeen des neuen Kaiserreichs und den Rittern des Ordens kommen. Jedenfalls erzählen das die Handelsreisenden, die Houhatte besuchen. Mögen uns die Feen und die Zauberer vor einem solchen Krieg bewahren! Denn wir haben noch nie unter einer fremden Besatzungsmacht gelitten ...«

Tixu hütete sich, dem armen Mann das Geheimnis der schrecklichen mentalen Terminatoren zu enthüllen. Er starrte die Festungsmauer an, an der sie nun schon seit geraumer Zeit vorbeifuhren. Irgendwo hinter dieser Mauer war Aphykit. Nur diese mächtigen Steine trennten ihn noch von ihr, von ihrer Schönheit, ihrem Licht. Er hätte sich am liebsten gewünscht, der Fischer würde hier für einen Moment ankern, damit er seine momentane Euphorie voll auskosten könnte.

Doch schon wurde er wieder auf den Boden der Tatsachen zurückgeholt, denn ihm wurde klar, dass es in dem Labyrinth hinter diesen Mauern sehr schwer werden würde, die junge Frau ausfindig zu machen. Intuitiv schloss er die Augen. Nachdem das Antra wieder Leere in seinem Kopf geschaffen hatte, zog er sich in die Stille der Festung zurück.

Wie schon Babsées Reisebüro auf dem Planeten Marquisat, sah er nun die Klosteranlage vor sich – oder vielmehr, er spazierte im Geist darin umher, während er physisch auf der Aquakugel blieb.

Als Erstes entdeckte er eine große Esplanade, auf der in bronzefarbene Gewänder gekleidete junge Männer geschäftig umhergingen, und Lebensmittel oder verschiedene Gerätschaften transportieren. Dann sah er ein Gewirr steiler, ineinander verflochtener Treppen mit ausgetretenen Stufen, die alle in den Rundweg um den Platz mündeten. Er drang ins Zentrum dieses Ameisenhaufens vor, in die Gebäude, mit ihren unzähligen spartanisch eingerichteten Zellen; den Refektorien, mit ihren langen Tischen und Bänken aus massivem Holz; den dunklen und feuchten Sälen, in denen junge Männer im Schneidersitz auf dem Boden saßen und mit fast religiöser Hingabe den Worten alter weiß gekleideter Männer lauschten; in Innenhöfe, in denen Männer in grauen Kutten – eine solche hatte der Ritter Long-Shu Pae getragen – Schreie ausstießen, die aufgehäufte runde Steine zum Explodieren brachten ... Er besuchte noch andere Räume, Gänge, Flure, Galerien, Türme, Mansarden, Bibliotheken, Videoholotheken, Mentalotheken; dunkle, hermetisch abgeschlossene Kellerräume, die Geheimnisse bargen; Behandlungszimmer und Laboratorien, in denen Männer in roten Gewändern arbeiteten; Säle für die Wachmannschaft ...

Die Klosteranlage war derart weitläufig und komplex, dass sich selbst ein mit den Örtlichkeiten vertrauter Mann in diesem Labyrinth verirrt hätte. Und genau dieses Ziel schienen die Erbauer auch verfolgt zu haben: dass sich ein ungebetener Besucher darin verirrte.

Tixus Geist durchdrang die Materie so leicht wie ein fester Körper die Luft durchdringt. Er wagte sich weiter in eine Reihe halb verfallener unterirdischer Tunnel vor, die sich sowohl unter der Erde entlangzogen als auch in den Felsen gehauen waren. Er gelangte in eine unter dem Schutzwall liegende, feuchte, dunkle Krypta voller antiker Buchfilme aus längst vergangenen Zeiten und angeschimmelten Videoholos. Das Videoholo-Lesegerät lag auf einem großen flachen Stein, einer nackten verrußten Wand gegenüber. Ein umgestürzter Schrank lag mit offen stehenden Türen auf dem Boden. Sein Inhalt – elektronische Wanzen, Drähte, Spulen, Schrauben, Nägel, Tuben mit Klebstoff – lag verstreut in einer Lache Brackwasser. Auf einer Treppe lag das zerbrochene Gitter des Kellerfensters. Tixu inspizierte die Treppe näher, betrachtete die ausgetretenen Stufen, auf denen an einigen Stellen Felsbrocken lagen. Er näherte sich dem Tageslicht, trübe und dunstig, und entdeckte, dass man diese Treppe nur bei Flut erreichen konnte. Ein Mauervorsprung verbarg sie vor neugierigen Blicken.

Sein Geist stieg wieder in die Krypta hinunter und verließ sie dann durch einen anderen Ausgang, über verschlungene unterirdische Treppen und durch Gänge. Er ging durch Räume, in denen ein diffuses Licht herrschte und in denen sich Männer in blauen Kitteln anscheinend mit Forschungsarbeiten beschäftigten. Ein alter Mann mit einem abstoßend hässlichen Gesicht ging von einer Gruppe zur anderen und schimpfte sie in harschem Ton aus.

Plötzlich gelangte Tixu in eine mit einer abgenutzten Wassertapete ausgekleidete Zelle, die in gedämpftes Licht getaucht war. Ein Meter über dem gefliesten Boden schwebte ein Bett. Und darauf lag unter einer dunkelgrünen Decke Aphykit. Nur ihr golden funkelndes Haar, ihr Gesicht und ihr Hals waren zu sehen. Sie schlief nicht.

Denn unruhigen Blick ins Nichts gerichtet, wurde sie von fiebrigen Träumen heimgesucht. Und wieder musste Tixu die kristallene Reinheit ihrer Gesichtszüge bewundern. Selbst die Krankheit hatte ihrer fast überirdischen Schönheit nichts anhaben können. Er versuchte, mit dem Geist der jungen Frau in Kontakt zu treten, aber der ihre befand sich auf einem zu oberflächlichen Niveau, um den Ruf der Stille zu vernehmen. Doch Tixu ließ sich nicht entmutigen: Er suchte nach einem Weg, um sie von seiner unsichtbaren Anwesenheit in Kenntnis zu setzen. Dann musste er Schlimmes erfahren. Aphykits Gedanken beschäftigten sich ausschließlich mit dem Krieger, der sie vom Planeten Roter-Punkt entführt hatte. Ausgerechnet dieser Mann, dessen Arroganz Tixu unerträglich gewesen war – wahrscheinlich, weil er während ihres kurzen Zusammentreffens bereits geahnt hatte, dass sie Rivalen waren – beherrschte Aphykits Gedanken.

Tixu war derart schockiert, dass er sofort den Kontakt mit der Stille verlor und brutal in die Realität zurückgeworfen wurde. Er lag auf dem Boden der Aquakugel, und ein besorgter Kwen Daël beugte sich über ihn.

»Ich hielt Sie schon für tot. Ihre Augen schlossen sich, und Sie sind wie ein nasser Sack zu Boden gefallen. Aber wahrscheinlich haben Sie nur einen Ohnmachtsanfall erlitten, weil Sie zu lange im Meer der Tränen der Feen gebadet haben ...«

»Das muss es wohl gewesen sein«, murmelte Tixu.

Am liebsten hätte er den Fischer und dessen Feen zum Teufel geschickt. Finstere Gedanken türmten sich in seinem Schädel auf, so finster und drohend wie die Wolken am Himmel. Plötzlich kam ihm die Situation völlig absurd vor.

Er sah sich, wie er vor ein paar Tagen noch, in seinem

heruntergekommenen Reisebüro auf Zwei-Jahreszeiten gesessen hatte, aufgeschwemmt, träge und vom Leben angeekelt. Und allein die Sehnsucht, das Begehren nach Aphykit hatte ihn dazu bewogen, ihr zu folgen. Doch jetzt, wo diese Sehnsucht sehr wahrscheinlich vergeblich sein würde, gab es keinen Grund mehr weiterzukämpfen. Er bedauerte, dass der Monager ihn gerettet hatte. Er bedauerte, dass der Inspobot ihn nicht erkannt hatte. Er bedauerte, dass er noch am Leben war. Also überhörte er absichtlich die innere Stimme des Lebens und gab sich dem Selbstmitleid hin. Dieser emotionale Schock beraubte ihn jeglicher subtiler Wahrnehmung in demselben Maße, wie Aphykit durch ihre Gefühle für den Krieger dieser Fähigkeit beraubt worden war.

In einem selbstkritischen Moment tadelte er sich, dass er seinen verletzten Gefühlen so nachgab und sich in ihnen wand, und er ermahnte sich, dass es besser wäre, den Ort der Stille wieder aufzusuchen, um zur Normalität zurückzufinden. Hatte er denn nicht auf diese Weise den Inspobot besiegt?

Trotzdem beschloss er, seine Verzweiflung noch ein wenig auszukosten. Masochistisch gab er sich dem Gefühl hin, besiegt worden zu sein; so als wäre ihm das lange Verweilen im grenzenlosen Frieden der Tiefe unerträglich geworden und er müsse sich nun zum Ausgleich einer stürmischen, obsessiven Leidenschaft hingeben.

Diese Leidenschaft, das war die besitzergreifende Liebe zu Aphykit, die Abhängigkeit, in die er sie zwingen wollte; und die tiefe Kränkung, sie einem anderen Mann überlassen zu müssen. Was bedeutete, dass Aphykit ein anderes Gefängnis gewählt hatte als jenes, das er für sie vorgesehen hatte.

Da begriff Tixu, dass dieses maßlose, ihn beherrschende Begehren etwas sehr Kindliches in sich barg, dass es das Begehren von früher war und dass er diese Art des Begehrens für immer vergessen müsse, um dann endlich die Nabelschnur, die ihn noch immer mit seiner Vergangenheit verband, durchtrennen zu können.

»Wir sind gleich da«, verkündete Kwen Daël schüchtern, denn er spürte, dass sein Gast eine wichtige Rolle in der Erfüllung der Prophezeiungen der Feen von Albar spielen würde. Auch das Auftauchen des Monagers hatte einen großen Eindruck in ihm hinterlassen.

Und während er in der vergangenen Nacht schlaflos dagelegen hatte, war ihm der Gedanke gekommen, ob dieser Fremde nicht ein Magier aus alten Zeiten sei, der von den wundervollen grünen Inseln gekommen war, um auf dem Planeten Selp Dik den Grundstein für eine neue Zivilisation zu legen.

Ganz langsam tauchten im Nebel die Umrisse der hohen weißen mit roten Ziegeln gedeckten Dächer der Häuser von Houhatte auf. An der Mole im Hafen lagen vertäut die Aquakugeln der Fischer. Die einige Tausend Einwohner zählende Stadt nahm nicht viel Raum ein. Die Bevölkerung lebte fast ausschließlich vom Fischfang und der Ausbeutung der Ressourcen des Meeres. Sie waren friedliche Menschen, aber sehr auf ihre Unabhängigkeit bedacht und wurden von einem alle drei Jahre zu wählenden Rektoraktsrat regiert. Sie waren auf ihr friedliches Zusammenleben mit dem Orden der Absolution stolz. Doch dessen Existenz auf ihrem Planeten bot ihnen den unschätzbaren Vorteil, dass das Risiko einer Invasion praktisch nicht existierte. Deshalb besaßen sie weder Verteidigungskräfte noch Verteidigungsanlagen. Und die Ritter des Ordens mischten sich nie in ihre lokalen Angelegenheiten. Sie lebten – von seltenen Ausnahmen abgesehen – innerhalb ihrer Klostermauern. Allein junge Aspiranten, die den Rittern als Laufburschen dienten, kamen nach Houhatte, um dort große Mengen Fisch und Krustentiere zu bestellen.

Hinter der Vorstadt, hinter den letzten weißen Fassaden mit ihren kleinen runden oder ovalen Fenstern und den Balkonen aus schwarzem Schmiedeeisen, hinter den engen, gewundenen, steilen Gassen wuchsen ein paar Hektar Wald, richtige Bäume, die sonst auf dem steinigen Boden von Albar nirgendwo gediehen.

Kwen Daël deutete mit einer weit ausholenden Geste auf das Grün des Hügels. »Der Wald der Zauberer, der Magische Wald. Dort wird später das heilige Spiel der Legende stattfinden.«

Der aufkommende scharfe Wind peitschte das Meer auf und schaumgekrönte Wellen schlugen auf den Rumpf der Aquakugel. Das Boot schaukelte jetzt so stark, dass der mobile Boden nicht in der Lage war, die Stöße auszugleichen. Tixu konnte kaum noch sein Gleichgewicht halten. Er klammerte sich an den »Nicht-Stolper-Griffen« fest, die der Fischer mit einem Lachen per Knopfdruck aus dem gewölbten Dach seines Wasserfahrzeugs hervorgeholt hatte. Trotz der bewegten See konnte Tixu erkennen, dass sich die Stadt festlich geschmückt hatte: Kränze aus getrockneten Blumen waren an den Haustüren angebracht, über den Straßen hingen Girlanden aus bunten Seesternen, auf den Plätzen brannten grüne und gelbe Feuer. Die Einheimischen hatten sich untergehakt und sangen aus vollem Hals alte Abzählreime. Die Männer waren wie Kwen Daël gekleidet, und die Frauen trugen weite Röcke und weiß oder schwarz bestickte Blusen, die mit Perlmutt verziert waren. Außerdem trugen sie Silberketten mit kleinen Glöckchen um die Fesseln, die bei jeder Bewegung klingelten. Ihr offenes Haar hatten sie mit bunten Bändern geschmückt, die fröhlich im Wind flatterten. Ihr Gesang, das Dröhnen der Brandung, das Geschrei der Seevögel und das Klingeln der Glöckchen bildeten eine unvergleichliche und trotz des aufziehenden Unwetters heitere Geräuschkulisse.

Als Kwen Daël endlich an der Mole anlegte und seine Aquakugel festmachte, fielen die ersten Regentropfen.

»Die Tränen der Feen! Die Tränen der Feen! Das wird ein gutes Jahr. Die Feen sind mit uns.«

Und der Regen wurde immer heftiger, so als würde er an dem Fest teilnehmen. Er trommelte laut auf die glänzenden Dächer und das Pflaster, und begleitete mit seinem rhythmischen Trommeln die tanzenden Menschen. Tixu wurde von den Feiernden mitgerissen, und bald waren alle bis auf die Haut durchnässt. Die dünnen Blusen klebten regennass an den Brüsten der Frauen. Der Wind blähte ihre Röcke und entblößte ihre Beine bis zu den Hüften. Darunter trugen sie nichts.

»Heute ist unser Festtag!«, sagte Kwen Daël zu Tixu. »Heute sind alle Frauen Feen und alle Männer Zauberer. Heute gibt es weder Ehemänner noch Ehefrauen ...«

Dann rief er den Leuten zu: »Hier ist der Mann, von dem ich euch heute Morgen erzählt habe. Das ist Bilo. Er ist den Gefahren des Ozeans der Tränen entkommen ...«

Und die Frauen gingen zu Tixu, sie streichelten ihn. Die Regentropfen glitzerten wie Perlen auf ihren Lippen, und in ihren Haaren. Flaschen mit einem süßsauren Getränk machten die Runde. Die bernsteinfarbene Flüssigkeit schien die Menschen noch fröhlicher zu stimmen. Sie lachten, tanzten immer schneller, neckten sich mit zweideutigen Bemerkungen. Sogar die Kinder taumelten wie berauscht durch die Straßen. Sie hatten Fackeln in der Hand, die weiße Sterne sprühten.

Tixu fand sich auf einem viereckigen Platz inmitten einer Gruppe Frauen wieder, die ihm die ersten Schritte des Mazakawen – des Tanzes der Zauberer, mit dem sie die Feechen umwarben – beibringen wollten. Er war völlig durchnässt und das Haar klebte ihm am Schädel.

Das bernsteinfarbene Gebräu, das er praktisch gegen seinen Willen hatte trinken müssen, stieg ihm langsam zu Kopf. Einen Moment lang glaubte er, dass er träume, dass er noch immer in der Taverne der *Drei Brüder* auf Zwei-Jahreszeiten sei und die alten Prostituierten ihm Avancen machten. Eine Frau küsste ihn, ihre flinken Hände glitten über seinen Oberkörper, dann tiefer. Sie umfasste sein Glied, und es wurde steif. Die Frau hob ihren Rock und presste sich an ihn. Sie stöhnte. Tixu glaubte, dass alle sie anstarrten, aber dann merkte er, dass die anderen nur mit sich selbst beschäftigt waren, dass sich überall auf dem Platz Paare gebildet hatten ... Sie liebten sich, wo sie gerade standen oder lagen, auf dem Straßenpflaster, auf Bänken, unter Torbögen ...

Und die Kinder schienen das alles völlig normal zu finden. Die Spiele der Erwachsenen interessierten sie nicht. Sie liefen weiter fröhlich über die Straßen und stießen schrille Schreie aus.

Ohne Tixus Geschlecht loszulassen, knöpfte die Frau mit der anderen Hand hastig ihre Bluse auf, streifte ihren Rock ab, zog am Reißverschluss von Tixus Overall und streifte ihm das Kleidungsstück über die Schultern.

Der Regen schien sie überhaupt nicht zu stören. Tixu atmete den Duft ihrer Haut ein, und ihn überfiel ein heftiges Verlangen. Er packte sie am Nacken und küsste sie so wild, dass ihrer beider Zähne aufeinanderschlugen. Ihre Brüste wurden von seinem Oberkörper platt gedrückt, während ihre Hand noch immer seinen Penis umfangen hielt, der gleich zu explodieren drohte. Mit einer heftigen Bewegung streifte Tixu seinen Overall ganz ab. Die Regentropfen und der Wind auf seiner nackten Haut steigerten seine Begierde noch. Die Frau legte sich aufs Pflaster und spreizte die Beine. Er kniete sich hin und betrachtete ihr Geschlecht unter den schwarzen Locken ihres Schamhaars – und ohne zu wissen warum, traten plötzlich Tränen in seine Augen, vermischten sich mit den Tropfen des Regens. Dann legte er sich auf sie und drang mit verzweifelter Wut in sie ein.

Der Ozean der Feen von Albar gab sich ungezügelt seinem Zorn hin. Gigantische, schaumgekrönte Wellen bestürmten die Hafenmole, und schwarze Wolken verfinsterten den Tag vor der Zeit.

Über Houhatte war der lang gezogene Ton eines Tritonshorns zu hören.

Kwen Daël ging zu Tixu, der gerade nachdenklich seine Kleidung wieder ordnete. Die Frau war verschwunden, nachdem sie ihn noch einmal leidenschaftlich geküsst hatte. Noch nackt hatte sie ihre Kleider zusammengerafft, und war in einer auf den Platz mündenden Gasse verschwunden.

»Wie ich sehe, hat der Magier seine Fee gefunden«, sagte Kwen Daël. »Die Stunde ist gekommen, wo das heilige Spiel der Legende aufgeführt wird. Danach feiern wir weiter.«

Aus allen Straßen Houhattes strömten jetzt die Menschen herbei, bildeten einen bunten schweigenden Festzug und strebten dem Wald zu. Alle Gesichter, auch die der Kinder, waren nun ernst. Die Prozession erreichte bald den Saum des Waldes. Tixu war durch und durch nass, als er das Unterholz betrat. Dort fielen die Tropfen spärlicher. Die heftige erotische Begegnung hatte Spuren an ihm hinterlassen. Sein Mund und sein aufgekratzter Rücken schmerzten. Er versuchte, nicht an Aphykit zu denken, weil er das Gefühl hatte, sie verraten zu haben. So marschierte er etwa einen Kilometer zwischen nassen Farnen und unter dem Blätterdach knorriger Eichen dahin. Von Zeit zu Zeit warf er dem neben ihm gehenden Fischer einen fragenden Blick zu, doch Kwen Daël beantwortete die unausgesprochenen Fragen Tixus nur mit einem Lächeln oder Schulterzucken.

Der Pfad mündete schließlich in eine weite, runde Lichtung, die Wind und Regen preisgegeben war. Ohne sich um das Wetter zu kümmern, verteilten sich die Selpdiker am Rand. In der Mitte dieser Lichtung gab es eine mit einem gelben Vorhang versehene Bühne. Davor standen zwei alte Männer, die aufmerksam beobachteten, wie sich die Menge verteilte. Ihre langen weißen Bärte bildeten einen starken Kontrast zu ihren schwarzen Tuniken.

Als alle ihre Plätze eingenommen hatten, blies einer der Greise zweimal in das Tritonshorn, das an seinem Gürtel gehangen hatte. Die Menschen um Tixu schienen in einem jahrtausendalten Zauber gefangen. Ihre Augen glänzten.

Dann zogen die beiden Alten den Vorhang auf und traten an den Rand der Bühne. Die Szene stellte das magische Königreich dar: das antike Selp Dik. Ein kleiner Springbrunnen, der zwischen zwei Kristallfelsen, auf denen winzige weiße Kugeln lagen, das Wasser des langen Lebens spendete.

Kwen Daël erklärte Tixu, dass dieser Kristallfelsen noch lebe und außergewöhnlich nahrhafte Früchte mit aphrodisiakischer Wirkung hervorbringe, und dass die Majiken – die Priester der Magie – dem Felsen die größtmögliche Pflege angedeihen ließen, damit er während der alljährlich stattfindenden Feierlichkeiten das Band zwischen Vergangenheit und Zukunft, zwischen dem Untergang und der Wiedergeburt des Königreichs der Magie erneuere und festige.

Rechts und links vom Brunnen sitzen zwei junge Frauen, die die Rollen von Flammèche und Étincelle spielen, die Töchter der Fee Iradielle und des Magiers Gudevure. Sie tragen leichte Gewänder aus Seide, die ihre Körper kaum verbergen, umso mehr, da der Regen die Seide durchsichtig macht. Etwas weiter entfernt liegt ein angepflocktes Reh auf der Bühne. Es kaut friedlich Gräser, die man ihm hingeschüttet hat.

Plötzlich erscheinen die Zauberer, zehn junge, feurige, in schwarze Pumphosen gekleidete Männer mit nackten Oberkörpern, die mit den Schriftzeichen der alten selpdikischen Sprache bemalt sind. Sie tanzen den Tanz der Verführung, den Mazakawen, aber Flammèche und Étincelle wenden sich voller Verachtung von ihnen ab, worauf sie gedemütigt von der Bühne stürzen. Dann kommen die eifersüchtigen Ager, wieder zehn junge Männer, deren nackte Körper schwarz bemalt sind und die furchterregende Masken tragen. Doch während ihres Tanzes halten sie sich in respektvoller Entfernung von den Feechen, denn der mächtige Zauberer Gudevure hindert sie am Betreten des Königreichs von Albar …

Tixu sah, dass die Selpdiken im wahrsten Sinn des Wortes von der Darbietung unter strömendem Regen verzaubert waren. Nichts entging ihnen bei diesem heiligen Schauspiel. Sie verfolgten das Geschehen mit dem Enthusiasmus kleiner Kinder.

Dann löst sich der listenreiche Ager Mon aus der Gruppe seiner Komplizen und tanzt den Tanz der Träume um die am Fuße des Brunnens schlafende Étincelle. Er lenkt ihre Gedanken auf das Reh – das Symbol der Unschuld und der Hilfe der Engel und der Gottheiten. Nachdem Mon der Ager seine schändliche Tat vollbracht hat, verlässt er in Begleitung der Seinen auf Zehenspitzen die Bühne. Die Zauberer treten wieder auf. Étincelle erwacht und befiehlt ihnen, ihr das Herz des Rehs zu bringen. Sie ziehen lange Messer hervor und stürzen sich auf das verängstigte Tier. Es stößt einen Todesschrei aus, ehe ihm der Kopf vom Rumpf getrennt wird und zu Boden rollt. Das sprudelnde Blut benetzt die Oberkörper und die Arme der Tänzer. Eine scharfe Messerschneide dringt in seinen Körper ein, damit ihm das Herz herausgerissen werden kann. Währenddessen feiern die Ager den Untergang des magischen Königreichs, weil es nicht mehr unter dem Schutz der Engel und der Gottheiten steht. Die Zauberer werfen das blutende Herz Étincelle vor die Füße. Sie weicht erschrocken zurück …

In dem Moment versiegte der Springbrunnen, der Kristallfelsen nahm eine dunkle trübe Farbe an, die Früchte fielen ab und rollten auf den Boden.

Wie Kwen Daël erklärte, wiederhole sich dieses übernatürliche Phänomen alljährlich bei der Aufführung des heiligen Spiels. Indessen war es bis heute noch niemandem gelungen, Wahrheit und Fiktion in den Erzählungen der

Fischer auseinanderzuhalten, vor allem bei jenen vom Stamm der Daëls.

Die Ager stoßen ein Triumphgeschrei aus und stürmen das magische Land. Sie brüllen und umtanzen die beiden zusammengebrochenen Feechen und die Zauberer, die sich mit dem unschuldigen Blut des Rehs befleckt haben ...

Da wurde Tixu Zeuge eines außerordentlichen Ereignisses: Ausnahmslos alle Frauen weinten bittere Tränen. Wahre Sturzbäche strömten aus ihren Augen und vermischten sich mit den Regentropfen. Ein Konzert bitterer Wehklagen hub an. Die Männer reckten die Arme gen Himmel und flehten die Götter um Verzeihung an, währen die Frauen mit gesenkten Köpfen weiter schluchzten.

Nach zwanzig Minuten tiefster, aufrichtigster Trauer fing der Brunnen so plötzlich wieder an zu fließen wie er aufgehört hatte. Das Kristall des Felsens wurde sichtbar heller, bis es seine ursprüngliche Transparenz wieder erlangt hatte. Und das Wehklagen der Frauen wandelte sich in Freudenrufe, der Schmerz der Menge in Entzücken. Die Ager, von Entsetzen ergriffen, flohen voller Scham. Die Feechen standen lächelnd auf, und die Zauberer tanzten den Tanz des wiedergewonnenen Glücks.

»Wieder einmal haben uns die Tränen der Feen gerettet«, flüsterte Kwen Daël Tixu ins Ohr. »Das Leben geht weiter, weil wir von unserem Vergehen reingewaschen wurden. Die Quelle des langen Lebens ist nicht versiegt, und das Kristall wird uns aufs Neue Früchte spenden ...«

Der Sturm der Begeisterung war so groß, dass er bei Weitem das Trommeln des Regens und das Heulen des Windes übertönte. Eine unendliche Erleichterung zeichnete sich auf allen Gesichtern ab, denn ihre, tief in ihrem Bewusstsein verankerte, abergläubische Furcht, von den Engeln und den Gottheiten verlassen worden zu sein, war nun ausgelöscht.

»Jetzt feiern wir die ganze Nacht!«, rief der Fischer. »Aber erst, wenn die Rektoren ihre traditionelle Rede gehalten haben.«

Also warteten die Selpdiker mit wachsender Ungeduld auf das Erscheinen der Rektoren, damit sie das Zeichen zum Feiern gäben. Schon warfen sich Männer und Frauen verheißungsvolle Blicke zu. Auch der eingefleischte Junggeselle Kwen Daël riskierte abschätzende Blicke in die Runde. Wie alle anderen würde er nach Stunden trunkener Lust irgendwo auf einer Straße oder einer Bank erschöpft und befriedigt einschlafen.

Endlich erschienen die zehn Rektoren des Rats auf der Bühne. Ungläubiges Erstaunen ergriff die Menge, denn die Rektoren waren nicht allein. Sie wurden von weiß maskierten Männern in grauen Uniformen begleitet. Hinter ihnen tauchten drei bizarre Gestalten auf, deren Gesichter unter weit geschnittenen Kapuzen verborgen waren. Die Kapuzenmäntel hatten die Farben blau, rot und schwarz.

Tixu gefror das Blut in den Adern, und sein Herz raste.

»Kennen Sie diese Leute?«, fragte Kwen Daël. Ihm war die Reaktion des Orangers nicht entgangen.

Die Pritiv-Söldner stießen die Tänzer, die Ager, die Feechen, die beiden Majiken und die Zauberpriester brutal zur Seite. Der Sprecher des Ältestenrats, ein weißhaariger Greis, trat vor und hielt eine Rede.

»Selpdiker und Selpdikerinnen, an unserem heutigen Festtag zu Ehren der Feen von Albar, hat man mich beauftragt, euch Folgendes zu sagen: Die Armeen des neuen Kaiserreichs, deren erste Abordnung ihr hier seht«, er deutete auf die Gestalten hinter sich, ohne den Blick von der

Menge zu wenden, »werden sich heute Nacht in unserer Stadt Houhatte materialisieren, um morgen früh gegen die Ritter der Absolution zu kämpfen. Deshalb herrscht ab sofort Sperrstunde, und die Feierlichkeiten finden logischerweise nicht statt. Folglich fordere ich alle auf, nach Hause zu gehen und das Haus nicht vor morgen früh zu verlassen. Jeder, der sich nach Einbruch der Dunkelheit noch auf der Straße aufhält, wird sofort hingerichtet. Wir, die Rektoren des selpdikischen Rates, werden nach eingehender öffentlicher Beratung nach der Schlacht beschließen, welche Politik wir in Zukunft verfolgen. Jetzt bitte ich euch, ohne Protest so schnell wie möglich in eure Häuser zurückzukehren. Bürger und Bürgerinnen von Selp Dik, mögen die Feen euch beschützen!«

Trotz dieser Worte wurden über dem allgemeinen Gemurmel der Enttäuschung, vehemente Proteste laut. Inzwischen hatte das Antra wieder von Tixus Geist Besitz genommen und seinen Schutzschild der Stille gegen die mentalen Ausforschungen der Scaythen errichtet, die sofort mit ihrer hinterhältigen Arbeit begonnen hatten.

»Die Rektoren bestehen darauf, dass ihr ohne Widerstand zu leisten, den Wald verlasst!«, befahl der Sprecher des Rats mit flammenden Augen. »Für Verhandlungen ist später noch Zeit!«

Da erstarrte die Menge. Eine tödliche Stille senkte sich über die Lichtung. Erneut hörte das Wassers des Brunnens auf zu fließen, und das Kristall des Felsens wurde zu einem trüben Dunkel.

»Dieses Mal wenden sich die Engel und die Gottheiten endgültig von uns ab«, flüsterte ein leichenblasser Kwen Daël.

Eine Stunde später stand Tixu im Bug der Aquakugel und starrte auf das kaum bewegte Meer. Sie fuhren zum Haus Kwen Daëls.

»Morgen brauche ich Ihr Boot zu sehr früher Stunde, noch vor Tagesanbruch. Können Sie es mir leihen?«, fragte er den Fischer.

»Vor Tagesanbruch?«, entgegnete Kwen Daël erstaunt. »Sie haben doch gehört, was der Rektor gesagt hat.«

»Ich bitte Sie nicht, Ihr Leben zu riskieren, sondern nur, mir Ihre Aquakugel zu leihen«, bat Tixu. »Mehr kann ich Ihnen dazu nicht sagen, denn diese drei Kapuzenmänner, die Sie vorhin gesehen haben, sind Scaythen vom Planeten Hyponeros, und sie verfügen über gefährliche mentale Kräfte ...«

Kwen Daël schwieg eine Weile und starrte mit schmalen Augen aufs Meer. Schließlich sagte er: »Also Sie, Sie sind wirklich kein gewöhnlicher Mann. Ich begleite Sie. Denn der Ozean der Feen von Albar kann für einen Unkundigen tückisch sein. Mir ist egal, was Sie vorhaben, denn mir genügt der Beweis, dass ein Monager Ihnen das Leben gerettet hat.«

Das waren die einzigen Worte, die der Fischer sagte. Während des Abends und der Nacht sprach er nicht mehr.

NEUNZEHNTES KAPITEL

Und jetzt steht ihr dem Feind gegenüber. Drohend lässt er seine Truppen aufmarschieren, er bedroht euch. Und wäre es nicht an der Zeit, euch zu fragen, warum es so weit kommen konnte, ehe ihr ihn bekämpft?
Diese euch als unausweichliche und notwendig erscheinende Konfrontation, ist sie nicht das Resultat eurer Schwäche?
Und trotzdem weist ihr die Schuld an diesem Krieg dem anderen, eurem Feind zu. Ihr klagt ihn an, der Verursacher eures Elends zu sein, ihr schenkt ihm eure Macht …
Seht euch den Feind gut an: Er ist das getreue – das grausam getreue Spiegelbild eurer verlorenen Seelen, denn ihr habt die Kraft der Stille verloren, ihr habt eure Quellen vergessen …
Betrachtet den Feind als ein Zeichen. Als Zeichen, dass ihr so schnell wie möglich den Weg der inneren Besinnung wieder beschreiten müsst, der allein zum See des Xui führt. Als Zeichen, dass ihr eure Herzen weit der Liebe öffnen müsst …

Auszug eines alten Videoholos, das auf wunderbare Weise von der großen Feuersbrunst, die die Fundamente des Klosters des Ordens der Absolution während der Schlacht von Houhatte verwüstete, verschont geblieben war. Trotz der schlechten Bild- und Tonqualität gelang es den Experten, den Kommentator zu identifizieren: Es war der Mahdi Franko D. H. Brenton, einer der Schüler des Mahdi Bertelin Naflin, der ihm sehr nahestand.

Ein Klirren unterbrach die in Filp Asmussas Zelle herrschende absolute Stille, denn durch die meterdicken Steinmauern drang weder Licht noch Laut. Knarrend wurde jetzt die Tür geöffnet, und grelles Licht blendete den im Finstern sitzenden Krieger.

Die Silhouette des Ritters Choud Al Bah, Leiter der Verwaltung und Beichtvater des Kriegers, zeichnete sich im Gegenlicht ab. Nach zwei durchwachten Nächten zur Unterstützung seines Patenkindes war er müde und abgespannt. Über seinen grünen, sonst so strahlenden Augen lag ein grauer Schleier. Er trug die dunkelgraue Kutte des Ritters und nicht die den Mitgliedern der Verwaltung vorbehaltene grüne Robe.

Seit Filp in seine Zelle eingeschlossen worden war, hatte er jedes Zeitgefühl verloren, denn er sollte während dieser Tage und Nächte absoluter Besinnung von allen äußeren Einflüssen abgeschirmt werden, damit er sich ganz und gar in den See des Xui versenken konnte und Zwiesprache mit seinem Gewissen und der absoluten Wahrheit halten konnte. Er durfte keinerlei Nahrung zu sich nehmen und nicht schlafen. Diese Exerzitien dienten der Reinigung des Aspiranten und seiner Vorbereitung auf die Ritterschaft. Sehr alte Ritter behaupteten, diese Einkehr habe früher nicht drei, sondern dreißig Tage gedauert, und sollte ein Krieger währenddessen nicht den erwünschten Zustand der Berufung und geistigen Klarheit erreicht haben, habe das seinen Tod bedeuten können.

Nachdem sein Pate, Choud Al Bah, die Zellentür in Begleitung eines Gardisten des Entscheidungsgremiums vorschriftsmäßig verschlossen hatte, folgte Filp in der plötzlich nachtschwarzen Stille dem Rat seines Beichtvaters, der ihm gesagt hatte, er solle ohne Restriktion einfach dem Fluss seiner Gedanken folgen.

»Lasst Eure Gedanken schweifen, Euch von ihnen führen. Denn ihre Quelle ist der See des Xui. Eure Energie. Eure Wahrheit. Sie wird ganz von selbst erscheinen, ohne dass Ihr sie aufspüren müsst. Nur eines ist wichtig: Dem Schlaf müsst Ihr entsagen. Solltet Ihr einschlafen, könnte Euch die Offenbarung nicht zuteil werden. Doch zu fürchten braucht Ihr Euch nicht. Denn diese Offenbarung wird Euch sagen, ob Ihr der Ritterschaft würdig seid … Ich hingegen bin dessen schon überzeugt …«

Anfangs dachte Filp spontan an Aphykit. Er ist überzeugt, dass seine härteste Prüfung darin besteht, sie drei Tage nicht sehen zu können. Er sehnt sich danach, sie wiederzusehen. Und er kann es kaum erwarten, die graue Kutte des Ritters anzulegen, weil er sich ihrer nur in diesem Stand würdig fühlt. Ihr Gesicht ist ihm immer präsent und wird umso deutlicher, wenn er müde wird oder ihn auch nur der geringste Zweifel beschleicht. Doch nach und nach wird dieser Zweifel immer größer. Er gleicht den zahllosen vergifteten Pfeilen, die während der Befragung der Weisen auf die hastig errichtete Festungsmauer seines Glaubens abgeschossen wurden. Und dieser Zweifel spricht mit der Stimme des Ritters Long-Shu Pae, des Verbannten, dessen Worte in der Erinnerung des Kriegers auftauchen und den Klang der Wahrheit haben, einen ganz anderen Klang als die von den Alten des Klosters verkündete Wahrheit.

Je mehr Zeit verstreicht – und sie verstreicht unendlich langsam –, umso mehr Platz nimmt Long-Shu Pae in Filps Denken und Fühlen ein. Noch im Tod greift der verbannte Ritter in Filps Herz und durchdringt seine Seele. Filp fühlt, dass der Ritter seine Seele einnimmt.

Noch versucht er dem zu fliehen, wie ein kleines Beutetier, das versucht, den Klauen der Raubkatze zu entkommen. Doch er muss sich der Erkenntnis beugen: Jede Anstrengung, sich von Long-Shu Pae zu lösen, bewirkt nur eine noch größere Faszination. In diesem für seine Zukunft entscheidenden Augenblick kann er sich nicht mehr hinter seiner Arroganz und Überzeugung verstecken, und diese Entblößung seiner selbst macht ihm schrecklich Angst. Noch zögert er seine Niederlage hinaus; er konzentriert sich auf Aphykit, auf Kindheits- und Jugenderinnerungen, auf seine Familie, auf seinen langen Weg bis in diese feuchte, dunkle Zelle.

Doch diese geistige Flucht tröstet ihn nicht im Geringsten. Und jetzt stellt er sich der Erkenntnis.

Long-Shu Paes Worte sind die Worte der ursprünglichen Lehre, so wie die Mahdis der Gründerzeit sie verkündet haben. Der Orden aber hat diese Lehre im Laufe der Zeit immer mehr verfälscht, und der ihm drohende Konflikt ist nichts als das Resultat verloren gegangenen Wissens.

Filp Asmussas ganzes Wesen schreit diese Gewissheit. Er empfindet diesen Schrei als Meineid den vier Weisen des Gremiums gegenüber, wie eine Beleidigung seines unsichtbaren Meisters, des Mahdis Seqoram. Also fleht er um dessen Beistand, bittet um Licht in diesem finsteren Tunnel. Aber sein Gebet wird nicht erhört, keine Stimme tröstet ihn in seiner Einsamkeit, seinem Leid. Er bedauert seine Zaghaftigkeit, weil er auf dem Weg zu den unterirdischen Archiven umgekehrt ist und aus Schwäche darauf verzichtet hat, die Vergangenheit kennenzulernen. Und er bewundert Long-Shu Paes Mut, den allmächtigen Repräsentanten des Gremiums die Stirn zu bieten und mehr noch, den Verboten seines Gewissens zu trotzen, während er, Filp Asmussa, der Spross einer stolzen Adelsfamilie, im entscheidenden Augenblick versagt hat. Und allein wegen dieser fehlenden Kühnheit findet er sich der Ritterwürde nicht für würdig.

Und so wird ihm während seiner quälenden Selbsterforschung Long-Shu Pae immer mehr zum Maßstab. Nie hatte er geglaubt, dass diese letzte Prüfung sich als derart schwierig erweisen würde, denn alle seine Worte, seine Ideologie, seine Überzeugungen, dieses ganze Gebäude früherer Sicherheit stürzt in sich ein. Das ist der Beweis, dass es für ihn in dem Orden der Absolution keinen Platz mehr gibt.

Wie der verbannte Ritter gelangt er zu der Überzeugung, dass der Orden auf eine Katastrophe zusteuert, *in der Ebene, weit von der Festung der Stille entfernt* … Die Vorahnung auf ein unmittelbar bevorstehendes Desaster beschleicht ihn und lässt ihm das Blut in den Adern gefrieren. Sein Glaube an die Überlegenheit der Ritter schwindet, und selbst sein Sieg über diesen grünen Kapuzenmann auf Roter-Punkt trägt nicht zu seiner Beruhigung bei. Im Gegenteil, er erinnert sich, dass dieser Kampf – auch wenn er zu seinen Gunsten ausgegangen ist –, einen seltsam bitteren Geschmack hinterließ. Jetzt hat er das Gefühl, manipuliert worden zu sein, um den Orden in die Irre zu führen. Bei diesem Gedanken wird ihm schwer ums Herz, sein Mund wird trocken, Tränen treten in seine Augen, und nur das Heraufbeschwören Aphykits bewahrt ihn davor, den Boden unter den Füßen zu verlieren und ganz in seiner Verzweiflung zu versinken.

»Die Wahrheit kommt von ganz allein. Euer See des Xui ...«

Ist das seine Wahrheit? Ist es die immer größer werdende Gewissheit, dass dieser Orden, dem er sich mit Leib und Seele verschrieben hatte, nichts als ein hohles Gebilde ist, das von einem selbstgefälligen, senilen Gremium geleitet wird? Und sollte auch der Mahdi davon betroffen sein?

So entdeckt er auf wunderbare Weise eine andere Wahrheit, eine Wahrheit, die dem Ideal der Ritterschaft entspricht, so wie sie der Gründer des Ordens, Naflin, vor vielen hundert Jahren zur Regel machte. Doch im Augenblick überwiegt die Sorge, der unmittelbare Untergang des Klosters könne bevorstehen. Also trifft er eine folgenschwere Entscheidung: auf die Ritterschaft zu verzichten. Denn er will durch seinen fehlenden Glauben nicht wie ein poröser Stein in der Festungsmauer sein, durch den der Feind mental eindringen könnte. Und konsequent dieser neuen Logik folgend, überlegt er, ob er überhaupt an der Schlacht teilnehmen soll. Natürlich werden seine neidischen Gefährten ihn mit Hohn und Spott überhäufen. Aber warum sollte er für etwas kämpfen, das er von vornherein verloren glaubt? Andere Aufgaben warten in seiner Heimat auf ihn. Der Thron des Herrschers ist vakant ... Seine Familie ist ins Zwischenreich aufgebrochen, in das Reich der Toten. Ist es nicht besser, auf seinen Planeten zurückzukehren und von dort aus den Widerstand gegen das neue Kaiserreich zu organisieren? Er, der letzte vom Herrscherhaus der Asmussa wird sich erheben, und sollten die Götter Aphykit am Leben erhalten – und das werden sie tun –, wird er sie heiraten, und sie beide werden über Sbarao und die Ringe herrschen, auch wenn die anderen Krieger ihn dann verachten würden. Mit einem bitteren Lächeln denkt er, dass er jeden, der ihm eine solche Handlungsweise unterstellt hätte, noch vor kurzem mit dem Bannstrahl seines Zorns bestraft hätte.

Diese Entscheidung bietet jedoch zwei Vorteile. Einmal erlöst sie ihn aus diesem unerträglichen Gewissenskonflikt, und zum anderen findet er – wenigstens vorübergehend – seine Seelenruhe wieder, so wie frisches Wasser die Schmerzen eines Sonnenbrands kühlt.

In diesem Geisteszustand findet ihn Choud Al Bah, als er die Zelle betritt.

Filp Asmussas Beichtvater betrachtete seinen Patensohn mit müdem Blick. Der saß noch immer mit gekreuzten Beinen auf seiner Liegestatt, in den Augen das seltsame Funkeln eines Raubvogels.

Choud Al Bah versuchte, im Gesicht Filps abzulesen, zu welcher Entscheidung der Krieger gekommen war. Filp hingegen wappnete sich und nahm seinen ganzen Mut zusammen, um seinem Beichtvater die Gründe seines Verzichts erklären zu können.

»Also, mein Patenkind«, sagte Choud Al Bah mit kaum hörbarer Stimme, »zu welcher Erkenntnis seid Ihr während Eurer Suche nach den Xui gekommen?«

Filp wusste, dass er dem alten Ritter viel Kummer bereiten würde. Dessen müder Blick ruhte noch immer unverwandt auf ihm und er konnte ihn kaum ertragen.

»Ich fürchte ...«, sagte er nach langem Schweigen, »ich

fürchte, dass meine Erkenntnis in Euren Ohren nicht angenehm klingen wird, mein Pate.«

Entgegen dem, was er geglaubt hatte, schienen seine Worte den Ritter nicht sonderlich zu erschüttern, denn er nickte nur mehrmals.

»Ich wusste es von dem Moment an, als ich Euch sah«, sagte er resigniert. »Und um aufrichtig zu sein, ich war darauf vorbereitet ...«

Er setzte sich neben seinen Patensohn, stemmte die Ellbogen auf seine Knie und legte das Kinn auf seine verschränkten Hände.

»Vor dieser letzten Prüfung habt Ihr engen Kontakt zu Long-Shu Pae gehabt«, fuhr er mit sanfter Stimme fort. »Das war ein gewisser Risikofaktor, und Ihr hättet eine eiserne Seele haben müssen, um unbeschadet daraus hervorzugehen. Denn Ihr zweifelt, nicht wahr?«

Filp nickte.

»Ich bin nicht berechtigt, Euch deswegen zu verurteilen, Filp ... Ihr müsst wissen, dass ich früher von ebensolchen Zweifeln geplagt wurde ... und sie plagen mich noch immer.«

Der Krieger sah seinen Paten verwundert an.

»Und trotzdem zähle ich die Jahre nicht mehr, seit ich in dem Ritterstand erhoben wurde«, sprach Choud Al Bah weiter. »Glaubt Ihr etwa, dass allein die Zeit und die Erfahrungen mich davor bewahrt haben, Fragen zu stellen? Auch mir hat Long-Shu Pae von dem Geheimarchiv und den Videoholos mit den Aufzeichnungen des alten Mahdis erzählt. Er hat damals versucht, mit meiner Hilfe eine Audienz bei dem Mahdi Seqoram zu bekommen. Doch das hätte bedeutet, dass es zu einem Krieg innerhalb dieser Mauern gekommen wäre. Deshalb bin ich seiner Bitte nicht nachgekommen und habe die eine Hälfte meines Lebens damit verbracht, diese Entscheidung zu bedauern, und die andere Hälfte, sie zu rechtfertigen. Also, wie könnte ich Euch Eure Zukunft vorwerfen, Euch, der noch nicht einmal in den Stand des Ritters erhoben wart, als Ihr jenen Mann kennenlerntet, dem es fast gelungen wäre, den Orden der Absolution zu revolutionieren?«

»Aber, wenn Ihr das alles wusstet, warum habt Ihr mich dann dem Entscheidungsgremium als den geeigneten Krieger für diese Mission auf Roter-Punkt empfohlen?«, fragte Filp mit leisem Vorwurf in der Stimme.

»Vielleicht weil ich hoffte, durch Euch eine Antwort zu finden ... Ich hoffte, dass Eurem jugendlichen Enthusiasmus das gelingen würde, was meiner Resignation versagt bleibt ... Aber lassen wir die Vergangenheit ruhen. Kehren wir in die Gegenwart zurück: Eure Exerzitien dauern erst zwei Tage.«

»Warum?«, rief Filp empört, weil er sich von dem alten Ritter manipuliert glaubte. »Warum habt Ihr sie unterbrochen, wenn ich doch die Gelegenheit gehabt hätte, meine letzte Wahrheit am dritten Tag zu erfahren?«

»Regt Euch nicht auf! Diese Unterbrechung geschah auf Befehl des Gremiums«, erklärte Choud Al Bah ruhig. »Also auf Weisung des Mahdis. Denn wir müssen schon heute Morgen zum Kampf antreten ...«

Filp erstarrte. »Heute ... heute Morgen?«

»Ja. Heute Morgen. Auf dem Oststrand der Halbinsel ... Jetzt endlich ist die Stunde des Ordens gekommen, mein Patensohn. Jetzt endlich ist die lange erwartete Gelegenheit gekommen, wo wir alle, Ihr, ich, junge und alte Ritter in Erfahrung bringen können, ob wir uns fortentwickelt haben. Die Armeen des neuen Kaiserreichs haben sich bereits auf dem Sand versammelt und fordern uns heraus. Eben jene, die Eure Familie ermordet haben. Ah, wenn man sie so sieht, wirken sie nicht besonders eindrucksvoll. Sie bestehen nur aus dreihundert Scaythen vom Planeten Hyponeros, ebenso vielen Pritiv-Söldnern und ein paar Offizieren der Interlice ... Und wir sind mehr als zehntausend! Wie auch immer, wir müssen gegen sie antreten. Allein aus diesem Grund wurden Eure Exerzitien unterbrochen. Doch das Gremium hat ausnahmsweise die Entscheidung getroffen, Euch durch mich vorzeitig in den Ritterstand zu erheben. Im Rahmen der üblichen Zeremonie werdet Ihr also vom Mahdi Seqoram durch mich zum Ritter geweiht.«

»Dessen bin ich nicht würdig, Ritter. Ich bin ein schwacher Mensch.«

Mit von Tränen verschleierten Augen hatte der zutiefst verzweifelte junge Mann diese Worte gesprochen. Fast hätte er sich schluchzend auf sein Bett gelegt. Choud Al Bah ergriff voller Mitgefühl die Hand seines Patenkindes.

»Glaubt Ihr etwa, ich sei dessen würdig?«, sagte er. »Glaubt Ihr, dass ich, Euer Beichtvater, den See der Xui, die Quelle meines Wesens, erreicht habe? Hier ist keine falsche Bescheidenheit am Platz, Filp. Seid nur demütig. Das Erreichen des Ritterstandes ist nicht ein Ziel an sich, sondern nur eine Etappe. Betrachtet sie als einen ersten Schritt auf dem Weg der Fortentwicklung. Solltet Ihr den Ritterschlag akzeptieren, ist das ein Beweis wahrer Demut, wahren Mutes und wahrer Erkenntnis. Auf diese Weise öffnet Ihr Eure Seele, und als junger Ritter werdet Ihr Eure erste Schlacht in den Rängen des Ordens schlagen. Danach könnt Ihr tun, was Euch beliebt, aber ein Ritter werdet Ihr bleiben; das heißt, ein Mann, der ohne Zögern sein Tun – wenn nötig, um jeden Preis und immer – nach den Geboten der Fortentwicklung ausrichtet.«

Filp war von diesen warmen, offenen Worten, die so nur selten hinter diesen Mauern ausgesprochenen wurden, so gerührt, dass er seinen vorher gefassten Entschluss vergaß und ein neuer Enthusiasmus ihn ergriff. Und plötzlich erschienen ihm seine noch vor Kurzem bestehenden quälenden Zweifel lächerlich und infantil. Nun war ihm, als hätte eine strahlende Sonne die finsteren, bedrohlichen Schatten verjagt.

»Warum habt Ihr noch nie zuvor auf diese Weise mit mir gesprochen, mein Beichtvater?«, fragte er wie im Fieber.

»Allein die Meister und Lehrer sind autorisiert, Unterricht zu erteilen. Wir anderen sind angehalten, den Weg nach dem See des Xui zu suchen ... Aber solche Dinge wollen wir später diskutieren, denn der Mahdi wird in einer Viertelstunde im Ehrenhof des Klosters eine kurze Rede vor allen Mitgliedern des Ordens halten. Jetzt werden wir ihn sehen, Ihr und ich! Wie habt Ihr Euch entschieden?«

»Ich will die Kutte tragen und akzeptiere die Tonsur!«, rief Filp. »Ich möchte Ritter werden, denn dank Euch sehe ich diesen Stand in einem ganz neuen Licht.«

»Ja, so spricht ein Ritter!«, sagte Choud Al Bah mit ungeheurer Erleichterung. »Kommen wir zum Wesentlichen: Nehmt jetzt die Position des Selbstverzichts ein, und öffnet Euch dem Xui. Währenddessen werde ich die beiden Ritter holen, die als Beisitzer fungieren. Sie sind meine Freunde und warten bereits vor der Tür.«

Der alte Mann ging. Filp öffnete langsam die Beine. Durch das lange unbewegliche Verharren in einer Position waren sie steif geworden. Er reckte und streckte sich, um seine Glieder wieder geschmeidig zu machen. Dann kniete er vor seinem Lager nieder. Er senkte den Kopf. Die Position des Selbstverzichts fand normalerweise unter dem holografischen Bild im Rittersaal statt, wo in der toten Sprache Terra Maters die Regeln des Ordens an der Decke geschrieben standen. Sie drückten den Wunsch des Aspiranten aus, sein Ego in den Dienst des Universums zu stellen, das Ich vom lebensspendenen Xui durchdringen zu lassen.

In diesem Moment hatte Filp das Gefühl, sich selbst zu belügen. Vergebens bemühte er sich, mit dieser Körperhaltung seine Ernsthaftigkeit auszudrücken. In seinem Innern wusste er, dass er dieses Ritual nur seinem alten Paten zuliebe ausführte. Denn eine kleine Stimme flüsterte ihm zu, nicht nur auf das Xui zu verzichten, sondern auch auf die Erhebung in den Ritterstand und den absurden bevorstehenden Kampf. Außerdem behauptete sie, dass wahrer Mut darin bestünde, mit seinem eigenen kleinen Ich in perfekter Harmonie zu leben, wahrhaftig und aufrichtig, auch wenn das von anderen als unehrenhaft betrachtet werde. Und es war nicht aufrichtig, einem in Dogmen erstarrten Gremium gegenüber Gefolgschaft und Gehorsam vorzutäuschen.

Wie anders war doch jetzt jene Zeremonie als die, die er sich erträumt hatte! Nichts Feierliches hatte sie mehr an sich, nichts Grandioses. Weder die Würdenträger des Ordens, noch der Mahdi Seqoram würden anwesend sein, denn sie fand in einer kalten, feuchten Zelle im Beisein dreier Ritter statt – inmitten seiner Verbitterung, und nurmehr mit Bruchstücken seines einstigen festen Glaubens.

Jetzt betraten die drei Ritter den kargen Raum. Auch die beiden Beisitzer waren alte, desillusionierte Männer, in verschlissenen, mit schwarzen Flecken bedeckten Kutten. Der eine trug eine neue Kutte über dem ausgestreckten Arm, der andere ein weißes Kissen, auf dem eine Schere, ein kleines Gefäß aus Perlmutt und Rasierzeug lagen.

Choud Al Bah ging zu dem Krieger, verneigte sich vor ihm, die rechte Hand quer an die Stirn gelegt, und erklärte: »Kraft der mir vom Entscheidungsgremium im Namen des Mahdis Seqoram verliehenen Vollmacht erhebe ich, der Ritter und Beichtvater des Kriegers Filp Asmussa, denselben in Anwesenheit meiner beiden Beisitzer, der Ritter Mölin Renehar und Ty Zarovov, nach Leistung des Treueschwurs, so wie er von dem verehrten Gründer unseres Ordens, des Mahdis Bertelin Naflin festgelegt wurde, in den Ritterstand. Nach dem Sprechen des Eids wird der hier anwesende Krieger Filp Asmussa die Kutte anlegen und für alle Zeiten die Tonsur tragen, als unantastbares Zeichen seiner Zugehörigkeit zu dem Orden der Absolution, dem er Gehorsam, Einhaltung der Regeln, Respekt und Vertrauen schwört und dem er von nun an das Geschenk seiner Persönlichkeit macht.«

Nach dem gebotenen kurzen Schweigen stimmten Choud Al Bah und seine zwei Beisitzer in der Sprache Terra Maters die alte Hymne an, deren getragene Melodie die Feierlichkeit der Zeremonie unterstrich.

Trotz großer Anstrengung konnte sich Filp nicht in dieses Ritual einbringen. Er kam sich wie ein Fremder vor, wie ein Ethnologe, der Zeuge eines fremdartigen Brauchs bei einem Eingeborenenstamm ist, dessen Riten ihm unverständlich sind. Zu seiner großen Verwunderung musste er feststellen, dass ihn das gesamte Geschehen tödlich langweilte. Er schämte sich seiner Gleichgültigkeit und bemühte sich, in die Tiefen seines Unterbewusstseins einzudringen. Glücklicherweise erschien Aphykit vor seinen geistigen Augen und leistete ihm bis zum Ende der Zeremonie Gesellschaft.

Nach Beendung der Hymne wandte sich Choud Al Bah an seinen noch immer vor ihm knienden Patensohn: »Krieger Filp Asmussa, seid Ihr bereit, den Eid abzulegen? Seid Ihr bereit, der Ritterschaft ewige Treue zu schwören?«

Filp zögerte kurz. In diesem Moment wäre er am liebsten davongelaufen.

»Ich ... ich schwöre es«, sagte er mit tonloser Stimme, während er innerlich stumm das Gegenteil schrie.

»Gut. Bei Eurer Ehre, der unveränderlich bleibenden Ehre des Ritters, verpflichtet Ihr Euch, ganz gleich unter welchen Umständen, niemals diesen Schwur zu brechen?«

Filp versuchte, seiner Stimme einen festeren Klang zu verleihen. »Ich schwöre es.«

»Gut. Ich, Choud Al Bah, Ritter des Ordens der Absolution, erhebe Euch in Anwesenheit meiner zwei Beisitzer in den Ritterstand. Erhebt Euch bitte, Ritter, und entledigt Euch Eurer Kleidung.«

Filp gehorchte. Vielleicht ein wenig zu schnell in Anbetracht der Feierlichkeit eines solchen Ereignisses. Er zog hastig seine bronzefarbene Robe aus, die er während seiner dreijährigen Lehrzeit getragen hatte.

Jetzt stand er nackt in der Zelle und fror in der Kühle des frühen Morgens.

»Setzt Euch, Ritter!«

Wieder gehorchte Filp. Ihm kam ein bizarrer Gedanke: Warum rasierte man ihm erst den Schädel und ließ ihn nicht seine Kutte anziehen, wenn er doch vor Kälte zitterte? Und wieder schalt er sich wegen solcher unpassenden Überlegungen.

Der Körpergeruch des alten Beisitzers drang ihm unangenehm in die Nase, als der Ritter ihm mit ungeschickten Bewegungen die Haare schnitt. Dann spürte er, nicht ohne Angst, wie die Klinge des Rasiermessers über seinen Schädel glitt. Danach rieb der Beisitzer die kahle Stelle mit »Mondsalbe« ein, eine Pomade nach uraltem Rezept, die das Nachwachsen der Haare verhinderte.

Darauf reichte der zweite Beisitzer Filp die Kutte. Der streifte sie sofort über, ohne auf die vor dem Anlegen gebotene innere Einkehr Rücksicht zu nehmen. Es entging ihm nicht, dass Missbilligung in den Augen der Beisitzer aufleuchtete. Aber Choud Al Bah umarmte seinen Patensohn mit großer Herzlichkeit.

»Ihr werdet es bald erfahren«, flüsterte der alte Mann Filp ins Ohr, »diese Kutte wird der Beginn eines neuen Lebens für Euch sein …«

Fünf Minuten später standen Filp und die drei alten Ritter auf dem Ehrenhof, wo sich auf Geheiß des Mahdis alle zehntausend Mitglieder, streng nach Rangordnung gegliedert, versammelt hatten. Auf dem Triumphbogen des Mahdi Drui-a-Der flatterte das Banner des Ordens, die Gestalt des Panthards in der Mitte, dessen große grüne Augen aus seinem rot gestreiften Pelzkleid herausleuchteten. Auf einem blauen Podium darunter hatten die vier Weisen des Entscheidungsgremiums in ihren makellosen weißen Roben Platz genommen. Ihre kahlen Schädel glänzten. Zwischen ihnen stand unter einem Baldachin, der von einem mottenzerfressenen Panthardfell bedeckt war, ein aus Holz geschnitzter uralter Sessel, der dem Mahdi vorbehalten, im Moment aber noch leer war. Hinter den vier Weisen stand in seiner blutroten Robe der Ehrenwerte Plays

Hurtig, der Wächter der Reinheit der Lehre, und starrte mit misstrauischem Blick auf die Versammelten.

Als Choud Al Bah Filp seinen Platz unter den Rittern anwies, warfen ihm seine ehemaligen Kommilitonen neidische Blicke zu. Filp winkte ihnen freundschaftlich zu. Die Armen, wenn sie wüssten ...

Eine bleierne Stille lastete über dem Ehrenhof. Sogar die Gelbmöwen und die Silberkammtölpel hatten die Klosteranlage verlassen, so als wollten sie diese trügerische Ruhe vor dem Sturm nicht stören.

Einer der vier Weisen – Filp erinnerte sich an die eiskalte Schärfe der Stimme dieses Mannes – ergriff das Wort.

»Ritter, Krieger, Aspiranten, heute ist ein großer Tag! Jener Tag ist angebrochen, auf den sich der Orden seit seiner Gründung vorbereitet hat, dem er seine Existenz verdankt. Heute machen wir dem Gründer, Mahdi Naflin, Ehre! Der Feind versucht, die Basis der Konföderation zu zerstören und für immer unsere Ordnung aus dem Gleichgewicht zu bringen. Er lauert vor unserer Tür. Deshalb hat der Mahdi Seqoram uns, die einfachen Mitglieder des Entscheidungsgremiums gebeten, euch seinen Willen zu verkünden und euch seiner Unterstützung zu versichern.«

Filp hatte zutiefst gehofft, den großen Meister endlich einmal leibhaftig zu sehen, und jetzt fragte er sich, warum der Mahdi nicht persönlich erschien. Enttäuscht – noch eine Enttäuschung! – suchte er den Blick Choud Al Bahs, der einige Ränge von ihm entfernt saß. Zwar konnte er keinen Augenkontakt mit seinem Beichtvater herstellen, aber er sah, dass der alte Ritter erschüttert war, als sei eine dunkle Vorahnung plötzlich zu fürchterlicher Gewissheit geworden.

»Doch ihr dürft euch dessen gewiss sein: Dort oben von seinem Turm herab wird der Mahdi Seqoram euch geistig führen!«, fuhr der Weise fort. »Wenn er in der Stille seiner Gemächer im Xui verweilt, weit vom Chaos entfernt, wird seine Unterstützung umso effizienter sein. Und euch, ihr Ritter, bietet sich jetzt die einmalige Chance, eure Kenntnisse unter Beweis zu stellen. Deshalb beschwören wir euch, stärkt euren Geist! Lasst euch nicht durch das psychische Blendwerk eurer Gegner ablenken, denn wie wir erfahren haben, sollen sie auf diesem Gebiet Experten sein. Erweist euch als Meister des Klangs. Euer Schrei des Todes muss gnadenlos sein!

Jetzt will ich verkünden, welche Anordnungen der Mahdi für die Schlacht gegeben hat: In vorderster Reihe sollen die Ritter kämpfen. Sie werden vom Corps der Trapiten begleitet, deren Effizienz außer Frage steht. Die zweite Reihe wird von den angehenden Rittern gebildet. Sie sollen deren Position im unwahrscheinlichen Fall einer Niederlage einnehmen. Was die Krieger, Aspiranten und Klosterverwalter betrifft, so sollen sich diese Männer im Hintergrund halten. Ihre Aufgabe besteht vor allem darin, Augen und Ohren – die Fenster der Seele – weit zu öffnen, damit sie für immer von dieser einmaligen Erfahrung profitieren können.«

Eine ständig größer werdende Unruhe machte sich in der Menge breit, und Filp begriff, dass während der zwei Tage seiner Exerzitien eine fiebrige Unruhe das Kloster ergriffen haben musste. Vor allem die Trapiten brannten vor Ungeduld, sich mit den Streitkräften des neuen Kaiserreichs zu messen. Sie wollten sich beweisen und ihre absurden Träume von Ruhm und Eitelkeit wahr werden lassen. Filp kam sich wie ein Fremder inmitten dieser wie trunken wirkenden Männer vor, wie ein Eisblock inmitten eines Flammenmeers.

Er versuchte, unter den Rittern Nobeer O'An, den Heiler, ausfindig zu machen, weil er hoffte, etwas über Aphykits Gesundheitszustand zu erfahren. Vergebens. Die Versammlung war zu groß. Filp hätte nie geglaubt, dass das Kloster so viele Menschen beherbergte. Wo war Nobeer O'An? Und wo war Aphykit? Würde er die junge Frau jemals wiedersehen?

Es gab nur eine Antwort auf diese Frage. Er musste in den Krankentrakt gehen, sie holen und mit ihr fliehen.

»Jedes Mitglied des Ordens, gleich welcher Stellung und welchen Rangs, wird angewiesen, sich auf die Halbinsel zu begeben, um die Kämpfenden durch ihr Eintauchen in den See des Xui mental zu unterstützen!«, fuhr der Weise in seiner Rede fort. »Ewiger Ruhm wird euch zuteil, und euer Ansehen wird die Jahrhunderte überdauern. Ihr werdet diejenigen sein, die die Totengräber des Universums besiegt haben. Ihr werdet für die Freiheit kämpfen, für das Leben! Die Pforten des Klosters werden jetzt geöffnet. Und vergesst nicht, dass der Mahdi uns von seinem Turm aus sieht und uns Mut zuspricht. Jetzt nehmt eure Positionen ein, damit alles vor Anbruch des Tages vollendet werde!«

Choud Al Bah und Filp sahen sich an. In den grünen Augen des alten Ritters stand die reine Verzweiflung, und sie schienen Filp um Verzeihung zu bitten. Da bekam Filp wirklich Angst – eine Eiseskälte kroch in ihm hoch. Doch sein Stolz verbot ihm zu desertieren, zum Krankentrakt zu laufen, so wie er es mit jeder Faser seines Körpers wollte.

Die massiven Flügel der sechs monumentalen Portale öffneten sich einer nach dem anderen. Zum ersten Mal in der Geschichte des Ordens wurden sie gleichzeitig geöffnet. Noch einmal suchte Filp die Menge nach dem Heiler Nobeer O'An ab. Wo war der Ritter?

Die Ritter der Absolution marschierten geschlossen nach draußen in Richtung der Halbinsel, zum Strand am Meer der Feen von Albar, der jetzt, bei Ebbe, verlassen dalag. Noch war der Sand an manchen Stellen feucht. Nicht ein Windhauch bewegte die tief stehende Wolkendecke. Nur die ferne Brandung und einzelne Schreie der Gelbmöwen und Silberkammtölpel durchbrachen diese seltsam dumpfe Stille.

Die Truppen des Ordens wurden von den weiß gekleideten Weisen und den ihnen folgenden Wächtern der Tugend angeführt. Hinter ihnen schritten die Trapiten mit ihren grimmigen Mienen, dann kamen die Garden und die Delegierten der Garden – Filp erkannte unter ihnen Godegezil Szabbo, den blonden Hühnen, der ihn in den Audienzsaal des Gremiums begleitet hatte. Ihnen folgten die Ritter in ihren grauen Kutten und die bronzefarbene Phalanx der Krieger und Aspiranten. Den Schluss bildeten die Ritter der Verwaltung und der Heilkunst in ihren dunkelgrünen, marineblauen oder hellblauen Roben.

Jetzt war es für Filp zu spät. Er konnte nicht mehr zurück. Eine große Angst ergriff ihn.

Gegenüber, auf der anderen Seite der Halbinsel, warteten die Truppen des neuen Kaiserreichs. Truppen war ein großes Wort im Vergleich zu dem nicht enden wollenden Strom von Männern, der aus den Klosterportalen quoll. Denn der Gegner bestand nur aus ein paar hundert Scaythen, Pritiv-Söldnern und Interlisten. Die mentalen Terminatoren in ihren schwarzen Kutten sahen wie eine Abordnung von Gespenstern aus, die starr über dem Sand zu schweben schienen. In einiger Entfernung von ihnen standen zwei Scaythen, einer in einen blauen und der andere in einen purpurroten Kapuzenmantel gekleidet.

Der neben Pamynx stehende Experte Harkot war angewiesen worden, durch eine mentale Inquisition die Strategie des Feindes herauszufinden. Die Rede des Weisen vor den versammelten Mitgliedern des Ordens hatte ihn sehr amüsiert, weil sie im Namen eines Phantoms – dem Phantom des Mahdis Seqoram – gehalten worden war. Das hatte er in den verschrobenen Köpfen der vier Greise und dem des Tugendwächters gelesen. Diese Männer waren genauso berechnend, hinterhältig und skrupellos wie der Muffi der Kirche des Kreuzes, Barrofill XXIV. Trotz ihrer Einzigartigkeit ähneln sich manche Menschen in ihrer geistigen Haltung auf merkwürdige Weise, dachte er. Und ohne den Mahdi als Oberhaupt, stellt der Orden eine allzu leichte Beute dar, obwohl sich der Todesschrei der Ritter als effiziente Waffe erweisen kann – doch nur gegen gewöhnliche Gegner. Aber was kann er schon gegen die mentalen Terminatoren ausrichten?

Doch Harkot quälte etwas anderes als der vorhersehbare Ausgang dieser Konfrontation. Seine äußerst sensiblen Antennen hatten eine Präsenz in der Nähe der Halbinsel aufgespürt. Eine flüchtige Präsenz, derer er nicht habhaft wurde. Vergebens aktivierte er alle seine mentalen Fähigkeiten, es gelang ihm nicht, in dieses Heiligtum der Stille einzudringen. Er wusste nur, dass diese Präsenz nicht mit den Streitkräften des Ordens in Kontakt stand, die jetzt in Form eines Fächers auf dem Strand in Stellung gingen. Also vermutete er, dass es sich bei dieser Präsenz um die Tochter des Syracusers Alexu handele, denn er wusste, das man sie in das Kloster gebracht hatte. Und er beschloss, sie nach der Schlacht zu suchen, um sich zu vergewissern, dass seine Vermutung richtig war.

Auch stellte diese flüchtige Präsenz den wahren Feind dar – die Meister-Creatoren waren ebenfalls davon überzeugt –, im Gegensatz zu Pamynx, der in diesen lächerlichen Streitkräften den Gegner vermutete. Doch Pamynx' Zeit lief langsam ab, denn die Botschaften des Hyponeriarchats galten von nun an ihm, Harkot. Er allein war für den erfolgreichen Abschluss der sechsten Etappe des Plans verantwortlich, und deshalb war es unerlässlich, dass er herausfand, warum sich der Geist dieser jungen Frau seiner – Harkots – mentalen Erforschung entzog.

Schweigend stehen sich die Gegner gegenüber, auf der einen Seite die brutalen Fratzen der eitlen Trapiten, auf der anderen die mysteriösen schwarzen Kapuzenmänner. Auf der einen Seite die riesige Mauer des Klosters, auf der anderen die von Felsenklippen gesäumten sandigen Buchten. Das Meer der Feen von Albar hat sich weit zurückgezogen, so als wollte es nicht am Krieg teilnehmen.

Auf den gedachten Befehl des Konnetabel hin, treten die mentalen Terminatoren in Aktion. Neben Filp Asmussa stürzen fünfzig Ritter zu Boden, wie von unsichtbarer Hand gemähte Halme. Die Trapiten stoßen ihre ersten Schreie des Todes aus, eine schreckliche, schrille Unterbrechung der Stille – ohne Wirkung.

Choud Al Bah wird bleich. »Wir sind verloren!«, ruft er und hebt die Hände gen Himmel.

Die vier Weisen liegen neben den toten Trapiten und Rittern. Ihre weißen Roben sind mit nassem Sand befleckt.

Choud Al Bah läuft zu Filp. »Verzeiht mir! Verzeiht mir. Ich hätte nicht ...« Mehr kann der alte Mann nicht sagen. Er bricht in den Armen seines Patensohns zusammen. Ein schneidender Schmerz zerteilt sein Gehirn. Er fällt leblos, mit dem Gesicht nach unten, in den Sand.

Jetzt bricht Panik unter den Kämpfern des Ordens aus. Der Tod kommt aus dem Nichts, unerbittlich, unvorhersehbar. Er trifft Ritter, Krieger, Aspiranten, alle. Plays Hurtig läuft mit ausgebreiteten roten Flügeln über den Strand und versucht, die von Entsetzen ergriffenen Fliehenden aufzuhalten. Doch genau das haben die Pritiv-Söldner erwartet. Ihre glänzenden runden Scheiben bohren sich in Rücken und Hälse der Ordensmänner. Sie stolpern und brechen blutüberströmt zusammen. Ihre Köpfe rollen in die vom Meer in der Ebbe zurückgelassenen Rinnsale. Todesschreie lassen die Luft erzittern. Wo ist der Mahdi Seqoram? Warum hat der große Meister die Ordensleute ihrem Schicksal überlassen?

Eine Scheibe trennt Plays Hurtig einen Arm ab. Eine zweite bohrt sich in sein Nierenbecken. Er verfängt sich in den Falten seiner Robe und stürzt mit dem Kopf auf einen Felsen.

Der letzte Gedanke Filp Asmussas, des dritten Sohns Dons Asmussas, des Seigneurs von Sbarao und den Ringen, galt nicht Aphykit, sondern Long-Shu Pae. Er erinnerte sich an die Worte des Verbannten, er erinnerte sich, wie sehr sie ihn verletzt hatten. Denn die Wahrheit ist oft schwer zu ertragen.

»Eine Waffe des Friedens gibt als Waffe des Kriegs ein ziemlich jämmerliches Bild ab.«

Ein schwarzer Schleier legte sich über seine Augen. Und er versuchte, mit den Händen diesen unerträglichen Schmerz in seinem Kopf herauszuziehen.

ZWANZIGSTES KAPITEL

Es blieb lange ungeklärt, warum vor der völligen Zerstörung des Klosters der Absolution durch die mumifizierende Strahlung in dessen Grundmauern ein Feuer ausbrach. Es gibt mehrere Hypothesen zu diesem Thema. Einige Historiker sind der Ansicht, der Brand sei von den Mitgliedern des Entscheidungsgremiums gelegt worden, um die Spuren der eigenen wahrscheinlich kriminellen Aktivitäten gegenüber der Ritterschaft zu tilgen. Für diese Annahme spricht, dass Skelette dort gefunden wurden, wo die Fundamente des Klosters vermutet werden. Andere Gelehrte wiederum vertreten die Meinung, dass sich ein Teil der kriegerischen Auseinandersetzung in das Kloster selbst verlagert habe und dass die mit Feuerwaffen ausgerüsteten Pritiv-Mörder die Gebäude in Brand setzten, um den Mitgliedern des Ordens die Fluchtwege abzuschneiden. Wobei der Fund der Skelette diese Hypothese ebenfalls erhärtet …

Ich hingegen, ein bescheidener Mann und Erforscher der Vita Sri Lumpas, betrachte diese Feuersbrunst als ein Zeichen, dass er sich auf Selp Dik vorübergehend aufgehalten haben muss … Bitte, protestieren Sie nicht! Ich weiß, dass diese Annahme vielen von Ihnen absurd erscheint. Aber lassen Sie mich zu Ende sprechen … Ich bin überzeugt, Sri Lumpa hatte Kenntnis von diesen unterirdischen Gängen, und deshalb gelang es ihm, Naïa Phykit vor der Gefangennahme zu retten. Weiterhin ist es sehr wahrscheinlich, dass diese exhumierten Gebeine, die der von den Alten des Ordens ermordeten Ritter sind. Vielleicht befinden sich sogar die sterblichen Überreste des

Mahdis Seqoram unter ihnen ... Ich bitte Sie! Lassen Sie mich ausreden ... Doch meiner Meinung nach hat das nichts mit der Feuersbrunst zu tun. Die wurde allein von einem an Demenz erkrankten Ritter – dem berühmt-berüchtigten ›Narren der Finsternis‹ – ausgelöst, wie ich persönlich von direkten Nachkommen der Schüler Sri Lumpas erfahren habe. Jenem Ritter ist ebenfalls ein Lied selpdikischer Fischer gewidmet, und es heißt darin, dass er besiegt wurde von ›dem Zauberlehrling, der aus den Tränen der Feen gerettet wurde‹. Mit anderen Worten: dem künftigen Sri Lumpa ... Ich bitte um Ruhe!

Sehen Sie, diese Überlegungen werfen ein ganz neues Licht auf die Geschichte und tragen, wie ich finde, zu ihrer Erhellung bei und natürlich ebenso auf eine bisher nicht bekannte Zeitspanne im Leben Sri Lumpas ... Anstatt mich niederzubrüllen, sollten Sie mich lieber fragen, welche Argumente mich bewogen haben, diese Hypothese zu untermauern, denn Beweise dafür gibt es nicht ...

Öffentlicher, sehr stürmisch verlaufender Vortrag des neoropäischen Historikers und Gelehrten Anatul Hujiak, Autor einer umstrittenen Biografie über Sri Lumpa

Die Hände am Ruder, den Blick unter den weißen Brauen wachsam auf das Meer gerichtet, steuerte Kwen seine Aquakugel geschickt durch die Untiefen vor der Festungsmauer des Klosters.

Tixu starrte angestrengt auf den Eckturm, um jene versteckte Treppe zu entdecken, die in die Krypta führte. Er konnte sich an jede Einzelheit seiner geistigen Vision erinnern. Obwohl Eifersucht ihn noch immer quälte, war er fest entschlossen, Aphykit aus dem Kloster zu holen. Zwar machte er sich über die Gefühle der Syracuserin keine Illusionen mehr, aber er wusste, dass sie ohne seine Hilfe ein schreckliches Schicksal erleiden würde. Aphykit liebte ihn nicht, aber das war kein Grund, sie den langsamen und qualvollen Tod am Kreuz des Feuers sterben zu lassen. Und schließlich hatte sie ihm das kostbare Geschenk des Antra gemacht.

Tixu hatte große Überzeugungsarbeit leisten müssen, um dem Fischer die Notwendigkeit dieses Unternehmens zu erklären. Denn allein der Gedanke, heimlich in das Kloster einzudringen, hatte Kwen Daël mit Entsetzen erfüllt. Außerdem drohte jedem Bürger, der sich vor Tagesanbruch außerhalb seines Hauses aufhielt, die Todesstrafe. Doch er hatte seinem Gast bereits versprochen, ihn zu begleiten. Und dieses Versprechen durfte er nicht brechen, sonst würde er für immer als Lügner dastehen.

Und jetzt versuchte der arme Mann verzweifelt, seine Angst zu überwinden, eine Angst, die zudem von einem jahrhundertealten Aberglauben genährt wurde. Sein Gesicht so weiß wie sein Haupthaar, das er mit einem schwarzen Band zusammengebunden hatte.

In der Ozeankugel herrschte angespanntes Schweigen, während sie leicht über das ruhige Meer glitt. Es war Ebbe.

»Da! Halten Sie«, rief Tixu plötzlich. »Das ist die Stelle.«

Kwen Daël schaltete den Motor aus und ankerte. Die Aquakugel dümpelte am Fuß der hoch aufragenden Festungsmauer. Die seitliche Schleusenkammer öffnete sich, und sofort roch es stark nach Algen und Jod. Tixu ergriff den automatischen Dregganker – ein technologisches Meisterstück, denn der Fischer hatte drei Stunden gebraucht, um ihm dessen Funktionieren zu erklären – und ließ sich durch die Luke gleiten. Ehe er an Land ging, drehte er sich noch einmal um.

»Warten Sie hier auf mich. Wie vereinbart.«

Diese Aussicht schien Kwen Daël nicht sonderlich zu begeistern, denn an dieser Stelle war er den Blicken eventueller Feinde besonders ausgesetzt.

Den kleinen, mehrarmigen Anker um die Schulter gerollt, kletterte Tixu auf ein Mäuerchen vor der Festungsmauer und sprang dann auf den felsigen Boden, der nass und glitschig war. Er umrundete den Turm und suchte nach der Stelle, wo die Außentür über eine Treppe in die Krypta führte. Er fand sie, etwa dreißig Meter über seinem Kopf.

Er programmierte die Dregge, wie Kwen es ihm gezeigt hatte. Die dünne Schnur schnellte empor, und der mehrarmige Anker krallte sich in der rauen Mauer fest. Tixu hielt sich an ihr fest und aktivierte das mechanische Hochziehen. Langsam glitt er nach oben.

Dort angekommen, konnte er nicht einmal das Meer sehen, geschweige denn die Aquakugel, nur ockerfarbene Steine. Die Türöffnung war so schmal, dass er sich nur mühsam hindurchquetschen konnte. Wie leicht doch sein Geist im Gegensatz zu seinem Körper diese Mauern durchdrungen hatte! Ehe er weiter ins Innere der Klostermauern eindrang, versteckte er seine Dregge unter einem Haufen Steine.

Noch wurden die ersten Treppenstufen spärlich vom eindringenden Tageslicht erhellt, doch vor ihm tat sich ein schwarzes Loch auf. Aus einer Tasche seines Overalls holte er die von dem Fischer entliehene Laserlampe und ließ ihren Strahl über die roh behauenen Stufen und Wände gleiten. Er ging vorsichtig die Treppe hinunter, trotzdem stolperte er mehrmals. Die Dunkelheit war undurchdringlich, viel intensiver als er sie aus seiner Vision in Erinnerung hatte. Manchmal versperrten ihm große Steine den Weg. Er musste müsham darübersteigen, schürfte sich Arme und Beine auf und stieß sich den Kopf an den herabhängenden Stalaktiten. Eine fast irreale Stille herrschte in dieser vergessenen unterirdischen Klosteranlage – dem dunklen Grab einer sich auflösenden Welt.

Plötzlich sah Tixu unter sich ein flackerndes Licht. Er erkannte in dem trüben Schein ein halb verfallenes Kellerfenster, dessen Vergitterung am Fuß der Treppe lag. Jemand war dort unten, und Tixu beschloss, größte Vorsicht walten zu lassen.

Er schaltete seine Taschenlampe aus und legte die letzten Meter im Dreck kriechend zurück. Dann entdeckte er in der Krypta jenen seltsamen Mann, dem er bereits in seiner Vision begegnet war. Im Schein einer schwach glimmenden Lichtkugel war er damit beschäftigt, Bücherfilme und Videoholos aufzuhäufen, während er wie ein Teufel vor sich hin schimpfte und finster lachte. Auch äußerlich glich er einem Dämon mit seinem grotesk hässlichen Gesicht und Augen, aus denen der Wahnsinn stach. Die ausgebreiteten Arme in seiner schwarzen weit geschnittenen Robe glichen den Flügeln einer Riesenfledermaus. Tixu näherte sich dem Mann langsam.

Doch der spürte die Anwesenheit des anderen. Er drehte sich abrupt um, hob drohend die Faust und stürzte sich auf den Eindringling.

»Wer sind Sie? Was wollen Sie? Wer hat Ihnen erlaubt, hier einzudringen? Ich bin der Ritter Nobeer O'An, Arzt und Heiler des Ordens der Absolution. Und Sie, wie heißen Sie?«

Mit einem Fingerschnippen lenkte er die Lichtkugel über den Oranger. Ganz plötzlich war Tixus Geist vom Antra erfüllt. Er richtete sich auf, die Beine fest auf den Boden gestemmt und machte sich kampfbereit.

Doch der alte Mann wartete Tixus Antwort gar nicht ab, sondern dreht sich wieder um und begann einen unzusammenhängenden Monolog.

»Ich, Nobeer O'An, ich lasse nichts übrig ... Keine einzige Spur darf übrig bleiben! Niemals darf jemand erfahren, was hier geschehen ist! Niemand, o nein! Niemand! Denn ich, Nobeer O'An, ich weiß, dass der Mahdi Seqoram uns schon vor Jahren verlassen hat. Ich weiß, dass er von den vier Weisen und dem Wächter der Reinheit der Lehre ermordet wurde. Seine sterblichen Überreste befinden sich in einem der Keller hier. Ich habe es gesehen! Ich habe es gesehen! Aber ich habe geschwiegen. Ich habe nichts gesagt. Denn ich hatte Angst. Ich, ein Ritter! Wer sind Sie? Woher wissen Sie, dass diese Krypta existiert? Wir werden alle sterben, so wie der Mahdi Seqoram sterben musste, vor zweiundvierzig Jahren! Sie haben ihm einen Dolch ins Herz gebohrt. Nicht sie selbst, sondern ein Trapit, den sie danach getötet haben. Der Mahdi Seqoram wollte die Lehre erneuern, aber das wollten sie nicht, weil es dann keinen Platz mehr für sie in diesem Kloster gegeben hätte. Das wollten sie nicht. Sie haben ihn getötet. Sie haben ihren Meister getötet. Den Großmeister des Ordens der Absolution. Was haben Sie hier zu schaffen? Seit zweiundvierzig Jahren führen die Weisen und Plays Hurtig diese finstere Kommödie auf ... Aber ich, Nobeer O'An, ich habe den Mahdi Seqoram gesehen, als ich jung war. Er war krank, und ich durfte den Meisterheiler, den Ritter Babadij, an sein Krankenbett begleiten ...

Der Mahdi hat mich angelächelt und mir ins Ohr geflüstert: ›*Sollte ich jetzt sterben, wird der Orden nicht überleben! Mir blieb keine Zeit, die wahre Lehre wieder aufleben zu lassen. Doch wenn ich sterbe, kommt jemand aus dem Universum, der mit seinen Schülern ein neues Werk beginnt. Wenn ich sterbe, darfst du nicht hier bleiben, junger Aspirant, du musst gehen und diesen Mann suchen. Wenn du ihn mit deinem Herzen suchst, wirst du ihn finden, wo auch immer er sein mag ...*‹

Dann starb der Mahdi kurze Zeit später, und seine Mörder haben seinen Platz eingenommen ...

Aber ich, Nobeer O'An, ich bin nicht gegangen, obwohl ich die Wahrheit entdeckt habe. Dann lebte ich zweiundvierzig Jahre in ständiger Angst vor den Wächtern der Reinheit. Denn sie töteten gnadenlos alle jene, die das

Unglück hatten, etwas über ihre Machenschaften zu erfahren. Die Keller um diese Krypta sind voll mit den Gebeinen der Ritter, die angeblich mit gefährlichen Missionen auf weit entfernte Planeten betraut wurden. Zum Ruhm und zur Ehre des Ordens! Seitdem gründet sich der Orden auf nichts als Lüge und Tod ...

Wer sind Sie? Was wollen Sie? Auf diese Weise habe ich, Nobeer O'An, meinen besten Freund verloren ... ein Messerstich zwischen die Schulterblätter ... Die Trapiten standen im Sold der Weisen ... Ich habe seinen Leichnam gesehen ... Kennen Sie den Ritter Long-Shu Pae? Er hatte großes Glück, weil er ins Exil geschickt wurde, bevor er die Wahrheit entdecken konnte. Sonst wäre es ihm wie den anderen ergangen ...

Und ich, ich habe den Rat des Mahdis nicht befolgt, sondern zweiundvierzig lange Jahre in meiner Angst geschmort. Ich bin nicht gegangen, weil ich Angst hatte, verdächtigt und verfolgt zu werden. Angst! So viel Angst, dass ich mir in meine Kutte gemacht habe. Ich, Nobeer O'An. Da sieht man, zu was die Lehre taugt. Nur um die Machtgier einiger weniger zu befriedigen. Und die anderen in ihrem eigenen Dreck sitzen zu lassen. Aber niemand darf das wissen ... Das alles muss sich in Rauch auflösen. In Staub. Alles muss wieder zu Staub werden ...

Wer sind Sie? Ich bin Nobeer O'An, ein Haufen Dreck!«

Mit einem dämonischen Lachen beendete der alte Ritter seinen Monolog und häufte wahllos alles, was ihm unter die Hände kam, auf. Er achtete nicht mehr auf Tixu.

Der Oranger glaubte nicht, den vom Wahnsinn Ergriffenen zur Vernunft bringen zu können, deshalb verschwand er so schnell wie möglich durch die unterirdischen Gänge. Dieser Irre wollte wahrscheinlich das Archiv anzünden, deshalb musste sich Tixu beeilen. Zwei Stufen auf einmal nehmend eilte er die Treppe hinauf, die zu jenem Gebäude führte, wo er Aphykit auf ihrem Krankenbett gesehen hatte. Auf seinem Weg traf er niemanden, nur die Gelbmöwen und Silberkammtölpel kreisten, ängstliche Schreie ausstoßend, über der Klosteranlage.

Tixu verirrte sich mehrmals, bis er schließlich das Zimmer der jungen Frau entdeckte. Aphykit lag noch immer auf ihrem Bett, ihr goldenes Haar umgab ihren Kopf wie ein strahlender Kranz. Mit klopfendem Herzen trat er an ihr Lager. Und wieder war er von ihrer Schönheit ganz betört. Ihre grünblauen mit goldenen Punkten gesprenkelten Augen sahen ihn gleichgültig an. Sie war totenblass.

»Guten Tag«, murmelte er, erschrocken über ihre Apathie. »Ich bin gekommen, weil ich Sie von hier fortbringen will. Denn im Kloster droht Gefahr ...«

Sie wandte ihm den Kopf zu und schien etwas sagen zu wollen. Doch kein Laut kam aus ihrem Mund.

»Ich ... ich werde Sie tragen. Unterhalb der Festungsmauer wartet ein Freund auf uns ...«

Er zog das Laken weg. Aphykit trug ein Hemd aus blauem Leinen, das ihr bis zu den Knien reichte. Er beugte sich hinunter und wollte sie hochheben, als sie plötzlich strampelte und schrie: »Nein! Nein! Filp ...«

Verwirrt ließ Tixu die junge Frau los. Er zögerte, weil er nicht wusste, was er tun sollte. Dann beschloss er, auf ihre Proteste nicht zu achten, denn ihr Protest war sicherlich dieser Krankheit zuzuschreiben. Trotzdem musste er seine Eifersucht bekämpfen, die bei der Nennung dieses Namens sofort wieder aufgeflackert war.

Also umfasste er resolut ihre schmale Taille, wehrte

sich so gut es ging gegen ihre Versuche, ihn zu kratzen, und legte sie über seine Schulter. Wieder strampelte Aphykit heftig mit Armen und Beinen, aber Tixu ließ sie nicht los.

Da fing sie an zu schreien, dass ihm fast das Trommelfell geplatzt wäre: »Ich will nicht! Lassen Sie mich los! Filp! Ich will Filp sehen.«

Der Rückweg mit der weiterhin widerspenstigen jungen Frau war nicht einfach. Tixu stolperte oft, musste ebenso oft seinen Griff verfestigen und wäre zweimal fast mit seiner Last gestürzt.

Da er seine Laserlampe nicht benutzen konnte, gestaltete sich der Weg in die Tiefe noch schwieriger. Er stolperte über einen großen Stein, verlor das Gleichgewicht, und beide fielen hin. Aphykit kratzte ihn wie eine Wildkatze in Wange und Stirn. Vor Schmerz ließ er sie los, und sie floh sofort. Doch sie kam nicht weit. Ihre Beine waren zu schwach, um sie zu tragen. Sie sank einfach in sich zusammen. So schnell wie die Energie in ihr erwacht war, erlosch sie auch wieder.

Dieses Mal sträubte sie sich nicht mehr, als Tixu die junge Frau über seine Schulter legte. Ihr Kopf und ihre Arme hingen locker über seinen Oberkörper. Trotz der verschiedenen Gerüche der heilenden Medikamente atmete er den köstlichen blumenartigen Duft ihres Körpers ein, den er von der Kabine des Deremat auf Zwei-Jahreszeiten kannte. Endlich hatte er sie wieder, er hätte fast geweint.

An dem flackernden Licht erkannte Tixu, dass er sich wieder der Krypta näherte. Er hörte auch die Stimme des wahnsinnig gewordenen Ritters, der noch immer lange Monologe führte. Er umkreiste den Haufen Dokumente inmitten der Krypta in einer Art magischem Tanz und schüttete eine rötliche Flüssigkeit darauf.

»Niemand wird es jemals wissen! O nein! Nicht einmal Nobeer O'An, ein Haufen Dreck! Niemand wird es jemals wissen ...«

Er war so versunken in sein Tun, dass er die Anwesenheit des Orangers und Aphykits nicht zu bemerken schien. Tixu legte die leise stöhnende Frau vorsichtig am Fuß der Treppe, hinter einen großen Stein, ab, und wollte gerade darüberklettern, als sich der Wahnsinnige plötzlich umdrehte und auf ihn stürzte.

»Niemand!«, schrie er. »Niemand darf es wissen! Niemand!«

Mit Fingern so stark wie Raubtierkrallen umklammerte er Tixus Hals. Und Tixu gelang es nicht, sich aus diesem schrecklichen Griff zu befreien. Er drohte zu ersticken, drehte sich mit letzter Kraft um und boxte den alten Mann vor die Brust. Der Knochen brach wie morsches Holz. Doch seltsamerweise lockerte der Ritter seinen Griff nicht. In dem Moment explodierte die Lichtkugel. Ihre Funken fielen wie glitzernder Regen auf das angehäufte Archivmaterial, das sofort Feuer fing. Dichter schwarzer übel riechender Qualm stieg auf.

»Niemand wird es jemals wissen! Alles wird verbrennen! Sogar das Nichtbrennbare!«, rief der Alte. »Nichts kann meinem Staubelixier widerstehen! Keine Spur bleibt zurück. Ich, Nobeer O'An, Ritter und Heiler des Ordens der Absolution ...«

Zeit, noch mehr zu sagen, blieb ihm nicht. Seine Robe hatte Feuer gefangen. Schon züngelten gierige Flammen an dem Kellergewölbe empor. Tixu spürte die Hitze im Gesicht. Der alte Ritter ließ, vor Schmerz schreiend, den

Hals des Orangers los. Der stürzte sich auf Aphykit, packte sie unter den Achselhöhlen und zerrte sie die Treppe hoch.

In der Krypta breiteten sich die Flammen rasend schnell aus. Tixu strengte sich verzweifelt an, denn die Hitze wurde immer unerträglicher. Es klang wie ein grollender Donner, als nach und nach die Gänge einstürzten, und er fürchtete, dass die Treppe ebenfalls einstürzen werde.

Endlich wurde es trotz des aufsteigenden Rauchs heller. Er hatte den Ausgang erreicht. Die Dregge lag noch in ihrem Versteck. Hektisch zog er sie unter dem Steinhaufen hervor, denn in diesem Moment erzitterte die Festungsmauer, begleitet von einem dumpfen Dröhnen.

Er legte die Schnur um die Taille der jungen Frau, dann unter seine Achseln, sicherte sich, presste Aphykit an sich und sprang in die Tiefe.

Die Dregge funktionierte automatisch. Ihre Schnur entrollte sich wie der lange Faden einer an ihrem Netz webenden Spinne. Schon fielen Steinbrocken aus dem Gemäuer in die Tiefe. Die gesamte Klosteranlage geriet ins Wanken, weil ihre Fundamente vom Feuer zerstört wurden.

Nach kurzer Zeit – die Tixu aber unendlich lang erschien – hatten die beiden wieder festen Boden unter den Füßen, während immer mehr Steinbrocken neben ihnen herabstürzten. Tixu löste die Schnur, nahm Aphykit auf die Arme und umrundete den Felsvorsprung.

Entsetzen hatte Kwen Daël erfasst, als die Grundmauern des Klosters erbebten und immer mehr Steine auf seine Aquakugel fielen. Mit unendlicher Erleichterung sah er jetzt seinen Gast mit der jungen Frau auftauchen. Er startete sein Boot und manövrierte es so nah wie möglich an die Steilküste. Gleichzeitig öffnete er die Luke. Tixu schob

Aphykit mit dem Kopf voran an Bord, wo der Fischer sie in Empfang nahm.

Als der Oranger ebenfalls an Bord war, gab Kwen Daël Gas und fuhr aufs offene Meer zu. Jetzt war nicht der Moment, seine Neugier zu befriedigen. Die Zeit drängte. Denn kaum hatten sie eine gewisse Entfernung zum Festland zurückgelegt, brach ein großes Stück der Festungsmauer unter enormem Getöse in sich zusammen und stürzte ins brodelnde Meer. Jetzt konnten sie sogar die Dächer und Türme der Gebäude innerhalb der Anlage erkennen.

»Mögen die Feen uns zu Hilfe kommen!«, flehte der Fischer, den Blick noch immer auf die zerstörte Mauer gerichtet. »Und was sollen wir jetzt machen?«

Aphykit lag auf dem Boden und stöhnte leise. Tixu fragte sich, wie lange sie noch diesem tödlichen Virus widerstehen könne. Ein Heilmittel hatte er nicht.

»Fahren Sie zur Insel«, antwortete er zerstreut.

»Der Insel? Zu welcher Insel?«, fragte Kwen Daël.

»Zu jener Insel, von der Sie gesprochen haben ... Erinnern Sie sich? Als Sie mich gerettet haben, sprachen Sie von einer Insel. Der Insel der Monager. Ich habe das Gefühl, dass wir dorhin fahren sollen ...«

»Aber ich ... ich weiß gar nicht, wo sie ist«, sagte Kwen Daël verblüfft. »Ich weiß nicht einmal, ob sie existiert.«

»Na, dann fahren Sie erst einmal zu der Stelle, wo Sie mich aus dem Wasser gefischt haben«, entgegnete Tixu und zuckte mit den Schultern. »Dort treffen wir vielleicht jemanden, der uns hinbringt.«

Den Fischer zu bitten, an den Ort zurückzukehren, wo er den Monager gesehen hatte, kam der Bitte gleich, zu den Schwarzen Inseln der Ager zu fahren. Trotzdem brauchte Kwen Daël nicht lange, um seine Ängste zu besiegen, denn in Gesellschaft dieses geheimnisvollen, von den Feen geschickten Fremden erschien ihm nichts mehr unmöglich. Also folgte er Tixus Rat, wobei er stumm den Beistand aller Feen von Albar erflehte.

Als der Tiefstand der Ebbe erreicht war, lagen Abertausende Leichen auf dem Strand der Halbinsel. Der Orden der Absolution existierte nicht mehr. Die Pritiv-Söldner reduzierten mit ihren Strahlenwaffen die Körper der Toten zu schwarzem Staub.

Der Leichnam des Ritters Filp Asmussa lag neben dem seines Paten, des Ritters Choud Al Bah.

Nicht einer entkam dem Massaker – weder Ritter noch Krieger noch Aspirant, gleich welchen Status', gleich welchen Alters. Doch die mentalen und physischen Befragungen der Scaythen innerhalb der Klosteranlage erwiesen sich als fruchtlos. Die Tochter des Syracusers Alexu blieb unauffindbar. Und für ihr Verschwinden gab es keine plausible Erklärung, auch nicht für die zerstörerische Feuersbrunst innerhalb der Klostermauern.

Der Experte Harkot hatte mit großem Vergnügen die Gehirne der Ordensmitglieder zerstört – eins nach dem anderen, wie in einem prähistorischen Kegelspiel. Trotzdem hatte er ständig diese ärgerliche Präsenz gespürt, eine nicht greifbare Präsenz, wie ein Hauch, staubgleich, die sich aber jederzeit als ein störender Sand im Getriebe erweisen konnte, im Getriebe seiner fürchterlichen Maschinerie, die er bald in Gang zu setzen trachtete, er, der Vollstrecker der sechsten Stufe des Plans.

Als alle Leichen beseitigt waren und eine feine schwarze Staubschicht den goldenen Sand bedeckte, wurden Kanonen vor dem Kloster in Stellung gebracht. Ihre runden

Rachen spien glänzende grüne Strahlen aus, und es dauerte nur fünf Stunden, bis die gesamte Anlage zu Asche zerfallen war.

Die Halbinsel Houhatte hatte sich in eine Wüstenei verwandelt, die die Selpdiker von jenem Tag an nur noch das »Grab der Absolution« nannten.

EINUNDZWANZIGSTES KAPITEL

Die Errichtung des neuen Kaiserreichs erlaubte unserer heiligen Kirche ein in ihrer langen Geschichte bisher nie gekanntes Aufblühen. Jeder Planet, jede Stadt, jedes Dorf, jede Straße hatte ihren eigenen Tempel, in dem das Wahre Wort verkündet wurde und von jenen gehört werden konnte, die vordem in der Unkenntnis des Göttlichen und der vollkommenen Gesetze der Kirche des Kreuzes gelebt hatten, die einst auf den Hügeln der großen Osgor-Wüste verkündet wurden. Dank der unzähligen Deremats, die unseren heiligen Missionaren zur Verfügung gestellt wurden, verbreitete sich das Wahre Wort gleich einer Feuersbrunst auf allen Welten des bekannten Universums. Für jene, die unverzeihlicherweise ihre Herzen vor der Wahrheit verschlossen, wurden die Feuerkreuze auf öffentlichen Plätzen errichtet.
Die inquisitorischen Scaythen arbeiteten eng mit den Kardinälen und den mit der Mission betrauten Bischöfen zusammen, um Abtrünnige, Heuchler und Rebellen zu bekämpfen. So wurden nach und nach die Anhänger alter abergläubischer Lehren ausgemerzt. Die Priester dieser abscheulichen Lehren wurden zu Tode gefoltert, um dem Volk zu zeigen, was mit Häretikern geschieht. Ihre heidnischen Kultstätten wurden ohne Rücksicht auf ihren architektonischen oder künstlerischen Wert zerstört.
Der Muffi Barrofill XXIV., dessen Heiligsprechung erwogen wird, zeigte sich fest entschlossen, jeden noch so verborgenen Winkel des neuen Kaiserreichs vom Gedankengut eventueller Andersdenkender zu befreien. Also fanden die Schulen der heiligen Propaganda großen Zustrom. Aus allen

Welten eilten die Schüler herbei. In ihnen brannte jene glühende Begeisterung, die uns an jungen Menschen so gefällt. Und der Name des Kreuzes wurde gepriesen und sein unvergleichlicher Klang fand einen einmaligen Widerhall vom einen Ende des Universums zum anderen.
Es geschah jedoch, dass der Großkonnetabel Pamynx – dem wir so viel zu verdanken haben – beschloss, sich aus dieser Welt zurückzuziehen. Der Großseneschall Harkot folgte ihm, und unter seinem Terrorregime begann eine neue Ära, die, obwohl eine Blütezeit, in die Geschichte als die »Schreckensherrschaft der Experten« eingegangen ist.
Was mich betrifft, so vegetierte ich zu jener Zeit in einem finsteren Kerker des Palastes der Inquisition – dem einstigen Runden Haus der Herrscherfamilie Wortling auf dem Planeten Marquisat – dahin. Damals weigerte sich mein rebellischer Geist, sich dem Wahren Wort zu öffnen. Denn ich dachte nur an den gefolterten Körper der Dame Armina Wortling, der großen Sünderin. Heute gestehe ich, dass dieser Körper die ausschweifende Fantasie eines einsamen Pubertierenden beflügelte, von der ich nicht lassen wollte. Doch die Würdenträger der Kirche begegneten mir mit unendlicher Geduld: Sie schenkten mir das Leben und ließen der göttlichen Liebe der Kirche des Kreuzes alle Zeit, in meine Seele einzudringen und für immer die Fleischeslust aus meinem Körper zu verbannen …

Mentale Memoiren des Kardinals Fracist Bogh, der unter dem Namen Barrofill XXV. zum Muffi der Kirche des Kreuzes aufstieg

Auf der holografischen Bühne in der Mitte des Theaters bewegten sich Sohorgo-Tänzerinnen des medianischen Zeitalters mit unendlicher Grazie und Leichtigkeit. Die Schleppen ihrer schillernden Kostüme wickelten sich geschmeidig um ihre Körper und malten flüchtige geometrische Figuren, während drei Sänger, die auf von innen beleuchteten Wassersäulen saßen, den anmutigen Tanz mit ihren wohlklingenden Stimmen begleiteten.

Mobile Logen – große, gepolsterte weiße Kugeln – schwebten in dem in den kaiserlichen Gärten errichteten Amphitheater. Keine der Logen war leer. Um nichts auf der Welt hätten sich die Höflinge diese seltene Darbietung entgehen lassen, deren Besuch normalerweise nur den wenigen Adelsfamilien Syracusas vorbehalten war. Dem Anlass entsprechend hatten sie ihre schönsten Garderoben angelegt, sich in die kostbarsten Stoffe gekleidet, mit den erlesensten Geschmeiden behängt und keine Mühe gescheut, ihre Gesichter pastellfarben oder weiß zu schminken, die Lippen zinnoberrot, blau oder schwarz anzumalen und die Zähne mit rosa, blassgrüner oder azurblauer Perlmuttfarbe zu tönen ...

Mit ihrem pompösen Auftreten glaubten sie allen Ernstes, ihre Defizite wie mangelnde Bildung und nicht standesgemäße Herkunft kaschieren zu können. Doch diese aufgeblasenen Hohlköpfe besaßen in den Augen der

Wächter der Etikette nur einen Vorzug: ihr Geld. Denn die Kassen des neuen Kaiserreichs waren praktisch leer, also hatte der Finanzminister diese Soiree einzig und allein zu dem Zweck organisiert, sie wieder zu füllen, worüber er natürlich nach außen kein Wort verloren hatte.

Die schwebenden Logen änderten in ständiger langsamer Bewegung ihre Positionen, sodass den Insassen aus den verschiedensten Perspektiven ein Blick auf die Darbietung geboten werden konnte. Auf den Mauern des Amphitheaters spiegelte sich das goldene Licht einer inmitten des Ovals aufsteigenden parfümierten Fontäne, deren Wasserstrahlen den aufgerissenen Mäulern stilisierter Tiere entströmten. Um das Bassin standen in Gruppen die Gedankenschützer in ihren weißen Kapuzenmänteln und warteten unbeweglich das Ende des Spektakels ab.

In seiner mit dem neuen kaiserlichen Emblem versehenen Loge – ein weißer Ring als Symbol des Universums, darin eine dreizackige goldene Krone, das Hoheitszeichen Syracusas – saß der in einfaches Purpur gekleidete Menati Ang. Den Herrscher interessierten die Tänzerinnen nicht. Er hatte den Blick unverwandt auf seine schöne Begleiterin gerichtet, deren Mantel aus Moiré perfekt zu ihrem bernsteingoldenen Haar passte. Eine kleine Krone aus Diamanten betonte den elfenbeinfarbenen Teint Dame Sibrits.

Schließlich hielt Menati Ang es nicht mehr aus. Er sprengte die Barriere seiner mentalen Kontrolle, beugte sich über seine Schwägerin und flüsterte ihr ins Ohr: »Gefällt Euch die Darbietung, Madame?«

»Ganz und gar nicht, Monseigneur!«, antwortete sie knapp, ohne ihm auch nur einen Blick aus ihren wunderschönen nachtblauen Augen zu schenken. »Warum müsst

Ihr mir eine solche Frage stellen? Ihr wisst doch, dass ich nicht freiwillig an Eurer Seite sitze. Das tue ich nur, weil Ihr mich auf die schändlichste Weise erpresst. Denn sollte ich Euch nicht gehorchen, muss ich um das Leben meiner Tochter Xaphit und das meiner Gesellschafterin Alakaït de Phlel fürchten.«

Dame Sibrit hatte mit voller Absicht ihre schöne Stimme erhoben. Sofort wurden ihr aus den benachbarten Logen verstohlene, aber unmissverständlich vorwurfsvolle Blicke zugeworfen. Mit herrischer Geste setzte Menati Ang den Aufstieg der Loge in Gang. Sie entschwand den indiskreten Blicken der Höflinge und verharrte in großer Höhe, direkt unter einer Wolke kleiner schwebender Lichtkugeln.

»Dämpft Eure Stimme, Madame!«, murmelte der Kaiser mit schmalen Lippen. »Es gehört sich nicht, derart laut zu sprechen und ist der Perfektion abträglich. Außerdem zeugt es von provinziellem Geist!«

Dieses Mal drehte sie sich zu ihm um und sah ihn hasserfüllt an.

»Nicht ich habe diese Unterhaltung begonnen, Monseigneur!«, zischte sie. »Und da Ihr bereits so viel Taktgefühl besitzt, mich an meine provinzielle Herkunft zu erinnern, könntet Ihr ebenfalls die Güte haben, mich in diese Provinz zurückkehren zu lassen, die Ihr anscheinend so verachtet.«

Er biss sich auf die Lippen, weil er sonst die in ihm aufsteigende Wut nicht mehr unter Kontrolle gehabt hätte und explodiert wäre. Denn heute war ein besonderer Tag, der letzte Tag einer ganzen Reihe kaiserlicher Festlichkeiten, die auf Anraten des Konnetabels stattgefunden hatten, um den totalen Sieg seiner Armee über den Orden der

Absolution, diese letzte Bastion der Konföderation von Naflin, zu feiern. Und an diesem Tag, das hatte er sich geschworen, wollte er Dame Sibrit erobern, diese Frau, die ihn mit einer Kälte ohnegleichen verachtete. Sollte es ihm heute nicht gelingen, so hatte er sich ebenfalls geschworen, wollte er sie ihrem berühmten Vater Alloïst de Ma-Jahi wieder zuführen. Diesen Entschluss hatte er trotz des Abratens des Konnetabels gefasst, der der Meinung war, Dame Sibrit sei Zeugin zu vieler kompromittierender Ereignisse gewesen und dass man sie deshalb im kaiserlichen Palast gefangen halten, oder besser noch, für immer zum Schweigen bringen müsse – ein Vorgehen, das Menati Ang kategorisch ablehnte.

Doch der Kaiser war sich nur zu bewusst, dass seine Schwägerin seine größte Schwäche war, eine offene Wunde. Nun war er fest entschlossen, dieser für ihn unerträglichen Situation ein Ende zu machen, und das um jeden Preis. Während der Festwoche hatte er sie zu allen Banketten und künstlerischen Veranstaltungen eingeladen, sie mit Geschenken und Blumen überhäuft, doch keine seiner Aufmerksamkeiten hatten ihre Haltung ihm gegenüber – eine Mischung aus Verachtung und Gleichgültigkeit – verändert.

Und obwohl sich Menati Ang bemühte, in der Öffentlichkeit seine Gefühle für Dame Sibrit zu verbergen, kursierte bereits das Gerücht, die Witwe Ranti Angs, diese kleine, noch jungfräuliche Provinzlerin, verweigere sich vehement dem Herrscher aller Herrscher, ihrem Schwager. Als ob es am Hofe nicht andere verführerische Frauen gäbe! Die Würdenträger konnten es kaum fassen, dass der mächtigste Mann des Universums den Launen einer Frau ausgeliefert war, die der Seigneur Ranti nicht einmal angerührt hatte, weil seine Liebe Spergus, diesem kleinen Paritolen vom Planeten Osgor galt. Insgeheim und von ihren Gedankenhütern geschützt, fanden sie Menati Angs Benehmen kindisch und seines Rangs unwürdig, und sie fragten sich, wann endlich die Berater des Herrschers einschreiten würden, um dieser lächerlichen Situation ein Ende zu machen.

»Was habe ich getan, Madame, um eine solche Behandlung zu verdienen?«, fragte er mit übertrieben flehendem Unterton in der Stimme. »Habe ich nicht alles versucht, Euch diese Woche so angenehm wie möglich zu gestalten?«

»Um mir angenehm zu sein, Monseigneur, braucht Ihr nur eins zu tun«, entgegnete sie. »Erfüllt mir meinen Herzenswunsch und lasst mich nach Ma-Jahi ziehen.«

Von ihre Loge aus dominierten die beiden die gesamte Szenerie. Sie überblickten sowohl die langsam dahingleitenden Logen der Höflinge als auch die Tänzerinnen auf der Bühne.

»Ein diesbezüglicher Entschluss wäre auch Euch äußerst dienlich«, fuhr sie fort. »Denn es wird bereits auf hässliche Weise über Euch geklatscht. Und das allein meinetwegen. Meint Ihr nicht, es wäre in Eurem Interesse, mich so schnell wie möglich fortzuschicken, damit die Gerüchte ein Ende nehmen?«

»Die Verleumdung gehört zu jenen Praktiken, die nun einmal bei Hofe gepflegt werden«, entgegnete er und warf ihr einen schmerzvollen Blick zu. »Und dass ich die Zielscheibe ihres Klatsches bin, ist mir völlig gleichgültig. Aber ich muss gestehen, dass es Euch gelungen ist, meine Geduld zu erschöpfen. Denn jetzt habe ich die Hoffnung aufgegeben, dass Ihr jemals Eure Haltung mir gegenüber ändern werdet. Indessen möchte ich trotzdem meinem Erstaunen über Eure angebliche Zuneigung zu meinem Bruder Ranti Ausdruck verleihen. Er hat nichts anderes getan, als Euch zu vernachlässigen und Euch zu demütigen … Hat er Euch jemals mit seiner Anwesenheit in Eurem Bett geehrt, Madame?«

»Er tat nichts anderes, als die heiligen Gebote der Kirche des Kreuzes zu befolgen«, sagte Dame Sibrit missbilligend, obwohl sie wusste, dass dieses Argument ihrem Gesprächspartner neuen Diskussionsstoff liefern würde.

»Befolgte er diese Gebote auch, wenn er sich zu dem kleinen blonden Paritolen Spergus Sibar ins Bett legte?«, fragte Menati Ang und lächelte zynisch. »Madame, er hat Euch aus dem einfachen Grund nicht zur Frau gemacht, weil er nur die Körper von Knaben begehrte. Und nicht, wie Ihr behauptet, weil er irgendein kirchliches Gebot befolgte.«

»Schweigt!«, befahl Dame Sibrit, bleich geworden. »Schweigt! Ihr habt nicht das Recht …«

»Madame!«, unterbrach er sie. »Ich bitte Euch, seid so gütig und sprecht leiser! Ihr wisst genauso gut wie ich, dass ich die Wahrheit sage. Und die Wahrheit ist manchmal schmerzhaft … Doch um auf die Kirche zurückzukommen, sie toleriert körperliche Beziehungen zwischen Verheirateten, solange sie unter den kirchlichen Kodex der *Ehelichen Duldung* fallen … Und was die Gesetze betrifft, wir können sie nach Belieben auslegen. Hinter derartigen Ausreden könnt Ihr Euch nicht mehr verstecken. Lasst diese Maske der Scheinheiligkeit fallen, sie passt nicht zu Eurer Schönheit. Weder Ihr noch ich sind in dem Alter, uns mit kindischen Versteckspielen zu amüsieren. Eure angebliche Liebe für meinen idiotischen Bruder war nichts als

Selbsttäuschung. Damit verleugnet Ihr Eure wahre Natur als Frau. Und Ihr ignoriert das Glück, das Euch die Hand reicht und Euch eine einmalige Zukunft bietet ...«

»Nicht das Glück reicht mit die Hand, sondern Ihr, Monseigneur, Ihr, der Mörder meines Gemahls und meiner zwei Söhne. Das Wort Glück klingt seltsam aus Eurem Mund ...«

»Eure perfiden Anspielungen will ich Euch gern verzeihen ... Doch war es nicht Euer angeblicher Gemahl, der noch kurz vor seinem Tod erklärte, man dürfe persönliche Gefühle nicht mit Staatsgeschäften verquicken? Hat nicht er bedenkenlos die Exekution Eurer teuren Freunde Tist und Maryt d'Argolon befohlen? Doch genug davon! Ich bin es leid, ständig dasselbe zu wiederholen und mir ständig dieselben Vorwürfe anzuhören. Vor wenigen Minuten habt Ihr noch um eine Gunst gebeten in Eure Heimatprovinz Ma-Jahi zurückkehren zu dürfen. Nun gut, diese Gunst sei Euch gewährt! Schon morgen, bei Anbruch des ersten Tages, seid Ihr frei dorthin zu gehen, wo es Euch beliebt. Ihr könnt in Begleitung Eures Bruders, Moulik de Ma-Jahi, reisen. Mir fiel auf, dass er sich in letzter Zeit häufig bei Hofe sehen lässt ...«

Dame Sibrit schrak zusammen und fragte sich, welche neue Falle sich hinter diesen Worten verbarg.

»Natürlich wird Euch auch Eure Tochter Xaphit begleiten«, sagte Menati Ang. »Und was Eure Gesellschaftsdame Alakaït de Phlel betrifft, so macht Euch keine Sorgen um sie. Doch Ihr seid zu absolutem Stillschweigen verpflichtet, was die Todesumstände des Seigneurs Ranti angeht. Solltet Ihr dieses Schweigen aus irgendwelchen Gründen wem auch immer gegenüber brechen, gäbe es keinen Grund mehr, Euer Leben, das Eurer Tochter und das Eurer Hofdame zu schonen. Dieses Schweigen ist der Preis für Eure Freiheit ... Erspart mir Eure Dankesbezeugungen, Madame. Denn diese Entscheidung wurde eher in Eurem Interesse denn in meinem getroffen. Dankt vielmehr Eurer Beharrlichkeit ... Vielleicht können wir jetzt den Sohorgo-Tanz ohne Hintergedanken genießen?«

Die kaiserliche Loge schwebte wieder nach unten und bahnte sich einen Weg zwischen den Logen der Höflinge hindurch, bis sie direkt vor der Bühne in der Luft verharrte. Menati Ang schwieg von nun an, den Blick mit distanziertem Interesse auf die zierlichen Tänzerinnen gerichtet.

Dame Sibrit wagte es nicht, dem Versprechen des Kaisers Glauben zu schenken. Denn alle seine Worte bedeuteten, dass sie aus einer Welt entlassen würde, in der sie sich trotz ihrer privilegierten Stellung immer fremd gefühlt hatte. Sie glich einem zu lange in einem zu engen Käfig gefangenen Vogel, der die Hoffnung aufgegeben hat, je wieder fliegen zu können. Und nun, da die Tür plötzlich offen steht, betrachtet er ängstlich die unendliche Weite des Himmels. Allein der Gedanke, ihre Heimat und ihren geliebten Vater wiederzusehen, kam ihr illusorisch vor.

Dieses Gefühl schien ihr umso eindringlicher, weil die unerwartete Entscheidung Menati Angs im Gegensatz zu ihrer traumhaften Vision von letzter Nacht stand. Seit Ranti Angs Tod war es das erste Mal, dass sie durch einen Traum schweißbedeckt aus tiefem Schlaf hochgeschreckt war. Denn sie hatte sich dem Kaiser hingegeben. Er hatte ihren Körper mit einer nahezu bestialischen Wildheit genommen. Doch am meisten hatte sie verstört, dass sie diesen brutalen Akt auf krankhafte Weise genossen hatte. Aus Scham über ihre Reaktion hatte sie geweint und bei Anbruch des Tages lange gebadet, um sich von diesem geträumten nächtlichen Schmutz zu reinigen. Dann hatte sie versucht, sich zu überzeugen, dass dieser Traum kein Vorzeichen sei, keine Bedeutung habe und nur auf einem Zufall beruhe. Doch intuitiv wusste sie, dass dieser Traum nur ihre eigene Schwäche, ihre inneren Widersprüche ausdrückte.

Aber Menati Ang hatte verkündet, dass er auf sie verzichten wolle! Zu dem Gefühl großer Erleichterung gesellte sich jetzt ein leichtes Gekränktsein, das sie aber ihrer flatterhaften Natur zuschrieb. Sie beobachtete den Kaiser verstohlen. Der schien ganz und gar von dem Tanz gefesselt zu sein, doch in Wahrheit kämpfte er mit einer großen Enttäuschung, was Dame Sibrits weiblicher Intuition nicht entging.

Am Ende der Darbietung grüßten die Tänzerinnen und die Sänger das Publikum auf die gebotene zeremonielle Weise. Kein Atemhauch oder Wimpernschlag störte die von Bewunderung erfüllte Stille. Ein wahrhafter Triumph.

Eine weißviolette Loge der Geistlichkeit schwebte herbei und blieb vor der kaiserlichen Loge stehen. Das verschrumpelte Gesicht des Muffis der Kirche des Kreuzes, Barrofill XXIV., in üppige weiße Stoffbahnen gekleidet, tauchte über der Brüstung auf. Neben ihm saß der beleibte, in rot und violett gekleidete Kardinal Frajius Molanaliphül, dessen feistes gerötetes Gesicht seine ungezügelte Gier nach den Freuden einer überbordenden Tafel verriet.

Der Unfehlbare Hirte streckte seine Hand über die Brüstung. Menati Ang und Dame Sibrit hauchten gehorsam einen Kuss auf den klotzigen Ring des Muffis.

»Ich wünsche Euch einen guten Abend, Eure Heiligkeit«, sagte der Kaiser. »Hat Euch die Darbietung gefallen?«

»In dem Maße, wie es ihr gebührt, Monseigneur«, antwortete der Muffi mit seiner Fistelstimme. »Wenn der Sohorgo-Tanz auf diese Weise dargeboten wird, kann man von wahrhaft göttlicher Kunst sprechen.«

Menati Ang ahnte, dass die Anwesenheit des Unfehlbaren Hirten im Amphitheater nicht nur der Kunst geschuldet war und dieses scheinbar zufällige Treffen einen anderen Hintergrund hatte.

»Seid Ihr zufrieden mit der fortschreitenden Errichtung weiterer Missionen auf den Planeten des Imperiums, Eure Heiligkeit?«

»Was das betrifft, so haben wir nichts zu beklagen, Monseigneur. In jeder Stadt, auf jedem Planeten wird demnächst ein Dom der Kirche des Kreuzes errichtet worden sein, in dem das Wahre Wort verkündet wird. Unsere Missionare verbringen reine Wunder. Immer zahlreicher sind jene unter den einheimischen Bevölkerungsschichten, die sich berufen fühlen. So werden wir uns bald glücklich schätzen, Tausende junger Novizen in unseren Schulen der heiligen Propaganda unterrichten zu können. Und über die außerordentliche Unterstützung, die unsere Kardinäle und Bischöfe bei der Mission durch die Inquisition der Scaythen erfahren, sind wir ebenfalls hocherfreut, Monseigneur.«

»Der Konnetabel höchstpersönlich wacht darüber«, sagte Menati Ang. »Zurzeit reist er von Planet zu Planet, um die Verwaltung des Imperiums zu koordinieren, deren Fundament die Kirche des Kreuzes ist ...«

Kardinal Molanaliphül starrte mit seinen kleinen wässrigen Augen unentwegt Dame Sibrit an. Dieser Blick –

eine Mischung aus Verachtung und Lüsternheit – war ihr äußerst unangenehm, denn sie hatte den Eindruck, dass dieser fette Mann, der wie ein Aasgeier im Halbschatten der Loge saß, sie völlig entblößte. Und sie wünschte sich, das Gespräch des Kaisers mit dem Muffi möge bald enden, damit dieses unverschämte Anstarren aufhöre. Jetzt brannte sie darauf, in ihre Gemächer zurückzukehren, ihre Tochter in die Arme zu schließen und ihre Abreise vorzubereiten. Auch wollte sie ihrem Bruder, Moulik de Ma-Jahi, eine Botschaft senden, damit er die nötigen Vorkehrungen treffen konnte, ehe Menati Ang seine Meinung änderte.

»Monseigneur, dieser Ort ist für eine ernste Unterhaltung kaum geeignet«, sagte der Muffi gerade. »Wir würden es begrüßen, wenn Ihr in Eurer großen Güte uns noch heute Abend eine Privataudienz gewähren könntet.«

»Heute Abend?«, sagte der Kaiser, sichtlich verärgert. »Eure Heiligkeit, es ist Euch sicher nicht entgangen, dass heute der letzte Tag der Festlichkeiten ist. In den kaiserlichen Gärten findet die große Soiree der elegiaktischen Dichtung statt, die ich durch meine Anwesenheit zu ehren gedenke. Das ist ein absolutes Muss, denn sie wird im gesamten Universum mittels Bullovision übertragen.«

»Ich weiß, dass Ihr mannigfaltige Verpflichtungen habt, Monseigneur. Trotzdem gestattet mir, auf diesem Zwiegespräch zu bestehen. Ich muss Euch etwas äußerst Wichtiges mitteilen und verspreche Euch, Eure kostbare Zeit nicht über Gebühr zu beanspruchen«, sagte der Greis geschmeidig. Und seine augenscheinlich harmlosen Worte klangen wie eine versteckte Drohung.

»Nun gut, dann soll es so sein, Eure Heiligkeit. Erlaubt mir jedoch einen kleinen Aufschub, die Zeit, Dame Sibrit in ihre Gemächer zu begleiten. Dann sehen wir uns in dem kleinen Salon der Privataudienzen wieder.«

»Ausgezeichnet, Monseigneur«, murmelte der Muffi und verneigte sich.

Seine Loge schwebte davon und verschmolz mit einer Wolke anderer weißer Logen. Menati Ang fragte sich kurz, welchen hinterhältigen Gedanken der Unfehlbare Hirte dieses Mal ausgebrütet hatte. Sollte er etwa Wind von dem Komplott bekommen haben, das Pamynx und einige Kardinäle gegen ihn schmiedeten? Unmöglich! Sie hatten doch alle erdenklichen Vorsichtsmaßnahmen getroffen ...

Ehe die kaiserliche Loge auf dem schwarzen Marmorboden landete, wurde Menati Ang von mehreren Höflingen bedrängt, auch ihnen eine Privataudienz zu gewähren. Er fertigte sie mit vagen Versprechungen und falschem Lächeln kurz ab.

Die vor der Bühne stehenden Sohorgo-Tänzerinnen nahmen die Glückwünsche ihrer Bewunderer entgegen, als der Kaiser und Dame Sibrit ihnen, in ihrem Stand angemessenen Worten, ihre Wertschätzung für die Darbietung ausdrückten.

Kaum waren die Zuschauer ihren Logen entstiegen und hatten wieder festen Boden unter den Füßen, folgten ihnen ihre Gedankenhüter, was für kurze Zeit ein totales Chaos verursachte.

Menati Ang profitierte von dem Durcheinander und beugte sich, die scheinheilige Etikette missachtend, zu Dame Sibrit hinunter.

»Es hat wohl keinen Zweck, Euch zu fragen, ob Ihr mich heute Abend begleiten wollt«, flüsterte er. »Ich kenne die Antwort bereits ...«

Sie starrte störrisch zu Boden.

»Also werde ich Euch ein letztes Mal zu Euren Gemächern geleiten. Und dann schwöre ich bei allem, was mir heilig ist, Euch nie wieder zu belästigen.«

Seine Stimme klang inmitten der eitlen, schwatzenden und lachenden Höflinge traurig. Doch wenn Dame Sibrit vor die Wahl gestellt würde, so gefielen ihr die direkten, wenn auch brutalen Manieren Menati Angs besser als das gekünstelte und nur scheinbar kultivierte Getue der Hofschranzen. Denn sein Verhalten zeugte noch von einer gewissen Aufrichtigkeit.

Endlich gelang es ihm, sich aus den Krakenarmen der Höflinge zu befreien, und die beiden verließen das Amphitheater durch das Hauptportal, von einer imposanten Eskorte aus Pritiv-Söldnern und den sechs Gedankenschützern begleitet.

In einigem Abstand gingen Dame Sibrits persönliche Gedankenhüter hinter ihr her, die Gesichter unter den weißen, rot gesäumten Kapuzen verborgen. Einer der beiden war kein anderer als der Scaythe Harkot, der mentale Terminator und Held der Schlacht von Houhatte. (Er galt als Held, obwohl er nichts Außergewöhnliches geleistet hatte.) Es war seltsam, dass die Menschen dieses Bedürfnis hatten, alles zu glorifizieren ...

Harkot hatte den Dame Sibrit zugeteilten Gedankenhüter überredet, ihm für eine Weile dessen Platz zu überlassen. Überredet war nicht das richtige Wort. Das Hyponeriarchat hatte einfach einen Impuls ausgesandt und den Plan dahingehend geändert. Denn Harkot war zu der Überzeugung gelangt, dass der Schlüssel zum Erfolg seiner Machenschaften darin liege, ständig die Witwe des Herrschers Ranti Ang überwachen zu können.

Sofort hatte er eine Schwachstelle in ihr entdeckt: Dame

Sibrit spielte unablässig das filigrane Spiel der Verführung und Verweigerung. Sie verweigerte sich dem Kaiser nicht, weil sie ihn nicht liebte, sondern weil sie Angst vor ihrem eigenen Begehren hatte. Außerdem war sie im Besitz der interessanten Gabe, in ihren Träumen die Zukunft zu sehen. Und diese seltsame Fähigkeit – die nichts mit der Voraussicht der Meister-Creatoren zu tun hatte – faszinierte den mentalen Terminator. Er hatte dem Muffi die Resultate seiner Inquisition sofort mitgeteilt. Daraufhin hatten die beiden beschlossen, von der vorübergehenden Abwesenheit des Konnetabels Pamynx zu profitieren und unverzüglich zu handeln.

Die kaiserliche Eskorte durchquerte den Park, während die Sonne Saphyr, deren Strahlen die Welt in ein blauviolettes Licht tauchten, im Sinken begriffen war. Die erste Nacht kündigte sich an, und schon schwebten die ersten Lichtkugeln über Wegen und Alleen. Hinter der üppigen Vegetation ragte die gigantische Fassade des Palastes mit seinen Hunderten leuchtenden Skulpturen und Türmen in den Himmel empor. Die mit Lapislazuli und Perlmutt belegte Freitreppe endete vor einem von Statuen gesäumten Rondell, das von Rasenflächen umgeben war, auf dem Pfaue ihr prächtiges Gefieder spreizten. Überall, auf Wegen und auf in der Luft schwebenden Stegen, flanierten Menschen. Sobald sie den Kaiser erblickten, blieben sie stehen und verneigten sich tief.

Dame Sibrit hatte während der oft rüden Avancen des Kaisers immer darauf verwiesen, dass es im Palast nicht genug Intimität gebe. Viele Diener seien Spione des Konnetabels oder der Kirche. Einmal hätte er fast die Tür ihres Schlafzimmers eingetreten, weil er vor Begierde wie von

Sinnen war, doch es war ihr gelungen, ihn mit dem Hinweis in die Schranken zu verweisen, dass er noch immer von dem Muffi und dem Konnetabel abhängig sei. Nach diesem Vorfall hatte sie es so eingerichtet, dass eine ihrer Kammerfrauen – ihr ergebene Osgoritinnen – immer in der Nähe waren und als Zeuginnen dienen konnten, sollte Menati Ang die Kontrolle verlieren. Sie wusste indes nicht, dass diese Kammerfrauen in ihrer Ergebenheit so weit gingen, dass sie dem frustrierten Herrscher zu Willen waren. Er nahm sie brutal, egal wo, im Flur, auf einem Sofa ... Und nachdem er sein Verlangen gestillt hatte, zog er sich wie ein Schatten in seine kaiserlichen Gemächer zurück, gefolgt von seinen sechs Gedankenschützern.

Jetzt, da Dame Sibrit über ihren Schwager triumphiert hatte, bedauerte sie diesen Sieg fast ein wenig. Dieses verführerische Spiel hatte ihr bis zu einem gewissen Grad gefallen. Denn es hatte sie aus ihrer Lethargie und Langeweile erlöst, die sie jahrelang hatte ertragen müssen.

Menati Ang blieb auf der Freitreppe stehen. Mit glühenden Augen sah er Dame Sibrit an. Sie konnte seinem Blick nicht standhalten.

»Ich verlasse Euch jetzt, Madame«, sagte er mit rauer Stimme. »Ich wünsche Euch eine gute Nacht und ... und ich sage Euch Lebewohl. Euer liebster Wunsch wurde Euch erfüllt: Ihr seht mich nie wieder! Ihr könnt, wann immer es Euch beliebt, mit Eurer Tochter abreisen. Je eher, je besser ...«

Daraufhin drehte er sich so brüsk um, dass sich das Cape um seinen Körper wickelte. Dann entfernte er sich mit zornigen Schritten, weil er dem drängenden Wunsch umzukehren, nicht nachgeben wollte.

Zerstreut und vor sich hinträumend machte sich Dame

Sibrit auf den Weg zum rechten Flügel des Palastes, an dessen Ende sich ihre Gemächer befanden. Einer ihrer Gedankenschützer registrierte aufmerksam die Meinungsänderung, die sich in ihrem Gehirn vollzog. Seit der Kaiser sich endgültig von ihr getrennt hatte, wollte sie nicht mehr gehen. Sie sagte sich, dass sie ihm wahrscheinlich heute Nacht ihre Tür öffnen würde, sollte er sie belagern. Aber dazu war es jetzt zu spät; jetzt musste sie die Qualen der Einsamkeit erleiden.

Sofort setzte sich Harkot mental mit seiner Kontaktperson zum Muffi in Verbindung.

Ein Diener geleitete den Unfehlbaren Hirten in den kleinen, kostbar ausgestatteten Salon. Der Kaiser erwartete ihn bereits. Er spielte verträumt mit dem Wasserstrahl einer aus der Wand entspringenden Fontäne.

Protokollgemäß blieben die Gedankenschützer des Pontifex' vor der Tür und warteten im Vorzimmer. Eine rein symbolische Vorsichtsmaßnahme, denn eine einfache Wand konnte die Aktivitäten der Scaythen nie verhindern.

Barrofill XXIV. verneigte sich vor Menati Ang und streckte dann seine beringte Hand zum Kuss aus.

»Genug damit!«, sagte der Kaiser und stieß die Hand rüde beiseite. »Wir agieren hier nicht in der Öffentlichkeit. Setzt Euch, und sagt mir, was Ihr zu sagen habt. Ich bin in Eile!«

Der Muffi lächelte und machte es sich in einem Sessel bequem.

»Wie ich sehe, seid Ihr mit Euren Gedanken woanders, Monseigneur. Bedrückt Euch etwas?«

Da Menati Ang wusste, dass der Muffi durch seine Spione bestens informiert war, versuchte er erst gar nicht zu leugnen.

»Liebeskummer ist nichts als die Reaktion auf eine Wunschvorstellung, sagt der Psychologe ... Ihr habt mir versprochen, dass diese vertrauliche Unterhaltung nur wenig Zeit in Anspruch nimmt. Also schweifen wir nicht vom Thema ab!«

Die heftigen Worte des Herrschers interpretierte der Muffi als einen Beweis für Harkots Hypothese: nämlich dass Menati Ang als Erstes seine sinnlichen Bedürfnisse zu befriedigen trachtete. Der Muffi festigte innerlich seinen bereits getroffenen Entschluss, schließlich ging es um sein Leben.

Jetzt bohrte er seine kleinen verschlagenen Augen in die des Kaisers und verkündete: »Monseigneur, das was wir Euch mitzuteilen haben, könnte die Regierung zutiefst erschüttern ... auch die Kirche wäre davon betroffen ...«

»Du meine Güte!«, sagte Menati Ang, halb verärgert, halb amüsiert. »Ich gestehe, dass ich etwas beunruhigt bin, Eure Heiligkeit.«

»Es geht um den Konnetabel Pamynx«, sprach der Muffi weiter. »Seine enge Verbundenheit mit Euch scheint uns ... scheint uns nicht mehr so wünschenswert zu sein wie ehedem.«

Nur mit Mühe gelang es dem Kaiser, seine völlige Verblüffung nicht ganz sichtbar werden zu lassen.

»Aber, aber Eure Heiligkeit!«, sagte er mühsam. »Ist Euch nicht bewusst, welche wertvollen Dienste der Konnetabel uns geleistet hat, dem Herrscherhaus als auch der Kirche! Und obwohl er kein Syracuser, ja, nicht einmal ein Mensch ist, hat er uns das Geschenk seiner immensen Fähigkeiten gemacht und immer nur im Interesse des syracusischen Volkes gehandelt ...«

»Als ob wir das nicht wüssten, Monseigneur!«, beeilte sich der Muffi dem Herrscher zuzustimmen, denn er wollte so schnell wie möglich sein anfänglich undiplomatisches Vorgehen korrigieren. »Der Scaythe Pamynx war augenscheinlich ein getreuer Diener Eurer Familie sowie unserer Kirche. Diese Tatsache wird nicht infrage gestellt. Aber wir wollen nicht über die Vergangenheit sprechen, sondern über die Zukunft. Denn die Zukunft ist für unser aller Schicksal entscheidend. Leider aber haben wir aus gewissen Hinweisen entnehmen müssen, dass der Konnetabel Pamynx nicht mehr die Zukunft repräsentiert.«

»Was für Hinweise?«, unterbrach der Kaiser den Muffi. »Da Ihr Euch bereits die Mühe gemacht habt, mich persönlich zu informieren, gehe ich von der Annahme aus, dass Ihr konkrete Beweise habt und Eure Argumente nicht nur auf den bei allen Würdenträgern so beliebten Klatsch basieren.«

»Ich pflegte näheren Kontakt zu einigen Vertrauten des Konnetabels, Monseigneur«, fuhr der Unfehlbare Hirte ungerührt fort, »und musste leider feststellen, dass gewisse Fehlleistungen Pamynx' die Einigkeit des Imperiums bedrohen. Sein mentales Potenzial wird allgemein als außergewöhnlich eingestuft, aber es könnte sich als ungenügend erweisen, wenn es darum geht, die wahren Feinde des Imperiums zu bekämpfen. Kräfte, deren Existenz wir nicht einmal ahnen, die jedoch im Untergrund den Aufstand planen ...«

»Der Orden der Absolution wurde zerschlagen! Vernichtet«, entgegnete Menati Ang. »Ich sehe nicht, wer ...«

»Die letzten in die Inddikische Wissenschaft Eingeweihten, Monseigneur.«

»Diese Hexenmeister? Ach, was!«

»Dem Konnetabel ist es trotz größter Bemühungen nicht gelungen, die Tochter Sir Alexus, eines der letzten Großmeister der Inddikischen Wissenschaft, gefangen zu nehmen. Es bedeutet, das sie über eine geheime Technik verfügt, die es ihr erlaubt, den mentalen Inquisitoren und dem mentalen Tod zu trotzen. Wahrscheinlich handelt es sich um Hexerei, wie Ihr schon bemerktet, eine dieser üblen Künste, in die sie ihr Vater vor seinem Tod eingeweiht hat ... Und nun stellt Euch einmal vor, dass sie andere Menschen diese Kunst lehrt und sich dieses Wissen mit Lichtgeschwindigkeit im gesamten Universum ausbreitet ... Könnt Ihr Euch auch nur andeutungsweise vorstellen, mit welchen Problemen wir zu kämpfen hätten? Sie wären unüberwindbar. Ihr und ich, oder wer auch immer Souverän oder Kirchenoberhaupt ist, verlören die mentale Kontrolle über unsere Untertanen! Wir wären nicht mehr in der Lage, die Aktionen unserer Feinde vorherzusehen. Eine derart prekäre Situation ist inakzeptabel, selbst wenn wir immer auf die Hilfe der Interlice und der Pritiv-Söldner zählen können.

Ich habe ebenfalls erfahren, das ein kleiner Angestellter der InTra, dieser Intergalaktischen Transportgesellschaft, der jungen Frau zu Hilfe gekommen und seitdem unauffindbar ist. Es ist ihm sogar auf bisher unerklärliche Weise gelungen, einen ihn verfolgenden Inspobot auszuschalten ... Den Orden der Absolution zu besiegen war hingegen ein Kinderspiel. Wie Ihr wahrscheinlich wisst, starb der Mahdi Seqoram bereits vor mehr als vierzig Jahren Standard, und ein Entscheidungsgremium alter Männer hatte an seiner Stelle die Leitung des Ordens übernommen ... Daraus folgt, dass diese feindlichen Kräfte, die der Konnetabel auf sträfliche Weise unterschätzt, die eigentliche Gefahr darstellen.«

Der Kaiser zupfte nervös an einer Strähne seines gelockten schwarzen Haars und fragte: »Diese Vertrauten des Konnetabels, die mit Euch gesprochen haben ... Wer sind sie, Eure Heiligkeit?«

Der Muffi straffte die Schultern und beugte sich vertraulich vor: »Scaythen, die unablässig daran arbeiten, ihr psychisches Potenzial zu stärken ... Ihnen ist es gelungen, diese feindlichen Kräfte zu lokalisieren, und sie sind fest entschlossen, unseren Feind auszulöschen. Vor allem einer von ihnen drängt zu schnellem Handeln ...«

Menati Ang erhob sich aus seinem Sessel und schritt rastlos in dem kleinen Salon auf und ab.

»Eure Heiligkeit, habe ich Euch richtig verstanden?«, fragte er mit ungewohntem Ernst in der Stimme. »Ihr legt mir nahe, den Konnetabel Pamynx seiner Ämter zu entheben und ihn durch einen Scaythen Eurer Wahl zu ersetzen? Gesteht, dass Euer Vorgehen etwas unelegant ist: Ihr profitiert von der Abwesenheit des Konnetabels, um ihn der Inkompetenz zu bezichtigen. Das ist für einen Mann der Kirche kein ehrenwertes Vorgehen. Ihr hättet seine Rückkehr abwarten und ihm eine Gelegenheit sich zu verteidigen geben müssen.«

»Wäre der Konnetabel hier gewesen, Monseigneur, hätte dieses Gespräch nie stattgefunden. Denn er hat in diesem Palast überall Augen und Ohren, in jeder Ecke, hinter jeder Mauer, jeder Tür. Ihm entgeht nichts. Und gerade wegen seiner Abwesenheit habt Ihr nun die Gelegenheit, Euch über eventuelle Missstände zu informieren. Außerdem sind wir zu der Überzeugung gelangt, dass seine Stellung im neuem Imperium überproportional an Bedeutung gewonnen hat und er seine Macht zur Verwirklichung eines nur ihm bekannten Projekts nutzen will.«

»Was für ein Projekt?«, fragte Menati Ang unwirsch, denn er zermarterte sich allmählich wegen der Andeutungen des Unfehlbaren Hirten sein Hirn. Seine mentale Kontrolle war schwach, und seine unbewusste Angst vor der Macht des Konnetabels rief ihn ihm den Wunsch hervor, sich von Pamynx zu befreien. Außerdem zweifelte er schon seit langem an der uneigennützigen Loyalität des Scaythen, auch wenn dieser angeblich mit seinem Vater, Arghetti Ang, befreundet gewesen war. Konnte man mit einem Scaythen vom Planeten Hyponeros wirklich befreundet sein?

»Ein Projekt, Monseigneur, in das niemand außer ihm eingeweiht ist«, erklärte der Muffi ausführlich. »Und jene Scaythen, von denen ich bereits sprach, glauben zu wissen, dass der Konnetabel ein Ziel verfolgt, bei dessen Realisierung wir, Ihr und ich, nur noch als Statisten fungieren. Also diente seine angebliche Loyalität nur als Deckmantel für die Umsetzung seiner wirklichen Pläne.«

»Das sind doch nichts als Hypothesen, Eure Heiligkeit!«, protestierte Menati Ang. »Gerüchte ... Ich will Beweise! Hört Ihr, Beweise. Was Ihr mir da erzählt, scheint mir nichts als ein Märchen zu sein. Und da Ihr schon von einem Deckmantel spracht, so wäre es an der Zeit, den Euren abzulegen. Sprecht! Welches ist Euer Interesse in dieser Geschichte?«

»Aber, Monseigneur, das der Kirche natürlich.«

»Ja, ja. Wie könnte es anders sein? Eine dumme Frage wird dumm beantwortet«, sagte der Kaiser ironisch. »Doch diese Erklärung reicht mir nicht ...«

»Die Interessen der Kirche sind eng mit den Interessen des Imperiums verknüpft, Monseigneur. Sollte diese neue effiziente Administration ...«

»Die der Konnetabel etabliert hat!«, fiel ihm Menati Ang ins Wort.

»Das habe ich keineswegs vergessen«, gab der Muffi säuerlich zu. »Wir waren die Ersten, die diesem Prozedere zustimmten, als der Konnetabel es uns unterbreitete. Aber wie gesagt, das alles ist bereits Geschichte ... Dieser Administration verdanken wir es, das Wahre Wort überall im Universum, bis in die abgelegensten Welten, verbreiten zu können. Auch dort, wo unsere Missionare bisher aufs Schändlichste behandelt, wo sie gedemütigt, ausgewiesen oder gar getötet wurden. Das Wahre Wort wird zum Universellen Wort! Deshalb ist es unsere höchste Pflicht, uns so bald wie möglich um diese destabilisierende Kraft zu kümmern, die die Ausbreitung des Wahren Wortes behindern könnte. Vorausschauendes Handeln zeichnet immer einen wahrhaft großen Herrscher aus, Monseigneur.«

»Gilt dieser Satz für Euch, Eure Heiligkeit?«

»Wir sind nichts als der demütige Repräsentant der Kirchen in diesen niederen Welten, Monseigneur!«, verteidigte sich der Muffi. »Aber Ihr, der Souverän, Ihr habt jetzt die Gelegenheit, Weisheit zu zeigen und Eure Regentschaft wird für alle Zeiten als eine ruhmreiche gelten.«

»Und Ihr, Eure Heiligkeit«, sagte Menati Ang und hielt kurz in seinem rastlosen Hin- und Hergehen inne, »seid Ihr nicht das Objekt irgendwelcher dunkler Machenschaften? Hat man sich nicht Eurer Person bedient, um irgendwelche Rachegelüste, die dem Konnetabel gelten, zu befriedigen?«

Der Muffi schwieg eine Weile, damit er seinen Worten mehr Gewicht verleihen konnte. Zwar hatte er das Denken des Herrschers ins Wanken gebracht, ihn aber noch nicht überredet. Jetzt wollte er ihm den Gnadenstoß versetzen.

»Wir sind in der Lage, Euch in anschaulicher Weise die überlegenen Fähigkeiten derer vorzuführen, die uns als Unterhändler erwählt haben, Monseigneur. Es handelt sich um eine kleine Demonstration.«

»Ach? Eine Demonstration?«, sagte Menati Ang, ohne seine Neugier zu verbergen.

»Ein kleines Experiment mit … mit Dame Sibrit«, sagte der Unfehlbare Hirte betont langsam.

Menati Ang wurde bleich. Er hatte seine mentale Kontrolle völlig verloren und bedeckte sein Gesicht mit den Händen. Allein das Erwähnen dieses Namens hatte eine stumme Feindschaft zwischen ihnen errichtet.

»Wir wissen, in welchem Maße Ihr der Tochter des großen Alloïst de Ma-Jahi zugeneigt seid«, sagte der Muffi beschwichtigend, und ließ dabei alle Vorsicht außer Acht. »Und wir würden einer Vereinigung sehr positiv gegenüberstehen. Sie hätte, das dürft Ihr mir glauben, die Zustimmung und den Segen der Kirche …«

»Worauf wollt Ihr hinaus?«, schrie der Kaiser. »Ich finde es unerträglich, dass Ihr meine Schwägerin in Eure finsteren Intrigen verwickelt.«

»Aber sie ist gar nicht darin verwickelt, Monseigneur! Jedenfalls nicht direkt. Ihr wolltet Beweise für die Effizienz unserer Freunde, und sie sind bereit, diese Beweise zu liefern. Das geschieht nicht, um Euch zu beleidigen, sondern um Euch zu dienen. Ihr habt doch das Gefühl, dass Dame Sibrit Euren Gefühlen mit Verachtung begegnet, oder nicht?«

»Das ist nicht nur ein Gefühl, sondern Gewissheit!«, murmelte Menati Ang, halb wütend, halb verzweifelt.

»Genau! Doch unsere Freunde sind davon überzeugt, dass sie Euch nur scheinbar abweist, weil sie Euch nämlich eigentlich, ohne es zu wissen zutiefst begehrt, Monseigneur.«

»Unsinn!«, fauchte der Herrscher. »Das ist kompletter Unsinn! Erst heute Abend habe ich ihr gestattet, zu ihrem Vater zurückzukehren. Das geschah auf ihren ausdrücklichen Wunsch hin, und widersprach dem ausdrücklichen Rat des Konnetabels.«

»Und wenn Ihr heute Abend nun Dame Sibrit aufsuchen würdet, müsstet Ihr vielleicht zu Eurem Erstaunen feststellen, dass sie Euch mit offenen Armen empfängt ...«

»Woher wollen Eure sogenannten Freunde das denn wissen? Warum kennen sie die Gefühle Dame Sibrits? Wird sie nicht, wie wir alle, von den Gedankenhütern beschützt? Wäre alles andere nicht eine Missachtung des Ehrencodes?«

»Sie haben nicht gegen den Code verstoßen, Monseigneur, falls Euch das Sorgen macht. Nur ihre außergewöhnlichen Fähigkeiten der Wahrnehmung erlaubten ihnen derartige Erkenntnisse. Und sie wollen Euch das mitteilen, weil sie Euch schätzen und Euch gleichzeitig damit wissen lassen, dass es Vorkommnisse gibt, die Pamynx' Aufmerksamkeit entgehen. Würde dieses Experiment nicht den Beweis liefern, auf dem Ihr besteht?«

»Als guter Kreuzianer war ich bisher der Ansicht, dass die Kirche derartige Praktiken missbillige, und dass Ihr, der Unfehlbare Hirte, mich rügen würdet, sollte ich das Bett mit einer Dame teilen. Ganz zu schweigen von dem Klatsch bei Hofe, sollte es bekannt werden.«

»Dogmen gelten für die Höflinge und das gemeine Volk, Monseigneur, aber nicht für einen Souverän! Uns ist allein die Verbreitung des Wahren Wortes wichtig. Und weiterhin sind wir davon überzeugt, dass Ihr Euch unseren

Vorschlägen geneigt zeigt, sollte sich diese Angelegenheit, wie wir vorausgesehen haben, positiv entwickeln ...«

»Nun gut. So soll es denn sein. Ich stimme zu, Eure Heiligkeit«, sagte Menati Ang atemlos. »Ich werde mir also mit Gewalt Zutritt zu ihrem Schlafgemach verschaffen. Ich hoffe nur, Ihr habt die Konsequenzen bedacht, sollte ich nicht reüssieren. Ich wäre mein Leben lang blamiert, und Ihr ... Ihr ... Es ist Zeit, dass ich zu dieser Soiree der elegiaktischen Poesie aufbreche. Die Augen des ganzen Universums werden auf mich gerichtet sein. Begleitet Ihr mich, Eure Heiligkeit? Die wundervolle Artelit de Mesgom wird Gedichte rezitieren.«

»Solltet Ihr es gestatten, Monseigneur, so möchten wir uns lieber in die Stille unseres bischöflichen Palastes zurückziehen. Dort wartet eine Menge Arbeit auf uns. Wir sehen uns morgen bei Tagesanbruch wieder. Dann könnt Ihr Eure Sünden beichten. Doch wie groß sie auch sein mögen, sie sind Euch bereits vergeben.«

Barrofill XXIV. erhob sich mühsam aus seinem Sessel und ging mit den ihm eigenen Trippelschritten aus dem Salon, die seltsamerweise an einen Pfau erinnerten. Sofort folgten ihm seine Gedankenschützer, ein Wort, das seine Bedeutung verloren hatte! Aber sollten Harkots Nachforschungen in Dame Sibrits Kopf stimmen, hatte der Unfehlbare Hirte das Wichtigste gerettet: sein Leben.

Der Inquisitor, der die Unterhaltung zwischen dem Kaiser und dem Oberhaupt der Kirche überwacht hatte, teilte das Ergebnis des Gesprächs sofort Harkot mit, der in einem der Vorzimmer von Dame Sibrit in aller Gelassenheit die weiteren Ereignisse abwartete.

ZWEIUNDZWANZIGSTES KAPITEL

Habe ich dir schon gesagt, Geliebter mein,
Wie dankbar ich dir bin, weil du geöffnet
Die Türen meines Herzens, nicht immer rein?

Wusstest du, dass ich ohne dich, Geliebter mein,
Mein Leben gelebt hätte im Kerker
Meines Verstandes, eng und klein?

Darf ich dich erinnern, Geliebter mein,
Du besiegtest das Ungeheuer in mir;
Es war grausam und gemein.

Ist dir bewusst, Geliebter mein,
Dass ich dank dir kann trennen
Die Wahrheit vom schönen Schein?

Habe ich dir jemals, Geliebter mein,
Das Lied deiner Unschuld gesungen?
Ohne sie wäre mein Herz zersprungen.

Kennst du, Geliebter mein,
Die Kraft meiner Liebe? Unendlich groß
Ergießt sie sich in des ewigen Meeres Schoß.

Habe ich dir, Geliebter mein, dieses Lied jemals gesungen?

Naïa Phykit zugeschriebenes Gedicht

Auf der Insel der Monager hatte Tixu nach und nach jedes Zeitgefühl verloren. Nachdem Kwen Daël die Rückfahrt angetreten hatte, war er außerstande zu sagen, wie viele Tage und Nächte seitdem vergangen waren ...

So wie er es geahnt und auch dem Fischer gesagt hatte, war im offenen Meer ein Monager aufgetaucht. Der Wal hatte sich zu seiner ganzen Größe vor der Ozeankugel aufgerichtet und war majestätisch in sein Element zurückgeglitten. Kwen Daël hatte seine Angst vor dem Riesen trotz Tixus guten Zuredens nicht überwinden können.

»Folgen Sie ihm!«, hatte Tixu befohlen.

Der Fischer hatte gehorcht und nach zwei Tagen und Nächten hatte sich der über dem Meer liegende Nebel gelichtet und die gezackten Umrisse der Insel waren in Sicht gekommen.

Kwen Daëls Furcht hatte sich erst in Entsetzen, dann in Panik verwandelt, als sie der Insel immer näher kamen und sie erkennen konnten, dass an dem von Felsen umgebenen Sandstrand eine ganze Herde Monager ruhte – sie sahen wie eine Flotte auf Grund gelaufener Schiffe aus. Einige unter ihnen hatten die winzigen Besucher bemerkt, sich ins Wasser gleiten lassen und berührten jetzt mit ihren mächtigen Flossen und spitzen Hörnern die Nussschale. Kwen Daël hatte um sein Boot gefürchtet und am ganzen Leib zitternd die Hilfe der Feen von Albar herbeigefleht.

Tixu hatte überhaupt keine Angst gehabt, vielleicht weil er so lange Stunden auf dem Rücken eines Monagers verbracht hatte, oder aber weil er auf Zwei-Jahreszeiten in den Fluss der Riesenechsen gefallen war. Ihn quälte vielmehr die Sorge um Aphykits sich rapide verschlechternden Gesundheitszustand. Sie war sehr blass, atmete nur noch keuchend. Während der langen Fahrt hatte sie zusammengekrümmt auf dem Boden der Aquakugel gelegen und jede Nahrung und sogar jedes Getränk verweigert ...

Kwen Daël kann nur mit Mühe ein Zittern unterdrücken, als er seine Nussschale zwischen den Riesenleibern der Meeressäuger, deren Schwimmbewegungen starke Wellen auslösen, hindurchsteuert, bis ihr Kiel sich in den feinen grauen Sand bohrt. Ein Schwarm auffliegender Gelbmöwen begrüßt die Neuankömmlinge mit ihrem Kreischen.

Am Strand sehen die Monager noch eindrucksvoller aus. Die Kleinsten messen zehn Meter, die größten dreißig bis vierzig Meter. Ihre schwarzen glänzenden Körper scheinen das Tageslicht zu absorbieren, und mit ihren massigen Leibern graben sie Furchen so groß wie Bach- oder Flussläufe in den Sand.

»Das ist das Land der Ager! Jetzt sind wir verloren!«, jammert der Fischer.

»Aber nein«, widerspricht Tixu. »Sie sind uns freundlich gesonnen. Hätten sie uns sonst an Land gehen lassen? Helfen Sie mir lieber, Aphykit von Bord zu bringen.«

Sehr vorsichtig, um die neugierigen Riesen nicht zu stören, tragen die beiden die junge Frau und den luftdicht verschlossenen Behälter mit Lebensmitteln an Land und weiter auf einen grasbewachsenen Hügel über dem Strand. Tixu fällt auf, dass einer der größten Monager, der sie hierher geführt hat, ihm, so gut es geht, folgt und ihn nicht aus den Augen lässt. Er weiß plötzlich intuitiv, dass dieses Tier ihm das Leben gerettet hat.

Die Insel besteht hauptsächlich aus zerklüftetem Felsgestein. Eine Vegetation existiert praktisch nicht. Nur an manchen windgeschützten Stellen wachsen spärlich harte, dürre Kräuter. Auch ist das Eiland sehr klein. Von der Düne aus kann man in alle Richtungen das von einem dichten Nebelgürtel umgebene Meer sehen. Lange Stunden beobachten die beiden Männer die Monager. Wenn sie ausgeruht sind, robben sie ins Wasser und schwimmen davon, während sich die Jungen mit übermütigen Spielen im seichten Meer vergnügen.

Aphykit liegt regungslos in einer kleinen Vertiefung der Düne. Es scheint ihr sehr schlecht zu gehen. Aus ihrem Mund rinnt ein rosa gefärbter Speichelfaden.

»Was wollen Sie jetzt mit ihr machen?«, fragt der Fischer.

»Ich weiß es nicht«, antwortet Tixu und zuckt mit den Schultern.

Offensichtlich ist Kwen Daël ein Gedanke gekommen. »Wir haben nicht mehr viele Lebensmittel«, sagt er schließlich. »Unsere Vorräte sind fast erschöpft. Wenn ich nun ...«

Tixu begreift sofort, dass der Fischer nach einem Vorwand sucht, diese, ihm Angst einflößende Insel so schnell wie möglich verlassen zu können.

»Wenn ich zum Fischen rausfahren würde, könnte ich uns mit dem Nötigen versorgen ... Hätten Sie etwas dagegen, Bilo?«

»Nein«, antwortet Tixu, denn er denkt, dass es nichts nützt, Kwen gegen seinen Willen auf dem Eiland festzuhalten. »Ich glaube, das ist eine gute Idee. Wie viel Zeit brauchen Sie dafür?«

»Ein paar Tage«, sagt der Fischer erleichtert. »Drei, höchstens vier. Ich lasse Ihnen alle Lebensmittel hier. Auf See brauche ich sie nicht.«

»Passen Sie gut auf, Kwen. Meiden Sie vor allem Houhatte. Wenn die Scaythen Sie entdecken, werden sie bald wissen, wo wir uns verstecken.«

»Machen Sie sich keine Sorgen. Ich bleibe auf See.«

Kwen Daël verabschiedet sich schnell und watet unendlich vorsichtig durch die im seichten Wasser liegenden Monager. Dann klettert er an Bord seiner Aquakugel, schaltet den Motor ein und fährt in weitem Bogen aufs Meer hinaus, um nicht den heimkehrenden Säugern zu begegnen. Schon bald verschwindet sein Boot hinter einer Nebelwand.

Tixu verbringt also die erste Nacht allein mit Aphykit. Die beiden liegen in dicke Wolldecken eingehüllt auf der Düne. Tixu hat sie in einem der wasserdichten, von dem Fischer zurückgelassenen Behälter gefunden. Beim Gekreische der Seemöwen und den rauen Schreien der Monager kann er nicht einschlafen. Der Lärm wird immer größer. Da steht er auf und sieht, wie zwei Wale am Strand heftig miteinander kämpfen. Die ganze Insel scheint beim Aufprallen ihrer massigen Leiber zu erbeben.

Beim Morgengrauen wird er von einer starken Migräne geplagt und von heftigen Rückenschmerzen. Tau hat die Decken durchweicht und von Nässe schwer gemacht.

Als er Aphykit ansieht, glaubt er, dass sie die Nacht nicht überlebt hat. Ihre Reglosigkeit und ihre wächserne Blässe lassen vermuten, dass der letzte Funke Leben aus ihr gewichen ist. Tixu beugt sich angsterfüllt über sie und legt sein Ohr auf ihre Brust. Ihr Herz schlägt, ab sehr schwach, der Puls ist unregelmäßig. Er legt seine Decke noch über die ihre, mehr kann er im Moment nicht tun. Ein unbändiger ohnmächtiger Zorn überkommt ihn.

Habe ich sie etwa aus dem Kloster gerettet, damit sie mir hier, an diesem von den Göttern verlassenen Ort, unter den Händen wegstirbt?, fragt er sich.

Er setzt sich auf die sandige Hügelkuppe und blickt auf den Strand hinunter, wo sich die Monager von ihren nächtlichen Spielen erholen. An manchen Stellen reißt die Wolkendecke über dem ruhigen Meer auf, und Strahlen einer bleichen Sonne fallen auf das Wasser. Friede herrscht über der Insel.

Er schließt die Augen und lässt sich ganz und gar von dieser magischen Atmosphäre durchdringen. Das subtile Vibrieren des Antra trägt ihn ins Zentrum der inneren Stille und erlaubt seiner Seele, mit der hier herrschenden Harmonie zu verschmelzen – mit einem Ort eins zu werden, der vom Universum isoliert ist. Die zehrenden Flammen seines ohnmächtigen Zorns erlöschen und lassen nichts als erkaltete Asche zurück. Aus der Stille erklingt die leise Stimme der Intuition. Und sie rät ihm, die Monager zu beobachten, wenn er ein Heilmittel für Aphykits Krankheit finden will.

Eine absurde Idee! Warum sollten diese prähistorischen Lebewesen den Heilern des Klosters überlegen sein?

Trotzdem verschließt sich Tixu diesem Gedanken nicht. Er kann es sich nicht leisten, auch nur die geringste Überlegung außer Betracht zu lassen. Deshalb beobachtet er den ganzen Tag die großen Meeressäuger.

Sie ernähren sich hauptsächlich von Braunalgen, die sie unter Wasser ›abweiden‹, aber nicht sofort hinunterschlucken, sondern an den Strand bringen und dort anhäufen, ehe sie die Pflanzen verzehren.

Oft unterbricht er seine Beobachtungen und kümmert sich um Aphykit. Trotz aller seiner Bemühungen will sie noch immer nichts zu sich nehmen und wird von Stunde zu Stunde schwächer.

Erst bei Anbruch der Dämmerung fällt Tixu das seltsame Gebaren eines großen Monagers auf, in dem er zum zweiten Mal seinen Retter zu erkennen glaubt. Der Wal hat eine große Menge smaragdgrüner transparenter Algen am Fuß ihrer Düne aufgehäuft. Ständig taucht er wieder ins Meer, um jedes Mal mit einer großen Menge dieser Pflanzen im Maul aufzutauchen, die er dann ablegt. Darauf starrt er Tixu mit seinen sechs runden und weißen Augen an, stößt klagende Schreie aus und peitscht, wie um Verständnis heischend, mit seiner riesigen Schwanzflosse auf den Sand.

Endlich hat Tixu begriffen. Er stürmt die Düne hinunter, greift trotz seines Widerwillens in den glibbrigen Tang, rennt zu den Felsen, stopft die Masse in eine Aushöhlung und zerstößt sie mit einem Stein zu Brei. Und während er hektisch arbeitet, wird sein Tun von Lauten des Monagers begleitet, die jetzt wie Freudenschreie klingen.

Dann füllt Tixu den Brei in ein Gefäß und bringt es voller Hoffnung Aphykit. Und dieses Mal wehrt sie sich nicht. Sie öffnet den Mund und lässt sich mit der wenig appetitlichen Speise füttern.

Im Laufe der nächsten Tage kommt Aphykit durch die Verabreichung dieser eigenartigen heilsamen Nahrung immer mehr zu Kräften. Da Tixus Lebensmittelvorrat erschöpft ist, beschließt er, ebenfalls diese Algen zu essen, die der große Monager ihm täglich liefert. Wenn er nicht die junge Frau pflegt, beobachtet er weiter die Wale und kann sie bald unterscheiden. Also gibt er ihnen Namen. Seinen Retter, den großen Monager, der ihn jetzt täglich mit den lebensspendenden Algen versorgt, nennt er Kacho Marum, weil er ihn an den Ima auf Zwei-Jahreszeiten mit seiner angeborenen Würde und seinen Kenntnissen der Natur erinnert.

Wenn Aphykit schläft, spaziert Tixu inmitten der Monager am Strand umher. Manchmal streichelt er die weiche Haut der Kleinen. Er tauft sie Zweihorn, Kleiner Grauling oder Stanislav, und wenn er sie berührt, durchläuft ein langes, wohliges Schaudern ihre Körper. Wann immer er sich ihnen nähert, bleiben sie ohne sich zu rühren liegen, als fürchteten sie, dass sie durch ihre Bewegungen ihrem Zwergenfreund gefährlich werden könnten.

Durch den Genuss der anfangs bitter schmeckenden Algen wird er von Tag zu Tag kräftiger, und wenn er jetzt nach nur ein paar Stunden Schlaf aufsteht, fühlt er sich ausgeruht und stark.

Bei Sonnenaufgang sitzt er auf einem Felsen, in das Antra vertieft, in die Stille seiner Seele versunken ...

Als an diesem Morgen ein silbriger Schein durch den Frühnebel drang, erlebte Tixus seine Geburt mit schmerzhafter Intensität. Dieses quälende Hinausgleiten aus dem warmen mütterlichen Leib in die Kälte einer unbekannten Welt; diese plötzliche grelle Helligkeit, die seinen Augen wehtat; dieses Ringen nach Luft, das in einem Schrei endete; dieses Durchtrennen der Nabelschnur, die ihn mit der Ewigkeit verband. In Schweiß gebadet und keuchend erwachte er aus diesem visionären Traum und war einem Nervenzusammenbruch nahe. Er litt und fühlte sich gleichzeitig frei.

Auch an den folgenden Morgen wurde er von visionären Träumen heimgesucht. Sie stammten aus unbekannten Welten längst untergegangener Zivilisationen, doch ihm schien, dass er einer ihrer Zeitzeugen gewesen sei. Denn sie riefen bisher verschüttete Erinnerungen in ihm wach, an einst gelebte Leben und gemachte Erfahrungen, die ihn zu dem Mann geformt hatten, der er nun war.

Aphykits Genesung machte spektakuläre Fortschritte. Sie war nicht mehr so blass, und ihre Augen strahlten wie früher. Sie konnte sogar schon aufstehen und ein paar Schritte gehen.

Im Gegensatz zu ihrer physischen Gesundung verhielt sie sich Tixu gegenüber kühl und mit leiser Verachtung, die in dem Maße zunahm wie ihre Kräfte wuchsen. Wenn er von seinen Meditationen zurückkehrte, fand er sie oft sitzend vor, eine Decke über ihre Schultern gelegt und fast wütend ihre Algen kauend. Dann glaubte er ein zorniges Funkeln in ihren Augen zu erkennen. Was warf sie ihm vor? Dass er sie trotz ihres Widerstands aus dem Kloster entführt und auf diese einsame, von Monstern bewachte Insel gebracht hatte?

Eines Abends, als er sich gerade zum Schlafen niederlegen wollte, stand sie auf und ging mit unsicheren Schritten zu einer etwa hundert Meter entfernten Felshöhle. Nachdem er die halbe Nacht darüber nachgedacht hatte, was er tun sollte, ging er bei Tagesanbruch zu ihr. Sie saß da, an die Wand gelehnt, und wirkte gedankenverloren.

Als sie ihn bemerkte, richtete sie sich wütend auf, als fühlte sie sich auf ihrem Territorium bedroht. Nur mit dem blauen Hemd bekleidet und ihrem langen glänzenden Haar sah sie sehr schön aus.

»Ich wollte mich nur vergewissern, ob es Ihnen gut geht«, sagte er vorsichtig.

»Machen Sie sich um mich keine Sorgen«, antwortete sie mit schwacher Stimme.

Es war das erste Mal seit ihrer Begegnung auf Zwei-Jahreszeiten, dass sie einen zusammenhängenden Satz sprach.

»Wie es scheint, geht es Ihnen besser ...«

»Warum haben Sie mich entführt?«, fragte sie mit einem aggressiven, fast arroganten Unterton.

»Weil der Orden kurz vor dem Untergang stand und Sie dann unweigerlich in die Hände des neuen Herrschers gefallen wären«, antwortete er ruhig.

»Neuen Herrschers?«

»Seit Sie mit diesem Virus infiziert wurden, ist viel geschehen. Sie können sich wahrscheinlich an gewisse Einzelheiten erinnern, aber ich bezweifle, dass Sie von den Ereignissen wissen, die das Gleichgewicht des gesamten Universums zerstört haben. Der Orden wurde ...«

»Das glaube ich Ihnen nicht! Das hätte der Mahdi Seqoram niemals zugelassen! Sri Mitsu hat mich zu ihm geschickt ...«

»Der Mahdi ist seit über vierzig Jahren tot!«, sagte Tixu langsam. »Er wurde von einigen alten Rittern ermordet ... Und diesen machtgierigen Alten ist es gelungen, seinen Tod zu verschleiern.«

»Sie lügen!«, schrie Aphykit. Ihre Augen blitzten wütend auf. Sie hatte ihre Emotionen nicht mehr so gut wie auf Zwei-Jahreszeiten unter Kontrolle.

»Sie lügen«, wiederholte die junge Frau. »Wäre der Mahdi

ermordet worden, hätte Sri Mitsu davon erfahren und meinen Vater davon in Kenntnis gesetzt. Sie haben das alles nur erfunden, weil Sie nicht zugeben wollen, dass Sie eifersüchtig sind.«

Tixu wurde blass, beherrschte sich aber.

»Es stimmt, ich war eifersüchtig«, murmelte er. »Aber nicht aus diesem Grund habe ich ...«

Als hätte Aphykit plötzlich eine dunkle Vorahnung, fragte sie: »Was ist mit dem Krieger Filp Asmussa geschehen?«

»Es gibt eine geringe Hoffnung, dass er die Schlacht zwischen dem Orden und der kaiserlichen Armee überlebt hat ...«

»Nein! Das stimmt nicht. Sie lügen!«

Erschöpft ließ sie sich gegen die Felswand sinken und fing zu weinen an. Für sie, die immer so stolz auf ihre emotionale Kontrolle gewesen war, ja, jeden Gefühlsausbruch verachtet hatte, waren diese Tränen der Beweis einer bitteren Niederlage. Vergeblich versuchte sie, sich vom Gegenteil zu überzeugen, sie fühlte, dass der Reisebüroangestellte die Wahrheit gesagt hatte. Nie würde sie Filp wiedersehen, den Mann, für den ihr Herz geschlagen hatte. Und was ihre lange Jahre mühsam erworbene emotionale Kontrolle betraf, so war sie wie ein Kartenhaus in sich zusammengestürzt, und allein würde sie nicht die Kraft haben, diese Fähigkeit wiederzuerlangen. Von jetzt an war sie dazu verdammt zu leiden. Ihre Gefühle und diese Krankheit hatten ihre Willenskraft besiegt, diese Kraft, die sie für unzerstörbar gehalten hatte. Sie war zu einem ganz gewöhnlichen menschlichen Wesen geworden und hatte niemandem mehr, an dessen Schulter sie sich ausruhen konnte.

Verbittert fragte sich Aphykit, warum sie jetzt gesund geworden war, wenn sie doch so verletzbar war.

»Kann ich etwas für Sie tun?«, fragte Tixu schüchtern. Noch immer war er gekränkt, trotzdem hätte er Aphykit am liebsten in die Arme genommen, um sie zu trösten.

»Lassen Sie mich allein! Gehen Sie ... bitte ...«

Tixu erfüllte die Bitte der jungen Frau. Zutiefst betrübt marschierte er lange Zeit über den Felsengrund der Insel, bis er ganz erschöpft war. Inzwischen war ein Sturm aufgekommen und schaumgekrönte Wellen bildeten sich auf der aufgepeitschten Oberfläche des Meeres. Das Unwetter erregte die Monager. Sie blieben nicht länger faul am Strand liegen, sondern stürzten sich mit Freudenschreien in die aufgewühlte See und spielten ohne zu ermüden in den entfesselten Elementen.

Von jenem Tag an entwickelte sich eine seltsame Beziehung zwischen Tixu und Aphykit. Nachdem der Monager Kacho Marum Tixu morgens die Algen gebracht hatte, trug der Oranger eine Portion der kräftigenden Pflanzen zum Eingang der Höhle und stellte sie dort ab. Dann kletterte er über die Felsen und streckte sich auf einem Vorsprung aus, den die junge Frau nicht einsehen konnte.

Eine Weile später erschien Aphykit. Nachdem sie sich schnell umgeschaut hatte, nahm sie das Gefäß und verschwand wieder im Halbdunkel ihres Zufluchtsorts. Beruhigt über ihr Wohlergehen spazierte Tixu dann zum Strand, wo er die Monager begrüßte und jeden mit Namen nannte. Dieses Ritual freute die Wale, denn sie beantworteten seine Begrüßung mit melodiösen heiteren Gesängen.

Daraufhin suchte er sich eine abgelegene Stelle, um zu

meditieren. Er war immer nüchtern, wenn er sich in das Antra vertiefte, weil er aus Erfahrung wusste, dass seine Reisen ins Innere auf diese Weise intensiver war.

Es konnte geschehen, dass er einen ganzen Tag in diesem Stadium verharrte, auf einem Felsen, dem Ozean der Feen von Albar gegenübersitzend. Manchmal öffnete er – durch den Schrei oder den Gesang eines Monagers gestört – plötzlich die Augen und sah dann flüchtig die Gestalt Aphykits, die ebenfalls überrascht, hastig wieder Zuflucht in ihrer Höhle suchte.

Nach und nach gelangte Tixu zu der Überzeugung, seine Existenz einer komplexen Evolution zu verdanken und dass ihn sinnliche Wahrnehmungen daran hinderten, zu den Wurzeln seines Seins zurückzufinden. Während langer Stunden der Meditation tauchten bruchstückhaft Erinnerungen in ihm auf und Fragmente jenes unerlässlichen Leitfadens, der ihn mit der Ewigkeit verband. Während jener zwischen Zeit und Raum schwebenden Momente war er mit allen Elementen verbunden, aus denen sich das Universum zusammensetzt.

Er war gleichzeitig alles und nichts, das Zentrum und der Kreis, der Handelnde und der Zuschauer. Sein gesamtes Wesen veränderte sich, sein Wahrnehmungsvermögen wurde größer. Und er begriff, dass seine Erkenntnisse im Augenblick noch zu spärlich waren, um ihm eine umfassende, universale Vision zu gestatten und dass er mehr Zeit brauchte, um jene Rolle spielen zu können, die die Schöpfung für ihn vorgesehen hatte.

Kehrte er von seinen langen inneren Entdeckungsreisen zurück, badete er in Gesellschaft der Wale im Meer. Sie rührten sich nicht, weil sie ihn durch eine mehr oder weniger heftige Bewegung hätten verletzen können. Das eisige Wasser prickelte auf seiner Haut, und er musste an den Fluss denken, in den Stanislav Nolustrist ihn lachend gestoßen hatte. Manchmal konnten sich die jungen Monager nicht mehr bremsen. Sie tauchten unerwartet unter ihm auf und trugen ihn auf ihren gewaltigen Rücken davon, weit aufs Meer hinaus, ohne sich um Kacho Marums empörtes Rufen zu kümmern. Doch sie übertrieben den Spaß nie, sondern brachten den Oranger unter spöttisch klingenden Schreien an den Strand zurück.

Noch immer war von Kwen Daël kein Lebenszeichen zu sehen, und diese lange Abwesenheit beunruhigte Tixu immer mehr. Aphykits ausgedehnten Spaziergängen rund um die Insel nach zu urteilen, ging es ihr immer besser. Er sah sie nur aus der Ferne, denn seit ihrem letzten Gespräch in der Höhle ließ er sie allein und begnügte sich damit, täglich eine Schüssel voller Algen vor ihr Refugium zu stellen.

Zeit hatte keine Bedeutung mehr, und ihm war, als würde er schon seit Jahrhunderten auf dieser Insel leben.

Als Tixu an diesem Morgen durch das Antra die Stille erreicht hatte, schlug er einen ihm bisher unbekannten Pfad ein.

Plötzlich stand er im Reisebüro auf Zwei-Jahreszeiten, im Deremat-Raum, vor dem runden schwarzen Apparat. Ohne Zögern stieg er hinein und löste sich sofort auf. Dann erreichte er den Kern der Materie, die Leere, die unendliche Weite, die Geburtsstätte aller Atome, Moleküle und komplexeren Gebilde. Ein ungeheurer, fast unerträglicher Energiestrom durchfuhr ihn. Davon erwachte er.

Er saß nicht mehr auf dem Felsen wie kurz zuvor, sondern am Strand, zwischen den Monagern. Zuerst glaubte er zu träumen, doch das seltsame Gebaren der Meeressäuger zeigte ihm, dass seine Freunde gerade etwas Ungewöhnliches erlebt haben mussten.

Sofort schloss er wieder die Augen und begab sich in die heilige Festung der Stille. Aufs Neue öffnete sich ihm ein Pfad. Ein heller Schein am Ende rief ihn dieses Mal. Er beschritt ihn und wurde sofort wieder vor den alten Deremat der InTra gebracht. Noch einmal verschmolz er mit der Maschine, gab rein gedanklich die nötigen Anweisungen. Ein Energiestoß durchfuhr ihn. Er öffnete die Augen und stellte fest, dass er wieder auf dem Felsen saß, von panisch auffliegenden und kreischenden Gelbmöwen umgeben.

Außer der hektischen Reaktion der Vögel ließ nichts vermuten, dass es ihm allein durch die Kraft seiner Gedanken gelungen war, von einem Ort der Insel zu einem anderen zu gelangen. Nur wurde er jetzt von einer ungewöhnlichen Müdigkeit ergriffen, denn normalerweise fühlte er sich nach seinen Antra-Übungen zu dieser frühen Stunde stark und ausgeruht.

Deshalb wollte er dieses Experiment wiederholen, aber das Antra schwieg. Da begriff er, dass er sich ausruhen müsse. Er nahm ein belebendes Bad im Meer, und die jungen Monager waren heute besonders fröhlich. Sie peitschten das Wasser mit ihren Flossen und stritten darum, wer ihn auf seinem Rücken tragen dürfe. Erst ein Machtwort Kacho Marums konnte ihre Begeisterung dämpfen.

Nach dem Bad legte sich Tixu, in seine Decke gehüllt, auf eine Düne und schlief den ganzen Tag tief und fest.

Ein pestilenzartiger Gestank entströmte seinem roten, dreckigen Overall. Halbherzige Versuche, das Kleidungsstück im Meer zu waschen hatten den Geruch noch unerträglicher gemacht. Jetzt zog er das Ding nicht mehr an. Auch auf seine Stiefel verzichtete er und spazierte völlig nackt über die Insel. Es war ihm egal, was Aphykit von ihm dachte, sollte sie ihn überraschen. Sein Körper gewöhnte sich ungewöhnlich schnell an den ungeschützten Aufenthalt im Freien, und die Wolldecke genügte, ihn vor der feuchten nächtlichen Kälte zu schützen.

Seine Nacht war voller Albträume. Es schien, als hätten alle Schattenwesen seiner Seele ihre Schlupfwinkel auf einmal verlassen, weil das Licht der Erleuchtung sie gestreift hatte.

Nachdem er Aphykit ihre Portion Algen gebracht hatte, suchte er in aller Eile – er vergaß sogar seinen Freunden, den Monagern, einen Guten Morgen zu wünschen – nach einem abgelegenen Ort, um sich in das Antra zu versenken. In der kleinen Bucht erreichte er sofort das Zentrum der Stille, gelangte von dort aus wieder in den Deremat-Raum auf Zwei-Jahreszeiten und fand sich plötzlich inmitten der Riesensäuger am Strand wieder, die sein Erscheinen mit lauten Gesängen begrüßten. Er winkte ihnen zu, schloss die Augen und erreichte nochmals das Zentrum der Stille. Dann beschritt er den zum Deremat führenden Pfad, verschmolz mit ihm und trat eine neue Reise an.

Tixu hatte erwartet, in der kleinen, nebelverhangenen Bucht aufzuwachen, stattdessen hatte er sich in eine der gewundenen, steilen Gassen Houhattes transferiert. Er erkannte sie sofort an ihren weißen Häusern mit den roten Dächern und schmiedeeisernen Balkonen wieder.

Er saß völlig nackt auf dem Kopfsteinpflaster. Zum Glück war die Straße menschenleer. Nachdem er sich von seinem Erstaunen erholt hatte, stand er auf und stellte sich an die Wand eines niedrigen Hauses. In dem kleinen, von einer Mauer umgebenen Innenhof trocknete Wäsche auf der Leine. Vorsichtig schlich er näher, denn er fürchtete, jede Sekunde von den Bewohnern überrascht zu werden. Er zog einen ihm ungefähr passenden blauen Fischeranzug an, der noch etwas feucht war. Dann ging er durch die Stadt, die wie ausgestorben dalag. Bald hatte er den Hafen erreicht.

Dort hatten sich alle Selpdiker versammelt. Auf einem Podium vor der Mole standen vier Pritiv-Mörder, zwei Scaythen in schwarzen Kapuzenmänteln und ein Kardinal der Kirche des Kreuzes. Der Geistliche, ein kleiner, magerer Mann in rotem Colancor und violettem Chorhemd hielt eine Ansprache. Beim Näherkommen sah Tixu, dass zwischen den Pritiv-Söldnern ein an Händen und Füßen gefesselter Mann stand: Kwen Daël.

Jeder Zweifel war ausgeschlossen. Da stand sein Freund im roten Overall mit gelben Stiefeln, die Augen vor Entsetzen weit aufgerissen und am ganzen Leibe zitternd. Rechts und links von dem Podium verbrannten die Körper zweier Priester der Magie an den Feuerkreuzen.

Also hatten sie Kwen Daël gefangen genommen. Der Fischer musste trotz seines Versprechens Kurs auf seinen Heimathafen genommen haben. Und da er sich gegen die mentale Inquisition der Scaythen nicht wehren konnte, mussten sie jetzt wissen, dass sich die Fliehenden auf der Insel der Monager befanden. Also waren sie in großer Gefahr.

Tixu stellte diskret Nachforschungen in den Köpfen der Selpdiker an. Sie wirkten niedergeschlagen, resigniert. Nichts war von ihrer unbändigen Lebenslust übrig geblieben, seit sie Zeugen grausamer Massaker geworden waren und vor allem, seit der Stolz ihres Planeten, der Orden der Absolution besiegt worden war.

Obwohl Tixu barfuß lief, achtete niemand auf ihn, als er sich unter die Leute mischte. Der Kardinal hatte seine Rede beendet, und Tixu suchte verzweifelt nach einem Mittel, seinem Freund helfen zu können. Im Augenblick gab es keins, denn sollte er die Aufmerksamkeit der Scaythen erregen, würden die Pritiv-Mörder ihn sofort mit ihren rotierenden Scheiben töten.

Ein dritter Scaythe näherte sich jetzt dem Gefangenen. Kwen Daël wollte sich von seinen magnetischen Fesseln befreien, aber der Scaythe stieß einen gutturalen Schrei aus, worauf sich die Fesseln noch enger um seine Glieder und seinen Hals legten. Der Fischer wurde aschfahl und atmete nur noch keuchend.

»Was wollen die mit dem Mann machen, Papa?«, fragte ein Kind.

»Sie werden ihn mit ihren Gedanken töten«, antwortete der Vater.

»Warum? Was hat er denn getan?«

»Sei still. Das geht uns nichts an.«

Tixu durfte nicht zulassen, dass sein Lebensretter in seiner Gegenwart ermordet wurde. Er rief das Antra zu Hilfe. Als sich der Klang des Lebens vibrierend entfaltete, bat er ihn, einen Schutzwall um Kwen Daëls Geist zu errichten. Sofort verließ das Antra Tixu – und er war schutzlos. Eine gefährliche Situation, denn einer mentalen Inquisition war er nun hilflos ausgeliefert.

Etwas Seltsames geschah jetzt auf dem Podium: Zuerst hatte Kwen Daël seine Hände gegen die Schläfen gepresst, wie um einen unerträglichen Schmerz zu verjagen, nun entspannte er sich plötzlich und sah völlig gelöst aus.

Diese Reaktion verwirrte den Kardinal beträchtlich. Er schoss der Gestalt im schwarzen Kapuzenmantel wütende Blicke zu. Und während durch die Menge ein Raunen ging, trat der Scaythe auf den Geistlichen zu und flüsterte ihm etwas ins Ohr.

Der Kardinal erhob seine Stimme: »Aus ... aus gewissen Gründen wurde beschlossen, die Exekution zu verschieben. Aber glaubt ja nicht, dass dieser Mann seiner gerechten Strafe entgeht! Denn er hat sowohl die kaiserlichen Gesetze als auch die heiligen Gebote der Kirche gebrochen, deren demütiger Vertreter ich bin. Dieser Mann wird dazu verurteilt, den langsamen Feuertod zu sterben. Und nun kehrt nach Hause zurück und geht euren Beschäftigungen nach!«

Langsam zerstreute sich die Menge. Die Selpdiker waren davon überzeugt, dass die Feen einem der ihren zu Hilfe gekommen waren. Also hatten die Feen sie nicht völlig im Stich gelassen. Wieder mischte sich Tixu unter die Leute. Vor allem jetzt durfte er nicht auffallen. Und ebenso unerwartet wie das Antra ihn verlassen hatte, kehrte es zu ihm zurück.

Dass er mit seinem Antra einen Menschen vor dem Tode retten konnte, brachte ihn in eine gefährliche Lage. Dieses Mal war er durch die Umstände gezwungen gewesen, auf diese Weise zu handeln. Aber er hatte nicht das Recht, sein Leben in Gefahr zu bringen, um nur ein Leben zu retten. Es wäre viel besser, wenn er in der Lage wäre, den Klang des Lebens einer großen Anzahl Menschen zu vermitteln, so wie Aphykit es bei ihm auf Roter-Punkt getan hatte.

Denn die junge Frau und er waren die Einzigen, die im Besitz der Flamme der Hoffnung des gesamten Universums waren – das hatte ihm die Syracuserin jedenfalls an jenem Tag erklärt, als sie plötzlich stolz und unnahbar in seinem schäbigen Reisebüro auf Zwei-Jahreszeiten erschienen war. Und sollte es den Scaythen gelingen, dieses flackernde Licht auszulöschen, würden die bekannten Welten wahrscheinlich in einem unumkehrbaren Chaos versinken.

Und während Tixu langsam über Houhattes Straßen schlenderte, fielen ihm wieder die Worte des irrsinnig gewordenen Ritters in der Krypta des Klosters ein.

Er sagte: *Geh! Es kommt jemand, der mit seinen Schülern ein neues Werk beginnt. Such diesen Mann ... Wenn du ihn mit deinem Herzen suchst, wirst du ihn finden ...*

Diese Worte begleiteten Tixu bis zum Wald der Magier. Ohne sich dessen bewusst zu sein, stand er jetzt dort auf der Lichtung. Und die Worte hallten in ihm wider gleich einem machtvollen Appell.

Geh! Es kommt jemand, der mit seinen Schülern ... Dein Schicksal erfüllen ... Deinen Weg gehen ... Ein anderes Werk ...

Er setzte sich gedankenverloren zwischen das im Halbschatten wachsende große Farnkraut und lehnte sich gegen eine Eichenpinie. Noch immer hallten die Worte in ihm wider, bis sie zu einem harmonischen Akkord wurden, der zu einer himmlischen Symphonie anschwoll, die ihn mit glückseliger Freude erfüllte.

Er schloss die Augen und gelangte ins Zentrum der Stille. Am Ende des Weges stand der alte vertraute Apparat des Reisebüros auf Zwei-Jahreszeiten.

Ohne die Augen wieder zu öffnen wusste Tixu, dass er wieder auf der Insel war. Er konnte es riechen. Es roch nach Jod, Algen und Monagern. Sein innerer Deremat hatte ihn auf die hohe Düne inmitten der Insel transportiert. Die Meeressäuger waren sehr aufgeregt. Sie schlugen mit ihren Flossen auf den Sand und stießen entsetzte Schreie aus. Manche stürzten sich in die Wellen und brachten das Meer zum Überschäumen. Kacho Marum, Tixus großer Freund, lag am Fuß der Düne und sah den Oranger aus großen Augen unverwandt an, während er ein Klagelied sang.

Tixu dachte an Kwen Daël und war bekümmert. Noch war der Fischer nicht in Sicherheit.

»Sie brauchen nicht traurig zu sein«, sagte plötzlich jemand hinter ihm.

Er drehte sich um. Aphykits schlanke Gestalt zeichnete sich vor dem silbernen Nebel ab. Er war derart verblüfft, dass er stumm blieb.

»Ich habe mir erlaubt, Ihnen in Gedanken zu folgen«, sprach sie weiter. »Ich weiß, was Ihrem Freund, dem Fischer, passiert ist. Aber ob Sie mir nun glauben oder nicht, ich weiß, dass es ihm gut geht. Sie haben ihm ein wertvolles Geschenk gemacht: Selbst wenn das Antra nicht mehr in ihm ist, so wird es immer über ihn wachen. Also müssen Sie sich keine Sorgen mehr machen ...«

Der immer stärker auffrischende Wind vom Meer her spielte mit Aphykits Haar und ihrem weiten blauen Kittel. Ein zauberhaftes Lächeln brachte ihr schönes Gesicht zum Strahlen.

»Ich ... ich muss Ihnen so viel erklären«, fuhr sie fort. »Es ist der derart viel, dass ich nicht weiß, wo ich anfangen soll ...«

Sie setzte sich neben ihn, und er atmete den süßen Duft ihrer Haut ein. Er war noch immer wie vom Donner gerührt und starrte sie fassungslos mit offenem Mund an.

Sie musste lachen. Und als sie sich wieder beruhigt hatte, sagte sie: »Nur fürchte ich, dass wir heute nicht viel Zeit zum Reden haben, denn wir sind in Gefahr. Ich habe mit großem Interesse Ihre Fortschritte auf dem Gebiet des Reisens verfolgt und viel dabei gelernt. Sie sind mir deswegen doch nicht böse?«

»Warum sollte ich Ihnen böse sein?«, murmelte Tixu verlegen. Er konnte noch immer nicht fassen, wie sich das Benehmen der jungen Frau geändert hatte.

»Weil ich, zum Beispiel, unberechtigterweise von Ihrem Unterricht profitiert habe, lieber Professor«, antwortete sie fröhlich. »Und es gibt noch eine Menge andere Gründe ... Sie müssen mir viel verzeihen. Aber nicht jetzt. Denn wir müssen uns auf die Suche nach dem Mann machen, der uns irgendwo da draußen erwartet.« Sie deutete zum Himmel. »Und zu zweit verdoppeln wir unsere Chancen, ihn zu finden, glauben Sie nicht?«

Tixus Herz begann wild zu klopfen. Doch er nickte nur.

»Wenn es Ihnen ... Wenn es dir nichts ausmacht«, korrigierte sich Aphykit – das erste Mal in ihrem Leben duzte sie jemanden, wohl aus dem spontanen Bedürfnis heraus, mit ihrer Vergangenheit zu brechen – und sprach schnell weiter: »... möchte ich vor dem Verlassen der Insel noch ein Bad im Meer nehmen. Immer, wenn ich dich mit deinen Freunden, den Walen, habe baden sehen, hatte ich wahnsinnige Lust dasselbe zu tun. Aber ich wagte es nicht, denn meine Haut ist noch nie mit Meerwasser in Kontakt gekommen. Das kommt dir sicher absurd vor, doch wenn ich diese Erfahrung jetzt nicht mache, kann ich mich auch nicht auf diese Reise begeben. Und dann könnte ich dich nicht begleiten. Verstehst du das?«

Aphykit ließ Tixu keine Zeit zu antworten. Sie stand auf und zog ihr Hemd aus. Dann lief sie nackt mit wehendem Haar aufs Wasser zu und wich geschickt den Flossenschlägen der noch immer aufgeregten Monager aus. Tixu entledigte sich schnell seines Overalls und rannte hinter ihr her. Kacho Marum, sein Beschützer, folgte ihm in einiger Entfernung.

Aphykit erschauderte, als ihre Füße das Wasser berührten. Sie wich zurück. Doch schon ergriff Tixu sie, umfasste ihre Taille und ihre Beine und hob sie hoch. Dieses Mal wehrte sie sich nicht. Er schritt weiter ins offene Meer hinaus und warf sie ohne Zögern ins eiskalte Wasser, so wie der Hirte Stanislav Nolustrist es mit ihm auf Marquisat gemacht hatte.

Im ersten Moment blieb Aphykit der Atem weg. Sie verschluckte sich, hustete und stieß kleine spitze Schreie aus. Doch dann ließ sie sich mit kindlichem Vergnügen von den Wellen wiegen, plantschte und lachte und genoss das Prickeln des Salzwassers auf ihrer Haut.

Nun begehrte Tixu sie nicht mehr auf diese rein sinnliche Weise wie er sie anfangs begehrt hatte. Denn das Bad im Ozean der Feen von Albar reinigte nicht nur ihre Körper, sondern auch ihre Seelen, befreite sie von den letzten Spuren eines früher gelebten Lebens.

Sie küsste ihn flüchtig und ungeschickt auf den Mund – ein geraubter Kuss. Und Tixu wünschte sich, Aphykit würde ihm noch mehr Küsse rauben.

»Weißt du, warum die Monager so aufgeregt sind?«, fragte die junge Frau.

»Ich glaube, sie wissen von einer drohenden Gefahr und wollen uns warnen«, antwortete er.

»Die Männer des neuen Imperiums«, sagte sie und ihre

wunderschönen grüngoldenen Augen wurden ernst. »Bald werden sie auf der Insel sein. Sie haben Deremats nach Houhatte bringen lassen. Jetzt bin ich bereit.«

Die beiden liefen zur Düne, um ihre Kleider wieder anzuziehen. Kacho Marum begleitete sie im seichten Wasser.

Tixu drehte sich um und wartete, bis das riesige Maul des Monagers neben ihm war. Dann murmelte er: »Adieu, Kacho Marum. Ich werde dich nie vergessen.«

Der Wal stöhnte leise, und seine sechs runden, glänzenden Augen blickten unendlich traurig. Dann schwamm er zu seinen Artgenossen und fiel in den Chor ihres Gesangs ein.

»Wohin gehen wir?«, fragte Aphykit, die schon halb den Sandhügel erklommen hatte.

»Ich habe keine Ahnung«, antwortete Tixu. »Am besten, wir lassen uns von unserer Intuition leiten ...«

Kaum hatte er diese Worte gesprochen, als etwa ein Dutzend Männer plötzlich am Strand Gestalt annahmen: Pritiv-Söldner und zwei Scaythen. Die Monager waren offensichtlich auf ihr Erscheinen vorbereitet, sie stürzten sich auf die Neuankömmlinge.

»Überall tauchen sie auf!«, schrie Tixu.

Andere Pritiv-Mörder wurden zwischen den Felsen sichtbar und versuchten, den beiden den Weg abzuschneiden.

Tixu und Aphykit hatten keine Zeit mehr, sich anzukleiden. Sie setzten sich einander gegenüber und ergriffen sich spontan bei den Händen. So wurden sie eins – zu einem Wesen.

Am Strand richteten die Mörder mit ihren Wurfgeräten unter den Monagern ein Blutbad an. Strand und Wasser färbten sich rot.

Sie erstürmten, wüste Flüche ausstoßend, die Düne –

und fanden nichts als ein zerrissenes blaues Hemd und einen noch feuchten Fischeranzug vor.

Auch nach gründlichem Absuchen der Insel entdeckten sie nicht den kleinsten Hinweis darauf, wohin sich die Flüchtenden gewandt haben könnten.

Da rächten sie sich in ohnmächtigem Zorn an den Monagern und töteten sie allesamt.

DREIUNDZWANZIGSTES KAPITEL

Eure Heiligkeit,

Euren Wünschen entsprechend habe ich mich auf jene Planeten begeben, wo laut unserer Missionare seltsame Gerüchte kursieren. Aufgrund unzähliger von mir gesammelter und überprüfter Zeugenaussagen, die ich mit der sehr wertvollen Hilfe der mentalen Inquisitoren zusammentragen konnte, musste ich leider feststellen, dass diese Ondits nicht jeder Grundlage entbehren. Denn hier haben wir es nicht mit solchen, gemeinhin im einfachen Volk gern verbreiteten Lügenmärchen oder Legenden zu tun, sondern, wie ich fürchte, mit reellen Geschehnissen. Die Inquisitoren äußerten sich in Bezug auf diese Phänomene kategorisch: Jene plötzlichen Erscheinungen und das Verschwinden derselben sind nicht auf optische Täuschungen oder Ähnliches zurückzuführen und noch weniger das Resultat einzelner oder kollektiver Halluzinationen.
Im Übrigen erlaube ich mir, euch darauf hinzuweisen, dass man für die Art und Weise des Verschwindens dieses Mannes und dieser Frau von der Insel auf Selp Dik bis zum heutigen Tage keine plausible Erklärung gefunden hat. Persönlich weigere ich mich absolut, an das Ertrinken dieser zwei Personen zu glauben, wie einige voreilige Erklärungsversuche lauteten.
In diesem Zusammenhang möchte ich Euch auf eine beunruhigende Tatsache hinweisen. Als einziges wurden Kleidungsstücke auf der Insel gefunden, die dem Mann und der Frau gehört haben müssen. Diese Entdeckung lässt vermuten, dass sich die beiden im Zustand totaler Nacktheit verflüchtigt

haben, das heißt, im Zustand der in unseren Herzen so sehr gefürchteten Sünde. Auch mehrere Zeugen, die vor der Inquisition erscheinen mussten, haben uns versichert, dass der Mann und die Frau, die vor ihnen erschienen und wieder verschwanden, völlig nackt waren. Auf skandalöse Weise animalisch nackt!
Wie auch immer, hier gilt es, ein großes Geheimnis zu lüften. Und deshalb erkühne ich mich, Eure Heiligkeit auf die Dringlichkeit dieser prekären Situation hinzuweisen. Ihr wisst besser als ich, wie unbeständig die Natur des Menschen ist. Die einfachen Leute könnten sich jeder Zeit vom Wahren Wort abwenden und ihr Gehör einer abstrusen Irrlehre schenken. Deshalb stellen dieser Mann und diese Frau für die Kirche eine große Gefahr dar, Eure Heiligkeit. Denn sollten die Völker des neuen Imperiums diesen Erscheinungen Glauben schenken, sie gar als göttliche Manifestationen betrachten, hätten wir bald keine Macht mehr über sie. Die Feuerkreuze wären ihrer abschreckenden und strafenden Funktion beraubt und dienten nur noch als Instrument, die Ungläubigen zu Märtyrern zu stilisieren. Und in jedem dieser Ungläubigen schlummert diese fatale Neigung, sich zu opfern. Sie würden sich voller Freude verbrennen lassen, anstatt ihrem Irrglauben abzuschwören.
Deshalb ist es überaus wichtig, dass unser neuer Freund seine brillanten Fähigkeiten einsetzt und schnell enthüllt, welche wissenschaftlichen Mechanismen hinter dieser scheinbaren Hexerei stecken. Unsere Missionare müssen einfache, einleuchtende Antworten auf die vielen Fragen haben, die ihnen zu diesem Thema gestellt werden. Denn die Glaubwürdigkeit unserer heiligen Kirche steht auf dem Spiel.
Ich schließe meinen Bericht, Eure Heiligkeit, und füge ihm vier Zeugenaussagen aus dem Archiv der Inquisition bei. Sie sind unwiderlegbar, da die Aussagen unter mentaler Verifikation gemacht wurden. Ihre Anzahl ist repräsentativ und vermittelt ein gutes Bild dieser beunruhigenden Tendenz, die sich hier abzeichnet. Sollte ich sie jedoch zu schwarz gemalt haben, möget Ihr mir dies verzeihen.
Der heilige Name des Kreuzes sei gesegnet, auf immerdar.

Euer untertäniger und ergebener Diener,
Kardinal Frajius Molanaliphül

Erste Zeugenaussage

Kho-Jong Mitgen, aus der Stadt Omitshu, auf dem Planeten Ja-Hokyo der Welten des Ostens. Alter: 222 Standardjahre, dreifacher Witwer, kinderlos.

Ich bade jeden Morgen in dem Gebirgsbach, der neben meinem Haus den Hang hinunterfließt. Das eiskalte Wasser tut der Haut eines alten Mannes, wie ich einer bin, gut. Am Morgen das Tages Boshi zog ich gerade meinen Soriji aus und wollte ins Wasser steigen, da sah ich plötzlich am anderen Ufer des Bachs einen Mann und eine Frau. Da sie beide so nackt wie neugeborene Kinder waren, hielt ich sie zuerst für Reisende, die durch die mangelhafte Programmierung eines alten Apparats irrtümlich in diese abgelegene Gegend geschickt worden waren, in der sich sonst niemand außer mir, ein bescheidener Greis, aufhält. Neugierig geworden, habe ich mich hinter einem Felsen versteckt, damit ich sie besser beobachten konnte. Beide, der Mann und die Frau, waren sehr schön. Von einer Schönheit, die ungewöhnlich für unser Land ist und die ich als übernatürlich bezeichnen würde. Ja, das ist es, übernatürlich! Weil ich wusste, dass ich von diesen Fremden absolut nichts zu fürchten hatte, bin ich hinter meinem Felsen hervorgetreten und habe mich ihnen in der Absicht gezeigt, ihnen meine Dienste anzubieten. Es war meine Pflicht, auf diese Weise den guten Ruf unseres Volkes als ein gastfreundliches zu ehren. Doch als mich die beiden sahen, wurden sie von Furcht ergriffen. Aber statt die Flucht zu ergreifen, eine normale Reaktion aller ängstlichen Wesen, setzten sie sich ins Moos am Ufer des Bachbetts, nahmen sich bei den Händen und verschwanden zu meinem großen Erstaunen so schnell wie sie erschienen waren. Mit dem Unterschied – und ich kann trotz meines hohen Alters noch sehr gut sehen –, dass sie, wie ich feststellte, über keine dieser Reisemaschinen verfügten! Und da habe ich mir gedacht, dass ich ein auserwählter Zeuge des ephemären Erscheinens zweier Gottheiten unserer alten ja-hokyoistischen Legenden war, da diese alten Glaubensvorstellungen noch immer tief in mir verankert sind, wofür ich um Verzeihung bitte.

Zweite Zeugenaussage

Gutraüde Mler, aus dem Dorf Mölhn, in der Nähe der Stadt Münach gelegen, auf dem Planeten Alemane des Neorop-Systems. Alter: 106 Standardjahre, verheiratet, Mutter von sieben Kindern, von denen zwei wegen Blasphemie zum Tod durch langsames Verbrennen am Feuerkreuz verurteilt wurden.

Ich habe sie auf einer Straße in unserem Dorf gesehen. Alle beide. Ein junger Mann und eine junge Frau. Sie waren beide nackt. Sie haben gelacht. Ich war schockiert. Ich wollte unseren Missionar holen. Er war nicht da, es war im Tempel. Ich wusste nicht, was ich tun sollte. Ich hatte Angst. Mein Mann war mit den Kindern auf dem Feld. Da habe ich das Kreuz-Gebet gesagt. Sie kamen näher, und ich habe geschrien. Ich bin weggelaufen. Sie haben gerufen: »Wir wollen Ihnen nichts tun, wir bitten Sie nur um ein paar Informationen!« Das waren vielleicht Dämonen, die mir gerade meine Seele gestohlen hatten. Denn nur Dämone spazieren nackt durch die Gegend. Sie haben noch einmal gerufen: »Gute Frau, kommen Sie zurück!« Der Mann rannte hinter mir her. Ich hatte große Angst. Fast hatte er mich eingeholt, aber die Frau hat gesagt: »Lass sie in Ruhe, sie ist in Panik. Wir sollten verschwinden.« Dann haben sie sich mitten auf die Straße gesetzt. Sie haben sich bei den Händen genommen. Sie sind verschwunden. Einfach so! Verschwunden. Bin ich verrückt? Monseigneur, wird man mir vergeben? (Weinen)

Dritte Zeugenaussage

Halu Otely, aus der Stadt Phille, in der Provinz Jaunille auf dem Planeten Orange gelegen. Alter: 15 Standardjahre. Zweiter Sohn von Galil Otely und Miliane Braïqually. Arbeitet in der Teppichfabrik seines Vaters.

Papa und alle Angestellten waren bereits gegangen, weil ich an dem Abend die Reinigungsarbeiten überwachen musste. Gerade, als ich den Staubsaugerroboter wieder an seinen Platz stellte, hörte ich Geräusche aus der Lagerhalle. Ich bin leise dorthin gegangen und habe etwas Seltsames beobachtet: Zwischen den hängenden Teppichen hielten sich ein Mann und eine Frau auf. Sie versuchten, ihre Körper in leichte Stoffe zu

hüllen. Der Mann schien die Stadt gut zu kennen, denn er redete, als hätte er lange hier gelebt. Von Zeit zu Zeit unterbrachen sie ihre Anproben und küssten sich. Ich fand die Frau sehr schön. Sie stellte dem Mann eine Menge Fragen, so wie diese: »Und du hast hier ganz allein, ohne deine Familie gelebt?«
Dann erzählte er ihr von seiner Kindheit. Ich entnahm seinen Worten, dass er Oranger sein muss wie ich. Aber aus einer anderen Provinz stammt, vielleicht aus Vieulinn. Die beiden schienen sich sehr zu lieben. Ich habe vermutet, dass sie etwas oder jemanden suchten und nicht wussten, wohin sie gehen sollten. Dann habe ich mich gefragt, was ich tun sollte. Denn sie sahen überhaupt nicht wie Diebe aus, obwohl sie sich heimlich in den Lagerraum geschlichen hatten. Also habe ich gezögert. Dann bin ich auf sie zugegangen, doch ich hatte keine Zeit irgendetwas zu sagen. Sie saßen auf einer Kiste mit Stoffen und hielten sich bei den Händen, und plötzlich waren sie verschwunden, so als hätten sie nie existiert, wie Rauch sich in Luft auflöst. Zuerst habe ich gedacht, dass ich geträumt habe. Aber als ich zu Hause alles erzählt habe, hat Papa sofort nachgeschaut, ob ihm Lager etwas fehlt, und festgestellt, dass zwei Ballen Stoff gestohlen wurden. Da hat er mir befohlen, Ihnen alles zu erzählen. Außerdem wollte er, dass man mich der mentalen Inquisition unterzieht, weil er glaubte, ich hätte den Stoff gestohlen und diese Geschichte nur erfunden.

Vierte Zeugenaussage

Spek Jennequin, aus der Stadt Noulonde, vom Planeten Nouhenneland. Alter: 60 Standardjahre. Junggeselle. Beruf: Forschungsreisender. Autor vieler Bücherfilme, Videoholos und codierter Reportagen über Eingeborene, die in den Tropenwäldern Nouhennelands leben, und über den Panthard, das äußerst scheue Wappentier des Ordens der Absolution.
*Ich lege Wert auf die Feststellung, dass ich strikt gegen die mentale Inquisition bin und mich ihr gezwungenermaßen unterziehe.**

* Anmerkung des Kardinals Molanaliphül: In der Tat, dieser Mann hat seine Aussage nicht freiwillig gemacht. Er wurde aufgrund einer anonymen Anzeige vorgeladen, was teilweise seine rebellische Haltung und seine Vorbehalte erklärt, was ihm übrigens die Verurteilung zum Tode durch langsames Verbrennen am Feuerkreuz einbrachte.

Seit einer Woche folgte ich bereits den Spuren eines großen Panthards, eines Riesen, den Abdrücken seiner Pranken nach zu urteilen. Entgegen den Gepflogenheiten war ich allein auf dem Fluss Tams in den Dschungel der großen südlichen Hemisphäre vorgedrungen und das mit Hilfe meines kleinen Forschungsboots, das sich nach Belieben in ein hermetisch verschlossenes Zelt oder ein Tauchgerät umwandeln lässt.
Als ich eines Abends mein Biwak herrichtete, sah ich durch das blaue Ufergestrüpp des Tams' zwei große grüne Augen leuchten, die Augen des Panthards! Naiverweise hatte ich geglaubt, ihm zu folgen, dabei war er es, der mich verfolgte. Mit Pistole und Kamera bewaffnet schlich ich so leise wie möglich zu dem Dickicht in der Hoffnung, ihn wenigstens bei der Flucht filmen zu können, sollte er mich nicht angreifen. Aber er war bereits geflohen. Da vergaß ich jede Vorsicht, verließ mein sicheres Camp und folgte seinen Spuren. In meinem Eifer merkte ich nicht, dass ich bei der Verfolgung das verbotene Terrain des Schoklett-Stamms betreten hatte. Es handelt sich dabei um eines der primitivsten Völker des Universums, die bisher noch kaum erforscht sind. Nach ein paar hundert Metern fand ich mich auch schon von einer Horde dieser wilden Krieger umringt. Sie sind klein, nackt und haarlos. Ihre Haut hat einen braunroten Ton. Daher stammt auch ihr Name. Schoklett bedeutet Schokolade in der alten Terra-Mater-Sprache.
Doch ich konnte mich weder verbal äußern noch mich meiner Waffe bedienen, denn ich wurde von einem mit einem Anästethikum getränkten Pfeil in den Oberschenkel getroffen und verlor sofort das Bewusstsein.
Als ich es wiedererlangte, hatte man mich an den Händen am mittleren Pfahl eines großen, seltsam konstruierten Gebäudes aufgehängt, das entstanden war, indem die Eingeborenen das Astwerk der riesigen Urwaldbäume miteinander verflochten hatten.
Die Schoklett – Frauen, Männer und Kinder – starrten mich unter allgemeinem Gelächter an. Sie hatten ihre Körper feierlich bemalt, mit roten und schwarzen Streifen, die das Fell des Panthards versinnbildlichen. Ihre kahlen Schädel hatten sie mit den gelben Blättern des Valef-Baums geschmückt. Zuerst glaubte ich, dieses Fest gelte mir, dass sie meine Gefangennahme feierten und sich für das schreckliche, mir zugedachte Schicksal in Stimmung brachten. Ich kannte ihre Gebräuche und wusste, dass ich keine Gnade von ihnen zu erwarten hatte.

»Ich grüße euch und bringe Frieden«, versuchte ich die Schokletts in ihrer Sprache milde zu stimmen.

Einer der Krieger trat vor und spuckte mir auf die Beine.

»Es gibt weder Gruß noch Frieden für den weißen Schänder des Unantastbaren!«, sagte er böse. »Deine Strafe, Tod! Aber erst, Hochzeit der Götter. Dann Tod!«

Was wollte er mit ›Hochzeit der Götter‹ sagen? Auf die Antwort musste ich nicht lange warten. Eine Gruppe laut schreiender Frauen in Trance kam plötzlich aus dem Urwald. Und da sah ich sie zum ersten Mal: eine Frau und einen Mann, beide jung, beide sehr schöne Weiße in seltsame, um ihre Körper drapierte farbenfrohe Stoffe gekleidet. Die langen Haare der Frau waren zu Zöpfen geflochten und mit den Blättern des rosa Valef-Baums geschmückt, die traditionsgemäß bei Hochzeitsfeierlichkeiten Verwendung finden. Hinter ihnen ging der Houtchu, der Schamane. Sein ganzer Körper war mit kleinen, grünen, lebenden Schlangen als Zeichen seiner Macht bedeckt. Als die Frau mich an dem Pfahl wie ein Stück Wild hängen sah, machte sie ihrem Gefährten ein Zeichen. Die beiden traten auf mich zu, und der Mann sagte auf Naflinisch zu mir: »Was machen Sie hier?«

»Guten Tag. Schön, dass Sie hier sind. Ich bin Spek Jennequin vom Planeten Nouhenneland. Ich bin Forschungsreisender und folgte den Spuren eines großen Panthards. Dabei habe ich unabsichtlich das Gebiet der Tschutschu, wie sie sich in ihrer Sprache nennen, betreten. Also haben sie mich gefangen. Und wer sind Sie?«

»Einfache Reisende, die heiraten wollen«, antwortete er mir. »Aber das ist nicht wichtig. Wir werden versuchen, Sie aus dieser misslichen Lage zu befreien ...«

Dann bedeutete er dem Houtchu mit Gesten, man solle mich losbinden. Zu meiner großen Überraschung gehorchten die Tschutschus.

»Sie bringen Sie jetzt an die Grenze ihres Stammesgebiets«, sagte die Frau.

»Aber darf ich nicht wissen, wem ich mein Leben verdanke?«, fragte ich, eher aus Neugier denn aus Dankbarkeit, weil Forscher von Natur aus sehr neugierig sind.

»Es ist besser, Sie wissen so wenig wie möglich«, sagte der Mann und fügte dann lachend hinzu: »Wir wünschen uns eine Hochzeit im allerengsten Freundeskreis.«

Mehr konnte ich nicht erfahren. Ein paar Tschutschu-Krieger umringten mich und brachten mich aus ihrem Dorf. Nach einem Tagesmarsch war ich wieder in meinem Camp am Ufer des Flusses Tams und stellte mir viele Fragen über das Geschehene.
Waren diese Leute aufgrund eines technischen Fehlers bei der Rematerialisierung in diesem Urwald auf Nouhenneland gelandet? Und hatte ihr plötzliches Erscheinen die Tschutschus derart beeindruckt, dass sie sie für Götter hielten? Außerdem konnte ich mir das seltsame Benehmen dieses Paars nicht erklären. Eine Rückkehr zur Zivilisation schien ihnen nicht wichtig zu sein, sondern einzig und allein ihre Eheschließung im Kreis dieser Wilden. Trugen sie sich etwa mit dem absurden Gedanken, den Rest ihres Lebens in diesem feindlichen Urwald zu verbringen?

Ergänzende Anmerkung des Kardinals Molanaliphül:

Eure Heiligkeit, ich habe diese Zeugenaussagen in chronologischer Reihenfolge geordnet. Daraus ist ersichtlich, dass die Aussage des jungen Orangers mit der des Forschungsreisenden übereinstimmt. Jene Stoffe, mit denen die beiden ihre Körper bedeckten, sind dieselben, die in Phille gestohlen wurden. Euer ergebener F.M.

Plötzlich brach der Narr der Berge sein Schweigen.

»Bitte den Geist des Steins, uns hier abzusetzen, Shari.«

Er deutete mit dem Zeigefinger auf einen unter ihnen schäumend dahinfließenden Gebirgsbach in einem grünen Tal, das von steil aufragenden Gipfeln begrenzt wurde.

Seit Tagen schon überflogen sie eine ausgedehnte Gebirgskette, und seitdem hatte der Narr nicht ein einziges Wort gesprochen. Aber Shari gewöhnte sich allmählich an die abrupten Stimmungsschwankungen des Mannes, der ihn nach dem Tod seiner Mutter und der Zerstörung seiner Heimatstadt aufgenommen hatte. Er richtete sich in dem Schweigen ein und gab sich ohne Vorbehalt der euphorischen Freude des Reisens auf dem fliegenden Stein hin. Für ihn war das ein ständig neues Glücksgefühl, seit sich der König der Steine auf dem amphanischen Feld zum ersten Mal in die Lüfte erhoben hatte ...

Als der Geist des Kindes und der Geist des Steins miteinander harmonieren, sich vereinen, setzt der Stein zu seinem majestätischen und lautlosen Flug an. Dann landet er sanft in einer kleinen Wolke grauen Staubs, ohne dass Shari ihn darum hat bitten müssen.

»Nun endlich verfügen wir über ein Transportmittel«, erklärt der Narr der Berge. Er sitzt oben auf einem Felsen,

Haar und Bart vom Wind zersaust, und seine schwarzen Augen blitzen schalkhaft. »Das haben wir auch dringend nötig, denn wir müssen Nachforschungen anstellen.«

Shari fragt sich, um welche mysteriösen Nachforschungen es sich wohl handeln könne, aber er erfährt nicht mehr. Nach diesem ersten Erfolg übt er einige Tage lang unter Anleitung des Narren das Lenken des großen Steins – und bestimmt damit die Dauer und Länge des Flugs. Er lernt, die Seele der Materie seinem Willen auf subtile Weise zu unterwerfen, bis zu dem einzigartigen Moment, wo er sich stolz rittlings auf den runden Rücken seines Seelengefährten schwingt – ein kühner Eroberer. Gehorsam folgt der Stein den gedachten Anweisungen Sharis und überfliegt den erloschenen Vulkan, der einst die Stadt Exod beherbergte. Er fliegt weiter, zu den tief hängenden Wolken, die an schroffe Berghänge stoßen, überquert öde, von der Sonne ausgedörrte Hochebenen. Sein Schatten erschreckt die scheuen und zartgliedrigen Sandgazellen.

Shari denkt an seine Mutter und stellt sich vor, wie stolz sie wäre, könnte sie jetzt ihren Sohn sehen, der ein Wunder vollbracht hat, dem gelungen ist, was den arroganten Amphanen nie gelang. In dem Moment macht der Stein plötzlich einen Schlenker, und der Knabe wäre fast in eine Felsschlucht gestürzt.

»Lass dich in Zukunft nie wieder von deinem Stolz beflügeln«, sagt der Narr, als der Stein gelandet ist. »Sonst wird der Geist des Steins dich verlassen. Denn du bist nur ein Instrument in den Händen der großen Komponisten. Glaubst du, dass sich das Instrument mit der Musik identifizieren kann? Morgen brechen wir auf. Wir müssen den Ort suchen, wo wir auf jene warten, die uns dort treffen sollen. Deshalb ist jetzt keine Zeit mehr für Kindereien. Wenn du den Geist der Materie in die Flucht treibst, wie kannst du dann verwirklichen, was dir aufgetragen wurde?«

Am nächsten Tag, bei Morgendämmerung, hatten sich der Narr und das Kind auf den Stein geschwungen. Die nahen Gipfel des Hymlyas-Gebirges malten weiße Tupfen in das Grau des Himmels. Die fernen Sterne, winzige an das graue Firmament gehauchte Lichter, erloschen einer nach dem anderen.

»Weißt du, wohin wir fliegen?«, fragte das Kind.

»Warum sollte ich es wissen und woher?«, antwortete der Narr und lachte. »Du musst den Stein nur nach Osten lenken. In Richtung der aufgehenden Sonne. Möchtest du nicht die große Gebirgskette der Hymlyas von oben betrachten?«

Der Stein hatte also drei Tage die Hymlyas überflogen, war in die weißen Wolkenbänke eingedrungen, hatte die steil emporragenden, mit Gletschern bedeckten Gipfel umflogen, war über tiefe grüne Täler und endlose Wälder geschwebt, die in der warmen Sonne unter ihnen lagen. Drei Tage, in denen der Reisegefährte des Knaben sich hinter seinem Schweigen verschanzt hatte. Nur durch eine Geste hatte er Shari bei Einbruch der Nacht bedeutet, er möge den Stein bitten zu landen.

Als sie wieder festen Boden unter den Füßen hatten, war es Sharis Aufgabe, einen Unterschlupf für die Nacht zu finden, während der Narr Kräuter und Früchte für die zweite karge Mahlzeit des Tages sammelte. Sie schliefen in dunklen Grotten und rollten sich in graue raue Decken ein, die aus einem ähnlichen Stoff wie das Gewand des

Narren bestanden. Seltsame Träume suchten den Knaben im Schlaf heim, und manchmal wachte er schweißgebadet auf. Dann streckte der Narr seinen Arm aus und tröstete das Kind, und Shari schlief sofort wieder ein.

Nach einem kleinen Mahl in der Frühe – wild wachsende, saure Beeren, bittere Wurzeln und getrocknete Körner – und nachdem sich die beiden in einer nahe gelegenen Quelle gewaschen hatten, stiegen sie wieder auf den Rücken des harten Steins. Shari stellte die Verbindung mit dem Geist der Materie her, und nach einer Weile erhob er sich in die Lüfte und gesellte sich zu den großen schwarzweißen Adlern, die ihre Nester verließen, um zu jagen.

Als sie dem Lauf des Gebirgsbachs folgten, bat Shari den Stein, zur Landung anzusetzen.

»Ist das die Stelle?«, fragte er schüchtern.

»Das könnte sie sein«, antwortete der Narr.

»Woher willst du das wissen?«, fragte Shari beharrlich weiter. Er war neugierig und hatte außerdem ein großes Bedürfnis, wieder zu reden.

»Ich weiß es nicht. Aber das Wasser dieses Bachs spricht mit uns. Hörst du es nicht?«

Der Stein landete sanft im dichten Grasteppich neben dem ungestüm dahinfließenden Wasser. Der Narr setzte sich ans Ufer und ließ seine Füße ins kühle Nass baumeln.

»Das Wasser sagt mir, dass wir hier bis zum Einbruch der Nacht warten sollen«, fügte er hinzu. »Denn heute ist der Tag. Sollten sie sich nicht vor dem heutigen Abend zeigen, müssen wir viele Generationen warten, ehe die Menschheit wieder eine kleine Chance bekommt, sich von den Herrschern der Finsternis zu befreien.«

»Wer sind diese ›sie‹?«, fragte der Knabe, der sich neben den Narren gesetzt hatte.

Auch er ließ seine Füße vom Wasser umspülen, weil er auf diese Weise hoffte, aus dem Rauschen des Bachs eine Stimme zu hören. Doch als das Wasser nicht zu ihm sprach, war er zutiefst enttäuscht.

»Sie, das sind jene, ohne die du die immense Aufgabe, die dich erwartet, nicht bewältigen könntest«, antwortete der Narr. »Sollten sie nicht kommen, musst du wie ich in diesem Gebirge bleiben, allein den Weg der Erkenntnis gehen und einen Nachfolger ausbilden, der dann seinerseits die Tradition fortsetzt, bis jener Tag gekommen ist, um dieses angehäufte Wissen mit Hilfe unserer Meister zu verbreiten. Wir sind an einem entscheidenden Punkt angelangt, wo sich alles zum Guten oder Bösen wenden kann. Verdient es das Universum, der drohenden Zerstörung zu entgehen? Und sie allein können diese Frage beantworten, denn sie stehen unter dem Schutz des großen Musikers.«

»Und warum sollten sie dann nicht kommen?«, fragte Shari aufgebracht.

»Weil sie die Wahl haben. Jedes menschliche Wesen, ganz gleich unter welchen Bedingungen es lebt, hat immer die Wahl. Und allein die innere Freiheit macht eine Entscheidung wertvoll. Wenn man fest entschlossen ist, der getreue Vollstrecker des großen Plans zu sein, muss das ohne Bedauern geschehen.«

»Aber vielleicht können sie gar nicht kommen«, gab der Knabe zu bedenken. »Haben sie überhaupt Steine, auf denen sie reisen können?«

»Wenn du deine Gedanken benutzt, um mit dem Geist der Materie zu sprechen, so reisen sie direkt auf ihren Gedanken. Der Äther ist ihr Transportmittel. Brauchen sie da noch etwas anderes?«, erklärte der Narr und sah Shari voller Liebe an. Dann lachte er fröhlich.

Die Sonne stand bereits hoch am Himmel und streichelte mit ihren Strahlen den Narren und das Kind. Eine wohlige Wärme breitete sich in Sharis Körper aus, machte ihn müde, fast ein wenig trunken. In der Stille der Berglandschaft, vom unablässigen Rauschen des Baches beruhigt, fühlte er ein nie gekanntes Wohlbehagen voller Heiterkeit. Er verschmolz mit seiner Umgebung, wurde eins mit der Natur und hatte das Gefühl, jetzt den Gesang des Wassers verstehen zu können, jede einzelne Note der unzähligen Tropfen zu hören, aus denen die Symphonie des sprudelnden Wassers besteht: Sie alle besangen die Herrlichkeit der Schöpfung.

Als er aus seiner Ekstase erwachte, stellte er erstaunt fest, dass die Sonne nicht mehr am Firmament stand und dass die Schatten der Dämmerung die Landschaft verdunkelten. Auch der Narr war verschwunden. Vergebens sah sich der Knabe nach seinem Gefährten um, nirgends konnte er die vertraute Gestalt entdecken.

Die Stunden waren mit beängstigender Geschwindigkeit verstrichen, und niemand war gekommen. Traurig dachte Shari an die Worte des Narren, die so unheilvoll geklungen hatten. Er starrte wild entschlossen aufs gegenüberliegende Ufer, als könnte er allein mit seinem Blick das Erscheinen jener bewirken, die die unausweichliche Katastrophe verhindern konnten.

Da glaubte er, sich bewegende Schatten auf dem überhängenden Felsgestein zu erkennen. Voller Hoffnung stand er auf und kletterte dorthin. Außer Atem erreichte er den Felsvorsprung, an dessen Rand sich der Bach als Wasserfall in die Tiefe stürzte, ehe er seinen Lauf fortsetzte.

Da sah er einen Mann und eine Frau. Sie waren in bunte Stoffe gekleidet, saßen auf dem steinigen Boden einander gegenüber und hielten sich mit geschlossenen Augen bei den Händen.

»Seid ihr das?«, rief Shari schnell, denn eine unerklärliche Angst hatte ihn ergriffen, dass die beiden plötzlich verschwinden könnten.

Die Frau und der Mann öffneten die Augen und bemühten sich, in der zunehmenden Dunkelheit etwas zu erkennen.

»Seid ihr jene, auf die der Narr der Berge wartet?«, fragte der Knabe aufgeregt und ging auf die beiden zu.

»Wer bist du, Kind?«, fragte die Frau mit sanfter Stimme.

Der Knabe hatte noch nie eine Frau von so großer Schönheit gesehen. In die langen Zöpfe ihres goldenen Haars waren rosa Blumen geflochten. Der Mann hatte einen dichten Bart, und seine Arme waren rot und schwarz bemalt.

»Ich bin Shari Rampouline«, antwortete das Kind mit derart naivem Stolz, dass die beiden lächeln mussten. »Wir, ich und der Narr der Berge, sind mit dem fliegenden Stein hierhergekommen, weil wir Besucher erwarten. Seid ihr diese Besucher?«

»Wer ist dieser Narr der Berge?«, fragte der Mann.

»Er ist der Mann, der mich nach dem Tod meiner Mutter bei sich aufgenommen hat. Er hat mich auch gelehrt, mit dem Geist des Steins zu sprechen. Er kann und weiß noch viel mehr. Er hat mir zum Beispiel gesagt, dass ihr auf euren Gedanken reist. Stimmt das?«

Der Mann und die Frau tauschten sich mit Blicken aus.

Dann sagte die Frau: »Auch wir suchen seit geraumer Zeit jemanden. Wir wollten gerade wieder abreisen, weil wir diese Welt für unbewohnt hielten und es nichts genützt hätte, länger hier zu bleiben. Kannst du uns diesem Mann vorstellen? Wenn er so viel weiß, wie du behauptest, könnte er uns vielleicht bei unserer Suche helfen.«

»Kommt mit!«, rief das Kind begeistert. »Er kann nicht weit sein. Oft pflückt er abends Kräuter.«

Als die drei von dem Felsvorsprung hinunterklettern wollten, sagte plötzlich jemand: »Ihr braucht mich nicht zu suchen. Ich bin hier!«

Auf der anderen Seite des Wasserfalls stand der Narr der Berge.

Lange herrschte Schweigen, währenddessen sich das Paar und der Narr gegenseitig musterten. Die fragenden Blicke des Knaben wanderten aufgeregt vom einen zu den anderen.

Der Mann brach als Erster das Schweigen.

»Ich bin Tixu Oty, vom Planeten Orange. Und das ist meine Frau, Aphykit, Tochter des Sri Alexu, vom Planeten Syracusa. Ich glaube, Sie sind es, den wir suchen.«

Auf dem schönen Gesicht des Narren breitete sich ein strahlendes Lächeln des Willkommens aus.

»Ich bin jener, den man den Narren der Berge nennt, vom Planeten Terra Mater. Ich habe euch erwartet.«

Der Knabe konnte nicht mehr an sich halten. Er schrie: »Das sind sie also! Sind sie das?«

»Schrei nicht so!«, rügte ihn der Narr. »Unsere Freunde sind nicht taub!«

Aphykit und Tixu wirkten wie erstarrt, überwältigt von ihren Gefühlen. Dass sie nun endlich ans Ziel ihrer Suche gekommen waren, beraubte sie aller ihrer Kräfte. Und das ersehnte Zusammentreffen mit jenem Mann, den sie als den Dritten Meister betrachteten, erfüllte sie mit Scheu und Demut. Wochenlang waren sie ohne Rast und Ruhe pausenlos gereist und waren bis an die Grenzen ihrer physischen und psychischen Möglichkeiten und manchmal sogar darüber hinausgegangen. Sofort nach ihrer seltsamen Hochzeitszeremonie waren sie weitergereist.

»Ich bin nicht der Dritte Meister«, sagte der Narr, als hätte er ihre Gedanken erraten. »Ich bin nur ein Vermittler und werde bald diese Welten verlassen. Das Kind und ihr, ihr seid von nun an die Drei Meister ...«

Der Ruf der Zwischenwelten wurde immer stärker, denn der Narr hatte die Nachfolge der Meister gesichert und konnte nun in Frieden gehen. Er erkannte die ungeheure Erschöpfung der Neuankömmlinge.

»Kommt, ich habe euch eine gute Mahlzeit zubereitet. Nach dem Essen können wir uns in aller Ruhe unterhalten ...«

Der Knabe hüpfte glücklich von Stein zu Stein den Abhang hinunter und vergaß in seinem Überschwang, auf das Paar zu warten. Tixu und Aphykit nahmen sich Zeit. Hand in Hand folgten sie Shari.

Es war lange her – seit dem Tod seiner Mutter –, dass Shari eine richtig gute Mahlzeit gegessen hatte.

Die Krieger der Stille
kehren zurück in:
TERRA MATER

Glossar

Abasky Wortling: Lists verstorbener Vater

Abeer Mitzo: reicher Adeliger vom Planeten Tchiin

Agripam: Fluss auf Zwei-Jahreszeiten

Aïoulen: große schwarz-weiße Raubvögel

Alakaït de Phlel: Hofdame und Vertraute Dame Sibrit Angs

Alloïst de Ma-Jahi: Vater von Dame Sibrit Ang, Gemahlin Ranti Angs

Amphane: Stammvater der Priesterkaste der Amphanen auf Terra Mater

Amphanen: Priester der Ameurynen

Anatul Hujiak: neoropäischer Historiker und Gelehrter

Aphykit: Tochter Sri Alexus

APS: autopsychische Selbstverteidigung

Aquakugel: Fischerboot

Arghetti Ang: verstorbener Herrscher Syracusas

Ariav Mohing: Kommandant der mahortischen Phalanx und Arminas Geliebter

Artuir Boismanl: Tuchhändler von geringem (gekauften) Adel

Aum Tinam: Göttervater

Autrulen: straußenartige Vögel mit rotem Gefieder

Babsée Obraillène: Issigorerin, Exgeliebte Tixus

Barrofill XXIV.: oberster Geistlicher, Muffi der Kirche des Kreuzes

Bella Syracusa: dominanter Planet der Konföderation von Naflin und Heimat der Syracuser

Bernehard Amphan: Stammvater der Amphanen

Bilo Métarelly oder auch Maïtrelly: Françao

BISS: Behörde für die interne Sicherheit Syracusas

Blauer Traum: ein Gestirn der Nacht

Boultoc: Industriestadt des Kontinents Maravel auf Orange

Bovinen: bisonartige Wiederkäuer mit drei, vier oder fünf Hörnern

Brouhaer: der Dämon des Nichts

Carnegill: rechte Hand Haschuitts

Cuivralü: sadumbisches Nationalgericht

Dame Armina Wortling: Witwe des ehemaligen Herrschers des Marquisats und Lists Mutter

Dame Boismanl: Frau von Artuir Boismanl

Dimuta: die Wohltäterin, Wassergöttin

Dons Asmussa: Seigneur des Planeten Sbarao und Herrscher der Elf Ringe

Duptinat: Hauptstadt des Planeten Marquisat

Échine de la Marquise: Gebirgskette auf Marquisat

Exod: Hauptstadt der Amphanen

Feuerpferd: Zweiter Stern des Tages auf Marquisat

Filp Asmussa: Krieger des Ordens der Absolution und dritter Sohn Dons Asmussas

Fracist Bogh: junger Marquisatiner, Spielgefährte List Wortlings

Frascius: Kalendermonat der Syracuser

Garde der Trapiten: Elitekorps des Klosters

Geofo Anidoll: Goldschmied

GIHK: Gilde der Industriellen, Händler und Künstler

Glaktus Quemil: Sklavenhändler

Gloson: durch eine Deremat-Reise hervorgerufene Indisposition

Goudour: Prophet einer ketzerischen Lehre

Grand Erg Brûlé: Gebirge auf Roter-Punkt

Grünes Feuer: eine Sonne des Planeten Roter-Punkt

Harkot: Scaythe, Experimentator und Pamnynx' Schüler

der große Haschuitt: Straßenbandit

Houhatte: Küstenort auf Selp Dik

Houtchu: Schamane der Tschutschu

die Hymlyas: Gebirge auf Terra Mater

Inonii: alte Frau in Matana

die schöne Isabusa: Straßenhure

Isalica und Sofrène: Töchter des Goldschmieds Geofo Anidoll

Jadaho d'Ibrac: planetarischer Abgeordneter der InTra

Jahal von Rawalpundi: List Wortlings Lehrer

Jasp Harnet: Dayt-General, im Dienste Stry Wortlings

Jaunor: letzter der fünf Satelliten der Zweiten Nacht auf Syracusa

Jonati und Bernelphi: Söhne des Herrscherpaars von Syracusa

Kacho Marum: Ima des Tiefen Waldes, sadumbischer Schamane

Kardinal de Laboityp: jetzt Eremit Parakumadj

Kardinal Frajius Molanaliphül: Kardinal der Kirche des Kreuzes

Kirah der Schlaue: Prouge, Anführer einer Bande von Gassenjungen in Matana

Kraouphas: ein Prouge

Kwen Daël: Fischer auf dem Ozean der Feen von Albar auf dem Planeten Selp Dik

Licius: Diener im Palast Ferkti Ang zu Venicia

List Wortling: Sohn von Abasky und Dame Armina Wortling

Long-Sho Pae: ehemaliger Ritter des Ordens der Absolution, als Raskatta deklassiert und auf Roter-Punkt lebend

Luhaïm: Gott des Waldes

Mahdi D. H. Brenton: Schüler des Mahdi Bertelin Naflin

Mahdi Seqoram: auch Großmeister des Ritterordens der Absolution

Majiken: Priester der Magie

Malinoë: Ehefrau Kacho Marums

Maranas: Prouge, Geliebter Sri Mitsus

Markus de Florenza: Adeliger

Markyat: Scaythe, Archivar der Gerichtsbarkeit

Maryt Frasciata: Tist d'Argolons Gemahlin

Matana: Hauptstadt des Planeten Roter-Punkt

der Mazakawen: Tanz der Magier

Mehom: Wassergott der Sadumbas, d.h. der Ureinwohner des Planeten Zwei-Jahreszeiten

Menati Ang: Ranti Angs Bruder, Oberbefehlshaber der interplanetarischen Polizei und Streitkräfte

Mesgomien: Landschaft auf Syracusa

Mo Qualquin: Seigneur von Issidor

Moao Amba: sadumbischer Küchenchef

Mölin Renehar: Beisitzer des Ritters Choud Al Bah

Moulik de Ma-Jahi: Bruder von Dame Sibrit

Naïona Rampouline: Shari Rampoulines Mutter

der Narr der Berge: ein Weiser zwischen den Welten

Nouhenneland: auch Schoklett genannt

Orangenes Feuer: eine Sonne des Planeten Roter-Punkt

Pamynx: Scaythe, Großkonnetabel, oberster Stratege Syracusas

Panapii: Maranas' Mutter

Panthard: legendäres Raubtier auf Nouhenneland und Wappentier der Ritter der Absolution

Paritolen: verächtliche Bezeichnung der Syracuser für Nichteinheimische

Phille: Hauptstadt der Provinz Jaunille auf Orange

Planet Comptat: Satellit des Marquisats

Planet Getablan: Heimat der Tiermenschen

Planet Hyponeros: Heimat Pamynx', der Scaythen und der Meister-Creatoren

Planet Issigor: von Seigneur Mo Qulaquin regierter Planet

Planet Julius: Satellitenstaat, Heimat der Mikaten oder Halbmenschen

Planet Marquisat und die Marken: von Seigneur Stry Wortling regiert

Planet Nouhenneland: von dem indigenen Volk der Tschutschu bevölkert

Planet Orange: Heimatplanet von Tixu Oty

Planet Osgor: Satellitenstaat, Heimat von Spergus und der Osgoriten

Planet Oursse: stark bewaldeter Planet mit kalten Temperaturen

Planet Roter-Punkt: Zentrum des Schwarzhandels, Drogen-, Waffen- und Menschenhandels

Planet Sbarao: von Seigneur Dons Asmussa regierter Planet

Planet Selp Dik: Planet und gleichnamiges Kloster des Ritterordens der Absolution

Planet Terra Mater: Heimat der Ameurynen

Planet Zwei-Jahreszeiten: optaliumreiche Heimat der Sadumbas

Pritiv-Söldner: Renegaten, ehemalige Mitglieder des Ritterordens

Prougen: Ureinwohner des Planeten Roter-Punkt

Pultry Wortling: Arminas Schwager

Ranti Ang: ältester Sohn von Arghetti Ang, jetziger Herrscher

Ritter Choud Al Bah: Beichtvater Filp Asmussas

Ritter Godegezil Szabbo: Vertreter der Garde des Entscheidungsgremiums des Orden der Absolution

Ritter Nobeer O'An: Medicus des Klosters

Ritter Ruiff Loane: Lehrer von Filp Asmussas

Romantigua: Stadtviertel in Venicia

Rose Rubis: Sonne des Ersten Tages aus Syracusa

Rotes Feuer: eine Sonne des Planeten Roter-Punkt

Salaün: Dirnenviertel in Venicia

Salom: Sonnengestirn des Roten-Punkts

Sandwind: letztes Nachtgestirn des Marquisats

Sar Bilo: Anwesen Bilo Métarellys

Schigalin: Reittier mit drei Hörnern

die Schwarzen Inseln der Ager: von den Monagern besiedelte Inseln

Scrabour: Stadt auf Terra Mater

Shanyan: Initierter in die Lehre des Antras

Shari Rampouline: Knabe vom Volk der Ameuryner auf Terra Mater

Sibrit Ang: Ranti Angs Gemahlin

Silberkönig: Sonnengestirn des Tages des Marquisats

Sisoten: Puppen mit Stimmbedienung

Skoj-Welten: Planeten, Zentrum illegalen Alkoholschmuggels

Spergus: Osgorit, Höfling

Sri Alexu: Großmeister der Inddikischen Wissenschaft

Sri Mitsu: Großmeister der Inddikischen Wissenschaft

Stanislav Nolustrist: Hirte und Dichter auf dem Planeten Marquisat

Stry Wortling: Seigneur des Marquisats

Taheu'ingh: Gebirge auf Syracusa

der Tams: Fluss auf dem Planeten Nouhenneland

Tiber Augustus: Fluss durch Venicia

Tist d'Argolon: Adeliger und Hofsänger

Tixu Oty: Oranger, Reisebüroangestellter auf dem Planeten Zwei- Jahreszeiten

die Tschutschu: indigenes Volk auf dem Planeten

Ty Zarovov: Beisitzer des Ritters Choud Al Bah

UNRA: Universales Radioprogramm

Venicia: Hauptstadt Syracusas

von Donq: Françao

die vier Weisen: Vorsitzende des Ordens der Absolution

Wind der Nacht: ein Gestirn der Nacht

Wort-Mahort: Herrscherdynastie des Marquisats

Xaphit: Tochter des Herrscherpaars von Syracusa

Zorthias: Prouge, rechte Hand Métarellys